U1018707

唐朝诗说

那些诗人那些事儿

盛唐

西岭雪 著

陕西新华出版传媒集团
陕西人民美术出版社

图书在版编目（CIP）数据

诗说唐朝 : 那些诗人那些事儿. 盛唐 / 西岭雪著. -- 西安 : 陕西人民美术出版社, 2019.3
ISBN 978-7-5368-3558-0

Ⅰ. ①诗… Ⅱ. ①西… Ⅲ. ①唐诗－诗歌欣赏 Ⅳ. ①I207.227.42

中国版本图书馆CIP数据核字(2019)第001796号

—本册目录—

贺知章，大唐幸福教科书

一

从“初唐四杰”到“文章四友”，从徐惠到上官婉儿，感觉每个诗人的命运都挺坎坷，好像才子佳人注定不得善终似的。

所以本篇，我们要讲一个幸福的人物——大唐诗坛上最顺风顺水的人来了，他就是贺知章，把人生活成了一本关于幸福的教科书！

贺知章与陈子昂同岁，生于659年，但是活得长寿多了，终于744年，享年85岁，而且是大唐史上最好的85年，死后十年才爆发安史之乱，被他很有预见性地躲过了。

贺知章是越州永兴（今浙江杭州萧山）人，后迁居山阴（今浙江绍兴），很小就以诗文知名——这简直是一定的，“套路”啊。

武则天证圣元年（695），贺知章进京赶考，高中状元。这是浙江历史上第一位有资料记载的状元，真是浙江的骄傲啊！

对于小学生来说，贺知章最为大家所熟悉的诗是《咏柳》：

碧玉妆成一树高，万条垂下绿丝绦。

不知细叶谁裁出，二月春风似剪刀。

被《唐诗快》评之为“尖巧语，却非由雕琢所得”。

通读唐诗宋词，会发现几乎所有名人的人生中不是离乱就是贬官，每个人都被贬过那么一二三次。谁让文人尤其是有才气的名人，总免不了喜欢针砭时弊偶露锋芒的坏毛病呢，那就难怪朝廷隔三岔五地就要掰一掰你的角拔一拔你的刺了。

可是贺知章不会，他是明堂正路状元及第做的官，根正苗红，而且一生从未被贬过，连一次小错都没犯过。从武则天到中宗李显、睿宗李旦再到唐玄宗李隆基，不知不觉换了几朝了，但是贺知章的高官位置坐得稳稳的，从无动摇，得到每一位皇上的赏识。

而且唐朝还是“人生七十古来稀”的时候，皇帝们少有活过50岁的，然而贺知章把宰相位子足足坐到85岁高龄时才奏表还乡，说要出家做道士。

玄宗苦留不住，只得应允，且问他有什么要求。贺知章想了想说，求以家乡镜湖边数顷地赐给他做放生池。玄宗御笔一挥，干脆把整个镜湖及周边良田万顷全赐给了他。

贺知章回乡后，写下《回乡偶书二首》，第二首就写的是镜湖，可见有多爱这地方：

离别家乡岁月多，近来人事半消磨。

惟有门前镜湖水，春风不改旧时波。

而第一首是我们打小就会背的：

少小离家老大回，乡音无改鬓毛衰。

儿童相见不相识，笑问客从何处来。

当然不认识了，他大半个世纪都在京城做官嘛！

我小时候第一次读这首诗时，还以为是游子回乡看到物是人非不禁发出沧桑感慨呢，了解到贺知章的身世后才知道，感慨什么呀，沧桑什么呀，老头儿一定眉开眼笑乐得飞飞的，估计在故意用方言逗弄村里孩子呢。

二

看到贺知章一生这样平稳顺利，也许你会以为他是个八面玲珑谨小慎微的人，至少得跟苏东坡的祖宗“苏模棱”似的。

然而并非如此。《唐才子传》说贺知章“性旷夷，善谈论笑谑”，是个很潇洒随性而且喜欢开玩笑的人，自号“四明狂客”，好喝酒，爱诗书，很有点“竹林七贤”的味道。

然而他虽有魏晋之风，却无不羁之气，人缘特别好，简直是花见花开车见车载钻石见了也贱卖。

做个小推理：曾经三次拜相、人称“燕许大手笔”的一代文宗张说（音yuè），有一次看到诗人崔湜（音shí）策马行吟，羡慕地说：“论文采我或许不比他差，论地位，将来也可能有机会追上；但是他的风华气质，年纪轻轻就有这样的成就，我可就比不上了。”

原来这位崔湜不但诗写得好，而且人长得帅，运气更比宋之问要好一点，他的发迹主要是靠依附太平公主。公主想提拔他做宰相，但崔湜很有自知之明地说："陆象先那样的高人都还没有当宰相，我怎么好意思做呢？一定会招人议论的。"于是太平公主干脆将两人一起提名，同时做了宰相。

陆象先（665—736），就是"天下本无事，庸人自扰之"这句至理名言的原创者，可见多么冲淡不俗，但是他曾经说过一句话："季真（贺知章的字）风流倜傥，实为高士。我和子弟们很久不见也不会觉得想念，但是一天看不到贺知章，就觉得自己变俗了。"（"贺兄言论倜傥，真可谓风流之士。吾与子弟离阔，都不思之，一日不见贺兄，则鄙吝生矣。"）

也就是说，张说羡慕崔湜，崔湜自愧不如陆象先，而陆象先却认为贺知章才是真正巨星风范——这么一大圈绕下来，你可以想象贺知章的风采该有多么让人仰慕了吧？

因此贺知章的辞官归故里，肯定是件轰动京城的大事，唐玄宗必须做足文章来彰显自己是个知人善用的明君。

那一日，唐玄宗特地下旨满朝文武放假半天，令皇太子率队为贺知章送行。这阵仗，这隆遇，千万年未闻一次。玄宗且亲自题诗相赠：

送贺知章归四明

遗荣期入道，辞老竟抽簪。
岂不惜贤达，其如高尚心。
寰中得秘要，方外散幽襟。
独有青门饯，群僚怅别深。

首联说朕赐给你的荣耀，都是合乎规制的，用以奖赏你的告老还乡。

古代的官都是要戴乌纱帽的，辞官又叫“挂冠”。“抽簪”在这里有同样的意思，因为皇帝近臣经常把笔插在头发上以备记事。李峤诗中说“不臣滥簪笔，无以颂唐风”就缘出于此。

颔联说我岂是不惜贤达之人，怎么舍得你离开，但我要尊重你高尚的意志啊。《桃花源记》说：“南阳刘子骥，高尚士也。”可见高尚有赞美隐士情操的意味。

颈联赞美贺知章的美名和影响，说京中的人都已得到你的真传，方外之地可以抒发你的情怀了。

如今我在长安城东门为你饯行，朝中大臣们都为你的离去感到不舍啊。

这首诗中规中矩，平淡无奇，看不出一点真情，完全是帝王家的文字游戏。

相比之下，李白写给贺知章的诗就有趣得多了，题为《送贺宾客归越》：

> 镜湖流水漾清波，狂客归舟逸兴多。
> 山阴道士如相见，应写黄庭换白鹅。

这里赞美的乃是贺知章的书法。

晋代大书法家王羲之记载的兰亭盛会正是发生在贺知章的故乡山阴，所以李白用王羲之的故事来赞美贺知章真是极为恰当。

《太平御览》记载，王羲之喜欢白鹅，山阴有位道士听说了，就请他书写道教经典《黄庭经》，润笔就是自己养的一群大白鹅。

贺知章声称要出家为道士，所以李白就用了山阴道士的典故，既写出“四明狂客”（贺知章晚年自号“四明狂客”）的书法之妙堪与书圣媲美，又暗指他将来的交游对象应是山阴道士这样的世外高人。用典精妙，文字流畅，真不负了贺知章曾经赞美他为“谪仙人”。

再反观玄宗这诗，木滞无文，言无余意，两相对比，高下立见。

三

贺知章好酒，与李白同登杜甫的《饮中八仙歌》，且高居榜首。

全诗第一句就是：“知章骑马似乘船，眼花落井水底眠。”贺大人喝醉酒跌跌撞撞掉入井中，竟然能接着酣然大睡，这心也太大了。

只能说，幸好是口枯井，这要是水井，可怎么得了？

贺知章与李白的交情，正是建立在酒上。

两个版本，一是说李白进京后，携《蜀道难》《乌栖曲》拜谒贺知章，求提携；许是后人觉得这版本太常规，所以又有了第二种，说两人乃相遇寺中，李白高声吟诵，惊动了贺知章。

且不管是怎么见到的吧，总之贺知章见了或是听了“蜀道难，难于上青天”的诗句后，盛赞说：“真谪仙人也！”立刻就拉着李白去喝酒了。

李白对于哪个名人曾经夸过他什么话那都是要详细记录到处

传扬的，贺知章夸得这么风雅，当然要立刻晒朋友圈了，从此便有了“谪仙”的美号。

且说两人推杯换盏喝至月上柳梢，结账时才发现麻烦了，没带钱！那李白是个败家子，喝酒喝得千金散尽，吃惯白食的，又是布衣百姓一枚，没钱付账是常事，当下面不改色；贺知章年长他四十多岁，官居宰相，可不能这么丢脸，于是解下腰间所佩的皇上御赐的金龟押给了店家，说是暂抵酒钱，明日来赎。这就是历史上被称为“金龟换酒”的佳话来由。

要说那店家也够不长眼的，皇上的御物也敢收来当酒钱，这要是弄丢了磕坏了，可是欺君之罪啊！

从这个故事里，我们可以充分看出贺知章的好人缘好人品和喝酒绝不赊账的好德行，难怪他会成为全唐最幸福的诗人。

贺知章回乡不久，驾鹤西去。他说李白是谪仙人，但从一生经历来看，似乎贺知章才是真神仙，他总能很主动很有计划地选择自己的人生，说当道士，就真的彻底隐世了。

所以，他的死绝对不能说是死，必须说是成仙！

贺知章死后，李白有《对酒忆贺监二首》，回忆他们的相识：

其一

四明有狂客，风流贺季真。
长安一相见，呼我谪仙人。
昔好杯中物，翻为松下尘。

金龟换酒处，却忆泪沾巾。

其二

狂客归四明，山阴道士迎。
敕赐镜湖水，为君台沼荣。
人亡余故宅，空有荷花生。
念此杳如梦，凄然伤我情。

杜甫给李白献了一辈子诗，才得李白带搭不理地回赠两首。而对待贺知章，李白却一次就写了两首，实属难得。

更难得的是，后来他又追加了一首《重忆》，再次念叨贺老：

欲向江东去，定将谁举杯？
稽山无贺老，却棹酒船回。

三首诗，全是在喝酒的时候想起的，估计是因为没人替他付账吧。

且说杜甫的《饮中八仙歌》堪称酒中绝唱，很值得逐句讲解一下：

知章骑马似乘船，眼花落井水底眠。
汝阳三斗始朝天，道逢麹车口流涎，
恨不移封向酒泉！
左相日兴费万钱，饮如长鲸吸百川，
衔杯乐圣称避贤。
宗之潇洒美少年，举觞白眼望青天，

皎如玉树临风前。

苏晋长斋绣佛前，醉中往往爱逃禅。

李白一斗诗百篇，长安市上酒家眠，

天子呼来不上船，自言臣是酒中仙。

张旭三杯草圣传，脱帽露顶王公前，

挥毫落纸如云烟。

焦遂五斗方卓然，高谈雄辩惊四筵。

这首诗的格式就叫作“柏梁体”，指每句叶韵的七言诗。

诗中讲了八个人物，八位酒仙，每人寥寥数语，活灵活现。

第一位是酒后掉入井中犹自酣睡的贺知章。

第二位是汝阳王李琎，李隆基的侄子，长得眉清目秀，深得皇上喜爱。有一次他喝完了三斗酒才来觐见，醉得倒在天子脚下，皇上命人将他扶出，谁知半路上遇见装酒曲的车子经过，他又清醒了过来，大喊大叫说要把封地移到酒泉去。

、第三位是废太子李承乾的孙子李适之，曾任左丞相。他每天花费大量的酒钱与宾客豪饮，酒量极好，“饮酒一斗不乱，夜则宴赏，昼决公务，庭无留事”。但是后来他因为得罪权臣李林甫而被罢相，就没有人敢来赴他的酒宴了。一日，他在喝干一大坛酒后，仰天长啸，吟了一首诗：

避贤初罢相，乐圣且衔杯。

为问门前客，今朝几个来？

第四位是崔宗之，齐国公崔日用的儿子，玉树临风，气度不凡。他喜欢模仿魏晋狂人阮籍，看到庸俗的人，无论贵贱，就故意装醉用白眼球翻人家，然后望着青天发呆。

第五位户部侍郎苏晋，喜欢钻研佛经，明明是吃斋的，却戒不了酒。他曾经得到高僧慧澄绣的一本佛经，读完之后喃喃自语：“这个和尚喜欢喝米酒，与我同好，以后我就学习他的佛理了，别的典籍再不看了。”

第六位就是我们的诗仙李白了。酒后写诗，灵感勃发。有一次唐玄宗召他进宫，他正酩酊大醉，连圣旨都敢不遵，还说自己是酒中神仙，不受帝召。当然，最后他还是去了，而且写出了千古名句《清平乐》三首，我们将来细说。

第七位是草圣张旭，人称“张颠”，每次喝醉之后便狂呼暴走，大喊：“拾墨来！”然后笔走龙蛇，写出的字比清醒时更加变化无穷，如有神助。有时会把头发浸在墨汁里，然后狂甩脑袋写大字。

以前的人讲究冠戴整齐，然而张旭为人洒脱无所忌，即使在公卿之前也敢于脱帽露顶，旁若无人。

最后一位焦遂，平日口吃，语不成句，但是一喝了酒便妙语如珠，高谈雄辩，语惊四座。但是，这酒可不能少，要喝过五斗才见出卓然之才。

这首诗并不是两两成对，而是前两句说一件事后，忽然改成三句一段，每段一个人物，连续三段后，又是两句一段，而到了写李白这段，忽然改成四句，也是全诗中着墨最多的一处，别无并举。这也使得后人得以成功撷取这四句单独成诗，四处镌刻，以至于很多人都误以为这本来就是诗圣咏诗仙的一首绝句。

但我有个怀疑，照着杜诗的排列格式，很有可能这段本来也是三句：“李白一斗诗百篇，长安市上酒家眠，天子呼来不上船。”之后接张旭典故。如果是这样，也非常完整流畅，在语风上是完全成立的，而且比现有格局更加对称些。

不过，关于这一点我还没找到相关的证据，就当是杜甫对李白的格外优待好了，也是一段佳话！

杜甫一生坎坷，多苦痛沉郁之作，这首《饮中八仙歌》，是他难得的潇洒畅快之作，也算得上是开元盛世的一个侧影。

四

《饮中八仙歌》中的两位——贺知章和张旭，并列“吴中四士”之中。两人私下里是很好的朋友，一个“狂”，一个“颠”，相得益彰。

张旭是草书艺术的代表人物，墨法飞扬洒脱，灵动狂放，一笔一点俱有生意，充满情趣，仿佛会说话一般。

贺知章的草、隶二书也都很闻名，连画圣吴道子都曾向他求艺。而且贺知章有求必应，凡有人来求他墨宝，他并不管对方身份高低，只问：“有多少张纸？”然后拿过来一口气写完。

张颠喜欢醉后狂草，贺知章则喜欢“醉后属词，动成卷轴，文不加点，咸有可观”。文章和书法相得益彰。

贺张二人都好酒又好书，脾气又相投，有时结伴而行，命仆童背着酒，边走边喝，喝醉了不定会闯进谁家宅院，看到人家有雪白的墙壁，拿起笔来就挥毫狂书。

一次遇到主人抗议，贺知章便大大咧咧地口占一绝相答：

主人不相识，偶坐为林泉。

莫谩愁沽酒，囊中自有钱。

意思是说：你不认识我不要紧，我就是进来看看风景的。别嫌我喝醉了闹事，我有钱，请你一起喝酒可好？

这样的行径，谁见了还能气得出来？估计主人只好坐下来陪他们一起喝酒了。

我真恨自己没有生在唐朝，否则家里装修房子的时候，壁挂都省了，只管涂好了大白墙静等着贺知章上门，那得留下多少墨宝！

张旭不仅是书法家，也是诗人，最著名的诗是这一首：

桃花溪

隐隐飞桥隔野烟，石矶西畔问渔船。

桃花尽日随流水，洞在清溪何处边。

这首诗化用陶渊明的《桃花源记》之意韵，先写了环境氛围：远远地看到一座桥在云烟缥缈中若隐若现，凌驾深谷山溪之上，恍如仙境。一个“隔”字，写出作者是在远望，深有炼字之美。

作者在哪儿呢？原来是站在岸边石矶旁，向打鱼人问询。

问的是什么呢？第三句且不急着说明白问题，又宕开一笔写环境：这缤纷的桃花镇日飘落，付诸流水，溶溶荡荡，流出山谷，惹人遐思，才让我有此疑问的。

到底想问什么呢？最后一句才说明白：请问，桃源洞在清溪的哪一头啊？

《陶花源记》中误入桃花源的乃是打鱼人，所以作者认为打鱼人很可能知道答案。这奇思妙想，闲雅有致，令人拍案。而隐逸之情，淡泊静退，更让人起敬。

故而《唐诗三百首》评：四句抵得一篇《桃花源记》。

这首诗非常著名。但是很长一段时间，我都忽略了它的作者竟然是“草圣”张旭，也就是与中唐书法家怀素并称“颠张狂素”的张颠！他的草书与李白的诗、裴旻的剑并称“大唐三绝”。

一个人的书法已经这样登峰造极了，诗还写得这样好，给不给别人活路了？

张旭留下的诗并不多，但篇篇清新绝尘，不似凡人。

山行留客

山光物态弄春晖，莫为轻阴便拟归。
纵使晴明无雨色，入云深处亦沾衣。

如果有人在家中做客，恰逢下雨，我们就常常形容“人不留客天留客”。

而张旭的这位客人，则显然是看到阴天，就因为担心会下雨而急于告辞。张狂人大约谈兴正浓，不舍分离，遂有此诗留客。

诗中说山光物态，春色生辉，何必为了一点点阴天就想着要回去呢。再说了，既然已经天阴，云雾升起，就算是你赶着回去没遇到雨，走在云深处的时候，也会被雾打湿衣裳啊。可见山谷幽深，山路崎岖。

显然，张旭此时所在，乃是一处高士隐居的深山峻岭之中。

这首诗与《桃花溪》一样，写山光水色，如梦如幻，却饶有情味。

再看一首五言：

清溪泛舟

旅人倚征棹，薄暮起劳歌。

笑揽清溪月，清辉不厌多。

张旭是个书痴，以造化为师，看到公主与担夫争道，闻鼓吹而得笔法之意；又看公孙大娘舞剑，而得草书之神。悲欢忧喜，凡有动于心，悉可发于笔墨，山水崖花，无不可化为一撇一横，故“张旭之书，变动犹鬼神，不可端倪”（韩愈语）。

苏东坡嬉笑怒骂皆成文章，而张旭则是喜怒哀乐悉化草书。

张旭性格豪放，嗜好饮酒，每于醉后手舞足蹈，然后回到桌前，提笔落墨，飘逸如飞，醒来看自己的字，全不知怎样得来。醉到极时，呼叫狂走，甚至以头发蘸墨书写，故得“张颠”之名。

张旭的书法，对后世影响极大。颜真卿曾两度辞官向他请教笔法，方有颜体临世。迄今常熟城内还有一条“醉尉街”，建有“草圣祠”，便是为了纪念张旭的。祠内楹联颇为可读：

书道入神明，落纸云烟，今古竞传八法；

酒狂称草圣，满堂风雨，岁时宜奠三杯。

张旭死于750年，据说是喝酒醉死的，终年75岁，也没赶上安史之乱，真幸福！

张九龄的月亮，大唐诗坛分水岭

一

不知不觉，我们进入了盛唐诗坛的繁华夜宴。

历史上多把唐玄宗李隆基登基后的开元元年也就是713年作为盛唐之始，而我却总习惯把李白和王维手拉手来到人间布散相思的701年作为盛唐开端。

这两人注定是要开辟大唐诗坛新气象的，连出生的年份都选得这么巧，701年，多易记！

不过，别激动，我们现在要讲的不是李白和王维，他们长大还需要一些日子。我们说的还是宰相，李白们的引路人。

唐朝盛产宰相，与贺知章同期的宰相就有崔湜、张说、张九龄、陆象先、武三思、姚崇、李林甫等，他们要么交错掌权，你沉我浮，要么同殿共事，明枪暗箭，履历表看得人眼花缭乱，就算史学家也算不清楚，加上各史书的版本不同，就更加混乱。你只要知道大致上他们是同一时期的历史人物就行了。

如果说李白的伯乐是贺知章的话，那么王维的恩公就是张九龄。

张九龄（678—740），可是一个牛人——你一定说，呸，你讲的哪个不是牛人？还是神童呢。

不好意思，张九龄真的是一个神童，7岁属文——又是7岁！我要向读者中7岁孩子的母亲道歉，给你们的压力太大了。我更要向你们的孩子道歉，因为我真怕你们看完书转过头就跟孩子说：看看人家！7岁都会写诗作赋了！再看看你，吃个饭都要老妈操心。还不好好上学，巴拉巴拉……

张九龄，字子寿，一名博物，谥文献，所以史上也称为文献公。

据说他出生的时候，母亲梦见九鹤自天而下，飞集于庭。鹤有长寿之意，所以给他取名九龄，字子寿。

仅这一点就证明他够牛的。因为古代牛人出生时当娘的多半都会做个特别的梦，比如上官婉儿她妈梦见有神人送她一杆秤，李白他妈梦见太白金星入怀，宰相张说他妈梦见有玉燕飞入怀中因而怀孕。张说后来做了宰相，还留下一个成语叫“飞燕入怀”或“玉燕投怀”，专门用来祝贺人家生孩子的。

读者朋友记住了，以后同事朋友七大姑八大姨怀孕时，可以祝贺她“玉燕投怀”，善祝善祷。

张说他妈梦见玉燕能生个宰相儿子，张九龄他妈梦见仙鹤当然也可以望子成龙。

后来张说和张九龄相遇，考据起来，发现两人还是拐着几道弯的族亲，看来怀孕梦见鸟是张家的传统。

张家本来是个大家族，但是到张九龄这一支这一代家道中落，已经很穷了。而且最关键的是，他是岭南人，韶州曲江（今广东韶关），也是个不大出人才的地方，所以照惯例又被称为张曲江。

如果说贺知章是浙江的骄傲，那么张九龄就是岭南的名片。（对不起，我又把他们两人做比较了，不知道贺知章愿意吗？）

要知道，在这之前岭南非但人才稀缺，而且在人们传说中，还是个龙潭虎穴一般恐怖的死亡地带。

恐怖到什么地步呢？

贞观二年时，唐太宗李世民派卢祖尚去交州做都督，那可是独霸一方的一把手啊，按理说天高皇帝远，去到那里可就是土皇帝了，应该是肥缺才对。可是卢祖尚先是答应了，后来转念一想就后悔了，三番五次地装病推托，还振振有词地说："岭南瘴疠，皆日饮酒，臣不便酒，去无还理。"这番出尔反尔还强词夺理的做派可把李世民气坏了，你不想去可以，可是不能先接了旨又抗旨不遵啊，还找这么一堆不成理由的理由，这不是耍我吗？你当我傻啊？因此一怒之下就把卢祖尚斩了。

宋之问曾写过"处处山川同瘴疠，自怜能得几人归"，沈佺期则写："昔传瘴江路，今到鬼门关。土地无人老，流移几客还。"一样的意思，都是说岭南之地，凶险无比，瘴疠横行，有去无还。

千年之中，唯有宋代大词人苏东坡被贬岭南的时候，还能保持他要命的乐观主义精神，写出"日啖荔枝三百颗，不辞长作岭南人"这样的名句来。

所以，苏东坡的潇洒无畏，那是真正让人高山仰止的。

张九龄能从这样一个地方鲤鱼跃龙门，这本身就是一个奇迹了，所以被称为岭南第一人；更何况，从这不毛之地出来的人，竟然还得了大唐最佳风度奖。

张九龄最为人称道的是气度高华，举止优雅，连唐玄宗见了他都瞬间变身小迷弟，自称：“张九龄文章，自有唐名公皆弗如也。朕终身师之，不得其一二，此人真文场元帅也。”

这是说唐朝建立以来文章写得最好的就是张九龄，堪称“文场元帅”，这是多高的评价！而且还很谦虚地说愿终身以其为师，但未得真传之一二。

张九龄罢相后，每当有人向皇上推荐贤能，玄宗就以张九龄为圭臬，追问：“风度比张九龄怎么样？”是以曲江大人为终生偶像了。

因此又出现了一个词，叫作“曲江风度”。

请注意，前面讲过的“林下风致”是专门形容女人的，而“曲江风度”则恰可形容男人。

想象一下，若是一个曲江风度的男子和一个林下风致的女人站在一起，那是幅什么样的画面？大概就是神雕侠侣的样子，可惜还差一只雕儿。

唐朝的官员除了走后门进的，主要靠科举选官，而科举考试的第一项就是诗赋，所以进士出身的官员都会写诗。

张九龄是凭本事考取的进士，然后一步步凭资历做到平章大人，成为著名贤相的。他的成名作是《望月怀远》：

海上生明月，天涯共此时。
情人怨遥夜，竟夕起相思。
灭烛怜光满，披衣觉露滋。
不堪盈手赠，还寝梦佳期。

首联点明时间和题旨，是在月夜，一句“天涯共此时”，可知是相思怀远之作。这句很可能是从张若虚“春江潮水连海平，海上明月共潮生”化过来的。

颔联和颈联具体写了相思的表现，通宵失眠，彻夜怀想。蜡烛已经灭了，但是因为有明月照耀，通室光明，索性披衣出门，感受晨露微冷。

尾联化用晋代陆机的咏月诗“照之有余辉，揽之不盈手”。说想到远方的情人，没办法把月光捧去送你，不如回到床上去努力睡着，希望在梦里与你相遇。

这首诗的平仄对仗并不够工整，而且三四两句也不对仗。看来是失眠之夜徘徊庭院一气呵成的，只求达意，不顾推敲。又或者是本来想写首绝句的，前四句浑然一体已经是完整的小诗，但是后来抄写时又觉得意犹未尽，硬加了四句改成律诗，便成了现在的样子。

我们欣赏古诗词，最基本的功课是字句翻译，进一步的研究是了解这首诗的写作背景、诗人的生平性情，更高的要求是细心推敲这首诗的写作过程，炼字炼意，这样才能够真正体会古诗之美，提高自己的写作水平。

但是这句“不堪盈手赠”的意境是真美，我曾为了这一句而写了首现代诗，中心句子是“见了面也没有什么可以送你，唯有这满手的月光”。写完后我发给朋友们看，大家却觉得我的现代诗写得太过工整，不够错落。

我一气之下，就又把整首诗改成了五律，然后朋友们说，你还是写格律诗好。且也录在下面，博大家一乐。

鸿影掠书窗，蛩声泣夜凉。
停弦思绿绮，寻梦访诗唐。
风疾巫山远，云深曲水长。
相逢无可赠，素手满蟾光。

张九龄最为诗家称道的是他写于罢相之后的《感遇十二首》，我们只看第一首：

兰叶春葳蕤，桂华秋皎洁。
欣欣此生意，自尔为佳节。
谁知林栖者，闻风坐相悦。
草木有本心，何求美人折。

春天里兰花枝叶正茂，秋天里桂花皎洁馨香，这都是顺时而发，方有生机勃勃。

山中高士闻到风中的芬芳气味，欣然坐起，心情舒畅。

万物有情，一草一木都依从自己的本心，依时开放，自得其趣，又何须别人欣赏？

这首诗继承了屈原骚赋之风，以花木自喻高洁，表明洁身自好的德行和与世无争的意愿。尾联“草木有本心，何求美人折”

颇具哲学意味，寓意深沉。

赤堇氏云："读张曲江诗，要在字句外追其神味。""曲江诗如蜘蛛之放游丝，一气倾吐，随风卷舒，自然成态。初视之，若绝不经营；再三读之，仍若绝不经营。天工言化，其庶几乎？"

这个评价和比喻的本身就够我们学习的，免得我们看到一首诗时，只会说：写得真好！

二

张九龄的诗因为没进过中学课本，所以很多人对他不熟悉。然而历代诗集选论对他的评价都相当高，称颂他"上追汉魏而下开盛唐""襟情高迈，有遗世独立之意""陈子昂独开古雅之源，张子寿首创清澹之风"。认为他和陈子昂共同开启盛唐诗风的醇正之象，是田园诗派王维、孟浩然的领路人。

而张九龄不仅在诗风上影响了王维和孟浩然，在仕途上也确曾提拔过他们。

王维曾写过一首《献始兴公》，"宁栖野树林，宁饮涧水流。不用坐粱肉，崎岖见王侯。"极言赞美张九龄的高风亮节，最后说"贱子跪自陈：可为帐下不？"自称愿意跪下来请求做张九龄的一名帐下随从。

孟浩然也曾在《荆门上张丞相》中写道："共理分荆国，招贤愧不材。召南风更阐，丞相阁还开。"说我走投无路，幸好丞相给了我一线生机。

有句话说：看一个人的德行，要看他的朋友圈。

有张说这样的朋友，王维、孟浩然这样的粉丝，张九龄的风华气度可想而知。

还有一种论调则说：看一个人的能力，要看他的对手是谁。

张九龄能成为一代明相，对手自然少不了，而他最大的敌人，是权相李林甫，就是那个弄虚作假“野无遗贤”让杜甫落榜的奸人。

先说张说（667—730），这当然也是个牛人，早年参加制科考试时，策论天下第一。

武则天当政时，玉面六郎张昌宗诬陷御史大夫魏元忠谋反，逼着张说作伪证。张说不肯，还对武则天说：“陛下看到了，张昌宗在陛下面前都这么嚣张，何况在外面！我从没有听说过魏元忠要造反，即使冒着被满门抄斩的危险也必须说实话！”

因为他的无畏，魏元忠的命被保住了，但是张昌宗也被得罪狠了。得罪了张昌宗，也就是得罪了武则天。武皇虽然没有相信魏元忠谋反，可是为了给小男朋友出气，还是将魏元忠贬职，张说流放岭南。

岭南啊，这惩罚可真是够狠的。

可也正因为此，年轻的张九龄才有幸结识了前宰相张说，还递上了自己的文章。

张说看到后，大加赞扬，对这个比自己小十几岁的年轻人很是礼遇，说他将来必成大器。说不定，正是因为玉燕宰相张说的鼓励，才打通了张九龄的任督二脉，使岭南终于出了第一位宰相。

神龙政变，中宗复位，张说被重新起用，高兴得“见花便独笑，看草即忘忧”。之后一路升官，玄宗朝时因诛杀太平公主有功，官拜中书令，封燕国公。不久，唐玄宗更改官职名称，张说被封了个很好听的官，叫紫微令。

张说前后三秉大政，掌文学任三十年。他在咏曹操一诗中说：“昼携壮士破坚阵，夜接词人赋华屋。”也正是他自己的写照。

张说与张九龄合称“二张”，与“北风吹白云，万里渡河汾”的许国公苏颋并称“燕许大手笔”。擅五言，诗风清辉隽永，冲远有味。其最著名的诗作是《幽州夜饮》：

凉风吹夜雨，萧瑟动寒林。
正有高堂宴，能忘迟暮心。
军中宜剑舞，塞上重笳音。
不作边城将，谁知恩遇深。

这首诗写于张说贬官幽州都督之际，特色在于反话正说，明明是对边塞生活满腹牢骚，却故作颂圣之语，说成是“恩遇”。

首联时间、地点，乃是风雨之夜，边陲之地，一片凄清荒凉，把开场气氛做到十足。

颔联扣住“夜饮”二字，说我们此刻在堂中饮宴，但我能忘记“老骥伏枥，志在千里”的垂暮之志吗？

这两句合起来，化用的正是屈原“惟草木之零落兮，恐美人之迟暮”，感慨英雄白发，壮志未酬。同时也暗示了自己虽处幽僻，却不忘建功立业之心，“烈士暮年，壮心不已”。

所以接下来两句话锋一转，“军中宜剑舞，塞上重笳音”。

表面上写军中舞剑，帐外吹笳，但这种悲壮本身喻示的就是一种塞外征伐，英勇报国之意。

尾联总结一句：“不作边城将，谁知恩遇深。”说我要不是来到了边塞孤城，与将士们同甘共苦，亲身感受到塞外的艰苦生活，哪里会懂得此前做朝廷内臣时所享受的种种恩遇呢？

所以清人姚范评论说：“托意深婉。”徐增撰却认为“尖利”，认为此诗“说上说下，总是一个不乐幽州”“非忠厚和平之作，不免狭小汉家矣”。

所谓仁者见仁，智者见智，同一首诗，不同人解读出不同的意味，并不是一件坏事，而恰恰证明诗人意在言外，余韵不绝。

关于张说，最好玩的事是在开元十二年（724），张说倡议玄宗泰山封禅，这种花样文章深得玄宗之心，遂命他为封禅使。

于是张说就任人唯亲起来，利用职权把自己的女婿郑镒从九品乘火箭直接升到了五品，赐绯色朝服。玄宗大宴群臣时看到了这个面生的新晋红人，好奇地问：你谁啊，怎么升到这位子的？

郑镒面红耳赤，不知道该怎么回答。旁边知情的伶人调侃道：“这都是泰山的功劳啊。”

从此，泰山就成了老丈人的代称。

注意，这一篇的信息量真的很大，还学了好几个词：生孩子叫玉燕投怀，老岳父叫泰山大人，大帅哥叫曲江风度。记住了吗？

三

唐玄宗虽然欣赏张九龄的风度，但是看久了也会审美疲劳，尤其到了沉迷女色、滥用权臣的晚年，就更加老糊涂了，开始对张九龄的忠直不满了。

有一天，两人又因为政见不合争执起来，唐玄宗沉下脸问："这天下大事都是你说了算是吧？"（"事总由卿？"）

这话的言外之意就是：你是皇上还是我是皇上？——直接就把天聊死了。

通常帝王这么说话的时候，就表示形势很危险了。但是张九龄仍然维持他一贯的忠勇，继续直言上谏，对于自己不满的事勇敢说"不"：皇上想任用李林甫做宰相他说不，想废掉太子李瑛他也说不，想提拔牛仙客他还是说不。

牛仙客，河西官吏，因为对李林甫唯命是从而得出头。

开元二十四年（736），李林甫为了压制张九龄，推举牛仙客做宰相。

唐玄宗派人调查，回报说河西仓库盈满，器械精劲。玄宗大悦，以牛仙客政绩卓然为由，要调升他为六部尚书。

张九龄反对说："自开国以来，尚书职位只有德高望重者才可担任。牛仙客边疆小吏，骤然提拔到清要之位，恐怕贻羞朝廷。"

唐玄宗又要给牛仙客封爵，张九龄再次反对："封爵是为奖励功劳。牛仙客身为边将，不过做了些本职工作，不足以论功。

陛下赏赐金帛就行了，封爵未免过厚。”

唐玄宗被连抵了两次牛角，就有点不高兴了。李林甫趁机进言说：“陛下的眼光最准了，这牛仙客一看就是宰相之才，张九龄一介书生，不识大体，分明是嫉妒贤能，陛下何必理他。他要再敢反对，皇上就揭他老底，看他面皮往哪儿搁？”唐玄宗大悦。

第二天上朝，玄宗果然又提出加牛仙客爵位，张九龄也果然再次反对。玄宗讽刺说：“你嫌牛仙客家世寒微，难道你自己是出身名门么？”言外之意：你可是岭南人！

话说三百年中，张九龄是唯一一个岭南出产的大唐宰相。唐玄宗一边佩服着张九龄的风华气度，一边又拿人家出身岭南来说事儿，未免有点不大气。

但是张九龄不卑不亢地答道：“没错啊，我只是一个岭南寒门，还不如牛仙客呢，他好歹是中原人士。不过，看人不能看微时，要看发展。我虽出身岭南，却是凭本事考取进士，且已经在朝廷要位任职多年，执掌文诰，跟着陛下好歹增长了几年见识；牛仙客虽然出身中原，但是目不识书，不过是个边疆小吏，没见过什么大场面，贸然重用，恐怕难孚众望吧。”唐玄宗再次被顶得没话说了。

下了朝，李林甫又偷偷地暗中进言了：“只要有才识，何必满腹经纶。张九龄就仗着他书读得比人多，便目中无人。天子用人，看的是真才实干，又不是只论死读书，有什么不可以的？”

于是唐玄宗再不管张九龄说什么，强行赐封牛仙客为陇西郡公，实封三百户。

同年十一月，张九龄罢相，牛仙客被任命为工部尚书。这真是一个亲者痛仇者快的决策。

张九龄与李林甫之争，到底是输了。

后世有史学家认为，与其说安史之乱是盛唐之末，不如说自从张九龄罢相，就已经形成了大唐由盛转衰的分水岭。

李白在《远别离》中一句诗："君失臣兮龙为鱼，权归臣兮鼠变虎。"不知道他是在什么情况下写的，但拿来形容张九龄、李林甫和唐玄宗之间的关系则刚刚好。

失去了贺知章、张九龄这样的贤臣，明君如玄宗亦是真龙变鱼；而容忍李林甫、杨国忠这样的奸臣权杖在握，那是纵容老鼠把自己当成老虎了，国家还好得了？

张九龄一生识人无数，最使我扼腕的是他在开元二十一年（733）的一面之识。

彼时范阳节度使因为一个手下副将在契丹讨伐战中犯了错，捉拿押送他到京城，请求按照典章处死。

张九龄看到此人面相，立刻就同意了。但是李隆基却不同意，坚持要赦免他。张九龄上奏说："此人狼子野心，面有谋反之相，请求皇上将其处斩，以绝后患。"

可是唐明皇这时候正对跟张九龄唱反调这个游戏乐此不疲，哂笑说："你以为你会看相啊？咋不去天桥摆摊呢？"坚持放虎归山。

二十年后，这个人用实际行动狠狠回报了皇上的信任，他的名字叫——安一禄一山！

安史之乱爆发后，玄宗仓皇逃入成都，想到张九龄从前的建言，追悔莫及，对高力士说："我要是听从张九龄的话，断不至落到今天。”越想越难过，即便在那样艰难的处境中，仍然命人前往曲江祭奠张九龄，并取长笛亲自作了一首曲子，名为《谪仙怨》，曲成，号啕大哭。

每次想到这段历史，我也很想哭一场。

最后，我们再来看一首张九龄的短诗以结束本篇：

赋得自君之出矣

自君之出矣，不复理残机。
思君如满月，夜夜减清辉。

短短二十个字，道尽人事沉浮世事沧桑，又饱含了殷殷期望，无限忧伤。

一个“满”字，再对一个“减”字，凉意顿生。

张九龄罢相之前的岁月，是大唐最好的时光，自此以后，大唐的明月，渐渐地残了。

我可以背下王之涣所有的诗

一

盛唐，是唐诗最璀璨的时光，光芒万丈得近于奢侈。

李白、杜甫、王维、孟浩然，边塞诗、田园诗、送别诗，格律在这时候推敲成熟，题材在这时候走向极致。即使把大唐三百年砍掉一半，盛唐留给我们的文化财富也已经足够垂照千古的了。

我一直认为盛唐是中国历史上最好的时光，安史之乱后，这样的开明繁华再也没有出现过。之前的汉朝太粗糙，人们活得过于兴头了，还没有学会精致的享受；而后面的宋朝则太狼狈，尤其是经济文明达到鼎盛的南宋，因为始终蒙着“靖康之耻”的阴影，想起来总有一种哀伤的调调儿；明朝的文化中兴只算是在元与清之间诈了一回尸，格调要逊得多。

最恣意最绮靡，最风光最细腻，最令人迷醉向往的，只能是唐朝，而唐朝最好的时光，是盛唐。

虽然之后的中唐时期的诗人更多，诗歌发展更盛大，但是经过安史之乱的洗劫后，在藩镇割据、宦官专权、牛李党争的三座大山的镇压下，诗人脸上总蒙着一层沧桑烟尘，远不如盛唐诗人来得恣意飞扬。

盛唐的诗人特别潇洒，他们的生平故事经常会彼此交叉，不仅留下了无数瑰丽的诗篇，还为我们留下了许多传奇的故事。那是一帧帧泛着微黄的温暖画面，也是一行行零乱交错的时光脚印，更是一段段光影陆离的历史撷影。

我们要说的第一个镜头，是“旗亭画壁”。

时间：唐开元年间，一个微雪的黄昏，具体日子不详

地点：长安旗亭酒馆

人物：王之涣（688—742）、王昌龄 （698—757）、高适（704—765），还有一群打酱油的妙龄歌女

事件：在酒馆里当然是喝酒，有诗人的地方当然要吟诗

且说唐玄宗就是个战争贩子，仗着国力强盛从来不肯让将士们消停一会儿，唐朝边境的战火一直未熄，吐蕃、契丹、南诏，战争持续了一百多年。

战争多，官员们就免不了要轮番地“使至塞上”，于是造就了诗坛上一个新崛起的帮派：边塞诗人。其掌旗人物正是我们镜头中旗亭画壁的这三位，外加王翰、李颀、岑参、李益、王建……

其余的人以后再慢慢说，现在我们只看到三个酒徒。这时候已经推杯换盏喝得半醉了，开始商量起一件挺为难的事：谁来买单？

唐朝诗人都喜欢喝酒，但是都不喜欢买单，像贺知章那样有钱要买单，没带钱解下金龟作抵押也要抢单的好人是少数。更多

的酒鬼是像李白那样的：你有钱没？要是没钱，把你们家马牵出来卖了换酒去。

但是高适、王之涣、王昌龄大概都没骑马来，或是骑了来也不舍得卖，所以三个人就僵住了。

正在这时，门帘一掀，香风拂过，一群袅袅婷婷脂红粉艳的歌伶走上楼，施施然进了隔壁包间，要了酒菜一边吃喝一边弹唱起来。

有诗人的地方一定要吟诗，有歌女的地方当然也就一定会唱歌。

王昌龄就提议说：这样吧，她们等下唱的歌里肯定有我们的作品。我们仨做朋友也挺久了，一直分不出谁高谁低，今天就以这几位美人的歌声决一胜负，谁的诗入歌最多谁就赢。输了的请客。

我在西周课堂上讲诗之起源时，经常强调：诗歌诗歌，诗是用来唱的，从歌发展而来。比如《诗经》的“风”“雅”“颂”，指的就是三种不同的音乐风格与功能。其中成就最高的“风”，分为十五国风，就是十五个小国的民歌。

唐朝时，诗人们的诗作分两种：一种是纯粹的案头创作，微言大义，托物言志，供人们膜拜瞻仰的；另一种，则是可以入曲来唱的，是诗，也是歌词。

所以这三个人听歌伎唱诗，就相当于刘德华、张学友、齐秦三个人结伴进了卡拉OK，侧耳听隔壁包厢点歌，看看究竟谁的歌打榜最多。

如今这旗亭酒馆里的三位诗人就在侧耳倾听。第一个歌伶唱了起来：

寒雨连江夜入吴，平明送客楚山孤。

洛阳亲友如相问，一片冰心在玉壶。

王昌龄大乐，用手指在墙壁上画了一道说：第一首是我的，《芙蓉楼送辛渐》。

这首诗写于王昌龄谪官江宁丞时，在芙蓉楼送别朋友辛渐而作。送别，是唐诗的一个重要内容。

这首诗第一句写景，昨晚江宁下了一夜的冷雨。江宁属孙吴旧地，所以称“吴”；第二句写事，今早我在江边送行，看着朋友的背影没入楚山之后。“孤”字以情入景，写出了作者孤寂苍茫的心境。

于是后两句直抒胸臆，说你遇到洛阳的老朋友，倘若问起我的现状，就说我不论经历过什么样的沉浮升迁，心志未改，高洁如故。

王昌龄一生数次被贬，理由很模糊，乃是“不护细行”，似乎当作不拘小节讲，又或是有什么隐情。但是王昌龄在这首诗里告诉我们：我是冤枉的，如玉壶冰心，无愧无尘。

这首诗文字直白而情感真挚，被率先唱起，高适和王之涣都觉得心悦诚服，而且想到王昌龄冤情，都起了同感之心，遂频频点头。

于是又听第二位唱了起来：

开箧泪沾臆，见君前日书。

夜台今寂寞，犹是子云居。

这是高适的《哭单父梁九少府》中的四句，情真意切。高适因此也赶紧画了一道：我也有一首了。

王之涣有点坐不住了，想着另两位的诗都已唱过，这第三首该是我的了。小心肝扑通跳地听第三位歌伶开口了：

奉帚平明金殿开，暂将团扇共徘徊。
玉颜不及寒鸦色，犹带昭阳日影来。

这是《长信秋词》，还是王昌龄的。王昌龄手指在壁上一画：两首了！

这首诗里所写的典故我们在前面讲过的，正是班婕好自闭长信宫的往事。

说是老宫女们每天早晨起来拎着把笤帚扫地，闲时百无聊赖，拿着把团扇走来走去，想着班婕好写的团扇词，暗自伤心。忽然一抬头看到有乌鸦飞过，那可是从赵飞燕姐妹住的昭阳殿飞过来的，背上还带着灿烂的光影，远胜我这冷宫的人儿。绮年玉貌未得皇上一顾，还不如这只乌鸦呢。

日影，在这里借指皇上的恩宠。这首诗用典确切，借代巧妙，情虽幽怨，而措辞优雅，着眼角度尤其独特，不说为寥落冷宫而幽怨，却说羡慕从昭阳殿飞来的乌鸦。奇思异想，令人叫绝，确是一首好诗。

歌伶们已经唱了三首了，王昌龄独占两首，可见胜败已分。

本来这也没什么，输赢乃诗家常事么。可是王之涣实在难堪，输不要紧，但自己的诗一首都没出现在这些美人的樱唇榴齿中，未免太丢面子了。于是他指着座中最明艳的一个美人说：那些女子都是庸脂俗粉，当然只会唱些下里巴人。等一下你们看这位花魁所唱，如果还不是我的诗，我这辈子都拜倒在二位靴下。

等啊等，终于等到这位美女开唱了：

> 黄河远上白云间，一片孤城万仞山。
> 羌笛何须怨杨柳，春风不度玉门关。

这正是王之涣的《凉州词》，三个人一起纵声大笑。

笑声惊动了唱得正高兴的歌女们，忙过来探问：我们唱得有那么可笑吗？跑调了还是怎么着？

三人忙说明缘故，小姑娘们真是又惊又喜，都纷纷揖拜，莺莺燕燕地说："原来是几位神仙降临，我们有眼不识金镶玉，还请移座共席，让我辈做个小东如何？"

有酒喝，有歌听，有美人相伴，还不用自己买单，多好的事儿啊。三人麻溜儿地坐了过去，饮醉竟日。

且说这次赌赛，论数量其实是王昌龄赢了。这也正常，世人称其为"七绝圣手""诗家天子"，说他是亘古至今所有诗人中七言绝句作得最好的，歌词当然流行。

不过论质量，似乎王之涣凭着一首《凉州词》拔了头筹。这首诗实在太漂亮了，漂亮到章太炎评价它是唐朝的"绝句之最"，不但在旗亭夺魁，即便放眼整个唐朝诗坛也应该夺冠的。

关于这首诗还有个故事，说是乾隆因为很喜欢这首诗，有一次新得了一把折扇，便让纪晓岚把这首诗抄写其上。谁知道纪大烟袋抄写的时候一个走神，竟然漏了一个“间”字。这不是落人耻笑吗？而且废掉了皇上的一把好扇子，该当何罪？

大才子纪晓岚眼珠一转，计上心来，禀告说：“皇上，我这首不是王之涣的《凉州词》，而是根据他的七绝重新填的一首词，我念给您听：黄河远上，白云一片，孤城万仞山。羌笛何须怨，杨柳春风，不度玉门关。”

加了标点，重新断句，七绝齐言诗就变成长短句了，于是纪晓岚安然过关。

这故事流传极广，还有好几个版本，有把乾隆换成朱棣，纪晓岚换成大臣解缙的；也有把乾隆换成慈禧太后的。

最好玩的版本是纪晓岚的，因为他明明写错字，还要强词夺理说：“我故意省略一个字把诗改成词，是有用意的，暗藏了一个名词，看谁猜得出来。”

大家想来想去猜不到，纪晓岚揭晓答案：“我这里空掉了一个间字，意思就是，空间！”

人是需要空间的，扇子也需要，君臣之间更需要。大臣们纷纷点头：I 服了You！

故事很有趣，听上去也很聪明，但是可信度不高，应该是后世不懂诗词的文学爱好者杜撰的。因为古时填词并不像今天写现代诗一样故意长短不齐乱断句就行，是要“倚声填词”，也就是根据不同的曲调来度其长短，平仄韵脚都要兼顾。

纪晓岚填的这个格式，此前并没有这样一个现成词牌，如果他非说是一首词，那除非他的音乐天赋非常高，能够当场谱曲才行。

因为，《凉州词》本来就是一首词。

二

《凉州词》其实不是标题，而是曲牌名，代表着一种曲调。

隋朝宫廷御定的九种国乐里，有七部是凉州输入的，其中《西凉乐》最著名，是西凉乐舞的精华。

唐玄宗是喜欢音乐的，曾命乐部搜集了一批西域曲谱，填上新的歌词，并以这些曲谱产生的地方来命名。凉州词，就是凉州乐舞的曲调，当时颇为流行，很多诗人都曾按曲填词，所以虽然它看上去是一首齐言诗，但其根本属性，却是曲子词。

除了王之涣这首，还有另一首很著名的《凉州词》，来自王翰：

> 葡萄美酒夜光杯，欲饮琵琶马上催。
> 醉卧沙场君莫笑，古来征战几人回。

章太炎认为王之涣的《凉州词》是“绝句之最”，王世贞却认为王翰的这首才是唐朝七绝压卷之作。

王翰（687—726）差不多与王之涣同龄，是个妙人儿（我不敢说牛人了，怕你打我），最妙的地方在于有钱、任性。

他出生于并州富户，是富得流油的那种真富贵，“枥多名马，家有伎乐”，就是说家里养了很多赤兔啊，的卢啊，骅骝啊，骐骥啊，乌骓啊，汗血宝马什么的，而且还养着伎乐班子，比明朝的养家班早了将近一千年。

王翰这么有钱，自然出手豪阔，吃饭时最喜欢抢单，所以朋友也多。如果旗亭画壁那天他也在场，谁买单根本就不是一个问题。

王翰不仅有财，还很有才。23岁考上进士，发榜那天干了件很找打的事：在进士榜旁边又贴了一张自定的海内名士榜，把天下文人分成九等，自己和张说、李邕在第一等，其余的人依次降等。那些居于下品的很多是朝中重臣，这可让人面子往哪儿搁？

张说宰相我们前面说过了，乃是燕许大手笔，初唐一代文宗。李邕是谁呢？举个例子，杜甫在《奉赠韦左丞丈二十二韵》一诗里，吹牛说自己名声在外，人见人爱，“李邕求识面，王翰愿卜邻”，形容自己多有名望的，李邕都希望与他结交，王翰都想和他做邻居。

这是一句夸大其词的话，但由此可以看出李邕和王翰在当时有多么出名。

王翰自居天下第一，还拉扯上张说和李邕做同谋。这两个人看了榜倒也暗自高兴，可是居次的人怎么办？尤其是那些被列为七八九等的当朝官员，无故躺枪，这心情好得了吗？

可以说，所有没有在一等的人，都被王翰得罪了。做了这么欠扁的事，仕途怎么好得了？所以王翰虽然中了举，也没得到什么好工作。不过他大概也不在乎，在长安游历够了，交了许多酒肉朋友，就又回家赋闲去了。

他能这么狂，除了有钱之外，还有一个绝招，就是非常擅长考试。后来他又报考过超拔群类科，继续名列前茅，加上被他评为一等人才的宰相张说的提拔，后来他还是做了官。

但是后来张说被罢相，于是王翰也跟着被贬到河南做六品的汝州长史，不久又再贬成从六品的仙州别驾，再之后又被贬为湖南道州司马，一下子把他从河南支到了湖南。然后，就没有然后了……

据说王翰一路走一路纵酒，于是死在赴道州的途中，死时还不到40岁。

王翰写的诗应该不少，但是留下来的不多，长诗《饮马长城窟行》是个中精品，《凉州词》更让他赢得了“孤篇边塞诗人”的美号，也使得任何一场关于唐诗专题的讨论，都不能不为王翰留下一席之地。

《凉州词》大概是作于王翰在长安做官的时候，他曾以驾部员外郎的身份前往西北边塞公干，也就是运输马匹粮草的官。

富家子到哪儿都改不了讲究的劲儿，喝个酒，都要写成“葡萄美酒夜光杯”，不但酒要好，连杯子都要漂亮。如果这是真实画面，那我不禁要猜，这只夜光杯是王翰买下来送给将军的。

不过，这句也不是单纯的炫富，而是很有地域特色的。

首先，葡萄是西域特产，并不产于中原，所以葡萄酒自然也是西域的地方名酒。

宋《册府元龟》说：“及破高昌，取马乳蒲桃（葡萄）实于苑中种之，并得其酒法，帝自损益，造酒成，凡有八色……京师始识其味。”

说李世民攻破高昌后，才把葡萄移植中原，并且学会了酿酒，京中才有了喝葡萄酒的风俗。也就是说，李世民是中原第一个酿造葡萄酒的人。

攻打高昌是在贞观十四年（640），也就是说，葡萄酒的酿造，在中国有1370多年的历史。可笑竟有很多崇洋媚外者坚持说葡萄酒是洋酒，是欧洲人发明创造后传入中国的，这就叫“没文化，真可怕”。

再说夜光杯，同样也是胡地特产。汉东方朔《海内十洲记》中有载：“周穆王时，西胡献昆吾割玉刀及夜光常满杯。刀长一尺，杯受三升。刀切玉如切泥，杯是白玉之精，光明夜照。”

早在两千多年前，酒泉夜光杯就很出名了。据说酒置杯中，放在月光下会发光，因而得名。

第二句“欲饮琵琶马上催”，同样也有很强的地域性。因为琵琶是胡地乐器，在塞外听琵琶，就和羌笛一样，都是营造一种边域风情。

这将军坐在行辕里，喝着小酒听着歌，倒也挺快活，偏偏探子忽然说敌军到了，催促出发。

于是将军只好匆匆披甲上马，却又舍不得放下手里的酒杯，只好笑着说：我如果醉得卧倒在战场上，你们也别笑话，反正打仗总是要死人的。本来那上了战场的人也没有几个能活着回来，就让我醉这一次又如何？

这调调儿，既悲壮又洒脱，远比那些高呼“一不怕苦二不怕死”的豪言壮语更能打动人心。正如清人施补华所评：“作悲伤语读便浅，作谐谑语读便妙。”

笑谈生死，是只有盛唐才有的风华气象吧？

关于“哪一首才是唐朝最好的绝句”这一话题，千年来一直争执不下，最后王渔洋很中庸地说：必求压卷，则王维的“渭城朝雨浥轻尘”、李白的“朝辞白帝彩云间”、王昌龄的“秦时明月汉时关”、王之涣的“黄河远上白云间”，都打个平手，就共称“盛唐四章”吧。

三

我们回到王之涣身上来。

王之涣出身太原王家，但是家道中落，所以一方面他喝不起酒，另一方面凭着祖荫，又可以不经考试就能混个小官，比如文簿佐使什么的。而且他还有才华，大概长得也不错，所以虽然又穷又有老婆，但是衡水县令家的三小姐仍然投缳上吊地闹着非他不嫁，真是“薄命怜卿甘作妾，伤心恨我未成名”。

不过，王之涣的名气是有一点的，只是不擅交际，在任上经常遭人排挤诬陷。这让才子非常生气，于是一甩袖子就辞官了。

这次赋闲，整整失业了十五年，岁数见长，家境却越来越差，于是王之涣只好又重新出来求职。这次做了个文安县尉，还是个清水衙门的小官。

742年，王之涣染病去世。李小姐不到40岁就守了寡，六年后郁郁而终。悲哀的是，因为王之涣有正妻，她竟然不得与夫君合葬，真是一个痴情薄命的女子。

我在西周私塾的学生说他在学校和同学们PK背诗。我给他出主意说，可以背王之涣的诗，然后对人放言说：大诗人王之涣，他所有的诗我都会背！

听上去是不是很牛的样子?

王之涣虽然名气很大，但是他一生只留下来六首诗，所以“背下王之涣所有的诗”，并不是一件为难的事情，更何况，其中还有一半可能是大家早已熟悉的。

前面说过的《凉州词》共有两首，另一首如下：

单于北望拂云堆，杀马登坛祭几回。
汉家天子今神武，不肯和亲归去来。

这首诗写的是一件具体的历史事件：开元年间，有个突厥首领向朝廷提亲，想娶一位大唐公主回去。

和亲，这本来是历代中原正统皇权与边疆诸侯结交息战的常用方式。但是这一次，唐玄宗很牛气地说：不行。

所以诗中说，单于北望突厥，看到了边塞上的拂云堆，想起曾经在这里杀马祭天，而后兴兵犯唐，曾经多么慷慨激昂。可是大唐天子太英武了，不但把突厥的军队打得大败，而且也不同意和亲，让他们只能空手而归。

自从昭君出塞后，有无数诗人为和亲而叹，写下大量诗篇。这首诗一洗前人颓废沉郁之色，扬我大唐神威，十分自豪痛快。

除了两首边塞诗，王之涣还有两首送别诗。送别诗也是唐诗题材的一个重要类别。

送　别

杨柳东风树，青青夹御河。
近来攀折苦，应为别离多。

折柳赠别是古时送行风俗，无甚新意，但是这首诗里王之涣很穿越地推物及人，说人们送别时总是折柳，弄得杨柳枝越来越稀疏，可曾问过：柳枝儿愿意吗？

这一问，就别出机杼了。后来李白写“春风知别苦，不遣柳条青”，应该就是从这句翻出来的。

另一首，《九日送别》：

蓟庭萧瑟故人稀，何处登高且送归。

今日暂同芳菊酒，明朝应作断蓬飞。

首句时间、地点，乃在萧瑟之秋，洛阳蓟城。这大概是诗人某次重回洛阳的时候写的，此时故交半零落，认识的人已经很少了。现在又要送一位离开，都不知道该去哪里找个高坡看你走远。

今天还能一起共饮菊花酒，明天就要成为断絮飞蓬，各自漂流了。

这首诗相对平平，可能是即席之作，比较常规。

第五首，《宴词》：

长堤春水绿悠悠，畎入漳河一道流。

莫听声声催去棹，桃溪浅处不胜舟。

从武则天开始，大唐饮宴之风上自朝廷下至民间，蔚然盛行。有宴不能无酒，有酒不能无诗，所以饮宴诗也自成一派，但多半都是应景助兴之作，没有太高的艺术价值。

畎（音quǎn），田间小沟；棹（音zhào），长的船桨。

这首诗名为宴词，其实还是送别诗。朋友在春天的长堤下对着漳河饮酒告别，不要去理睬桨声催促，这样的离愁别绪，会重得让小船承载不了的。

这个联想非常巧妙，后来李清照的“只恐双溪舴艋舟，载不动许多愁”，可能就是从这一句化来的。

王之涣的最后一首诗，可以说无人不知，无人不晓，就是《登鹳雀楼》：

白日依山尽，黄河入海流。
欲穷千里目，更上一层楼。

这首诗因为太熟了，熟得都快成顺口溜了，以至于很多人不会静心去欣赏它。就连我在西周私塾的课程中讲解对课时，最初也忽略了这个现成的经典例子。

这首诗写的是作者登上鹳雀楼的所见所思，“白日”对“黄河”，“依山”对“入海”，“尽”的意思是“沉没”，对应“流淌”，真是太工整了。短短十个字，时间、地点都有了，而且色彩壮丽，气势磅礴，有大刀阔斧之感。

这还罢了，后两句更加叫绝：“欲穷千里目，更上一层楼。”如果你想看得更远，那就需要站得更高，非常有哲理性，故而成为经典名句。

这两句太自然了，自然得让人忘记它也是一句工整的对仗，“欲”“更”，虚词对虚词；“穷”“上”，动词对动词；“千里目”和“一层楼”，数字对数字，名词对名词。而两句对仗合起来又是一句话，这就是对联的最高境界：流水对。

哪怕只有这一首诗，王之涣的才力、眼界、胸襟，也绝对可以让我们顶礼膜拜，恭送他登上中小学语文课堂名誉校长的位子了。

好了，看到这篇文章的中小学生们，背下这六首绝句，然后去挑战同学们，对他们很牛气地放言说：我可以背下大诗人王之涣所有的诗，而且还知道他的故事呢！

李白：终南捷径，不是人人都能走

一

中国文人中有一类特殊的群体，或者说是一种现象，叫作隐士。

隐士文化低调而略带忧伤，却一直是中国文化长卷上不可缺少的一抹色彩。

最早的隐士是从什么时候开始出现的呢？

我想了想，思绪穿过遥远的时空隧道，越走越深，光线模糊，渐渐看不清楚了。或许是从许由洗耳开始的吧！

在四千多年前，尧帝的时候，帝王实行的还是非常开明宽容的禅让制。尧老年时，自觉不适合再管理天下，于是遍选贤能。他并没有从自己的族系近支中寻找，而是任人唯贤，因为听说有个叫许由的隐士清高而有志向，就想把帝位禅让给他。

谁知道许由一听尧说这些事就跑掉了，躲进深山河边去淘水洗耳朵，觉得做官啊称帝啊掌管黎庶啊这些俗事脏了他的耳朵。

顺便说一下，许由洗耳朵的颍水（河南许昌附近），就是后来卢照邻跳河自杀的那条河。

隐士，首先得是位“士”，即有能之人，知识分子，可以出仕而不肯出仕的人，并不是躲在山林间生活的人就能叫隐士。比如许由，可以做帝王都不肯做，躲起来远离红尘，这才是隐士。

许由洗耳朵的时候，他的朋友巢父正在河边饮牛，问他干吗呢？许由说了缘故，巢父很生气，说：“你要真是隐居于高岸深林中，与世隔绝，谁能找得到你呢？偏偏到处晃荡招摇，沽名钓誉，才惹出这番事来。你刚才把颍水都洗脏了，我的牛还怎么喝水呢？”就很嫌弃地把牛牵走了。

这巢父清高得比许由更彻底。他连名字都没有，因为隐居林中，在树上筑巢安睡而得名。在此之前，尧也派人找过他，他才躲进这深山里的，现在许由把人招进来，等于连他的形迹也暴露了，因此非常生气。许由已经那样高士清风了，巢父却觉得他连自己的牛都不如。

再如我们之前讲过的伯夷和叔齐兄弟俩因为不肯继承帝位而离开京城，途中听说周武王连父丧礼制也不守就要兴兵伐纣，阻拦不得，愤而躲进首阳山隐居，不食周粟，采薇为生，最后饿死在首阳山中，也从此成了有气节的文士们顶礼膜拜的精神象征。后来凡是诗文中提及“采薇”“首阳”，都是指代隐士的高洁情操。

孔子在《论语》中对伯夷、叔齐表示了敬佩，声称：“伯夷、叔齐饿于首阳之下，民到于今称之。”多次赞美他们“古之贤人也”“求仁而得仁，又何怨”“不降其志，不辱其身”。

但是另一面，孔子又不以他们的做法为然，告诉自己的弟子不可仿效。

孔子是入世的，他一直将“克己复礼”作为行为准则，将说服统治者“为政以德”作为终身目标，奔走六国，在尘嚣中苦口婆心地劝世向善。

孔子曾在行车途中遇到一位楚国的狂人，高歌：

凤兮，凤兮，何德之衰？
往者不可谏，来者犹可追。
已而，已而，今之从政者殆而！

这首《凤兮》是极古老的诗歌。它出现在《诗经》的同时期，却未被收录入“风、雅、颂”任何一个章节，而只出现在《论语》中。这让我们知道，早在春秋时期，楚地的歌风就是以“兮”为标志的，这时候虽然没有“楚辞”这个概念，然而楚地民歌显然已经很成熟。屈原的《天问》《九歌》等，正是在这种楚地民歌的基础上创作发扬的，而并非是凭空创造了某种歌体。

楚狂人一路唱着这首歌，跑过孔子的车轿。歌词大意是：凤凰啊，凤凰啊，德行已然如此衰败。从前的圣贤已经不可追回，未来的明君还不曾出现。算了吧，算了吧，眼下从政的人都很危险。

孔子听了他的歌，便欲下车来和他谈谈，然而楚狂人却径自跑掉了，不理会孔子。显然楚狂人唱歌的用意是告诫孔子，游说六国的行为是徒劳的，何必如此执着。有点像渔夫劝屈原“沧浪之水清兮，可以濯我缨；沧浪之水浊兮，可以濯我足”的意味。但是孔子听不听，他就不关心了，也不想过多争辩。

所以楚狂人是位隐士，而孔子是位大儒，这段故事写的就是孔子“明知不可为而为之”的孤绝奋斗。《凤兮》之歌，可谓是见诸文字历史的出世思想与入世思想的第一次交锋。

这场讨论因为楚狂人的回避而没有结果，自然也没有定论。

孔子曾向老子问道，而老子却是出张出世的。他们各自的思想被记录在《论语》和《道德经》中。

后来，孟子进一步将孔子的理论发扬为“穷则独善其身，达则兼善天下”，而“独善”也仍然是在尘世中的。只要在尘世中打滚，就免不了处身于道德与律法的永恒矛盾上。所以后人有一首诗揶揄孔孟之道，是我经常在西周课堂上讲起的，在这里就不做详细讲解了：

乞丐何曾有二妻？邻家焉得许多鸡。
当时尚有周天子，何事纷纷说魏齐。

老子也是有人质疑的，中唐诗人白居易就曾写诗调侃：

言者不知知者默，此语吾闻于老君。
若道老君是知者，缘何自著五千文？

意思是既然无为是至高准绳，沉默是行为规范，那么《道德经》的撰写与传授又算是怎么回事呢？（《读老子》）

后来庄子将老子的出世理想推向极致，在《南华经》（又名《庄子》）中进一步阐发自然无为的人生态度，选择隐修专注研究学问的生活方式。《老子》《庄子》《周易》合称“三玄”，为隐士们留下了大量的理论依据和行为准则。

隐士成了道家的一种传统，又称为处士、高士、山人、烟客、逸民、逸士、隐者、幽人等。列子、鬼谷子、陈抟老祖，都是以隐士之学而光照千古的。他们以自己的德行和学问令世人景仰，被奉为圣贤，享有很高的名望。

比如秦汉时期的“商山四皓”，就是因为名望极高而受到秦始皇邀请出山，但是他们因为始皇残暴而拒绝了；后来刘邦也几次招募，他们仍然没有理睬，却接受了刘盈的邀请下山与他同车而行，这让刘邦认定太子盈深得民心，遂将帝位传给了他。

这一次，隐士名望与政治手腕完美结合了。

再如诸葛亮隐居襄阳隆中，刘备久闻其名，三顾茅庐始得相见。卧龙先生纵论天下，一番慷慨陈词说得刘备汗流浃背、相见恨晚。这篇策论被写成历史上著名的《隆中对》流传下来。而孔明也终于出山，辅佐刘备创下一番基业。

同时，诸葛亮还留下了一篇《诫子篇》，对于自己隐居与出山的选择做出解释，或者说是一种指引，提出：“静以修身，俭以养德。非澹泊无以明志，非宁静无以致远。”堪称隐士生活的行为指南。

之后魏晋时期的高压统治，更催生了大量隐士，尤其“建安七子”之首的孔融与谋臣杨修等人之死，更成为文人们厌政避世的一根导火索。他们远离政治，啸歌山林，以弹琴、纵酒、炼丹、吟诗为标签，集体转向老庄哲学与周易思想，主张虚无，避谈政治。一方面放浪形骸，无视功名利禄，另一方面又忧国忧民，不满社会现实，徘徊于“归去来兮”与“忧思不忘”之间。醉心清谈机辩之趣，追求玄远高洁之境，抒发曲高和寡之志，朝野上下，蔚然成风。

皇甫谧甚至写了中国第一部隐士列传《高士传》，严格筛选了自三皇五帝至魏晋时期的96位从未出仕的高人为其作传，歌颂他们“身不屈于王公，名不耗于终始”的出世精神。就连伯夷、叔齐不食周粟，持节极高，但因为有过“叩马而谏”的自屈行为，都不能列入传中，可见当时社会对于高人逸士的崇敬之情。

正史名士、竹林七贤、王谢世家，以及谢灵运、陶渊明等人，将诗词唱和、玄学清谈与魏晋风骨紧密融合。他们或者曾经隐居而后入世出仕，扬名天下，或本来做官后来选择归隐，田园躬耕，渐渐形成一股强大的隐士洪流。

尤其诗人隐渊明发出“归去来兮”的嘶吼后，归隐田园几乎成了所有文人的终极理想和精神家园。

到了唐朝，隐士文化已经成了文人们精神体质的代名词，几乎没有一个诗人的作品中从无歌颂过隐士的，尤其李唐宗室以老子为祖先，使得隐士的形象更加高大光辉。于是就有了卢藏用惊世骇俗的“随驾隐士”的行为艺术。

他在中举之后，因为未能及时选官，便入山隐居，却处心积虑时不时弄出点动静来，比如写篇文章下山发小广告，提醒人们终南山里还有个隐居的贤人呢。搞笑的是，皇上在长安时，他就隐居长安边上的终南山；皇上在洛阳时，他便跟着移驾到洛阳边上的嵩山，因为这样弄出的动静才有可能让皇上听到啊。

皇上还真听到了，也真起用了他。

卢藏用的成功案例，从此给后人提了个醒，原来由隐而仕，也是一条出仕成名的青云梯啊。

想想看，老子可是在终南山成仙的，他骑着青牛走入函谷关后，就悄然飞升了。从此终南山就成了道教的圣地。

归隐终南山，听上去就显得非常高大上和有腔调。而且老子是李唐的祖先，上山就等于是投奔李唐的老祖宗，有了仙师老子的庇佑，升官发财应该是比较便利的吧。

于是，不得志的文人们纷纷效仿，都有事没事地跑到终南山里似隐非隐，扮隐待仕起来，以求得到世人称扬，皇家赏识。

他们的修炼是真实的，什么辟谷啊，炼丹啊，耍剑啊，功课很多，很多人也真是取得了一些成绩，只不过，他们归隐修炼的终极目的并不是为了“隐”，而恰恰是为了“显”，所以归隐得很高调。

这条依靠终南山隐居来换取名声官位的升官路，就叫作“终南捷径”。

李白初入长安时，走的也是这条路子。

二

26岁之前，李白的身世很是悬疑，光是一个籍贯问题，就让考据癖们争论了一千多年都没有一个标准答案，这不是很可疑吗？

我查到原稿的两个版本，都是李白自己对外声称的，而他自己的声明就有两种，一是在《与韩荆州书》中自称：“白，陇西布衣，流落楚汉。”

《赠张相镐》诗中坚持这个说法，自称：“本家陇西人，先为汉边将。”不但是陇西人，还是汉代名将李广的后代。

另一说是在《上安州裴长史书》中称："白，本家金陵……奔流咸秦，因官寓家。"又变成南京人了。

《旧唐书》则说："李白字太白，山东人。少有逸才，志气宏放，飘然有超世之心。"这个说法杜甫是信的，曾在诗中说"我与山东李白好"。

但是《草堂集序》中，李白的族叔李阳冰则说他是凉武昭王九世孙，"神龙之始，逃归于蜀"。"白，凉武昭王暠九世孙也。"这个说法被记载在了《唐才子传》里。

后世的李白崇拜者们，为了使他的身份更神秘也更高贵，则干脆将他附会成死于"玄武门事变"的太子李建成或是皇子李元吉的后代，因为避祸而不敢提其出身——但若真是如此，又怎会对外声称是凉武昭王后裔，这不是巴不得人家来查他的皇室身份吗?

除此之外，关于李白的出身与籍贯，至少还有西域胡人、中亚碎叶人和四川江油青莲乡人几种说法，每一种说法的持论者都信心满满，恨不得写一本书来论证自己论据的充分与合理性。韩国教授则考证说李白是韩国人——但是如果连李白自己都不承认的话，让我们如何相信一个近代专家会更清楚真相?

所以，我们只是了解一下有这么些说法就好，至于到底是出自陇西还是金陵，是奔流咸秦还是逃归于蜀，既然同时代的人都众说纷纭，隔了一千三百多年的我们，自然就更弄不清楚了。

李白最为大家熟悉的故事是他小时候曾见过一个婆婆在河边磨铁杵，说是为了做成一根绣花针，遂得顿悟，从此发奋读书，得成大器。

这个故事记录在《方舆胜览》中，成为一千年来蒙童必读的励志故事。可是听上去不但很假，而且荒诞，最关键的是，这婆婆太浪费——既浪费材料也浪费时间，好好的铁杵，干什么不好，非要磨成针？简直是糟蹋生命。

《开元天宝遗事》里则记录了李白“梦笔生花”的故事，这个真假就不可考了。但是可以肯定的是，李白真的是满腹经纶，出口成章。

但他虽然一心渴望“天生我材必有用”，却偏偏不愿意通过科举考试的正常途径来求官，而是到处云游，靠着耍剑和拼酒，结交了不少名人高士，并在26岁那年从天而降，娶了故宰相许圉师的孙女，在安陆成了家。

这是李白公之于众的第一次婚姻，乃是入赘过气宰相之家做了上门女婿。而他横空出世的时间点也很耐人寻味。因为这年唐玄宗诏令：“民间有文武之高才者，可到朝廷自荐。”

才高八斗却从来不走寻常路的李白，平生没有一次考科举的尝试，却在这个政令颁出时忽然入赘许家做起上门女婿来了。我有个不太厚道的猜测：会不会，他在那一年很心动地想到朝廷自荐，可是想到自己经不起推敲的身世履历，不得不面对若想出人头地，先得身家清白的现实，必须想办法先混个能拿到台面上来展示的身份，然后才考虑出仕。所以他才借取联姻的方式为自己谋了个身份。

不是都说婚姻是第二次投胎么？李白的入赘，几乎有着重生的意义。

结婚三年后，李白大概觉得准备工作已经很妥当了，于是上书安陆的州官裴长史，自荐求职。书中说，自己本家是金陵人（本家金陵说只见此一例，没有任何佐证），“五岁诵六甲，十岁观百家”，博古通今，著作等身。因为“故知大丈夫必有四方之志。乃仗剑去国，辞亲远游”。游至贵地，听说许相家招婿，就在此地安顿下来，已经三年了。

后世的李白传，关于李白26岁前的经历，多是根据这封信的内容以及李白后来写给诸王公贵族的自夸诗而敷衍杜撰的。

信上接着说：“曩昔东游维扬，不逾一年，散金三十余万，有落魄公子，悉皆济之。此则是白之轻财好施也。”说他从前在扬州游玩时，一年花掉了三十多万，主要是资助朋友了（这朋友是谁也不知道）。

又说自己曾经养了一千多只鸟（太炫富了），可以呼唤它们来自己掌中取食，人人皆以此为奇迹，而把他当神仙。

还说曾经有个陪他旅游的朋友半路死了，他把人葬在湖边，过了几年后再挖出来，发现肉还没烂，便用匕首一点点刮干净，然后把骨骼重新移葬他处。

说完自己的种种奇迹之后，李白又历数有多少高人赏识自己，但那都是过去的事，如今我来到贵地，已经成了家，也该立业了。所以写信给您裴长史，你若是明白人，就该好好重用我；如果你不识货，那我可就走了，再不跟你玩了。

> 愿君侯惠以大遇，洞天心颜，终乎前恩，再辱英眄。白必能使精诚动天，长虹贯日，直度易水，不以为寒。若赫然作威，加以大怒，不许门下，遂之长途，白既膝行于前，再拜而去，西入秦海，一观国风，永辞君

侯，黄鹄举矣。何王公大人之门，不可以弹长剑乎？

看了这封信，我觉得李白人格分裂得厉害。你到底是求职呢还是炫富呢？

我估计裴长史看完这封求职书，肯定以为自己的理解力出问题了，如果自己没疯，就是李白疯了。

李白这样的求职方式是肯定得不到回应的，于是就像他负气所言："西入秦海，一观国风，永辞君侯，黄鹄举矣。"跑到长安风流潇洒去了。

其实李白这么干也不是第一次了。此前他曾拜会李邕，席间高谈阔论，指天说地，使李邕对他很冷淡。临走他也是扔下一首诗讽刺人家不识货，警告老夫莫欺少年贫：

上李邕

大鹏一日同风起，扶摇直上九万里。
假令风歇时下来，犹能簸却沧溟水。
世人见我恒殊调，闻余大言皆冷笑。
宣父犹能畏后生，丈夫未可轻年少。

值得玩味的是，李白拜访李邕和入赘许家是前后脚的事。也就是说，李白在那段日子疯狂地想出头，但又不想通过考试及第来出身，于是就选了一条常用捷径：拜会名人求推荐。

他选择了名满天下的李邕，却没有得到期望中的赏识。于是想到了一种更直接的攀附权贵的方式：结亲家。可是许圉师早已过世，虽然仗着裙带关系让李白有了个许家女婿的身份可以更方便结交名人，却并不能直接送他上青云。

情急之下，李白决定直接写信向当地长官求职，然而又不会写求职信，再次失败。且因为话说得太满，连安陆都待不下去了，只得远去长安。

李白到长安的目的很明确，就是求官。因为他一来就托人引路，拜见了当朝宰相、一代文宗张说，又曾谒见过其他王公大臣，也都没什么结果。最大成绩就是得到当朝宰相贺知章金龟当酒，亲口赞了他一声“谪仙人”。

李白以为自己久久等待的机会终于来到了，把这件事写了又写，传得天下皆知。但是酒也喝了诗也写了朋友圈也发了，机会还是没有等到。

这让李白很郁闷，终于走了第四步棋：终南捷径。

三

李白在来到长安不久后便上山隐居，而且是提前做了很多功课的。

说他来到终南山不是真心归隐，而只是对卢藏用的模仿秀，是因为他并不是简单地跑到山上随便找个地方深藏其身，而是将住处选得很科学，就在玉真公主的别馆旁，没事就在公主门前走来走去，寻机投帖，希望得到公主垂青。

因为，玉真公主是真正有实力的人，说话要比贺知章好使多了，别说派个官做了，就连考举中状元都可以凭她的一句话提前内定。

这是有先例可援的，参照物正是与李白同年出生的另一位大诗人：王维！

这个我们之后再讲。

且说李白在终南山隐居时，给玉真公主写了许多诗，有些已经恭维得近乎肉麻了，比如：“几时入少室，王母应相逢。”将公主比作王母神女，恭祝入道得仙。然而这样都没能换回一张派对邀请帖，真是情何以堪?

难道是因为玉真只喜欢小鲜肉，而李白过不了公主的颜值关?

也有一种说法，这些诗与故事都是发生在李白二次进长安的时候。

但不管怎么说，李白初入长安的境遇并不顺利。他终日隐居终南山中，徘徊楼观台上，终于发现“终南捷径”这条路其实是走不通的，坊间传言完全是坑爹啊，遂怅然写下《长相思》《行路难》等诗。

其中《长相思》在手法上继承了楚辞香草美人的常见喻义，风格上却沿袭了乐府诗的朴素畅快，句式长短变换，韵脚平仄互用，别具一格。且看其一：

> 长相思，在长安。
> 络纬秋啼金井阑，微霜凄凄簟色寒。
> 孤灯不明思欲绝，卷帷望月空长叹。
> 美人如花隔云端。
> 上有青冥之长天，下有渌水之波澜。
> 天长路远魂飞苦，梦魂不到关山难。
> 长相思，摧心肝。

多情的读者们更喜欢把这首诗单纯地当作一首情诗，李白诗作中最不常见的那种表达爱与相思的杰作。

但是很抱歉，我只能让你们失望了。尽管这首诗的写作时间和背景有多种版本，但是“在长安”这个地点是明确的，而他的妻子并不在长安，所以他的所思之人绝非爱侣。那第二个问题又来了，既然所思之人在长安，李白也在长安，直接约见不就是了，为什么要“长相思，摧心肝”呢？一句“美人如花隔云端”告诉我们，那个女子在水一方，道阻且长，是可望而不可即的。公主啊，是你想见就见的吗？“上有青冥之长天，下有渌水之波澜。”阻碍多着呢。世上最远的距离不是天涯海角，而是我就住在你对面，你却从来看不见我。

如果这还不明白，那么“梦魂不到关山难”总是意思明确——从来“关山难越”指的都是仕途坎坷而非相思难酬。这首诗的情绪表露无疑，乃是李白为了自己的怀才不遇而抒情。

李白的隐居当然是不彻底的，时不时还要下山发一下诗歌的小广告，给自己制造点“金龟换酒”的偶遇什么的。

《唐才子传》把李白的发迹写得很轻松，紧接在贺知章与其相识后：

> 天宝初，自蜀至长安，道未振，以所业投贺知章，读至《蜀道难》，叹曰：“子谪仙人也。”乃解金龟换酒，终日相乐，遂荐于玄宗，召见金銮殿，论时事，因奏颂一篇。帝喜，赐食，亲为调羹，诏供奉翰林。

中间十数年的困顿挫折都不见了，仿佛李白一进京就有了奇缘，瞬间飞升——如果真是那样就好了。

可惜，他的初入长安与供奉翰林中间还隔着十几年呢，其间几度出入长安，在终南山出出进进扮演了几回隐士，毫无所获，穷愁潦倒。一度开始自暴自弃，与市井之徒交往，到处骗酒喝。这些都体现在他的诗作中了。

喝到再也没人替他买单的时候，李白便离开长安，又到处游荡了一年后，两手空空回到了湖北安陆继续吃软饭，还在白兆山桃花岩建了个石屋，开田种地，开始了耕读生涯。

这段并未隐居的生活，其实倒是最接近于隐居的。

因为李白这段到处投辕困顿求名的历史，有很多文人写专文评价，将此定义为李白的污点，说李白其实没有我们想象的那样伟大。然而我的一位老师曾说过：李白有什么地方不伟大并不重要，因为我们要学习的，是李白最伟大的地方。

原谅我在文字中表现出来的轻佻吧，看到李白也和我们一样是血肉之躯，有着七情六欲，渴望出人头地，也有过困顿挫败俯首迎合，而并不是一味清高飞扬时，我总会忍不住幸灾乐祸地调侃两句。但这一点儿都不妨碍我对他的才华顶礼膜拜，读他的诗读到泪流满面。

王维：身在朝堂，心在山林

一

王维和李白是同年生人，都是赶在701年这个世纪初谪降凡间，来历劫幻缘改变世界的。

李白他妈生他的时候梦见长庚入怀，长庚星就是太白金星，所以李白字太白；王维他妈生他的时候有没有做梦不知道，但他妈是位虔诚的佛教徒，最爱诵读《维摩诘经》，所以给他取单名一个维字，字摩诘。

王维出生于我们已经非常熟悉的山西王家，乃是世家之子，而且毫无意外地是个神童，9岁即出口成章。我们所熟知的那首《九月九日忆山东兄弟》是他17岁时的作品：

> 独在异乡为异客，每逢佳节倍思亲。
> 遥知兄弟登高处，遍插茱萸少一人。

今天17岁的中学生被要求背诵这位唐朝同龄人的诗作时，有没有泪流满面？

王维不但能诗善画，且精于音律，尤其擅长弹琵琶。和李白不同的是，他是个走正道出仕的好孩子，一心要凭着高考晋升，扬名立万。

不过我们前面已经说过了，就算凭真本事考试，也要先打点关系，擦亮招牌，才能有把握赢个好名次。要知道，人家王维是不折不扣的小才子，绝不仅仅满足于进士及第，而是直接冲着一举夺魁去的。不是蟠桃不吃，不是金钟不敲，不是状元，那他根本就不要报考。

可是早在考试之前，坊间就已经传闻状元内定了，乃是张九龄之弟张九皋。

王维听说了这件事，就请宰相张说帮自己弄了张门票，参加玉真公主的家庭派对，并在派对上弹了支原创琵琶曲《郁轮袍》助兴。史书上说王维“妙年洁白，风姿都美”“性娴音律，妙能琵琶”，可想而知其风范。

一曲既罢，举座皆惊。玉真公主痴痴地看着王维的俊俏脸庞悄问左右：“这小帅哥谁呀？”

张说连忙举荐：“他叫王维，此次来长安赶考的学生。”

“这么说，他还很会写诗喽？”

“这里就有几首，请公主过目。”

“呀，‘红豆生南国，春来发几枝。愿君多采撷，此物最相思。’真是太香艳太感人了。”

“他不光会弹琵琶，会写诗，还会画画呢。”

“我府里刚好新得了一幅画卷，倒要请他帮我赏鉴赏鉴。”

画卷送上来，乃是一幅奏乐图，但是没有题名。王维看了一眼，剑走偏锋，并不说这画画得怎么样，墨用得如何，而是淡然微笑说：“这弹奏的乃是《霓裳羽衣曲》第三叠第一拍。”

看一眼画面就知道画中人弹的是什么曲子了，难道你能听见画中的音乐？

玉真不可置信，当即命乐师班子演奏一曲《霓裳羽衣曲》，弹到第三叠第一拍时，王维大喝一声“停”，众乐师定格。大家对照图画一看，手势指法果然丝毫不错。这可真是神了！

玉真公主激动得小脸通红：“神仙耶，你一定是今科的状元了！”

这时候，张说恰到好处地提醒了一句：“公主，听说您更属意张九皋，已经打算定他做今科的状元了。王少年听说后，伤心得都不想去考试了。”

“那可不行，我大唐怎么能遗失这样的人才呢？”

于是，玉真公主亲笔写了推荐信，让考官对王维要特别注意。而王维也不负所望，临场发挥得非常洒落，一举登科，高中状元。

这一年，王维小鲜肉才刚满20岁，真是天之骄子啊。

后来有曲家考据说这个逸闻是不成立的，因为《霓裳羽衣曲》三叠没有第一拍。同时和所有类似传说一样，故事中的配角有好几个版本，比如把张说换成岐王的。

但是不论真伪，王维精通音律这一点是毋庸置疑的。我们熟知的琴曲《阳关三叠》就是根据他的诗《送元二使安西》而作：

渭城朝雨浥轻尘，客舍青青柳色新。
劝君更尽一杯酒，西出阳关无故人。

第一句交代时间、地点、环境，是在渭城的早晨，刚刚下过一点微雨——说是微雨而不是大雨，是因为这雨滴刚把地面打湿。“浥”是湿润的意思。如果是滂沱大雨，那就不是“浥轻尘”，而是满路泥泞了。

驿馆旁边的柳树经过雨水的滋润，枝叶翠嫩新绽。同时这也看出是在春天，柳树刚发芽的时候。

我们在此分别，朋友啊，请再喝一杯酒吧，向西出了阳关，就很难再遇到相识的故交亲人了。

临别之际，想到天涯迢迢，人海茫茫，举目无亲，前途难测，再读上这样一首诗，可真是催人泪下。

特别的是，这首诗在格律上平仄交替对得很是工整，一二句相对，三四句相对，这都没有问题，但是二三句却失粘了，这叫作“折腰格”。

《阳关曲》又称《渭城曲》，是我平时最喜欢弹的曲子之一。相传曲子也是由王维所作，在唐朝时已经流行甚广。白居易诗说“相逢且莫推辞醉，听唱阳关第四声”，李商隐诗说“红绽樱桃含白雪，断肠声里唱阳关”，陈陶诗说“唱著右丞征戍词，更闻闺月添相思”，可见此曲之盛行。

二

王维谒见公主时，20岁，未婚，精通音律，玉树临风。

李白见到公主时，30岁，已婚，而且是前宰相的上门女婿；长相似胡人，可见粗犷；落魄地隐居山中，想方设法经过公主门前，投一封书信，拍几句马屁，这样就想求引荐？没门儿。

估计公主很嫌弃地说：李白？没听过？会什么呀？写诗？我

有王维了，写得比他更好，名气比他更大。而且，李白帅吗？30岁了，好老啊，还是算了吧。

于是，李白就很伤心地下山了。

当然这只是我的想象，不过除此之外，还有什么理由来解释玉真的冷淡呢？

玉真公主提携王维时惜才重诺，说到做到，帮了他天大的忙，却对才冠天下的李白如此冷淡。只能说，玉真看中的不仅仅是才，更有貌。

李白与王维同年所生，名望也都极高，都曾混迹于长安，还都走过玉真公主的后门，尤其是李白夹着诗作到处拜谒官员与诗人，却从来没有敲过王维的门， 而两人一生的诗作中也从无交集，这未免不科学。

以他们俩势均力敌的才气，应该一见倾心烈火干柴才对呀，怎么会连一条跟帖点赞都没有呢？

我猜是因为李白出道太晚了，他可以对贺知章这种德高望重的老前辈恭敬献赋，可是对王维这种同年生又以诗闻名的前科状元，却不免有种说不清道不明的滋味，不愿相交。

尤其是李白不愿意循正途考科举，一心指望有高人举荐做官，这让我怀疑他可能来历不明，履历上有些不清不楚，办不到准考证。

而且两人虽然都选择了隐居的生活，然而行为与灵魂南辕北辙，其实不同路。一个虽然假扮隐居却时刻准备着出山，一个明明身居高位却寄情于山水，这样的两个人，又都是拥有高智商的，明知道不同不相为谋，且又自珍羽毛不愿意拆穿，即便有机会交集也是会刻意回避的吧？

但王维的归隐是真心的。他隐居的理由和卢藏用的“终南捷径”刚好相反，不是为了寻找一条由隐而仕通向都城的捷径，而是在宦海沉浮之中渴望上岸，为灵魂的安放寻找一片净土。

他一生以陶渊明为偶像，早在19岁时，已经作了首《桃源行》，完整地把《桃花源记》“翻译”了一遍，这真是一个很好的练笔方式。

渔舟逐水爱山春，两岸桃花夹古津。
坐看红树不知远，行尽青溪不见人。
山口潜行始隈隩，山开旷望旋平陆。
遥看一处攒云树，近入千家散花竹。
樵客初传汉姓名，居人未改秦衣服。
居人共住武陵源，还从物外起田园。
月明松下房栊静，日出云中鸡犬喧。
惊闻俗客争来集，竞引还家问都邑。
平明闾巷扫花开，薄暮渔樵乘水入。
初因避地去人间，及至成仙遂不还。
峡里谁知有人事，世中遥望空云山。
不疑灵境难闻见，尘心未尽思乡县。
出洞无论隔山水，辞家终拟长游衍。
自谓经过旧不迷，安知峰壑今来变。
当时只记入山深，青溪几度到云林。
春来遍是桃花水，不辨仙源何处寻。

有人辞官归故里，有人星夜赶科场。

如果说陶渊明是由仕而隐的先行者，诸葛亮是由隐而仕的代言人，那么王维，无疑就是一生徘徊在歧路之间的流浪者了。

王维一生，为官而不能大展宏图，为僧而不能撤身尘网，唯于名士一途，堪称诗画双绝，登峰造极。

他自称“宿世谬词客，前身应画师”。虽然世人将他称为诗之冠冕，他自己却浑不当一回事，认为只是雕虫小技，而更以自己的绘画天赋而自得。

一个举世闻名的诗人，凭借音乐天分做过太乐丞的官员，却自认为最可珍惜的是绘画之能，这人该是有多么才绝天下？

而且，他在20岁就中了进士，还是状元，真可谓是唐朝诗人中的佼佼者。

但是或是前世因果，夙缘如此，或是家学渊源，天性使然，他在中年时便已有了归隐之心。尤其是33岁那年妻子过世，再未续弦，散尽家财来供养高僧，每天下了朝便换上布衣芒鞋，以诵经礼佛为务，而且坚持过午不食，持素戒酒等戒律，过的完全是僧侣的生活。

这样的清净孤绝，却还是受到政治与时势的牵累，一生徘徊于官场与禅坐之间，始终未能挣脱尘网，也真是无奈。

三

王维归隐的地方在长安东南蓝田县，就是“蓝田日暖玉生烟”的那个蓝田。

只是，他买谁的房子不好，偏偏买了初唐诗人宋之问的旧居，改建为辋川别墅，半官半隐，修养身心。

他的远离终究是不够决绝的，虽隐犹仕，没有完全撤身宦途，于是名利场也不肯真正放过他。安史之乱中他备受折磨，还差点给当成“唐奸”问斩——我觉得都是宋之问的霉气妨的。

所以说，买二手房不仅要看风水，还要问清前主人是谁。

不过从《辋川集》来看，这块地位置是很好的，视野开阔，背山临湖，溪谷相伴，风清月朗。

这也合理，宋之问在初唐是曾经得势的，他选的房子能差得了吗？

王维在《辋川集》中以二十首绝句刻画了别墅的建筑及周围风物，如竹里馆、文杏馆、辛夷坞、白石滩、柳浪、椒园、欹湖、鹿柴等，意境深远，禅理深沉，名诗佳句随处可拾，只举三首为例：

鸟鸣涧

人闲桂花落，夜静春山空。
月出惊山鸟，时鸣春涧中。

竹里馆

独坐幽篁里，弹琴复长啸。
深林人不知，明月来相照。

山居秋暝

空山新雨后，天气晚来秋。
明月松间照，清泉石上流。

竹喧归浣女，莲动下渔舟。

随意春芳歇，王孙自可留。

苏轼曾经评价王维诗：“味摩诘之诗，诗中有画；观摩诘之画，画中有诗。”

苏东坡堪称两宋第一才子，诗词文赋书法绘画俱佳，但是对王维，却自称“于维也敛衽无间言”，佩服得无话可说。

而苏东坡最佩服王维的地方，应该就在于音乐天赋吧。李清照曾批评苏词乃“句读不葺之诗”“不协音律”，后人遂纷纷批评苏东坡“以诗为词”，虽然未免过病，但是苏轼对音乐不大精通是肯定的。王维却是音乐的行家，第一份工作就是太乐丞，而在诗画两方面又结合得天衣无缝，不弱于苏轼，这太让人嫉妒了。

最能表现王维“诗中有画，画中有诗”的代表作，除上面三首外，另如“漠漠水田飞白鹭，阴阴夏木啭黄鹂”“雨中草色绿堪染，水上桃花红欲然”“日落江湖白，潮来天地青”“大漠孤烟直，长河落日圆”“松含风里声，花对池中影”，也都是千古传诵的名句，非常注重景物的色彩层次、结构远近，而且动静相宜，声色交融。可以说，把王维的诗用白话翻译过来，稍微注意一下措辞语法，就是一篇非常好的情景文章，这是最值得初学者效仿的。

所以每当有学员喜欢旅游并在游玩中写诗留念的，我都建议多读王维的诗。同时孩子们写作文时，我也要求家长督促多读几遍王维的诗，然后写下心中的感想，以此锻炼文笔。

《红楼梦》中香菱向黛玉学诗，黛玉关于“打底子”有一番明确的作业布置：

> 你若真心要学，我这里有《王摩诘全集》，你且把他的五言律读一百首，细心揣摩透熟了，然后再读一二百首老杜的七言律，次再李青莲的七言绝句读一二百首。肚子里先有了这三个人作了底子，然后再把陶渊明、应玚、谢、阮、庾、鲍等人的一看。你又是一个极聪敏伶俐的人，不用一年的工夫，不愁不是诗翁了！

之前黛玉说过最不喜欢李商隐的诗，只除了一句“留得残荷听雨声”。于是经常有红迷在讨论：黛玉为什么不喜欢李商隐？而且各种索隐探佚无奇不有，说得云里雾里无人听懂。其实看看黛玉的这段读诗论，就很可以明白她为什么不喜欢李商隐了。

因为黛玉首推王维，而王维诗文的最大特点就是直白如话，意趣逼真，极少用险韵或暗喻，少用典故，与李商隐截然相反。黛玉喜王维，自然便会不喜欢李商隐，这很容易理解，完全无须索隐其他。

王维一生多五言诗，其内容以山水田园为主，师法陶渊明之浑然天成，谢灵运之细丽精工，而更见禅意，其山水诗成就达到了前所未有的高度，后人评“读之身世两忘，万念皆寂”。

后文中香菱读了王维的诗回来，有一段关于读诗感想的讨论，最能看出黛玉的审美倾向，炼字炼句的意趣之美：

香菱笑道：“据我看来，诗的好处，有口里说不出来的意思，想去却是逼真的。有似乎无理的，想去竟是有理有情的。”黛玉笑道：“这话有了些意思，但不知你从何处见得？”香菱笑道：“我看他《塞上》一首，那一联云：‘大漠孤烟直，长河落日圆。’想来烟如何直？日自然是圆的。这‘直’字似无理，‘圆’字似太俗。合上书一想，倒像是见了这景的。若说再找两个字换这两个，竟再找不出两个字来。再还有‘日落江湖白，潮来天地青’，这‘白’‘青’两个字也似无理。想来，必得这两个字才形容得尽，念在嘴里倒像有几千斤重的一个橄榄。还有‘渡头余落日，墟里上孤烟’，这‘余’字和‘上’字，难为他怎么想来！我们那年上京来，那日下晚便湾住船，岸上又没有人，只有几棵树，远远的几家人家作晚饭，那个烟竟是碧青，连云直上。谁知我昨日晚上读了这两句，倒像我又到了那个地方去了。”

正说着，宝玉和探春也来了，也都入坐听他讲诗。宝玉笑道：“既是这样，也不用看诗。会心处不在多，听你说了这两句，可知‘三昧’你已得了。”黛玉笑道：“你说他这‘上孤烟’好，你还不知他这一句还是套了前人的来。我给你这一句瞧瞧，更比这个淡而现成。”说着便把陶渊明的“暧暧远人村，依依墟里烟”翻了出来，递与香菱。香菱瞧了，点头叹赏，笑道：“原来‘上’字是从‘依依’两个字上化出来的。”宝玉大笑道：“你已得了，不用再讲，越发倒学杂了。你就作起来，必是好的。”

这里讨论的是“炼字”的功课。

古人非常讲究写诗的语言锤炼，也就是今天所说的文采。

“炼字”是作诗最常见的做法，甚至是必需的基本功夫。写作或完成一首诗后，需要对字句进行反复推敲。

杜甫诗中有“新诗改罢自长吟”之句，陵阳先生评价：“赋诗十首，不若改诗一首。……虽少陵之才，亦须改定。”

皮日休说：“百锻为字，千练成句。”都说的是炼字的重要性。

王维的诗直白，却并不俗，而是字字珠玑，深得锤炼精髓，而无斧凿痕。

炼字炼句，最讲究的是锤炼“诗眼”。

“诗眼”或“句眼”，都是一种形象的说法，指的是全诗精气神最集中的字眼。通过一个字，来锻炼出一句诗甚至整首诗的神韵意境。

清人袁枚《论字法》云：“诗句中之字有眼，犹弈中之有眼也……诗眼用实字，自然老健；用响字，自然闳亮；用拗字，自然森挺。学者最宜留心。”

要注意的是，这里的“实字”指的是名词和数词，而古人将形容词、动词、副词、介词、语气助词等通通看成“虚字”。

《诗人玉屑》中有“五言以第三字为眼，七言以第五字为眼”之说，就是因为五言、七言诗中在这个字上多使用虚词，比如香菱所引句中，“渡头余落日，墟里上孤烟”就是第三字为眼。然而“大漠孤烟直，长河落日圆”“日落江湖白，潮来天地青”却都是在第五字上着力。而“暧暧远人村，依依墟里烟”更是善用叠字，整句用力，如羚羊挂角，竟连“眼”也寻不得了。

香菱说“上”字从“依依”化来，解释为“依依直上”。宝玉遂说她已尽得三昧，深谙读诗之道了。这段话，既讲了炼字之美，更提到炼意之真。

“青”“白”二字一字千钧，这里说的固然是炼字，但是整句诗形容的境界，却重在炼意。而黛玉评价这两句尚不如陶诗“暧暧远人村，依依墟里烟”更加淡而现成，这说的是气质、风骨。所谓“魏晋风度”，更是讲究神韵了。

这便是诗家常说的“炼句不如炼字，炼字不如炼意，炼意不如炼格”。

读王维诗，是最能体会锤炼之美的。大家不妨再将上面我举例的几首诗，重新细读，深切体味。

一生布衣孟浩然

一

同样是终南山隐士，但是王维的选择与卢藏用相反，与李白也是背道而驰。他在辋川是真归隐，但没有归成，虽隐犹仕。

李白在终南山却是假归隐，是为了接近玉真公主，却没有收获王维从前谒见的效果。

史上找不到关于李白和王维交集的任何资料，但他们却有一个共同的好朋友，也曾经在终南山隐居过的，叫作孟浩然。对，就是那个写“春眠不觉晓，处处闻啼鸟”的孟浩然，是不是无人不知，无人不晓？

众所周知，李白是个骄傲的人，除非有求于人，李白是很少会夸赞别人的。杜甫一生痴迷于他，变换各种姿势为他写过二十多首致敬诗，他也不过手碰帽檐回了个半礼意思意思。但是对孟浩然，他却歌颂得很高调，公开喊话说：“我爱孟夫子。”

赠孟浩然

吾爱孟夫子，风流天下闻。

红颜弃轩冕，白首卧松云。

醉月频中圣，迷花不事君。

高山安可仰，徒此揖清芬。

李白这首诗的中心思想是说，孟夫子是真正的风流高人，年纪轻轻的便早早归隐，不肯做官。直到白头依然布衣，归卧松云，以喝酒赏花为乐，不慕繁华，不羡权贵。换言之，孟浩然比他还落魄，所以够清高。

不过如果李白知道孟浩然的落魄并非出自本意，求职的努力不比他少，运气却比他更差时，可能就不这么说了。

孟浩然（689—740），湖北襄阳人，所以又称“孟襄阳”。

他差不多是唐朝知名诗人中唯一从来没有做过官的人，哪怕是从九品那样的芝麻绿豆官也没做过，是实实在在的一介布衣。人生的绝大部分时间都生活在山林之间，以读书为乐，所以被人们尊为隐居典范，很多同时期以及后世不得志的文人都曾写诗赞美咏叹过他。

人们为古人的诗词结集笺注时，为表尊重，都喜欢用他做过的最高官职来称呼，比如贺知章的诗选叫《贺秘监集》，王维的叫《王右丞集》，高适的叫《高常侍集》，杜甫的叫《杜工部集》；李白没有认真做官，但曾在翰林院供事，所以也有一本《李翰林集》。

也有用地名来代指官职的，比如骆宾王曾做临海丞，于是诗集就叫《骆临海集》；岑参做过嘉州刺史，所以是《岑嘉州集》；杨炯，盈川令，有《杨盈川集》；张九龄使曲江扬名，作品称为《曲江集》……

但是孟浩然的诗集呢？就叫《孟浩然集》。

但是，孟浩然其实并不想这样，他也很想做官的，他曾有诗称：“苦学三十载，闭门江汉阴。”

闭门苦读三十年，的确是够隐者标准了。但是他并非不想显达，读了那么多书，自然便产生了学以致用兼济天下之心，曾效仿陶渊明的《饮酒》作《田园作》以明志：

弊庐隔尘喧，惟先养恬素。
卜邻近三径，植果盈千树。
粤余任推迁，三十犹未遇。
书剑时将晚，丘园日已暮。
晨兴自多怀，昼坐常寡悟。
冲天羡鸿鹄，争食羞鸡鹜。
望断金马门，劳歌采樵路。
乡曲无知己，朝端乏亲故。
谁能为扬雄，一荐甘泉赋。

这首古风将孟浩然想要做官而苦于无人引荐的烦恼表达得十分明了。

不仅这首，孟浩然一生的诗中，曾无数次发出诸如“乡曲无知己，朝端乏亲故”的慨叹，似乎一生不达全因无人提携之故。

然而事实并不是这样，至少并不全是这样。

既然苦读三十载，孟浩然自是有学问的，因此他想过要走大多数学子走的路，和王维一样去考科举，可是没有考上；于是又试图走李白的路子，托人举荐，结果却发生了一件在孟浩然看来很倒霉但对今天的我们来说是挺好玩的事——“床下面君”。

时为唐开元十六年（728），已经年近不惑的孟浩然科举不第，滞留长安，到处投谒献赋以求赏识。总算功夫不负有心人，有幸结识了“玉燕投怀”的宰相张说。

张说有一次邀请他到家中做客，正好遇上唐玄宗李隆基来访。孟浩然吓坏了，自己进士考名落孙山，以为再没机会金殿面圣了，这下可好，怎么跑到家里来见面了？当时想也不想，噌地一下就钻到床底下了，还一直瑟瑟发抖，弄出不少动静来。

唐玄宗听到了，诧异地问张说：你家怎么还闹耗子呢？一屋不扫，何以扫天下？

张说不敢隐瞒，只好说了实话：皇上，以前我曾跟您提过一个人才叫孟浩然，刚好他今天就在这儿。

玄宗笑笑：那就出来见见吧。

于是孟浩然狼狈地爬了出来，灰头土脸，那气势跟张九龄的曲江风度可没法比，只能叫床下风尘，哆哆嗦嗦地说：好尴尬啊。

唐玄宗是外貌协会的会长，看人要论颜值的，如今看到孟浩然这个衰样子先就不喜欢了，但还是打算给他一个机会，便说：张卿夸你文采了得，那你就念一首诗来看看吧。

于是孟浩然就念了一首自己的得意之作《归终南山》：

北阙休上书，南山归敝庐。
不才明主弃，多病故人疏。
白发催年老，青阳逼岁除。

永怀愁不寐，松月夜窗虚。

意思是说不要再想着给朝廷上书自荐了，就让我回到南山破茅屋去安贫乐道吧。我本是无才之人，以至于明主见弃，如今年迈多病，朋友也都冷淡生疏了。白发频生，岁月催人老呀，年轻人一拨拨成长起来，把前浪拍死在沙滩上。夜里忧愁难眠，想想半生坎坷，便如月照窗棂，一室空虚。

孟浩然念完这自怨自艾的调调儿，自以为说得挺可怜挺清高的，皇上一心软说不定就会起用自己了。而且这首诗头一句就是“南山归敝庐”，点明自己是终南山隐士，大约以为这样就可以投其所好，走一条“终南捷径”。

没想到李隆基本来看了他帽檐挂蛛网的窝囊样子就很生气，听了这几句穷酸抱怨的牢骚话，就更加不痛快了，沉着脸说：“你自己说要归敝南山，不愿做官，怎么又怨我有眼无珠，弃用人才呢？这不是诬陷我吗！”（“卿不求仕，而朕未尝弃卿，奈何诬我！”）就把他打发走了。

这下子，孟浩然的仕途算是彻底断绝了。

孟浩然读书吟诗三十载，一生佳作极多，却偏偏选了这么一首来表演，显然情商有问题。而且你明明正在人家张宰相的府上做客，说什么“多病故人疏”呢？谁冷落你了？这不是一句诗把眼前的两个人都得罪了吗？

这让我想起另一个“床下面圣”的例子，是关于宋代词人周邦彦的。

周邦彦在京城有个相好叫李师师，是艳帜高张的京城名妓，上自宋徽宗赵佶，下至梁山领袖宋江，都和她有交情，堪称风尘奇女子。

且说这天周邦彦来和李师师见面，正猜拳唱曲嬴果子玩得开心，忽然听说宋徽宗来了，吓得也是出溜一下钻了床底。

他可比孟浩然淡定多了，不但从头到尾没弄出一点响动来，把皇上与师师剥橙子唱笙歌打情骂俏的言行听了个满耳流油，还默默地写了一首词，准备发朋友圈纪念这一伟大的历史时刻。

这条独家消息顿成第二天的京城头条，传遍大街小巷。周邦彦还不罢休，仗着自己的音乐才能，是喊麦小神童，还给这首词谱了曲，调名《少年游》：

> 并刀如水，吴盐胜雪，纤手破新橙。
> 锦幄初温，兽烟不断，相对坐调笙。
> 低声问：向谁行宿？城上已三更。
> 马滑霜浓，不如休去，直是少人行。

这么旖旎的画面，这么香艳的句式，这么婉转的曲调，能不走红吗？

于是一直红得传进了皇上的耳中。宋徽宗一听，不对呀，这弹琴吃橙子还可能是巧合，但是师师跟我说“天冷霜浓，今晚不如别走了”，这种悄悄话，别人怎么可能知道？索问之下，得知是周邦彦床下之作，于是第二天就下令把周邦彦贬出京城了。

不过，听说周邦彦后来又凭了另一首词《兰陵王·柳》把自己救回来了，还做了宋朝廷专管乐舞的大晟府提举，可谓人尽其才。

孟浩然的运气却再也没有好过，只得去了张九龄府上做幕僚。

二

从大量的逸闻来看，孟浩然的人缘是不错的，疏爽大气，王维为他画过像，王昌龄跟他喝过酒，张说和张九龄都对他有过提携之恩。奈何每到临门一脚时，孟浩然都有本事把球踢到门柱子上。

他一生没有做官，除了运气差，实在是因为性格有缺陷，做事不上道。

有一年，刺史韩朝宗再次向朝廷举荐他，毕竟“不才明主弃”的事儿已经过了好几年，没什么人在意了，遂终于给了他一个面试机会。可是到了起程的那天，孟浩然却失约了。理由：正在喝酒，没空！

这做派连酒友都看不过眼了，劝他说：你不是跟韩公约好了吗？人家一番好意带上你，总不能让人家白等吧？

孟浩然非但不听劝，还很不客气地翻个白眼，回复说：喝酒这么大的事，怎么还管得了别的呢？

不用说，这次入职的机会，自然又是擦肩而过。于是孟浩然只能接着回山里隐居去了。

也许有人会觉得孟浩然之所以这样漫不经心，是因为韩朝宗来头不够大。但是我举一个例子就可以说明韩朝宗的地位了——记得李白的《与韩荆州书》吗？对，就是同一个人。李白在行谒开篇还杜撰了一句诗来吹捧韩朝宗：“生不愿封万户侯，但愿一识韩荆州。”

连李白都要低下高傲的头想尽办法去巴结的高官，人家主动替孟浩然牵线搭桥为他求官保荐，然而孟浩然只为贪饮一顿大酒就放了人家鸽子，你说老孟是不是太不靠谱?

孟浩然人生大半时间都生活在山林，前半生在鹿门山读书，后来遍游天下山水，来到长安时又曾在终南山居住，与王维做邻居，多有唱和，两人并称“王孟”，为盛唐山水田园诗的代表人物。

因此孟浩然“床下面君”的地点，也有版本说是在王维家里。不过王维比孟浩然小十多岁，孟浩然在京时王维只是个小官，皇上没事儿溜达到他家的可能性不大，还是张说更靠谱些。

但是王孟二人的确多有唱和，孟浩然离京时特地向王维告别，还写了首《留别王侍御维》：

寂寂竟何待，朝朝空自归。
欲寻芳草去，惜与故人违。
当路谁相假，知音世所稀。
只应守寂寞，还掩故园扉。

孟浩然一边和王维做朋友，一边感慨“知音世所稀”，真是有点不会聊天。当然，这也可以理解成他对王维的看重，意思是说世上知我者少，但你是个例外。

但不管怎么说，他再次于诗中表示要“只应守寂寞，还掩故园扉”，做出姿态来说我要去隐居了，这种说了又说的牢骚话其实真挺没意思的。

更何况，孟浩然并没有真正地从此掩门，自甘寂寞，因为太穷，不找工作吃不上饭，于是又开始托门路了。这一次，是贬谪荆州的张九龄帮了他，让他做自己的幕僚。

这是孟浩然一生中最接近权力中心的工作了。照着《高士传》的标准，孟浩然的入幕生涯应该算是一生中的污点，因为毕竟还是做过公务员领过薪水了，不算真正的隐居者。

这里要再替张九龄说两句好话，这可真是一个大度惜才、肯提拔后进的大好人。此前王维在中状元后，凭借音乐天分得官太乐丞，可是不久，因为手下一名伶人私自拿出库房的黄狮子舞弄，犯了禁，连累他这个乐官也遭了贬，流放到济州做参军。在长久的困顿之后，也是靠张九龄帮忙，王维才重新被擢升为右拾遗——要知道，当年内定的状元可是张九龄的亲弟弟张九皋，被王维横插一杠子生生夺了，如今王维竟然回过头来向张九龄求助，张九龄非但没有计较他当年夺魁之仇，还帮他打通官路，这种气度实在不是一般人能拥有的。

三

孟浩然的幕僚生涯过得怎么样，细节不得而知，但是想来张九龄也不会太难为他，由着他睡觉睡到自然醒，醒来听到春鸟啼。所以孟浩然挺感动，为张九龄写了好多诗。比如《望洞庭湖赠张丞相》：

> 八月湖水平，涵虚混太清。
> 气蒸云梦泽，波撼岳阳城。

欲济无舟楫，端居耻圣明。

坐观垂钓者，徒有羡鱼情。

恭喜孟浩然，终于学会聊天了。

这首诗在历史上的评价极高，《升庵诗话》评："孟浩然'八月湖水平，涵虚混太清'，虽律也，而含古意，皆起句之妙，可以为法。"《西清诗话》云："洞庭天下壮观，自昔骚人墨客题之者众矣，终未若此诗颔联一语气象。"把前四句夸成了一朵花。《唐诗成法》以为："前半何等气势，后半何其卑弱。"对于后半段完全不屑。

但这也没关系，有前半段已经够了。只凭这四句，孟浩然便做了一千多年的洞庭湖广告代言人。

《唐诗别裁》亦说："读此诗知襄阳非甘于隐遁者。"

因为这首诗前四句写景，描绘了洞庭湖的种种壮观辽阔的景象，后四句写情，表达自己怀才不遇闲居无聊的心境。说我想过河找不到船桨，大好时光闲居在家实在很羞愧啊。羡慕地看着别人钓鱼，真有点不是滋味。

所以，也有人说这首诗是写在他入幕之前，张九龄就是看了这封特别的求助信，才将他招至荆州做文员的。

但是官场毕竟不适合他这散淡惯了的人，即便不用他做官也不行，只要待在衙门里他就天天身上发痒。所以只过了一年，背上就长了一个疮，只得辞职回襄阳养病去了。

不知道孟浩然原本是否打算病好再接着去张九龄府上报到，因为就在他病情刚刚好转的时候，王昌龄来了，于是就出事了。

王昌龄，就是“旗亭画壁”中那位连画两道的点歌榜头牌，人称“诗家天子”的。他的人缘也相当好，和高适、王之涣、李白、王维、孟浩然都是好朋友。可是运气差得离谱，一生被贬的次数和地方我已经记不清也懒得记了，似乎不是走在被贬的路上，就是刚从贬谪地回来，就在开元二十八年（740）被贬诏还的途中去了趟襄阳，探访了一下孟浩然。

此时孟浩然背上的疮已经快痊愈了，大夫嘱咐不能喝酒吃发物。但是他一贯的宗旨是喝酒才是大事，余者何须细论？看到王昌龄久谪北还，实在太高兴了，硬是把医嘱抛之脑后，陪着王昌龄尽情喝酒，大块吃肉，结果毒疮发作，不治而死。这真是“舍命陪君子”的活生生惨痛例子。

喝酒，真是一件大事！

不过，醉死在友情的美酒中，孟浩然应该是含笑的吧？

因为一生不仕，《旧唐书》中的孟浩然小传极其简单：

> 孟浩然，隐居鹿门山，以诗自适，年四十来游京师，应进士不第，还襄阳。张九龄镇荆州，署为从事，与之唱和。不达而卒。

短短45个字，了却孟夫子一生。

孟浩然的诗，后人多以一个“清”字来形容。如他早年写的“微云淡河汉，疏雨滴梧桐”，人称“嗟其清绝”。

杜甫在《解闷十二首》里赞美他：“复忆襄阳孟浩然，清诗句句尽堪传。”

白居易亦曾说：“清风无人继，日暮空襄阳。”以为千古以来再没人比孟浩然的诗句更加清澄明净的了。

我最喜欢的一首孟浩然诗，是《过故人庄》：

故人具鸡黍，邀我至田家。
绿树村边合，青山郭外斜。
开轩面场圃，把酒话桑麻。
待到重阳日，还来就菊花。

这首诗清微淡远，而卓有韵味，首联先写明人物、事件：老朋友邀请我去乡下吃顿农家乐。

颔联已经走在路上了，且看到村庄清秀静美的田园风光。

颈联中与老朋友把酒闲话，也不说什么国家大事、仕途坎坷、京中八卦，就只聊些农田收成，如桑种了几株，麻收了几成，这是多么冲淡的心怀呀。

最终酒意醺然，尽兴而归，还要再约好下一次的见面：等到重阳节的时候，我会再来，与你一起把酒赏菊。

这才是真正的清高隐逸，这才是朋友间的真挚情怀。没有要求，没有利用，没有巴结，有的就是两个人静静的相对，碰杯，或者说话或者沉默，对着青山绿树，过掉一整个下午。

这首诗里没有技巧，没有修饰，没有表情达意，没有牢骚抱怨，没有故作清高，更没有攀缘乞求，有的就只是平和与满足，亲切与恬淡，岁月静好，现世安稳。

如果孟浩然一直是这样的孟浩然，那我也会爱上孟夫子的。

醉死在盛唐的边塞

一

说完田园诗人，我们来讲讲边塞诗人。

大唐并不只有醇酒和美人，诗与月亮，还有个非常强烈的不和谐音——来自边境的烽火。它混着一缕幽幽的羌笛声飞入长安少妇的香闺梦里，化作她腮边的一行清泪。

自古以来，中原正统与异域少数民族的战争都是中原文明的心头痛。永不消歇的边境烽火，贯穿了中原五千年的历史，从未中断。在元朝蒙古铁骑踩踏中原之前，魏晋南北朝时期的“五胡乱华”，是对中原文明最大的重创，战火一直绵延到了唐朝。

唐朝时的战争，既有抵御敌人犯境的正义之战，也有为了满足李世民扩张野心的非正义战争，几乎到了全民皆兵的地步。

《旧唐书》说，李世民征兵时，“人人投募，争欲征行”。《资治通鉴》载：“募十得百，募百得千。其不得从军者，皆愤叹郁邑。”

所以男儿壮志，多有投军抗敌之心，这自然也影响了唐代诗人们，因此杨炯才会高唱：“宁为百夫长，胜作一书生。”

然而同时，厌战也是一个永久的主题。“将军百战死，壮士十年归。”不论战争的缘由与胜负如何，生死，都是一律的惨痛。

边塞诗人，也因此成为盛唐诗坛一个重要的支派。

我们先介绍一首李颀（690—751）的《古从军行》：

白日登山望烽火，黄昏饮马傍交河。
行人刁斗风沙暗，公主琵琶幽怨多。
野云万里无城郭，雨雪纷纷连大漠。
胡雁哀鸣夜夜飞，胡儿眼泪双双落。
闻道玉门犹被遮，应将性命逐轻车。
年年战骨埋荒外，空见蒲桃入汉家。

边塞诗中多长歌，而我独喜这首，因其古意盎然，风格清奇，最符合《从军行》这个乐府古题。诗本来是为了唱的，乐府歌更要注重其音乐性。后世诗人多有借乐府题目写诗而不顾其音乐本性的，写出来的文字虽然也典雅优美，但是没有了原本乐调所赋予的情感意绪，读上去总显得有肉无骨。

李颀不仅是诗人，更是音乐人，所以对歌行体的诗作把握非常准确，意味绝佳。

这首诗因为是借乐府古题，所以作者托古言今，用汉皇开边来讽喻玄宗用兵。

“白日登山望烽火，黄昏饮马傍交河。”这描写的是军中将士的生活，白天要时刻备战，登上山头观望远方有没有烽火边警；晚上借着夜幕遮掩，来到交河边饮马歇息。交河在新疆吐鲁番西面，这里借指边疆河流。

“行人刁斗风沙暗，公主琵琶幽怨多。”这两句写的是大汉公主入番和亲的情景。行军将士在风沙暗尘中巡视打更，公主弹奏着哀怨的琵琶为前途忧心。前两句的白日黄昏，是色；这两句的刁斗琵琶，是声，声色交融，营造了悲凉沉郁的气氛。

于是接下来要写景了：“野云万里无城郭，雨雪纷纷连大漠。”渲染塞外荒凉，一望无垠，连一座像样的城池都没有，只有那漫天的雨雪与大漠相连。天地间，写着一个大大的“苦”字。

“胡雁哀鸣夜夜飞，胡儿眼泪双双落。”从景到人，都是这样的伤心疲惫。这两句用排比托出情绪的缠绵抑郁，叠字用得十分到位。

最重要的是，这两句换位思考，不仅从汉公主与将士的角度感慨奔波之苦，也从胡人的立场出发，描写战争带给他们的伤害。连大雁都哀鸣着要仓皇飞走，胡地人人落泪，户户伤心。反战的情绪，是不分民族的。

“闻道玉门犹被遮，应将性命逐轻车。”铺垫到此，所有的情绪已经抒发透彻，于是笔力一转，写了件大事：汉武帝时，派军攻大宛，久攻不下，将士疲乏，请求罢兵还朝。汉武帝闻言大怒，竟然令人把守玉门关，颁旨说：“军有敢入者辄斩之。”意思是必须攻下大宛，不然一个都别想活着回来。这真是拿将士的命不当命啊！

轻车，本义是轻快的战车，泛指将帅之车。这里亦可代指战争。意思是军士们听说了遮断玉门关的圣旨，只能舍命一战，把血肉之躯交给战争去听天由命了。

这句诗看得人特别伤心，替那些将士感到绝望，仿佛听到他们悲伤的呐喊：我想回家！而这样的浴血奋战是为了什么呢？如果是保家卫国也还罢了，但结果不过是满足帝王之欲："年年战骨埋荒外，空见蒲桃入汉家。"这真是不值啊！

帝王们连年发动战争，好大喜功，视人命如草芥，让万千将士埋骨荒野，只不过是换来了西域葡萄传入中原罢了。几粒葡萄，就葬送了那么多兵士的命，这是多么惨痛的历史！

这整首诗充满了非战思想，最后落在一个极具象极微小的点——"葡萄"上，把情绪推向了最高潮。

当年汉武帝为了求天马（即汗血宝马）而发起战端，随着天马入中原的还有葡萄和苜蓿的种子。汉武帝命人把它们种在离宫别馆之旁，满眼皆是，以此来彰显自己的战绩。可是，他可曾想到这每一粒种子，都是无数条将士的性命？

这首诗借古讽今，对唐玄宗连年征战穷兵黩武发出控诉，堪称边塞诗中的佼佼者。

李颀的诗隽永苍凉，格调奇高，他又深谙音乐之道，这从他的《琴歌》《听董大弹胡笳弄兼寄语房给事》《听安万善吹觱篥歌》等诗都可以看得出来，他的音乐造诣不在王维之下。

李颀也是举子出身，与王维、高适、王昌龄等都有唱和，但名气却远远不及，很多人连他的名字都叫不上来，不知道是不是名字取得不好。颀，瘦长的意思，叫这样名字的人看着就很难有厚福的样子，而且读起来也拗口；他的诗也给人一种清瘦的感觉，虽然水准奇高，流传度却不够广。所以说，取名字真是一门学问。

二

关于《从军行》，王昌龄有同题诗七首，篇篇经典：

其一

烽火城西百尺楼，黄昏独上海风秋。
更吹羌笛关山月，无那金闺万里愁。

其二

琵琶起舞换新声，总是关山旧别情。
撩乱边愁听不尽，高高秋月照长城。

其三

关城榆叶早疏黄，日暮云沙古战场。
表请回军掩尘骨，莫教兵士哭龙荒。

其四

青海长云暗雪山，孤城遥望玉门关。
黄沙百战穿金甲，不破楼兰终不还。

其五

大漠风尘日色昏，红旗半卷出辕门。
前军夜战洮河北，已报生擒吐谷浑。

其六

胡瓶落膊紫薄汗，碎叶城西秋月团。
明敕星驰封宝剑，辞君一夜取楼兰。

其七

玉门山嶂几千重，山北山南总是烽。
人依远戍须看火，马踏深山不见踪。

这七首诗中，任意拿出一首都可以参加边塞诗大赛，而王昌龄竟然连写了七首，难怪被世人称为“七绝圣手”“诗家天子”。

许是“天子”这个词太敏感，后来也有版本作“诗家夫子”的，不过王昌龄怎么看也不像个老夫子的样子，所以我还是坚持前者。

又是圣手，又是天子，这是把神仙和人君合二为一了。帝王的龙玺是君权神授，莫非王昌龄的诗才也是天赋神通吗？

王昌龄（698—757）出身京兆王氏，也有说是太原王氏。王昌龄少时家贫，好读书，后来科举中第，在长安结识了一大票朋友，互相唱和。他的人缘很好，李白、王维、孟浩然、岑参、高适、王之涣，都和他有过互动，并因此留下许多名篇。

王昌龄能成为“七绝圣手”，可不是靠边塞诗一枝独秀的，他的闺怨诗写得也是催人泪下，阁中盛传：

闺中少妇不知愁，春日凝妆上翠楼。
忽见陌头杨柳色，悔教夫婿觅封侯。

看完王昌龄的《从军行》七首再看看这首《闺怨》，会不会有种分裂的感觉？这能是出自同一个人的手中吗？事实告诉你：能！

再想想“旗亭画壁”故事中歌伎唱过的那首送别诗翘楚之作“一片冰心在玉壶”，真让人对这位“诗家天子”不服不行。

三

王昌龄的《出塞》，是边塞诗中的代表作：

秦时明月汉时关，万里长征人未还。

但使龙城飞将在，不教胡马度阴山。

这首诗好就好在，开篇两句从秦汉的明月和关塞说起，直接把时间和空间都推向远处，写出了战争的永恒与无奈。

明月是恒久的，战争是无常的，月与关塞长在，而将士却一批批地倒下或老迈。战争，不是哪一座城哪一个人的事，而是多少代多少人的血泪倾诉。那些走上战场的人，有多少回来过？

后两句怀古，感慨没有像飞将军李广那样的名将在，不然必定阻挡匈奴铁骑于塞外，不让他们越关山一步。

另一位著名边塞诗人高适，有长诗《燕歌行》传世，气势雄浑，词风壮烈。但我觉得写了半晌，意思也仍然只是王昌龄《出塞》四句的含量：

汉家烟尘在东北，汉将辞家破残贼。

男儿本自重横行，天子非常赐颜色。
摐金伐鼓下榆关，旌旆逶迤碣石间。
校尉羽书飞瀚海，单于猎火照狼山。
山川萧条极边土，胡骑凭陵杂风雨。
战士军前半死生，美人帐下犹歌舞。
大漠穷秋塞草腓，孤城落日斗兵稀。
身当恩遇恒轻敌，力尽关山未解围。
铁衣远戍辛勤久，玉箸应啼别离后。
少妇城南欲断肠，征人蓟北空回首。
边庭飘飖那可度，绝域苍茫更何有。
杀气三时作阵云，寒声一夜传刁斗。
相看白刃血纷纷，死节从来岂顾勋。
君不见沙场征战苦，至今犹忆李将军。

这首诗的诗眼在于“战士军前半死生，美人帐下犹歌舞”，成为边塞诗名句。

高适（704—765），爱喝酒，爱写诗，有游侠之风，《邯郸少年行》最能体现他年轻时笑傲江湖的风范。

“千场纵博家仍富，几度报仇身不死。”真正好气魄，但我每次读起时都忍不住想吐槽：打不死的小强，你以为是在打电游啊？

高适曾经进入陇右节度使哥舒翰幕府任书记，对边塞生活尤其熟悉，并且以军功卓著而成为终唐一代爵位最高的诗人。

不过，高适虽然是边塞诗的代表诗人之一，但他最著名的一首诗却应归入送别诗：

别董大

千里黄云白日曛，北风吹雁雪纷纷。

莫愁前路无知己，天下谁人不识君。

这首送别诗又是黄云又是北风，又是雪又是雁，可见写作之地也是边塞。北风呼啸，黄沙千里，连太阳都被遮住了，大白天都是灰蒙蒙的，云也成了黄色的了。

大雁南飞，雪花飘落——这雁也是够迟钝的。不过这恰是塞外特色，天气说冷就冷了，连大雁都来不及搬家。

前两句写景，后两句写情："莫愁前路无知己，天下谁人不识君。"既是对朋友的赞美，说你名扬天下，有谁不知道你董琴师？也是一种宽慰之语。同时表达出作者豁达的胸襟。

这句送别警句，同王勃的"海内存知己，天涯若比邻"、王维的"劝君更进一杯酒，西出阳关无故人"三足鼎立，堪称是送别诗之绝唱。

董大，就是董庭兰，李颀的《听董大弹胡笳弄兼寄语房给事》就是写给他的，可见他在京城名望极高。

董庭兰是唐朝著名琴师，但不慕权贵，一生清贫。薛易简说："庭兰不事王侯，散发林壑者六十载。"说他在六十岁以前都过的是隐居生活，唯于天宝末年，应宰相房琯之请，在其门下当过清客。崔珏有诗《席间咏琴客》就是写董大的这段生活：

七条弦上五音寒，此艺知音自古难。

唯有河南房次律，始终怜得董庭兰。

七弦，特指琴，也就是今天说的古琴，属于上古之音，传到唐朝已经有千年历史。唐以前的音乐称为“清乐”，唐朝时胡乐盛行，中原之声渐渐变调，谓之“燕乐”，而七弦琴，则被称为“古调”，所会者已经远不如前，知音更稀。刘长卿说“古调虽自爱，今人多不弹。”苏轼说：“不合时宜，唯有朝云能识我；独弹古调，每逢暮雨倍思卿。”都说的是这个意思。

这首诗说七弦琴自古以来就缺少知音，如今更是五音冷落，唯有河南人房宰相，最懂得珍惜董庭兰的音乐。

崔珏的诗不多，能被人记住的更少，查查履历好像也没什么特别大的成就与作为，但是不知为什么，《西游记》里却偏偏提到了他，而且把他派作地狱里的鬼判官，民间俗称“崔府君”，这真是一件让我想不通的事儿。

四

唐朝“边塞四诗人”中，岑参（715—770）是出生最晚的一个。

边塞诗人分两种，一是曾经出使边塞或曾游历的人，比如王维、王之涣、王昌龄；二是曾经长期在边塞任职的人，比如高适和岑参，后人并称“高岑”，甚至把边塞诗称为“高岑诗派”，可知这二位在边塞诗中的领袖地位。

最先把高岑二人并提的是杜甫：“高岑殊缓步，沈鲍得同行。意惬关飞动，篇终接混茫。”从此定调。

岑参一生两度出塞，在西域待了好几年，这种经历在唐代诗人中是非常罕有的。因此，他的诗中多是描写军中生活或边境风光，最脍炙人口的作品是《白雪歌送武判官归京》：

北风卷地白草折，胡天八月即飞雪。
忽如一夜春风来，千树万树梨花开。
散入珠帘湿罗幕，狐裘不暖锦衾薄。
将军角弓不得控，都护铁衣冷难着。
瀚海阑干百丈冰，愁云惨淡万里凝。
中军置酒饮归客，胡琴琵琶与羌笛。
纷纷暮雪下辕门，风掣红旗冻不翻。
轮台东门送君去，去时雪满天山路。
山回路转不见君，雪上空留马行处。

这首诗被选入了中学课本，中学生们都被要求背诵，即便背不下通篇的，也至少会记得“忽如一夜春风来，千树万树梨花开”“瀚海阑干百丈冰，愁云惨淡万里凝”等名句。

这首诗前半段写景，后半段写事，有时两句一韵，有时四句一叠，句式极其灵活。比如最后一段四句，截取下来可以自成绝句，意思也是非常完整的。

要注意的是，“瀚海”又作翰海，原义是北方大湖，汉武帝时霍去病击匈奴左地，登临翰海而还。此瀚海有一种说法指的是俄罗斯的贝加尔湖，那本来曾是中国的领土。不过到了唐代时，蒙古大沙漠以北到准噶尔盆地一带，泛称瀚海。明代以后则专指戈壁沙漠。

岑参一生的诗作里，边塞题材占据大多数，也是成就最高的部分。不好意思的是，我记得最清楚的却是他的一首打油诗：

戏题关门

来亦一布衣，去亦一布衣。

羞见关城吏，还从旧路归。

这是岑参写于进士落榜，离开潼关时的作品，就题在潼关壁上。

看来岑参是在找个借代物自我安慰：中了榜的举子们可以雁塔题名，那我这落榜的就只能潼关题名了。

布衣，指的是平头百姓，未中举得官的平民。因为做了官，就可以绯紫加身，峨冠绣袍了。

古时的官员，根据品级穿着不同服色的衣裳，绣不同样式的花纹。唐朝官服，大致以紫、绯、绿、青四种颜色为主，不同时期定制不同。

贞观年间，九品为浅青色，八品深青，七品浅绿，六品深绿，五品浅绯，四品深绯，三品以上紫色。故而“满朝绯紫”便是用来形容高官的。

天子穿赭黄色，所以任何人不得再用赭黄。

而平民则不论穿什么，都叫“布衣”，或“白衣”。这并不是说考不上举人就不能穿件丝绸或颜色衣裳。只要你有钱，把衣裳绣个百花齐放，再染个红橙黄绿青蓝紫都行，但那只是彩衣，不是官服，所以，色彩再热闹也仍然叫作白衣、布衣。

可怜这岑参，名落孙山，来来去去都是一身布衣，离京时连守城小吏都不敢照面，怕人家认出他来，问他考得怎么样，真个压力山大啊。

好在，他在30岁那年到底中了进士，授参军，曾做嘉州刺史，所以史上又称“岑嘉州”。

最后，我们来讲一首高岑派继承人——中唐诗人卢纶的《塞下曲》：

月黑雁飞高，单于夜遁逃。
欲将轻骑逐，大雪满弓刀。

这本是非常轻巧灵动精致活泼的一首五绝，描写了雪夜中一队轻骑兵追赶逃跑的单于的景象，动感十足。

可是认真古板的数学家华罗庚接受不了了，认为这不合乎逻辑，还写了首打油诗来调侃：“北方大雪时，群雁已南归。月黑天高处，怎得见雁飞？”认为都已经下雪了，怎么还会有大雁？而且月黑飞高，小将怎么能看得见雁飞？

这首诗先是登在《人民日报》上，又被载入1980年《中学语文教学》，以国家力量来高度赞扬数学家的逻辑性。

可是，我想说：数学家还是算数去吧，请把作诗的事还给诗人。因为华罗庚教授显然读的诗太少了。如果他也读过李颀的“胡雁哀鸣夜夜飞”，读过岑参的“胡天八月即飞雪”，读过高适的“北风吹雁雪纷纷”，应该就不会质疑“大雁与雪花齐飞”的胡边特色景象了。

而且他也实在死脑筋，就算没读过诗，难道也没走过夜路吗？想象一下，单于在逃，小将们在追，马蹄嗒嗒嗒一响，那栖息的大雁还不会惊飞而起吗？而当群雁一连串飞起，小将还看不见，你当小将瞎啊？

当李白遇见杨贵妃

一

前些日子陈凯歌耗资十亿元拍了部片子《妖猫传》，错漏百出，一塌糊涂，所以票房赔得也很惨。整部片子都很糟糕，只有一句台词好，就是杨贵妃对李白说："大唐有你，才会更好。"

这是真的！

李白，这名字太伟大了，伟大得当我从唐朝建立一路写来，终于开始写他的时候，敲击键盘的手指都忍不住要发抖。

虽然写他的时候我总是想调侃，但这一点儿都不减弱我对他的爱，因为他就是大唐的名片。

如果要在大唐找一段最好的时光，我会选择李白遇上杨贵妃的那个瞬间。

那是在743年或744年的春天，安史之乱发生的十年前。贺知章正打算告老还乡，临走前终于把李白弄进了翰林院做了个不用上班打卡的学士。

那时长安街市上有林立的酒家，新开酒肆里有胡姬的歌舞，胡姬歌声中有迷离的月光。那是李白最春风沉醉的时刻，也是唐朝三百年中最靡丽繁华的时光。

然后，有一天，大唐最伟大的诗人和大唐最美丽的女人，相遇了。

他们的目光交错，一个为美貌惊艳，一个为才华倾倒，电光石火，霹雳雷惊，荷尔蒙与肾上腺素一起飙高，于是美女的舞姿更美，才子的灵感更盛。

沉香亭畔，玄宗吹笛，贵妃起舞，李白挥毫泼墨，一口气写下《清平调》三首。

三首耶！这可是应制诗，自古以来车载斗量却难得精品的应制诗，本应该是李白这种“安能摧眉折腰事权贵，使我不得开心颜”的桀骜才子最厌恶的命题，而他竟欣然从命，且灵感来了挡都挡不住，连写三首，还篇篇精品。他是得有多爱杨贵妃啊！

清平调

其一

云想衣裳花想容，春风拂槛露华浓。
若非群玉山头见，会向瑶台月下逢。

其二

一枝秾艳露凝香，云雨巫山枉断肠。
借问汉宫谁得似，可怜飞燕倚新妆。

其三

名花倾国两相欢，长得君王带笑看。

解释春风无限恨，沉香亭北倚阑干。

前面我们讲过边塞诗派、田园诗派，其实应制诗，又叫待诏诗，也是一个很大的门派，就是没什么精品。如果硬要找一个代表人物，那就只能是上官婉儿了。

李白的《清平调》，肯定是世上最美的三首应制诗！

群玉山，是传说中西王母住的地方；瑶台，是天上的仙境。这第一首是说杨贵妃美若天人，一定是神仙下凡。

可记得李白是什么人？宰相贺知章亲口赞过的，乃谪仙人也。

这杨贵妃来自他的老家，两人是警幻座下约好了来世间游历的。天下所有的相遇，都只是久别重逢，仿佛贾宝玉见了林黛玉：这位妹妹我曾见过的。

第二首将杨贵妃比作牡丹，再次形容她是巫山神女，风情万种。如果从汉宫里找个美人与她相比，那只有艳播天下的赵飞燕了，还得精心化妆后才可与贵妃媲美。

前面说过了，唐代诗人很喜欢用汉代典故入诗，借古写今，只不过赵飞燕能作掌上舞，可见轻盈纤瘦，而杨贵妃是以体态微丰著称的。这两个人相提并论，贵妃未必愿意吧？

所以我说李白这三首诗是一气呵成，没有太过脑子，否则古代美人那么多，犯不着专门挑个瘦的来对比，且又是淫奔误国之姬，最后自杀身亡的，岂不忌讳？

但也许这就是天机，谪仙人李白无意中在诗里预先泄露了。

第三首捎带上唐玄宗，说贵妃如花解语，比玉生香。难怪皇上如此钟爱，见了她眉开眼笑，什么烦恼都没了。

这句“沉香亭北倚阑干”，写出了唐玄宗的姿态形容。侧倚亭栏，面含微笑，手里或许还拈着一朵牡丹，一种闲适雍容的帝王风范。

沉香亭的牡丹花开得正美，而贵妃的笑靥更美。大唐最美的女人和最好的诗人，最尊贵的皇帝，最著名的乐师都在这儿了。一起赏花饮酒，纵乐吟诗，这是何等的繁华优美，典雅万千。

遥想斯情斯景，真希望那一刻永远定格，定格成一幅沉艳含香的图画，刻进历史的维度中，永恒！

《李翰林别集序》是这样记录当时情形的：

> 上曰：“赏名花，对妃子，焉用旧乐辞焉？”遽命龟年持金花笺宣赐翰林学士李白，立进《清平调词》三章。白欣承诏旨，犹苦宿酲未解，因援笔赋之。其一曰：“云想衣裳花想容……”……太真妃持颇梨（玻璃）七宝杯，酌西凉州蒲萄酒，笑领歌辞，意甚厚。上因调玉笛以倚曲，每曲遍将换，则迟其声以媚之。太真妃饮罢，敛绣巾重拜。上自是顾李翰林尤异于诸学士。

李龟年，是著名的宫廷乐师。很多人会将他和唱“北方有佳人，遗世而独立”的李延年搞混，实在是因为他俩既是同行，名字又只有一字之差，历史真喜欢与读者的记忆力开玩笑。

请大家分清了，那个李延年是汉宫的乐师，这个李龟年是唐宫的乐官，中间差着几百年呢。杜甫有一首《江南逢李龟年》，写的就是这个李龟年。“岐王宅里寻常见，崔九堂前几度闻。”可见李龟年作为御用琴师，在京城有多吃得开。

写这首诗的时候，李白已经做了翰林学士，但仍然天天烂醉酒肆，不但没有因为官风而稍加节制，反而因为更多人巴结他请他喝酒，喝得比从前更加放纵了。

这天，唐明皇挽着爱妃杨玉环逛花园，看到牡丹盛开，因传命：“名花美人，岂能无酒？好酒好乐，岂能无诗？你们成日家弹唱的这些调调儿朕都听腻了，把李翰林叫进来，写几首新歌来听听。”

于是李龟年麻溜儿地飘进胡姬酒馆去给李白传诏，谁知李白正醉得人事不醒，恰如杜甫诗里写的：“长安市上酒家眠，天子呼来不上船。”

船字是为了押韵，其实上的是马。皇上因为急性子，特许李白可以不用门前下马，直接从御道驰骋进见，不然经过几重宫门慢慢溜达过来，只怕要等得花儿也谢了，这叫“走马进宫”。

李龟年小心翼翼地扶了李白上马，好容易给撺掇到宫里去了。李白带着宿醉摇摇晃晃地进来，醉眼看花，立刻连酒都醒了，挥笔立成三首千古名句。

这还不是最高潮。三首诗呈上，杨贵妃亲自端着玻璃七宝杯，倒了半杯西凉葡萄酒，“笑领歌辞，意甚厚”。

这七个字有点指代不明，这是说贵妃笑着把诗稿拿去了，对李白温存看重啊，还是说李白笑着把酒接过来了，对贵妃痴痴迷迷？而杨贵妃“敛绣巾重拜”，拜的是唐玄宗还是李白呢？

反正不论哪种都够惹人遐思的了。总之，才子佳人一拍即合，两情相悦，对这次见面都很满意。

这时候皇上其实挺多余的，但是他必须要做主角啊，于是为了刷存在感，就拿过笛子吹奏起来，当即作了支新曲子。看来玄宗也是喝嗨了，灵感同样火花四溅。这曲子，就叫《清平调》。

前面说过，燕乐是与中原清乐风格迥异的一种异域风情的音乐，表现了西北民族的刚健遒劲之风。配合燕乐而作的词，称作“曲子词”。《敦煌曲校录》中收录曲子词五百余首，其中如《菩萨蛮·枕前发尽千般愿》等所示，约在唐玄宗开元年间，民间已经开始了曲子词的创作。

无论是倚声填词，还是依词谱曲，总之歌词与曲子是不可分的。《清平调》既是为歌而作，自然也就可以称之为曲子词，成为词牌或曲牌，从此流传下来。

但同时，它从字面看又是标准的格律诗。平仄粘对，韵脚节奏，都极为工整。因为这是应制啊，奉诏写诗和考科举一样，是要讲究格式的，不能由着性子乱来，所以李白哪怕是喝醉了，也是一字不错地写了三首标准格律诗。

所以我说，有人说李白虽然有才但可能不适合考试才没去科考的推论是不成立的。李白绝对有这个能力，只是可能没这个资格。

在我教学过程中，经常有人质疑：为什么要学习格律？李白的诗就不合格律。

这真是一句“没文化，真可怕”的话。李白人称“诗仙”，格调高古，多喜长歌行。但是李白并非不懂格律，而是运用得相当熟练自如，比如这三首《清平调》，不但平仄严谨，而且倚马可就。

所以，对于那些不懂格律，却拿李白当幌子说什么“不以词害意”的人，我通常是不理会的，如果回应，标准答案有三条：

第一，你不是李白，意境风格上根本无法相比，却单单以他的不拘形式为学，这就好比丑人多作怪一样可笑；第二，李白是擅长格律诗的，而且写得非常好；第三，李白的古风表现的是唐朝诗人复古风潮的一种审美倾向，是向魏晋风度致敬的一种独特文风，并不是不合格律就能叫作古风了。如果连魏晋风度是什么都不了解的话，就不要枉作古风了。

二

李白苦熬四十多年，终于等来了一个翰林学士的位子，但是只做了两年就辞官了，这是怎么回事？

民间说法是因为高力士恼恨脱靴之耻，私下向贵妃进谗言，说李白写诗将您比作巫山神女，汉宫飞燕，这是恶毒的人身攻击啊！贵妃怎么还对他那么看重呢？

《唐诗合选详解》说：“神女刺明皇之聚麀，飞燕讥贵妃之微贱，亦太白醉中应诏，想不到此，但巫山妖梦、昭阳祸水，微文隐意，风人之旨。”

巫山神女泛指云雨之事，杨贵妃是唐明皇从儿子寿王李瑁处抢来的媳妇，用《红楼梦》的词形容那就是“爬灰”“聚麀之诮”；赵飞燕出身卑微，原为公主房中舞女，侍奉汉成帝更衣而得宠，于昭阳殿翻云覆雨，祸乱后宫。所谓“巫山妖梦，昭阳祸水”。

有人认为这是李白微词大意，故意影射讽刺贵妃，我觉得这是以高力士之心度李青莲之腹了。李白醉中题诗，会想到那么多？如果真想到此，也不敢这么写了。他的脑袋可是很珍贵的，又是好不容易才得的官，用得着挑战皇上来找死吗？

那为什么会有力士进谗这个传言呢？这是因为另一则关于“力士脱靴”的故事。

《唐才子传》载：

> （李白）尝大醉，上前草诏，使高力士脱靴。力士耻之，摘其《清平调》中飞燕事，以激怒贵妃。帝每欲与官，妃辄沮之……恳求还山，赐黄金，诏放归。

这段文字里只说“草诏”，未记详情。后文又有一段“放归”后的游冶记录，描写得更是潇洒快意：

> 白浮游四方，欲登华山，乘醉跨驴经县治，宰不知，怒，引至庭下曰：“汝何人，敢无礼！”白供状不书姓名，曰：“曾令龙巾拭吐，御手调羹，贵妃捧砚，力士脱靴。天子门前，尚容走马；华阴县里，不得骑驴？”宰惊愧，拜谢曰：“不知翰林至此。”白长笑而去。

短短一篇才子传，两次出现“力士脱靴”字样，但是前一次说的是李白醉后“草诏”，后一次则借李白之口自称“贵妃捧砚，力士脱靴”。这两者乍看前后呼应，细想实则矛盾。

因为若是“草诏”，当在朝堂；而“贵妃捧砚”，则只可能发生于后宫。

也就因为这句“贵妃捧砚”，后人才将这段故事与李白写《清平调》相结合，演绎说李白在醉中被召来沉香亭畔作诗，遂借酒佯狂，令贵妃磨墨，力士脱靴，唐明皇御手调羹，龙巾拭吐，百般做作后才动笔写了三首诗。

但我觉得根本不用，只要杨贵妃媚眼如风地对着李白笑一下就够了。因为从这三首诗的行文看来，一气呵成，文不加点，根本不是靠拖时间做腔调打草稿来完成的，而是横溢的才气喷薄而出，哪里还有那闲功夫等着你脱靴喂饭？

然而力士脱靴的情节如此痛快，要是就这样从史书上删去了可有多遗憾？

于是后来又有另一个版本叫作“李白醉草吓蛮书”，把李白放浪形骸的表演索性摆到了朝堂上，而醉写狂草之举是为了国事而非乐事，倒显得更加洒脱不羁。

故事的完整情节是这样的：

有一天，番使送来一封国书，上面写的都是外文，没人认识。大臣们说：“此书皆是鸟兽之迹，臣等学识浅短，不识一字。”

唐玄宗一听，这也太没面子了，难道实话告诉番使说我们没人会外语，请你翻译一遍再答复吗？人家番人能说一口流利的汉话，我们大唐人才济济，却连番文都看不懂，威严何在？当即龙颜大怒，喝骂朝臣：“满朝文武，竟无一个饱学之士与朕分忧。此书识不得，将如何回答发落番使？敕限三日，若无人识此番书，一概停俸，另选贤良，共扶社稷。”这是要让朝臣集体罢官的节奏啊。

一直想找机会举荐李白的贺知章赶紧进言：“陛下，臣知道有一个人能识番书，姓李名白号青莲，此时就住在微臣家中。”

皇上一瞪眼：“那还等什么？还不赶紧带上来？”

于是李白以他一贯的醉鬼形象摇摇晃晃地出场了，拿过番书看了一眼，边看就边随口译出，都不带搜狗查字典的。

皇上大喜，说那就请爱卿依朕言起草一份回复给番邦吧。遂命座下排列文房四宝，什么象管兔毫笔，独草龙香墨，五色金花笺，令李白坐在御榻前锦墩上起草诏书。

李白这时候开始拿乔了，大大咧咧地说：“皇上啊，你让我坐在锦墩上，可是我的靴子不干净，有污前席。望皇上宽恩，赐臣脱靴结袜而登。”

天子准奏，一个小太监忙上来为太白脱靴。可是李白又说了：“皇上啊，我写字需要灵感，只有杨相为我捧砚磨墨，高监为我脱靴结袜，我才能意气自豪，不辱使命。”

天子急着用人呢，哪肯在这种小事上纠缠，当即命杨国忠捧砚，高力士脱靴。

李白威风要得痛快了，这才左手将须一拂，右手举起兔毫笔来，向五花笺上，手不停挥，龙飞凤舞，须臾草就一篇《吓蛮书》。传与百官看了，还是一字不识，因为李白写的也是番文。

于是李白又在御座前用汉语朗读一遍，词句警然，余香满口，既有文采又有气势，众人皆拜服。

李白从此一举成名，但是和杨国忠与高力士也就结了深仇。李白自知处境微妙，于是自请辞官，云游山水去了。

这段故事被编成了折子戏《太白醉写》，是昆曲常演剧目。目前国内唱得最好的是昆曲泰斗蔡正仁老师，他既擅小生又擅官生，小生戏里最出名的自然是柳梦梅，官生戏里最出彩的就是唐明皇和李白。周总理曾称他为“活明皇”。

我非常有幸成为他的昆曲代表作《班昭》的电影编剧，又在他拍摄昆曲电影《长生殿》期间探班帮了几天忙。每天早晨见面第一件事就是敛衽施礼：“给皇上请安！”非常温馨难忘的记忆。

因为戏剧传奇的缘故，这段“醉草吓蛮书”和“力士脱靴”的故事被流传得很广，但是可信度其实不高。一则“吓蛮书”这么大的事儿在正史上竟无可寻觅，未免不合理；二则时间上也有漏洞，纯为小说家言。

历史上关于李白究竟为什么只做了两年供奉就离开长安并无明确记录，但从李白自己的诗和诗集的序《草堂集序》来看，是“赐金还山”，走得相当体面。

诗序是李白的远房亲戚、族叔李阳冰为他写的，其内容极富传奇色彩。关于李白入宫，序中是这样写的：

> 天宝中，皇祖下诏，征就金马，降辇步迎如见绮、皓。以七宝床赐食，御手调羹以饭之，谓曰：卿是布衣，名为朕知，非素蓄道义何以及此？置于金銮殿，出入翰林中，问以国政，潜草诏诰，人无知者。丑正同列，害能成谤，格言不入，帝用疏之。公乃浪迹纵酒，以自昏秽。咏歌之际，屡称东山。又与贺知

章、崔宗之等自为八仙之游，谓公谪仙人，朝列赋谪仙之歌，凡数百首，多言公之不得意。天子知其不可留，乃赐金归之。

这段话中既提到了“御手调羹”，也提到了“赐金还山”。但是把调羹的发生时间放在唐玄宗迎接李白入宫的初见之时了；而贺知章赞他“谪仙人”则成了李白做翰林之后的事。而且既曰玄宗“问以国政”，又说李白“不得意”，似乎自相矛盾。

就算这些事全是真的，也只能理解成唐玄宗最初对李白是奉若神明的，也曾屡屡问计，但是都没有采用。因此李白愀然不乐，终日醉酒，醉了便写诗抒愤，于是皇上就把他打发走了，临走送了他不少银子。

也就是说，不论是唐玄宗渐渐冷落了他，还是李白主动选择离开，都是“再见亦是朋友”的和平分手。

我们当然宁愿相信是李青莲的主动选择，因为觉得御用文人的生活不足以发挥他的才能，且又束缚了他的天性，故而离开。

但是翰林供奉这个职位其实是弹性很大的，著名宰相张说、张九龄也都出身于此。宫廷宴会时，翰林学士的位置仅次于宰相，比一品官员都高，所以谈不上轻慢。

在皇上宴游时，翰林学士是帮闲文人，但是有政务时，翰林也往往参与诏敕国书的起草，所以才会有“李白醉草吓蛮书”的故事流传。虽然情节可能是假的，但是身份是合理的。

有些翰林学士的地位甚至可以与宰相抗衡，所以又常常被称为“内相”。

当然，某些大太监位高权重，也会被称为“内相”。因为他们都是有机会与皇上亲密接触的人，只要有真才实学，行事稳妥，不难发挥才能。所以李白身在翰林而抱怨才气不得施展，是毫无道理的。

当然了，你天天喝得醉醺醺的，又满嘴跑火车，没有一句实话，偶尔写首诗助个兴还行，真有国家大事谁敢认真跟你商量啊？更何况皇上“问以国政”时，李白借酒草诏，“人无知者”，也实在没法聊天。

李白诗中曾有“陈王昔时宴平乐”之句。陈王就是曹植，才高八斗，七步成诗。可是因为喜欢喝酒宴乐，常常误事，有一次曹操命他带兵出征，他竟然因为醉酒而不能成行，差点被执行了军法。

曹植是才子，李白也是才子，可是不靠谱的才子，是难成大器的。所以李白不得重用，那几乎是一定的。

三

李白后来写了首《东武吟》回忆这段翰林时光，可见对于曾经锦衣玉食威风荣耀的生活还是很留恋的。诗云：

好古笑流俗，素闻贤达风。
方希佐明主，长揖辞成功。
白日在高天，回光烛微躬。
恭承凤凰诏，欻起云萝中。
清切紫霄迥，优游丹禁通。
君王赐颜色，声价凌烟虹。

乘舆拥翠盖，扈从金城东。
宝马丽绝景，锦衣入新丰。
依岩望松雪，对酒鸣丝桐。
因学扬子云，献赋甘泉宫。
天书美片善，清芬播无穷。
归来入咸阳，谈笑皆王公。
一朝去金马，飘落成飞蓬。
宾客日疏散，玉樽亦已空。
才力犹可倚，不惭世上雄。
闲作东武吟，曲尽情未终。
书此谢知己，吾寻黄绮翁。

这首古风平铺直叙，主要是夸耀自己在宫廷时有多么被看重，名声远扬。在李白众多回风舞雪的优秀诗作中，这首诗的艺术价值并不高。但是李白一生对自己的经历讳莫如深，难得写条博客公开私生活，对于我辈八卦客来说，倒也别有趣味。

这首诗大意是说，我喜欢古趣，不屑世俗，仰慕贤达之风。希望有机会辅佐明君，建功立业。难得皇帝的光辉终于照耀在我身上，下诏将我这草野之人召入宫中，从此出入宫廷，亲近皇权。

我在京中时，出门则翠盖宝马，锦衣华服，又时常随驾前往骊山温泉，把酒弹琴，吟诗作赋。天子对我赞誉有加，我的美名从此传扬开来，王公贵族无不争相结交。

然而一旦我卸去翰林的头衔，立刻就如一棵蓬草般随风飘落，门前的宾客渐渐稀少，杯里的酒也空了。才气么还是有一点的，不愧对任何人，可是再也没什么用处了。也就是闲时写首《东武吟》聊慰寂寞罢了。

算了，说了这么多，言有尽而情未了，还是谢谢朋友们的询问，我要找商山四皓一起修仙入道去了。

这首诗中李白仍然没有写出自己既然那么威风受重视，为什么又要离开长安。

不过怎么都好，谁让我们诗仙这么有才华呢，有钱的人可以任性，有才的人当然也可以！

只可惜，“宾客日疏散，玉樽亦已空。”——又没有人买酒单了。

当然，他也再见不到杨贵妃了。

“赐金还山”的李白当然并没有真的去寻找商山四皓从此隐居，但他既然放话出来，总要做做样子，于是也不回家，而是游山玩水去了。

反正，还山也是山，游山也是山，有山就有广告。

也就在这次游山中，唐朝史上最伟大的两位诗人相遇了。

杜甫和李白的遇见，其意义几乎相当于孔子谒见老子。我们下篇再讲。

或许爱李白，宁可嫁杜甫

一

杜甫一生考过两次科举。

第一次没有考中。第二次还是没有考中。

这当然不是因为他没有真才实学。

杜甫和前面讲过的牛人一样，从小就是一个天才，7岁便能写诗，且是名门之后——初唐牛人之最杜审言的孙子。

杜甫（712—770），字子美，本是湖北襄阳人，后迁河南。家学渊源，少时也是曾经轻狂过的，曾在《壮游》诗中自豪地回忆：

七龄思即壮，开口咏凤凰。
九龄书大字，有作成一囊。
性豪业嗜酒，嫉恶怀刚肠。
脱略小时辈，结交皆老苍。

不知道比他大了十二岁的李白，是不是也在这“老苍”之列。

杜甫与李白的最初相交缘于第一次考举落第后，因为不愿回家，于是以赴兖州探亲为名，开始了齐赵之游。

就在这时，他遇见了传说中那个“赐金还山”的前翰林学士李白，这简直是上苍对于杜甫落第颁发的特别安慰奖。

李白在离开京城后本是放言要“吾寻黄绮翁”的，但是生性不甘寂寞的李白当然不愿意真的学黄绮之辈入山隐居，于是便携了金银，云游四海去也。这时候遇到又有品位又有激情的杜甫，可真是最理想的玩伴首选。

彼时，李白已是名满天下的唐朝“三绝”之一，而杜甫只是个刚刚出道靠着祖荫来自我介绍的无名小辈，所以这次见面就是偶像与粉丝的相会。

与其说把臂同游，不如说粉丝跟随。杜甫像一个小粉丝那样满眼放光地仰望着李白，默默记诵偶像的一言一行，后来都认真地写在了博客中，发上了朋友圈：赠李白，忆李白，梦李白，春日寄李白，冬日怀李白，简直一年四季春夏秋冬听风看雨无不会想起李白。

杜甫一生中不断变换着各种姿势向李白致敬二十多次，最令人惊艳的是《寄李十二白二十韵》，景仰之情如黄河之水滔滔不绝一发不可收拾，诚可谓惊天地泣鬼神。记录全诗如下：

昔年有狂客，号尔谪仙人。
笔落惊风雨，诗成泣鬼神。
声名从此大，汩没一朝伸。
文彩承殊渥，流传必绝伦。
龙舟移棹晚，兽锦夺袍新。

白日来深殿，青云满后尘。
乞归优诏许，遇我宿心亲。
未负幽栖志，兼全宠辱身。
剧谈怜野逸，嗜酒见天真。
醉舞梁园夜，行歌泗水春。
才高心不展，道屈善无邻。
处士祢衡俊，诸生原宪贫。
稻粱求未足，薏苡谤何频。
五岭炎蒸地，三危放逐臣。
几年遭鹏鸟，独泣向麒麟。
苏武先还汉，黄公岂事秦。
楚筵辞醴日，梁狱上书辰。
已用当时法，谁将此义陈。
老吟秋月下，病起暮江滨。
莫怪恩波隔，乘槎与问津。

这首诗太长，不讲了，只请大家记住两句“笔落惊风雨，诗成泣鬼神”就好。因为这后来就成了诗家们赞美李白的常用语。

且看另一首著名律诗《春日忆李白》：

白也诗无敌，飘然思不群。
清新庾开府，俊逸鲍参军。
渭北春天树，江东日暮云。
何时一樽酒，重与细论文。

首联开篇明旨，赞美李白的诗无人能敌，才思飘然，卓尔不群。

颔联又是连用两个古人为典，继续歌颂李白诗，就像庾信那样清新，鲍照那样俊逸。

庾信和鲍照都是南北朝时期的著名诗人。杜甫这一联再次成为预言，因为李白在后世的成就远远高过了庾鲍二位。

颈联极其独特。往常律诗常以颔联写景，颈联写事，而这首诗则是颔联写人，颈联写景。这倒也无妨，特别的是这两句写景的文字并非是真的景物，而仍是形容李白的才思，如渭北春天的树木，江东黄昏的彩云一般；也可以解释作杜甫对李白的思念，一个在渭北的春天倚树徘徊，一个在江东的黄昏望日感怀，这是多么深沉的相思之情啊。

最后又回到喝酒上去了，我们什么时候能再次重逢，举杯对饮，诗文唱和呢？

杜甫真是太怀念和李白一起碰杯的日子了，那是他生命中最闪亮的瞬间，温暖了一生的记忆。

“忆与高李辈，论交入酒垆。两公壮藻思，得我色敷腴。”（《遣怀》）——和他们一起玩的，还有边塞诗人高适，另一位大牛人。

不过高适这时候还未中举，亦未发迹，但是诗作已经小有名气了，《燕歌行》也已传世，所以名气与杜甫比还是响亮的。

高适生于704年，比李白小3岁，比杜甫大8岁，而名气也恰居于二人之间。

杜甫为自己新加入的这个朋友圈热血沸腾，觉得此生能与这些精英豪杰相交，虽死无憾了。

杜甫对李白的爱慕是从一而终的，始终以这样一种低到尘埃里的态度热忱仰望。

然而面对铁粉匍匐在地的跪拜，李白只是带搭不理地抬抬手回了两次半礼，都是不痛不痒和泥掺水的敷衍之作，九分写酒一分不知所云，只看内容不看标题和杜甫完全没有半毛钱关系。

鲁郡东石门送杜二甫

醉别复几日，登临遍池台。
何时石门路，重有金樽开。
秋波落泗水，海色明徂徕。
飞蓬各自远，且尽手中杯。

沙丘城下寄杜甫

我来竟何事？高卧沙丘城。
城边有古树，日夕连秋声。
鲁酒不可醉，齐歌空复情。
思君若汶水，浩荡寄南征。

流传最广的反而是他调侃杜甫苦吟的那首《戏赠杜甫》：

饭颗山头逢杜甫，顶戴笠子日卓午。
借问别来太瘦生，总为从前作诗苦。

看来“下笔如有神”“斗酒诗百篇”的李白，实在瞧不上“吟安一个字，拈断数茎须”的苦吟诗人杜甫。杜甫“语不惊人死不休”的理想追求，在他眼中是颇为好笑的行为。

杜甫视他为知己，他看杜甫，大概只是酒友之一罢了。

所以说，人们总是喜欢接近权威、名人，仿佛能沾到一点光芒。但事实上，与比自己身份名气高出太多的人交往，从一开始就失了气势，是永远都成不了真正的知己的。

二

天宝六载（747），唐玄宗诏告天下，“通一艺者”尽可赴试。杜甫兴冲冲地第二次来了，谁知道竟是李林甫一手导演的“野无遗贤”的一场闹剧。

于是，他再一次投奔李白，二人一同寻仙访道，谈诗论文，共度了一段“醉眠秋共被，携手日同行”“放荡齐赵间，裘马颇清狂”的美好时光。

大概被李白的生平事迹所鼓舞，杜甫觉得只要坚持努力，就会有曙光。他再次回到长安，放弃科举及第的想法，开始向偶像学习，四处攀缘献赋，投赠干谒，辗转于权贵之门，在长安整整困顿了十年，一无所获。

时常有人给他一颗希望的种子，他精心培育，苦苦浇灌，最后结出来的果实却总是失望。

这期间，杜甫最著名的诗作是《奉赠韦左丞丈二十二韵》。写诗是为了投赠求职，职没求到，诗却传扬开来。

自古以来投赠诗不为世人所看重，而这篇，是个意外，几乎句句经典：

纨绔不饿死，儒冠多误身。

丈人试静听，贱子请具陈。
甫昔少年日，早充观国宾。
读书破万卷，下笔如有神。
赋料扬雄敌，诗看子建亲。
李邕求识面，王翰愿卜邻。
自谓颇挺出，立登要路津。
致君尧舜上，再使风俗淳。
此意竟萧条，行歌非隐沦。
骑驴三十载，旅食京华春。
朝扣富儿门，暮随肥马尘。
残杯与冷炙，到处潜悲辛。
主上顷见征，欻然欲求伸。
青冥却垂翅，蹭蹬无纵鳞。
甚愧丈人厚，甚知丈人真。
每于百僚上，猥诵佳句新。
窃效贡公喜，难甘原宪贫。
焉能心怏怏，只是走踆踆。
今欲东入海，即将西去秦。
尚怜终南山，回首清渭滨。
常拟报一饭，况怀辞大臣。
白鸥没浩荡，万里谁能驯？

这首诗充分表现了杜甫性情中骄傲张扬的一面，其中“读书破万卷，下笔如有神”成为千古佳句，被导师们用来当作督促学子们刻苦发奋的励志口号，但是大多数人想不到这是杜甫对自己的吹嘘夸奖吧？

而接下来的四句“赋料扬雄敌，诗看子建亲。李邕求识面，王翰愿卜邻”更是拉大旗作虎皮的自夸之语。

可还记得乃祖杜审言自称“吾文章当得屈宋作衙官，笔迹当得王羲之北面”？杜甫这四句之狂妄自夸可以一拼。

而“致君尧舜上，再使风俗淳”则作为杜甫的终身志向，常为诗家们提起。

天宝十载（751）正月，玄宗将举行祭祀盛典。杜甫于前一年冬天便预献三大礼赋，得到玄宗的赏识，待制集贤院。也就是终于有了候选资格，还要等待考官的选拔分配。

当年杜审言就是在这待选的当儿，站在人家选官门外断言“苏味道必死”，然而苏天官还是大度地给他派了官。

杜甫却没有乃祖这样的好运气，可知他遇到的选官是谁？李林甫。

我真想替杜甫问一句：怎么哪儿哪儿都有你？就因为你名字里也有一个“甫”字，所以就处处克我吗？

结果出来，杜甫当然是落选了。

我真的很想哭，杜审言能遇见苏味道，李白能遇见贺知章，王维能遇见张九龄，连宋之问还能遇到上官婉儿呢，怎么到了杜甫，就只是处处撞见李林甫呢？

三

诗、酒、剑，这已经成了唐朝诗人的三大标签，尤以李白贯彻得最为彻底。

论剑，李白有《侠客行》；论诗，他是众人瞩目的“诗仙”；论酒，那更不用说了，只要他醒着的时候，如果不在喝酒，就在叫喊着“拿酒来”，且为天下酒徒写了一首广告诗（《月下独酌》其二）：

天若不爱酒，酒星不在天。
地若不爱酒，地应无酒泉。
天地既爱酒，爱酒不愧天。
已闻清比圣，复道浊如贤。
贤圣既已饮，何必求神仙。
三杯通大道，一斗合自然。
但得酒中趣，勿为醒者传。

李白的榜样告诉我们：不会耍剑的酒徒不是好诗人。

杜甫立志向偶像看齐，虽然不会耍剑，但是会看，所以写了首《观公孙大娘弟子舞剑器行》。因为诗前有小序，让我们得知他大约写于55岁，在饱经忧患之后，感慨今昔盛衰而作。

序中且说，“草圣”张旭就曾因为经常观看公孙大娘舞剑，细心揣摩，以剑法入书法，才独成一格的。

唐文宗时将李白的诗、张旭的草书、裴旻的剑舞御封为大唐“三绝”，还昭告天下，可见舞剑一直是唐朝时雅事。不但“草圣”张旭是观剑而得草书之道，“画圣”吴道子也是因观剑而成“吴带当风”。

《太平广记》有载，裴旻丧母，邀请吴道子画神像于壁上。吴道子说：我最近没灵感，请将军为我舞剑一曲，或可助兴。

于是裴旻拔剑在手，左旋右抽，如飞如舞；掷剑入云，之后竖起剑鞘，而飞剑高数十丈，“如电光下射”，且正正落于剑鞘之中。观者哗然，视之为神。吴道子更是逸兴遄飞，“援毫图壁，飒然风起”，人物栩栩如生，衣带飘然。

杜甫不谙剑道，但写诗是不畏惧任何人的；喝酒，也可以与群豪一较高下，而且喝的是素酒。

唐朝诗人狎妓嬉游是常事，嫖娼宿妓这些事儿，非但不以为耻，还往往引以为荣。比如杜牧“十年一觉扬州梦，赢得青楼薄幸名”；白居易“十只画船何处宿，洞庭山脚太湖心”；元稹与薛涛并宿，温庭筠共鱼玄机同飞；至于诗坛领袖的李白，自然更少不了眠花宿柳的风流韵事，一时“美酒樽中置千斛，载妓随波任去留”，一时“小妓金陵歌楚声，家僮丹砂学凤鸣”，一时“千金骏马换小妾，醉坐雕鞍歌落梅”，一时“携妓东土山，怅然悲谢安。我妓今朝如花月，他妓古坟荒草寒”——嫖个妓还要向古人炫耀，也真有够无聊的。他若知道后辈白居易曾于月夜率领十位当地名妓偕游寺院，一定很羞愧。

唯独杜甫，老实头一个，难得一回陪官员李梓州带着众女乐游湖，还写了首“使君自有妇，莫学野鸳鸯”劝人节制，可有多扫兴？

杜甫一生的诗中无数次提及自己的妻子杨氏，时时把她放在心坎上。他最爱的时光，就是与老妻在一起。

老妻画纸为棋局，稚子敲针作钓钩。（《江村》）

昼引老妻乘小艇，晴看稚子浴清江。（《进艇》）

却看妻子愁何在，漫卷诗书喜欲狂。（《闻官军收河南河北》）

虽然杜甫在诗中总是称她为“老妻”“山妻”，但事实上，她比他小了十几岁，而且还是位大家闺秀，门第家世都远比杜甫要好得多。这是一宗明显不对等的婚姻，能够天上掉馅饼，只能说是老岳丈看中了杜甫的才华，押了一铺大小。

然而，他似乎押错了宝。

杜甫在仕途上一生都没有大的起色。

天宝十四载（755），杜甫终于被授了一个河西尉的小官，但杜甫不愿意，写诗自称“不作河西尉，凄凉为折腰”。后来又改任右卫率府兵曹参军，一个负责看守兵甲器杖的仓库保管员。

这仍然是个不值得折腰的小得不能再小的官儿，可是杜甫已经44岁了，褪尽少年的青葱，青年的桀骜，再也骄傲不起来了，只得接受。

另一方面，他不断上书朝廷，声称：“先臣恕、预以来，承儒守官十一世，迨审言以文章显。臣赖绪业，自七岁属辞，且四十年，然衣不盖体，常寄食于人，窃恐转死沟壑，伏惟天子哀怜之。若令执先臣故事，拔泥涂之久辱，则臣之述作，虽不足鼓吹六经，至沉郁顿挫，随时敏给，扬雄、枚皋可企及也。有臣如此，陛下其忍弃之！”（《唐才子传》）

我们今天赞誉老杜的诗时，经常会用一个词——“沉郁顿挫”来评价他的风格，其实这个定义是他自己给的。

这段话的意思是说自己乃是官宦世家，已经历经十一代了。祖父杜审言在中宗时是很有名的贤官。我7岁能文，可是四十年来衣不蔽体，常常靠人接济生活，时刻活在饿死荒野的恐惧中。请皇上可怜我，允许我做我祖父从前的职位，那么我的著述，即使不足以宣扬六经，也绝对可以做到深刻含蓄，思想明澈，媲美于汉代大文学家扬雄、枚皋。我这样一个天才，陛下怎么忍心弃而不用呢？

但是凭你怎么说，陛下就是不用。于是当年十一月，杜甫带着苦苦积攒的一点微薄薪水回奉先省亲，刚进门就听到了哭泣声，原来竟是小儿子饿死了。他的恐惧成真了！

杜甫一定哭得很伤心，不仅是因为无法建功立业一展宏图，完成自己“致君尧舜上，再使风俗淳”的人生梦想，更是觉得对不住妻子。

在这种情况下，杜甫悲愤地写下了“朱门酒肉臭，路有冻死骨”。这就是著名的《自京赴奉先县咏怀五百字》，一篇古风长歌，中间有这样一段：

老妻寄异县，十口隔风雪。
谁能久不顾，庶往共饥渴。
入门闻号啕，幼子饥已卒。
吾宁舍一哀，里巷亦鸣咽。
所愧为人父，无食致夭折。

我无法想象杜甫是怎样握着妻子的手一遍遍说“我对不起你，对不起儿子”。简直想一想都要哭。

这首诗苍凉无比，字字血泪。这时候，安禄山其实已在范阳举兵反叛，只是消息还没有传到长安。然而杜甫的诗中却已经充满了一种乱世的悲凉，仿佛预言。

不久，更大的灾难来了。

安史之乱中，杜甫流落长安，想念着身在鄜州的妻子，曾写过一首极为优美的《月夜》，深情款款，令人动容：

今夜鄜州月，闺中只独看。
遥怜小儿女，未解忆长安。
香雾云鬟湿，清辉玉臂寒。
何时倚虚幌，双照泪痕干。

真想不到，老实人杜甫会将情诗写得这样动人。妻子在他的想念里是完美的，连她的忧伤和眼泪都是美丽的，云鬟笼雾，玉臂生寒，动人楚楚，我见犹怜。

这首诗的独特之处在于，杜甫想念妻子，却并不说自己在长安有多么凄凉，而是站在妻子的立场上，想象她在鄜州闺中，独自望月，该有多么孤单。儿女还小，还不能为他们的母亲分忧，和她聊起在长安的父亲。于是她只能独自徘徊月下，任由露水打湿云鬓。

最后说，什么时候我们才能重新聚首，共倚窗帷，让月亮照着我们两人的眼泪一起流，一起干。

何等悱恻缠绵！正是“换我心，为你心，始知相忆深”。

李白绝对是个神仙，一个光芒万丈让人要么不敢仰头直视要么看见了就无法转移目光的人。倘若可以和他交朋友，我也愿意金龟当酒，抛却千金裘，只为尽他一醉。

但也就是这样了，做个偶尔相聚的酒友，宠他，纵他，为他买个单什么的。

但是嫁人，我宁可嫁杜甫，只为，无论他怎么木讷，怎么穷困，不会甜言蜜语，不懂求官发财，落落寡合，不解风情，但他一辈子，只会爱我一个人。

李白，最美的情书只写给自己

一

和杜甫不同，李白一生至少有四段正式或非正式的婚姻生活。

《李翰林集序》云："白始娶于许，生一女，一男曰明月奴，女既嫁而卒。又合于刘，刘诀。次合于鲁一妇人，生子曰颇黎。终娶于宗。"

寥寥数语，就裹挟埋藏了四个女子的一生。第一个和第四个还好说，至少还提及"嫁娶"二字；最惨的是中间两位，只用了一个"合"字。合，算是几个意思？

第一位——原配许氏的故事我们前面已经讲过了，是前宰相许圉师的孙女。

在这段婚姻中，李白是入赘的身份。我想主要是为了取得一个进入中原的身份。

李白的身世太悬疑，不但籍贯何处很神秘，就连家境如何也是扑朔迷离。在他好像穿越时空那样突然来到安陆毛遂自荐做了故宰相许圉师的孙女婿之前，他的历史几乎一片空白，所有的故事经历都是通过之后他自己撰写的各种求职信补述出来的，而且版本各有参差，互为矛盾，不堪深究。

许小姐能够公开招亲，显然上门女婿不那么好找，如今有个文武双全的才子送上门来，自称家道殷实，花钱大手大脚，不但能够出口成章，还舞得一手好花剑，说出来倒也挺拉风的。

而对李白来说，正想要游历山水却一贫如洗，找不到旅费赞助。如今许家虽然没落，但作为前朝宰相，破船还有千斤钉，人脉和名望是有的，所以，这桩婚姻看上去很像是一场精心计算过的投资。

而结果是：投资失败。

虽然娶了位大家闺秀，李白内心仍然有点抑郁，曾在《少年行》中写道："遮莫姻亲连帝城，不如当身自簪缨。"希望凭自己的本事而不是裙带关系出人头地。

730年，李白已经30岁了，虽然早有诗名，但是一事无成，便也有点着急了。丈夫三十而立，他算是成了家，可是立业无望，太没面子。

他曾经托门路多次谒见本州裴长史，且自言："许相公家见招，妻以孙女，使憩迹于此，至移三霜焉。"言明已在安陆休养三年，冀有所成，却终究失望。而因为裴长史未作回复，李白只得离开安陆，去了长安。

初到长安时倒也潇洒快活过，诚如《少年行》中所写：

> 五陵年少金市东，银鞍白马度春风。
> 落花踏尽游何处？笑入胡姬酒肆中。

李白在京城交了很多朋友，吹了很多牛，也给自己编造了很多传奇，还屡次在诗中炫耀自己杀人不眨眼的往事，满纸的杀气腾腾：

> 杀人如剪草，剧孟同游遨。（《白马篇》）
> 笑尽一杯酒，杀人都市中。（《结客少年场行》）
> 十步杀一人，千里不留行。（《侠客行》）
> 托身白刃里，杀人红尘中。（《赠从兄襄阳少府皓》）

不过估计也没人当真。李白说自己杀过人，就像他说曾经一年花费三十万一样，都是满嘴跑火车的吹牛，不然，要是有人真信，早把他扭送公安局了。

这样子折腾了十年，李白终究未能靠着岳家的关系求得一官半职，而许氏大概也受不了他的挥金如土。

> 五花马，千金裘，呼儿将出换美酒，与尔同销万古愁。

那可是珍贵的貂儿啊，每个东北女子的梦之衣裳，说当就当，而且不是因为生活所迫逼不得已，只不过是为了一时纵性，换成红黄绿白的杯中之物。这和拿钱打水漂有什么分别？

更何况，我怀疑这压根儿就不是李白的钱——他的钱不是早就接济朋友了吗——若是李白拿着媳妇的嫁妆典当换酒，这样的丈夫，放在哪个女人身上也受不了吧？再有才也不行。

当然，也有人说这是李白写给朋友的，“主人”不是他自己，而是请他喝酒的人。不知道那人失去五花马和千金裘后，还敢不敢再招惹李白？

十年中，李白和许氏生了一儿一女，女儿叫平阳，儿子叫伯禽，乳名明月奴。然后许氏的踪迹就在史料中消失了，只有李白带着一双儿女迁居到山东兖州。

许氏哪儿去了？最合理的推测是病故，《李翰林集序》里也含糊地写着“女既嫁而卒”。可是许氏既是名门之后，又是李白明媒正娶的原配嫡妻，且为李白生下一儿一女，如果病卒，为什么不但未见碑文，就连首悼亡诗都没有呢？

我猜这段时间的李白是被老婆嫌弃的，可能还说过很多不好听的话。诸如：当年我的宰相爷爷瞎了眼，才会以为你有才华有出息，让我嫁给你，没想到你除了会写两句诗，就是一个没用的酒鬼！

当然，这些话纯粹出于我的想象，因为关于这个惹李白生气的女人的身份，也有版本说是李白人生的第二个女主刘氏——不说妻子，是因为他们究竟结婚与否存在疑点。

事实上，李白所有的身世履历都存在疑点，因为他的朋友圈不是山水照就是晒酒食，从来不曾认真诚实地记录过自己的情感生活。

但是李白诗中的一句“会稽愚妇轻买臣”，到底还是泄了密。这里借用的是我们前文里说过的会稽太守朱买臣贫贱时曾被妻子轻贱的典故。

朱买臣当年曾对妻子说过自己十年后会发迹，你离开我一定会后悔；李白也做了同样的表态，但远比朱太守来得大气，且看原诗后两句：

会稽愚妇轻买臣，余亦辞家西入秦。

仰天大笑出门去，我辈岂是蓬蒿人。

这两句已经被大家引用得滥了，但是若不了解“覆水难收”的典故，便不能真正明白诗人的处境与心态。

蓬蒿，都是杂草，这里代指草野之人，也就是没有当官的普通人。

这首诗翻译成大白话就是：你这个势利眼的蠢婆娘竟然看不起我，我走，去长安，再也不回来了！你给我记着，我可不是终生贫贱之人，我走了你会后悔的！

诗的题目作《南陵别儿童入京》——只告别孩子，不告别妻子，是因为妻子已经不在了，还是不重要？但是如果没了妻子，那李白把孩子托付给谁照管了呢？

也许我担心的琐事太多了。李白是潇洒的，他就没我顾虑得那么多，他毫不犹豫地别了一对儿女（可能还不止两个孩子），再次挺进长安了。

他非常在意自己这次东山再起的机会，发誓要努力出人头地，好有一天马前泼水，让那个瞧不起自己的妇人狠狠地后悔。

二

李白真的很努力了。

开元二十三年（735），玄宗狩猎时，李白献上《大猎赋》歌功颂德，大谈道教玄学，迎合玄宗崇尚道教的心情；其后，又再次托人向玉真公主献诗，说“几时入少室，王母应相逢”，恭祝玉真入道得仙。

但是不知为什么，玄宗虽然对李白的文采也挺欣赏，却仍未重用他。于是李白再次离京云游，交了很多好朋友后又再次还京。如此折腾了好几个来回，终于在天宝元年（742），也不知道是在玉真公主还是贺知章或者两人的双重举荐下，总之李白突然转运，得到了玄宗的宣召入宫，一展诗才，供奉翰林。

这是李白一生中做过的最高官职，一个陪皇上写诗娱乐，侍宴伴游的闲官，相当于荣国府里每天陪着贾政散心的詹光、单聘仁之流。

这肯定是不符合李白建功报效的雄伟理想的，所以没有几年，他便离开了长安，再次云游四海去了。

在山东，李白遇上了一位姓刘的女子，但最终不欢而散。《李翰林集序》中没有说李白正式娶刘氏为妻，所以两人可能只是同居，但也许是和离，李白羞于说起，便又弄出了一段不明不白的婚史。

李白，从出身到婚姻，都是这么讳莫如深。

不久，李白爱上了邻家的女子，甚至爱上了她家窗下的石榴树，并为她写了一首《咏邻女东窗海石榴》：

鲁女东窗下，海榴世所稀。
珊瑚映绿水，未足比光辉。
清香随风发，落日好鸟归。

愿为东南枝，低举拂罗衣。

无由一攀折，引领望金扉。

和所有多情浪子一样，很显然写这首诗的时候，李白还没有得到这位佳人。但是纳为妾室之后，就再没为她写过诗了。

所以纳妾而不是娶妻，专家认为是因为邻女只是民女，而按照唐律，曾经做过翰林学士的李白是不能娶民女为妻的。

但是律法归律法，李白这么不拘小节的人，独独在自家炕头上却讲起礼法来，说到底还是没太把这棵已经攀折到手的石榴树当回事儿。

这位没有留下姓名的石榴妾，从嫁给李白之后就在文字资料上消失了，同许氏一样，是死是离不知道，只知道她给李白生了个儿子，取名颇黎——难道女人嫁给李白的目的就只是生子么？

而且，李白还是长期地弃几位子女于不顾，只管自己云游四海，跑官酗酒兼泡妞。也不知道他的几位子女都是依附谁而活的。

我们只知道，李白的私生活一直不大检点，除了喜欢狎妓酗酒之外，还曾经和一位女道士发生过小插曲：

江上送女道士褚三清游南岳

吴江女道士，头戴莲花巾。

霓衣不湿雨，特异阳台云。

足下远游履，凌波生素尘。

寻仙向南岳，应见魏夫人。

李白是曾经修仙学道的，和女道士很有共同语言，有交情也是正常。不过写诗给一位女冠而高谈云雨，这暧昧之情也就不言而喻了。

有人将此女道士附会成了玉真公主，认为李白不仅曾经娶过宰相之后为妻子，还和公主发生过关系。这实在有点想得太美了。倘若玉真公主与李白有了肌肤之亲，李白哪里还需要等到四十好几才进宫为供奉呢？

唐朝尚道，女子出家为道士的很多，但修道生涯并不清净。李白云游于山水之间，邂逅几个女道士简直太方便了，赠诗的女冠又岂止玉真公主一个呢？说不定，正是因为在玉真这里碰了壁，才要在另一位女道士身上找补安慰呢。

三

李白50岁，再次做新郎，又娶了一位前宰相的女儿。这次的宰相叫宗楚客，女儿自然就叫宗氏。

李白与宗小姐的相识有个非常浪漫的故事，叫作“千金买壁”。

但是时间上又出现了bug。因为在野史上，将故事背景安在了天宝三载（744），李白刚刚被“赐金还山”的时候，与杜甫、高适偕游宋州梁园。

酒酣饭饱之际，李白舔墨挥毫，在梁园壁上写下长诗《梁园吟》。先叙事，再抒情，最后写道：

> 东山高卧时起来，欲济苍生未应晚。

这里用的是谢安“东山再起”的典故。晋朝大将军谢安和王羲之等人交游甚密，隐居东山。当时的士大夫们歌唱他：“安石不出，其如天下苍生何？”直到他弟弟谢万被废黜，他已经40岁了，才出山做官。曾在淝水之战中以少胜多，打败苻坚百万军队，是很有头脑的军事家。

李白自比谢安，渴望有东山再起之时，一展抱负。从这点也可以看出他的“赐金还山”应该不是那么情愿的，绝非为了归隐，而九成是不得已的被动选择。

且说这首诗墨汁淋漓地写了一面墙，不长眼的僧人看了很不高兴，觉得李白把一面墙给污了，就想拿抹布抹掉，铲子铲平。

正欲暴殄天物之时，恰好宗小姐从此经过，娇声喝阻：“住手！”宗小姐乃是知书达礼之才女，看了此诗，颔首赞叹：“此诗价值连城，不可轻慢。”遂出一千两金子将墙壁买下。

这件事轰动全城，李白本来游玩之后就要远离的，听说了宗小姐千金买壁的行为，大为感动。再一打听，据说这小姐不但有钱，够豪爽，一掷千金，而且才貌双全，眼界清高，通常俗人怎堪为配，所以她家里人答允她可以自行择夫。

这简直是为李白度身定造的良配！于是，郎才女貌，成就了李白的第四段姻缘。

这故事听上去很美，就是太像故事了。首先李白曾自称“长不满七尺而心雄万夫”，论颜值并不出色，而且已然老迈；这宗小姐再爱才，但以闺中之身下嫁一个貌寝好酒的老头子，虽说郎才女貌，但实在算不得般配。

不过宗小姐既然有一掷千金的豪情与实力，李白的酒单算是有人买了，倒也真让我们为李白后来的生活松一口气。

这是李白的最后一段婚姻，他终于和宗氏白头偕老了，而且难得地为她写过不少诗。最搞笑的是，这些诗中既有他写给宗氏的，也有他代替宗氏写给自己的，只在天宝十四载（755）一年中就有《秋浦寄内》《自代内赠》《秋浦感主人寄内》等诗。

秋浦，在今安徽省贵池西。大约天宝十二载（753），李白云游至此，写了《秋浦歌》组诗十七首，可见在这里盘桓的时间还不短。不明白他为什么抛下新婚的妻子不管，仍然一边到处云游，一边诉说相思，而且一走就是三年。

但是不管怎么说，这位宗氏陪他白头，而且他终于肯为自己的正牌妻子写情诗了。

同时，也看出他再婚的时间不应是在天宝三载（744），因为那样的话，到755年时他们已经做了十几年夫妻了，李白未必还有激情像杜甫那样忠诚地给老妻写情诗。

《秋浦寄内》是李白在婚姻生活中难得的一篇情辞并茂的家书：

我今寻阳去，辞家千里余。
结荷倦水宿，却寄大雷书。
虽不同辛苦，怆离各自居。
我自入秋浦，三年北信疏。
红颜愁落尽，白发不能除。
有客自梁苑，手携五色鱼。
开鱼得锦字，归问我何如。
江山虽道阻，意合不为殊。

诗中用聊天一般的口吻说，我离开寻阳，已经辞家千里了。住在荷花湖畔，写下这封家书。

大雷书，指南朝诗人鲍照（就是那位“俊逸鲍参军”）曾著《登大雷岸与妹书》，书中有“栈石星饭，结荷水宿，旅客辛贫，波路壮阔”等句。

有趣的是，杜甫曾赞美李白“俊逸鲍参军”，而李白自己也以鲍参军书信自喻，可见杜甫真是李白的知己，只可惜是单相思。

李白是自恋的，对朋友如此，对情人也如此。他接着在诗中说，我们分居两地，有不同的辛苦，我来秋浦之后，三年来很少收到北来的书信。

你的红颜渐老，我已白发丛生。

今天有客人替我带来你的信，问我打算什么时候回家。

我只能说，虽然路途遥远，江山阻隔，但我们的心思是一样的。

——说了等于没说，正是“君问归期未有期，巴山夜雨涨秋池”。

将这首诗寄给妻子后，李白觉得不够尽兴，因为这么好的诗，哪能没个回复呢？于是他自问自答，又替妻子给自己写了封回信，《自代内赠》：

宝刀截流水，无有断绝时。
妾意逐君行，缠绵亦如之。
别来门前草，秋巷春转碧。

扫尽更还生，萋萋满行迹。
鸣凤始相得，雄惊雌各飞。
游云落何山？一往不见归。
估客发大楼，知君在秋浦。
梁苑空锦衾，阳台梦行雨。
妾家三作相，失势去西秦。
犹有旧歌管，凄清闻四邻。
曲度入紫云，啼无眼中人。
妾似井底桃，开花向谁笑？
君如天上月，不肯一回照。
窥镜不自识，别多憔悴深。
安得秦吉了，为人道寸心。

李白竟然替妻子给自己写情书，尽诉仰慕相思之情，我也是醉了。

“妾似井底桃，开花向谁笑？君如天上月，不肯一回照。”这首诗，与其说是李白体会妻子的心思对自己表达思念之情，不如说是在贬低女人的地位抬高自己的位置，把自己形容成天上的月亮，而妻子只是井底的桃花。

这时候，再想想杜甫怀念妻子时的诗作《月夜》，便会觉得情感真伪立现：“香雾云鬟湿，清辉玉臂寒。何时倚虚幌，双照泪痕干。”

这样的情感，才不枉了叫作相思。

四

我在很小的时候，曾经因为听到母亲吟诵过李白的《秋风词》而不经意地就记住了，长大后一直好奇李白的这首词到底是写给他哪一任新欢旧爱的：

秋风清，秋月明。
落叶聚还散，寒鸦栖复惊。
相思相见知何日，此时此地难为情。

这首三五七言的长短句我从小会背，印象深刻。前两年学琴的时候，第一支曲子就是《秋风词》，但是歌词又加了一段：

入我相思门，知我相思苦。
长相思兮长相忆，短相思兮无穷极。
早知如此绊人心，何如当初莫相识。

我第一次听到这曲子时很诧异，想不到《秋风词》还有下半段。反复念了两遍后，我很肯定地对我的古琴老师——扬州著名斫琴师王俊说：后半段应该是后人另加的，可能是谱曲或是填词的人加上去的，为了适合弹唱。这两段的风格太不相同，一定不是李白的原笔。

王俊老师含糊地说：是吗？没研究过。我学这曲子的时候，词就是这样。

后来我查了资料，发现《梅庵琴谱》上果然有小字附注，这曲子的前后两段非为同一人所作。当时真有一种预窥天机的小小窃喜。

其实，不仅是《秋风词》太过通俗的后半段，即便相对古雅的前半段，也有人怀疑并非出自李白之手。

因此，在无可争议的李白的情诗中，我最喜欢的只好首推古风《长干行》：

妾发初覆额，折花门前剧。
郎骑竹马来，绕床弄青梅。
同居长干里，两小无嫌猜。
十四为君妇，羞颜未尝开。
低头向暗壁，千唤不一回。
十五始展眉，愿同尘与灰。
常存抱柱信，岂上望夫台。
十六君远行，瞿塘滟滪堆。
五月不可触，猿声天上哀。
门前迟行迹，一一生绿苔。
苔深不能扫，落叶秋风早。
八月蝴蝶黄，双飞西园草。
感此伤妾心，坐愁红颜老。
早晚下三巴，预将书报家。
相迎不道远，直至长风沙。

“青梅竹马”“两小无猜”这两个成语，就是从这首诗里产生的。

竹马，指的是小孩子骑着一根竹竿当马，来找女孩玩；床，指的是一种坐具，比如《孔雀东南飞》里的“搥床便大怒”，类似坐榻。

这是一首叙事诗，诗中讲述了一个非常纯真唯美的爱情故事。两个住在长干里的小孩子因为家离得近，从小一块儿玩着郎骑竹马妾弄青梅的游戏长大。到了女孩子14岁及笄之年时，便顺理成章地嫁了过来，却忽然害羞起来，低头面壁而坐，凭你怎么叫都不肯转身抬脸，娇羞的样子实在可爱。

这样的日子过了一年，新娘子才渐渐大方起来，接受了已为人妇的事实。夫妻恩爱，如胶似漆，誓同生死。谁知甜蜜岁月刚过两年，女孩16岁时，丈夫出门远行，一年两年的不回来，门前的台阶生了绿苔，春去秋来都是这样惹人伤心。女孩的生活从此陷在相思中，日复一日，盼君早归。忽然有一天听说丈夫要回来了，于是迫不及待地迎出长风沙，只希望能早点看到他哪怕一分钟也好。

诗中按古风惯例连用了两个典故以极写女子的忠贞：“常存抱柱信，岂上望夫台。”

前一句用的是尾生的故事，典出《庄子》。说一个叫尾生的男子与所爱的女子相约见面，然而来到桥下时，却遇上发大水。尾生不肯负约离去，抱着桥柱子任由大水将自己淹没，直到死亡。

“望夫台”更是泛指独守空房的女子对离家远行的丈夫的苦苦等待。而通常那个丈夫是不会回来的，那么李白《长干行》中的少女，能等回她的丈夫吗？

这是李白诗中难得温婉的一首情诗，不过，他是从二十大几时才突降安陆有了第一次婚姻的，所以诗中那个骑着竹马娶了青梅玩伴的男孩子，肯定不是他。如果是，那他就是抛弃了曾经两小无猜“十四为君妇”的原配发妻，做起了从此不归家的游子。

那将是多么悲伤的故事！

杨贵妃，辜负深宫马嵬魂

一

杨贵妃也是个诗人。

我这样说你会不会惊奇？

但她真是写过诗的，可惜留下来的只有一首，《赠张云容舞》：

> 罗袖动香香不已，红蕖袅袅秋烟里。
>
> 轻云岭上乍摇风，嫩柳池边初拂水。

这首诗写得平平，不过是中规中矩而已。西周私塾的孩子们学习两天格律就可以达到这个水平。

押的是仄声韵，是因为这不是诗，是词，写来是为了唱的，可能这首曲子要求的就是仄声尾。

杨贵妃的诗虽然写得不怎么样，但是音乐天分很高。史说她“善歌舞，通音律”，尤其擅长弹琵琶，“音韵凄清，飘如云外”，与唐玄宗夫唱妇随，情意相投，颇有共同语言。

唐玄宗热爱音乐，史称“英断多艺，尤知音律”，既喜欢笛箫丝竹，也擅长羯鼓这种打击乐器，且认为“羯鼓，八音之领袖，诸乐不可方也。”想象一下皇上擂鼓的样子，一定很帅。

唐玄宗还特地将宫廷乐师重新编制，题名为梨园，这就是后世戏曲界被称为梨园界的来历。唐玄宗可说是所有梨园子弟的祖师爷，现在还有很多剧团里供奉着玄宗像。

杨贵妃为了响应老公，亲自担任这个梨园班子的艺术总监，教授歌姬们舞蹈。

她最信任的贴身宫女张云容，同时也是她的入室弟子。某日宴会上，张云容献上一支贵妃亲传的“霓裳羽衣舞”，一招一式，酷肖贵妃。舞步蹁跹如轻云摇风，锦袖飞扬如嫩柳拂水，千娇百媚，绰约多姿。

贵妃深以为骄傲，遂写了这首诗赞美张云容，其实还是夸奖自己的舞蹈编得好。

诗中说张云容穿着丝罗的舞衣，水袖翻飞时香气四溢，应该袖管里是熏过香的；而且舞衣大概是红色，故称“红蕖”。蕖是荷花，开放在袅袅的秋烟里，想来舞蹈之际，四周兽吻吐烟，虽然是单人舞，也刻意营造出一种飘飘欲仙的感觉。

后两句用了个对仗，形容舞姿如同风舞流云，柳拂静水，柔极美极。

《霓裳羽衣曲》，传说是玄宗中秋夜梦游天宫，在广寒清虚之府，见到素娥（也就是仙女）十余人，起舞于月桂树下。乐声清丽，舞姿袅娜，正是“此曲只应天上有，人间哪得几回闻？”

唐玄宗梦醒后，还依稀记得梦中音乐，遂记一半编一半，得谱《霓裳羽衣曲》。

这说法很玄妙，流传颇广。被洗脑的中唐诗人刘禹锡就对这个说法深信不疑，还写了一首诗来记叙：

> 三乡驿楼伏睹玄宗望女几山诗，小臣斐然有感
>
> 开元天子万事足，唯惜当时光景促。
>
> 三乡陌上望仙山，归作霓裳羽衣曲。
>
> ……

玄宗亲自编曲，可以想象这曲子的流行程度。因此一经传出，宫廷上下每每有人依曲编舞，并在宴会上演出，博皇上一笑。

然而各种编排都不称玄宗心意。偏偏有一日在皇亲的家宴上，看到寿王妃杨玉环跳了这支曲子，舞姿竟和梦中的仙女相差无几。

唐玄宗泪流满面：神仙啊，我终于找到你了。

可是神仙妹妹已经成了自己的儿媳妇，这可怎么办？

没关系，让她离婚！

于是唐玄宗下一道诏书，令寿王李瑁另娶韦氏女为妃，而杨玉环则出家修道，赐号太真，并为之建太真观。

杨玉环去道观里这么镀了一圈金回来，就算是脱胎换骨转世为人了。于是顺利嫁给了自己的公公李隆基，晋升贵妃。

这是一段不折不扣的孽缘。

比杨玉环晚生了整整半个世纪的白居易在《长恨歌》中美化了这段姻缘，名之为爱情。将李杨的相遇含糊其词，仿佛少男少女的一见钟情，除了为美人陪衬的“六宫粉黛”外，其余的配角以及两人过往的经历全都不见了。

汉皇重色思倾国，御宇多年求不得。
杨家有女初长成，养在深闺人未识。
天生丽质难自弃，一朝选在君王侧。
回眸一笑百媚生，六宫粉黛无颜色。
……

这首长诗真的很美。

诗重俗白的白居易难得有一首诗写得这样典丽华美、满纸珠玑，念上去有如千斤橄榄，津生余香，是一首非常值得全文背诵的长诗。

在诗的开篇，没有了李瑁，没有了皇子妃，没有了公公与儿媳的尴尬身份，她变成了“养在深闺人未识”的闺中少女，他变成了“御宇多年求不得”的痴心宅男。他们的相遇，由“回眸一笑百媚生”便瞬间定格成永远。

然而，真相远不是听上去那么美好浪漫。

二

说到杨贵妃的爱情故事，总不能不提一下她的前夫李瑁。

而说到皇子李瑁，就要说说他的母亲武惠妃了。

在杨玉环出现之前，武惠妃才是玄宗最爱的女人。

武惠妃（699—737），名落衡，是武则天的侄孙女。因为父亲早逝，从小进宫在武则天的庇荫下长大，对武则天那些权谋媚术学了个六七成，当女皇是不够用的，但是专宠后宫折腾几出宫斗戏可是足够了。

不知道武落衡是几岁嫁给李隆基的，但是两人同在宫中长大，青梅竹马是一定的，所以这九成是李隆基主动选择的自由恋爱，感情自与别的妃子不同。

开元十二年（724），玄宗废王皇后，册立武氏为惠妃。本来要立为皇后的，可是历史上武李两家的渊源太深了，大唐王朝要再出一个武后，这谁受得了？大臣们以死相谏，以至于这件事到底没成功。

而这个反对声音最大的，就是“曲江风度”的张九龄。

于是武惠妃决定曲线救国，想让皇上废了太子，改立自己的儿子李瑁为太子，那自己水到渠成，就算做不成皇后，将来也肯定是太后了。

她让女婿杨洄秘密监视太子行踪，又对皇上说太子李瑛和鄂王李瑶、光王李琚，因为母妃失宠，对皇上不满，时常在府中秘会，说皇上坏话，还想害死自己。

老年昏聩的李隆基偏听偏信，当真起意要废掉太子，谁知道张九龄又大声说“不”，弄得事情一直进行不下去。

这可把武惠妃气坏了，于是勾结奸臣李林甫，双管齐下，给唐玄宗不断吹风进谗，让唐玄宗越来越不满张九龄。因为张九龄总是说“不”，于是张九龄说什么，唐玄宗也可劲儿说“不”——比如张九龄要杀安禄山时，就是唐玄宗坚持要秀仁义，硬是把安禄山给放了。后来更是干脆将张九龄罢相，让李林甫取而代之。

障碍扫除，武惠妃放开手脚，与李林甫联手，精心策划了一出弥天阴谋，制造了比玄武门更加血腥的“一日杀三子”的惨案。

要不怎么说自张九龄罢相，大唐就算是完了呢？

这天，惠妃一边令人传诏三王入宫，说是宫中有贼，请他们帮忙擒拿，一边告诉玄宗："太子与二王要谋反！他们穿铁甲进宫了！"

唐玄宗吃了一惊，赶紧派人察看，竟然看到三位皇子果真披甲进宫了，遂命侍卫拿下，投入狱中。

案子审了好一阵子，若说三子造反，似乎证据不足，而且三位皇子都抵死不认；可若说不是，又确实披甲进宫，而他们所说的惠妃传诏又无证据。

于是唐玄宗找宰相李林甫商议。李林甫当然没什么好话，三言两语撺掇得唐玄宗下定决心，废三王为庶人。不久，三人俱被害死。

当年玄武门事变，李世民杀兄屠弟，绝灭人伦，还可以说是夺嫡之战，我不杀你，你就要杀我，是权力使然，形势所迫；然而李隆基呢，他可是亲爹呀，自身并无任何危险，面对一桩明显证据不足的所谓谋逆案，竟然一次能杀死自己三个亲生儿子，真是比他曾祖父李世民狠多了。

不过，唐玄宗一生中有过30个儿子，31个女儿，所以只要不高兴，随便杀几个儿子出出气也根本不当回事吧？所以唐玄宗一生都没有为自己的行为后悔反省过。

当年年底武惠妃病逝，据说是被三位皇子的冤魂索命，活活吓死的。

唐玄宗闻知大恸，追封厚葬，还说以后再也没有惠妃这样的知己了！

——三个儿子死时，他可没有这样哭过！

这之后，唐玄宗很是抑郁了一阵子，直到娶了惠妃的儿媳妇杨玉环，才算是有了新的“爱情”。

他那么爱武惠妃，也没有因此对惠妃唯一的儿子好一点，还抢了这个儿子的王妃。

所以说，帝王的心，哪里有什么真正的爱情？连亲情都没有。有的，不过是一己私欲罢了。

昏君就是昏君，或者说好听点，情种就是情种，唐玄宗给予杨玉环的宠爱，一点都不比对她的婆婆武惠妃少。

中国古代四大美人，羞花闭月，沉鱼落雁。这位羞花使者就是杨玉环，其余三位分别是闭月使貂蝉，沉鱼使西施，落雁使王昭君。

“羞花”典故的来历是说有一天玄宗与贵妃去后花园赏花——又是赏花，看来唐玄宗有了这位爱妃之后，真是荒疏朝政，只顾寻欢了，竟有忒多时间逛花园——正逛着的时候，杨贵妃看到一种特别的花草，便伸手抚摸，谁知那花竟闭合了起来。玄宗笑赞：贵妃的美貌，让花朵都羞愧了。

要不怎么说唐明皇会聊天呢？其实我们都能想明白，杨贵妃摸的根本不是花，而九成是含羞草。

但从这个故事，也可以看出唐玄宗对杨玉环有多么宠爱。

白居易这样形容：

云鬓花颜金步摇，芙蓉帐暖度春宵。
春宵苦短日高起，从此君王不早朝。
承欢侍宴无闲暇，春从春游夜专夜。
后宫佳丽三千人，三千宠爱在一身。
金屋妆成娇侍夜，玉楼宴罢醉和春。

有一次，大冬天的唐玄宗下朝回宫，正看到杨贵妃拿着两根冰柱在玩，便好奇地问她这是什么，杨贵妃竟然甜笑着回答这是“冰筷子”，一副小孩子过家家的快活样子。

其实这时候的杨贵妃已经并不年轻了，虽然不曾生育，却已经结了两次婚，早就不天真了。可是她身上，偏偏有那么一种活泼的家常的烟火味儿。

大量的宫斗戏让我们早已看熟了后宫妃嫔们那些钩心斗角的计谋，以及一哭二闹三上吊的把戏，可是你猜杨玉环怎么着？她的绝招竟然是回娘家！

这也太平常百姓了！

贾宝玉为什么唯独钟情林黛玉？就是因为黛玉敢跟他生气，但是生完气哄一哄就好了。男人喜欢追求女人，征服女人，同样也喜欢哄女人。女人太千依百顺了反而未必抓得住男人的心。

果然没过两天，唐玄宗就主动派香车接杨玉环回家了。

她看起来那么容易快乐，容易满足，真哭真笑真生气，反而让他越发要倾尽了财力心力去给她最好最珍贵的一切来哄她开心。比如，千里送荔枝。

《新唐书·杨贵妃传》载：“妃嗜荔枝，必欲生致之，乃置骑传送，走数千里，味未变，已至京师。”

他是这样心甘情愿地宠着她，爱着她，谁让她才是他梦游月宫见到的那个人呢？

梦中情人，羽衣霓裳，天下没有什么可以与她相比。于是，他便拿了整个天下来哄她。

最终，又让她为天下付出了自己。

三

因为沾染了神话色彩的不俗来历，此后大唐宫中历任可以表演“霓裳羽衣舞”的歌队都很受优待。

霓裳羽衣舞，既可以是独舞，也可以是群舞。有书记载：“宫妓梳九绮仙髻，衣孔雀翠衣，佩七宝璎珞，为《霓裳羽衣》之类。曲终，珠翠可扫。”

舞队服饰华丽，到了“珠翠可扫”的地步，这奢华之象真令人失神。

我不禁想起杜甫的《丽人行》：

> 三月三日天气新，长安水边多丽人。
> 态浓意远淑且真，肌理细腻骨肉匀。
> 绣罗衣裳照暮春，蹙金孔雀银麒麟。
> 头上何所有？翠微盍叶垂鬓唇。
> 背后何所见？珠压腰衱稳称身。

就中云幕椒房亲，赐名大国虢与秦。
紫驼之峰出翠釜，水精之盘行素鳞。
犀箸厌饫久未下，鸾刀缕切空纷纶。
黄门飞鞚不动尘，御厨络绎送八珍。
箫鼓哀吟感鬼神，宾从杂遝实要津。
后来鞍马何逡巡，当轩下马入锦茵。
杨花雪落覆白苹，青鸟飞去衔红巾。
炙手可热势绝伦，慎莫近前丞相嗔！

现实主义诗人杜甫的讽刺之风，由此而启。

这首诗最大的妙处在于“无一刺讥语，描摹处语语刺讥；无一慨叹声，点逗处声声慨叹”（《读杜心解》）。

杨贵妃得宠，所有亲戚也都跟着得意，三个姐姐分别被封为秦国夫人、韩国夫人与虢国夫人，从兄杨国忠也做了宰相。真是一人得道，鸡犬升天，难怪会出现“遂令天下父母心，不重生男重生女”的怪异现象。

诗的开篇点明时间、地点、人物，出语自然，仿佛电影镜头，直接铺出了一个丽日、丽都、丽水、丽人的画面。

三月三日上巳节，于水边行祓禊之礼，这是从西周就已形成的风俗。

祓禊原来是一种水边举行的驱邪的祭礼，后来渐渐转变为单纯的春游。就和端午节本来是为了纪念屈原，后来就只剩下吃粽子赛龙舟一样。

写明时间、地点，接下来用罗敷之法，大段描写丽人奢华的穿着装饰：绣花的衣裳，金银线压的孔雀裙子，头上戴着翡翠的流苏，腰上缠着镶珠的束带。

这些丽人都是皇亲国戚，中间最著名的两位是虢国夫人和秦国夫人（省掉了韩国夫人），真是香风阵阵，翠映珠摇。

写完了衣饰，又开始写她们水边野餐的菜谱：翡翠锅里蒸的是紫驼峰，水晶盘里盛的是白鲜鱼。如此美味，可是她们却挑三拣四吃不下了，捏着犀角的筷子久久不肯下箸，真是浪费了御厨们精雕细镂一般的膳食功夫。

宦官们骑马飞奔，络绎不绝地送来新的菜肴，还要小心地不敢扬起灰尘。

笙箫鼓乐，极其缠绵婉转，满席宾客，无非达官贵人。这时候却有一个骑马的官人在帐前下马，态度嚣张傲慢，径直从绣毯上走入席中。

真是如日中天炙手可热的权臣啊，咱们看热闹的人走远点吧，太近了小心惹怒丞相，那可就大事不好了。

整首诗并不难理解，唯有“杨花雪落覆白苹，青鸟飞去衔红巾”一句，不知是实写现场景象，还是借古喻今的用典。

有人说是暗指杨国忠与虢国夫人兄妹淫乱，我以为附会之言难以定论，宁可就字面而论，当是为全诗收束前的一抹着色吧。

这整首诗平静而细腻地描写着春日里水边野餐的一幅仕女嬉春图，似乎不带任何情感，甚至还很客气地赞美了她们意态娴雅，肌容光艳，没有一句批评，却极度冷静而深刻地批判了以杨家兄妹为首的朝廷贵戚们穷奢极欲嚣张跋扈的做派。

这首诗的影响极广，清朝洪昇的《长生殿》第五出《褉游》一折，就完全化用了这首诗。

戏词中形容三国夫人出游盛况：

> 春色撩人，爱花风如扇，柳烟成阵。行过处，辨不了紫陌红尘。
>
> 绣幕雕轩，珠绕翠围。
>
> 罗绮如云。
>
> 各逞黛娥蝉鬓。
>
> 朱轮，碾破芳堤，遗珥坠簪，落花相衬。

“行人，慎莫来前，怕惹丞相生嗔。”更是直接套用了《丽人行》末句的“慎莫近前丞相嗔”。

这一折最有趣处还在结尾，香车过后，百姓簇拥，美人们遗落芳尘的珠翠簪环竟让他们捡了半天，白发一笔小财。因此拍手齐唱：

> 扑衣香，花香乱薰；杂莺声，笑声细闻。看杨花雪落覆白苹，双双青鸟，衔堕红巾。春光好，过二分，迟迟丽日催车近。环曲岸，红酣绿匀；临曲水，柳细蒲新。

真是春光骀荡，宝气珠光。

当唐玄宗兴致勃勃创建梨园，被梨园子弟奉为祖师爷的时候，可没想过，有一天他自己也会成为戏中的人物。

《长生殿·褉游》还给了那个“当轩下马入锦茵”的嚣张来

客一个明确形象，乃是安禄山。且借念白明确写出一段宫廷逸闻："俺安禄山，自蒙圣恩复官之后，十分宠眷。所喜俺生的一个大肚皮，直垂过膝。一日圣上见了，笑问此中何有？俺就对说，唯有一片赤心。天颜大喜，自此愈加亲信，许俺不日封王。岂不是非常之遇！"

据史书记载，安禄山是个灵巧的胖子，肚子大得垂到膝盖去，却能腾挪跳跃地做胡旋舞，岂不怪哉？

唐朝舞蹈主要分为软舞和健舞两种，水袖飘带之类都属软舞，而胡旋傩面之类则属健舞。如果说杨贵妃是软舞的个中翘楚，那么安禄山就是健舞的代表人物了。

安禄山长得面黑体肥，猪一样身材，却偏偏一张油嘴，会得装傻扮萌；他明明满腹坏水，却对皇上说是大肚皮里只有"一片赤心"；杨贵妃刚给个好脸色，他立刻贴上去认干妈，之后晋见都是先拜杨贵妃再拜唐明皇，理由是"我们胡人只知有母不知有父"。因为表现得这么天真这么傻，哄得李隆基还以为他是真的天真无邪小白，哦不，小黑兔，哦不，小黑猪，哦不，怎么也得是一只大黑野猪吧。

岂不知，安禄山这是典型的扮猪吃老虎，便便大腹中乃是阴谋无数，包藏祸心。

有注解说："天宝十二载，杨国忠与虢国夫人邻居第，往来无期，或并辔入朝，不施障幕，道路为之掩目。冬，夫人从车驾幸华清宫，会于国忠第，于是作《丽人行》。此当是十二年春作，盖国忠于十一年十一月为右丞相也。"（《杜诗详解》）

也就是说，这首诗作于753年，是大乱之前最靡醉的时期。

两年后，大唐史上玉碎宫倾最惨痛的一页——安史之乱爆发了！

盛唐光辉一去不再，唯剩下“杨花雪落覆白苹，青鸟飞去衔红巾”。这一句，莫不是“诗圣”的预言？

四

天宝十四载（755），安禄山在范阳起兵，一路长驱直入，攻占洛阳。次年正月，于洛阳自封大燕皇帝。

叛军攻打长安时，因一代名将哥舒翰据守潼关，固若金汤，叛军久攻不下。

这时候，李光弼和郭子仪也接连大败史思明部，切断了叛军前线和范阳老巢的交通线，令安禄山腹背受敌，一度打算放弃洛阳。

照着这样的形势，只要哥舒翰坚守潼关，战乱是可以在很短时间内被扑灭的。而当时的形势也确实有利于唐军，各地捷报频传，似乎胜利在望。

于是唐玄宗就又飘飘然昏聩起来，加上杨国忠在一旁煽风点火，竟然命令哥舒翰主动出击，与叛军决战。

关于哥舒翰，天宝年间有一首西北民歌，可以见其神勇：

北斗七星高，哥舒夜带刀。
至今窥牧马，不敢过临洮。

这让胡马“不敢过临洮”的将军，显然可以与“不教胡马度阴山”的李广有一比。这样的大将，自然是英勇善战，精通兵法的。

哥舒翰再三表奏：安禄山有备而来，利在速战。只要坚守潼关，不久自见分晓，若我军轻出，必然落入叛军的圈套，悔之莫及。

但是唐玄宗这时候已经老糊涂了，完全不听这样一位身经百战的老将劝诫，硬是在杨国忠的挑唆下，再三下旨命哥舒翰出关迎敌。

史书说，哥舒翰是“恸哭出关”，自知有去无还。这一天是天宝十五载（756）六月初四。

这让人不禁想起宋朝时岳飞收到的十二道金牌。本来连战告捷，收复失地有望，但是皇上赵构听信谗言，强行将岳飞召回，以“莫须有”罪名杀害于风波亭，而大宋也彻底失去了向金国讨还失地的最后机会。

哥舒翰放弃天险，出关迎敌的结果不言而喻，兵败被擒，京兆失守。唐玄宗这才仓皇失措，决意西逃入蜀。

天宝十五载（756）六月十三日大清早，皇帝带着自己的近臣、爱妃在禁军护卫下秘密出逃。为免百官阻驾或是引起慌乱，下令悄悄地溜走，打枪的不要。

第二天上朝时，大臣们不见玄宗和宰相，大殿空空荡荡，最高官员都不来上殿；于是追到皇上寝宫问候，惊动起妃子们，方知后宫也空了一半。

大臣和妃子们一起蒙圈了，等他们醒过神来，才发现皇上走了，叛军来了。

从哥舒翰出关到唐玄宗出逃，形势急转直下，只用了不到十天。

“九重城阙烟尘生，千乘万骑西南行。”

皇上的日子也不好过，仓皇奔逃已经很狼狈了，还未等出了陕西境内，銮驾刚刚抵达悲催的马嵬驿时，意外发生了——因为“将士饥疲，皆愤怒”，军队哗变，大将陈玄礼先斩后奏，提着杨国忠的脑袋向皇上请命，说是众将士请奏：不杀杨妃，难安军心，愿圣上割恩正法。

玄宗放下帝王的面子，苦苦哀求：玉环只是一介后宫女子，从未参与政事，你们已经把国舅杀了，何苦为难贵妃？

陈玄礼道：贵妃是皇上枕边之人，我等拼死杀敌保卫皇上，他日脱险，若贵妃衔私报复，我等今日之肝脑涂地岂非枉死？愿陛下深思，将士安，则陛下安。

理由很充分啊。李隆基在“将士安”和“陛下安”的关系上小小推理了一下，很容易地就做出决定，丢给了杨玉环一条白练。

将贵妃缢死后，还特地“尸置驿庭，召玄礼等人视之”。这是验尸啊！生怕贵妃死得不彻底。

杨玉环国色天香，生前集万千宠爱于一身，死时竟是这般凄凉沦落，也实在可怜。

六军不发无奈何，宛转蛾眉马前死。
花钿委地无人收，翠翘金雀玉搔头。
君王掩面救不得，回看血泪相和流。

白居易的《长恨歌》对这一段轻轻带过，似乎不忍细写。

而洪昇的剧本《长生殿》则在《冥追》一折中将这段写得特别动情，说杨贵妃死后，灵魂出窍，恍恍惚惚只看到皇上起驾远行，犹自飘飘悠悠去追呢。

望銮舆才离了马嵬坡，咫尺间不能飞过。俺恍魂轻似叶，他征骑疾如梭。刚打个磨陀，翠旗尖又早被树烟锁。

暗蒙蒙烟障林阿，杳沉沉雾塞山河，闪摇摇不住徘徊，悄冥冥怎样腾挪？

这无主孤魂，又能飘去哪里呢？

李隆基对杨玉环到底有多么思念，是否做过些什么追荐活动，我们不得而知。至少在他的诗作中，没有一首为怀念杨贵妃而写的悼词，所有“雨夜闻铃”“迎像哭像”等缠绵动人的相思情节，都是后人根据白居易《长恨歌》和洪昇的《长生殿》编造出来的。

白居易和洪昇，谁也没见过杨贵妃。

“行宫见月伤心色，夜雨闻铃肠断声。”“芙蓉如面柳如眉，对此如何不泪垂。”“悠悠生死别经年，魂魄不曾来入梦。”“上穷碧落下黄泉，两处茫茫皆不见。”

《长恨歌》中这些句子，写尽了相思缠绵，真的好美，好美。

可惜都不过是诗人的想象。

《长恨歌》最后给出了关于爱情的最美回忆，我们多希望那一切都是真的：

七月七日长生殿，夜半无人私语时。
在天愿作比翼鸟，在地愿为连理枝。
天长地久有时尽，此恨绵绵无绝期。

五

一些道貌岸然的史学家将唐玄宗晚年的昏聩归罪于杨贵妃，这是很不公平的。

红颜祸水，自古以来成为朝代更迭最现成的借口。似乎商亡之错，尽在妲己。远的不比，只说唐之前，隋灭陈时，便有人将陈后主之昏归于张丽华。晚唐诗人杜牧曾有诗讽曰："商女不知亡国恨，隔江犹唱后庭花。"

那么唐玄宗仓皇逃亡时，后宫里所奏的，莫非是《霓裳羽衣曲》么？

杜牧在《过华清宫》中，也讽刺过唐明皇与杨贵妃：

长安回望绣成堆，山顶千门次第开。
一骑红尘妃子笑，无人知是荔枝来。

这让我忍不住想起后蜀的花蕊夫人。

朱温篡唐之后，历史进入了五代十国时期。当后蜀被赵宋所灭，赵匡胤掳了蜀主孟昶的妃子花蕊夫人，命其侍宴，且说："听说你有诗才，那就念一首来听听。"

他满心以为花蕊夫人会写一首婉转乞怜的诗来求恕，没想到花蕊夫人略一思索，便落落大方地吟道：

君王城上竖降旗，妾在深宫那得知？

十四万人齐解甲，更无一个是男儿。

这说的是宋兵南攻围蜀，十四万蜀军不堪一击，没等打就全都解甲投降了。于是，蜀主孟昶只得自缚请降，而花蕊夫人自然也成了陪绑的战利品。

可是这些，花蕊夫人何辜？

这真是替千古戴罪红颜发出了最有力的呐喊：征战胜败都是朝廷兵家之事，又怎能系于后宫一个女子的头上？难道大好山河，烽火千里，就只为贵妃多吃了两颗荔枝？

然而，既然嫁入帝王家，就没有那么多道理好讲了。

杨贵妃不再，而昏君乱臣常有。

晚唐时，唐僖宗因黄巢之乱再次踩着祖宗的脚印逃往蜀地，大诗人韦庄曾作《立春日作》诗云：

九重天子去蒙尘，御柳无情依旧春。

今日不关妃妾事，始知辜负马嵬人。

安史之乱的罪让杨玉环扛了，那么黄巢之乱的锅，又该由谁来背呢？

安史之乱中的金枝玉孽

一

本篇要讲的诗有三首，作者分别是皇上、妃子与太监。

他们代表了国家的最高权力，或是离皇权最近的人，从他们的视角出发来解读安史之乱，无疑可以得到最接近真相的第一手材料。

先来看九五之尊唐玄宗的诗。

幸蜀西至剑门

剑阁横云峻，銮舆出狩回。
翠屏千仞合，丹嶂五丁开。
灌木萦旗转，仙云拂马来。
乘时方在德，嗟尔勒铭才。

这首诗，是至德二载（757），唐玄宗李隆基写于西狩返京途中。

“西狩”，这是个非常搞笑的打肿脸充胖子的说法，因为真正的意思是：逃亡。而且逃亡得相当狼狈，不但在马嵬驿发生了军队哗变，以致国舅被杀，贵妃惨死，而且好容易动乱平定，军队准备重新开拔时，又发生了一个新的插曲：当地百姓拦驾痛哭，认为皇上这是要抛弃民众，不肯抗敌，并说皇上如果一定要走，那么至少应该把太子留下抗敌，证明不是弃民而逃。

这么着，皇家队伍兵分两路，唐玄宗继续西行入蜀，而太子李亨则以御敌为名，北上灵武。

我认为这很可能是李亨的脱身之计，因为他抵达灵武后不久，便自立为皇帝，而遥尊李隆基为太上皇了。

这便是唐肃宗，第一个没有在长安登基的大唐皇帝。

安禄山自立为帝后，不久被儿子安庆绪所杀；但是安庆绪的皇上也没当多久，便被部下史思明所杀；而史思明的命运和大哥安禄山如出一辙，龙椅没坐稳，又被儿子史朝义所杀；而史朝义，则兵败后死于自杀。

安家和史家父子这场抢板凳的游戏玩了八年，战乱终于平息了。

至德二载，已经“被太上皇”的李隆基自蜀还京，经过剑门时，看到山壁中开，岩壁峭绝，不禁心生感叹，对左右侍臣说：“剑门天险若此，自古及今，败亡相继，岂非在德不在险耶？”遂写下这首剑门诗。

《全唐诗》中收录的李隆基诗作不少，但多半是宴游自夸之作，虽然偶有“春来津树合，月落戍楼空”“涧泉含宿冻，山木带余霜”等清新之句，总体来说，乏善可陈。套用一句常用评语，就叫“有句秀而无篇秀”。

单独拿出这一首来评点，就是因为其创作背景的特殊。

剑门，又称剑阁，因为有大剑山、小剑山，七十二峰高耸入云，排如剑阵，下有狭窄山路三十里，如门户之阁道，形势险峻，是长安入蜀的天然屏障，为历来兵家必争之地。

三国时，蜀将姜维就曾经借助剑门关的地势之便，成功阻击了魏将钟会十万雄兵的来袭。

正所谓“一夫当关，万夫莫开”，所以唐玄宗逃亡时会将此地作为临时驻地，保命良方。

这首诗开篇“剑阁横云峻”，点出剑阁之名，横绝蜀道，峻极云端。

“銮舆出狩回”，銮舆，就是皇帝的车驾，说皇家卫队打猎回来了。

明明是逃亡，却说成是“出狩”，这李隆基还真能给自己贴金。古时帝王常常以田猎为名视察诸侯各国，称之为“巡狩”。通常是五年一狩。

颔联“翠屏千仞合，丹嶂五丁开”写剑门地势之险。青翠群峰如屏而围，粉红山峦由神力劈开。

千仞，古代长度单位。周制八尺，汉制七尺为仞。五丁，《水经注·沔水》：“蜀王负力，令五丁引之成道。”说是秦王伐蜀时，有五位天生大力士为其开凿了蜀道。这里也暗含了感谢平叛将士们打败乱军，令蜀道重新畅通的意思。

颈联以比喻句来描写回銮的队伍仪仗：“灌木萦旗转，仙云拂马来。”扈从将士像灌木丛那样围护着皇驾，队形严整；帝王的光辉如仙云缭绕，照拂军马行车。

这两句中皇上还在臭美，觉得自己的队伍挺威风的，我乃真龙天子，君命神授，有上苍保佑，安禄山、史思明算得了什么？

但是他这样自夸的时候，还是会有点心虚的，所以在尾联到底流露出了一丝反省："乘时方在德，嗟尔勒铭才。"能够开辟盛世，赶上好时光，关键在于德行啊。想起古人勒铭剑门，感慨万千。

这里连用了两个典故，来隐晦地表达了忏悔之心。

《史记·孙子吴起列传》中说："武侯浮西河而下，中流，顾而谓吴起曰：'美哉乎山河之固，此魏国之宝也。'起对曰：'在德不在险。昔三苗氏左洞庭，右彭蠡，德义不修，禹灭之；夏桀之居，左河济，右泰华，伊阙在其南，羊肠在其北，修政不仁，汤放之；殷纣之国，左孟门，右太行，常山在其北，大河经其南，修政不德，武王杀之。由此观之，在德不在险。若君不修德，舟中之人尽为敌国也。'武侯曰：'善'。"

魏武侯看到山河之固，以为天赐至宝。但是吴起对他说，保卫国家在于君王之德，而不在地势之险。并且连举了大禹灭苗，商汤灭夏，武王伐纣的例子，来佐证自己的说法。最后劝诫：如果身为君主而不修德行，那么坐在同一条船上的就可能是敌人了，又何须远敌来攻？

同样的话，《晋书·张载传》中也有记录，说张载为蜀郡太守之子，博学能文。有一年至蜀省父，道经剑阁时，看不惯蜀人恃险好乱的做派，因著铭作诫，其中有"兴实由德，险亦难恃。自古及今，天命不易"等句子。益州刺史张敏大为叹服，于是上表武帝，武帝遂命人镌之于剑阁山壁。

唐玄宗到了剑门，想起这两段往事，不禁深感“在德不在险”。如果德行不修，光是借助天险难攻，又怎么能保江山永固呢？想到自己恃潼关之险，不顾兵法，强命哥舒翰迎战安禄山，结果哥舒翰兵败被擒，叛军直犯长安，皇帝车驾在逃。这都是自己不修德政所致啊。

因此他一面感叹吴起、张载的高智，一面后悔当初没听张九龄之劝斩杀安禄山，后来又不听太子劝谏逼出哥舒翰，到底换得今天的惨淡回銮。

这首诗后来被普安太守贾深勒于石壁，据说至今还在。

二

唐玄宗一生有过六十一个子女，可想而知后宫妃嫔多少，可不止王皇后、武惠妃、杨玉环这么几位。

“白头宫女在，闲坐话玄宗。”有那么多可说的闲话，是因为玄宗的故事多着呢。

比如，唐玄宗因为妃子太多，“乱花渐欲迷人眼”，遂发明了一种“蝴蝶选”的方式来临幸嫔妃：让众佳人簪花而列，看蝴蝶落在谁的头上，就让谁当晚侍寝。

你是不是很想说一句：皇上真会玩！

但是，这其中当然也有特别得宠的，除了武惠妃和杨玉环，还有一位梅妃。

梅妃原名江采苹，可不是一般人物，名列帝王后妃八大才女之一呢。

其余七位按年代排列分别是：

春秋时卫庄公夫人庄姜，有学者认为《诗经》中的“手如柔荑，肤如凝脂”就是描述她的美貌的，而“燕燕于飞，差池其羽”则是她本人的作品。

有着“辞辇之德”的汉成帝妃子班婕妤，写过《怨歌行》，即“秋扇辞”。

蔡邕之女蔡文姬，被单于掳走又被曹操赎身归汉，有《胡笳十八拍》传世。

魏文帝曹丕之妻甄宓，曹植为她写过《洛神赋》，她曾写过古诗《塘上行》。

左思的妹妹、西晋女文学家左棻左嫔妃，写过《离思赋》。

大唐第一女宰相上官婉儿，“彩楼之战”的评委与发起人。

后蜀主孟昶的妃子花蕊夫人，被赵匡胤掳后曾写下《述国亡诗》。

关于班婕妤、甄宓、上官婉儿和花蕊夫人，我们已经都讲过了，另外三位以后也会慢慢讲到。现在来说说梅妃江采苹。

江采苹出身书香门第，14岁即善吟能赋，精通琴书。唐玄宗宠眷于她时，曾命人在宫中种下梅林，并令各地州官进献奇种梅花，还亲笔题写院中楼阁为“梅阁”，花间小亭为“梅亭”，并戏称采苹为“梅精”。梅妃之名，也由此而来。

梅妃善跳“惊鸿舞”，取自《洛神赋》“翩若惊鸿”之意，自比甄宓。舞动之际，有梅花清香，众人皆醉。唐玄宗曾夸她“吹白玉笛，作《惊鸿舞》，一座光辉”。

梅妃还擅长茶道，又会弈棋，玄宗屡战屡败，有点没面子，说你能诗善赋，斗茶下棋都胜我，让我情何以堪?

梅妃敛衽施礼，笑嘻嘻地回答："此为雕虫小技，误胜陛下，何必萦心?陛下心系四海，力在治国，哪里会把心思放在弈棋斗茶这些事上呢！"

这样一位有才有貌又心思灵巧的美人，按理说已经是人中极品了吧？可美人是会老的。杨玉环进宫后，梅妃就被冷落了。原因很简单，她比杨妃大了近十岁，再美的风景欣赏久了，也就只是一幅壁画罢了，更何况，这壁画有点掉色。

《梅妃传》中说，有一天梅妃听到巷道有驿马的声音，问侍女是不是有新奇梅枝送到？侍女回答说是给杨贵妃送荔枝的特快专递。

梅妃泪流满面，不禁想起"金屋藏娇"的汉代皇后陈阿娇被冷落长门宫时，曾经花费千金请司马相如写了一篇《长门赋》，以此来打动武帝的心。

于是梅妃亲自动手，写了一篇《楼东赋》送与皇上。

> ……温泉不到，忆拾翠之旧游；长门深闭，嗟青鸾之信修。忆昔太液清波，水光荡浮，笙歌赏宴，陪从宸旒。……君情缱绻，深叙绸缪。誓山海而常在，似日月而亡休。奈何嫉色庸庸，妒气冲冲，夺我之爱幸，斥我于幽宫。思旧欢之莫得，想梦著乎朦胧……空长叹而掩袂，踌躇步于楼东。

全文骈散并俱，情真意切，忆昔思今，感人泪下。辛弃疾的《摸鱼儿》："长门事，准拟佳期又误，蛾眉曾有人妒。千金纵买相如赋，脉脉此情谁诉？”全化于此。

更令人感慨的是，我们所熟知的温泉同游，七夕共誓，吹笛起舞等等桥段，原来都是梅妃和玄宗早已玩滥了的，如今全都搬到杨妃身上了，让江采苹怎不难过？

唐玄宗看到这篇文赋，想起与梅妃曾经的柔情蜜意，同时也感于梅妃的出众文采，颇为动容。

有的版本说玄宗当夜便在梅妃处宿了一晚，但大清早被杨妃打上门来揪着耳朵从被窝里拎了出来，《长生殿》里《絮阁》一折便说的是这一情节；也有的说玄宗还没来得及去梅阁就被杨妃阻止了，于是命人送了一斛珍珠给梅妃以示安慰。

无论是哪一种版本，总之梅妃伤透了心，因此写下《谢赐珍珠》，连同珍珠一起还给了唐明皇：

桂叶双眉久不描，残妆和泪污红绡。
长门尽日无梳洗，何必珍珠慰寂寥。

这首诗婉约幽怨，用典自然，虽是自述冷遇但不失才女身份，益发显出梅妃的清丽不俗。史说“上览诗，怅然不乐，令乐府以新声度之，号《一斛珠》，曲名始此也”。

词曲牌《一斛珠》，便来历于此。

安史之乱爆发，玄宗只带走了最信任亲近的几位皇子、权臣、爱妃和近侍，悄无声息地偷偷离宫，像梅妃这种色衰爱弛的冷宫妃子当然就弃如敝屣了。

叛军攻破长安时，梅妃为了保护自己的贞节，以白布裹身，自挂梅林而死。

她和杨贵妃争斗了那么多年，竟然在差不多的时间以差不多的方式双双离世，成为皇室成员在这场叛乱中最早的牺牲品，也真是一段难缠的恩怨。

后人将二者作比较，曾有“杨花已逐东风散，梅萼偏能留晚香”之名，讥讽杨妃受尽恩宠终归尘土，而梅妃却能保持贞节让人怀念。

唐玄宗没有为贵妃写过悼诗，然而从蜀地回到长安后，却命人画了一幅梅妃画像，题诗一首：

题梅妃画真

忆昔娇妃在紫宸，铅华不御得天真。

霜绡虽似当时态，争奈娇波不顾人。

这首诗直白无余味，措辞失于陈词滥调，说来说去不过是“美人已逝”四个字，终究谈不上多少真挚情感。

帝王的心，从来都是无情的。

后世关于梅妃的争议很多，主要是因为鲁迅提出《梅妃传》是宋人伪作，梅妃是虚构人物。

至于论据，鲁迅认真地回答：猜的！

但是梅妃这个人物最早出现在五代王仁裕撰的《开元天宝遗事》中，即便宋代传奇小说不足信，也不能因为小说有虚构成分就认定传主是假的。那么多描写鲁迅的戏剧作品，其中也有很多失实的漏洞，难道就能因此说鲁迅这个人物不存在吗？

多么简单的道理。可是很多专家硬是因为大文豪鲁迅说过这么不负责任的一句话，就拿着当作金科玉律振振有词起来。真是名气大，声音就大啊！

三

说完了皇上和妃子，下面我们来看一首太监的诗，作者：高力士（684—762）。

感巫州荠菜

两京作斤卖，五溪无人采。

夷夏虽有殊，气味都不改。

高力士在以李白为主角的故事中被埋汰得挺惨，但他在历史上是被誉为“千古贤宦第一人”的，享有很高的评价。

高力士原名冯元一，本是仕宦之家，父亲冯君衡是北燕皇族后裔，母亲是隋朝宿国公麦铁杖的曾孙女，富极一方。但在小冯9岁那年，冯君衡获罪被杀，家破人亡，妻儿悉被籍没为奴，各自流放。

这故事听起来是不是很耳熟？

历史上很多才女的身世也多半如此，比如上官婉儿、薛涛、严蕊，都是这样。

高力士的朋友、唐代小说家郭湜（700—788）在《高力士外传》中记载了这样一个情节：

冯家人分别之际，母亲垂泪叮嘱小儿子：“你胸口有七颗黑痣，算命的说主大富大贵，谁想有今天？倘若不死，我会记着你的七星痣，你要以我手臂上你小时候常玩的双金环认我。切记切记！”

后来，高力士富贵通天，位极人臣，果然凭着双金环找回了母亲，并为她养老送终。

再想想“破镜重圆”故事，可见胎记啊信物啊是多么重要。

且说9岁的冯元一流放岭南后，被岭南安抚讨击使李千里收入府中，成了阉人。

李千里于我们也不算陌生人，他就是当年被长孙无忌冤死的吴王李恪的儿子，正经的皇脉嫡孙。

武则天得势后，大杀李氏子孙，但对李千里却很善待，还夸他“吾家千里驹”。李千里其实原名李仁，就为了这句夸奖，特意改名千里，好逢人便说此名来历，让人不容小觑。别以为爷流放岭南，就拔毛的凤凰不如鸡，我的女皇祖母，哦不，婶子，要不叫婶皇？总之吧，她老人家还记着我呢，尔等岂敢对我不敬？

为了拉近自己与婶皇的关系，李千里经常搜罗些奇珍异宝进贡，太贵重的因能力有限弄不来，但是礼物在心意而不在价值，用心琢磨点特别玩意儿还是力所能及的。比如，进献两个聪明伶俐的小太监，如高力士。

这时候高力士还不姓高，但是也不叫冯元一了，被李千里改名力士，和另一个叫金刚的小阉人一起被送进了宫中，喻义金刚力士，都是则天大圣的护法神。

力士善察言观色，应对机敏，很得武皇喜爱，还特批他可以在“习艺馆”学习，接受正规教育，这给他将来的权倾天下提供了良好的知识储备。

在这期间，他被宦官高延福收为义子，遂改名高力士。后来，他也为高义父养老送终了，确实是个懂得感恩的好人。

众多的宫廷剧告诉我们，后宫帮派斗争之激烈一点都不逊于前廷，所有的太监和宫女都懂得押宝，在宫廷各位主子中选一个靠山。而高力士押的宝，就是李隆基。

事实证明，他押中了一铺大的。

710年唐隆政变，李隆基联手太平公主，诛杀韦后、安乐公主、上官婉儿等人，把唐睿宗李旦推上皇位；三年后，再次发动政变，杀死太平公主及党羽，牢牢地把皇权控制在了李姓手里。

和他的曾祖父李世民一样，李隆基因为不是长子，本来是没有资格继承帝位的。不过他的哥哥李宪可比李建成聪明，看出弟弟不是善类，主动让出了太子位，后来遂被谥为“让皇帝”。

李世民在政变后寝食难安，需要尉迟恭、秦叔宝两个人守着门才能安睡，而李隆基只需要高力士一人当职就可以踏实：“力士当上，我寝乃安。”

在李世民的政变中，长孙无忌等人都是心腹肱股，遂登上凌烟阁，位列二十四功臣。在李隆基的两次政变中，高力士都起到了绝佳的内应作用，可他是个太监，该如何报答呢？

于是李隆基先请旨睿宗，封高力士为朝散大夫，后来又升为云麾将军、左监门卫大将军，正三品，这已经是高级官员了。

从此，唐朝宫廷拉开了宦官专权的序幕。

前面说过，李世民的“玄武门之变”给了后代一个骨肉相残的坏榜样，而李隆基的提拔宦官则埋下了更大的隐患。

后世的唐宪宗李纯、唐敬宗李湛、唐文宗李昂，都是为宦官所杀，大唐朝政在很长一段时间内，其实就是宦官的政治。

但这是李隆基的错，不该记在高力士头上。

因为高力士虽然深得帝王信任，位高权重，但从历史记载来看，他并没有干过什么仗势欺人的恶事。

史书说："每四方进奏文表，必先呈力士，然后进御，小事便决之。"

也就是说，高力士可以当得了唐玄宗一半的家，权力比宰相都大。可是，倒也从未见高力士做错过什么决定，专权害人。

高力士无疑成了唐玄宗最信任的人，没有之一。

玄宗甚至不许皇子公主们喊高力士的名字，而要叫"阿翁"，一时半刻都离不开他的陪伴。

若问唐玄宗此生最爱的人是谁？

不是杨贵妃，不是武惠妃，不是梅妃，更不是他的儿子们，而是阿翁！

玄宗晚年不事朝政，常常说，外务交李林甫，内事问高力士，可矣。

甚至有一次，他不知道哪根筋烧糊涂了，竟然发昏地问高力士：如今国泰民安，天下无事，我尽可以当甩手皇上享清福，是不是把所有朝政交给李林甫就行了？

这话听着真让人生气。你既然不想上班打卡，你倒是禅位啊，把国事交给太子好不好？即使不想退位，至少也可以命太子监国，已经七十岁的老人了，干吗还老霸着位子不干活？亲生儿子信不过，倒信一个奸相！

幸亏高力士死劝住了，说“皇权不可旁落”。

在皇上天真的心里，大概以为只要自己是皇上，不论谁管事都误不了自己的吃喝玩乐。但是如果真的做了太上皇，让儿子接了权，那自己的至高地位就保不住了，再泡个新妞儿什么的也不大好办。

说到底还是自私！

满口江山社稷，黎民百姓，可是他们只顾玩乐专权却不肯勤政，何尝把百姓安危放在心上？

在立太子和保太子的事上，高力士其实都是出过力的。

玄宗“一日杀三子”后，新太子人选就成了朝廷要事。李林甫是一心要推寿王李瑁上位的，而玄宗则顾虑李亨年纪更长，有所犹疑。最后还是因为高力士劝了句“推长而立”，帮助皇上下定决心。

李亨被立为太子后，事事小心谨慎，先后受到李林甫和杨国忠的谗忌，几次都险些被废，仿佛一直走在钢丝上。

有个小故事说，有一次宫宴上有烤羊腿，李亨割羊腿时弄了一手油渍，顺手擦在旁边的薄饼上。玄宗看了便有些不高兴，但是当众不便发作。李亨暗暗看在眼中，却假装不见，大大方方拿起擦了油渍的饼子吃起来。

这下玄宗高兴了，夸赞说：我儿真是懂得惜福啊。

但是，你儿是挺惜福的，你懂吗？

李亨的太子位坐了近二十年，如果不是借着战乱自助登基，还不知道要等到哪一天，甚至有没有命做皇上都不一定。

事实上，李亨和他爹是死在同一年的，如果不是自立为帝，可能这辈子都没机会做唐肃宗。

李亨能够在险象环生中把太子的位置坚持到底，高力士是给过很多帮助的。

可惜，李亨并不领情，在平叛后很快就将高力士流放了。

但也有人说，这不是李亨的旨意，而是继高力士之后，唐朝第二位权宦李辅国的矫旨乱诏。

高力士陪着唐玄宗一路入蜀时，得到再次晋封，爵位齐国公。

一个太监竟然跻身公侯，便不绝后，也是空前了。

大概正因为德不配位，月满则亏，高力士在得到了人生最高封爵后，就开始走下坡路了。

至德二载（758），李隆基经过剑门，带着“乘时方在德，嗟尔勒铭才”的感触回到长安，居住在兴庆宫中，时称“南内”。

兴庆宫，本来就是唐玄宗做太子时的府邸，登基后改建为新宫，与太极宫、大明宫并称“三内”。

唐玄宗回到旧时宫邸，时与高力士在殿上饮茶对弈，忆昔思今。如果两个老头儿就这样坐看风云，相对到老，也不失为一种体面的生活。

然而李辅国担心玄宗余威犹在，而大将军高力士很可能还会调动些禁军做点什么乱子出来，于是假传圣旨，带领五百精骑，气势汹汹地来到兴庆宫，请太上皇移驾，迁入更封闭的太极宫。

高力士挺身而出，挡在玄宗面前，大声威喝：“李辅国何得无礼！”

李辅国顺手劈了旁边的一个随从杀人立威，但是高力士临危不惧，仍然狠狠地盯着李辅国，且代宣太上皇旨意，向众士兵问好。

士兵们俱滚鞍下马，接受太上皇问候。李辅国也不得不下马行礼，恭送玄宗移驾。

而高力士，则被流放巫州。《感巫州荠菜》，就是在这时候写的。

还记得我们小时候学过的课文《挖荠菜》吗？很新鲜水灵的一种应季野菜。京城人图新鲜，所以在长安和洛阳，荠菜都是稀罕物，论斤来卖的。

但是力士来到湖南，才发现遍野荠菜抛荒，根本无人肯采。“五溪”，泛指湖南一带，李白想念王昌龄写的“闻道龙标过五溪”，指的是一个意思。

“两京作斤卖，五溪无人采。”写出了荠菜的两种待遇。

唐朝其实有四京：北京太原，南京成都，东京洛阳，西京长安。

如果只说“两京”的话，那指的就是长安和洛阳，也可以泛指中原繁盛之地。

高力士感慨地说，中原和岭南的风气虽然不同，对待荠菜的态度有爱恶，但是荠菜还是那个荠菜，气味还是那个气味，并未改变：“夷夏虽有殊，气味都不改。”

这首诗直白如话，借物咏志，说明自己虽然沦落但气节不改的本心，是一首相当有骨气的古绝。

一个唐朝太监能写出这样的诗来，也侧面反映出盛唐的气味卓绝。

没有了力士陪伴的唐玄宗，四年后（762）孤独地死在了亲情泯灭的太极宫。不久，肃宗亦病逝。临终前，诏命将所有流放者赦还。

此时高力士正走在回京的途中，路经朗州（今湖南常德）时，听说了玄宗驾崩的消息，悲痛至极，“北望号恸，呕血而卒”，病死于朗州开元寺西院。

不愿同年同月生，但愿同年同月死。他到底是换了一种方式去继续陪伴玄宗了。

这一年，也是李白辞世的时间。盛唐，就此宣告结束。

李白VS高适：我们只是酒朋，不是战友

一

李白、杜甫、高适，这是曾经一起在汴州喝过酒游过山的好朋友，被杜甫虔诚地写在了诗里：

> 昔者与高李，晚登单父台。寒芜际碣石，万里风云来。（《昔游》）
>
> 忆与高李辈，论交入酒垆。两公壮藻思，得我色敷腴。（《遣怀》）

真不知道是不是他们在喝酒的时候拜了什么神，打了什么赌。安史之乱爆发后，他们就像是听到一声号令，齐刷刷地从三个不同的地点同时出发，却选择了三个不同的方向。

就像一道游戏命题，哥仨背对背站好，然后说：走！各自朝着一个方向进发，从此不回头。

也再回不了头了。

先说高适（704—765）吧，他可以说是在唐朝诗人中官职做到最高的了。

不过他的仕宦之路并不是一开始就这么顺利。当他与王昌龄、王之涣在旗亭赌酒画壁之时，当他与李白、杜甫在名山把臂同游之时，他一直扮演的都是一个落魄文士的形象。

而且，他一直是个配角：旗亭画壁中，王昌龄两首以数量获胜，王之涣压轴以质量获胜，高适却平淡无奇；齐梁同行时，李白是超级巨星，杜甫是骨灰级粉丝，而高适，可有可无。

就连在他的家族中，他也总是担任着备选的角色。本来公卿之家可以凭祖荫得官，但是唯一的名额被伯父的儿子拿走了，他只能另谋出路，自力更生。

起初他倒也不在意，以为凭着自己的本领，“举头望君门，屈指取公卿”，探功名如拾草芥。

可是现实如此冷酷，他科考的运气竟然跟杜甫一样，两次考举都落第了，之后他曾自荐为信安王李祎幕僚，但是也没得到过重用，于是归隐耕读，断断续续地隐居了二十年。

李白和杜甫的来访，就是在这期间。

前面讲过了，高适的代表作是《燕歌行》。诗前有序：“开元二十六年，客有从御史大夫张公出塞而还者，作《燕歌行》以示适，感征戍之事，因而和焉。”

也就是说，这首诗作于738年。张公，就是曾经擒了安禄山往长安请斩的名将张守珪，“空城计”和“浑水摸鱼”的真正首创者都是他。

高适的朋友跟随张守珪出塞，显然也是边将。谈起塞上风云，必然声色雄壮，遂燃起了高适的一腔热血，写下《燕歌行》长诗，成为他的传世名作。

这一年还发生了一件大事，就是唐玄宗“一日杀三子”后，自念春秋已高，继嗣未定，闷闷不乐，而高力士一言提醒：“大家何必如此虚劳圣心，但推长而立，谁敢复争？”遂打定主意，于六月初三立李亨为太子，也就是后来的唐肃宗，那个最赏识高适的贵人。

所以对高适来说，738年真是一个重要的年份！

而诗中“男儿本自重横行，天子非常赐颜色”则仿佛一道预言。

只不过他当时还不知道，仍然默默地宅在河南种地读书。

直到天宝八载（749），高适才得到张九皋的举荐，终于考试中举，得授封丘尉，一个位低薪薄的底层小官。

高适只干了一年，写了一首《封丘作》，就辞官回家了。

我本渔樵孟诸野，一生自是悠悠者。
乍可狂歌草泽中，宁堪作吏风尘下。
只言小邑无所为，公门百事皆有期。
拜迎长官心欲碎，鞭挞黎庶令人悲。
归来向家问妻子，举家尽笑今如此。
生事应须南亩田，世情付与东流水。
梦想旧山安在哉，为衔君命且迟回。
乃知梅福徒为尔，转忆陶潜归去来。

诗中意气纵横，沉雄流转，显示出高适慷慨峻峭的性情。

但是他并没有真的打算像陶渊明那样从此归去来兮，写了几首“门前种柳深成巷，野谷流泉添入池”的田园诗后，便远走青海，投入哥舒翰的幕府做书记。

从此，高适扭转一生的赌局正式开盘了。

这一年，高适已经50岁了，半个世纪以来，他的人生都是充满了失望与憋屈。但是突然之间，大起大落，大开大阖，一场改天换地的安史之乱，竟然间接成全了他。

潼关失守，哥舒翰被俘，但是高适因为是文官，并未亲临前线，得以脱身逃走。

此时，唐玄宗的队伍正开拔向西，高适一路追至河池郡（今陕西凤县），终于追上了大部队。

是他，向皇上提供了来自前线的第一手资料，并且仗义执言，指出潼关之失在于决策之败，而非哥舒翰失利。

这一铺是赌得很大的，等于当面指责皇上失恩。如果唐玄宗因为被人当面刮了鼻子而龙颜大怒，那么高适好不容易从安禄山刀下抢回的脑袋可就不保了。

但是真难得，玄宗已经昏聩小半辈子了，在缢死杨贵妃后忽然清醒起来，认为高适的眼光、义气和忠勇都很值得赞赏，遂升他为谏议大夫，赐绯鱼袋，也就是四品官。

之后，唐玄宗出于加速平叛的考虑，采取“诸王分镇”之策，宣布太子李亨、永王李璘、盛王李琦、丰王李琪各领一处，分路率军平叛。

这让李亨嗅到了一个危险的信号：倘若自己的三个弟弟中任何一个像当年李世民那样在乱世中立下最大功劳，兵权在握，自己的太子位不就危险了吗？

危险，像蛇的信子，一触即发。

这时候，大唐皇室主要分为三股势力：

一是以唐玄宗为代表，即将向西倚仗蜀中的天险偏安一隅。

二是太子李亨，即将北上灵武，之后便会登基为唐肃宗。

三是永王李璘，即将远赴金陵，因为不承认太子无诏登基，而拥兵自立。

但是此刻，所有的底牌都还没有揭盅，东南西北风完全难辨方向。

三股势力中，高适毫不犹豫地选择了太子，向玄宗进谏说：这样主权分割，宇内必然四分五裂，后患无穷，平叛还有什么意义？只会把外患变成内乱。

李亨看到高适的意见与自己一致，大为受用，从此将高适引为心腹。于是当永王果然发动兵变时，李亨一道旨意，提拔高适为御史大夫，让他领兵去安陆，平定永王之乱。

“城头画角三四声，匣里宝刀昼夜鸣。”机会总是属于有准备的人，高适蛰伏五十年，终于等到了属于他的战机。

这一战，高适重新对上了李白。

二

李白一直都有一个军旅梦，曾在《赠张相镐二首》诗中自称：

> 本家陇西人，先为汉边将。
> 功略盖天地，名飞青云上。

这是李白身世的又一个版本，诗中说我是陇西人，先祖是汉名将李广，他的功业光耀天地，人们爱戴地称其为“飞将军”——不管你信不信，反正李白相信李广是自己的祖先，并且一直渴望有机会像先祖那样上阵杀敌，建功立业。

可惜的是，“冯唐易老，李广难封”，这简直就是一道咒语！

李广，能骑善射，骁勇善战，但一生未得封侯。因此王维在诗中说：“卫青不败由天幸，李广无功缘数奇。”

卫青和李广同是汉武帝时候的名将，如果一对一死磕，应该会打个平手，说不定李广还占个上风。可是上阵杀敌时，就比的不仅是武艺，还有谋略了。据说卫青一生没打过败仗，而李广总是在关键时候掉链子。

这主要是性格问题。李广太猛了，所以每次作战都要身先士卒，冲锋在前，以一敌十，不在话下。可是战争不是一个打十个，是要对打一百一千一万个，是军队与军队、阵营与阵营的对垒。李广的做派，更像一个先锋，而不是将军。

除了性格之外，还有运气。李广最后一次出征时已经六十多岁，那一战，又是卫青带队，李广策应。

那是一场非常残酷的血拼，卫青虽然得胜还朝，但是死伤极其惨烈。而原因，就是李广的军队未能及时合围。那李广为什么没有赶来接应呢？是他故意要算计卫青吗？冤枉，真的不是，而是李广运气坏到出奇——他竟然在大漠中迷路了，错过整场战役，犯了“失期之罪”。

这一失误，让李广顿足号哭，只觉苍天亡我，痛之何极。他知道，回到朝廷后，一定会面对众人的怀疑与责难，而他将有口难辩。他已经六十花甲，以后再也没有机会为自己雪耻扬名不说，从前的无数战功也都将付诸流水，一生英名丧尽。这才是他最难忍受的。

于是，就在大漠之上，李广横刀自刎，以死来证明自己的清白与忠心。

这真是一个悲伤的故事。

李白曾经写过大量与戍边征战有关的诗作，比如脍炙人口的《关山月》：

明月出天山，苍茫云海间。
长风几万里，吹度玉门关。
汉下白登道，胡窥青海湾。
由来征战地，不见有人还。
戍客望边色，思归多苦颜。
高楼当此夜，叹息未应闲。

“天山”“玉门关”“胡”“戍”“思归”……这些词语已经成了盛唐边塞诗人的固定标签。李白写出了豪迈与潇洒，却并没有写出新意，这是因为他并没有经历过真正的边塞生活。他的边塞诗就和他为妻子代写的情诗一样，是出于想象。

这首《关山月》被填入了同名琴曲中，因为融汇了所有的古琴入门基本指法，遂成为所有琴人必学的一支入门曲。

忍不住要再一次说，李白太伟大了，伟大到任何一件与传统文化相关的活动和技艺，都绕不开他老人家。琴棋书画，琴占第一位，李白当然要占一席之地。不知道李白会不会弹琴，但是写过“蜀僧抱绿绮，西下峨眉峰”的他肯定是会听的。而且，那么多早期的词牌都被认定是李白所作，想来他必是精通音乐的。

不知是不是这个缘故，后世琴人常常以李白的诗入曲。

我刚刚接触古琴，还在艰难地认知减字谱的阶段，单手弹奏的第一支曲子，就是李白的《子夜吴歌·秋歌》：

长安一片月，万户捣衣声。
秋风吹不尽，总是玉关情。
何日平胡虏，良人罢远征。

当时才上了一堂琴课，刚开始练习指法一星期，天天大拇指推着食指挑、挑、挑。实在等不及老师上第二堂课，便自己对着书先练起来，勾抹剔历，并以散音试着弹起小曲来，弹的便是《子夜吴歌·秋歌》。

这是李白仿南朝乐府而写的一首古风，由景及情，同大多闺怨诗并无分别，唯胜在用语天然，意境鲜活。从“长安一片月，万户捣衣声”的声色并起，清凉沉静，到“秋风吹不尽，总是玉关情”的情怀婉转，缠绵致远，再到末句“何日平胡虏，良人罢远征”，直抒胸臆，祈祷和平，一气呵成，无一废字。

单纯看字面，让我认定这是一首代思妇吟，描写长安女子在秋夜风中，一边捣衣一边思念着正在玉门关征战未还的丈夫，最常见的见月怀人的套路。

但是我在练习琴曲时，一触指便发觉弦声低沉浑厚，曲调沉郁悲凉，分明是男子之声。尤其“秋风吹不尽，总是玉关情”一句，字面上写的是女人的婉约相思，听琴曲却是一派苍凉，幽思不尽。标准的男低音，而且是男声合唱。

一边弹着琴，一边想象冷月沙场，将士们齐声低唱，慷慨悲歌。想念着在长安月下捣衣的妻子，祈盼着得胜还乡的一日，益发苍凉感慨，悲壮雄浑。

我不禁猜测，这首诗表面上为女子代拟，但在度曲时却是为男子而作，用于军旅之歌。在我一遍又一遍低回反复的琴声中，眼前的景象越来越明晰了，仿佛有微风吹开轻纱般的幔帐，透过岁月星辰瀚海黄沙，直望见大唐烽火，看到凛凛月光下，将士们铁甲长矛，列阵而歌："长安一片月，万户捣衣声……"

同样的一轮明月，照着边关，照着家乡，照着大唐，也照着今夕。

尤其是我就住在西安的大唐西市，是在唐朝西市遗址上重建的一片仿唐建筑群，从前丝绸之路的起点，也是将士远征时，皇上送行至此而止的地方。坐在窗口援琴而歌，望着窗下的仿唐建筑，益发不知今夕何夕，我在何处？

那天，我弹着曲子，一口气模仿乐府调从男子角度来译注诗仙之作，连写了三首绝句：

其一

冷月照金甲，沙场怀翠蛾。
寒风惊戍梦，千里共吴歌。

其二

风寒眠不得，霜重计归期。
最忆长安月，秋风砧上衣。

其三

万里戍边关，玉门不得还。

寒光映铁甲，不及故乡圆。

三

安史之乱爆发时，李白本来好好地在庐山玩隐居。

但李白是不甘寂寞的，时刻等着一位有能之士慧眼识英雄。

终于，他等来了永王李璘的招募书。

正如太子李亨和高适所担忧的那样，四王分镇后，永王果然一到任就在江陵公开举兵，意图割据，并且广募志士能人，也给李白发了一份邀请函。

李白的一腔热血瞬间就被点燃了，深感得遇知己。于是，不顾妻子宗氏的劝阻，决定改变画风玩出山了。

他曾写下《别内赴征三首》，记录自己与妻子的别离。从诗中看，宗氏对他的西行是不赞成的：

其一

王命三征去未还，明朝离别出吴关。

白玉高楼看不见，相思须上望夫山。

其二

出门妻子强牵衣，问我西行几日归？

归时倘佩黄金印，莫学苏秦不下机。

其三

翡翠为楼金作梯，谁人独宿倚门啼？

夜坐寒灯连晓月，行行泪尽楚关西。

看来，李白走得非常坚定而且自信，还没出发，已经想着自己挂印归来，位登宰相。

可惜，梦想很丰满，现实太骨感！

李白信心满满地加入了李璘的队伍后，发挥所长，为永王高歌勇进，写了不少赞美诗，如《永王东巡歌十首》。且看其中两首：

其一

永王正月东出师，天子遥分龙虎旗。

楼船一举风波静，江汉翻为雁鹜池。

永王在正月里出师东巡，天子唐玄宗（李白不承认新天子李亨）宣诏永王遥分龙虎之旗，委以重任。永王的军队楼船所到之处，立刻扫平叛乱，风平浪静，波涛汹涌的长江和汉水变得像雁鹜河塘一样和平安稳。

其二

三川北虏乱如麻，四海南奔似永嘉。

但用东山谢安石，为君谈笑静胡沙。

三川一带胡虏入侵，使得边境纷乱如麻，中原人民争相南奔，如同晋朝的永嘉之难。

谢安石就是谢安，字安石，就是“东山再起”的那位。

正如李阳冰在《草堂集序》中说的那样：“（李白）咏歌之际，屡称东山。”

李白是经常自比谢安的，从前“千金买壁”的《梁园吟》是如此，这首壮军行的口号歌还是如此。并且说你今天起用了我来辅佐平叛，我必会像谢安出山一样，谈笑中让胡虏灰飞烟灭。

可惜的是，他终究只是诗人，不是政治家，也不是军事家。

这组诗共十首，也有版本说十一首，都是差不多的吹嘘之作，口号喊得挺响，牛皮吹得挺大，可是一点实际效用没有。

除了有明确创作背景的《永王东巡歌十首》之外，李白还写过一组《从军行》，气势要较此雄壮得多，只是不知道是否指的是这次从军。只看其中一首：

从军玉门道，逐虏金微山。
笛奏梅花曲，刀开明月环。
鼓声鸣海上，兵气拥云间。
愿斩单于首，长驱静铁关。

这首诗开篇即言“从军玉门道”，末句再提“愿斩单于首”，这和《子夜吴歌·秋歌》中的“总是玉关情”“何日平胡虏”所抒发的情感完全一致，很可能是同时期所作。

不过李白从军时并不在塞外，对手也不是胡虏而是在打内战，所以无法判断这几首励志高歌是真实的从军壮志还是虚拟的纸上豪情。

更可惜的是，李白一腔热血，却终生没有机会真正上阵杀敌，这短暂的从军经历又站错了队，结果终因永王兵败而牵连入狱，就此结束了他的军旅生涯。

倘非如此，不知诗人又会给我们留下多少豪放的千古绝唱呢？

想一想真是可叹。此时李亨已经在灵武建立了肃宗朝廷，大将郭子仪、李光弼等都来投效，就连享有盛名的隐士政治家李泌也出山来助。李亨遣自己的长子、广陵王李豫为全国兵马大元帅，征讨叛军；派高适、来瑱等会于安陆，结盟誓师讨伐李璘。

安陆这个地方还记得吗？就是李白第一次结婚，当上门女婿的地方。他曾在这里上书州长史说：如果你赏识我，我会全力相报，“白必使精诚动天，长虹贯日，直度易水，不以为寒”。

李白袖中揣着剑，心中藏着荆轲刺秦的国士理想。但裴长史不是他的燕太子丹，永王才是。

可是荆轲刺秦没有成功，永王也没有。

至德二载（757）二月，永王兵败被杀，李白被俘。离这首“为君谈笑静胡沙”的口号歌作词不到一个月。

这时候再想起高适曾经在《燕歌行》中写过的：“相看白刃血纷纷，死节从来岂顾勋。君不见沙场征战苦，至今犹忆李将军。”真是让人感慨。

四

后来的故事我们都知道了，高适加官晋爵，一路高升，封渤海县侯，食邑七百户，成为唐代诗人中官位最高的人。诚如他在

《塞下曲》中所写：

万里不惜死，一朝得成功。
画图麒麟阁，入朝明光宫。

《旧唐书》说："诗人之达者，唯适而已。"

也就是说，高适是唐代诗人中唯一封侯的人。李白理想中的"归时倘佩黄金印"，高适替他完成了。

而李白呢，到底和他的祖先李广一样，壮志难酬。

困顿囹圄之时，他不得不向昔日的小伙伴求助，还写了首《送张秀才谒高中丞》。但不知为什么，高适没有理会。

诗前小序说："余时系浔阳狱中，正读《留侯传》。秀才张孟熊蕴灭胡之策，将之广陵，谒高中丞。余嘉子房之风，感激于斯人，因作是诗送之。"

意思是说，我在狱里闲来无事，读了本书叫《留侯传》，写了篇读后感。刚好听说张秀才要去广陵找你，就把诗抄了一份，送给你学习一下。

然后整首诗大谈张良的计谋卓绝，捎带着轻描淡写了一句"高公镇淮海"，赞美高适立功得官。最后回到自己身上：

我无燕霜感，玉石俱烧焚。
但洒一行泪，临歧竟何云。

这个结尾的意思是说：如今你高官我下狱，但我倒不觉得有什么大不了的，玉石俱焚是常常发生的事情。不过是同人不同命罢了。

我只能说，李白的求救信和求职信一样无厘头，所以高适也就只好和裴长史一样以为自己脑筋错乱，不置可否了。

但李白最终还是被救了，究竟由谁所救，高适有没有出过力，史上莫衷一是。

最盛行的说法是郭子仪。

这已经是另外一个故事了。

李白之死

一

后人写诗赞郭子仪一生，有句“一代威名迈光弼，千秋知己属青莲”，以此赞美两位文豪武将动人的友情。

据说郭子仪还是个低级军官时，有次犯事被判死刑，游街去刑场的路上，被李白遇见了。李白见郭子仪相貌堂堂，明明是赴死，却走得和操兵一样正步看齐，大为惊叹，赞道：“此壮士目光如火照人，不十年当拥节旄。”

那时候李白正得玄宗的宠，进宫就跟去自己老舅家串门似的，和各路官员贵戚也都很能说得上话，于是三言两语就把郭子仪救下了。

这几乎是史上不是李白自己说出来的唯一善举，而且还是出自传奇小说。

后来郭子仪考中武状元，屡建奇功，果然成了一代名将。平定安史之乱中，更是立下汗马功劳。

当他返回长安时，新登基的唐肃宗李亨曾经亲往长安东郊相迎，感激涕零地说：“国家再造，都是你的功劳啊。”其后将其一再升迁，位极人臣。

而郭子仪能享这样滔天的大富贵，全仗当年李白慧眼救命之恩。因此当听说李白遇难时，便立刻向皇上请命，如同王缙愿以官位来保住哥哥王维一样，也说愿以自己的官职来赎李白。正可谓投桃报李，有借有还。

郭子仪战功赫赫，连他都为李白说话了，唐肃宗自然不好驳他的面子。何况李白名满天下，是父皇钦封的“三绝”，杀名士必被千古非议。好不容易拨乱反正，国家初兴，唐肃宗也不愿触这个霉头，反正永王已死，李白一个文员幕僚也掀不起什么乱子，就御笔一挥，把李白贬放了事。

《隋唐演义》第八十三回《施青目学士识英雄　信赤心番人作藩镇》记载了这段故事，还有一首《采桑子》描写李白解救郭子仪的事：

英雄遭祸身几殒，幸遇才人，留得奇人，好作他年定乱人。

巧言能动君王听，轻信奸臣，误遣藩臣，眼见将来大不臣。

读这首词上半阕，我特别容易穿越，想起王熙凤与刘姥姥，脑子里老是蹿出那句“偶因济村妇，巧得遇恩人”。

关于李白流贬的地方，朝臣们开了个会，有人说：“李白诗中曾说：‘我寄愁心与明月，随风直到夜郎西。’要不就满足了他的心愿，让他去夜郎吧。”

这么着，李白就被发配到夜郎了。

而李白之所以会写这么一句诗，是因为那个总是奔波在贬谪途中的“诗家天子”王昌龄。就是因为总是被贬，曾写过一首诗来表白：“洛阳亲友如相问，一片冰心在玉壶。”

王昌龄这一辈子，似乎不是走在被贬的路上，就是刚从贬谪地回来。还曾在途中拐道襄阳，和孟浩然喝了一场大酒，断送了老朋友的命。

而时隔不久，他却再次被贬了，这次的发配地是龙标。

李白特地为了他的这次贬谪写了首很著名的诗，题目是《闻王昌龄左迁龙标遥有此寄》：

杨花落尽子规啼，闻道龙标过五溪。
我寄愁心与明月，随风直到夜郎西。

左迁就是降职，题目很长，意思是听说王昌龄贬谪龙标，我为他写了这首诗。

题目的“龙标”是地方，但诗中的“龙标”则代指王昌龄，古人很喜欢拿官职或做官的地方代替人名。

“夜郎”也是地名，李白关心好朋友，一路在计算他的行程。看到杨花飞落，杜鹃啼鸣，都会伤心难过。想着王昌龄已经过了五溪，途经夜郎，快到龙标了。

后两句翻译成歌词就是：“月亮走，我也走，我的心儿跟你走，走到夜郎那一头。”真是太会聊天了有木有？

就因为这首诗流传太广，后来李白站错队追随永王失败获罪，就被发配到夜郎了，算是完成了他“随风直到夜郎西”的心愿。

可惜，那时候王昌龄已经不在夜郎了。

二

“七绝圣手”王昌龄无意中害死了孟浩然，而他自己的死也是非常惨烈。

安史之乱初起，王昌龄本来是在贬地龙标混日子。

王昌龄为什么会离开龙标去流浪没有人知道，更不知道他为了什么会去亳州，最最悬疑的还是，他究竟为了什么竟被亳州刺史闾丘晓杀害。

元人辛文房《唐才子传》说：“以刀火之际归乡里，为刺史闾丘晓所忌而杀。”猜测王昌龄在战乱中没有安分地坚守岗位，遇上闾丘晓时大概又起了什么冲突，为其所忌，遂被害死。

但是彼时战争初起，烽火远没有烧到龙标，王昌龄用不着逃亡，当然也许他担心家人安危，所以急于还乡；可是这也不关亳州刺史的事，而且就算闾丘晓多管闲事，也只能绑了王昌龄报与朝廷处置，断没有私自执刑而且是死刑的理由。

一代文豪，“诗家天子”，竟然就这样不明不白地惨死在一个人渣的手上，真是冤透了。

757年秋天，张镐奉命平叛，为解睢阳之围，令亳州刺史闾丘晓出兵救援。但是脑子进水的闾丘晓不知道谁给他的胆子，竟然视军令如废纸，按兵不动，坐视叛军攻城。

三天后，张镐终于带军赶到，睢阳已陷，全体将士阵亡。本来这个结果完全是可以避免的，只要闾丘晓依令发兵，怎么都可以争取三天战机。

气红了眼的张镐命人绑了还在拥着美人喝酒听曲的闾丘晓，以贻误军机罪要将其杖杀。闾丘晓看张镐来真格儿的，这才怕了，跪求张镐放他一条生路，理由相当老套："怜我上有老母，下有妻儿，就行行好饶我一命吧！"

张镐不为所动，冷冷地说："王昌龄的老母妻儿，又有谁来养？"

闾丘晓大惊："原来你是替王昌龄报仇来的，为什么？"

"因为我是一个警察。"

哦不对，"因为我是一个诗人。"

好像也不对，史上并没流传下来张镐的诗。

但他和诗人们的交往确实密切，李白的"本家陇西人，先为汉边将"就是写给他的。他曾在李白入狱时帮着打捞过，也曾在杜甫得罪唐肃宗的时候帮着求情；李白流放夜郎时，张镐还托人送去两件罗衣。

李白曾有写诗致意，题目很长，名为《张相公出镇荆州，寻除太子詹事，余时流夜郎，行至江夏，与张公去千里，公因太府丞王昔使车，寄罗衣二事及五月五日赠余诗。余答以此诗》。

从这题目里看，张镐是会写诗的，和李白互有赠答，可惜没有留下来。我们能看到的，只有李白的回复：

张衡殊不乐，应有四愁诗。
惭君锦绣段，赠我慰相思。
鸿鹄复矫翼，凤凰忆故池。
荣乐一如此，商山老紫芝。

张镐本是宰相，之所以会"出镇荆州"，是因为在史思明来降时，他提醒唐肃宗此人包藏祸心，非为善类。肃宗听了不爽，遂将其贬为荆州长史。

后来史思明造反，肃宗很是后悔，便又召回张镐，改任左散骑常侍。

当年玄宗不听张九龄劝纵放安禄山，如今肃宗又不听张镐之劝轻信史思明。历史，总是惊人的相似。然而帝王之术，从来都没有改变过。

三

李白凄风苦雨地踏上了流贬之途，但他的运气很好，还没等到达夜郎，刚刚磨磨蹭蹭地走到白帝城呢，就遇到了天下大赦，于是又把他放还了。李白那个高兴啊，窜得比兔子还快，有诗为证：

早发白帝城

朝辞白帝彩云间，千里江陵一日还。

两岸猿声啼不住，轻舟已过万重山。

这首诗收入学生课本，半数中国人背诵如流。但是有多少人知道李白写这首诗的背景呢?

且说这次死里逃生把李白折腾了个够呛，毕竟也是六十岁的人，有点漂不动了。于是他前往当涂，投奔族叔李阳冰。虽然李阳冰论辈分是叔叔，但其实还比他小着十几岁，是位篆书名家，曾任当涂令。

后来，李白病死当涂。据说死前还曾经想过投奔李光弼的军队，最后一搏，然而心志虽强，肉体已经无力了。走到中途，又因病而返。临终前托付李阳冰编纂他的文集。

也许是病死的说法太平淡，让人们难以接受，于是世间更盛行的传说是：李白是在舟中畅饮之际，看到水中月亮清明可爱，于是想起了自己的天上宫阙，就像外星人E.T.那样举着一只手指说："Home!"然后投入水中，捞他的月亮去了。

《唐才子传》中，对诗仙返驾的理由给了八字定义："乘酒捉月，遂沉水中。"

很美的结局。

特别的是，这个结局曾被杜甫梦见过。

且看《梦李白二首》其二：

浮云终日行，游子久不至。
三夜频梦君，情亲见君意。
告归常局促，苦道来不易。
江湖多风波，舟楫恐失坠。
出门搔白首，若负平生志。
冠盖满京华，斯人独憔悴。
孰云网恢恢，将老身反累。
千秋万岁名，寂寞身后事。

诗写于李白被贬之际，杜甫因为思念与担心，曾经接连三夜梦见李白，不但梦见李白向自己告别，"告归常局促，苦道来不易"，还准确地点明"江湖多风波，舟楫恐失坠"。

而这句"冠盖满京华，斯人独憔悴"可以说是写李白，也可以说是写杜甫自己。

他和李白一样，何尝不是“千秋万岁名，寂寞身后事”？

但故事到这里还没完。《宋史》中有一段记载，说李白并不曾离去，他为了报答郭子仪再造之恩，重新转世投胎，做了郭家的后人，不过那已经是宋朝的事了。

原文作：“郭祥正字功父，太平州当涂人，母梦李白而生。”

之前我们讲故事时常常说起那些生来不凡的人，出生之前当娘的都会做个特别的梦，除了上官婉儿、张说、张九龄外，类似的传说还有刘邦的妈妈梦与神遇，生产时又看到有蛟龙破窗而入，盘旋梁上；朱元璋的妈妈梦见神授灵药，托在手上光芒灿烂；文天祥出生那天他爷爷梦见一个小孩乘紫云而来，视为天兆祥瑞，后来果然在高考时被皇帝宋理宗亲口称赞“天之祥、宋之瑞也”。

而这郭祥正的母亲则是梦见了李白，于是就生了位诗人。

可惜郭祥正的名气不够大，虽说他同时代的人对他评价很高，但是对我们这些后世晚辈来说，凡是语文书里没有录入的作者，就实在知之甚少了。只知道他留下手稿《青山集》一千多首诗，其中仿李白韵的就有四十一首，看来他是很认定自己“李白转世”的身份的。

且看一首五绝《西村》：

远近皆僧刹，西村八九家。
得鱼无卖处，沽酒入芦花。

清新俊逸无斧凿痕，的确颇有李白之风。难怪与欧阳修并称“欧梅”的梅尧臣一见他就惊叹：“天才如此，真太白后身也。”看来是完全相信了他是李白转世的身世传奇。

同时，郭祥正《寄东坡先生自朱崖量移合浦》一首显示出他和苏轼的关系很好，人以群分，似乎也是个才德兼备的好诗人：

君恩浩荡似阳春，海外移来住海滨。
莫向沙边弄明月，夜深无数采珠人。

后两句平地陡起，联想巧妙，风情豪迈。

如果说唐诗的名片是李白，那么宋词的代言人只能是苏轼。虽然李白和苏轼不同时代，但是他的转世来到宋朝，而与东坡先生成了好朋友，想来也是一段佳话！

四

唐朝的诗人永远少不了酒。

岑参说：“人生不得长少年，莫惜床头酤酒钱。”

罗隐说：“今朝有酒今朝醉，明日愁来明日愁。”

也对。可是有钱到处喝酒那叫潇洒，没钱也赊账喝酒那叫无赖。是诗人我也得这么说。

偏偏除了王绩，诗人们好像都喜欢赊酒。

杜甫：“朝回日日典春衣，每日江头尽醉归”——不喝酒你会死啊？

李白：“五花马，千金裘，呼儿将出换美酒”——真是个败家玩意儿！

连后世粉丝曹雪芹都说“举家食粥酒常赊”——饭都吃不起，你还赊什么酒啊？

所以，我再次奉劝唐朝酒家的老板们，在墙上刷个小广告吧，广告词我都想好了：“有客须教饮，无钱可别沽。”——这不是我的原创文案，是王绩的！

有钱喝，没钱赊，不给赊就当东西，没东西可当就动心思骗人请客。

“但使主人能醉客，不知何处是他乡。”真是让人叹息。

唐诗人们的酒品不好，弄得我一看到他们喝酒就忍不住想替他们算账。

王建写：“子酌我复饮，子饮我还歌。”——估计是装醉逃单。

杜甫写：“忆与高李辈，论交入酒垆。”——谁买单啊？

好在，因为诗人名气大，有广告效应，还真有主动愿意请他们喝酒的人。

比如——汪伦！当当当当！汪伦，大名鼎鼎有木有？小学生们都知道吧？

赠汪伦

李白乘舟将欲行，忽闻岸上踏歌声。
桃花潭水深千尺，不及汪伦送我情。

这是多深的交情呀，太感人了，太缠绵了，太激情四射了，太……

可是，汪伦是谁呀？

这时候我特别想半仰脑袋四十五度角看向天空用东北话问一句：你是谁呀？

姓名：汪伦

住址：桃花潭附近

职业：李白的朋友

我们都知道，李白名满天下时，那可是一字千金的广告高手，他在哪家酒馆喝过酒，留下一言半语的，那酒馆立刻就身价百倍。直到今天，店家们还习惯在门头挂个“太白遗风”的幌子，执着地请李太白代言。

穿越回唐朝，且说李白客居叔父李阳冰家期间，汪伦听说了，就给他写了封信郑重相邀。信曰：“先生好游乎？此处有十里桃花；先生好饮乎？此处有万家酒店。”

投其所好呀，百发百中呀。嗜酒如命的背包客领袖李白同学一听说有花有酒有花酒，立刻整装前往。兴冲冲来了一看，就是普普通通一个小乡镇，萧条冷落得很，哪里有什么十里桃花、万家酒店啊。

汪伦认真地说：“我怎么敢骗你呢？这里真是有十里桃花，乃桃花潭也，就在十里之外；也有万家酒店，就在前面，姓万的人开的店，不信你看招牌。”

李白大笑。

后来的故事你们都知道了，万家酒店的酒好不好喝不知道，反正汪伦从此算是出了大名了。一个人，既无成就也无特别技能，却可以天下闻名，名垂千古，如雷贯耳，妇孺皆知，也真是没谁了。

五

李白的一生是无敌的，他连孔老夫子都不放在眼里，诗称“我本楚狂人，凤歌笑孔丘”。

一生中唯一的一次吃瘪，是在黄鹤楼前，对着崔颢的诗舔着毛笔想了半天，最后喟然长叹：“眼前有景道不得，崔颢题诗在上头。”

这就要赞美一下唐朝建筑一个特别的风气了：新诗题壁。

唐代诗人喜漫游，每游至一处名景胜地，来了灵感，就要题诗。题诗就需要一面恰到好处出现及时的墙壁。

于是，但凡驿馆、寺院、酒楼、名胜，都会特地准备这么一块适合题诗的墙壁。如果墙壁不方便，也会准备些特别为题诗制作的诗板。当然，也要备下笔墨。

这就促成了一道诗坛新风景的诞生：题壁诗。

不知道这“题壁”之风是否由新科进士“雁塔题名”而起，算是不第举子的一种心理补偿。反正越到中晚唐，题壁风越盛行，而落第诗也是题壁的一个重要内容。比如岑参题在潼关壁上的“来亦一布衣，去亦一布衣”。再如温宪题在崇庆寺壁的“鬓毛如雪心如死，犹作长安下第人”。

不过最多的题壁诗还是以描写名胜与宴聚赠别为主，通常都比较短，多为绝句和律诗，不适合长歌。诗人们每到一处名胜，就会绕壁寻诗，先看看别人的咏题，然后掂量一下自个儿的斤两，再饱蘸浓墨，淋漓潇洒，新题一首。

比如中唐诗人白居易和元稹是至交，知道元稹曾去过哪些地方，自己也追随到此的时候，一下车不去投宿，先急着寻找老朋友题诗的痕迹："每到驿亭先下马，循墙绕柱觅君诗。"

诗人张祜曾有《题灵彻上人旧房》："寂寞空门支道林，满堂诗板旧知音。"说是来到灵彻上人的故居，看到诗板上题满诗句，而题诗人大多都是朋友。

晚唐诗人吴融《题扬子津亭》则道："扬子江津十四经，纪行文字遍长亭。"扬子江渡口的亭壁上，都被赠别诗题满了，送行的人实在太多。

不过也由此可见，李白与宗小姐"千金买壁"的故事不大真实，作为名寺胜地，不可能将题壁诗视为污染墙壁，还想着用铲子铲去。

李白是走到哪里，只要诗兴来了就要挥毫弄墨的，却在黄鹤楼时，看到了崔颢的这首题壁诗，导致灵感短路：

黄鹤楼

昔人已乘黄鹤去，此地空余黄鹤楼。
黄鹤一去不复返，白云千载空悠悠。
晴川历历汉阳树，芳草萋萋鹦鹉洲。
日暮乡关何处是？烟波江上使人愁。

这首诗并不是标准的格律诗，"律中出古"，是一首疑似律诗。

前四句是标准的歌行体古风，接连三个"黄鹤"重复，却变幻无穷，破空而出；颔联以白云应黄鹤，似对不对，意相对而词相悖，气格高迥，而浑然天成。如果单独成诗，亦是很好的一首古绝。

但是作者不甘心，偏偏缀上了后四句，且画风突变，忽然整肃起来，对仗工谨，平仄协调。颈联写景，尾联写情，严丝合缝，一气呵成。

这就是所谓的“不以词害意”了，非不能尔，实不必矣。

这首诗前后两半格律上截然不同，手法上也不同。前半纯属想象，大开大阖，鬼斧神工；后半则即景生情，完全写实。仿佛一套迷踪拳，虚虚实实，真真假假，吊古怀今，信马由缰，若有意若无意，却偏偏如雨生春，沁入人心，令人吟诗徘徊，物我两忘，不知身处何地，今夕何夕。

在这样的一首神作面前，所有的诗人都惊呆了，纷纷打听：崔颢是谁？连斗酒诗百篇的李白都被逼得灵感枯竭了。

好事的人们不信，纷纷捧上酒来，一杯一杯复一杯，往死里灌诗仙。然而李白仍写不出，只好装醉。

山中与幽人对酌

两人对酌山花开，一杯一杯复一杯。

我醉欲眠卿且去，明朝有意抱琴来。

其实这首诗和黄鹤楼没啥关系，只是我太喜欢了，就给乾坤大挪移搬到这儿来了。

但是李白当时写不出诗来是真的。

为了斗这口气，李白后来又去了黄鹤楼很多次，无论与朋友约酒、聚会、辞行，都选在黄鹤楼上，指望有一天福至心灵，写出一首绝对牛的诗压倒崔颢。

送孟浩然之广陵

故人西辞黄鹤楼，烟花三月下扬州。
孤帆远影碧空尽，唯见长江天际流。

这首诗流传够广，可是怎么看都只好归类在送别诗里，和黄鹤楼的关系似乎不大。

李白有些郁郁。后来流放夜郎时，途经长沙，又专门跑到黄鹤楼，写了一首《与史郎中钦听黄鹤楼上吹笛》：

一为迁客去长沙，西望长安不见家。
黄鹤楼中吹玉笛，江城五月落梅花。

李哥和黄鹤楼死磕了半辈子，两首诗加起来终于凑足八句了。

不过这能算得上平手吗？

李哥不自信。于是曲线救国，他跑上跑下地在黄鹤楼附近找角度，最后选定崔颢小片中掠过的远景镜头“芳草萋萋鹦鹉洲”来个大特写：

鹦鹉洲

鹦鹉来过吴江水，江上洲传鹦鹉名。
鹦鹉西飞陇山去，芳洲之树何青青。
烟开兰叶香风暖，岸夹桃花锦浪生。
迁客此时徒极目，长洲孤月向谁明。

写完后，李哥念了几遍，越念越不是滋味。这首诗简直就是《黄鹤楼》的异题翻拍，不但意境相似，手法抄袭，连着重复三个“鹦鹉”，颈联写景，尾联生发，就连人家前半段不合律后半段合律的缺点都学个十足，这算什么？明星模仿秀吗？可是，可是，不是我才应该是天王巨星吗？

而且人家“律中出古”是随手为之，我这却是刻意而为，这样，真的好吗？

李白深深地做了几番吐纳功夫，把一口老血憋回腔中，恶狠狠地说：君子报仇，十年不晚！

后来，他来到金陵时，挥笔写下《登金陵凤凰台》，终于长舒了一口气：

凤凰台上凤凰游，凤去台空江自流。
吴宫花草埋幽径，晋代衣冠成古丘。
三山半落青天外，二水中分白鹭洲。
总为浮云能蔽日，长安不见使人愁。

多么工整，多么清新，多么幽微淡远，明丽不俗。

可是，可是，李白欢呼了几声之后，又有点自我怀疑起来：“凤凰台上凤凰游，凤去台空江自流。”怎么念来念去，怎么看都有点崔颢《黄鹤楼》的味道？我这是被洗脑了吗？

李白抛下笔，头也不回地走了。

黄鹤楼之战，至此告终，孰胜孰败——这个重要吗？

因为这场题壁大战，黄鹤楼、鹳雀楼、滕王阁、岳阳楼，并称天下“四大名楼”。前三个的代言人分别是崔颢、王之涣、王勃。

岳阳楼的代言则有些不明确，有人说是孟浩然的“气蒸云梦泽，波撼岳阳城”，也有人说是杜甫的“昔闻洞庭水，今上岳阳楼”，更有人干脆说是宋代的范仲淹，将《岳阳楼记》与《滕王阁序》并提，认为以赋闻名。

但不管怎么算，都没有唐代诗人名片李白的份儿。因为败于黄鹤楼，导致李谪仙生生失利于四大名楼代言人的竞选，而崔颢则仅凭这一首诗已足可跻身盛唐一流诗人之列。

毕竟，从不服输的李白，也会终生陷在他亲手布下的黄鹤楼迷阵里无法突围。

顺便说一句，崔颢（704—754）虽然比李白小三岁，但是成名却早，20岁已经中了进士，几与王维齐名。而彼时，李白还没有真正出道呢。

崔颢少年得意，未免意气风发，嗜赌好酒，名声不大好。“少年为诗，意浮艳，多陷轻薄”，以薄情好色而闻名；“娶妻唯择美者，俄又弃之，凡四五娶”，说他专门挑美女来娶，但不久便又抛弃了，至少结了四五次婚或者更多，始乱终弃的频率非常高。

这一点，李白也学了一辈子但没追上。

但是崔颢不会骄傲，继续努力，还有四首脍炙人口的《长干曲》，告诉大家：我战胜诗仙可不是侥幸，凭的是实力！

其一

君家何处住，妾住在横塘。
停船暂借问，或恐是同乡。

其二

家临九江水，来去九江侧。
同是长干人，自小不相识。

这两首诗有问有答，勾勒出一幅非常棒的电影画面。一江如练，两叶小舟相遇了，美丽的女子从舱中探出脸来，微笑问候："听大哥口音，是乡亲吧？我家是横塘的，您是哪个村儿的？"

大哥听着这绵软乡音，半边身子早已酥了，心里暖洋洋的，放软了声音回答："我家在九江，咱们都是长干人呢，喝着一江水长大的，可惜没见过妹子。"

这画面，很容易让人想起宋代李之仪的词《卜算子》：

我住长江头，君住长江尾。
日日思君不见君，共饮长江水。
此水几时休，此恨何时已。
只愿君心似我心，定不负相思意。

李之仪不算出名，但是这首词流芳百世。他是苏轼门生，主张"语尽而意不尽，意尽而情不尽"。而他的这首词和崔颢的两首《长干曲》，都堪称是这一标准的典范作品。

李之仪死后葬于当涂藏云山致雨峰，与李白做了邻居。

王维：诗中有画，琴中有禅

一

世人曾有“李白是天才，杜甫是地才，王维是人才”之说，分别赞誉他们为“诗仙”“诗圣”与“诗佛”。

王维虽然是田园派代表诗人，但是年轻时也有过侠骨豪情，曾经写过不少表现军旅与边塞生活的壮丽诗篇，试举两首为例：

使至塞上

单车欲问边，属国过居延。
征蓬出汉塞，归雁入胡天。
大漠孤烟直，长河落日圆。
萧关逢候骑，都护在燕然。

观　猎

风劲角弓鸣，将军猎渭城。
草枯鹰眼疾，雪尽马蹄轻。
忽过新丰市，还归细柳营。

回看射雕处，千里暮云平。

这两首诗都写得逸兴遄飞，壮怀激烈，充分表现了作者的侠士情怀。

最值得称道的是一首古风《老将行》，如果不提作者，你会以为是李白写的：

少年十五二十时，步行夺得胡马骑。
射杀山中白额虎，肯数邺下黄须儿。
一身转战三千里，一剑曾当百万师。
汉兵奋迅如霹雳，虏骑崩腾畏蒺藜。
卫青不败由天幸，李广无功缘数奇。
自从弃置便衰朽，世事蹉跎成白首。
昔时飞箭无全目，今日垂杨生左肘。
路旁时卖故侯瓜，门前学种先生柳。
苍茫古木连穷巷，寥落寒山对虚牖。
誓令疏勒出飞泉，不似颍川空使酒。
贺兰山下阵如云，羽檄交驰日夕闻。
节使三河募年少，诏书五道出将军。
试拂铁衣如雪色，聊持宝剑动星文。
愿得燕弓射天将，耻令越甲鸣吾君。
莫嫌旧日云中守，犹堪一战取功勋。

这首叙事诗讲述了一位老将的生平故事，全诗分为三段：

第一段写他从十五二十的时候就已经从军当兵，从一个小小的步兵做起，依靠夺取胡马而有了自己的坐骑，一生征战疆场，屡立战功。

第二段以卫青和李广的对比，话锋一转，写将士解甲归田，却落了个弃置无功，沿路卖瓜的悲凉下场。

第三段再一转，说贺兰山下烽烟再起，边疆告急，老将不计前嫌，仍然请缨出征，丹心报国。虽廉颇老矣，尤堪一战。读来令人叹息。

诗中对边塞将士充满同情和敬佩，而对当权者的冷酷给予批判。讥讽之余，不无斗志，充满昂扬之气与爱国情怀。

其中警句颇多，如：“一身转战三千里，一剑曾当百万师。”“卫青不败由天幸，李广无功缘数奇。”“试拂铁衣如雪色，聊持宝剑动星文。”都凛凛有生气，成为千古经典。

除此之外，王维的游侠诗、塞外诗，“新丰美酒斗十千，咸阳游侠多少年”“孰知不向边庭苦，纵死犹闻侠骨香”，也都表现出一种俊逸豪迈的情怀。

可以想象，如果李白能早一点认识王维，两人未尝不可成为朋友。

一个“诗仙”，一个“诗佛”，约好了一般于公元701年脚跟脚地来到凡间，都是才华横溢，名满天下。一个是谪仙人，一个自称“当代谬词客，前身应画师”。

两人同在朝廷任职，又都在终南山出入，有那么多共同点，又有那么多共同的朋友，就连日本僧人晁衡都是同时和两人俱有交情。然而查遍全唐诗，这两个理应成为至友的人却在一生中毫无交集，真是反科学。

我想，大概两人下凡时就各自制定了任务，单线发展，绝不联系。历劫圆满后，一起回天宫。

所以他们连死的时间都差不多，一个761年，一个762年，也有版本说是同年。这真是唐朝诗人圈中最令人好奇的一个槽点。

二

无论年轻的王维如何意气风发，然而中年之后，几乎就是一个未剃度的和尚了。

他在33岁壮年丧妻，之后三十年独居不娶，这在唐朝大诗人中是非常罕见的。我又忍不住要拿之后的白居易和他相比了。这两人都是天才诗人，仕途虽有坎坷，但比起那些宦海沉船的人来说，还算是大体平稳的，而且都信奉佛教。

不过，他们信奉的方式可不一样：

白居易的一生都很嘚瑟，虽然信佛，但既不茹素戒酒，也不清心寡欲；27岁中举，得意地写下“十七人中最少年”；之后一直晒薪水晒官位，爱钱爱酒爱美人，曾携伎十人夜游寺院；36岁才第一次结婚，私生活相当放荡；老年更是姬妾成群，两大爱妾樊素和小蛮成了美人的代名词。

而王维的人生则一直超速，20岁就早早中了进士，33岁已经死了妻子，从此孤独终老，再未续弦，歌酒饮宴之事更是一概绝缘。

《旧唐书》记载：“晚年长斋，不衣文彩。……在京师日饭十数名僧，以玄谈为乐。斋中无所有，唯茶铛药臼，经案绳床而已。退朝之后，焚香独坐，以禅诵为事。”

这段时间，他写下大量的山水田园诗，师法陶渊明之浑然天成，谢灵运之细丽精工，而更见禅意，使山水诗成就达到了前所未有的高度，后人评价“读之身世两忘，万念皆寂”。

这段日子的生活，从《酬张少府》一诗可以充分见证：

晚年唯好静，万事不关心。
自顾无长策，空知返旧林。
松风吹解带，山月照弹琴。
君问穷通理，渔歌入浦深。

首联开篇明志，点出自己人过中年，万事无心。

颔联进一步说明心之所向：现实无奈，不可逆转，自己既无治世之能，只好归隐山林，清净自守。这一联写出作者内心的郁闷，表面上说自己身无长策，其实是说现实黑暗，纵有良计也无可施展，不如远离是非，独善其身。

写这首诗时，正值张九龄罢相，李林甫当权。王维是曾经得过张九龄援手的，对这种时政现状自然悲哀。虽然他本身并未受到牵连，还升了官，却仍然有看破之念，无心仕途。

颈联一转，开始写自己喜爱的生活：山风穿过松林，吹开衣带，意谓心情解放，于是月下弹琴，古调自娱。

弹的是什么曲子呢？渔歌寄情，轻舟归浦。曲中有深意，自是解穷通。

这首诗里松风山月，都代表了高洁的情操，而一曲渔歌，更显心志，且琴音绕梁，诗有余韵。

全诗对仗工谨，却出语自然，有如白描，正是苏东坡极力赞美的“诗中有画，画中有诗”。

唐朝盛行燕乐，琴被视为上古之音，不复魏晋盛况，会弹的人已经很少。正如刘长卿诗中所说：“古调虽自爱，今人多不弹。”

李白会不会弹琴不知道，但肯定是会听的：“蜀僧抱绿绮，西下峨眉峰。为我一挥手，如听万壑松。”深得听琴之趣。“绿绮”是琴名，而挥手指弹琴，如嵇康《琴赋》中说：“伯牙挥手，钟期听声。”因此这句既指弹琴，又指知音。

盛唐诗人中，王维的琴弹的是最好的，时有“独坐幽篁里，弹琴复长啸”“松风吹解带，山月照弹琴”等句。唐诗人中在琴技上能与他相比的，只有白居易。

王维是诗人、画家、音乐家，“山水平远，云势石色，皆天机所到，非学而能”。而这首诗有诗有画有琴声，更难得的，是诗中有禅，禅诗一致。

寄情山水远离尘嚣的王维，在晚年笃信佛教淡泊名利，以诗入禅，字字清圆，清幽绝俗，诚如王渔洋所赞：“妙谛微言，与世尊拈花，迦叶微笑，等无差别。通其解者，可语上乘。”

初读这段话的时候，我并不能真正理解王渔洋所说。然而2012年我在西双版纳勐罕镇曼听寺禅修时，没有电话，没有网络，每天过着一日六坐，过午不食，甚至禁语的日子。生命中除了吃饭睡觉，就只剩下打坐、读书、劳务三件事。

有一个星期我的工作内容是扫院子。院子里有两株高大的桂花树，高得仰起头几乎看不到顶。热带雨林的树木动辄几百年的树龄，都快成精了。我对待每棵树都恭恭敬敬的，只管低了头扫地，倒也无心打量。

一日正在清扫，忽然微风拂过，仿佛听到细碎的音乐般，一树桂花簌簌飘落。我发誓，那一刻，真的听到了花落的声音，仿佛来自天际的歌声，缥缈动人。

我拄着大扫帚，站在树下几乎痴了过去，脑子里唯一泛起的念头便是：人闲桂花落。

那一刻，我忽然明白了这个“闲”字是什么意思。只有在人的心非常清静的时候，才能真正欣赏和感受到花落的情态，这就是佛家所说的“空山无人，水流花开”。

带着这样的感悟，我们再来看王摩诘的诗作，体会或许就不同了。

试举几首为例：

终南别业

中岁颇好道，晚家南山陲。
兴来每独往，胜事空自知。
行到水穷处，坐看云起时。
偶然值林叟，谈笑无还期。

首联说明自己晚年修道，隐居南山。这里的“道”并非道教，而是佛教修行得道之意。

颔联承接起句，说明自己随兴野游，美景自愉，无人做伴。

从文字技巧上说，“行到水穷处，坐看云起时”是一句极品流水对，“行”对“坐”，“水”对“云”，处是方位，时是时间，对仗极其工整，且顺流直下，合成一句貌似直白却深含哲理的话。其水准，与“欲穷千里目，更上一层楼”一样，都是可遇而不可求的千古佳句。

禅修或是人生也是如此，当你觉得走到尽头遇到瓶颈的时候，不妨略略停下脚步，坐看云涌山林，静听风拂水面，也许会是更美的享受，又何必一定要继续向前，追究山那边是什么呢？

若只是孜孜以求，执着于“水穷处”的答案，又怎能泰然处之，欣赏“云起时”的美景？

这句在义理上同陆游的“山重水复疑无路，柳暗花明又一村”相类，但是语境上更加空灵。

尾联兴尽而归，却偶遇山中老者，笑谈风云，不计归期。这与前面的“每独往”“空自知”恰好形成对比。在中国古代诗画音乐中，渔人樵夫往往代表着一种隐逸明达的智者形象，因此这结句貌似随手为之，其实别有意趣。

这首诗淡若无痕，没有一句说教，却缓缓道出了最深的哲理：只要有心，何处不是风景？若是知音，何人不可相伴？

这就是禅！

辛夷坞

木末芙蓉花，山中发红萼。
涧户寂无人，纷纷开且落。

辛夷花在山中吐露红色的花萼，如火如荼，开得这样热烈。

然而这样热烈的盛放却无人欣赏，只在清风明月中自开自落，零落成尘。

面对着这样的花开，你无须赞叹，更不必怜惜，因为它们不需要任何掌声和关注，就只是遵循生命最本质的规律，无言来去。

这首诗通过一朵花的开放最形象地解读了佛理中的“万物皆空”“诸行无常”。

这就是轮回！

鹿　柴

空山不见人，但闻人语响。
返景入深林，复照青苔上。

“鹿柴”是辋川别墅的一个地方，作者时常徘徊憩息之地。

这首诗写得更淡，前两句是声音，后两句是光影，而这两者都是不可捕捉的。

“空山”一词，在禅诗中经常出现。王维尤其喜用，比如：“空山新雨后，天气晚来秋。”“人闲桂花落，夜静春山空。”都是如此。

一方面可能真是山中无人，另一方面则以空山照见心性空灵，茫茫世界，空无一人，唯我独存。

这首诗说山里虽然没有看见人，却听到有人说话的声音。也许是“竹喧归浣女”，也许是渔樵相问答，那还算不算是空山呢？

诗人并没有去寻找和探究什么人在说话，而是静静地等着人群离去，万籁俱寂。

他就这样静静地坐着，看着日落西山，霞光反照，光阴一寸寸地移过，照在青苔之上。我们不由猜测，此时的诗人，大概正在打坐吧。

这首诗里有声有色，却偏偏突出一个空字；明明写到人语，却只让我们觉得寂静。

听到人语而不见身影，会觉得山林益发空旷；看到黄昏的余晖，会知道美景更加不可久长。

这就是“无常”！

三

王维不仅诗中有画，诗中有禅，画中亦有禅。

他曾经画有一幅《袁安卧雪图》，因为画中有芭蕉，成为世人话题中心，遂都名之《雪中芭蕉》。

画的题材原本很常见，《后汉书·袁安传》注：“时大雪积地丈余，洛阳令身出案行，见人家皆除雪出，有乞食者。至袁安门，无有行路，谓安已死，令人除雪入户，见安僵卧。问何以不出。安曰：‘大雪人皆饿，不宜干人。’令以为贤，举为孝廉。”

这是说有一年大雪封门，洛阳令巡视灾情，见家家户户都扫雪开路，出门谋食。但是来到袁安家，却无路可通，还以为他已经冻死了，及至命人除雪破门，才看到袁安僵卧在床。问他为什么不出门，袁安说：“大雪天人人又饿又冻，我不应该再去打扰别人！”洛阳令认为他品德贤良，遂推举为孝廉。

袁安德行，被称为“卧雪情操”，专门用以形容生活清贫而有操守的高士，经常被诗人画家作为主题歌颂描摹。比如陶渊明有诗赞曰：“袁安困积雪，貌然不可干。”董源、赵孟頫、沈周、祝允明、文徵明直至现代的傅抱石，都曾画过《袁安卧雪图》。而独独王维这幅最为引人注目，就是因为雪中有一株不合时宜的翠绿芭蕉吸引了眼球，给后人留下了多少谈资。

赞成的人认为意到便成，迥得天意。如北宋沈括《梦溪笔谈》卷十七评价：“书画之妙，当以神会，难可以形器求也……如彦远《画评》言：王维画物多不问四时，如画花往往以桃、杏、芙蓉、莲花同画一景。”

反对的人则认为王维没有常识，大谬不然。如朱熹评：“雪里芭蕉，他是会画雪，只是雪中无芭蕉，他自不合画了芭蕉。人却道他会画芭蕉，不知他是误画了芭蕉。”（《朱子语类》）但是朱熹向来没情商，只喜欢板起来脸来说教，完全不必理会。

宋代高僧释惠洪则在《冷斋夜话》卷四独抒已见：“王维画《雪中芭蕉》，法眼观之，知其神情寄寓于物，俗论则讥以为不知寒暑。”将王维画与禅理联系起来，从此引发新一轮讨论。

后世学佛之人在此理论上进一步阐发，认为不问四季正是禅宗心性论的表现，寄托了人生空虚的佛学思想。金农说：“右丞深于禅理，故有是画，以喻沙门不坏之身，四时保其坚固也。”

但是钱锺书不以为然，认为“假如雪里芭蕉含蕴什么‘禅理’，那无非像海底尘或火中莲等，暗示‘稀有’或‘不可思议’”。

争得这样热闹，可是大多数人根本没有见过原画，我也没见过，所以不予评论了。

只想说，凭借一幅画能让后世吵翻天的诗人，也只有王维了。

而惹人争议的王维，也正如雪中芭蕉，不依常理，自成格局，旁人难解。

王维毕生追求空境，身在官场，心在山林，只想远离是非。然而，或许是劫数未满吧，是非名利，却偏偏不肯放过他。

安史之乱爆发，唐玄宗仓皇逃往成都，王维因不及扈从而被叛军所擒。

他为了逃避委任，用尽方法装病，甚至服下哑药，口不能言，却都没能让安禄山放过自己。安禄山将他迎至洛阳，拘于普施寺中，强授伪给事中的职位。

没办法，谁让王维名气大，官位也高呢。

一日，安禄山设宴凝碧宫，召集梨园弟子奏乐。乐工雷海青怀抱琵琶久久不动，眼中流下泪来。安禄山命人割去他的嘴唇，雷海青对着安禄山喷出一口鲜血，将琵琶用力向他砸去，望西恸哭。安禄山大怒，令人将其绑在戏马殿前肢解示众。王维闻之伤心，赋"凝碧池"诗以祭之：

> 万户伤心生野烟，百官何日再朝天。
> 秋槐叶落空宫里，凝碧池头奏管弦。

因为雷海青的忠勇无畏，又死得如此惨烈，后世为他附会了很多传说，说他本是玉帝的太子，因酷爱音乐歌舞而下凡，劫满后又回到了天庭。

雷海青生前，因为梅妃是闽中泉州人士，唐明皇曾派雷海青率戏班往泉州唱戏，从此在泉州留下了一支皇家曲乐。至今泉州、福州等地犹有供奉雷海青的庙台，奉他为梨园祖师。

泉州梨园戏实验剧团，为全国唯一一家梨园戏剧团。梨园戏的结构形式为曲牌体，唱腔牌现存200多支，不少曲牌至今仍沿用唐、宋古曲牌名，被誉为“古南戏活化石”。

而为梨园戏剧本搜遗连简、薪火续命的国家一级编剧王仁杰老师，正是我磕头奉茶跪拜的师父，因此我对泉州、对梨园戏有着特殊的感情。我创办西周私塾教授格律诗，也正是在师父的鼓励下最终下定决心的。

王仁杰编剧的《董生与李氏》《节妇吟》在法国上演时，法国导演当场下跪，被中国戏曲文化之美彻底倾倒。然而国内观众，对梨园戏却所知甚少，大多数人连听都没有听说过，实在令人叹息。

扯远了，回到唐诗上来。唐军收复东都后，唐肃宗赏罚分明，凡朝臣曾受安禄山伪官者，分六等治罪，王维被定了三等罪，以投效叛军罪当斩。

这时候王维的弟弟、刑部御史王缙拿出“凝碧池”来，展现了王维的忠心，并且说愿以官职换回哥哥的性命。

王缙平叛有功，加上“凝碧池”一诗影响很大，于是肃宗只将王维轻判酌降，可谓大幸。

但是王维经此一劫，愈发看淡世事，写下《叹白发》一诗明志：

宿昔朱颜成暮齿，须臾白发变垂髫。
一生几许伤心事，不向空门何处销？

王维20岁中状元，诗画双绝，精通音律，玉树临风，朱颜皓齿。如今却已经垂垂老矣，齿摇发落。回望平生，几许伤心，万念俱灰，除了皈依佛门，更向何处寄身心？

其实，相比于李白和杜甫，王维的人生不能说悲惨，虽有贬谪，但都是不久便迁调升职；即便曾在伪朝任官，亦不能动摇根本，仍然官居太子中允，不久加集贤殿学士，其后又几度迁升至尚书右丞，这是他做过的最高官职，因此后世称之“王右丞”，至死未脱仕场。

悲哀的是，若说王维心猿意马，恋栈官场，却又不然。他虽半世为官，荣辱沉浮，却一直过着僧侣般的生活，孤居一室，摒绝尘累，蔬食素衣，丝弦自乐，亦终身无子女。

这样的清心寡欲，却终不能风烟俱净。此为王维一生最大的悲哀。

上元二年（761），王维病卒长安，终年61岁。临终时忽索笔墨，写信给兄弟王缙和平生亲故诀别，内容多是敦励朋友奉佛修心之嘱，写完搁笔而逝。

禅是一枝花，流响到天涯

一

我生平第一次接触禅诗是在9岁读《红楼梦》时遇到的两首菩提诗。

书中说宝玉看戏时，被宝钗点拨了几句《山门》之妙，因为“赤条条来去无牵挂”等句若有所悟；接着因为得罪了湘云和黛玉，十分赌气，暗自生闷气；又想起前几天所看的《庄子》，不禁胡思乱想，大哭一场，由色见空，写了一首佛偈：

你证我证，心证意证。
是无有证，斯可云证。
无可云证，是立足境。

这几句的大意是：你我都想证明自己的真心，却只能徒增烦恼，只有灭绝情谊不再证白时，才可以得到真心的证明；而到了万境归空，什么都不需要验证时，才是真正的立足之境。

证，是证悟的意思，佛教术语。比如“证得涅槃”。

黛玉看了后，对宝玉说：应该再添上两句，“无立足境，方是干净。”

宝钗点头说：这样才算是彻底明白了。于是讲了个证悟菩提的故事：

话说当年五祖弘忍想以衣钵传人，令座下弟子各出一偈。上座神秀曰：

> 身是菩提树，心如明镜台。
> 时时勤拂拭，莫使惹尘埃。

“上座”是佛弟子的品级，资深的得道僧人。佛教历史上最大的一次分化，就是“上座部”与“大众派”的分化，至今南传佛教，犹称为“南传上座部佛教”，也正是我所皈依的教派。

上座弟子神秀这首偈子的意思是说，我等释门子弟当守身如树，守心如镜，时时修习，不使沾染半点俗尘，渐成大道。这是一种“渐悟”的修行。

但是烧火僧惠能正在灶下舂米，听到这首偈子，摇头说：“美则美矣，了则未了。”复作一偈云：

> 菩提本无树，明镜亦非台。
> 本来无一物，何处惹尘埃。

这是说万物皆空，花非花，雾非雾，又哪来的菩提树，哪来的明镜台，根本连这个身子这颗心都是不存在的，自然更无红尘可惹。

这叫“顿悟”。于是弘忍就将衣钵传给了他。这也是南禅宗的起源。

小时候第一次读到这两首诗的时候，只觉得惠能无比聪明，对他的机锋佩服得五体投地，也如宝玉般，若有所悟。真不知道是不是从那时起就种下了皈依的种子。

但是随着成长，浸淫凡尘日深，看了太多张口闭口说佛法说空无的人，越来越觉得“悟空”更像一句“空话”，说起来容易做起来难。

如果真的大彻大悟万事皆空到了这种地步，根本连修行都是多余的，连作偈子喊口号都流于形式，还争什么上座下座、衣钵流派呢？

你我皆凡人，想达到高明的境界，修行是必走的阶梯，坐在那里说一声大彻大悟就算是得道了，听上去实在太玄。当然，确实有这样的高僧，可以醍醐灌顶，立地成佛，但是万里难有一个，大多数肉体凡身想成佛，还是应该依次进境，修行悟道的。

禅是音译词，即禅那。佛教于公元初传入中国，成于汉魏，兴于唐朝，并与儒学道教相结合，成为中华传统文化中相当重要的组成部分。

禅是一种宗教，更是一种哲学，是一种人生态度，更是一种修习次第。修行人以“直指人心，见性成佛”为宗旨，从初禅到四禅，从修止到修观，直至证得禅那，修成正果，这是一个漫长的过程。

修行需要法门，更需要坚持，必须踏踏实实地去学习，去锻炼，没有那个“时时勤拂拭”的过程，是很难真正达到“本来无一物”的境界的。“悟空”两个字说起来是很容易的，但就是因为说起来太容易了，所以说的人越来越多，什么“四大皆空”，什么“心即是佛”，什么“放下”，什么“妙悟”，未免理论大于实践。

不过，这是佛教门派上争执千古的话题，本来就难以定论。我不过是以个人微才陋质去仰视，其实没有资格评价。

惠能后来去了广东，有一次在广州法性寺参加法会。一阵风起，吹动旗幡。和尚们纷纷回顾。

住持问：什么在动？

一僧答：旗在动。

另一僧答：是风在动。

而惠能则答：是心在动。

这则“风幡说”也是一个非常著名的禅宗故事，充分说明“心生则种种法生，心灭则种种法灭”，“一念愚即般若绝，一念智则般若生”。

我心已动，风在何处？

“八风吹不动”的境界，谁人修得？

二

说到禅，我们就觉得遥远，会把禅宗祖师们当成不可及且无生卒的古人，因为都是几世修来的，仿佛要往上古白垩纪去寻踪问源。然而事实上惠能生于贞观十二年（638），入灭于先天二年（713），也就是整个人生，主要生活在唐高宗李治时期。

而王维（701—761），则主要生活在唐玄宗时期，两人的生命时间段有十二年的重合。虽然一南一北并未相遇过，但刚好接续起初唐与盛唐的诗风。

从两人的生平，我们可以看出佛教在初盛唐的发展与影响，也可以理解，为什么禅诗会成为大唐诗歌的一个重要流派。

禅诗有两种，一是禅理诗或说佛理诗，又称佛偈。重在说理，不讲格律，比如前面惠能的《无相偈》，再如初唐诗僧王梵志的“馒头歌”：

城外土馒头，馅草在城里。
一人吃一个，莫嫌没滋味。

世无百年人，强作千年调。
打铁作门限，鬼见拍手笑。

从此，“铁门槛”与“土馒头”，就有了约定俗成的含义，前者指苦心经营之家业，后者指坟墓。

宋代范成大把这两首诗合为一联：“纵有千年铁门槛，终须一个土馒头。”为《红楼梦》中妙玉称赏不已；而“铁槛寺”不远有“馒头庵”的用意，也就来源于此。

禅诗的另一种分类，是指有禅意的诗作，不为辩经说理，只是见心明性。多描写僧侣或是林栖生活，包括佛寺诗、游方诗、修性诗、隐居诗等；以描写洁净无尘的山居风光，表现淡泊宁静的幽怀心境为主。

王维的诗就是最好的例子：

过香积寺

不知香积寺，数里入云峰。

古木无人径，深山何处钟。
泉声咽危石，日色冷青松。
薄暮空潭曲，安禅制毒龙。

这是一首标准的首句不入韵五言律诗平起式，可视为写景诗而读。但最后一句“安禅制毒龙”，引用佛典中高僧以无边佛法制服毒龙的故事，来比喻修炼心性，抑制欲念。“安禅”，为佛家术语，就是安静地打坐禅修，入定悟性。因此，这是一首禅诗。

《唐诗摘钞》评：“幽处见奇，老中见秀，章法、句法、字法皆极浑浑，五律无上神品。”

首联“不知香积寺，数里入云峰”，是说虽然专程去山中拜访香积寺，但是初次来到，山高峰峻，不知远近，因此是边走边寻找。

那依靠什么来寻找呢？原来，虽然古木森森，行人罕至，但是远远地听到钟声，依稀指明方向，只要循着敲钟的地方去找就对了。一句“不知”，加一个“何处”，清楚地写出了诗人的寻找。

颈联“泉声咽危石，日色冷青松”向来被诗家们举为炼字的典型范例，意思是山泉流泻，遇危石阻断而呜咽鸣响；青松苍翠，太阳照在其中也是一片冷郁之色。

这都是作者沿途所见，经过了古木、山泉、松林、深潭，终于在黄昏时候来到禅寺，可以安然打坐，修炼那可制毒龙的殊胜禅法了。

禅宗虽主张“顿悟”，但同时也把证悟分为三重境界：

第一境“落叶满空山，何处寻行迹”，指的是刻意寻禅而未得；

第二境“空山无人，水流花开”，有所了悟尚未得道的阶段；

第三境“万古长空，一朝风月”，是一种顿悟的空明境界。

王维的这首《过香积寺》在字句锤炼上精致幽峭，洁净玄微。然而主题先行，流于形迹，未免刻意了，还停留在“落叶满空山，何处寻行迹”的第一境界；

后来王维写辋川山居的诗中，写风，写月，写松，写鸟，写山，写水，写云，却再也不提禅字，反而更见空灵，真正体现了“空山无人，水流花开”的闲散境界。

至于禅修第三境界的“万古长空，一朝风月”，则可意会而不可言传，可神通而不可语达。在诗中难有体现。

若一定要举例，大约宝玉执着的“你证我证，心证意证”，是凡人的烦恼心结；“是无有证，斯可云证”，是第一境的求证；“无可云证，是立足境”，是第二境，初有所悟；而黛玉补充的“无立足境，方是干净”，才是第三境的大彻大悟吧。

香菱向黛玉学诗，说很喜欢陆游“重帘不卷留香久，古砚微凹聚墨多”之句，黛玉却说：且不可看这样的诗。你皆因读的诗少，所以见到这浅显的便爱。并且给她开了个书目，先就是王摩诘一百首。

为什么说“重帘不卷留香久，古砚微凹聚墨多”浅显呢？因为刻意，工于对仗，却疏于情致。而王维的诗，如“雨中山果落，灯下草虫鸣”“明月松间照，清泉石上流”“白云回望合，青霭入看无”等句，同样对得极工，却出语天然，似无意为之，空灵可喜，无住无着。

虽然王维始终未能真正脱离尘网，但他修行半生，中晚年一直过着绳床瓦灶的清净生活，心底里是洁净的，就连他的死也如高僧一般："临终，作书辞亲友，停笔而化。"

因此我向来认为，禅诗中王维是最好的。相比之下，反而是诸多名僧的禅诗，太着痕迹，左一个"禅"字，右一个"空"字，句句强调自己的释子身份，未免刻意。我们且以著名的唐朝高僧寒山和拾得的诗来对比一下，感受"无形"与"有形"的区别。

千年石上古人踪，万丈岩前一点空。
明月照时常皎洁，不劳寻讨问西东。
——寒山

无去无来本湛然，不居内外及中间。
一颗水精洁瑕翳，光明透出满人天。
——拾得

这两首诗都在努力地说明道理，拔高境界，有点像现在中学生的主题作文。和王维诗一比，就见出高下了。

王维是个不穿袈裟的和尚，他的佛性是一直不间断的修行，由个人的文化修养和阅历见识所得来，是一种"行到水穷处，坐看云起时"的淡然；而僧侣们则把空性当成功课，所以在诗中总是强调自己僧人的身份，以此展现功力，太着形迹，反而落了实相。

寒山和拾得是唐代天台山国清寺著名隐僧，生卒年月不详，大致生活于初盛唐时期，相传是文殊菩萨和普贤菩萨的化身。

有一天拾得去姑苏枫桥寺找寒山，经过枫桥时，想着不能空手而去，便采了一朵荷花，擎着进了寺院。

寒山看到拾得远道而来，十分高兴，忙从房中捧出一只盛着素饼的竹编食盒招待。

寒山与拾得相会，一个奉盒，一个献荷，被后世传为佳话，遂将二人合称为“和合二仙”，成为很多雕绘图画的主题素材。

清朝时，雍正皇帝特地诏封寒山为“和圣”，拾得为“合圣”，所以又称“和合二圣”。

寒山和拾得有一段机锋极为有名。

> 寒山问曰：世间谤我、欺我、辱我、笑我、轻我、贱我、恶我、骗我，该如何处之乎？
>
> 拾得答：只需忍他、让他、由他、避他、耐他、敬他、不要理他，再待几年，你且看他。

这段对答饱含了圆融豁达的处世之道，哲理性和佛性都极强，虽历经千年但仍脍炙人口。

据说拾得后来东渡到了日本，如今日本还建有“拾得寺”和“寒山寺”；但寒山其实一直留在苏州枫桥镇施药舍茶，最后在枫桥寺圆寂，而枫桥寺也因寒山而得名，遂改名为“寒山寺”。

诗人张继有首《枫桥夜泊》极为著名：

> 月落乌啼霜满天，江枫渔火对愁眠。

姑苏城外寒山寺，夜半钟声到客船。

据说唐武宗特别喜欢这首诗，让人刻成碑在自己驾崩后陪葬地宫，还遗诏说不许民间仿效，只有他一个人能以这首诗勒石刻碑，否则必遭天谴。

因此，终唐一朝无人抗旨僭越。直到宋朝时，才有翰林学士王珪因为喜爱这首诗，刻了一块石碑，结果不久暴毙；明朝时，大才子文徵明又写过一块，之后也染病身亡了。

这下子，唐武宗的遗诏就几乎有了埃及法老的诅咒一般的魔力，再也没有人敢刻此诗入碑了。

但是到了清朝，江苏巡抚重修寒山寺，觉得没有这么一块诗碑未免缺典，便邀请国学大师俞樾撰写。俞樾原是非常犹豫的，但最终还是抵不过巡抚的再三邀请，勉为其难地答应了，谁知立碑不久，俞樾也暴病身亡了。

立碑之事，俞樾写在了《新修寒山寺记》里，其中还特地提及："凡日本文墨之士咸造庐来见，见则往往言及寒山寺，且言其国三尺之童，无不能诵是诗者。"

原来，日本人不但在东京造了一座寒山寺，还将这首《枫桥夜泊》编录在教科书中，人皆成诵。

看来，寒山寺的钟声，不但敲得响，而且传得远。

三

唐朝的禅诗特别多，有一个非常重要的原因，是山林寺院乃是士子们最喜欢选择的读书之处，一则因其清幽雅静，二则可以受教于高僧。

所以，如果哪座寺院里有精通儒学的得道高僧，就会尤其受到天下学子的尊崇。而寺院为了打响知名度，也会有意识笼络一些才学出众的读书人来寺院寄读，期待他们日后高中，山寺可以跟着扬名。

不过也会有走眼的势利僧人，对贫寒的士子不敬，遂有“迟敲饭后钟”的故事传出。

我在禅林清修时，每次听到午斋的钟声，都会忍不住想到这个典故。

禅林中，不论早课、早斋、午斋、晚课，都是要敲钟的。禅园的规矩是“过午不食”，如果错过午斋，要等到第二天早晨才有的吃。

所以一听到钟声，我就会条件反射地捧着饭盆往斋堂跑。前年我带领几位西周学员一起去法住禅林闭关清修，有一天下午偷懒没去打坐，睡了个悠长的午觉，睡梦中听到钟声响，我拿起饭盆便往楼下去，惹得陪我入寺的同修笑了好久。

这其实怪不得我，实在是“迟敲饭后钟”的典故留给我的印象太深了。

这说的是中唐诗人王播的故事。

王播（759—830），山西太原王氏，又是一个出身世家而家道中落的典型案例。少时因家贫，曾经寄宿于扬州惠照寺木兰院，每次听到午斋的钟声响起，就会随着僧众去斋堂等着舍粥。

势利的僧人看不起这个白吃白住的书生，为了捉弄他，就故意吃完饭才敲钟。等到王播赶去的时候，已经粥空锅净。

王播感到非常屈辱和愤怒，遂提笔在墙上写了两句诗：

上堂已了各西东，惭愧阇梨饭后钟。

写完后，王播掷笔而去，发奋苦读，到底一举及第，封官晋爵，吐气扬眉。等他三十年后再回到扬州时，已经官拜淮南节度使了。

当地官员听到他要驻节扬州的消息，诚惶诚恐地准备迎接。不仅翻修了他曾经寄宿的惠照寺，还用碧纱将他当年题诗的墙壁罩了起来。

王播故地重游，看到此景，益发感慨，遂在那两句诗后，又补写了两句：

三十年来尘扑面，而今始得碧纱笼。

这就是“三十年河西，三十年河东”的缘起，后来成为著名的励志格言。

王播还有另一首《题惠照寺》，更见情意：

三十年前此院游，木兰花发院重修。
如今再到经行处，树老无花僧白头。

——更淡更有味，自然清远，饱含了岁月的烟尘。

当我走在禅园的经行路上时，常常会想：这座藏在西双版纳深山里的禅林，我还会再来吗？倘若重来，又是何时何境，这些花儿还在吗？那些曾经教诲过我的尊者与尼师，还有同修的贤友，还会在这里吗？也会是“树老无花僧白头”吗？

人间缘法，遇合无际，每一次的相逢，都是千百年的修行所得吧？

在禅林时，我非常喜欢在雨后独自散步，空气湿润而温存，虽然路面是干的，鸟鸣是清脆的，树叶也是轻盈活泼的，但总觉得随时会滴下雨珠来。宽衣趿鞋，缓步穿过一道道篱笆门，满眼古木滴翠，杂草丛生，一派天然野趣。会觉得整个禅林只有我一个人，偌大天地都是我的，却毫无寂寥之感。

在这温柔的气息中仰望白塔、大钟、佛殿上的兽吻，或长久地凝视一朵花，都会使人见物如照镜，直面真心，忽然了解“拈花一笑”的欢喜。

这时候，最常想起的就是“曲径通幽处，禅房花木深”，语出常建的《题破山寺后禅院》：

清晨入古寺，初日照高林。
曲径通幽处，禅房花木深。
山光悦鸟性，潭影空人心。
万籁此俱寂，但余钟磬音。

常建生于708年，卒年不详，开元进士，和王昌龄同榜及第。因仕途失意，后隐居于鄂州武昌。诗多为五言，常以山林、寺观为题材。最著名的就是这首《题破山寺后禅院》。

这首诗完全依照诗人的行踪脚步来写。首联说大清早登山，来到兴福寺时，已是旭日初升，照耀山林。

佛教僧徒喜欢聚集林野，过着“林栖”生活，所以“高林”在这里有称颂禅院的意思。

接着，诗人穿过寺中的林间小路，走到幽深的后院，看到唱经礼佛的禅房就在花丛深处。这幽美的环境，太让人赞叹了。

这又让我想起去年冬天游云南大理寂照庵的情形。车子一路盘旋上山，穿过苍郁葱翠的原始森林，沿着一条幽静的石头路来至庵堂前。一进来，立刻被触目所及无处不在的五彩植物惊艳了：朱漆长廊下，悬挂着一盆盆花儿，吊绳上还点缀着一串串松球；水磨台阶下，摆满了各色多肉植物，掩映着廊下闲聊的三位黄袍尼师；不大的院落，其中一角被整座五彩缤纷的船形多肉盆景占据了；院子四周、檐下、台阶，甚至墙壁上，到处都是花栽盆挂，尤以多肉最多，琳琅相映，触目生情。

整个小院清洁得一尘不染，每个角落每个细节都精美秀雅，连门上的雕花都精致得不得了。走进一间禅室向外望，竟发现窗外整个小山坡上都是满满的多肉，背衬着参天古树，让人忍不住想到一个词：侘寂之美。

不禁想起《红楼梦》中贾母游栊翠庵时所说的："到底是他们修行的人，没事常常修理，比别处越发好看。"湘云也曾说过："花草也是和人一样，气脉充足，长的就好。"

也只有无欲无求安静清淡的出家人，才会有心思把一座庵堂打理得如此精致整洁，美丽到每一个角落每一个细节吧。

也只有在远离尘嚣的山林里，寺院中，人们才会真正静下心来欣赏山光水色之美。

所以，诗人常建才会发出"山光悦鸟性，潭影空人心"的感慨。

佛家讲究的是精神最纯粹洁净的舒适，而诗人此时此刻，便是感受到了这种空门禅悦的意趣，尘虑齐除，空心见性。

鸟语风声都听不见了，万籁俱寂，耳畔只回响着钟磬的声音。

这里的钟磬声未必是真的敲钟，而代指佛音，或者佛心。诗人在这一刻是了然的，清净的，然而回到世间后又当如何呢？

所以这首诗中，诗人一边欣赏着禅林清幽绝尘的静美，一边对自己的遁世无门万分惆怅，意在言外，久久不绝。

宋代欧阳修特别喜欢这一句，说："欲效其语作一联，久不可得，乃知造意者为难工也。"后来他有一次在青州山斋歇宿，亲身体验到了这两句诗中所写的意趣，想写出两句更好的，推敲许久，仍是"莫获一言"。正所谓"眼前有景道不得，常建佳句在前头"啊！

陪杜甫一起，挥别盛唐的云彩

一

安史之乱开始时，杜甫好端端地待在家中，却不知为什么被叛军抓了，献给了伪朝廷。安禄山一翻白眼：杜甫？一个仓库保管员？抓他做什么？监狱哪有那么多空地方，让他滚！

从这点来说，杜甫似乎比王维的运气要好一点，可是也真够屈辱的。

被释放后，不知为什么，杜甫并没有回到家中，却辗转漂徙于长安，并写下了著名的《春望》：

国破山河在，城春草木深。
感时花溅泪，恨别鸟惊心。
烽火连三月，家书抵万金。
白头搔更短，浑欲不胜簪。

在流亡中，杜甫狼狈地踩着高适的步伐一路讨饭追随皇上的銮驾，终于在凤翔见到了唐肃宗。

由此我们猜测，也许他离家伊始，就是为了投奔皇上的。

述怀一首

去年潼关破，妻子隔绝久。
今夏草木长，脱身得西走。
麻鞋见天子，衣袖露两肘。
朝廷愍生还，亲故伤老丑。
涕泪授拾遗，流离主恩厚。
……

杜甫面圣的形象是衣冠不整的，岂止不整，连胳膊肘都露出来了，麻鞋破烂，衣不蔽体。皇上看他可怜，赏了个左拾遗的官，从八品上，算是开恩了。

清乾隆年间，有人翻出了杜甫的家谱。《平江县志》还记载了作为杜家传家宝的皇诏原文："襄阳杜甫，尔之才德，朕深知之。今特命为宣议郎、行在左拾遗。授职之后，宜勤是职，毋怠。命中书侍郎平章事张镐赍符告谕。故敕。至德二载五月十六日。"年月日上面还盖着皇帝宝印。

这段话告诉我们，宣诏的人便是张镐，就是那个杀了闾丘晓替王昌龄报仇，又曾给李白寄过冬衣的好心宰相。

杜甫曾为张镐写过一首《洗兵马》，最能见证张公为人，其中有：

张公一生江海客，身长九尺须眉苍。
征起适遇风云会，扶颠始知筹策良。

左拾遗是个从八品的官，品级不高，但却是皇帝近臣，能在圣前说得上话。如果表现得好，加官晋爵的机会是很多的。王维因手下伶人舞黄狮子获罪被贬，后经张九龄帮忙打捞出来，重入长安时做的官便是右拾遗。左拾遗还比右拾遗大一点呢。

所以说杜甫一生怀才不遇没有机会是不确切的，只是杜甫没有抓住机会而已。

杜甫和李白一样，只有作诗的心，没有做官的才。而且比李白更死心眼儿，根本不适合做言官。没过几天，就因为“房琯事件”乱说话得罪了皇上，差点被治罪，又是依靠宰相张镐求情，才免刑被赦。

还记得房琯是谁吗？琴师董庭兰唯一一次出山就是在他门下做清客。

高适写过《别董大》：“莫愁前路无知己，天下谁人不识君。”

李颀写过《听董大弹胡笳弄兼寄语房给事》：“高才脱略名与利，日夕望君抱琴至。”房给事就是房琯，意思是房相高才，不好名利，却昼夜盼望董大抱琴来奏。

崔珏《席间咏琴客》：“唯有河南房次律，始终怜得董庭兰。”房次律，还是说房琯，只有房相才最懂得董大的琴声，所以请得他出山。

从这些诗句来看，可知房琯是位儒相，所以诗人们都喜欢与他亲近。

但是从军事和政治方面来看，房琯却有点志大才疏，不切实际。

安史之乱中，在政治上，他向唐玄宗建议“诸王分镇”，直接导致了永王在江东兴兵，乱上加乱；在军事上，他主动请缨领兵平叛，却纸上谈兵，天真地以古代车战的方式来对抗安禄山的边塞骑兵，这就好比现代人训练义和拳去打仗，没法不败，一战折损了肃宗四万兵马。

这样一个花架子宰相，只会喊口号不能干实事的宰相，被罢官是必然的，根本尸位素餐，杀了都不冤。

然而在这种时候，杜甫却顾着朋友交情，想想自己好不容易做了言官，必须要显示一下话语权了。于是力排众议，为房琯喊冤，理由竟是“罪细，不宜免大臣”。

这话实在有点没脑子：四万将士阵亡，能叫罪细？怂恿玄宗分权，动摇肃宗新政，能叫罪细？

这可把肃宗气坏了，而杜甫短暂的言官生涯也就此宣告结束。

这件事在后世的评写中，惯例为了诗人形象而被形容成忠言上谏，刚直不阿，仗义执言，因言获罪……

但是细看当时的历史背景和杜甫的半生经历，却不得不承认，杜甫在政治上是非常弱智的，当官的水平也不怎么样，不然不会毫无建树。

虽然说杜甫的官位一直很低，可是与同代的柳宗元、宋代的苏东坡相比，他们被贬的次数更多，地方更远，条件更艰苦，但是不论贬到哪里，都能为当地百姓做一点好事，为后世子孙留一分荫庇。

而杜甫，好像除了杜甫草堂的景点之外，就没听说有什么遗泽了。

所以，诗人的无所作为，不能只用“怀才不遇”四个字来推诿。

李白也好，杜甫也好，都曾经是皇上身边的人，而且认识许多高官权贵，人脉极广，又有知名度，比起绝大多数人来说，已经是有过很好的机会了，只是他们都没能抓住机会有所作为。

不过，对于文坛来说这是件大好事，因为两个人，都是唐朝最伟大的诗人，上天才不舍得让他们去做官，他们最适合的，只有作诗！

二

且说刚到手的官位还没领到薪水就飞了，杜甫也很郁闷，于是羞愧地往鄜州探望家人，写下《羌村》《北征》等诗，叙述了与妻子劫后重逢的苍凉情感。

国家不幸诗人幸。杜甫以诗为史，在这段时间写下了大量反映社会现状的不朽诗作。“三吏”“三别”等刻画入骨，上悯国难，下痛民穷，被称为世上疮痍，诗中圣哲，民间疾苦，笔底波澜。

这是杜甫最伟大的地方。他漂泊困顿，寝食不安，却仍心怀黎庶，眼睛始终看着大众的生活，对百姓疾苦有着深切的认识与同情。他是真真正正地用生命在写诗。

因此他的诗被称为“诗史”，而他本人也被后世尊为“诗圣”。

但这些都是身后功名。杜甫在世时，可是一世都过着漂泊拮据的生活。

多年来，杜甫带着家人到处奔波，想寻找一片能够安稳生活的乐土。在接连换了几处暂住地之后，759年七月，杜甫一家来到成都，在成都西郊盖了一所草堂，开始了十一年“漂泊西南”的生活。

著名的《茅屋为秋风所破歌》，便是这段时间的作品。

安得广厦千万间，大庇天下寒士俱欢颜，风雨不动安如山！

这锥心呼唤，是真正经历了生命的苦难之后，从最悲悯的心底里发出的呐喊。

杜甫在饥寒交迫之中，祈求的不只是自己一家的温饱，而是希望全天下的百姓都能够得到庇护，完成“致君尧舜上，再使风俗淳”的终极理想。

杜甫在成都的生活相对平稳，主要来自两任成都府尹高适和严武的接济。

高适对李白不怎么样，但是对杜甫可是真不错。

在杜甫三餐不继时，高适还曾亲自背米百里相送。在高适的照拂下，杜甫的日子是相对清爽安然的。

杜甫为此在诗中再三感谢，有一首《江村》尤为写实：

清江一曲抱村流，长夏江村事事幽。
自去自来梁上燕，相亲相近水中鸥。
老妻画纸为棋局，稚子敲针作钓钩。
但有故人供禄米，微躯此外更何求？

有限清欢，无限辛酸。这是乱世中难得的一段清淡日子，杜甫写得悠闲而悲哀。

首联点明他如今的寄居之处乃是江村，时维苦夏。“事事幽”的这个“幽”字，可作清幽静雅讲，也可解作万事蹉跎，晦暗不明，前途渺茫。

颔联以梁上燕与水中鸥来写景，似乎是闲笔，却饱含着无限的羡慕之情。因为燕子是忙碌的，自来自去，筑巢梁上，忙得极有章法；鸥鸟是悠闲的，相亲相爱，依偎水上，无忧无虑。可是人呢？

颈联便写到了人：老妻苦中作乐，在纸上画了个棋盘，与我对弈；小儿子把铁针敲弯了，想做根鱼钩来垂钓。

乍一看，这景象好不清闲，仿佛岁月静好，现世安稳，日子过得不错嘛。

然而尾联却流露心声，不小心真相了：幸好还有老朋友高适送钱米来帮忙度日，只要尚能饱腹苟活，此外还能求些什么呢？

然而，满腹才华的杜甫是真的心无所求了吗？我们都知道不可能。他怎么会只甘于温饱不问将来？更何况，即便是他眼前的温饱，也是不可久恃的，他怎么会真正觉得安闲自在？

那表面清幽的生活下掩藏的茫然的不安定感，那看不到未来的无奈和仓皇，让人真的很怕往深里想。

幸好，有老妻陪在他身旁，伴他偷闲对弈，共度时光。

后来，高适迁职，新任成都府尹严武继续照顾杜甫。

严武是武将，但也写过诗，且看这首《军城早秋》：

昨夜秋风入汉关，朔云边月满西山。
更催飞将追骄虏，莫遣沙场匹马还。

这是严武带兵大破吐蕃七万大军后，豪情满怀，扬眉吐气写下的一首诗。

诗如其人，形象毕现。严武以性格暴躁而闻名，脾气上来还几次说要杀杜甫，幸亏夫人报信给杜甫才没让两人真闹起来。

但是杜甫诗集中赠和严武的诗有三十五首之多，而严武流传下来的诗统共没有几首，其中就有两首是与杜甫唱和的，可见二人关系之亲密。

三

李白和王维都未能真正看到战乱结束，但是杜甫等到了。

763年春天，唐军收复了洛阳和郑州、开封等地。史思明的儿子史朝义走投无路，兵败自缢，安史之乱宣告结束。

杜甫听闻捷报，欣喜若狂，恨不得马上回到河南老家，遂写下《闻官军收河南河北》：

剑外忽传收蓟北，初闻涕泪满衣裳。
却看妻子愁何在，漫卷诗书喜欲狂。
白日放歌须纵酒，青春作伴好还乡。
即从巴峡穿巫峡，便下襄阳向洛阳。

这是诗人一生中难得的喜乐之诗。尾联用了一个流水对，畅快淋漓，仿佛为归程计划好了一份路线图，即日便可启行。

最开心的时刻，他关注的仍然是老妻和儿子的态度：“却看妻子愁何在，漫卷诗书喜欲狂。”只要携得妻儿，带上诗书，他的人生就是完满的。如今，他就要带上自己人生中最珍贵的人和书一起回家了。

可悲的是，他却一直未能成行，至死也没有回到家乡。

或许是因为筹不足路费，或许是因为严武给了他一个工部侍郎的职位——这是杜甫一生中做过的最高官职，所以又称“杜工部”。

但是，不管怎么样，回家或者流浪，总算老妻是一直陪在他身旁的。

在成都的这段时间，可说是杜甫人生中难得比较安稳的岁月，他一直迁延未归也是可以理解的。

这期间，他写出的最美的诗篇就是一首无题的七言绝句：

> 两个黄鹂鸣翠柳，一行白鹭上青天。
> 窗含西岭千秋雪，门泊东吴万里船。

这是我小时候最爱的一首诗，喜欢它的清新、工整、跳脱、色彩明丽。9岁那年，因为这首诗，我给自己改了名字：西岭雪！

只是，这寄人篱下的日子也未能过得了多久。杜甫还来不及为战争平息而高兴，却已经为了好友严武和高适的先后病死而痛哭了。

杜甫痛失两位好友，大受打击，为二人写了很多伤感的悼亡诗。我们且看一首《赠高式颜》：

昔别是何处，相逢皆老夫。
故人还寂寞，削迹共艰虞。
自失论文友，空知卖酒垆。
平生飞动意，见尔不能无。

我向来觉得感恩是人的至大美德，只可惜杜子美身兼这么多美德，却偏偏命运多蹇，一生凄苦。

严高二人的死，更使杜甫失去了最有力的庇护。他只得离开四川，再次漂泊。

大历五年（770）冬，杜甫带着妻儿从潭州前往岳阳，因避洪水而漂泊舟中，数日未进一粒米。有朋友相遇，送了他五斤牛肉。杜甫也是饿极了，竟然一顿吃完，遂因消化不良死在船上，完成了“三贤归一水”的悲凉巧合。

至死，他也没有回到家乡。

李白的死，传说是在酒醉后欲入水捞月亮，那么杜甫的死，难道是为了继续追随偶像吗？

后世一直将他们并称“李杜”，不知道李白怎样想，但是杜甫，一定感到很欣慰吧？

四

写完杜甫之死，我们就该告别盛唐了。可我是那么的舍不得，于是再镂影钩沉，剔艳寻珠，补充几段来不及讲述的诗坛往事。

前面介绍了关于盛唐开启时间和压卷之作的多种争议，对于盛唐诗歌大典的序曲，同样也有着各种说法。

第一首，是我们熟悉的王之涣（688—742）的《登鹳雀楼》：“欲穷千里目，更上一层楼。”踏在初唐的楼梯上，望向盛唐的千里山河，很有气势吧？确实具备开幕大典的风范。

第二首，是大唐宰相张九龄（678—740）的《望月怀远》：“海上生明月，天涯共此时。”真有振臂一呼，应者云集的气概。

有人说，盛唐所以会出现那么多出类拔萃的诗人，关键就在于有张说、张九龄两位好宰相。

虽然这两首的呼声都是够高的，但是胡应麟认为，王湾（693—751）的“海日生残夜，江春入旧年”一句，才是真正宣告了盛唐的驾到。且看全诗：

次北固山下

客路青山外，行舟绿水前。
潮平两岸阔，风正一帆悬。
海日生残夜，江春入旧年。
乡书何处达？归雁洛阳边。

这首诗的手法极其传统。首联写明时间、地点、人物、事件，乃在春天，因为青山绿水，翠色生春；一个“客”字，点明不是故里是异乡；再一个“行”字，进一步具体说明人在旅途，而且走的是水路。可谓描绘如画，无一废字。

颔联继续写景。潮水涨满，尤觉江面宽阔，顺风行船，恰可扬帆高悬。

“平”是“阔”的起因，“正”是“悬”的理由，措辞极其考究。而且这个“正”字有一种正义凛然之气，远比“风顺”来得典雅大气。

颈联由景及情，从眼前所见到时间永恒，发出曹操“日月之行，若出其中；星汉灿烂，若出其里”般的慨叹，衍发出“海日生残夜，江春入旧年”的清新警句。

夜幕还没有褪尽，旭日已在江面上冉冉升起；才是新年乍始，春天的气息早在残冬未尽时已经悄悄渗入。

这句神来之笔有力地刻画了时间的变迁，恰如烟波浩荡，旭日辉煌，让人忍不住想到北固山的前世今生：北固山本来就是三国时兵家必争之地，刘备曾在此赞叹“天下第一江山”，宋代词人辛弃疾为此写下“何处望神州？满眼风光北固楼。”

诗人在这样一个地方这样一个时间写出了昭示盛唐气象的名句，也真是天意！

最后尾联按惯例表达思乡之情：寄出去的家信不知何时才能到达，只有请北归的大雁将它捎去洛阳。

前后呼应，照应了诗人“客路行舟”的身份，完美收结。

开元年间，宰相张说特别喜欢这首诗，亲自题写于政事堂，“每示能文，令为楷式”。意思是每每见到读书写诗的人，就让人家作为范文来学习参考。

这首诗情景交融，饶有哲理，的确是律诗中的典范作品。不仅“海日生残夜，江春入旧年”一联隽永清新，就是“潮平两岸阔，风正一帆悬”之句，也大气磅礴，意境开阔，足以成为咏江景诗作的擂主。终唐一代，只有杜甫的“星垂平野阔，月涌大江流”可与之相抗。

我们都知道，老杜的律诗是最工整的，这首《旅夜书怀》其实比《次北固山下》更具有起承转合的示范性：

细草微风岸，危樯独夜舟。
星垂平野阔，月涌大江流。
名岂文章著，官应老病休。
飘飘何所似，天地一沙鸥。

这简直是杜甫的一幅自画像。

这首诗同样写于客途。

首联与王湾诗一样，交代时间、地点、环境：微风吹拂着岸上的细草，小船竖着高高的桅杆孤独地泊在月夜江中。这行程和王湾恰恰相反，王湾写的是白天行船，而杜甫正在月夜停泊。

颔联也同样是进一步写景：星垂四野，江天开阔；月随波涌，大江东流。

这两句写景雄浑阔大，功夫同样在“炼字”之奇上。只有视野特别开阔的时候，才会看到星空笼盖四野的壮景，而有种星星垂落的视觉误差；江水滔滔流去，波光粼粼，仿佛江面翻涌的不是江水，是月亮。

这两句其实是倒装句，因为“平野阔”方有“星垂”的胜景；只为“大江流”，方觉“月涌”的奇观。

颈联一转，由景生情，念及自身：“名岂文章著，官应老病休。”

这正是杜甫的生活现状：薄有名声，哪里是因为文章好呢？做个小官，真应该因为年老多病而早点退休。

这当然是反话，表现出诗人怀才不遇，仕途失意的飘零之恨。

所以最后直抒胸臆，自喻说，我这样飘然一身，正像是转徙飘于广阔天地间不知所往的一只沙鸥罢了。

五

诗圣杜甫的诗之所以能被称为“诗史”，是因为他的诗是盛唐兴衰最好的记录者。

所谓盛唐，主要指唐玄宗登基后，励精图治，政治清明，遂使唐朝出现了经济繁荣、文化昌明的盛世景象，这段时期的年号为“开元”（713—741），史称“开元盛世”。

杜甫的长诗《忆昔》二首，无疑是对盛唐最好时光的最好诠释：

其二

忆昔开元全盛日，小邑犹藏万家室。
稻米流脂粟米白，公私仓廪俱丰实。
九州道路无豺虎，远行不劳吉日出。
齐纨鲁缟车班班，男耕女桑不相失。
宫中圣人奏云门，天下朋友皆胶漆。
百余年间未灾变，叔孙礼乐萧何律。
……

读着这样的诗，仿佛闻到了开元的米饭香，可是杜甫自己的后半生，却一直都和饥饿分不开，就连死，都与食物有关。

即便在唐朝最繁华的岁月，杜甫也没享受过多么安逸的生活，一生大多时候，都像他自己在诗中说的："飘飘何所似，天地一沙鸥。"

尤其安史之乱后，他更加漂泊无依，还曾经在江南遇到了著名的宫廷乐师李龟年，就是为李白的《清平调》三首即席度曲的那位。

史载李龟年流落民间时，"每逢良辰胜景，为人歌数阕，座中闻之，莫不掩泣罢酒"。

杜甫不知在谁的酒席上与他劫后重逢，感慨万千，遂写下一首《江南逢李龟年》：

岐王宅里寻常见，崔九堂前几度闻。
正是江南好风景，落花时节又逢君。

岐王与崔九，都是京城里的达官贵人，彼时邂逅李龟年的场景，想来必是繁华至极的极乐盛宴吧？如今江南重逢，却是劫后余生，今非昔比，天上人间。

这首诗淡淡说来，似乎没有一丝情绪波动，甚至还很喜悦地感慨"正是江南好风景"，然而今昔之别，跃然纸上，令人不敢深思。

以乐语写悲情，正是老杜的工笔所在。

因此后评为"言情在笔墨之外，悄然数语，可抵乐天一篇《琵琶行》矣"（《唐宋诗醇》）。

甚至有人说，这首诗是告别盛唐的最好的骊歌。

而杜甫的《登高》，"无边落木萧萧下，不尽长江滚滚来"

一联，则向来被认为是从盛唐走向中唐的界碑。且看全诗：

风急天高猿啸哀，渚清沙白鸟飞回。
无边落木萧萧下，不尽长江滚滚来。
万里悲秋常作客，百年多病独登台。
艰难苦恨繁霜鬓，潦倒新停浊酒杯。

战争从来都不是诗意的，而杜甫用自己的笔，为我们记下了大唐由盛转衰的真实景象。

一场安史之乱，终结了大唐繁华，也改变了许多诗人的命运与笔风。

李白、杜甫、王维、高适、王昌龄，他们都是盛唐最伟大的诗人，竟然同人不同命到如此地步，简直像历史跟我们开的一个黑色玩笑。

这五位诗人的命运，完全诠释了这场战争带给大唐政治文化的影响，影射了大唐子民在战争中能够做出的所有选择。

最后，让我们以昆曲《长生殿》中流亡江南的宫廷乐师李龟年的一段《弹词》来挥别盛唐的背影吧：

唱不尽兴亡梦幻，弹不尽悲伤感叹，大古里凄凉满眼对江山。

我只待拨繁弦传幽怨，翻别调写愁烦，慢慢的把天宝当年遗事弹。

唐朝诗说

那些诗人那些事儿

初唐

西岭雪 著

陕西新华出版传媒集团
陕西人民美術出版社

图书在版编目（C I P）数据

诗说唐朝：那些诗人那些事儿. 初唐 / 西岭雪著. -- 西安：陕西人民美术出版社, 2019.3
ISBN 978-7-5368-3558-0

Ⅰ. ①诗… Ⅱ. ①西… Ⅲ. ①唐诗–诗歌欣赏 Ⅳ. ①I207.227.42

中国版本图书馆CIP数据核字(2019)第001795号

诗说唐朝：那些诗人那些事儿（全四册）

西岭雪 著

出版发行 陕西新华出版传媒集团
陕西人民美術出版社
地　　址 陕西省西安市雁塔区曲江街道登高路1388号
邮　　编 710061
经　　销 新华书店
印　　刷 陕西天丰印务有限公司
规　　格 889mm × 1194mm 1/32
印　　张 31
字　　数 530千字
版　　次 2019年3月第1版 2019年3月第1次印刷
印　　数 1–10000
书　　号 ISBN 978-7-5368-3558-0
定　　价 138.00元
发行电话 029–81205258 029–81205300

版权所有 · 请勿擅用本书制作各类出版物 · 违者必究

—前　言—

中国是一个诗的国度。

作为一个中国人，我们何幸拥有如此丰厚巨大的一笔文化遗产，简直取之不尽，用之不竭。

四书五经，首位就是《诗经》。孔子兴儒学，以诗为教，“不学诗，无以言；不学礼，无以立”。

中国是世界上唯一一个以诗为经、以诗为教的国度，这是多么伟大的事情。

诗的鼎盛在唐朝。每当诵起唐诗，那种韵律感，那种文字之美，让人心旷神怡，如含珠嚼玉，余香满口。

每当此时，我就会忍不住为我是一个中国人，为我们拥有唐诗宋词而骄傲，而感恩。

“无诗不成唐。”

关于唐朝的故事总是绕不开唐诗的。《全唐诗》记录了唐朝289年间，两千多位诗人的近五万首诗，从皇帝到臣子，从嫔妃到尼僧，从翰林学士到农民领袖，能在史册上留下名字的人，几乎总有那么几首诗传世。

无事不可入诗，无物不可入诗，无时不可入诗。可以说，熟读唐诗与诗人的故事，就可以看清整部唐朝历史。

于是我写下《诗说唐朝：那些诗人那些事儿》，将诗与大唐故事紧密结合，从历史的角度来理顺那些诗人与诗作，也从诗人的角度来解读历史。

这五年来，我创办了西周私塾，一直致力于诗词推广，并教会学生在最短时间内学会写作格律诗。教学带给我的最大感受就是：诗是中国人骨子里的东西，淌在血液中代代流传，只要你去唤醒，就会发现没有一个中国人是不爱诗的。

拥有唐诗和宋词，我们是最富有的华夏子民。我们继承，我们享用，我们传递，如此绵绵不息。

无诗不成唐，抑或，无唐不成诗。

这一场遇合，缘定千古，永生感恩！

西岭雪

2018年10月

总 目

初唐 >>>

盛唐 >>>

中唐 >>>

晚唐 >>>

—本册目录—

谁是桃李子?

一

诗说唐朝。

讲这样一个话题，注定了要钻进故纸堆里查一大堆资料的。晚唐诗人李商隐绰号“獭祭鱼”，因为他写诗喜欢用典，总是把要用的参考资料整整齐齐排在面前，犹如水獭祭鱼一般。

我现在便是这样，要参考无数资料，弄得窗台上，书桌上，沙发上，厕所里，到处都是诗集史料。

最重要的资料有两种：一是史，《旧唐书》《新唐书》《资治通鉴》云云；二是诗，各位诗人的专著与诗集如《全唐诗》《唐才子传》《二十四诗品》《人间词话》等。

唐朝于618年建立，907年被后梁所灭，共历289年，是中国历史上最强大的朝代。

说唐，自然要从大唐初建开始。

唐朝建都长安，这是小学生都知道的事儿，但是“唐”这个国号其实原本是“晋”的古名，也就是今天的山西。

唐高祖李渊的发祥之地，在山西太原。以后我们还会经常提到山西，唐朝很多大诗人都是出生于此的。

打从西周开始，山西就有个小国叫唐国。李渊在隋朝时，本是山西的唐国公，所以建朝后便以唐为国号，还给自己找了个响亮的祖宗，李耳，也就是老子、老聃。

唐皇既然奉老子为祖宗，这也就能理解为什么终唐一朝，特别奉行道教了，以至后来有好几任皇帝都死于服丹，为了追求长寿，活不到三十就挂了，此是后话。

开讲之初，我们先说一首民谣，不是诗，不是歌，更像一段谶语，叫作《桃李章》：

桃李子，得天下。
皇后绕扬州，宛转花园里。
勿浪语，谁道许？

隋炀帝对于扬州的痴迷那是众所周知的，他生在长安，长在洛阳，可是人生三分之一的时间，都耗在了扬州。这首民谣显然是说将有姓李的人代替杨家得到天下，而隋炀帝与皇后将在扬州得到不好的结局。最后一句“勿浪语，谁道许？”是不好解释的，很像个谜语。但是不管怎样，这肯定不是什么好词儿，是最犯皇上大忌的。隋炀帝因此大怒，明杀暗调了许多姓李的臣民。

这直接导致了一个李姓青年的造反，叫作李密。

在历史课本上，我们看到李密这个名字的时候，只知道他是隋末农民起义瓦岗军的领袖。但事实上，李密可不是农民，而是贵族之后，而且是个诗人。《全唐诗》上有他的人物小传：

李密，京兆长安人。隋末，以父宽荫为左亲侍。宇文述劝令学，因谢病读书。尝乘一黄牛，被以蒲鞯，挂《汉书》一帙于角上，一手捉靷，一手翻卷。越公杨素见而异之，语其子玄感，倾心结纳。及玄感举兵，迎密为谋主。兵败亡命。集众据洛口，自号魏公，移檄州郡。后为王世充所败，归唐，拜光禄卿，封邢国公。行至桃林，惧诛，将叛，史万宝遣副将盛彦师追斩之。诗一首。

《旧唐书·李密传》里也说：

乘一黄牛，被以蒲鞯，仍将《汉书》一帙挂于角上，一手捉牛靷，一手翻卷书读之。

两本书说的是一件事，就是李密放牛时，在牛背上铺个草垫子，把《汉书》放在牛角上，一手捉着牛鼻绳，一手翻书。多么用功的人啊！

这个边骑牛边读书的行为，和朱买臣一边背柴一边读书很像，所以后人总结为一个很励志的成语就是“负薪挂角”，和“凿壁偷光”“囊萤映雪”“悬梁刺股”一样，都是专门用来称赞那些爱读书的好孩子的，还被编进了《三字经》：

如囊萤，如映雪，家虽贫，学不辍。如负薪，如挂角，身虽劳，犹苦卓。

这个“挂角”的，就是李密。

且说李密本是官二代，又这么用功读书，本应该前途无量，为什么去造反呢？

就因为隋炀帝不喜欢他，说“个小儿视瞻异常”，不予重用——这当然是个借口，真正的理由其实是因为他姓李。

预言说李氏会代杨家而得天下，那杨广能愿意吗？于是大杀八方，冤死了不少姓李的人。但是百家姓赵钱孙李，李居第四位，是大姓啊，总不能杀光吧？而且对于王公大臣及其后裔，如果没什么充分理由也不好意思全砍了，那就尽量雪藏吧。这么着，李密就只好放牛去了。

他挂角读书的行为艺术被司徒大人杨素看到了，认定此人大有前途，就叮嘱自己的儿子杨玄感说，要好好跟这个上进学生做朋友。后来杨玄感举兵起事，就请李密做了谋士。

这是李密的第一次造反。

二

杨素是谁？就是林黛玉《五美吟》咏红拂那首诗里说的“尸居余气杨公幕”，也就是红拂夜奔之前的旧主人。

在红拂夜奔这故事里杨素有点老悖晦，但其实在历史上挺愿意成人之美的，“破镜重圆”的故事就是由他作成的。

隋灭陈建朝，陈叔宝之妹乐昌公主归了杨素，深受宠爱。

但是乐昌公主原有丈夫叫徐德言，是南朝舍人。破国之前，两人预感会有离散，担心国破后不能相保，就把一面铜镜一分为二，各执一半，相约如有分别，将于每年正月望日拿着破镜子到集市叫卖，以此相认。

后来乐昌公主没入越国公杨素府后，每日思念丈夫，果然在次年正月望日遣心腹到集市徘徊，正遇到徐德言在街市卖镜子，一面破镜子索价百金，自然无人肯买，却围观者众。这心腹说明身份，要买破镜，徐德言题诗镜上：

镜与人俱去，镜归人不归；

无复嫦娥影，空留明月辉。

诗中说，镜子和人一起离开了，如今镜子归还，人却无法再回来。镜如明月，可是再也看不到嫦娥的影子了。这嫦娥，自然指的是乐昌公主。

乐昌公主看到老公把自己比作嫦娥，这样想念自己，又是欣慰，又是难过，痛哭不已，水米难进。杨素听说了，再三询问，得知缘由后，非但不生气，还招来徐德言，把公主还给了他，让他二人偕归江南去了。

这也要感谢杨素府上佳丽众多，红拂什么的二八佳丽都整天闲着呢，走一个半老徐娘的乐昌公主不是什么大事儿，这要搁在今天，随便把老婆送人可真不算什么好汉，那叫“戴绿帽子”。

杨素仗着老婆多，送红颜这事儿干得还挺上瘾。除了一不小心弄出个“破镜重圆”的成语故事外，还有一次，少年诗人李百药看上了杨素的一个宠妾，夜里越过墙头跑来私会，被人捉奸在床。杨素本来想直接斩了李百药的，可是推上来一看，李百药“年未二十，仪神隽秀”，是个人见人爱，花见花开的美男子。

也不知这杨素是自卑了还是惜才，总之转怒为喜，忽然学起魏文帝曹丕来，对那少年说：“闻汝善为文，可作诗自叙。称吾意，当免汝死。”

意思就是说：听说你是个诗人，那就写首诗吧，写得我满意了就不杀你。

李百药生死关头，福至心灵，立刻写了一首诗，是不是走了七步不知道，反正也挺快的，慢了只怕杨公不愿等。很可惜史上没有明确记载这首诗的内容，不知道比曹植的《七步诗》怎么样，总之杨素挺满意，看完后不但不杀李百药，还把侍妾送给了他，同时包送嫁妆“并资从数十万”；这还不算，后来杨素一不做二不休，又亲自奏请隋文帝，给李百药封了官，礼部员外郎，高薪厚职啊，难道是怕自己的小妾嫁过去受穷么？

李百药这小淫贼因为偷腥竟然财色兼收，还封官发财，也真是让人大跌眼镜，简直可以成为采花大盗们的超级偶像！

我查了《全唐诗》中李百药所有的诗，有首《寄杨公》，不知道是不是靠它救命：

公子盛西京，光华早著名。
分庭接游士，虚馆待时英。
高阁浮香出，长廊宝钏鸣。
面花无隔笑，歌扇不障声。

这位杨公不知道是不是指杨素，但是诗中赞美杨公就像战国四公子一样广设庭馆，招揽天下英雄，家中高阁长廊，美人众多，歌舞不休，看上去同杨素是很贴合的，不难获得杨公欢心。他都已经成了信陵君、孟尝君一流的人物了，送几个老婆还有什么舍不得的？

所以红拂夜奔时才会那么驾轻就熟，当李靖一脸懵圈地问她

“杨公知道了怎么办”时，她很淡定地回答：“不足畏。”

事实上，杨素后来也真没有追究过。老婆实在太多了，走一个只当少一个麻烦吧。

后来李靖效力于李唐，为唐王朝的创立建功无数，得封卫国公，位列凌烟阁二十四功臣之一。要说，这里面还有杨素的资助呢。

有趣的是，李靖字药师，这李药师和李百药一字之差。看来姓李且名字中有药的男人，都和杨素府上的姬妾有危险。

李百药后来也归唐为臣，官拜中书舍人、礼部侍郎，深受李世民信任，曾受命修订五礼、律令——一个偷香窃玉的人居然负责礼律，大唐的淫艳之风也就可以想象了。

倒不知这李百药与李药师同殿为臣时，两家的夫人若是私下相聚，忆起在杨素府上同堂为姬，是一种什么样的感受？

三

脑洞开得有点大，话题扯得有点远哈，让我们回到李密身上来。

话说李密跟随杨玄感起事，事败后，杨玄感被杀，李密逃至河南淮阳，更名改姓为刘智远，做了一名私塾先生。还写了一首著名的《淮阳感怀》，也就是《全唐诗》里收录的唯一一首李密诗作：

金风荡初节，玉露凋晚林。

此夕穷涂士，郁陶伤寸心。
野平葭苇合，村荒藜藿深。
眺听良多感，徙倚独沾襟。
沾襟何所为？怅然怀古意。
秦俗犹未平，汉道将何冀？
樊哙市井徒，萧何刀笔吏。
一朝时运会，千古传名谥。
寄言世上雄，虚生真可愧。

这首诗挺长，我们一句句来解释下：

开篇四句“金风荡初节，玉露凋晚林。此夕穷涂士，郁陶伤寸心。”这是从魏晋时候就形成的标准格式，起笔写时间、地点、人物。乃是一个金风乍起的初秋黄昏，玉露清冷，树叶凋落，我这位穷途末路的人才啊，在今晚是多么郁闷伤心。

郁陶，郁本来是忧，陶本来是喜的意思，但是合在一起后渐渐只当作哀思讲。比如杜甫《大雨》诗中曾有“上天回哀眷，朱夏云郁陶”之句，就是郁闷的意思。

接下来，“野平葭苇合，村荒藜藿深。眺听良多感，徙倚独沾襟。”继续写景抒情，描写眼前景象：平原之上蒹葭和芦苇参差，荒凉的村落里藜芦和藿香丛生。

藜藿有两个意思，单独的藜或者单独的藿都只是一种植物，但是放在一起，则往往指代粗劣的汤羹。《韩非子·五蠹》中说：“粝粢之食，藜藿之羹。”《曹植文选》则称：“予甘藜藿，未暇此食也。”

李密这首诗里的藜藿，两重意思兼备，既指眼前杂草丛生，也指日间粗茶淡饭。面对这样的所见所闻，就难怪他会多愁善感，徘徊泪下了。

“沾襟何所为？怅然怀古意。”这两句的作用显然是承上启下，用自问自答的方式来引起下文，手法和我们耳熟能详的陶渊明“问君何能尔？心远地自偏”如出一辙。

这样问过之后，就可以放笔来写“古意”了。于是接下来说“秦俗犹未平，汉道将何冀？”如今四野烽烟，像秦末那样的乱世还没有荡平，如大汉那样的伟业盛世该指望谁呢？

这句话真有预言之功，不久之后大唐的到来，岂不比大汉更加辉煌伟大吗？

接下来继续咏古，也是这首诗中我最喜欢的两句：“樊哙市井徒，萧何刀笔吏。”这两句用典恰到好处，寓意无限，又雅致又确切。以典故对仗，是古诗中最常用的写法，以后我们会经常见到。

樊哙和萧何都是汉朝名臣，也都出身卑微。樊哙早年是以屠狗为业的市井之徒，曾在鸿门宴中救过刘邦，后封舞阳侯；萧何原为县吏，辅佐刘邦起义，史称萧相国。

这两句说的是两人未能得遇明主之前的身份，暗示自己此时的虎落平阳之困。

所以紧接着说：“一朝时运会，千古传名谥。”一旦时来运转，自当名垂青史。谥，指谥号，只有王公大臣、皇亲国戚死后才会有谥号，所以这指的是建功立业，千古留名。

最后说：“寄言世上雄，虚生真可愧。”这是诗中正题，既是对自己也是对世界大声疾呼：天下的英雄啊，可不能虚度人生啊！

这是一首相当励志的诗，《全唐诗》中虽然只收录了李密一首诗，但也足以看出他的文武全才。

《全唐诗》开篇第一首是李世民的《帝京篇十首》，但李密的这首诗写作时间显然比唐太宗早，所以我们把李密放在了“说唐”第一位。

李密的起义也比李渊早得多，从《淮阳感怀》看，李密从未打算真正“息影”，只是一直在等待时机。蛰伏多年后，他终于等到了翟让的瓦岗军起事，于是前往投奔，再次成为谋臣，立了不少战功。

如果棋局一直照这样出招，瓦岗军是可以成就大业的，而李密也必定会像自己诗中所写的樊哙、萧何那样，成为辅佐君主的名臣。

只可惜他信了“桃李子”的邪，不甘心做臣，非要做君。所谓“命里有时终须有，命里无时莫强求”。一个人追求远远高出自己命运所定的身份，那可就要德不配位，大祸临头了。

这也要怪翟让太大度了。他看到李密的本领，再想到“桃李子，得天下”的预言，觉得既然李密是真龙天子，那不如自己早早让位，就当是投资好了。

21世纪最重要的是人才，7世纪最重要的可也是人才啊。于是翟让就把自己的帅位让给了李密，自己甘当老二，只希望李密登基那天，自己混个开国功臣做做。

但是李密却没有翟让那么大方，在连战大捷之后，眼看帝位近在咫尺，就惦记着提前瓜分胜利果实了。他怕得位后翟让跟自己争位子，又翻起从前的旧账来，就设了场酒宴，把翟让给刺杀了。

要说也是报应，这之后瓦岗军就开始走下坡路，连吃败仗，而李密也渐渐意识到，“桃李子”的李原来不是自己，而是李渊。

“勿浪语，谁道许？”人人都以为这句话的意思是“不能说的秘密”，隐含的是一个“密”字；等到答案揭晓才知道，其实重点在那个“浪”字，浪头很大，套路很深，那是个“渊”字啊。

四

隋大业十三年，也就是617年，李渊眼看烽烟遍地，隋朝已经无法重振，与其代表隋朝与义军死磕，不如自己拉杆子起义，遂在五月杀死太原副留守，正式宣布起事，一路挥师南下，摧枯拉朽一般，十一月攻入长安。

不过，李渊可是唐国公，不同于一般的农民起义，他的所有行为都求个师出有名，理由是正大的，动作是锋利的，态度却是温和甚至斯文的。他打着平叛的旗号攻占了长安，坐稳位子之后，并没有发兵洛阳杀了隋炀帝，而是自称宰相，遥尊杨广为太上皇，拥立隋炀帝的孙子代王杨侑为帝，史称隋恭帝。

李世民娶杨淑妃，很大可能便是这时候的事儿。

虽然没找到历史上李世民与杨淑妃明确的成婚时间，不过从杨妃之子李恪的出生时间619年也就是武德二年推测，李渊很可能在遥尊隋炀帝为太上皇之后，命儿子李世民娶了杨广之女，其意义就和曹丕娶汉献帝之女差不多，是安定天下的一个广告牌。

换言之，李渊走的显然是曹操挟天子以令诸侯的老路子，先立个傀儡皇帝，自任大丞相，继而再晋封唐王。

曹操曾经立誓终生为汉臣，所以活着的时候一直没有称帝。直到他死后，曹丕才逼汉献帝禅位给自己，建立魏朝。

李渊可等不了。大业十四年（618）三月隋炀帝被叛军缢杀，死在了他心心念念的扬州。五月，李渊就逼恭帝禅让，自己称帝，国号唐，是为唐高祖。改元武德，定都长安。中华历史上最伟大的一个朝代就此拉开序幕。

武德初年，李密率部归降，投奔李渊，得封邢国公，爵一品。

不过他的行动未免晚了点儿，如果李渊刚起事，他就率军来投，不难登上凌烟阁，成为大唐开国功臣；如今李渊都定都了他才来降，白得一个公侯爵位，怎么能得人心呢？更何况，他手里还有兵权，这可是不安定因素啊。

当年他信不过翟让，如今李渊也信不过他，所以短短两个月后，就下密诏将其追杀了。真是报应。

李密，生于582年，死于619年，享年37岁。

这是在大唐建朝元年就死去的第一个诗人，虽然他对唐朝开国没有什么贡献，但却实实在在送了隋朝一程，算是隋唐间一个非常重要的人物。而且李密曾经受封唐朝邢国公，所以他的诗列入唐诗是合理的。

这也是我们将他作为“诗说唐朝”第一篇的原因。

五

话说大朝灭亡前必有预言，这几乎是野史的传统。

比如秦朝时，就有个方士卢生受秦始皇之命入海求仙，曾经向始皇帝献出一册图书，书上说：“亡秦者胡也。”

“胡”在古代时通常指北方民族，这也是最可能最强大的威胁。于是秦始皇命蒙恬大将军统兵三十万北击于胡，又下令在边境上修筑万里长城，指望一劳永逸地拒胡于外。

但他千防万防，家贼难防，这个胡，不是地域，而是人名，竟然指的是他的亲生儿子胡亥。秦二世而亡，败在了胡亥的手里。

还有曹操晚年时，梦见三马同槽，因此对司马懿生了戒心。

而且曹操也像是杨广看李密“视瞻异常”觉得不顺眼一样，也曾觉得司马懿“鹰视狼顾”，很不寻常。但是司马懿摇动三寸不烂之舌，硬是说得曹操回心转意，相信三马另有所指，逃过一劫。

后来，正如曹家以魏代汉一样，司马炎也逼使魏帝曹奂禅位，以晋代魏。

历史，总是惊人的巧合。

隋唐两朝也不例外。

李家以“桃李子，得天下”的预言兴国，而李世民当朝时，也得到了一个预言，说“唐三世之后，女主武王代有天下”，而太史令李淳风也卜出卦象说“女主昌”。

后宫才人武媚娘本应首当其冲，但是武媚娘没什么背景，又是个女人，朝臣们并不真的愿意相信大唐会灭于女人之手，而宁可对字谜做出更复杂的理解，认为这是一个名字中带“女”字或“女”旁的男人。

于是，左武卫将军李君羡就躺枪了。

李君羡生得人高马大，孔武有力，但是乳名却搞笑得很，叫作“五娘”；而且他身为左武卫将军，封地武连县，又是武定人，负责把守玄武门，简直武之又武，舍他其谁？

这么着，李君羡就被莫名其妙地冤杀了。而武则天到底当上了中国第一女皇帝。

所以预言这回事儿，信不信都是要应验的，既然反正会应验，那又何必早知道呢？

最后我们必须说一下，隋炀帝虽然穷兵黩武，但也是干过几件大好事的。

首先是京杭大运河的疏通，在当时被称为欺压百姓的罪证，但是放在历史的长河中来看，实在是造福万代。

其次是科举制的创立，更是功德无量。

尧舜禹的时代，中国君王实行的一直是禅让制；但从夏启开始，出现了君主世袭制，王权与族权统一，官员任命也是依靠血缘出身来选定。汉朝时，建立了一套完整的选官制度，为察举制和征辟制；魏晋以来，实行的则是九品中正制。不管叫什么，有一条不变，就是注重门第出身。

直到隋文帝时候起，才开始用分科考试的方法选拔官员，也就是科举制；隋炀帝设“进士科”，成为后来科举中最重要的科目，在唐朝进一步完善。科举制度的诞生，是促进文化发展的一个重要手段，因此自隋文帝开皇七年（587）正式设立常举，历经唐、宋、元、明、清数代，直至1905年被废，沿用了一千三百多年，隋朝两帝不可不说厥功至伟。

最后就是和诗的发展紧密相关的举措：文学馆的建立。

隋炀帝是喜爱诗歌的，还成立专门机构，亲抓诗改，清洗魏晋后百年来的淫丽之风。

这也难怪，魏晋风骨之后，中国近百年来再没有一个像样的诗人诞生，这让诗歌爱好者杨坚深感着急，因此渴望像曹氏家族那样，以家族之力扭转文化格局，重开建安盛风。

杨坚、杨广都曾为这件大业努力过，但是成绩不显，后来李世民继承了他们的遗志，继续努力，才终于开辟了唐诗盛世这一中国文学史上最伟大的现象。这可比贞观之治、开元盛世具有更大的意义，也有更加深远的影响。

顺便说一下，对于吃货来说，杨广还有一个贡献，就是因为他痴迷扬州，几度南巡，带来了北方优良的烹饪技术，南北结合，极大地促进了淮扬菜的发展。

那么李世民的诗写得怎么样呢？下回分解。

附年表：

杨素（544—606）

李百药（564—648）

李渊（566—635）

杨广（569—618）

李靖（571—649）

李密（582—619）

李世民（598—649）

李世民，《全唐诗》中第一人

一

唐朝的伟大不止于政治经济的极大发展，更有唐诗的诞生，照耀千古。

《全唐诗》开篇便是李世民的《帝京篇十首》，证明他的的确确算得上是位诗人。当然，位列第一并不是因为他诗写得特别好，也不是因为他出现得特别早，而因为他是皇帝，唐太宗！

上行才能下效，只有皇上喜欢写诗，作诗才能在民间蔚然成风。“建安文学”的开启仰仗“三曹”尤其是曹操的振臂高呼，而唐诗的鼎盛不能不感谢唐太宗李世民的积极推广。

李世民的诗写得虽然没有曹操好，但是肯卖力气。

我们看一下《帝京篇十首》的第一篇：

秦川雄帝宅，函谷壮皇居。
绮殿千寻起，离宫百雉余。
连甍遥接汉，飞观迥凌虚。
云日隐层阙，风烟出绮疏。

秦川，泛指秦岭以北的平原地区，都城长安所在地；函谷关是关中要塞，京畿门户。首联说的是皇宫的位置，依傍秦岭函谷而建，有这样天然的屏障保护，何等雄壮。

颔联形容殿阁之高远阔大，八尺为一寻，长三丈、高一丈为一雉。

颈联继续描写宫殿的壮观华美，甍是屋檐，迥是远的意思，汉和凌虚都指天上。这说的是宫殿高耸入云，与天相接。

尾联接着这层意思继续吹牛，说云彩和太阳遮掩着层层宫阙，美丽楼阁间飘出细风轻烟，恍如仙境。想想看，这楼得高成啥样儿啊。

小时候我读“危楼高百尺，手可摘星辰”的时候就想，古人真能说大话，七级佛塔就已经是他们的最高建筑了，寻常楼阁最多三层，能高到哪儿去？好，就算真有百尺之高，也就是约33米，相当于今天的十层楼高，这就能摘星了？那我家住在22楼，岂不是天天晚上都可以敲敲广寒宫的门儿找嫦娥聊天儿？

如今看了李世民的诗，可算找到源头了，这吹牛的风气，敢情是从太宗开始的。

这首诗吹牛的本事很高，内容却并不聪明，因为从头至尾，就写了一句话：我家真大。言无余意，起承转合神马的完全不讲究了，就是翻来覆去地炫富，晒豪华装修，所以算不得一首好诗。

此时我们不妨插一首骆宾王（约638—约684）的《帝京篇》，同题作文，才更能见出习作与范文的差别——那就是剪刀门的法拉利与老北京人力三轮车的距离。

山河千里国，城阙九重门。
不睹皇居壮，安知天子尊。
皇居帝里崤函谷，鹑野龙山侯甸服。
五纬连影集星躔，八水分流横地轴。
秦塞重关一百二，汉家离宫三十六。
桂殿嵚岑对玉楼，椒房窈窕连金屋。
三条九陌丽城隈，万户千门平旦开。
复道斜通鳷鹊观，交衢直指凤凰台。
剑履南宫入，簪缨北阙来。
声名冠寰宇，文物象昭回。
钩陈肃兰戺，璧沼浮槐市。
铜羽应风回，金茎承露起。
校文天禄阁，习战昆明水。
朱邸抗平台，黄扉通戚里。
平台戚里带崇墉，炊金馔玉待鸣钟。
小堂绮帐三千户，大道青楼十二重。
宝盖雕鞍金络马，兰窗绣柱玉盘龙。
绣柱璇题粉壁映，锵金鸣玉王侯盛。
王侯贵人多近臣，朝游北里暮南邻。
陆贾分金将宴喜，陈遵投辖正留宾。
赵李经过密，萧朱交结亲。
丹凤朱城白日暮，青牛绀幰红尘度。
侠客珠弹垂杨道，倡妇银钩采桑路。
倡家桃李自芳菲，京华游侠盛轻肥。
延年女弟双凤入，罗敷使君千骑归。

同心结缕带，连理织成衣。
春朝桂尊尊百味，秋夜兰灯灯九微。
翠幌珠帘不独映，清歌宝瑟自相依。
且论三万六千是，宁知四十九年非。
古来荣利若浮云，人生倚伏信难分。
始见田窦相移夺，俄闻卫霍有功勋。
未厌金陵气，先开石椁文。
朱门无复张公子，灞亭谁畏李将军。
相顾百龄皆有待，居然万化咸应改。
桂枝芳气已销亡，柏梁高宴今何在。
春去春来苦自驰，争名争利徒尔为。
久留郎署终难遇，空扫相门谁见知。
当时一旦擅豪华，自言千载长骄奢。
倏忽抟风生羽翼，须臾失浪委泥沙。
黄雀徒巢桂，青门遂种瓜。
黄金销铄素丝变，一贵一贱交情见。
红颜宿昔白头新，脱粟布衣轻故人。
故人有湮沦，新知无意气。
灰死韩安国，罗伤翟廷尉。
已矣哉，归去来。
马卿辞蜀多文藻，扬雄仕汉乏良媒。
三冬自矜诚足用，十年不调几邅回。
汲黯薪逾积，孙宏阁未开。
谁惜长沙傅，独负洛阳才。

全诗很长，夹叙夹议，有张有弛。这两首诗相比——其实根本不用比，因为骆宾王直接就把皇上KO了。

骆宾王的《帝京篇》开篇内容和唐太宗这首律诗差不多，都是状写长安皇城地理之险要奇伟和宫阙的气势磅礴。但是人家用词好呀：“山河千里国，城阙九重门。”

山河对城阙，千里对九重，这就比李世民原地打转的“绮殿千寻起，离宫百雉余”强出百倍。

对课中有一个术语，叫作“合掌”，就是上下联说的是一个意思。李世民的这个对子就显然有合掌之嫌，而骆宾王的对子则从天下山河这个大范围到长安皇宫这个具体地点，从国家到宫门，大开大阖，宛如铺开无边卷轴，画面宏伟。

最关键的是，紧接着一句“不睹皇居壮，安知天子尊”，这就从景直接说到人了，给后文留下多少地步。接下来咏古说今，抒怀言志，警句不断，字字珠玑，真是挥洒自如，剪裁随心。

可以说，假使没有后面的长文，就只这四句独立成诗，也足以甩唐太宗九条街了。

闻一多先生评论骆宾王的这首《帝京篇》时，曾赞道：“洋洋洒洒的巨篇，为宫体诗的一个剧变。仅仅篇幅大，没有什么，要紧的是背面有厚积的力量撑持着。这力量，前人谓之‘气势’，其实就是感情。所以卢骆的来到，能使人麻痹了百余年的心灵复活。”

这就要介绍一个特殊名词了：宫体诗。

上篇我们说过，魏晋之后，中国近百年来再没有一个像样的诗人诞生，齐梁年间，一直盛行着一种辞藻靡丽的宫体风格，以描写宫廷生活和男女私情为主，因此又称“艳情诗”。

隋文帝兴办文学馆，就是为了与这靡靡之音做斗争，李谔形容其“连篇累牍，不出月露之形；积案盈箱，惟是风云之状”。简而言之，就是咬着舌头绕弯子，不好好说话。杨坚要狠狠地杀一杀这歪风邪气。

杨广即位后，一边在文学上继承老爸遗志继续清洗靡丽文风，一边在生活上穷奢极欲极尽奢华风气，这也真是一个绝妙的反差。

到了唐朝初年，宫体之风依然强劲，李世民也未能免俗。《唐诗归》评价：“太宗诗终带陈隋滞响，读之不能畅人。取其艳而秀者，句有余而篇不足。”便说的是这重意思。

《载酒园诗话又编》则说得更加痛快：“《大风歌》冲口而出，卓伟不群。即《鸿鹄》酸楚之音，犹有笼罩一世之气。太宗沾沾铺张功烈，粉饰治平，即此便输汉祖一筹，不徒骨之靡弱。”

这番话是将唐太宗李世民与汉高祖刘邦相比，认为李世民辞藻华丽，粉饰太平，不如刘邦的刚劲流畅，有帝王气。

二

《大风歌》和《鸿鹄歌》都是刘邦的作品，前者曾为汉国歌，为人熟知。

> 大风起兮云飞扬，
> 威加海内兮归故乡，

安得猛士兮守四方！

这首诗统共三句，第一句写景，以“大风起兮”来兴起全诗，既是风起也是文起，双重效果；第二句写事，高祖功成名就，威加四海；第三句抒情，表达招揽天下豪杰的心愿，求贤若渴，诚为一代明君。

只有三句，但是似乎说了很多话，而且一句紧似一句，感觉顺极而流，如同“冲口而出”，故称“卓逸不群”。这就是“一句顶一百句”的好诗。

另一首《鸿鹄歌》则相对酸楚：

鸿鹄高飞，一举千里。
羽翮已就，横绝四海。
横绝四海，当可奈何？
虽有矰缴，尚安所施？

这首诗写的是刘邦对太子刘盈的忧心。刘邦觉得太子刘盈性情柔弱，不堪为君，更喜欢戚夫人的儿子赵王如意，觉得如意最像他。

但是刘盈是吕后嫡出，无论从立嫡还是立长的角度来看，都应该立为太子；而如意则为戚夫人所生。废嫡立庶可是一件大事，这让刘邦着实委决不下。

众臣看出皇上的犹豫，当然要做点动作出来。于是张良献计，让刘盈去倾心结交当世最负盛名的“商山四皓”——四位曾经拒绝刘邦征召隐居商山的世外高人。

“四皓”连刘邦的面子都不给，却肯与刘盈同车。消息传来，刘邦大感意外，以为刘盈名望如此之盛，受万民爱戴，于是打消了废掉太子的念头。

戚夫人听说后，在皇上面前伏地痛哭。刘邦叹息说：“为我楚舞，吾为若楚歌。”请戚夫人擦干眼泪跳一支舞，而他则即席高歌，唱了这首《鸿鹄歌》。

诗中将太子比作鸿鹄，羽翼已成，横绝四海，能将他怎么办呢？矰缴指弓箭。高祖说，纵然我有弓箭，难道还能把它射杀了吗？换言之，刘盈势力已成，要么立，要么杀，已经没有废而另立的可能了。

戚夫人听了，大哭不已，几乎呕血。

也难怪戚夫人恐慌。后来刘邦驾崩，刘盈即位，为汉惠帝，吕后垂帘听政，大权独揽，不仅诛杀所有与自己敌对的朝中大臣，且将先前曾受宠于高祖的嫔妃悉数处死。被其视为眼中钉肉中刺的戚夫人，则承受了更特别也更残酷的惩罚：被削去“夫人”称号，囚于阴暗潮湿的永巷中，剃去秀发，换上囚衣，每天舂米从日出一直到日落。粗重的米杵和米缸日渐磨蚀了她的美丽与娇柔，不到三十岁已经满面皱纹。

吕后仍对如意怀恨不已，几次下诏召如意进京晋见。汉惠帝刘盈猜到母亲的用意，连夜赶往距长安三十里处的灞上相迎，把如意接到自己宫中，日则同坐，夜则同息，进宫面后也必同出同入，每逢吕后赐食，必自己亲尝，好让吕后有所顾忌，无从下手。

然而有天早晨，寒风凛冽，刘盈外出狩猎，本想喊如意同行，但见弟弟香梦正酣，又不忍心了——哪有十岁的孩子不贪睡的？刘盈决定不打扰弟弟，让他睡个好觉。可是他没有想到，弟弟这一睡，就再也没有醒来。

吕后早已在惠帝宫中布下眼线，只待刘盈稍离，即下杀手。

如意死后，吕后还特地召来戚夫人，让她亲眼看到儿子血肉模糊的死状。

戚夫人朝思暮想，唯一的挂念就是这个儿子，如今终于盼到母子重逢，等来的却是儿子的尸体，不禁万念俱灰，咒骂不绝。

狠毒的吕后竟命刑官将戚夫人砍去双手双足，熏聋双耳，刺瞎双眼，挖掉舌头，做成一个“人彘”，投入永巷的粪池之中，浸泡三天三夜。成为历史上第一酷刑。

一日惠帝奉诏来到掖庭，乍见粪池中蠕动着一个臭气熏天呜呜哼叫的怪物，大吃一惊，问太监此为何物，太监答这怪物便是昔日艳光照人妩媚万端的戚夫人。惠帝肝胆俱裂，失声痛哭，自此一病不起，终日恍惚，到底郁郁而终，年仅23岁。

此后吕后独掌朝政，成为西汉真正的掌权者，女主天下，比武则天早了九百年。

三

话题扯得太远，让我们回到李世民的这首诗上来。

虽然李世民的《帝京篇十首》手法普通，格局有限，但难得的是平仄对仗非常工谨，这在唐朝初年绝对是一个异数。因为李世民其余的诗多不合格律，唯有这首格式极为标准。

考虑到正是在李世民执政时期，许敬宗奏议合并韵部而诞生了“平水韵”，上官仪也是在这期间提出“六对”理论，很可能在这时候律诗已经初步形成，但尚未形成气候，诗人们还很不习惯亦步亦趋地按照格式写诗，直到中宗景龙年间才正式定格。

这里要普及一个“古风”与“格律诗”的概念：

通常大家口中说的旧诗或古诗，往往是指白话诗以前包括格律诗在内的诗歌创作。这其实并不确切，因为诗家通常所说的“古体诗”“近体诗”，指的是以唐朝格律诗的形成为分界点，在此之前不合格律的叫作古体诗，而在此之后严格地按着五言、七言格律来写的诗，则叫近体诗、今体诗或格律诗。这与我们通常所以为的新诗是截然不同的两回事。

古体诗又称古风。从字数上看，唐以前的诗大致可分为四言诗、五言诗、七言诗、杂言诗。四言诗主要出现于《诗经》与汉魏六朝，魏晋以后极为少见，多为五言、七言诗，通常七言的称为“七古”，五言的称为“五古”，字数不定的称为杂言诗。

要强调的是，“古体”与“近体”指的不是时间，而是诗体的区别，因为唐以后的诗人，仍然也可以作古体诗。大多数诗人的诗作中都是既有古体诗也有近体诗的。尤其像“初唐四杰”因为正处于格律诗的形成时期，诗句平仄格律往往有工有不工，所以不能以其工不工为标准。

但是并非不合格律就叫古风。唐人所写的古风，表面上不受格律限制，但实际上仍有很多讲究，偏重魏晋之风，语言技巧上有很多特殊的要求，只是不熟悉格律的人轻易不能体会罢了。

现在有些人每当作诗不合平仄时，就拿古风说事儿，认为古人写诗也不按平仄，这是由于分不清古体诗与近体诗的缘故。

对于今人来说，虽然好诗不一定严格地符合格律，但是不懂格律，却不能叫会作诗。

我们无法判断中国历史上第一首平仄严谨的格律诗到底出自谁手，但是李世民的这一篇，绝对算得上超前之举。由千古一帝开辟一代诗风，也就难怪大唐会成为诗的国度。在这点上，绝对要记李世民一大功。

这样看，就会发现众家评说太宗诗“陈隋滞响，读之不能畅人”是有点苛刻的。王世贞甚至说：“唐文皇手定中原，笼盖一世，而诗语殊无丈夫气。”

另一面，各诗家对李世民虽然极尽褒贬，但对太宗朝最能直言进谏的“一代名相”魏徵（580—643）的诗作却评价极高，认定其“气骨高古，变从前纤靡之习。盛唐风格，发源于此”。（《唐诗别裁》）

这可真是鲜明对比，难道是因为魏徵擅长提意见，让专家们也甘拜下风了么？

让我们来看一首魏徵的诗作《述怀》：

中原初逐鹿，投笔事戎轩。
纵横计不就，慷慨志犹存。
杖策谒天子，驱马出关门。
请缨系南越，凭轼下东藩。
郁纡陟高岫，出没望平原。
古木鸣寒鸟，空山啼夜猿。

既伤千里目，还惊九逝魂。
岂不惮艰险，深怀国士恩。
季布无二诺，侯嬴重一言。
人生感意气，功名谁复论。

魏徵本是李密的谋臣，随瓦岗军降唐后，受到唐高祖以礼相待，为太子李建成洗马。

这里要岔开一句，“洗马”是从春秋时期就有的官职，原写作“冼马”，秦汉时设为正式官职，是辅佐太子，教太子政事、文理的官员，并不是真的要洗马，做弼马温。

后来还有人真以为魏徵刚降唐时备受委屈，每天给太子当马夫，甚至还有在电视剧里这样表现的，实在让人无语。

要知道，这太子洗马等于半个老师，一定要有文化有谋略有德行的人才能担当的，皇上若不信任器重，是绝不会把太子交给魏徵辅佐教导的。

此时唐朝初定，瓦岗军还有许多旧部散落，为报知遇之恩，魏徵主动请缨要去劝降。这首诗，就写在前往的路上，一则抒发个人壮志，二则表达报恩之情。

这首诗起笔不凡，气势磅礴，开篇说自己从前投笔从戎，参与到逐鹿中原的大事中来，虽然瓦岗军未能成事，但是自己建一番功业的豪情不改。

接下来“杖策谒天子”等句，说明自己受到李渊重用，主动请缨，驱马入关去办大事。

“郁纡陟高岫，出没望平原”两句，则表明路途艰险，崎岖不平。

“古木鸣寒鸟，空山啼夜猿”两句是亮点，有清瘦冷峻之美，《唐诗镜》评价：“挺挺有烈士风。”“是初唐一等功力。”而“岂不惮艰险，深怀国士恩”自问自答：这么九死一生的危险旅途为什么还要来呢？因为我要报答高祖待我以国士的恩情。翻译过来就是：明知山有虎，偏向虎山行。

孟子曾经说过：“君以国士待我，我当以国士报之！”魏徵表达的就是这样一种国士的决心，接下来且举了两个例子：“季布无二诺，侯嬴重一言。”

季布，秦人，以守承诺闻名，信誉极好，交友广阔。当时甚至流传一句谚语：“得黄金百斤，不如得季布一诺。”还因此发明了一个成语叫作“千金一诺”。

后来他因得罪汉高祖被悬赏缉拿，但是没有人肯为了重金赏赐而出卖他，宁可冒着株连九族的危险来保护他——所谓得道多助，好人缘终于得到了回报！

侯嬴，战国时魏国人。秦军围攻赵国，赵国向魏国求助。魏王本来已经派兵增援，但是受到秦王威胁后就撤军了。信陵君再三请魏王出兵救赵，魏王就是按兵不动。信陵君向侯嬴问计，侯嬴让他利用魏王宠妃如姬盗取兵符，再杀掉大将晋鄙夺取兵权，这就是“窃符救赵”的故事。

一切安排妥当后，侯嬴对信陵君说：“我年岁已高，不能随你一起杀敌了，但我会计算你的行程，你到达晋鄙营地时，我将面北自尽，来报答公子的爱重之情。”

信陵君依计而行，到达晋鄙大营那一天，侯嬴果然遵守承诺，面向北方自杀，完成了“士为知己者死”的最高追求。

这就叫“季布无二诺，侯嬴重一言。”

这两个典故充分表明了魏徵讲义气，重然诺的意愿，和李密的“樊哙市井徒，萧何刀笔吏”一样，都是连用两个典故来对仗，借古喻今。这是一个很重要的作诗手法，以后我们还会看到更多这样的例子。

用典之后，就该直抒胸臆了：“人生感意气，功名谁复论。”说我做这一切，只为报恩，不求功名，这叫快意人生——这境界有多高！

这首诗夹叙夹议，有景有事，有典故有现实，通篇流利晓畅，既豪壮又典雅。除了不管平仄粘对之外，已经非常具备排律的格式了，堪称“已具盛唐之骨”。比起李世民来，不论从手法上还是从境界上都高出太多。

且说魏徵做了太子洗马，给过他很多忠告，包括劝他设法将李世民安排到别的地方去，驱离长安，但他迟迟未动。

“玄武门之变”后，李建成被杀，魏徵也被绑赴刑场。李世民想起旧事，便找他秋后算账：“你为什么要离间我们兄弟？”

魏徵面无惧色，不卑不亢地回答：“我身为谋臣，自当为太子计，难道说错了吗？如果太子当初按照我说的去做，就没有今日之祸了。”

李世民见魏徵如此忠勇有谋略，大为佩服，非但没有治罪，反而赦免了他，给予重用。后来，又让他做了自己的儿子、太子李承乾的老师，继续“洗马”去了。

四

说到“玄武门之变”，我们要细讲一下。

公元618年，李渊在长安称帝，立长子李建成为太子，封李世民为秦王。但不可否认的是，征战与建朝的过程中，建功最伟的乃是李世民，对于这样的结果他自是不满。

另一面，李建成也忌惮李世民兵多权重，是潜在敌手，因此屡屡发难，并与李元吉联盟，每每制造事端挫伤李世民。双方矛盾愈演愈烈，已经到了一触即发的地步。

武德九年（626）六月初四，终于爆发了历史上著名的“玄武门之变”。

史书记载，六月初二，李世民收到东宫内线的密报，说李建成集团密谋在朝廷为李元吉大军出征饯行之际，刺杀李世民及其心腹武将尉迟敬德、秦叔宝等。

这种情况下，李世民决定先下手为强，连夜召集长孙无忌、房玄龄、杜如晦等谋臣细议，制订了一个政变计划。

六月初三，李世民进宫面圣，诬告李建成、李元吉秽乱后宫，说白了就是皇子与后妃有染，这可是典型的“婶可忍叔不可忍”的大事，叔不可忍，爹当然也不可忍。于是李渊诏李建成、李元吉次日一早进宫，要当面问个清楚。

于是，重头戏来了。六月初四一早，李世民兵分两路，自己与长孙无忌亲自带兵埋伏在玄武门外，尉迟敬德则率少量精兵入宫，控制住皇上李渊的行动。

李建成、李元吉刚一入宫，李世民立即发难。李建成本有亲兵，但是驰援来救时，玄武门已经关闭，两军隔着城墙大战，李世民亲自射杀了李建成，李元吉想逃往武德殿，被尉迟敬德追上射杀。接着，尉迟敬德提着李建成和李元吉的头走上城墙，太子府兵看到主上已死，立即就投降了。

李渊是一直倾向于太子李建成的，但是如今一天死了两个儿子，显然局势失控，本着“好汉不吃眼前亏”的原则，只好对这次政变睁一只眼闭一只眼，不久交出皇位，退居二线，成了吃干饭站干岸儿的太上皇。李世民登基为帝，史称唐太宗。

这时候再想，当年李渊是先逼着隋炀帝做了太上皇，后来又逼着隋恭帝禅位给自己的；十年后，他自己也是一样，被迫禅位给儿子李世民，自己则做了大唐第一位太上皇。还真是风水轮流转，历史又重演了。

李世民发动“玄武门之变”，真是给子孙后代开了一个坏头，从此这杀兄弑弟、政变夺位的戏码，就成了唐朝皇廷的家常便饭。

只在李世民当政期间，就先后发生了太子李承乾谋反、魏王李泰兵变、楚王李佑叛乱等大小宫变。李世民一生共有14个儿子，其中3个被杀，3个自杀，3个早夭，一个被“幽闭”，两个被废为“庶人”，除了李治安然坐上皇位外，只有十三子李福得以善终。

太宗以后，唐朝历代更是政变迭起。武则天时期有废太子李忠谋反；中宗李显执政时有太子李重俊逼宫，之后更是被老婆韦氏和女儿安乐公主合伙毒死，韦氏临朝摄政想效法武则天称帝；李隆基发动兵变大杀八方，把亲爹李旦推上了皇位，不久自己继位，虽有“开元盛世”的局面，但也曾经干出“一日杀三子”的残酷暴行，一个双手染满了亲生儿子鲜血的帝王，又怎能真正做个好皇帝？到底酿出“安史之乱”的大祸来，而唐朝运势也从此而衰。

之后的历任皇上更是没有一个消停的，不是服丹早丧，就是为宦官所杀，这个我们慢慢再讲。

且说玄武门杀兄屠弟，骨肉相残，李世民心中也是不安，长期噩梦失眠，梦见有人刺杀自己。旧日并肩作战，今朝同殿为臣的两员大将——尉迟恭（字敬德）和秦琼（字叔宝）安慰说：“皇上莫怕，有我哥俩替您守门，只管安睡。”

于是两兄弟一左一右，执鞭持锏，凶神恶煞地守在皇上寝宫门口。李世民果然就安稳了，白天有精神，晚上睡得香，比吃“白加黑”还好用。

可是也不能让两位大将军天天晚上不睡觉把门啊，总得有个换岗的时间吧。再说人家白天还得上朝呢。

于是李世民让人画了两位将军的画像，一左一右贴在门口。得，这方法居然管用！

从此，上行下效，民间也开始有了将两位将军的画像贴在左右门扇上镇宅保平安的习俗，称之为武门神。

李世民登上帝位后，自觉英明神武，天下无双，于是顾盼自若地问众人：我最像历史上哪一位君王？

他本想听到的答案自然是尧舜禹汤、文王武帝之类，没想到魏徵竟然答：最像隋炀帝。

李世民大怒，忍着气问：哪里像？

魏徵慢条斯理地说：炀帝杨广本是次子，并非太子人选，皇上也是；杨广曾在建朝大业中立下赫赫战功，皇上也是；杨广弑兄继位，皇上也是……

魏徵说一句，李世民的脸色就沉一分。等魏徵说完，李世民已经鼻子不是鼻子脸不是脸，成了黑面锅盔了，气哼哼地说：照你的意思，我就是一奢靡昏君隋炀帝呗？

魏徵不慌不忙地答：陛下的过往经历和隋炀帝的确是有相似之处，但您只要虚怀纳谏，勤政爱民，将来在历史上的评价必与杨广大相径庭。

李世民豁然开朗，起身长拜说：那先生以后可要常提醒我，多提宝贵意见啊！

于是魏徵委实不客气，真就直言不讳，逢疏必谏起来。有记录说，某一年中魏徵上谏两百多件事，李世民竟然全盘接纳。

有个著名的段子是说有一天李世民正在玩鹰，忽然听说魏徵来了，怕他会啰唆说自己玩物丧志，忙把鹰藏在了袖子里。

魏徵其实早已看见了，却故意假装不知道，拱着两手跟皇上说东扯西，一直啰唆个没完，竟然把鹰活活给闷死了。

一只活鹰怎么能被藏在袖子里老老实实地求闷死？我猜李世民当时一着急，应该是拿了什么东西把鹰整个缠起来了，让鹰无法挣扎，连呼吸都不畅，才会惨死在太宗袖中。

魏徵是爽了，那鹰愿意吗？

贞观十七年（643）初，魏徵病死，李世民非常伤心，为此废朝五天，下诏厚葬魏徵。但是魏徵夫人裴氏说，魏徵生平简朴，豪华的葬礼绝非他所愿，正辞拒绝了。出殡那天，裴氏只用一辆小车装载着魏徵的灵柩送葬，可谓清正到底。

李世民召集文武百官出城相送，并亲自刻书碑文，且说了一段铿锵有力流传千古的名言，进了中学课本的：“夫以铜为镜，可以正衣冠；以古为镜，可以知兴替；以人为镜，可以明得失。朕常保此三镜，以防己过。今魏徵殂逝，遂亡一镜矣！”

同年二月，李世民命画师阎立本为二十四功臣绘像置入凌烟阁，魏徵位列第三。

那么谁列第一呢？乃长孙皇后之兄，长孙无忌是也。

长孙无忌有多牛？为什么能名列凌烟阁功臣第一位？关于长孙兄妹的故事，下回分解。

前廷后宫长孙家

一

这一次我们讲讲长孙无忌（594—659）、李世民（598—649）和文德皇后（601—636）的故事。

这三个人的关系非常亲密。李世民和文德皇后是夫妻，而长孙无忌和皇后是亲兄妹，也就是说，李世民和长孙无忌在私是妹夫和大舅哥，在公则是君王与最信任的心腹大臣，而且他们相识于少时，在天下还姓杨时就已经情同手足，乃是跨时代的铁哥们儿。

长孙无忌的父亲，是“一箭双雕”的北周名将长孙晟。

说起“一箭双雕”，我受“一代天骄，成吉思汗，只识弯弓射大雕”影响，老以为这个词说的是成吉思汗。

但是看了长孙晟的故事才知道，大错特错！

原来北周时，突厥首领请求与北周通婚，长孙晟奉命护送公主前往突厥，在那里盘桓了一年有余。有一天陪可汗出游时，正好两只雕在空中飞着争肉吃，可汗递给长孙晟两支箭说：“听说将军也擅长射箭，请把它们射下来。”

只给两支箭，是为了难为他，但是长孙晟不慌不忙，弯弓半晌等待时机，等到两只雕重影时一箭射出，把两只雕贯射了下来，让可汗大开眼界，为北周扬了国威。

只可惜，长孙晟58岁就去世了。三子长孙安业竟然将自己的继母和弟弟妹妹赶出了长孙府。于是兄妹俩只好跟着母亲投奔舅舅高士廉，过着寄人篱下的日子。

但是无忌聪慧好学，自小通文史，精谋算。不知怎么的，他结识了唐国公李渊之子李世民，两人一见如故，交情极好。后来在舅舅的主持下，还将妹妹嫁给了李世民，就是后来的文德皇后。

隋朝末年，唐高祖李渊在山西太原起兵反隋，无忌前来投军，随李世民征战，成为其心腹谋臣。其后并肩战斗，不离左右，几乎参与了李世民有关的所有战役，立下战功无数。更在“玄武门之变”中立下头功，一路护送李世民登上龙座。

李世民多次对大臣说：“无忌聪明鉴悟，雅有武略。我有天下，多是此人力。”

贞观十七年（643），李世民在皇宫三清殿旁专门修了一座小楼，题名“凌烟阁”，让画家阎立本描绘了二十四位功臣的画像陈列于此，包括左右门神秦叔宝与尉迟敬德，三板斧的程咬金，“房谋杜断”的房玄龄与杜如晦，谏官魏徵，红拂的老公李靖，等等。画像大小与真人一般，栩栩如生，面北而立，史称“凌烟阁二十四功臣”，而长孙无忌，列为第一位。

设立凌烟阁的同年，李世民废掉太子李承乾，改立晋王李治为皇太子，并命长孙无忌为太子太师。

贞观二十三年（649），唐太宗病逝于行宫翠微宫，命长孙无忌与褚遂良辅政。

这李世民就像是有预感一样，临死之前，当着李治的面，却拉着褚遂良的手殷殷叮嘱："尔辅政后，勿令谗毁之徒损害无忌。若如此者，尔则非复人臣。"

都说圣贤之人在死前已是通了仙的，李世民能建立"贞观之治"那样的不世基业，自非凡人，莫不是他已经预知自己死后一定会有人陷害长孙无忌，而且知道李治不中用，遂向褚遂良嘱托？

然而，李治到底没听他老爹的话，后来将长孙无忌流放至死；当然，他也没能维护好他爹的江山，竟被武则天篡唐为周。李世民白叮嘱了。

二

说了这么半天认真的史实，让我们来讲点轻松的，看看长孙无忌仅存于世的两首诗，诗风与他的生平做派全然不搭：

侬阿家住朝歌下，早传名。
结伴来游淇水上，旧长情。
玉佩金钿随步远，云罗雾縠逐风轻。
转目机心悬自许，何须更待听琴声。

回雪凌波游洛浦，遇陈王。

婉约娉婷工语笑，侍兰房。

芙蓉绮帐还开掩，翡翠珠被烂齐光。

长愿今宵奉颜色，不爱吹箫逐凤凰。

这两首非诗非词的作品，长孙无忌称之为《新曲二首》，也就是说，他是当成小曲儿来写的。这时候曲子词还未成气候，所以也没有曲牌、词牌这种模式，长孙大人并不擅诗，何以有如此雅兴，连写两首新词，而且是供作歌唱的曲词呢？

通常诗家评价这不过是当下时兴的宫体艳情诗，没什么价值。

但是这个说法我很难接受。

对于一般文人来说，响应时尚偶尔追风写两曲淫词艳曲，那是张口就来的平常事，但是长孙无忌位极人臣，少有属文，怎么会无故兴起写这么两首新曲呢？

所以我大胆猜测，很可能长孙大人是有感而发，也就是说，他写的乃是自己一段真实发生的感情，而且感情的对象还是禁宫中的女人。

第一支曲子说你家住朝歌，美名远扬，而且还和我是旧相识，曾经一起结伴游过淇水的。

朝歌，位于今天河南省鹤壁市淇河边，是商朝古都城，也就是《封神榜》的故事发生地。而长孙无忌，正是河南洛阳人。这句如此写实，让我认定主人公很可能会是长孙无忌青梅竹马的恋人。

“玉佩金钿随步远，云罗雾縠逐风轻。”文辞香艳，可能是写实，说女孩子转身离去时那美丽的背影，钗环叮当，裙袂飞扬；但也有可能是写感受，说女孩离开自己，越去越远。她去了哪里呢？

也许远的不是距离，是身份。因为他们仍然可以见面。“转目机心悬自许，何须更待听琴声。”两人见面时，四目交投已经说尽千言万语，依然倾心相许，何必还用琴声来表达心意呢？

也就是说，长孙无忌失去了这个女孩子，却仍然可以当面听她弹琴，那这女孩子的身份是什么？岂非呼之欲出？

如果这样推测犹觉牵强的话，我们再来看看情感表达更加强烈明确的第二首。

“回雪凌波游洛浦，遇陈王。”这是以典说事，用的乃是陈王曹植遇洛神的故事。

有野史称，曹植与嫂嫂甄宓互相爱慕，但碍于叔嫂关系只能隐忍于心。后来甄妃因得罪曹丕被赐死，死前遗言要将自己平日所用玉镂金带枕遗赠曹植，以完心愿。

曹植从封地回京听闻，痛哭不已。返回途中，夜宿船上，睹物思人，朦胧中竟然看到甄妃凌波御风而来，与之相会。曹植醒来，泪湿玉枕，遂洋洋洒洒，写就千古名篇《感甄赋》，后改名《洛神赋》。

长孙无忌在新曲开篇用了这样一个典故，一则与前曲中提到的淇水偕游相映照，二则暗指所爱慕女子的特殊身份，看来也是一段可望而不可及的不伦之恋。

“芙蓉绮帐还开掩，翡翠珠被烂齐光。”因了这两句，遂被世人认定是艳曲，又是帐又是被的，还不够糜烂吗？

不过这“翡翠珠被烂齐光”乃是《楚辞·招魂》里的词句，引用的目的绝不仅仅是为了描写香艳画面，而带有凄楚之意。

这还不算，曲末又用了一个典故：“长愿今宵奉颜色，不爱吹箫逐凤凰。”

相传秦穆公之女弄玉，雅擅音律，尤喜吹笙，夫君萧史，长于吹箫。两人兴趣相投，每天在凤楼上笙箫合奏，竟然引来了一龙一凤。于是萧史乘龙，弄玉驾凤，双双翔云而去。

这句是说，我与你今宵相伴，只愿长随左右，不愿追凤乘龙。

容我大胆地重新翻译一下，这句可不可以理解成：我若能和你长孙无忌在一起，连皇妃都不愿做。

再大胆猜一下，这位女子，乃是皇上李世民后宫之女——并肩作战的好哥们儿爱上了同一个美女，老大得了美女的人，小弟偷了美女的心，很老套的一个故事。但是所以老套，不就是因为可能性最大吗？

长孙无忌与李世民乃是总角之交。既然从小相识，那么他们爱上同一个姑娘就是非常可能的事情，何况曲中说，这位姑娘久有盛名，那么李世民称帝后将其召入后宫，简直是一定的行为。长孙无忌在宫中与女孩重逢，旧情复燃，只要有皇后妹妹为其打掩护，就算偶尔鱼水一回，有些“芙蓉绮帐还开掩，翡翠珠被烂齐光”的光景，也不算难事。

当然，这些就纯粹是我小说家的杜撰啦，不足为凭，权当一笑吧。

三

李世民显然不是一个好儿子、好兄弟，也不是一个好父亲。但他无疑是个好皇帝，也是一个好丈夫。

自古皇帝三宫六院，少有长情的，然而李世民对长孙皇后的钟情，却实在让人感动。

长孙氏（601—636），小名观音婢，13岁就嫁给了李世民，少年夫妻，情投意合，无事不谐。李世民打仗，长孙氏就击鼓助阵，甚至披甲上阵，并肩杀敌；李世民争嫡，长孙氏就极力拉拢后宫嫔妃，争取公公李渊及后宫对李世民的支持；李世民兵变，长孙氏亲自勉慰诸将士——这样的中国好老婆，上哪儿找第二个去？

因此李世民即位后十三天，就迫不及待诏立长孙氏为皇后，称她为“嘉偶”“良佐”。

皇后最贤良的美德还在于，宽容无妒性，曾撰写《女则》为后宫表率，显然想向班昭的《女诫》看齐。

文德皇后确实是位好皇后，至少，在她母仪天下的十年里，从不曾听说大唐后宫有什么鸡鸣狗盗的事情发生。

只可惜，皇后死得太早，仅仅36岁便早逝了；两年后，武媚娘入宫——这让我不禁想：以长孙氏之慧，若能多活几年，会允许武则天这妖孽进宫么？

关于长孙皇后的贤德，有个著名的段子叫作“朝服进谏”。

有一天李世民下朝回来，气冲冲地说：“我早晚杀了那个乡巴佬！”皇后问：“谁得罪陛下了？”李世民说：“魏徵老儿，竟然敢在朝堂上顶撞我！”

皇后听了，且不劝慰，而是立刻退到里间，换上了正式的朝服，然后走出来行了个大礼。李世民当然惊讶了，说：“皇后这是做什么？”长孙皇后说：“自古以来，只有圣明君主，才会得遇忠谏之臣。魏徵正直敢言，这是因为陛下的开明，我怎么能不大礼朝贺呢？”

太宗听了，转怒为喜，再也不生魏徵的气了。

唉，看看历代君臣谱，魏徵常有，而长孙皇后不再，多少忠臣良将枉死，也是生不逢时。

李世民能成为一代明君，长孙皇后功不可没。

长孙皇后既然能以汉代大家班昭为偶像，长篇累牍地撰写《女则》，可见文采是可以的。可惜传世只有一首诗《春游曲》：

> 上苑桃花朝日明，兰闺艳妾动春情。
> 井上新桃偷面色，檐边嫩柳学身轻。
> 花中来去看舞蝶，树上长短听啼莺。
> 林下何须远借问，出众风流旧有名。

要想问什么是宫体诗？这就是宫体诗，简直比宫体还宫体。

这诗的首联说明所游之地乃是“上苑”，显然指宫中。春天来了，桃花开了，美人的心儿动了，又是“艳妾”，又是“春情”，这还不是标准的“艳情诗”么？

颔联开始夸这美人到底有多美。以往别人形容美女是“面若桃花”，这里却说是桃花偷了她的面色，身姿柔软让檐边的柳条都要拜师学艺。

颈联则描写她的行为，徘徊花中看蝴蝶，徒倚树下听黄莺，真是一幅绝美画面。

尾联又是一句问答，看来这是初唐时候的常用手法。问的是“什么是林下风致”，答的是“何必舍近求远，我出众的美名早已流传”。

要注意的是，这里的“风流”一词意思与今天大不相同，须和“林下”并看，合成一个成语叫作“林下风致”。

《世说新语》中说，“王夫人神情散朗，故有林下风气”。王夫人指谢道韫，就是那位“咏絮之才”的才女，嫁与王羲之儿子王凝之为妻，气质不凡，人称有“林下之风”。

后来这个词成了赞美女子娴雅大方的专属名词。林黛玉进贾府时，书中说众人见她“举止言谈不俗，虽怯弱不胜，却有一段自然的风流态度”，这“风流”便指的是“林下风致”。

比之李世民的炫富晒装修，长孙皇后的自拍晒恩爱更加肆无忌惮，这真叫“不是一家人，不进一家门”啊！

这首诗实在谈不上什么艺术价值，通篇只是自夸而已，但是禁不住各花入各眼啊，唐太宗爱的可就是这个调调儿，因此“见而诵之，啧啧称美”。

然而古语说“多情不寿”，这样恩爱的夫妻通常总是难以白头。

贞观十年（636）七月，长孙皇后在立政殿去世，享年36岁，葬于昭陵，谥文德顺圣皇后。

但是太宗太爱皇后，太舍不得她了，竟在皇后入葬的元宫外栈道上修建了房舍，命宫人居住其中，侍奉皇后——这是当皇后虽死犹生啊。

接着，他又在宫中建起层观，终日眺望昭陵。有一天还拉着魏徵远眺，且问他："你看到什么了？"魏徵明知故问："我老眼昏花了，没看到什么。陛下看到什么了？"太宗指着远方说："你看，那可是昭陵？"魏徵不以为然道："我还以为陛下望的是献陵呢。"

因为献陵是唐高祖李渊所葬之处，魏徵这是劝谏皇上哀伤过度，未以孝道为先，违背了"夫不祭妻"的礼教传统，未免贻人话柄。

李世民醒悟过来，遂命人毁掉层观，这就是史上"望陵毁观"的故事。

这个"从谏如流"的另类故事让我们看到了李世民作为千古一帝，除了杀伐决断外，也有柔情似水的一面，倒是让人深深感动。

从长孙皇后逝世到唐太宗病逝这十三年间，给长孙皇后的追福活动一直不曾停止。唐太宗直到驾崩的前一年，还拨巨资让太子李治修建大慈恩寺，纪念长孙皇后。

李治后来还特地在登上大雁塔时写了一首诗《谒大慈恩寺》：

日宫开万仞，月殿耸千寻。

华盖飞团影，幡红曳曲阴。
绮霞遥笼帐，丛珠细网林。
寥廓烟云表，超然物外心。

这首诗的水平和手法和他爹写的《帝京篇十首》如出一辙，连措辞都极为相似，不是“万仞”就是“千寻”，又是“绮霞”又是“烟云”，从头至尾就是反反复复夸这建筑有多大多华丽，真不愧是他爹的亲儿子！

四

李世民因为感谢长孙无忌，一直想封他为相，但是却被长孙皇后屡屡阻止。明慧的长孙皇后深知哥哥刚烈激进，虽有谋略，却性傲慢，易冲动，若居高位，必致后患，所以不宜掌握重权。皇后且让哥哥发下毒誓，永不为相。

李世民深敬皇后，只得听从。但是在长孙皇后过世后，仍然封了长孙无忌为宰相，而长孙大人也觉得妹妹既死，誓约自动解除，便欣然接受了。

待李治继位后，长孙无忌既是宰相又是辅臣，同时又是亲娘舅，皇上的长辈，在公在私都是位高权重，舍我其谁，渐渐开始刚愎自用独断专行起来，在朝廷政务上几乎到了说一不二的地步。

永徽四年（653），唐高宗命长孙无忌审理房遗爱与高阳公主谋反案。

高阳公主，曾是李世民最爱的女儿，嫁与“房谋杜断”的名臣房玄龄二子房遗爱为妻。公主生性疏野不羁，浪漫热情，对木讷粗鲁的房遗爱不屑一顾，常常将他关在门外，不肯与之同房，自己却跑到会昌寺去与和尚辩机偷情。房氏一族引以为耻，但碍于她是皇上最宠爱的公主，并因为她而“礼异它婿”，得到众多赏赐，故而唯有隐忍不发。

一个是玉叶金枝的当朝公主，一个是清心寡欲的佛门弟子，这样天差地别的两个人，却偏偏发生了一场惊天地泣鬼神的生死绝恋。两个人想方设法，一次又一次地冲破禁忌，偷偷私会，竟一直过了八年，甚至有了两个儿女。

八年，便是于寻常夫妻，也是一段不短的日子。可是两个几乎不可能相遇的异类，却硬是在礼教与禁规间寻找缝隙，将他们的爱尽量地延长。

他们逃开了所有的世俗耳目，却逃不掉来自内心的忏悔彷徨。尤其是辩机，他本来是一位非常虔诚圣洁的得道名僧，《大唐西域记》就是玄奘口述，而由他动笔撰写的，并因此深得李世民赏识。

但是，与公主相遇后，佛性败给了肉欲，她的美丽与放纵让他得到了活着的最大快乐，却也令他尝试了背叛信仰的至深苦痛。

辩机一直在痛苦和矛盾中挣扎。贞观十九年（645），他主动请命往弘福寺助玄奘译经，将自己封闭在禅院内，从此与公主隔绝。

他是想就此斩断情缘，远离诱惑，把所有心力倾注在梵经的翻译上，直至死亡。

死亡的契机源于一只精美的玉枕。（又是玉枕！还记得甄妃遗赠曹植的玉镂金带枕吗？）

辩机闭关后，公主思念不已，遂托人偷偷赠予辩机一只皇室专用的金宝神枕，只望他还记得自己。

辩机日则持斋诵佛，夜则抱枕而眠，两人虽不能相聚，却梦魂相通，如此三年。一天有小偷夜入弘福寺，好死不死竟将玉枕偷走，偷了不算，竟然还要拿去街市销赃，又偏偏在出手时被官府抓获——真是命该如此，劫数难逃。

庭审时州官发现玉枕是御用之物，不敢擅裁，连忙密封了上报朝廷。

这玉枕乃是进贡之物，全大唐也没有几个，所以很快就查明来自公主府中。

天颜震怒，李世民亲自下诏，将辩机于西市场大柳树下处以腰斩极刑，连侍奉公主的十余名奴婢也以知情不举的罪名而被处死。

无情最是帝王家。做帝王的儿女固然不得自由，做皇子公主们的奴婢更是无辜！

《资治通鉴》对这段历史的记载是这样的："太宗怒，腰斩辩机，杀奴婢十余人；主益怨望，太宗崩，无戚容。"

高阳公主为了辩机，对父亲充满了怨恨。太宗驾崩后，天下举哀，他最钟爱的女儿却毫无伤心，真是讽刺。

永徽四年（653），高阳因谋反罪被赐死，同时赐死的还有她的丈夫房遗爱与三哥李恪。

高阳，真是天生反骨之人，她刚烈的个性，给所有与她有关的男人以及她自己，都带来了灾难与毁灭。

其中吴王李恪是最无辜的。因为正史上并没有关于他谋反的任何记录，整个过程看上去纯粹是因为长孙无忌与其有宿怨，又深忌李恪名望，只是一直没有机会发难，这次便借着审理案件趁机诬称李恪参与谋反，绝了众人之望。

我一直认为这李恪是李世民诸皇子中最悲剧的一个，他的生母杨妃是隋炀帝杨广的女儿，也就是前朝公主，双料的天皇贵胄。但也正因为这高贵而危险的血统，让他没了争嫡之望。这也是，若让隋炀帝的血脉坐了大唐江山，那李渊和李世民爷儿俩不是白干了吗？

李恪的文韬武略，强过李治几倍，史书上说他在诸公中名望最盛。

太子李承乾被废后，李世民一度也犹豫过是否可以考虑李恪，但是长孙无忌不愿意。他是一定要扶持自己的亲外甥上位的，李承乾不行，那就换李泰，后来李泰也挂了，那就是李治吧。妹妹长孙皇后一共生了三个儿子，怎么都得有一个登上龙位。长孙无忌位列凌烟阁二十四功臣第一，这大唐皇室的血统怎么也得有长孙家一半。

在长孙无忌的干预下，也因为担心别的儿子上位后会重演玄武门之事，李世民明知李治性格软弱不堪大用，还是将皇位传给了他。

649年，李世民在行宫驾崩，长孙无忌特命李治秘不发丧，护送着李治到了京中之后才公告天下。之所以这般小心，就是防着李恪。

但是长孙无忌对李恪仍不放心，因为他在大臣中的声望太高了，而李治又一直不长进。于是，这次借着房遗爱谋反案，长孙无忌到底捏造证据，构陷其罪，将李恪问斩。真是天大的冤案，也是长孙无忌一生效忠大唐的污点。

李恪死前大骂："长孙无忌窃弄威权，陷害良善，祖宗有灵，必让其宗族覆灭。"看到这一段，再想想长孙无忌的结局，不能不觉得是一种轮回。

李治初继位时，是很听舅舅话的，但是娶了武则天后，就不大听舅舅的话了，后来长孙无忌因为反对高宗立武则天为后，被许敬宗构陷谋反，削爵流放，最终被赐自缢而死，简直是李家对他的报应。

这时候再想起长孙皇后的叮嘱，真是太英明了。只是在权力面前，人们的欲望是这样高炽，又怎么听得进劝告呢？

徐惠，唐宫里的汉婕妤

一

在盛产才女的唐代后宫里，徐惠是与长孙皇后比肩，《旧唐书·后妃列传》里“唯二”单独成传的唐太宗后妃之一，可见地位不凡。

长孙皇后是很有野心的，一来就编了本《女则》，显然想向班昭的《女诫》看齐，可段位上差了十万八千里。班昭是续写《汉书》的“曹大家”，写《女诫》是捎带手的事儿；而长孙氏则不过是个伪编辑，把几位古代美女的故事凑成一本《女则》，当路边杂志看看还行，想传世？没门儿。所以后来也就不见了。

但是徐惠，可是凭自己真本事名垂青史的，《全唐诗》收录了她的五首诗，弟弟徐齐聃在史书上也有小传，妹妹因才名被纳入后宫为高宗婕妤，也都有文名，所以人们将他们姐弟三人比作汉朝班氏。

汉朝的班家三兄妹班超、班固、班昭，都是史书上响当当的人物。

班超本是官府文书，但是不甘心公务员营营碌碌的生活，掷笔长叹说：大丈夫应当在边疆为国立功，哪能老在笔砚之间讨生活呢！于是就参军去了，这就是“投笔从戎”的来历。之后他随窦固出击北匈奴，又奉命出使西域，三十年里平定了西域五十多个国家，封定远侯，世称“班定远”。

班固拼尽一生修撰《汉书》，功德无量，可惜书未完而撒手长辞。

未完成的工作，便由妹妹班昭接替，班昭因为嫁给了曹氏，人称“曹大家”，同时也是《女诫》的首创者，为后宫嫔妃授课，讲授礼仪。“三从四德”的标准，就是由她提出来的。

史上将徐家兄妹比作班氏三杰，自然是将徐惠视为班昭一般的才女。也就是说，长孙皇后一生想看齐而未能得到的名望，徐惠得到了。

徐惠（627—650）这个女子，好像就是为了李世民而生的，连出生都选在贞观元年，五个月便会开口说话，四岁时已通读《诗经》《论语》，八岁能诗善赋，才名远扬。

前文说过，李世民对发妻长孙皇后那叫一个情深义重，在皇后去世后一直郁郁寡欢，以致冷落后宫。

皇家广添子嗣是大事，儿子多了才方便杀一个留一个，九犬一獒般选出合适的继位者。所以大臣们纷纷上书了，请求皇上下诏采选，充实后宫。

这么着，在长孙皇后过世的第二年，也就是贞观十一年（637），徐惠、武氏等一批新鲜小萝莉就结伴进宫了，且两人同时被纳为才人。

但是武氏除了被赐名媚娘外，就没见太宗对她有什么特别在意之处，在才人这个位子上一待就是十二年；而徐惠却在入宫不久便升为婕妤，连老爹徐孝德也跟着被提拔为从六品的礼部员外郎，可见多得太宗宠爱。

有一次，李世民召见徐惠，徐惠却姗姗来迟。竟敢让皇上枯等！这可惹得龙颜不悦了。太监宫女们都跟着捏了一把汗，徐惠却不慌不忙，口占一绝：

朝来临镜台，妆罢暂徘徊。
千金始一笑，一召讵能来？

这是一首撒娇的诗，引用“千金一笑”的典故为自己辩解说：皇上啊，我为换衣裳化妆耽搁犹豫了好一会儿，哪里是存心迟到？再说了，古代美人儿可是要千金才能换得一笑的，陛下随便一招呼我就来了，多没面子啊。

这首《进太宗》既幽默轻巧又自重身份，而且才思敏捷，令人叫绝。因此唐太宗哈哈一笑，也就转怒为喜了。

二

徐惠最为人称道的诗作是《长门怨》：

旧爱柏梁台，新宠昭阳殿。
守分辞芳辇，含情泣团扇。
一朝歌舞荣，夙昔诗书贱。
颓恩诚已矣，覆水难重荐。

这是一首咏古诗，写的是汉代才女班婕妤的故事。

班婕妤，就是班超、班固和班昭的姑奶奶，因为才貌出众，甚得汉成帝宠爱。成帝甚至一度想废后改立她为皇后，这在嫔妃中本是做梦都要抢破头的美事，班婕妤却大义凛然地拒绝了，反而劝了成帝许多大道理。

从历史长河的角度来说，真不知道班婕妤的本分守礼是好还是坏。若她当初接纳了汉成帝的美意，做了皇后，整饬后宫，防微杜渐，后来哪有赵家姐妹的入宫，掀起那一系列血雨腥风？

可惜啊可惜，班婕妤真是一个道德的典范，太循规蹈矩知书达理了，一点逾矩的事情都不肯做，反而给了奸妃机会。

关于汉成帝对班婕妤的宠幸与她的本分守礼，历史上最著名的一个典故叫“辞辇之德”。

史说皇上因为太宠爱班婕妤了，挖空心思想送她一件华美的礼物，于是令匠人打造了一乘巨大的双座龙辇，邀班婕妤同行。

然而班婕妤却严词拒绝，并且说：自古圣贤明君，身畔都有忠臣名将跟随。只有夏桀、商纣、周幽王这些亡国之君，才有宠幸的妃子在侧。我要是和你同车出入，那不就跟她们一样了吗？岂非祸事？

汉成帝一听她比出这么些古人大道理来，当然就不好再说什么了。

但是我们也可以想象，一个男人，还是一个帝王，用尽心思送给美人一辆纯金定制版劳斯莱斯，这么高大上的一件礼物，对方不但不领情，还高谈阔论说了许多道理，把自己比成玩物丧志的古代昏君，那心里能舒服得了吗？

班婕妤的这番话传出去，那是朝野上下赞不绝口。尤其是太后听了，特别舒心，盛赞说：“古有樊姬，今有班婕妤。”这是把班婕妤和春秋时代楚庄王的夫人樊姬相提并论了，这让班婕妤在后宫的地位更高，名声更大。

但是不管太后和群臣有多么敬佩班婕妤，奈何皇上不喜欢也是无用。

且说这汉成帝生平最爱声色犬马，男女通吃，一好美色，二好华服，最是穷奢极欲之人。班婕妤这样背道而驰，就算再美，再有才情，德行再高，但是和他的性子相悖，那也叫没有共同语言，自然就让汉成帝慢慢地疏远了。加上她虽生过一子，但不久夭折，便再无所出，于是在赵飞燕姐妹进宫后，就渐渐失去了汉成帝的欢心。

一代妖姬赵飞燕，传说能做掌上舞的，可见不是一般人。她的出现，不仅是班婕妤的灾难，更是许皇后的灾难。

赵飞燕又妩媚又风流，更难得的是善解人意，连把同胞妹妹献给夫君的事儿都做得出来，古板而执着于礼教的班婕妤又哪里是对手呢？

汉成帝的设计天分这下子可找着用武之地了，他从即位起就花了大量金钱，建造霄游宫、飞行殿和云雷宫供自己淫乐。赵飞燕入宫后，他不但令工匠在皇宫太液池建造了一艘华丽的御船，叫“合宫舟”，还因为赵飞燕弱不胜风，而为她重金打造七宝避风台。

史书上说赵飞燕有一次在太液池亭中舞蹈，一阵风急，竟有

“我欲乘风归去”之势。惊得汉成帝连仪态也顾不得了，冲上前去抱住飞燕双脚，硬生生把她留在了凡间。这一阵扰攘，弄得飞燕的长裙也皱了，然而临风飘举，益见风致，从此开了“百褶裙”的先河，美其名曰“留仙裙”。也就因为这样，才有了成帝打造避风台之举。

赵氏姐妹独擅专宠，飞扬跋扈，这让正牌原配许皇后自然无法忍受。于是，在她哥哥的教唆下，起神坛诅咒。这就是历史上有名的“巫蛊之案”。

事情败露后，许皇后被废，班婕妤虽然跟这件事一点关系都没有，但是赵飞燕妒忌她的才名清誉，巴不得连她一起消灭，于是在汉成帝面前诬告，说许皇后不仅咒骂自己，也咒骂皇帝，而且班婕妤也参与其中。

汉成帝这个昏君偏听偏信，一怒之下不但把许皇后废居昭台宫，还差点把班婕妤也废了。

但是班婕妤不卑不亢地为自己辩护说：我自幼饱读诗书，向来主张寿由天定，非人力所能改变。修正尚且未能得福，为邪还有什么希望？若是鬼神有知，岂肯听信没信念的祈祷？万一神明无知，诅咒有何益处！我非但不敢做这种事，并且不屑做！

汉成帝想了想，这班婕妤向来就是个圣女啊，她那么聪慧博学，又心胸宽广，无论妒忌还是诅咒都和她不沾边儿呀。她想争宠，有的是法子，还用得着借助鬼神吗？自己送她那么大个龙辇都不要，现在倒来与赵氏姐妹争，而且用这种见不得光的手段来争，确实不是婕妤所为啊。

还好这汉成帝留得一线天良，遂不予追究，反加赏赐，以弥补心中愧疚。

这一战，让赵氏姐妹知道班婕妤不是好惹的，免不了要动心思再想别的法子；然而班婕妤却因此对汉成帝寒了心，压根儿不想与赵家姐妹斗法。为免日后是非，她决定明哲保身，远避危机，于是写了一篇奏章，自请前往长信宫侍奉太后。一则远离争宠之地，二则有了太后的保护，自然也就不怕赵氏姐妹的加害了。

但是无论怎样，这一战的结局都是悲凉的，许皇后仍然被废了，班婕妤也冷落偏宫，而尽情纵欲的飞燕、合德姐妹却入主中宫，独霸龙床。

班婕妤在长信宫中，自比秋扇，作了一首《怨歌行》传世：

新裂齐纨素，皎洁如霜雪。
裁为合欢扇，团团似明月。
出入君怀袖，动摇微风发。
常恐秋节至，凉飙夺炎热。
弃捐箧笥中，恩情中道绝。

这是一首汉代早期不可多得的五言诗，叙事、言情、比兴，运用自如，面面俱到，简直是空前之作。

这首诗太伟大了，伟大到从那以后，团扇就成了失宠弃妇的代名词了。

然而人们摇扇轻歌之际，往往替班婕妤觉得不值：早知许皇后的位子反正坐不牢，当初何不自己先占了去？

唐寅著名的《秋风纨扇图》后有祝允明的题诗，表达的便是这样一种感慨：

碧云凉冷别宫苔，团扇徘徊句未裁。
休说当年辞辇事，君王心在避风台。

唐代诗人王建的《调笑令》说的也是这个典故：

团扇，团扇，美人病来遮面。
玉颜憔悴三年，谁复商量管弦？
弦管，弦管，春草昭阳路断。

还有纳兰容若那首流传得都泛滥了的《木兰词》：“人生若只如初见，何事秋风悲画扇”，也正是用“秋扇之捐”来抚今思昔。

如果一个女人失了情爱，就会被形容为秋扇之捐，仿佛被抛弃是扇子的错，是扇子不识时务，不知进退——秋天已经到了，扇子已是无用之物，不被弃又能如何？

可恨扇子不会说话，不能质问那个千里挑一地选择了它又理直气壮地遗弃了它的人：既然早已注定分离的命运，当初又何必结下牵手之缘？

班婕妤的远避事端也许是明智的。

因为后来的事实表明，赵飞燕、赵合德的手段越来越狠辣，而汉成帝则越来越昏聩。

赵氏姐妹自己无所出，也不许皇上宠幸别的妃子，以致成帝无子。汉成帝也有点急了，便常常偷偷摸摸拈三搞四，宠幸个妃子、宫女什么的，但是即便有人怀孕，也难生下来，还要被赵氏姐妹处死；纵然生得下来，也没法长大，母子两个都要被弄死。

汉成帝一则为了自己纵欲，二则为了讨好合德，每天在房中努力，而且生怕自己表现不好，还要令宫中术士为自己大量制造“伟哥”药丸。

这些药丸，一颗便有奇效。但是汉成帝觉得劲儿不够大，有一天竟然连着服用了七颗，最终精尽人亡，死在了赵合德身上，所谓“牡丹花下死，做鬼也风流”。

按理说，面对这么一个始乱终弃朝三暮四薄情寡义心狠手辣的皇上，班婕妤是不应该有什么感情的，但是她偏偏提出了要为汉成帝守陵的意愿。自愿离开皇宫，去皇陵陪着石人石马，与汉成帝阴阳相守，直到天荒地老。

不论汉成帝多么昏庸，班婕妤是真心爱过他的，即使他那样地冷落过她，辜负过她，她仍然愿意无限地原谅。

班婕妤是写《女诫》的班昭的姑奶奶，三从四德就是打她们班家女儿的血液中输出的：你可以对我朝三暮四，我却要对你从一而终。也许这便是班家女儿的爱情理想、道德指标，完成冰雪人生的最高执行守则。

班婕妤一生只活了四十几岁，但是她的故事和团扇诗，却流传了上千年。

徐婕妤这首《长门怨》，便是向她致敬。

说完了班婕妤的生平，我们来一句句看这首《长门怨》。

“旧爱柏梁台，新宠昭阳殿。”柏梁台既可以代指宫廷，又可以代指应制诗。相传汉武帝曾经在柏梁台上与群臣设宴联诗，每人一句，七言，句句用韵。后来，人们便把这种每句用韵的七言长诗称作“柏梁体”。

班婕妤以才闻名，故而这里用柏梁台来代其身份，极为典雅；而昭阳殿是汉成帝宠妃赵合德住的地方，此处代指专宠后宫的赵氏姐妹。后来王昌龄的《长信秋词》“玉颜不及寒鸦色，犹带昭阳日影来”用的是同样的手法。

所以这首联开宗明义，以建筑代替人物，说明汉帝移情别恋喜新厌旧的事实，既幽怨婉约又典雅含蓄。

“守分辞芳辇，含情泣团扇。”写了班婕妤人生两件大事：辞辇之德，秋扇之捐。

“一朝歌舞荣，夙昔诗书贱。”这是诗中最漂亮的一句，也是这首诗的主题所在，翻新古意，发前人所未发。说君主的眼中只看到了赵飞燕的歌舞妖娆，哪里还会在意班婕妤的诗书才华呢？诚如孔子所云：“吾未见好德如好色者也。”

“颓恩诚已矣，覆水难重荐。”尾联明志，说恩爱已逝，覆水难收，绝不乞求。

这句“覆水难重荐”也是一个典故，说的是会稽太守朱买臣得官之前，贫贱不堪，以砍柴为生，却还不忘读书，每天一边担柴一边诵读，这就是与李密“如挂角”并列的“如负薪”，说的就是刻苦而贫穷的朱买臣同学。

这么穷，自然就被老婆崔氏嫌弃了，还逼着他写下和离书。朱买臣不愿离婚，苦求说：“以前有人给我看过相算过命，说我五十岁得富贵，我今年四十了，你再坚持十年，就可以享受大富大贵了。”崔氏说：“呸，你想得倒美，我现在还算是徐娘半老风韵犹存，前脚儿跟你离了，出后门儿就能找到新户主。要是再等十年，熬得人老珠黄了，谁还会要我？”

这么着，两人就签了和离书。

十年后，朱买臣做了会稽太守，骑马披红鸣锣开道地归来。崔氏悔不当初，当街拦马求情，想与朱买臣重归于好。

朱买臣很文艺地说：“娘子，我们回不去了。”

但是崔氏不肯，说我从前跟你吃过那么多苦，现在你终于富贵了，却没我啥事儿，这也太不公平了。只要你肯重新娶我，让我做什么都行。

于是朱买臣命人端了一盆水，泼在马前，对崔氏说：“你要是能把水重收盆中，我就重新认你为妻。”

这就是“覆水难收”的来历，又叫作“马前泼水”，还被写进戏里，名为《烂柯山》，是昆曲常演剧目。

徐惠在这里代天下所有被冷落但有志气的女人大声宣言：你要走就走，我绝不会像崔氏马前自荐那样求你回来的！

李白有一句非常著名的“仰天大笑出门去，我辈岂是蓬蒿人”被人争相传诵，听上去感觉傲气冲天，可是大多人没有注意或者压根儿不知道这首诗的前两句是：“会稽愚妇轻买臣，余亦辞家西入秦。”

会稽愚妇，用的正是这个“马前泼水”的典故，可见李白在不得志时，也曾经像朱买臣一样被老婆轻贱羞辱过。

三

徐惠最让人称道的作品还不是诗，而是一篇《谏太宗息兵罢役疏》，这里选取开篇一段：

> 自贞观以来，二十有二载，风雨调顺，年登岁稔，人无水旱之弊，国无饥馑之灾。昔汉武守文之常主，犹登刻玉之符；齐桓小国之庸君，尚图泥金之事。陛下推功损己，让德不居。亿兆倾心，犹阙告成之礼；云亭伫谒，未展升中之仪。此之功德，足以咀嚼百王，网罗千代者矣。然古人有言："虽休勿休"，良有以也。守初保末，圣哲罕兼。是知业大者易骄，愿陛下难之；善始者难终，愿陛下易之。

这篇文章辞藻华美，立意堂皇，雄才伟略，正道大义，竟然出自后宫女子之手，不能不令人整冠再拜。

文章写于贞观二十二年（648），李世民在开创了"贞观之治"这样的圣明政治后，渐渐开始好大喜功，犯了隋炀帝穷兵黩武的老毛病，多次兴兵攻打高句丽，以致民间怨声载道。于是徐惠进了这份奏疏，希望他节俭收敛，收兵罢战，休养生息。这真是大功德，大道义。

书中说"业大者易骄""善始者难终"，是非常有政治头脑的真知灼见，切中古今高居尊位之人的至大弊端。《诗经》有云："靡不有初，鲜克有终。"经常被人引用来劝诫帝王善始善终，这一句实有异曲同工之妙。

每个登上龙椅的皇帝，开始未尝不想做个勤政爱民的好皇帝，也很有几位明君做出些功业来，但往往做着做着就被胜利冲昏头脑，做起昏君来了。后来的唐玄宗就是最明显的例子，“开元盛世”和“安史之乱”发于一君之政，简直人格分裂，原因就是“善始者难终”。

唐太宗李世民幸亏死得早。他被历史评价为虚怀纳谏的好皇帝，但是后期便开始刚愎自用起来，谁劝也不好使。看到徐惠的这篇奏疏后，太宗颇有感悟，还因此厚赏了徐惠。

但是四月徐惠才上疏劝太宗节约，六月太宗就下诏为长孙皇后大兴土木，修建大慈恩寺，而且建得“壮丽轮奂，今古莫俦”（玄奘语），共有十几个院落，近两千间房屋。这不仅和徐惠奏议的节俭背道而驰，就是和长孙皇后生前的主张，也是完全相悖的。

好在，这昏庸劲儿刚冒头，第二年太宗就及时地驾崩了，总算保住了圣君的好名声。

太宗驾崩后，按皇家惯例，没有子嗣的嫔妃都是要落发为尼或被送进冷宫的，所以武媚娘被送进了感业寺出家，徐惠也被送进了崇圣宫清修。

白居易有一首《陵园妾》，便是这种生活的写照：

陵园妾，颜色如花命如叶。
命如叶薄将奈何？一奉寝宫年月多。
年月多，时光换，春愁秋思知何限。
青丝发落丛鬓疏，红玉肤销系裙慢。

忆昔宫中被妒猜，因谗得罪配陵来。
老母啼呼趁车别，中宫监送锁门回。
山宫一闭无开日，未死此身不令出。
松门到晓月徘徊，柏城尽日风萧瑟。
松门柏城幽闭深，闻蝉听燕感光阴。
眼看菊蕊重阳泪，手把梨花寒食心。
把花掩泪无人见，绿芜墙绕青苔院。
四季徒支妆粉钱，三朝不识君王面。
遥想六宫奉至尊，宣徽雪夜浴堂春。
雨露之恩不及者，犹闻不啻三千人。
三千人，我尔君恩何厚薄。
愿令轮转直陵园，三岁一来均苦乐。

陵园妾的历史起源于曹操。建安十五年，即公元210年，曹操在邺城（今河北临漳）修筑铜雀台，上有120间屋子，楼顶铸有大铜雀，是他晚年宴乐之所。曹操的侍妾与伎人，都住在铜雀台上，即使在他死后，也要每天上供酒果，每月初一、十五，对着他的坟墓歌舞。

杜牧说“东风不与周郎便，铜雀春深锁二乔”，就是说如果不是诸葛亮借东风成功，帮了周瑜的忙，那么大乔小乔都可能会被曹操抢走，弄到铜雀台去了。这是一句纯想象，但被后人附会成曹操对小乔有非分之想，是为小乔发动的这场战争，未免想当然了。前几年吴宇森导演、林志玲主演的《赤壁》，就是沿着这个错误思路和逻辑生拧出来的一个金装花瓶。

唐朝时，这种被安排守陵的宫廷女子有很多，依照唐制，

“凡诸帝升遐，宫人无子者悉遣诣山陵供奉朝夕，具盥栉，治寝枕，事死如事生”。

比如太宗为长孙皇后的昭陵，就修建了很多房屋，派了许多宫人住在其间侍奉皇后，“事死如事生”。

陵园妾，其实是一种活着的殉葬。班婕妤，便是主动选择了这种“事死”的方式，视为殉情。

徐惠虽非守陵，但是“山宫一闭无开日，未死此身不令出”的际遇却是一样的。

她孤闭深宫，哀伤成疾，却不肯让太医治病，也不肯吃药，留言说：“帝遇我厚，得先狗马侍园寝，吾志也。”

意思是太宗皇上对我恩深义重，我最大的希望就是能陪着他，就如同皇陵前的石雕狗马一样相伴到天荒地老，便是无悔。

不到一年，徐婕妤病重而逝，香消玉殒，年仅24岁。

显然，长孙皇后以班昭为榜样，徐惠却是向班婕妤看齐的，不但为她写下《长门怨》，连遗愿都是希望能像班婕妤一样得伴石马。

唐高宗李治对徐惠的殉情之举大加赞赏，将其追封为贤妃，还特别下诏许她陪葬昭陵石室，完成她的心愿。

——能够陪葬石室对于后妃来说是莫大的荣誉，历来只有帝后二人才能同墓甚至同穴而葬，其他嫔妃只能各按品级葬在距离昭陵主峰或近或远的地方。

不仅如此，徐惠的家人也从此飞黄腾达起来。徐惠的父亲徐孝德连升六级，被擢为正四品上的果州刺史；弟弟徐齐聃也被任命为沛王李贤的侍读，和王勃做了同事；妹妹徐氏同样因为才名出众被李治召进宫，封为正三品的婕妤。

徐惠，生于太宗登基第二年，死于太宗驾崩第二年，整个人设就是以太宗为主旨，也可谓求仁得仁了。

王绩，用生命向陶渊明致敬

一

没有人能说清格律诗到底是从谁、从哪一首诗开始的，但是王绩的《野望》绝对算得上年代极早的一首标准律诗，而《唐才子传》也把王绩推为唐朝第一位诗人。

王绩（约590—644），《升庵诗话》评其："隐节既高，诗律又盛，盖王、杨、卢、骆之滥觞，陈、杜、沈、宋之先鞭也。"

"王杨卢骆"，指的是"初唐四杰"王勃、杨炯、卢照邻、骆宾王；"陈杜沈宋"，是陈子昂、杜审言、沈佺期、宋之问，接下来我们也都会讲到。

"初唐四杰"之首的王勃，就是王绩的侄孙子，现在知道王绩的辈分有多高了吧！而这位初唐叔公竟能写出一首格式工谨的五言律诗，是有多牛啊！

现在我们来看这首选入中学课本的《野望》：

东皋薄暮望，徙倚欲何依。

树树皆秋色，山山唯落晖。
牧人驱犊返，猎马带禽归。
相顾无相识，长歌怀采薇。

这是一首标准的首句不入韵五言律诗平起式，简直是一首写给未来的诗。

这首诗放在大唐三百年的浩帙诗卷中或许算不得什么，但是若从唐朝初建一路讲来，了解到它是在“陈隋遗响”的初唐时期产生，就会发现王绩能在宫体诗的围追堵截中写出这样一首清丽绝尘的诗是有多么伟大了。

首联照传统写的是时间、地点，乃在东皋这个地方，作者徘徊于黄昏时分，遥望旷野，不知该何去何从。这是标准的起句，相当于曹操《观沧海》的“东临碣石，以观沧海”。作诗之前，先拉开架势，做好引吭高歌的准备。

皋，是水边地。东皋，指王绩家乡绛州龙门的一块山坡地，王绩归隐后常游于北山、东皋，所以自号“东皋子”。

徙倚，是徘徊，这句化用了曹操《短歌行》里的“月明星稀，乌鹊南飞，绕树三匝，何枝可依”，其意图不言而喻。一开篇情景交融，表达了一种惆怅孤寂、无所适从的迷茫感。

颔联写所望之景，“树树皆秋色，山山唯落晖”一联成为千古佳句，对仗工整，意境开阔，有无限萧疏之感。

律诗写作最常见也最简单的方法，就是颔联写景物，颈联写人事，这首诗就是标准写法。“牧人驱犊返，猎马带禽归”紧承上联，由静至动，由景及人，为后世律诗做出了典范。

这显然是一幅田园牧歌式的山野画卷，有光有色，有远有近，有动有静，无比和谐静谧。

但是这样静美的图画并不能让迷惘无依的王绩真正感到安慰，于是在尾联上发出感慨："相顾无相识，长歌怀采薇。"这是说举世无知己，唯有高唱《采薇》之歌，向古代隐士中寻找知音去了。

采薇，说的是伯夷、叔齐不食周粟的故事，是一个在古诗文中极为常见的典故。

殷商末期，孤竹君临死传位给三儿子叔齐，但叔齐不肯，认为自己是三子，怎么能抢大哥的王位呢，坚持让位于伯夷。但是伯夷也不肯，觉得这是不遵父命，索性逃走了。叔齐一看，这不行啊，你走了我坐皇位，这不成我逼你让位了吗？便也跟着逃了。

两个人在西岐相遇，正赶上周武王起兵伐纣，两人觉得武王不忠不孝，于是拦马力谏："父死不葬，爰及干戈，可谓孝乎？以臣弑君，可谓仁乎？"

意思是说，你爹周文王刚死，你不去好好守孝，反而大动干戈，是谓不孝。纣王无道，自有老天罚他，你以下犯上，以臣弑君，是谓不仁。

周王的护卫想揍他，被姜子牙劝下，说这两个人仁义啊，不可伤害，让人把他们扶下去了。

尊重归尊重，不听照样不听。武王大军浩浩荡荡地开拔了，不久灭纣得了天下，开创了泱泱大西周。

这是公元前1046年的事情。

这对于历史来说绝对是件好事，是华夏文明真正的起点，但是伯夷、叔齐认为不合天道，坚决不肯承认周朝，甚至以吃周天下的米饭为耻，因此归隐首阳山，采食薇菜为生，最终饿死山中。

从此以后，凡是诗文中提到采薇啊，首阳啊，都指的是这个“不食周粟”的典故，表达高洁归隐之意。

且说伯夷、叔齐哥俩儿争着让位的行为，和李唐王室父子兄弟的同室操戈正形成鲜明对比。这首诗年代不详，不过我怀疑作于玄武门事变后不久，用来讽刺唐皇，表达心志。同时，也看出了王绩的清高。

这也难怪，他的诗写得这么超前，在当世上哪儿寻找知音去啊？

二

王绩一生三仕三隐，最在意的事只有三件：喝酒、喝酒、喝酒！

其余之事如做官、写诗、弹琴、属文、种田、修史，甚至吃饭，都只能算是不得已而为之或是捎带手儿的生存行为，如果没有酒，只怕他连活着都嫌麻烦。

隋大业元年（605），王绩应孝廉举，中高第，授秘书省正字。这是他第一次做官。

但他生性简傲，不愿意在朝廷供职，每天准点上朝打卡，还要跟一帮大臣应酬交往，于是自求为扬州六合县丞。

从这一点就可以看出他对仕途一点野心都没有，因为做官当然要做京官，只有在天子身边打转，多表现，升职的机会才多。

人人都是削尖脑袋往朝廷钻，独独王绩却不做朝臣做县丞，可见考举得官不过是为了挣份工资，糊弄日子罢了。

做了县丞，他也不理公务，每天只管闷头喝酒。

隋朝末年，天下大乱，恰好又有人弹劾他不理政务，这可给了王绩辞官的理由，遂长叹一声："网罗在天，吾且安之！"立马递了辞呈跑回家了。

这句话的意思是这世道就像天降大网一样乱啊，我且只管安静逍遥一会儿吧。

在这样的充分理由下，王绩赋闲得理直气壮。

唐武德八年（625），高祖朝廷征召前朝官员，又把王绩找出来了，命以原职待诏门下省。

这是王绩第二次做官，完全是被迫的。

弟弟王静问他："待诏快乐吗？"王绩说："还行吧，这活儿薪水少，又无趣，好在每天供应三升酒。"

这话传到他的顶头上司陈叔达耳中，笑说："三升酒哪够王先生喝呢？"于是从三升加到一斗。而王绩也因此得了个雅号"斗酒先生"。

但是到了贞观初年，王绩再次称病罢官。我猜，就是因为看不惯李世民杀兄弑弟，于是跑到东皋"长歌怀采薇"去了。

后来，王绩再次被朝廷征召有司，王绩百般不情愿地出山，讨价还价说：非让我当官也行，但我要做太乐丞。

吏部觉得品级不对，不合规矩，但是架不住王绩一再坚持，还是同意了。

谁也想不到，王绩坚持这么做，不是因为多么热爱音乐舞蹈事业，而是因为听说太乐署有个叫焦革的人，善于酿酒。他想方设法做了人家的顶头上司，就是为了方便喝酒。

后来焦革果然一直供他喝酒，让王绩总算觉得上班有了盼头。

可惜的是，焦革的命短，不久去世了；好在焦革的妻子已经学会了酿酒之术，便一直坚持给王绩送酒。王绩也一直照顾着焦家。

可是一年多以后，焦革的妻子也去世了。这下王绩哭了，叹息说："这是老天爷不让我畅饮美酒吗？"

酒都没了，这官还有什么好做的。王绩立刻又第三次辞职了。

这也是他最后一次做官。

王绩回家后，建了座杜康祠来祭祀酒仙，竟然把焦革也给摆进去供了起来，真是一个懂得感恩的人。

他且尊焦革的酿酒法为经典，又采用杜康、仪狄以后各种酿酒的方法，编成了《酒经》《酒谱》二书。李淳风赞颂他说："您真是酒家南董啊。"

南董，是春秋时的齐国史官南史、晋国史官董狐的合称，皆以直笔不讳而著称。李淳风这是赞美王绩，堪称是写酒的太史公。

“酒家南董”王绩几乎无诗不酒，而最著名的还要属《过酒家五首》，又作《题酒店壁》，看来是喝醉了就在墙上乱写乱画：

其一

洛阳无大宅，长安乏主人。
黄金销未尽，只为酒家贫。

其二

此日长昏饮，非关养性灵。
眼看人尽醉，何忍独为醒。

其三

竹叶连糟翠，蒲萄带曲红。
相逢不令尽，别后为谁空。

其四

对酒但知饮，逢人莫强牵。
倚垆便得睡，横瓮足堪眠。

其五

有客须教饮，无钱可别沽。
来时长道贳，惭愧酒家胡。

字面浅白流畅，无斧凿痕，最值得一提的是第二首与第五首。

第二首乃是借诗明志，化用屈原“举世混浊而我独清，众人皆醉我独醒”。表面上说自己昏醉不醒是随波逐流，但是“眼看”“何忍”却表达出深切无奈，显然是对唐朝政治不满，故而《唐才子传》中称其“高情胜气，独步当时”。

最有趣的是第五首，堪为各酒家的规则须知：来的都是客，但坐请喝酒，不过要是没钱的话就别来了，可不能赊账，不然人家店主小本经营，可是亏不起啊。

贺知章请李白喝酒时，大概就是看了这首“须知”，才不好意思赊账，解下腰间皇上御赐的金龟来抵押的。

三

既有酒量，更有酒品，王绩先生可真是一个妙人儿啊，堪为酒徒楷模。

而王绩自己的偶像，是“竹林七贤”与陶渊明，尤其是陶渊明。看王绩的一生，简直是用生命来向元亮先生致敬：

陶渊明挂冠归隐，王绩也选择归隐。

陶渊明寄情琴书，王绩也擅长丝弦，曾“加减旧弄”改编琴曲《山水操》。

陶渊明因为家门前有五棵大柳树，自号“五柳先生”，著有《五柳先生传》，王绩便自称“五斗先生”，也写了个《五斗先生传》。自称可以一饮五斗，“以酒德游于人间，有以酒请者，无贵贱皆往，往必醉，醉则不择地斯寝矣。醒则复起饮也”。

陶渊明种田，王绩也种田，而且种得比陶渊明好。因为陶渊明“晨兴理荒秽，带月荷锄归”，辛辛苦苦忙了半季，却落得个“草盛豆苗稀”的惨败成绩，弄得家徒四壁，朝不保夕。王绩却坐拥良田，光是黄河中间的一片河渚滩地就有十五六顷，相当于一千五百亩，所以我猜他种田也不是靠自己种，而是雇了长工的。

但他肯定偶尔也会自己动手，而且经常教儿子下田，有《田家三首》为证，我们只看第一首：

阮籍生涯懒，嵇康意气疏。
相逢一醉饱，独坐数行书。
小池聊养鹤，闲田且牧猪。
草生元亮径，花暗子云居。
倚床看妇织，登垄课儿锄。
回头寻仙事，并是一空虚。

凭这句“登垄课儿锄”就可以证明王绩是会种田的，而且小日子过得不错。又养鹤又放猪的，躺在床头看老婆织布，登上田头教儿子种豆，是个顾家的好男人。除了喝酒好像也没什么坏毛病，每天看看书写写字，有朋友来就一块喝酒，自己独处就写诗练字玩，真是神仙生活。

所以他就又开始怀念起隐士前辈了，将阮籍、嵇康、陶渊明（字元亮）、扬雄（字子云）挨个儿点了遍名，最终说所谓寻仙，皆是虚话，就这样过挺好的！

其中阮籍和嵇康，都是“竹林七贤”中的人物。

魏晋年间，司马家族权倾当世，政治气氛极其残酷黑暗，于是很多高士都选择了归隐避世的生活方式。嵇康、阮籍、山涛、向秀、刘伶、王戎、阮咸七人，时常相约于山阳县竹林喝酒纵歌，世称“竹林七贤”。

“七贤”的四大特色是：诗、酒、琴和丹药。

其中最好酒的是刘伶，每天自己带个酒壶到处晃荡，让随从拎把锄头跟在身后，叮嘱说我醉死在哪儿，你就在哪儿将我就地刨坑埋了。

但是王绩这个酒徒在诗里并没有提刘伶，却把阮籍摆在第一位，那是因为阮籍在喝酒这件事上做过他的老师：阮籍听说步兵营藏了三百斛好酒，于是主动求降职做了步兵校尉，把酒喝光后就辞职了——王绩为了做焦革上司而请求做太乐丞，大概就是受到阮籍的启发。

阮籍还干过一件特别牛的事。司马昭——就是司马懿的儿子，“司马昭之心，路人皆知”的那个司马昭——想与他联姻，结成儿女亲家。阮籍竟然大醉六十天，司马昭派人来请一次看他不醒，请两次仍然不醒，这样子接连醉了两个月，硬生生把婚事给搅黄了。

醉酒能连醉两个月，我们听听也是醉了。

嵇康，更是我喜爱的一个人物，他满腹经纶，琴书绝学，却隐居闹市，以打铁为生，但仍然躲不过司马集团的加害，因过被判斩刑。

赴死之前，嵇康请求说：“请让我最后弹一次琴吧。”于是横琴膝上，抚弦一曲，直弹得云垂海立，石破天惊，曲罢，长叹一声：“《广陵散》从此绝响！”从容就死。

小时候以为临死前大口喝酒大力摔碗，然后大声高喊一句

“脑袋落了碗大个疤，十八年后又是一条好汉”就已经是英雄气概了，听说嵇康的故事后，我才知道真正的豪杰当如是！

《三国演义》因为站在汉室正统的立场上，一直对刘备更多偏袒，而对曹操极尽丑化，称其为枭雄、奸雄。

可是想一想，汉末董卓犯乱，如果不是曹操，汉室的灭亡还要再提前几十年。至于“挟天子以令诸侯”，谁让天子那么无能呢？

曹操能有曹丕、曹植这样文武双全的儿子，而刘备就只生了个阿斗，这能怪谁？

更何况，曹丕待汉献帝不薄，逼他禅位后并没有杀了他，而是封了个山阳公给他养老送终，且陪着他相濡以沫的还是曹丕的亲妹妹呢。

所以直到曹魏时期，虽然诸雄争霸，但都还奉行周礼，大格不改。而且因为曹操是个诗人，两个儿子曹丕和曹植的文学造诣也都很高，遂上行下效，围绕“三曹”而开启了一代诗风，人称“建安风骨”或是“建安文学”。

但是到了司马家大权独揽的时候，杀戮渐重，动辄就是“诛灭三族”。每有争斗，必牵连极广。这使得文人志士颇有幻灭之感，纷纷选择归隐避世，遂有“竹林七贤”崛起，“玄学清谈”风行。

但是司马家虽然夺了曹魏天下，对阿斗也还是好言好语相待，好吃好喝供奉，美得他“乐不思蜀”；至于对曹家，也留有情面，迫曹奂退位后，封为陈留王，还允许他继续使用天子旌旗，保持一个帝王的尊严，给晋武帝上书时不用称臣，受诏也不用跪拜。

曹魏对汉室，以及司马家对曹家，比之大唐历代君王对子女的态度，已经好太多了，更不用说相比于大宋皇帝对诸国降君的毒杀了。

这就叫“人心不古，世风日下”。

四

“建安七子”“竹林七贤”，与稍后的谢灵运、陶渊明等，共同开创了一种文学风格叫作“魏晋风骨”，又叫“魏晋风度”“魏晋风流”，为后代诗家之楷模。

王绩有一首《赠程处士》最能表现他“越名教而任自然”的魏晋遗风：

百年长扰扰，万事悉悠悠。
日光随意落，河水任情流。
礼乐囚姬旦，诗书缚孔丘。
不如高枕枕，时取醉消愁。

首联的“百年”，既可以指实际意义上的近百年来混乱纷争，也可以代指人生百年皆是扰攘烦恼，万事杂陈。

然而“世上本无事，庸人自扰之”，不如安分随缘，让太阳随意照耀，河水自然流淌，春去秋来，任其自然，岂非安逸?

最妙的是颈联，又一句千古经典：“礼乐囚姬旦，诗书缚孔丘。”发前人所未发，实有千钧之力。后人每每评价历史文化现象，往往会引用这一句。

前面讲过，古人作诗很喜欢两个典故连用来形成对仗，王绩的这句和前一首诗的“阮籍生涯懒，嵇康意气疏”“草生元亮径，花暗子云居”都是这样。

姬旦，周文王四子，“制礼作乐”，史称周公。是孔子之前、黄帝之后对中国文化影响最大的人，中国礼乐文化的重要奠基者。结婚同房又叫作“行周公之礼”，就是因为婚姻仪礼这些都是由周公制定的；他还有个本事是解梦，可能更为百姓所喜闻乐见。

孔丘，就是孔子的本名，字仲尼，修《诗》《书》，定《礼》《乐》的人，是儒家文化的至圣先师。

这么德高望重的两位圣贤，王绩竟然说他们被礼乐诗书禁缚住了，活得太不潇洒。真不如枕在高高的枕头上，时不时喝五斗来取醉消愁，更加自在畅快。

这真是一个哲学问题：日落水流都能任其自然，人为什么要受到礼教的束缚呢？

颔联和颈联又是一写景一写事，却又不是简单的即景言情，而是两者形成鲜明对比，让自然现象和人为意识展开激烈辩论，然而多半是没有答案的。

于是王绩又回到了喝酒的老路子，而且因为深知自己逢饮必醉、“醉则不择地斯寝”的坏毛病，所以先抄个枕头摆摆好，躺稳了再喝。

我个人认为这首诗的水准要远超过王绩其余的诗，但是除了“礼乐囚姬旦，诗书缚孔丘”这一句外，向来不为人们重视。可能是太消极的缘故。

除了这几首之外，王绩诗中如“不知今有汉，唯言昔避秦”“看书唯道德，开卷止农桑”“斜溪横桂渚，小径入桃源”“阮籍醒时少，陶潜醉日多”等句，也都颇可玩味。

诗句中所透露出来的那股浓浓的陶潜遗风，让人真心感慨：陶渊明有这样一个骨灰级的脑残粉是多么幸福啊。

王绩以魏晋风度为准绳，对陶渊明的模仿秀坚持了一生，至死方休。

陶渊明死前曾经标新立异，自己为自己写了篇《自祭文》。这样超凡脱俗的举动，王绩哪能不学习呢？于是他也在自己重病垂危之际，最后一次向偶像致敬，也给自己写了篇《墓志铭》：

> 王绩者，有父母，无朋友，自为之字曰无功焉。人或问之，箕踞不对。盖以有道于己，无功于时也。不读书，自达理，不知荣辱，不计利害，起家以禄位，历数职而进一阶，才高位下，免责而已。天子不知，公卿不识，四十五十，而无闻焉。……

从这段墓志铭看，王绩三次辞官并不是因为不想做官，而是觉得职位不适合自己发挥，“才高位下”，对于“天子不知，公卿不识”的状况颇不以为然，深以“无闻”为憾。

不过，一个人整天喝得醉醺醺的，也确实很难让人信服，委以重任。

喝酒是很误事的。王绩的大哥王度是史官，立志写《隋史》，可惜没写完就挂了；王绩继承遗志接着写，但也未能写完——如果他少喝点酒，可能早就写完了。

最后写《隋史》这件事，还是靠人家魏徵干成的。

王绩有三个哥哥：大哥王度，史学家、小说家，没写完的是《隋史》，写完了的是《古镜记》；二哥王通，号文中子，思想家、教育家，就是王勃的亲爷爷；三哥王凝，也是史学家。还有个弟弟叫王静，是唐高祖李渊的带刀侍卫。

这一家子够牛的吧？

所以王绩应该是不缺酒钱的，这可真是一件好事。

《载酒园诗话又编》评得公道："彭泽、东皋皆素心之士。陶为饥寒所驱，时有凉音；王黍秫果药粗足，故饶逸趣。"又道："诗之乱头粗服而好者，千载一渊明耳。乐天效之，便伤俚浅，唯王无功差得其仿佛。"真王绩知己者！

王绩为自己取字无功，典出《庄子·逍遥游》："至人无己，神人无功，圣人无名。"

王绩一生是否无功且不论，但他确实是个神人！

武则天的石榴裙

一

唐朝以“安史之乱”为分水岭，可分为前期与后期。

而前期的政治又大致可以分为三个阶段：唐高祖李渊、太宗李世民为第一阶段；高宗李治和武则天的统治时期为第二阶段；武皇还政于唐到“开元盛世”前为第三阶段。

武则天进入历史，还是从唐太宗开始。

太宗因为对皇后的思念，对所有皇后嫡出的子女都极为宠爱，幼女晋阳公主和幼子李治更是一直留在身边亲自抚养。

这可是违反宫规的。因为长大了的皇子公主通常都有自己的宫殿，皇子在封王后更应该在宫外别府另住，但是晋王李治十七八岁了还继续留在宫中，甚至已经封了太子，还是同皇上住在一起，真是空前绝后，太不合理。

贞观十八年（644）和贞观二十年（646），大臣们专门为此两度上书，认为“父子不可以滞爱”，要求皇帝放太子回东宫。

李世民老大不情愿，买菜割肉般同大臣讨价还价半晌，最后各退一步，拦腰砍半：太子每半个月住在东宫，半个月留在父皇身边！

也正是因为李世民这不正常的恋子癖，才养痈为患，给了李治和武媚娘频密私处的机会，演就了大唐皇宫史上第一宗“父死子继”的不伦之恋。

这一篇，我们的主角就是这位武氏，太宗赐名武媚，自名武曌，史称武则天的中国第一位女皇帝。

武则天（624—705）小名如意，14岁进宫，太宗赐名武媚，封为才人，诗写得也是很好的。

可惜李世民对她不感冒，把她在才人的位子上一扔十二年都没有提拔，也算得上是怀才不遇了。据说所以如此，是因为一起“狮子骢事件”：

李世民一生爱马成痴，有一次得到了一匹西域送来的宝马狮子骢，非常高兴。但是骏马性烈，难以驯服，遂向群臣问计，集思广益。武媚娘从众人中走出来说：“我有方法征服它，只要给我三件东西：一条铁鞭，一只铁锤，一把匕首。”

众人不解，这算哪门子驯马工具啊？武媚娘侃侃而谈：“第一步，我会先用铁鞭抽它的背；如果它不服，就用铁锤击它的头；再不服，就用匕首切断它的喉咙！一匹不服管教的烈马，还要它做什么呢？”

换言之，再珍贵的事物，对于武媚娘来说，都只有两种对待方式：要么为我所用，要么杀之后快。

这样的女人，有多可怕？此时的媚娘还是豆蔻芳华，小小年纪就这么简单粗暴，又怎能得到李世民的欢心？这样的女人得了宠，还不得把其他妃子都欺负死？

太宗的担心不无道理，后来武则天得势，岂止不给别的嫔妃活路，就连李唐皇子也都七零八落，连自己的亲生儿子都杀得眼皮子不眨。

只可惜，高宗没有他老爹的那份英明，武媚娘在太宗那里得不到的，在高宗这儿加倍索还了。

道路是曲折的，前途是光明的，所有的成就都不是白来的。

太宗在世时，武媚娘已经和李治勾勾搭搭，但是她被发配感业寺后，高宗登基为帝，前朝风云变幻，后廷脂粉香浓，早就把武媚娘抛在脑后了。

武媚娘不是徐惠，可不甘心青灯黄卷的日子，于是辗转托人给李治寄了一首诗：

看朱成碧思纷纷，憔悴支离为忆君。
不信比来长下泪，开箱验取石榴裙。

这首诗出现得相当早，但已经是格律严谨的近体诗，标准的首句入韵七言绝句平起式，这是很了不起的现象。说明武媚娘不但诗才了得，而且与时俱进，掌握的乃是最先进的文学风向。

除了技术先进之外，这首诗的水平也非常不错，写尽相思之苦。

“看朱成碧”指的是因为愁绪迷离，魂不守舍，把红色都看成绿色了。

《天龙八部》里段正淳曾经写给阮星竹一首诗：

含羞倚醉不成歌，纤手掩香罗。

偎花映烛，偷传深意，酒思入横波。

看朱成碧心迷乱，翻脉脉、敛双蛾。

相见时稀隔别多，又春尽、奈愁何。

这里的“看朱成碧心迷乱”，说的是一样的意思。

这首诗当然不是段正淳写的，也不是金庸写的，其实是北宋诗人张耒写的。

金庸先生显然很喜欢这首诗，给书中两个古灵精怪的女孩子取名“阿朱”“阿碧”。阿朱还有个更加古灵精怪的妹妹，叫“阿紫”，一眨眼一个坏主意，但是为了萧峰，也是受尽相思之苦。

扯远了，接着看诗。下面三句说我之所以这么伤心迷离，憔悴消瘦，都是因为想你。如果不信的话，请开箱翻出我的石榴裙验看，上面滴满了为你而流的泪水。人家是以泪洗面，我是以泪洗裙子啊！

这末尾两句写得兼具婉约真挚之美，后人多有模仿之作。有个段子，说李白写了一首《长相思》，诗中最后一段高潮是：“昔日横波目，今成流泪泉。不信妾肠断，归来看取明镜前。”

写完之后颇为得意，于是向夫人献宝。没想到，李白夫人看了后，笑说：“夫君没听说武后早就写过类似的句子吗？‘不信比来长下泪，开箱验取石榴裙’。”

李白听了，“爽然若失”，觉得这句比自己写的更加婉媚。

不过，我倒觉得李白不必自惭形秽，因为武则天要求验裙子那是实物，而李白让人家验镜子，说镜子记录了我相思的愁容，这可怎么做得到呢？这无理取闹的虚招比之武则天的写实，实在高明了许多。便如高手比剑，无招胜有招，李白无愧“诗仙”之号！

当然，武媚娘那写的不是诗，而是情书。她要的不是众口称赞，而是斯人独赏！从这一点上说，武媚娘这诗的价值可高多了。

二

因为这首救命的诗，武媚娘成功地把自己从感业寺打捞出来，涅槃重生。

武媚娘嫁给李治的时候，已经并不年轻了。

永徽二年（651），媚娘除服蓄发，虽芳华已逝，徐娘半老，却以27岁“高龄”重返后宫，得封昭仪。

这女人是多高的手腕，这男人得多大的勇气啊！

李治一生软弱，唯有娶小妈武媚娘且立为皇后这两件事上却表现得特别强势有主见，简直是冒天下之大不韪，虽千万人吾往矣——那可是先皇的嫔妃，他娶回宫已经够荒诞了，还要立后。

皇后可是要母仪天下的，让武媚娘当皇后，那算是“姥仪天下”还是“奶仪天下”？

高宗对于后闱之事真是不如他爹自律。史载贞观八年，唐太宗听说有一位郑氏女才貌双全，非常仰慕，下诏封为充华。魏徵阻止说，郑氏已经和陆爽订了亲事，陛下怎能夺娶人妻？太宗闻言大惊，立即下了一道罪己诏，取消册使。

大臣们说："册封大礼已行，不应中止；何况许嫁陆氏这件事并没有定案。"就连陆爽自己都说两人并未成婚，可以不算数。但是魏徵仍然坚持说："这陆爽显然是怕皇上报复，不得不这么说。皇上纳了她，仍然脱不了仗势欺人，强娶民妇的名声啊。"

于是李世民到底还是把一个到手的美人儿给送走了。这高风亮节，光荣传统，怎么就没传下去呢？

如果说唐太宗发动"玄武门之变"给后代子孙在兵变夺位这件事上开了个滥头的话，那么唐高宗在后宫乱伦这件事上更是做了个坏榜样。他敢娶自己的小妈，他孙子李隆基就敢娶自己的儿媳妇，真是一代不如一代。

武则天能够称后，要感谢一个人，就是许敬宗。

在前面我曾讲过的"平水韵"，由其刊行者宋末平水人刘渊而得名。虽然"平水韵"的术语是宋代才出现的，但却是根据唐人用韵情况制定的。由许敬宗奏议，将之前隋朝通行的《切韵》中的邻韵合并，把汉字划分成106韵部，格律诗用韵的韵脚必须出自同一韵部，不能错用。清代康熙年间编的《佩文韵府》亦沿用此106韵，遂成为后代广为流传的"平水韵"。

许敬宗（592—672），曾任隋朝小官，归顺唐朝后被秦王李世民召为秦府学士，后来一路擢升为著作郎，监修国史，升迁为中书舍人。

永徽五年（654），高宗想要废掉王皇后，立武昭仪为后，长孙无忌、褚遂良等顾命大臣自然是坚决反对。

褚遂良甚至在大殿上磕头出血，声声说：“武昭仪从前曾侍奉先帝，天下无人不知，现在要立为皇后，岂不被后人耻笑？如果陛下一定要坚持，老臣愿辞官归田，不事昏君。”气得唐高宗差点儿下令杀了褚遂良，还是长孙无忌力谏说：褚乃顾命大臣，不可妄杀，才保下老褚一命。

许敬宗为迎合高宗，多次私下劝长孙无忌促成此事，却被长孙老头厉声斥骂。

长孙无忌乃是长孙皇后的亲哥哥，也就是李治的舅舅，当朝宰相，德高望重，地位之尊根本不是一个小小的隋臣许敬宗能比的，所以压根儿不给他面子。

但是武则天却将许敬宗引为心腹，将他迁升礼部尚书。许敬宗为报重用，到处散言：“田舍翁多收十斛麦，尚欲易妇；况天子欲立一后，何豫诸人事而妄生异议乎！”意思就是说：男人有钱就变坏，自古皆然，连种地的农民多收十斛麦，赚了点钱，还想着换老婆呢。何况天子立后，这是皇上的家事，和别人本就没有关系，何必妄加议论呢？

从此，“田舍翁易妇之心”就成了男人见异思迁的代名词。这番谬论竟得传世，可想而知在武昭仪立后这件事上起到了多大的作用。

武则天当了皇后，就开始报复那些曾经反对这件事的人。许敬宗便趁机诬告长孙无忌、褚遂良、韩瑗等人图谋不轨，于是他们被流放岭外，并死在那里。而许敬宗因主张立武后有功，一路升迁。

《旧唐书》对他评价极低，说他“弃长子于荒徼，嫁少女于夷落。闻《诗》学《礼》，事绝于趋庭；纳采问名，唯闻于黩货。百圭斯玷，有累清尘，易名之典，须凭实行”。

罪名综合起来就是三件：一是因为儿子和后妈私通，所以就把儿子发配边疆了；二是贪图财礼，把女儿嫁给少数民族；三是做史官时任凭自己的喜好篡改历史，把史书当成电视连续剧来写，想怎么伪饰就怎么伪饰。

有趣的是，之前的史书像《汉书》《三国志》《晋书》等，都是没有专门为奸臣列传的，北宋欧阳修、宋祁所编《新唐书》，第一次在正史中列出《奸臣传》，而按照年代排序，第一位就是许敬宗。

至此，我们讲了《全唐诗》第一位李世民的诗，凌烟阁第一位长孙无忌的诗，中国第一位女皇帝武则天的诗，写到这位《奸臣传》第一位，自然也不能无诗。

许敬宗可是最早奏议唐诗用韵的人，在写诗方面当然也是很有些名气的，同时期与虞世南、杨师道等并列，仅次于上官仪。

这里只引其一首《拟江令于长安归扬州九日赋》：

本逐征鸿去，还随落叶来。
菊花应未满，请待诗人开。

不管你承不承认他是诗人，反正他自己是认了。

三

公元660年，李治因为风疾，经常头晕目眩，难以处理朝政，于是让武则天代批奏章。

武则天的权力进一步扩大，但也因此和李治出现了裂痕，常因政见不合而争吵。李治对武则天的霸道和强势越来越烦恼，尤其在武则天假传圣旨令人害死幽闭于冷宫的王皇后和萧淑妃后，更是令他不寒而栗，一度起了废后的念头，还让上官仪拟写诏书。

上官仪（约605—665），是初唐著名的御用文人，唐高宗非常宠信的宰相之一，常为皇帝起草诏书。最擅五言诗，曾归纳六朝以来的诗歌对仗方法，提出“六对”“八对”之说，直接影响了后世律诗的形成与发展。其诗风绮错婉媚，重视形式技巧，追求声辞之美，被世人称为“上官体”，群相效仿。

一种文风能以某个人的名字来命名，想想这人该有多牛！说是当世第一文豪也不为过吧。

我们且来欣赏一下这位高宗时代最好的诗人的最好的诗作《入朝洛堤步月》：

脉脉广川流，驱马历长洲。
鹊飞山月曙，蝉噪野风秋。

这说的是上官仪大清早去上朝，并没有急三火四地挤地铁，而是很讲究风度造型地策马徐行，沿堤玩月，衣袂飘飘，朗声吟啸。

有同僚望见其月下行吟的身影，不禁惊呼：“此非神人耶？”我们可以脑补一下那画面，就是《大话西游》里路人甲看到孙悟空飞天的那一幕：神仙啊！

当然这段子很可能是杜撰，如果是真实的，也有可能是朝臣们在拍上官老儿的马腿。但是不论怎么说，这首绝句隽逸绝俗，清新洗练，确是大家之范。

短短四句，有人物，有行为，有环境，动静结合。而“鹊飞山月曙，蝉噪野风秋”一联，《唐音癸签》评为：“音响清越，韵度飘扬，齐梁诸子，咸当敛衽矣。”对仗工整，措辞清新，十个字里八个名词，勾出平野、远山、晨月、秋风，有时间有地点，有声音有画面，没有一个废字，不愧是提出“六对”规范之人。

除此之外，另如“晓树流莺满，春堤芳草积”等对也都清丽不俗。

且说上官仪既是李治的宰相，又是朝廷的文胆，代拟一切诏书。麟德元年（664），李治让上官仪起草废后诏书，却未等成事就败露了。

当武则天气冲冲地拿着还未来得及公布于众的诏书质问皇上时，惧内的李治立刻怂了，自己不敢认账，就很不仗义地说：都是上官老儿撺掇我干的。

废后之议自然打消，李治为了讨好武则天，还许她一起上朝，临朝听政，合称“二圣”。武则天的势力和影响进一步扩大，已经成了实际意义上的皇帝，为她将来的登基铺设道路。

有了实权，武则天杀伐决断就更加毒辣了，于是授意许敬宗罗织罪名，设法扳倒竟敢拟诏废后的上官仪。

对，就是那个善于谄媚诬陷的许敬宗，真是哪哪儿都有他——帮着武则天诬陷敌对党，这原是许敬宗干熟了的勾当，做起来相当顺手，立刻就给上官仪栽了个勾结废太子李忠图谋叛逆的罪名。

李忠，唐高宗长子，其母是一个普通宫女，被王皇后收为养子，武媚娘入宫后被废，贬为梁王。

历来太子都是由皇后嫡出，武则天先后生了四个儿子，有的是太子人选，自然容不下李忠。只是废黜还不放心，此次索性一锅端，以谋反罪名将李忠赐死，同时诛杀上官一族。

上官仪，可谓武则天害死的第一个诗人。

可怜上官家男儿几乎全被处死，女眷入宫为奴，包括刚刚出生不久，还在襁褓之中的孙女上官婉儿。

关于婉儿的故事，这个中国历史上我最同情和喜爱的一个女子，我们后面会专文讲述。

四

武则天在《全唐诗》留诗46首，除《如意娘》外，最为人称道的还有一首《腊日宣诏幸上苑》，又名《催花诗》：

明朝游上苑，火急报春知。
花须连夜发，莫待晓风吹。

关于这首诗有一个非常霸气的故事。

说是在一个寒冷的冬天，武则天看到宫中蜡梅盛开，乘着酒兴赋诗下诏，命百花次日一齐开放，并令百官和自己一起游园。

第二天早晨武则天酒醒，想起昨天的荒唐举动，十分后悔。但是旨意已下，百官待命，也只好硬着头皮和群臣一起来到后花园。

没想到的是，竟然真的看到了万紫千红百花齐放的异景——这哪里是则天啊，简直是逆天！武则天的跋扈蛮横，竟然连花儿也都怕了。

武则天大喜，当即命宫人给所有开放的花木挂红绸，悬金牌，而对于抗命不开的牡丹花则燃炭火炙枝梗惩罚。

牡丹禁不住严刑拷打，只好也开花了。武则天犹未息怒，命人将御花园里几千株牡丹悉数贬出长安，移植东都洛阳。从此，洛阳就成了牡丹之乡，而奇品“焦根牡丹”则名扬天下。

这段逆天奇闻在各野史上均有记载，属清代小说《镜花缘》写得最为有趣，并借上官婉儿与太平公主之口评价：好好牡丹，不去浇灌，倒用火炙，岂非六味丸用的炙丹皮么？御花园药香弥漫，倒成了丹皮药材店了。向来俗传有“击鼓催花”，今主上与众不同，纯用火攻，可谓“霸王风月”。

真是趣事趣评。

武则天擅诗，如曹操一般，每至一地必有吟咏，且往往命群臣唱和。

公元700年，武则天率群臣游嵩山名胜——石淙山，托物言志，写下一首七言律诗《石淙》：

> 三山十洞光玄箓，玉峤金峦镇紫微。
> 均露均霜标胜壤，交风交雨列皇畿。
> 万仞高岩藏日色，千寻幽涧浴云衣。
> 且驻欢筵赏仁智，雕鞍薄晚杂尘飞。

公平地说，这首诗写得还是挺不错的，“均露均霜”“交风交雨”之对颇为巧妙，“万仞高岩”“千寻幽涧”虽然俗套，然而“藏日色”“浴云衣”则用字精奇。全诗气势豁达，颇有帝王之气。武则天自己显然也很满意，因此写完之后，要求群臣“各题四韵，咸赋七言”，都要写一首七言律诗。

大量的影视剧告诉我们，武皇晚年最倚重的大臣乃是狄仁杰（630—700），武皇每每遇事，往往要征求狄大人意见，而他也总能给出满意的答案。

如今武皇命诗，狄大人自然也不能让女帝失望，遂写下《奉和圣制夏日游石淙山》呈上：

宸晖降望金舆转，仙路峥嵘碧涧幽。
羽仗遥临鸾鹤驾，帷宫直坐凤麟洲。
飞泉洒液恒疑雨，密树含凉镇似秋。
老臣预陪悬圃宴，余年方共赤松游。

这是史上流传的狄仁杰唯一的一首诗，还是奉制而作的即景诗，除了对仗较为工整外，没有太多文学价值可言。录于此，仅是为了说明“无人不诗，无诗不唐”的盛况。

狄仁杰是史上著名的贤相，足智多谋，清正廉洁，历任京内和外省官职，都有美名流传。

武则天暮年之时，觉得时日无多，于是及时行乐，朝政多交给狄仁杰打理。狄仁杰遂起用大学士苏味道、李峤，武将张柬之等，后来也都成了一代名臣。

狄仁杰以恢复大唐为己任，对武则天多次婉转进谏，看出武则天为传位给李室王朝还是武家子孙而犹豫，遂进言：传位李唐，你可以和高宗皇帝合葬昭陵，世代享祭；若传位给武氏子侄，世上只有儿子祭母亲，没听说有侄子祭祀姑姑的。

一言惊醒梦中人。武则天长叹一声，终于决定还位于唐。

武则天死后遗诏，不立碑文，功过任由历史评鉴。

关于武则天之过，人尽皆知，尤其野史口诛笔伐，对于她的篡位弑亲之举大加挞笞。但那终究是皇家私事，与百姓其实无甚关联。

公正地说，武则天的政治是清明的，论其治国之术，其实功大于过。

北宋史学家司马光——就是砸缸的那位——认为武则天“政由己出，明察善断，故当时英贤亦竟为之用”。她所重用的狄仁杰、姚崇、宋璟都是良臣名相，可见知人善用。

武则天重视农业，命人撰写农书《兆人本业记》，认为“建国之本，必在于农”，“家足人足，则国自安”，推行均田制、屯田制，兴修水利，极大促进了农业生产的发展。

武则天执政时期，国库充实，人口繁增，边疆安定，文化发达。她进一步推广科举制，首倡殿试，创办武举，为国家选拔了大批人才。这些都为后来的“开元盛世”直接奠定了基础。

可以说，没有武则天，就不可能有“开元盛世”。如果不是因为武则天是女人，李隆基绝对没机会空手套白狼，白得半个开明皇帝的好名声。

所以，且不论这皇上是男是女，守身如玉还是淫乱后宫，只要能善待百姓，政治昌明，就是一位好皇帝。

元芳，你怎么看？

卢照邻，生命不堪承受之痛

一

“初唐四杰”王杨卢骆在他们活着的时候已经成名了，然而因为“陈隋遗响”为后人褒贬不一，而为他们正名的是杜甫。一句“王杨卢骆当时体”，盖棺论定，再也没有人质疑“四杰”的价值了。

这首诗全诗如下：

王杨卢骆当时体，轻薄为文哂未休。
尔曹身与名俱灭，不废江河万古流。

杜甫说：王杨卢骆的文风，乃是初唐这种特定时期出现的一种体格，自然有它的时代意义。肤浅轻佻的人们长篇累牍地撰文哂笑他们，真是太不自量力了。你们这些人还笑话别人呢，要知道等你们死了之后，名字很快就会被人忘记，湮没无闻；而“四杰”之名，却会像长江黄河一样万古流传，哪是尔辈可以仰望的？

这首诗一出，诗家们再也不好意思厚着脸皮评价“四杰”的诗作了。

反而是今天又有许多不会写诗却擅点评的“叫兽”们跳出来

撰文质疑，认为杜甫对“四杰”评价过高，这真是件非常好笑的事。因为“四杰”遗世已近一千五百年，我们还在喋喋不休念着他们的名字，这本身已经证明了“不废江河万古流”，如此明白的事实，还有什么好讨论的呢？

这个时代不产诗人，却偏偏盛产各种“砖家”，真让人叹息啊！

“四杰”排名，并不是后人的评价，而是在他们活着时就有的，杨炯说“愧在卢前，耻居王后”可以证明。

杨炯以自己的名字排在王勃之后为耻，但又不愿意担骄傲之名，所以又谦虚地拉上了卢照邻，说不好意思站在他前排——大概是因为敬老。我们按时间顺序看看四个人的生卒年份：

卢照邻（约636—约680）

骆宾王（约638—约684）

王勃（约650—676）

杨炯（约650—约693）

从上可见，杨炯和王勃差不多是同年出生的，般大般儿的两个人同时成名，自己却排在对方后面，这让杨炯很不服气——如果他知道王勃会死得那么早，也许就不会计较了。

注意，上面几乎所有的年份都写着个“约”字，是因为“四杰”的身世都有点扑朔迷离，而且非正常死亡，正史野史的记录颇不相同，这里只取最通常的说法。

我们既然是以诗说史，年份是第一参照物，所以就尊重杨同学的意见，把卢照邻排在前面先讲吧。

卢照邻，幽州范阳（今河北涿州）人，号幽忧子，幽怨忧郁得不能再幽忧了。

其实我真是很怕写卢照邻，实在是他的一生太惨了，写起来让人郁结，光是想一想他的诗文，就觉得浑身疼痛。

都说“有什么不能有病，没什么不能没钱”。然而卢照邻的人生恰恰是反着来的，该有的没有，不该有的偏有，贫病交加，而且病得相当重。

他的病和唐高宗李治一样，是“风疾”，不过症状比高宗还严重。唐高宗发作时只是头痛难忍，甚至昏迷，遂让武后代批奏章，协理政务，渐渐发展至二圣临朝。

卢照邻却是浑身疼痛，几近瘫痪，他在《释疾文》中自述病状：“余羸卧不起，行已十年，宛转匡床，婆娑小室。未攀偃蹇桂，一臂连蜷；不学邯郸步，两足匍匐。寸步千里，咫尺山河。”连走一步路都极其困难。

王勃曾在《滕王阁序》中写道：“关山难越，谁悲失路之人”，被引为千古名句。而同为“四杰”之一的卢照邻，岂止关山难越，就连走出自己的斗室都用尽力气。

为了治病，他到处求医问药，得了一个秘方，需用丹砂配药。这时候卢照邻为了治病早把家里那点积蓄折腾光了，哪里买得起丹砂？于是只好四处借钱，还为此写了篇“博客”众筹：

访知一处有此物甚佳，两必须钱二千文，则三十二两当取六十四千也。空山卧疾，家业先贫，老母年尊，兄弟禄薄，若待家办，则委骨于巉岩之峰矣。

——我为治病要筹集六万四千块钱，但是上有八十老母要养，兄弟的薪水又少，养我妈都养不起，哪有余力管我？如果指望兄弟筹款，那我只有在山中等死了。

> 意者欲以开岁五月谷子熟时，试合此药。非天下名流贵族、王公卿士，于仁恻之心，达枯骨朽株者，孰能济之哉！今力疾赋诗一篇，遍呈当代博雅君子。

——看来卢照邻这篇文章寄送的不是一两个人，而是能够得着的富贵朋友，人手一份，广种薄收。

> 虽文不动俗，事或伤心。倘遇晏婴，脱左骖而见赎；如逢孔子，分秉粟以相忧，则越石原宪，不辛苦于当年矣。唯当坐禅念室，以答深仁。

——这个高帽戴得壮观，把肯救援的施主形容成晏婴、孔子那样的圣人了，说我会每天在家中念佛赞诵来感恩的。最后说：

> 若诸君子家有好妙砂，能以见及，最为第一；无者各乞一二两药直，是庶几也。

——有丹砂的给丹砂，没有丹砂给钱也行。

卢照邻的这篇借钱文情辞恳切，语气卑微，简直对不起这番华丽文采。一代才子沦落到如此地步，让人心痛。

相比之下，常见的火车站那些在地上画个圈写句“没钱买票回家”就求舍钱的流浪汉，来钱也太轻松了。

李唐王朝因为以老子为祖先，崇尚道教，追求炼丹成仙，所以丹砂被形容得神乎其神，广见于药方中。唐朝皇上多有服丹药死的，连李世民都未能免俗。

卢照邻求的这个海上仙方竟要这么多丹砂，想来也是不靠谱。

从卢照邻《病梨树赋》的序言可知，药王孙思邈（541—682）曾经为他看过病，文中写明时间是673年。这不靠谱的药方总不会是孙思邈给的吧?

之后，卢照邻还跟随孙思邈同居于太白山一段时间，希望治好自己的病，但到底也未能见效。

反观孙思邈生平，生于541年，于太宗即位后入京，后拜谏议大夫，为高宗看病。674年以年高乞病还乡，隐居五台山。682年过世，享年142岁，真够长寿的了。

他活着时已被奉为活神仙，死后更是烟火享祭，至今许多庵观里都供有药王。可惜他既未能治好高宗李治的风疾，也没有治好卢照邻。

他逝后次年，高宗去世，开始了武后专权的时代。

如果药王的医术能再好一点，中国的历史就可能改写。

据说卢照邻也问过师傅这个问题："高医愈疾，奈何？"

孙思邈抬头看了看天，低头拈了拈胡须，从容回答："天有四时五行，寒暑迭居，和为雨，怒为风，凝为雨霜，张为虹霓，天常数也。人之四支五藏，一觉一寐，吐纳往来，流为荣卫，章为气色，发为音声，人常数也。阳用其形，阴用其精，天人所同也。"

玄而又玄，简言之：治得了你是我医术好，治不好你是你运气坏。

但是也许不能怪孙思邈，卢照邻在《与洛阳名流朝士乞药直书》里称："昔在关西太白山下，一隐士多玄明膏，中有丹砂八两。予时居贫，不得好上砂，但取马牙颜色微光净者充用。自尔丁府君忧，每一号哭，涕泗中皆药气流出，三四年羸卧苦嗽，几至于不免。"

看来卢照邻写公推众筹讨药这事儿还干了不止一次，这真是让我挺难接受的一件事。太白山，隐士，地点人物都有点对榫，颇似孙思邈，看来这个丹砂药方真的很可能是药王给开的。

但是卢照邻买不起丹砂，就以别物代替，结果吃假药的后果更严重，每次痛哭时鼻涕眼泪都是药味。

卢照邻在《五悲文》中写道："骸骨半死，血气中绝，四支萎堕，五官欹缺。皮襞积而千皱，衣联褰而百结。毛落须秃，无叔子之明眉；唇亡齿寒，有张仪之羞舌。仰而视睛，翳其若瞢；俯而动身，羸而欲折。神若存而若亡，心不生而不灭……"简直已经活得不像人了。

这样的文字，字字血泪，不忍卒读；这样的人生，痛不欲生，生不如死。

从文中看，他年轻时也是明眸皓齿、能说善道的帅小伙，如今却容毁身残，眼花迷离，神存心死。

因此他在文中最后写道："天道如何？自古相嗟。项羽帐中之饮，荆卿易水之歌，何壮夫之儒抑？……一朝溘卧，万事宁论？君徒见邱中之饶朽骨，岂知陌上之有游魂？假使百年兮上寿，又何足以存存？”

于是，在一个萧瑟的秋天早晨，卢照邻一寸寸地挪出屋子，来到颍水边，看了看自己水中的倒影，长叹一声，投河自尽。

二

卢照邻并不是生来就那么穷的，他原本也出身望族，所以有条件先后拜名师曹宪、王义方学习经史文赋，博闻强识，少有才名。

他对自己的文采也是很自负的，自诩诗才：

> 既而屠龙适就，刻鹄初成，下笔则烟飞云动，落纸则鸾回凤惊。通李膺而窃价，造张华而假名。郭林宗闻而心服，王夷甫见而神倾。俯仰谈笑，顾盼纵横。

有了这样的才华名声，自然就很容易得到重用。

卢照邻的起点挺高，不满20岁即进入邓王李元裕府为典签。“王府书记，一以委之。王有书十二车，照邻总披览，略能记忆。”（《朝野佥载》）

有个成语形容书读得多有学问的人是“学富五车”，而邓王的藏书有十二车之多，可见丰富。卢照邻把所有书都读了一遍，还都能记得住，这不是天才是什么？

所以邓王对他很是看重，逢人便说：“此寡人之相如也。”将卢照邻比作西汉文学大家司马相如。

这当然是因为卢照邻强闻擅赋，是个好秘书。但仅仅如此就被称为司马相如了吗？我一厢情愿地认为：大概卢照邻琴弹得也很好。

卢照邻应该深以邓王此赞为荣，后来游司马琴台时特地赋诗一首：

闻有雍容地，千年无四邻。
园院风烟古，池台松槚春。
云疑作赋客，月似听琴人。
寂寂啼莺处，空伤游子神。

通常王府任职都有个期限，朝廷不会允许公务员长期留在某王子身边，以此制衡。卢照邻有个这么高的起点，利用好人脉关系应该挺容易飞黄腾达的，可是“四杰”的共性是恃才傲物，太有个性，所以人缘都不大好。

期满离任后，卢照邻的官越做越小，脾气却越来越大，在四川为官时曾写过一首《赠益府群官》，自夸之余，把所有益州官员都得罪光了：

一鸟自北燕，飞来向西蜀。
单栖剑门上，独舞岷山足。
昂藏多古貌，哀怨有新曲。
群凤从之游，问之何所欲？
答言寒乡子，飘飖万余里。
不息恶木枝，不饮盗泉水。
常思稻粱遇，愿栖梧桐树。
智者不我邀，愚夫余不顾。

所以成独立，耿耿岁云暮。

日夕苦风霜，思归赴洛阳。

羽翮毛衣短，关山道路长。

明月流客思，白云迷故乡。

谁能借风便，一举凌苍苍。

这首诗开篇自道从河北来到四川，剑门、岷山都是四川的门户名胜；接着自问自答，“问之何所欲？”“飘飖万余里。”“不息恶木枝，不饮盗泉水。”这是多么清高骄傲啊，我乃凤凰，非梧桐不栖，如果没有智者来邀请我，那么蠢夫的呼唤我是不会理睬的，因此落得个茕茕独立，耿耿岁长。

这里接连化用了两句经典语：“良禽择木而栖，贤臣择主而事。”“志士不饮盗泉之水，廉者不食嗟来之食。”

最后一段说我很想回到洛阳去，可是道路险阻，月迷前途，谁能让我乘得东风，送我高飞呢？

后来薛宝钗咏柳絮说“好风凭借力，送我上青云”，应该就是学的这句。

这篇诗作一出，益州官员们就更不喜欢跟他玩了，因为自问并非智者，但是谁又喜欢做愚人呢？

就在这段时间里，卢照邻结识了他的忘年交，当世另一位才子王勃。两人把臂同游，从玄武山到成都曲水，一路同行一路唱和，留下不少壮美诗篇。接着又互相鼓励，要一同去京城考试，重振山河。

王勃且写了篇《为人与蜀城父老书》，为两人募集路费——

这是卢照邻人生中的第一次众筹，竟是小朋友王勃开的头。

671年，王杨卢骆四大名捕——哦不，四大才子会京师，但是这次考试的结果却很不理想，据说是因为考官裴行俭不喜欢他们的少年成名，认为四杰“虽有文华，而浮躁浅露”，不堪大任。甚至说出了除杨炯之外其余三人不得好死的预言——“杨子稍沉静，应至令长；余得令终幸矣。”——很不幸，被他个乌鸦嘴说中了。

裴行俭是高宗朝名臣，据说会相面，有鉴别人才的本领。他见到还是小小咸阳尉的苏味道第一面，就预言他能得居宰相高位，果然被他说中了。顺便说一句，苏味道就是苏东坡的祖宗。

可见唐宋诗词，就是一卷世家族谱。话说苏味道有苏东坡这么个光荣传人，王绩有王勃这个好侄孙，那么卢照邻就没有个出名的后代吗？

有，就是茶仙卢仝，写“七碗茶歌”的那位，凡茶人皆会背诵：“一碗喉吻润，两碗破孤闷……”我们之后会讲到的。

三

魏晋以来，人才选拔实行的一直是九品中正制，门第比才华更重要。所谓“上品无寒门，下品无士族”。出身决定一切。

隋炀帝创立的科举制，堪称是中国文化史上的重要一步，让寒门学子终于有机会通过自己的努力封侯拜相。

唐太宗对科举做了极大的推动。有一次他站在城楼上，看着赶考的士子们蜂拥而入皇城，志得意满地对身边的大臣说：“天下英雄，尽入吾彀中矣。”

彀（音gòu），是弓箭的射程，这句话的意思是说通过科举考试，天下英才已经尽收朝廷，为我所用。可见李世民有多么重视人才。

晚唐诗人赵嘏曾有诗赞曰：“太宗皇帝真长策，赚得英雄尽白头。”

但是科举考试可比现在的高考难多了，每年中举的进士很难超过三十位。

为了能够考中，学子们除了要耐得十年寒窗苦，熟读经书之外，还要长袖善舞，搞好外交，提前在京城给自己打响名气，把自己的得意之作汇编成册递给前辈名流们雅正，希望得到指点提拔。这叫“干谒”，或曰“行卷”。

有了权贵的特别关照，也就多了几分考取的把握，所以“干谒”之风，在初盛唐极为盛行。直到宋代时，为了避免这种举子提前内定的弊端，开始实行“贴名”“誊卷”来杜绝后门，也就是把考生名字贴住后，再命人将所有卷子重抄一遍，杜绝有熟人凭着笔迹来确认关系户。自此，“行卷”之风才渐渐停息。

但是“初唐四杰”所在的时代，还是开卷审阅，所以就有了裴行俭乌鸦嘴一锤定音的悲剧。

我觉得，他如果不是嫉妒，就是因为“四杰”不曾到他门下“干谒”，被他嫌弃了。

我这样猜测，不是毫无原因的。

人称“小杜”的诗人杜牧参加科举时，曾向国子监“行卷”，献《阿房宫赋》。太学博士吴武陵叹为观止，于是要求主考官录取杜牧为状元。

可是这年“行卷”的人多，前四名都已经被人占满了，考官答应录杜牧为第五名。开卷评选时，有大臣说杜牧“不拘细行”，想拿掉他，但是考官说：“我已经答应吴博士了，不能失信啊。”

可见，“行卷”是多么重要。倘若不是杜牧“行卷”得门，有吴武陵鼎力相助，即使再有才华，也会和王勃一样，因为印象分不佳被刷掉了。

说起来，“四杰”的共同点有很多，都出身名门，都是天才神童，都官运不畅，都坐过牢，都入过蜀，都活不过五十岁，最要命的是，他们的死都与水有关——卢照邻因不堪病痛投颍水而死，骆宾王在讨武兵败后落水而死，王勃也因为溺水受了惊吓不治而死。就连相对平顺的杨炯，也是死因扑朔迷离，有着不同传言。

我简直要怀疑这四人是不是某日聚会时玩碟仙撞客了，有个规矩没守好，以致被水鬼报复了。

卢照邻坐牢是因为他人生中最华美的篇章《长安古意》，这首诗和前面我们提过的骆宾王的《帝京篇》齐名，但更为俊逸绝尘。一出世即名扬天下，震动朝野：

长安大道连狭斜，青牛白马七香车。

玉辇纵横过主第，金鞭络绎向侯家。

龙衔宝盖承朝日，凤吐流苏带晚霞。
百尺游丝争绕树，一群娇鸟共啼花。
游蜂戏蝶千门侧，碧树银台万种色。
复道交窗作合欢，双阙连甍垂凤翼。
梁家画阁中天起，汉帝金茎云外直。
楼前相望不相知，陌上相逢讵相识？
借问吹箫向紫烟，曾经学舞度芳年。
得成比目何辞死，愿作鸳鸯不羡仙。
比目鸳鸯真可羡，双去双来君不见？
生憎帐额绣孤鸾，好取门帘帖双燕。
双燕双飞绕画梁，罗帷翠被郁金香。
片片行云著蝉鬓，纤纤初月上鸦黄。
鸦黄粉白车中出，含娇含态情非一。
妖童宝马铁连钱，娼妇盘龙金屈膝。
御史府中乌夜啼，廷尉门前雀欲栖。
隐隐朱城临玉道，遥遥翠幰没金堤。
挟弹飞鹰杜陵北，探丸借客渭桥西。
俱邀侠客芙蓉剑，共宿娼家桃李蹊。
娼家日暮紫罗裙，清歌一啭口氛氲。
北堂夜夜人如月，南陌朝朝骑似云。
南陌北堂连北里，五剧三条控三市。
弱柳青槐拂地垂，佳气红尘暗天起。
汉代金吾千骑来，翡翠屠苏鹦鹉杯。
罗襦宝带为君解，燕歌赵舞为君开。
别有豪华称将相，转日回天不相让。

意气由来排灌夫，专权判不容萧相。
专权意气本豪雄，青虬紫燕坐春风。
自言歌舞长千载，自谓骄奢凌五公。
节物风光不相待，桑田碧海须臾改。
昔时金阶白玉堂，即今唯见青松在。
寂寂寥寥扬子居，年年岁岁一床书。
独有南山桂花发，飞来飞去袭人裾。

这首诗非常长，没几个人背得下来，但是那句“得成比目何辞死，愿作鸳鸯不羡仙”你肯定知道。

不论是前面的五古《赠益府群官》，还是这首七言《长安古意》，都足以看出卢照邻的才华横溢。

这首诗写得太美了，美到后人有以这首诗为据，认为卢照邻当居“四杰”之首的，连杨炯那么狂傲的人也甘居其后。

可叹的是卢照邻的诗写得这般华美潇洒，人生却如此苦逼，这真应了一句最无奈的大俗话：理想是丰满的，现实是骨感的。

正是因为这首诗，卢照邻惹了个大麻烦。因为诗中有一段“别有豪华称将相，转日回天不相让。意气由来排灌夫，专权判不容萧相”，被认为是讽刺武则天的侄儿、权臣武三思的，遂被无辜投入冤狱。虽然关了没多久就被放出来了，却因此染了风疾，从此开始了贫病交加的惨淡生涯，直至颍水自沉。

卢照邻诗中，我最喜欢的除了《赠益府群官》外，就要属《释疾文三歌》了，其哀感沉郁，无人可及。

其一

岁将暮兮欢不再，时已晚兮忧来多。

东郊绝此麒麟笔，西山秘此凤凰柯。

死去死去今如此，生兮生兮奈汝何。

其二

岁去忧来兮东流水，地久天长兮人共死。

明镜羞窥兮向十年，骏马停驱兮几千里。

麟兮凤兮，自古吞恨无已。

其三

茨山有薇兮颍水有漪，夷为柏兮秋有实。

叔为柳兮春向飞。

倏尔而笑，泛沧浪兮不归。

套一句阿Q的话来说就是：“我祖上也曾阔过的。”据卢照邻自己回忆，说从前家中上下有百口之多，但是因为父亲过世，家道中落，而他又得了顽疾，老母、兄弟为怜惜他而变卖家产，才把家财散空的。

所谓倒驴不倒架，卢照邻人之将死，语气依然雄壮，狂傲自负的性子一点未改，仍然自诩为麒麟之笔、凤凰之才。

其一说“死去死去今如此，生兮生兮奈汝何”；其二说“麟兮凤兮，自古吞恨无已”；其三说“泛沧浪兮不归”。显然死志已萌，此为绝笔，连死法都已经想好了，“茨山有薇兮颍水有漪”。颍水，就是他为自己预选的葬身之地了。

沧浪，用的是屈原的典故。

屈原既放，游于江潭，颜色憔悴，形容枯槁，有渔夫见到他，问：“这不是三闾大夫吗？怎么弄成这般模样？”屈原说：“举世混浊而我独清，众人皆醉而我独醒。所以被流放了。”

渔夫便唱了一首歌来劝他：“沧浪之水清兮，可以濯我缨；沧浪之水浊兮，可以濯我足。”意思是水清就洗洗帽子，水污就洗洗脚，上天给什么，我们就接着什么，随波逐流，岂不轻松？

然而屈原不能接受同流合污的生活，于是投身汨罗江，赴清流而死。

在很多现代“砖家”的文论中，渔夫的一曲《沧浪》被当作“不凝滞于物”的大道理，交口称赞，而屈原的深思高举则成了不合时宜不懂变通的悲剧行为。

然而，屈原的境界与思想，又岂是渔夫可以理解可以企及的呢！

渔夫的生活只是日出而作，日落而息，对他来说最好的选择就是随遇而安，天晴打鱼，天阴晒网，无论是清水洗缨还是浊水洗脚，都是一种天赐的恩遇，自有快活之处，他怎么可能懂得屈原的追求？怎么会了解对于心怀天下的士大夫屈原来说，世上有比生命和过日子更重要的事？

屈原不是渔夫农妇，天赐他盖世才华，就不可能低下高贵的头，只为了三餐一宿而苟活；他是楚国的大夫，有抱负，有情怀，有志向，有理想。当他的理想破灭，当他的山河破碎，当他的人生抱负再没有实现的可能，他的生存便已经面临绝境，宛如浪花浮蕊，失了根基。就在这彷徨之际，一个平凡的渔夫却告诉他最普通民众最直接的选择：去与曾经不屑的奸佞同流合污，去向努力抗争的势力谄媚求安，要么把水搅得更浑，要么寄人篱下求得荫庇。

这样的选择，不如没有选择；这样的答案，何如没有答案！他，只能一死！

任何时代都不缺少渔夫那样与世推移的聪明人，淡定安逸能屈能伸未尝不是一种境界。但是，赞同渔夫的精明绝不应该成为指控屈原拘泥的举证。

屈原是中国历史上第一个有名有姓的专业诗人，不仅开辟了香草美人、瑰丽俊逸的创作手法，更是奠定了清高孤傲不流于俗的文人形象。

屈原之后，死在水中的诗人就多了起来：卢照邻、骆宾王、王勃、李白、杜甫、张志和、洪昇……不知道他们在龙王的水晶宫中，是不是可以开个诗社，继续唱和？

骆宾王，史上最著名的《咏鹅》

一

如果给中国孩子会背的诗做个排行，李白的《静夜思》、骆宾王的《咏鹅》、孟浩然的《春晓》大约要排前三，六七岁的孩子不一定说得出诗的作者是谁，但对这些诗绝不陌生。

很多家里来客人时，家长们喜欢把孩子推出来表演：来，背一首唐诗，鹅鹅鹅……

然后客人们便很敷衍地挤出一个笑容说：真厉害，7岁的孩子会背这么多诗。

可是，我要很不厚道地提醒一下：这首诗的作者，当时可也只有7岁呢！

咏　鹅

鹅，鹅，鹅，曲项向天歌。
白毛浮绿水，红掌拨清波。

这首诗是骆宾王所作，当时也是家里来了客人，一起在池边游玩，看到群鹅嬉戏，就相约说：我们各写一首诗来即景吟咏吧。

谁也没想到，第一个交卷的会是7岁的骆宾王。

《全唐诗》郑而重之地录入了这首诗，写明出处，确证是一个逆天的奇迹。

9岁时，骆宾王更加逆天了，索性写了首《玩初月》质问月亮：

忌满光先缺，乘昏影暂流。
既能明似镜，何用曲如钩？

月亮啊，你明明可以团圆如镜的，为什么不好好出工，天天打卡，而动不动就要缺上半边，弯曲如钩呢？

清代第一词人纳兰容若“辛苦最怜天上月，一昔如环，昔昔都成玦”曾经为我至爱，然而看到9岁神童的这首诗时，我觉得纳兰才子都有点啰唆了。

《红楼梦》中林黛玉教香菱写诗，命题作文也是咏月。香菱作了一首出来林姑娘不满意；作了两首，还是摇头。精诚所至，金石为开，香菱竟然在梦中得了一首，最后两句是“博得嫦娥应借问，何缘不使永团圆？”问题同小骆一模一样，真让月亮无言以对。

还有宋朝名臣寇准，也是向老天爷宣战的神童，他在7岁时爬华山，于山顶即景赋诗一首：

只有天在上，更无山与齐。

举头红日近，回首白云低。

这首诗气势强大，颇有傲视群伦、舍我其谁的睥睨态度。他后来果然少年得志，19岁进士及第，官至“一人之下，万人之上”的宰相之位。

如果他当年写的是“招来红日舞，拂去白云飞”，说不定就当皇上了。

还有大诗人杜甫，也是在7岁时写下了人生第一首《咏凤凰》，可惜没有传下来。

唐宋时期好像天才儿童特别多，男子不说了，就是女孩也卓尔不群。前面我们讲过的徐惠，之后要讲的上官婉儿，还有薛涛、鱼玄机，都是出口成章的才女，这真让人向往。

这些年我的主要精力全都投放在创办西周私塾上，教授零基础的人在五天内学会写作格律诗，年龄下限是8岁，识一千个字，会拼音即可。

经常有家长问我：8岁，太小了吧？没有生活积累，能写诗吗？

这些神童的故事告诉你，诗，与人生阅历无关，而只与天赋和教养有关。只要会说话，便可以学背诗，而当理解力正常时，就可以学作诗了。

如果5岁不训练，8岁也还是太早；8岁不培养，15岁仍然无知；15岁还不学习，那就太老了。试问那些三四十岁自认为有了人生阅历的人们，有几个会写诗呢？只怕连读和欣赏的能力都有限。

所以，学诗要趁早啊！虽然不是每个孩子学了诗就可以成为7岁咏鹅的骆宾王，但至少能够鉴赏《咏鹅》这首诗的对仗之妙。

二

22岁之前的骆宾王一直是人们口中那个“别人家的孩子”，样样出色。可是当他信心满满地带着神童的光环赴京赶考，打算“学成文武艺，货与帝王家”时，竟然——落——榜——了！

前面说过，“初唐四杰”多半考试不利，官运不畅， 骆宾王一生做到的最高职位就是侍御史，从六品下。

但他只干了半年，就因为上书纵论天下大事，语含讽刺，得罪了武则天，蒙冤下狱，并在此期间写下《在狱咏蝉》。这是我小时候最喜欢的诗之一：

西陆蝉声唱，南冠客思深。
那堪玄鬓影，来对白头吟。
露重飞难进，风多响易沉。
无人信高洁，谁为表予心？

首联的“深”也有版本写作“侵”。西陆，指秋天。《隋书·天文志》载：“日循黄道东行……行东陆谓之春，行南陆谓之夏，行西陆谓之秋，行北陆谓之冬。”

南冠，指囚犯。《左传·成公九年》载：“晋侯观于军府，见钟仪，问之曰：‘南冠而絷者，谁也？’有司对曰：‘郑人所献楚囚也。’”

楚人钟仪在晋国做俘虏，却仍然戴着南方的帽子，弹奏南国的音乐，被后世赞为君子之行，从此以“南冠”“楚冠”或“楚囚”来代指怀有节操的囚徒。

这首诗开篇写明自己身份，已然在狱为囚，但是“南冠”两字，已经为全诗定调，必然是哀楚高洁之音。

于是接下来用了一个流水对“那堪玄鬓影，来对白头吟”。

“那堪”，也有版本作“不堪”。“玄鬓”，就是蝉。古代妇女将鬓发梳成蝉翼之状，称之蝉鬓。所以往常“蝉鬓”指头发，而这里则用“玄鬓”反过来代指蝉，非常巧妙。

这就好比人们总是用花来形容美人，比如笑靥如花；但也随时可以用笑容反过来形容花，比如春花含笑。正在学习写作文的同学不妨多做几个这样的练习，以此提高作文水平。

白头吟，乐府曲名。这里单纯指自己因为忧思而早生华发。

颈联是最有力量的双关语，既是说蝉也是说自己，“露重”“风多”比喻环境的压力，“飞难进”比喻政治上的不得意，“响易沉”比喻言论上的受压制。借物言志，寄托遥深。

最后替蝉也替自己发出呐喊：“无人信高洁，谁为表予心？”蝉与诗人浑然一体，物我两忘。

这样的诗，念完很久，还会觉得蝉声在耳，缭绕不绝。

在这首诗前面，骆宾王还写了一篇序，骈俪相应，独立成文，一并附录于此：

余禁所禁垣西，是法厅事也，有古槐数株焉。虽生意可知，同殷仲文之古树，而听讼斯在，即周召伯之甘棠。每至夕照低阴，秋蝉疏引，发声幽息，有切尝闻。岂人心异于曩时，将虫响悲于前听。

嗟乎，声以动容，德以象贤。故洁其身也，禀君子达人之高行；蜕其皮也，有仙都羽化之灵姿。候时而来，顺阴阳之数；应节为变，审藏用之机。有目斯开，不以道昏而昧其视；有翼自薄，不以俗厚而易其真。吟乔树之微风，韵姿天纵；饮高秋之坠露，清畏人知。仆失路艰虞，遭时徽缪。不哀伤而自怨，未摇落而先衰。

闻蟪蛄之流声，悟平反之已奏；见螳螂之抱影，怯危机之未安。感而缀诗，贻诸知己。庶情沿物应，哀弱羽之飘零；道寄人知，悯余声之寂寞。非谓文墨，取代幽忧云尔。

《在狱咏蝉》咏物寄兴，后人多喜欢以其前比虞世南，后对李商隐。认为虞世南“居高声自远，非是藉秋风”，是清华人语；骆宾王“露重飞难进，风多响易沉”，是患难人语；李商隐“本以高难饱，徒劳恨费声”，是牢骚人语。

我们先来看一下虞世南的《蝉》：

垂緌饮清露，流响出疏桐。
居高声自远，非是藉秋风。

虞世南，列位凌烟阁二十四功臣之一。

李世民兴办文学馆，并于贞观二年（628）改为“崇文馆”，广纳名士。他自己也很喜欢吟咏赋诗，拜过很多高手当老师，包括虞世南、许敬宗、上官仪、杨师道……唐太宗对虞世南尤为敬重，称他有“五绝”（德行、忠直、博学、文辞、书翰），并说：“群臣皆如虞世南，天下何忧不理！”

有个段子，说有一天李世民写了首宫体诗拿给老师们求点赞，不想虞世南非但不肯逢迎，还板起脸来将他一通训斥：文字是挺工整的，可是内容却不是端庄雅正的大气之文，这样的诗一旦流传出去，上行下效，天下人必会趋之若鹜，过犹不及。

唐太宗不好意思，自己找了个台阶下说：“朕不过是在试探你罢了！”还给了他许多赏赐作封口费。

虞世南去世后，太宗为他作诗一首，感叹说：“钟子期死了，伯牙不再鼓琴；爱卿死了，我这首诗给谁看呢？”因命在虞世南灵帐边焚毁，希望他的在天之灵能收到。

说完故事，我们再来看这首诗。

“垂緌饮清露。”緌，是古人结在颔下的帽带下垂部分，和蝉头部伸出的触须形状相似，所以是用来描写蝉低头饮露的形象的。语义双关，暗示着戴着高冠的大臣们应当态度谦逊，品格高洁，追求清廉。

“流响出疏桐。”蝉住在挺拔疏朗的梧桐树上，声音清亮流丽，代指声名远扬。

最后一正一反点题，先说“居高声自远”，再强调“非是藉秋风”。意思说立身高处才能说话响亮，不是靠着高高在上的权势才做到的。

《唐诗别裁》中说：“咏蝉者每咏其声，此独尊其品格。”可谓咏蝉先锋。

说完虞世南，再来看看晚唐李商隐的《蝉》：

本以高难饱，徒劳恨费声。
五更疏欲断，一树碧无情。
薄宦梗犹泛，故园芜已平。
烦君最相警，我亦举家清。

这首诗写于李商隐落魄之时，显然也是借物喻人，自喻高洁，同时也颇为牢骚。

首联闻蝉鸣而起兴，说因为居于高树吸风饮露，故而难有喝饱的时候；怨恨难平遂有连声鸣唱，但这也是徒劳的。

颔联继续描写蝉的生活，说蝉鸣到五更，声渐稀疏，快要断绝了；但是一树绿叶不为所动，实在太无情了。

这种“无理取闹”也是诗人常用的一个手法，比如秦观的“郴江幸自绕郴山，为谁流下潇湘去”“明月不谙离别苦，斜光到晓穿朱户”最得此中之妙。

颈联中诗人终于说到自己的生活现状，做个薪水低微的小官，流转不定，难回故里。此处化用陶渊明“田园将芜，胡不归”，表达思乡之情。

尾联与蝉对话，说你不用再提醒我了，我和你一样穷，举家清贫，只剩下餐风饮露了。

钱锺书先生对这首诗的评论最妙：“蝉饥而哀鸣，树则漠然无动，油然自绿也。树无情而人有情，遂起同感……蝉鸣非为我发，我却谓其相警，是蝉于我亦无情，而我与之为有情也。”

一个人情商太高，有时候真是件痛苦的事情。

三

骆宾王入狱第二年，因为遇到大赦，被放了出来。

有趣的是，后来王勃因杀人入狱，原该死罪，也是遇到大赦被放的。

二圣临朝前后，又是封后又是立太子，而且太子几废几立，大事件特别多，所以大赦天下的理由也多，这对于喜欢多嘴惹祸的诗人们可真是一件好事。

武则天于655年立后，不久废掉太子李忠，立自己的儿子李弘为太子，但是后来又把儿子毒死了，改立次子李贤为太子。

李贤是个才貌双全的主儿，禀性仁厚，史称“处事明审，留心政要，专精坟典，尝集诸儒张大安等注《后汉书》”。

“初唐四杰”之一的王勃，正是他的伴读。

都说人以群分，李贤能和王勃等人交游甚密，可见热爱文学，也是个才华横溢的俊杰。但是不知道怎么搞的，后来竟然也以谋逆罪被废了。

把这个儿子废掉后，武则天手里的棋子就不多了。三子李显根本不成器，又和他爹一样怕老婆，盲目顺从妻子韦氏。

高宗驾崩后，武则天扶李显登上帝位，为唐中宗。但是中宗继位后非但毫无建树，只知一味胡闹，还把宰相当糖派，随意地送给了老丈人韦玄贞。

大臣们认为韦玄贞寸功未立，不宜高迁。李显竟然说出“我就是把天下送给韦玄贞也行”这样的屁话，真把武则天气坏了，于是在中宗登基44天后就把他废了。

之后，武则天只好打出手中最后一张牌——令四子李旦继位，并在这期间改名为“曌”，这是武则天自己创造的一个字，取日月行空之意。

李旦在治国理政上也没什么大才，但是察言观色的本领倒很高，早已看透母亲的野心，知道自己怎么做都不会让她满意，反而有性命之忧，于是没当几年皇帝就把位子让给天后了。

公元690年，武则天自立为帝，改国号周，称“圣神皇帝”，成为中国历史上第一位女皇帝。这一年武则天67岁，她执政十六年，一直活到82岁，比唐朝任何一个皇帝活的时间都长。

看来活得长真的很重要，难怪电视剧《康熙王朝》中要高歌“我真的还想再活五百年”！

女人称帝，这在男尊女卑的社会是让人难以接受的，因此朝野间多有反对之声。武则天很担心远在巴州的儿子李贤会成为众人举兵的旗帜，就命人去杀了他。

她的担忧倒也不无道理，因为徐敬业在扬州起兵时，就打的是太子李贤的旗号。

李敬业（636—684），又名徐敬业，李勣之孙。

那姓李的怎么会有个姓徐的孙子呢？

其实李勣本来就姓徐，原名徐世勣，字懋功，所以又叫徐懋功。因为在建唐大业中厥功至伟，唐高祖特别赐他姓李，遂改名李世勣，后来又因避李世民之讳去掉世字，就只剩下李勣了，也是名列凌烟阁上的功臣。

李勣功勋卓著，并无过错。可是李世民死的时候，对太子李治说：将来能辅佐你的大臣中，李勣是可以重用的。不过你无恩于他，他又不像长孙无忌，是你亲舅舅，只怕对你不会尽忠。于是就随便找了个由头，把李勣流放了。等到李治继位后，再重新将他召还京城，施恩重用。

这父子俩玩了这手“打一巴掌给个甜枣吃”的帝王之术，以为这样就可以收买人心，让李勣对皇上死心塌地了。岂不知这种出尔反尔，只会让李家人心寒。虽然李勣一生忠直，然而到了他的孙子李敬业时，可就没那么老实听话了。

李敬业从小善于骑射，有才智。因为父亲早死，由他承袭爵位为英国公。

武后临朝称帝，正是李敬业在扬州起兵反叛，还找了一个长得很像李贤的人，对外说这就是太子李贤，打着匡扶唐室保太子归位的旗号，号令天下。但是刚刚举兵一个多月即兵败被杀，武则天夺其姓氏，因此史上只称他为徐敬业。

这场叛乱雷声大，雨点小，前后历时不过一个多月。若不是因为骆宾王参与其中，可能过后都没有人提起。

原来，为了师出有名，徐敬业不仅推出来个假太子，还特地请大文豪骆宾王写了篇慷慨激昂的檄文，就是历史上赫赫有名的《代李敬业讨武曌檄》。

檄文开篇说：“伪临朝武氏者，性非和顺，地实寒微。昔充太宗下陈，曾以更衣入侍。洎乎晚节，秽乱春宫。潜隐先帝之私，阴图后庭之嬖。入门见嫉，蛾眉不肯让人；掩袖工谗，狐媚偏能惑主。践元后于翚翟，陷吾君于聚麀……”

先历数武则天之罪，然后声明：“敬业皇唐旧臣，公侯冢子。奉先君之成业，荷本朝之厚恩。宋微子之兴悲，良有以也；袁君山之流涕，岂徒然哉！是用气愤风云，志安社稷。因天下之失望，顺宇内之推心，爰举义旗，以清妖孽。”

写出起事之正义，且夸大义军气势：“班声动而北风起，剑气冲而南斗平。喑呜则山岳崩颓，叱咤则风云变色。以此制敌，何敌不摧；以此图功，何功不克！”

最后呼吁诸公配合，共襄义举：“公等或家传汉爵，或地协周亲，或膺重寄于爪牙，或受顾命于宣室。言犹在耳，忠岂忘心？一抔之土未干，六尺之孤何托？倘能转祸为福，送往事居，共立勤王之勋，无废旧君之命，凡诸爵赏，同指山河。若其眷恋穷城，徘徊歧路，坐昧先几之兆，必贻后至之诛。试看今日之域中，竟是谁家之天下！”

这篇文章太著名了，以至于后世史书每次提起这次兵变，都把骆宾王列为领头人之一，似乎他在举事上起到的作用比徐敬业还大。

史说武则天看到这篇檄文时，对于前面慷慨激昂痛骂她的文字只是淡然一笑，但是看到“一抔之土未干，六尺之孤何托”悚然惊动，问道：“这是谁写的？”听说是骆宾王所写，怅然长叹：“这样好的人才竟然未能为朝廷所用，这是宰相的过错啊。”

由此可见，骆宾王奏折讽上而入狱很可能是冤案，那折子根本就没上达天听，到顶头上司那里就已经被治罪了。

四

骆宾王参军不是第一次，曾于裴行俭征讨吐蕃时担任军中书记，这次赴扬州投军可谓重操旧业。

无可否认，骆宾王写过很多缠绵的艳情诗，还特别喜欢为人代笔。卢照邻有个情人姓郭，骆宾王就写下《艳情代郭氏答卢照邻》；有个女道士和男道士相好，他也写了首《代女道士王灵妃赠道士李荣》，诗中写道："此时空床难独守，此日别离那可久！梅花如雪柳如丝，年去年来不自持。"极尽妖媚缠绵之底色。看来无论他哪个朋友泡妞被他知道了，都要调侃一番，而且乐此不疲。这两首都是篇幅极长的七言歌行体，真是不吝笔墨。

不过，骆宾王也有许多气势昂扬的壮怀诗，如《在军中赠先还知己》《宿温城望军营》《在军登城楼》等，最有名的是一首短诗《于易水送人》：

此地别燕丹，壮士发冲冠。
昔时人已没，今日水犹寒。

这是典型的咏古诗，用的是荆轲刺秦的典故。

"此地"指易水，诗人在易水送别友人，想到此地原是战国时燕国疆界，遂有感而发，侠气凛然。

荆轲刺秦的故事大多人都有所耳闻，却不能详细讲出，只知道是一个义士的代表。今天为大家细说一下。

故事发生在战国时期，诸雄争霸，秦国攻破赵国，兵犯燕南。

燕太子丹十分惊恐，向门下侠客荆轲问计说：秦兵朝夕之间就要打过易水来了，怎么办？

荆轲遂自告奋勇，要只身前往，渡过易水去刺杀秦王嬴政——就是后来的秦始皇。

但是怎么接近秦王呢？他出一个主意，说借头送图。原来，秦王曾出过一张布告，悬赏追拿大将樊於期，并说谁能为他献上樊於期的人头，赏金千斤，邑万家。

燕太子丹不忍，说樊将军信任我才来投奔我的，我怎么能出卖他？

于是荆轲就自行其是，直接找到樊於期说：我想跟你借一样东西，必可杀秦王。

樊将军问：是什么东西？但我所有，无不奉赠。

荆轲毫不客气地说：我想借你的头一用。

荆轲认为自己献上秦王最梦寐以求的礼物，自然就有机会接近他了。

这想法似乎挺聪明的，可就是太不人道。这是我见过的价值最高的借贷，比刘备借荆州还让人咋舌——对了，荆州也有一个荆字。

话说抢红包的时候抢错专包还要加息奉还呢，这大好头颅有说借就借的？借完之后你还不还呢？有没有利息？

将军只合阵前死，若是让樊於期带兵迎战，誓死护卫燕太子，以命相报，我觉得那是理所当然的；可是连敌人的影子都还没见呢，先把头丢了，拴在别人裤腰带上当礼物送人，这可太难忍了。

荆轲此去，无论胜败，都将名垂千古，樊於期怎么办？一颗好端端的脑袋从自己脖子上砍了去，连血带肉地送到秦国，都已经半臭了，唯一的下场就是扔了喂狗。樊於期落了个身首异处、不得全尸的惨淡结局，但是请大家举手民调一下：有几个人记得“樊於期”这个名字？

但是以前的人就是这么仗义，这么直率，樊於期硬是眼也不眨地说：我全家为秦王所杀，又身负太子大恩，壮士果然能报仇成功，不论向我要什么，我说到做到，要啥给啥。

于是挥剑自刎。一颗头咕噜噜滚到地上了，眼睛还睁得大大的。

这是荆轲为刺杀行动做的第一个计划；接着又向太子丹讨了第二样东西：燕国的地图，也是作为礼物来迷惑秦王的；第三样东西是一把锋利无比又淬了毒的匕首。

要命的是，拿到匕首后还特意找活人试了一下：“以试人，血濡缕，人无不立死者。”这次更惨，借命的人连个名字都没有，就被他弄死了。

准备停当，荆轲就带上助手秦舞阳雄赳赳气昂昂地出发了。燕国得知消息的人都穿着白衣素服前来易水相送，有个叫高渐离的门客击筑，众人和而歌：“风萧萧兮易水寒，壮士一去兮不复还。”

这就是《易水歌》。歌唱之际，“士皆瞋目，发尽上指冠”。这就是“怒发冲冠”的来历。

骆宾王诗“此地别燕丹，壮士发冲冠”，便说的是这易水送别的情形。

到了秦国，秦王听说有燕国使者献了樊於期的头和燕国地图来，大喜，召荆轲上殿。

于是荆轲捧着装有樊於期脑袋的匣子，而秦舞阳捧着地图，先后进殿。荆轲说，我为大王展示一下这地图吧。于是拿过图来，徐徐打开卷轴，展到最后的时候，露出了藏在里面的淬毒匕首。这就是另一个成语“图穷匕见”的来历。

荆轲左手抓着秦王的袖子，右手持匕首用力捅去。按说这应是一击必中之计，可是秦王命不该绝，反应还真快，硬是撕掉袖子腾身避开，欲拔剑还击。

但是秦王的剑是背在身后的，太长，一时拔不出来，只好绕着柱子乱跑。荆轲就在后面一路狂追。群臣都吓傻了，也不知道上前救驾，就在那里乱喊乱叫。

因为殿上群臣是不能携带兵器的，所以殿上诸臣束手无策，只有荆轲和秦王在这里一追一逃，跑了个不亦乐乎。其实那情形应该是挺喜感的，也让人特别生气，秦舞阳这会儿干什么去了？也吓傻了吗？

反正历史上没说秦舞阳的反应，只说这样跑了几圈后，御医夏无且先反应过来，在秦王最危急的时候拿自己的药囊掷向荆轲，为秦王争取了一点时间。秦王终于拔出剑来，一剑刺中荆轲的大腿。荆轲跪倒，只好将手中匕首掷向秦王，就是武侠小说中经常吹嘘的飞花摘叶之功。可惜又不中，射到柱子上了。秦王转身再还击，瞬间刺了荆轲八剑。左右这才一拥而上，瞬间将荆轲剁成了肉泥。秦王倚着柱子，目眩良久。

这就是荆轲刺秦的过程。秦舞阳下落不知，樊於期的头怎么样了也不知道。至于燕国，这个我们都知道，终被秦王所灭，后秦国统一六国，建立秦朝。

小时候看这个故事，特别感动于古代侠客的侠义精神，快意生死，壮烈英勇。但是随着成长，每次想到这故事都有点不以为然，觉得荆轲实在太草率了。

他抢占了先机，却不能伤秦王分毫，要知道，那匕首是淬了毒的，只要能划破秦王一点皮，就算成事了。可是他抓着人家的袖子还能被人夺出身来，只能说他一则武艺不精，二则太顾及自身。如果一开始就拼着自己的性命不要，不管秦王怎么挣扎还击，只管先刺上一刀再说，怎么都不至于纠缠半天，被人刺了八剑，却连秦王的皮毛都没碰到一下。

再就是这种大言不惭的匹夫之勇真的值得歌颂吗？固然赴死就义本来就没有必成的把握，可是没有把握你拿别人的命来赌什么？你倒是流芳千古了，樊於期死得冤不冤啊？

且说这段故事连同《易水歌》流传千古，在唐朝诗人的作品里经常会看到荆轲、易水的影子。骆宾王此时感今思昔，用了一个标准对仗“昔时人已没，今日水犹寒”感慨道古人已逝，易水依然寒冷，戛然而止，余音袅袅。

《诗境浅说续编》评价：“此诗一气挥洒，怀古苍凉，劲气直达，高格也。”

同样的题材，骆宾王还写过一首《送郑少府入辽共赋侠客远从戎》：

边烽警榆塞，侠客度桑干。

柳叶开银镝，桃花照玉鞍。
满月临弓影，连星入剑端。
不学燕丹客，空歌易水寒。

这首诗写于好友郑少府远征辽东之际，也是以易水赠别的典故来祝福他。说希望你此去大功告捷，别像燕太子丹的门客那样，白白高唱了半天易水之歌，最终事败国破。

五

骆宾王好像对水特别“感冒”，几乎逢歌必水，逢水必冷。比如《在军登城楼》：

城上风威冷，江中水气寒。
戎衣何日定，歌舞入长安。

又是江，又是水，又是寒！好像骆宾王从7岁写“白毛浮绿水”起，一生诗词就总是跟水过不去。

有人说，他最著名的《帝京篇》中名句“倏忽抟风生羽翼，须臾失浪委泥沙”有似谶言，早已预言了骆宾王失迹水中的结局。

还有《畴昔篇》末尾一段，也极具预言性质：

忽闻驿使发关东，传道天波万里通。
涸鳞去辙还游海，幽禽释网便翔空。

徐敬业事败之后，骆宾王下落不明。《资治通鉴》说他与徐敬业同时被杀，《朝野佥载》说他投江殉难，《新唐书》本传则说他“亡命不知所之”。

而流传最广的一个故事，则说他跳水投生，后来落发为僧，遍游名山。

关于骆宾王晚年最玄妙的一个故事，是说宋之问被贬游于杭州灵隐寺，突发灵感，脱口念出两句诗：“鹫岭郁岧峣，龙宫锁寂寥。”

吟完之后，却无法续下去，于是反复吟哦，正在搜肠刮肚之际，忽听一位老僧淡淡对曰：“楼观沧海日，门对浙江潮。”念完转身离去。

宋之问回去后，越想越觉得老僧相貌清癯，气度不凡，于是第二天又跑来请教，老僧却已飘然离去。问起寺中童子，度其行止，怀疑正是云游四方的骆宾王。

这个故事散见于唐代各野史闲文，知名度极高，但却是完全不可能的。

因为从骆宾王的诗集中可以看到，他和宋之问交情甚笃，有《在江南赠宋五之问》《送宋五之问得凉字》《在兖州饯宋五之问》等十几首唱酬之作，怎么可能相见不相识呢？

令人感慨的是，这对好友唱和稠密，但在对武则天的态度上却大相径庭。

骆宾王参与讨武大战，而宋之问一生最高理想却是要做武则天的男朋友。为此狂拍武则天男宠张易之、张昌宗兄弟的马屁，甚至不惜为其“捧溺器”，并写了许多艳诗请他们代向武皇表达爱慕之心。诗曰：“明河可望不可亲，愿得乘槎一问津。”

然而武则天却回答说：呸!

事后，武则天向崔融说明原因：“吾非不知之问有才调，但以其有口过。”意思是说，嫌弃他有口臭。

宋之问本来自觉文采过人，又长得有几分姿色，一直是挺自傲的人，这下子深受打击，好一个灰头土脸，“之问遂终身衔鸡舌之恨”。

所谓鸡舌之恨，是指唐朝时有一种香料叫鸡舌香，含在口中可使口气清新，也就是今天的口香糖。是用丁香种子，也就是母丁香制作，形似鸡舌，故而得名。张家兄弟就每天都含着的，宋之问光顾着给人捧尿盆了，怎么就没想着讨两片鸡舌香呢?

但他不抛弃不放弃，后来又转去拍太平公主马屁，本来也过了几天好日子，还混了个考官做做；中宗即位后，安乐公主的气焰更盛，他便又转投到安乐公主麾下，这下子把两位公主都得罪了。太平公主于是举报他做考官时收受贿赂，这下子官也没得做了，还被贬到了他最不喜欢的岭南，再后来唐玄宗索性派人一杯毒酒赐死了他。

宋之问在唐初诗人中也是颇有名气的，可我厌其为人，不愿为他单独作传，就在这篇文章里将他草草埋了吧。

王勃VS杨炯：生前对手，死后挚友

一

王勃的一生都充满了各种谜团。

首先，他最著名的作品《滕王阁序》到底写于几岁？

其次，王勃杀人案究竟是怎么回事？

最后，王勃究竟是怎么死的？

不过短短二十八年，怎么会如此扑朔迷离？

我只能说，天才的世界，无法用常识解释。

王勃，字子安，大约生于公元650年，出身陇西世家，其祖父王通是隋末唐初著名大儒，号文中子。叔祖就是唐朝第一诗人王绩。父亲王福畤历任太常博士、雍州司功参军等职。

王勃“六岁属文，构思无滞，词情英迈”，9岁时给当代大儒颜师古的《汉书注》挑了一大堆错，写成《指瑕》十卷。

颜师古是当代大儒，当时有很多人注释《汉书》，首推颜师古的版本。现在知道他名字的人可能不多，但我如果说出他两位堂曾孙子的名字，你一定知道，就是颜真卿、颜杲卿。

唐太宗李世民曾赞美颜师古：“卿之学识，良有可称……学资流略，记词兼典丽。”高宗李治也说：“颜师古业综书林，誉高词苑，讨论经史，多所匡正。”

两位皇帝都交口称赞的一代名儒，小小的王子安竟敢写文章给他挑错。且不说写得怎样，只是一个9岁孩子能看通史书还能给古书挑错，并且写出十篇论文这件事就够吓人的。

现在的9岁孩子，写好一篇五百字作文就被称为小天才了，别说给史书挑错，让他耐下心来把《汉书》看完都很不容易了。

这《指瑕》十卷堪称是关于王勃的第一项神迹。第二项，就是唐朝王定保所撰《唐摭言》说的：“王勃著《滕王阁序》，时年十四。”

这让我真的很难相信。

不是不信王勃有这样的才气，而是觉得一个14岁的少年再聪慧，也不可能有“时运不齐，命途多舛，冯唐易老，李广难封”这样的沉郁感慨。

14岁的他正是少年得志，诸事顺遂，还未经历任何的人生坎坷，怎会写得出“屈贾谊于长沙，非无圣主；窜梁鸿于海曲，岂乏明时？”“孟尝高洁，空余报国之情；阮籍猖狂，岂效穷途之哭。”

14岁，或者可以掌握这所有的典故，却不可能有这样的情怀。

因此，我比较赞成第二个版本，即王勃写这篇文章于走向死亡途中，是他人生最后的绝唱。

不过王勃14岁作《上刘右相书》则是有史可查的，他在文中直斥朝廷弊政，穷兵黩武，“辟土数千里，无益神封；勒兵十八万，空疲帝卒”。最后道：“伏愿辟东阁，开北堂，待之以上宾，期之以国士，使得披肝胆，布腹心，大论古今之利害，高谈帝王之纲纪。然后鹰扬豹变，出蓬户而拜青墀；附景抟风，舍苔衣而见绛阙。幸甚！斯不为难矣。”

与此相类的，还有《上绛州上官司马书》，也是初生牛犊不怕虎的毛遂自荐：“拾青紫于俯仰，取公卿于朝夕。”

因之神童逸采，王勃为朝廷破格录用，拜为朝散郎。16岁时更为沛王李贤征为王府侍读，这是一个最容易接近权力中心的位置。

可惜的是，两年后，因为一篇《檄英王鸡文》的搞笑网文，王勃被逐出了王府。

原来，那时候王公贵族间盛行斗鸡，沛王李贤和英王李显也经常约架，互有胜负。王勃作为李贤的亲密战友，写了篇《檄英王鸡文》摇旗呐喊。这一看就是开玩笑的，可是却触了高宗李治的逆鳞。

要知道，唐太宗李世民杀兄屠弟而得皇位，李治又是在哥哥李承乾、李泰、李恪先后以谋逆罪被贬后才登上帝位的，最忌人家拿兄弟阋墙说事儿，因此特别敏感，看了文章竟认为王勃是在挑拨李贤和李显的兄弟关系，就把王勃赶了出去。

但这也许不是一件坏事，因为就算没有这篇檄文，后来李贤以谋逆被贬的时候，王勃也是会受牵连的，而且罪责可能远不是赶出王府就算了。

要不说塞翁失马，焉知非福呢！

王勃很郁闷地离开京都，跑到四川游荡了几年散心，也就是在这个时间和卢照邻交上朋友的。

两个人玩够了，又一同回到长安去应考，但是成绩并不理想。

这一次次的磨难只能说明，王勃就不适合当官，但是他不信邪，经人介绍弄了个虢州参军的职务，结果又惹出祸事来，而且是大祸——杀人案。

这个案子很蹊跷，说是有个叫曹达的官奴因为犯罪而逃到王勃府上，王勃先是窝藏逃犯，后来又怕泄露出去吃瓜落，就把人杀了灭口，案发，判了死刑。

中唐诗人韦应物诗中曾写过“身作里中横，家藏亡命儿”。看来私藏逃犯虽然确是大罪，但是唐朝诗人们好像不太当作一回事，倒觉得挺威武仗义似的。

可是王勃既然知法犯法，窝藏逃犯，怎么又会胆小到因为害怕泄露消息而杀人呢？就算怕败露，他可以助人逃跑，可以另找朋友藏匿，有必要杀人灭口那么严重？他到底是胆子太大还是太小？何况他一介书生，这双手用来写诗作赋是挺灵巧的，可是杀人，这么容易？

按说杀人罪确是斩首重罪，可是恰好遇上大赦，王勃竟被无罪释放了。只是他的父亲王福畤却因此远谪交趾，贬为交趾令。

交趾就是今天的越南，这个史实告诉我们越南本是我国领土，在宋朝时失去，但仍与中国有宗藩关系，直至1883年中法战争才最终失去。

杀人者无罪，杀人犯的父亲倒要受罚，而且不得赦还，这唐朝的法律，也是够让人无语的。

照他这个理论，李治的几个儿子一个比一个不争气，他爹难道不该悬梁自尽？为什么李贤和李显斗鸡，他倒要把王勃驱出王府呢？自己儿子错了，是人家儿子的错；人家的儿子错了，连带人家老爹也有错。这是什么逻辑？

其实现在很多家长也是这样，自己家孩子打架了，是孩子的同学不好；孩子的同学有问题了，那是人家的家教不好——极少有人肯反省自身错误。

且说王勃出狱后，休养了一段时间，鼓足勇气前往交趾去探望受了自己牵累的老父，却在渡海之时溺水而亡。

《旧唐书》说："上元二年，勃往交趾省父，道出江中，为《采莲赋》以见意，其辞甚美。渡南海，堕水而卒，时年二十八。"

这里提到他临终前写过一篇《采莲赋》，而这莲花确实是在九江鄱阳湖看到的，可见王勃在去交趾前确实路过江西，《滕王阁序》很可能就写在这时候。

《新唐书》本传则说："父福畤，繇雍州司功参军坐勃故左迁交趾令。勃往省，渡海溺水，痵而卒，年二十九。"

也有人说王勃已经到了交趾，还和父亲共度春节，是在渡海回广州的路上不幸溺水的。

杨炯的《王勃集序》也说王勃卒于唐高宗上元三年（676），年28岁。杨炯与王勃相识，这个版本应该是更可信的。

二

王勃最著名的诗作是送别诗《送杜少府之任蜀州》：

城阙辅三秦，风烟望五津。
与君离别意，同是宦游人。
海内存知己，天涯若比邻。
无为在歧路，儿女共沾巾。

首联是常规路数，先交代地点，离别之地乃在长安。

颔联说我们都是仕途奔波的人，故而同病相怜。

律诗四联的格式是，首联可以对仗，也可以不对仗，颔联和颈联必须对仗，尾联不对仗。而这首诗首联对仗，颔联却不对仗。这在律诗格式上有个特别的名目叫“偷春格”，是抢占先机而迎春的意思。

颈联“海内存知己，天涯若比邻”成为千古名句，已经被引用得滥了。意思是只要有知心朋友，即便天涯海角，也如同近邻一般。

这句话在当时只能当作一句安慰的话来听听就算了，因为那时交通不便，每一次分手都可能是诀别；但是今天不一样了，微信视频时刻在线，我和海外好友聊天的频率比同城相交的高多了，真真是“天涯若比邻”了。

最后一句用略带玩笑的态度说，我们都是大男人，宦游人，就不要学那些小儿女，在分别时哭哭啼啼了。

读到这句，仿佛看到王勃嘴角一丝潇洒不羁的笑容，是个阳光灿烂的青年。

这首诗一扫自古以来送别诗的悲戚抑郁之色，出人意表地写出了心怀知己、天涯咫尺的大格局，胸襟阔大，异峰突起。

这样一个青年，怎么就会惹了杀人案呢？

除了诗作，王勃最为人称道的还是一气呵成的文赋《滕王阁序》。除了为我们留下“物华天宝”“人杰地灵”等一大堆华美的成语外，还留下了一个有趣的故事。

这滕王阁本是唐高祖李渊的第二十二个儿子、李世民的弟弟、滕王李元婴于653年始建的，因而得名滕王阁。

到了676年，洪州都督阎伯屿重新髹漆，装潢得更加富丽，以显政绩。而彰显的最好方法就是写一篇文章出来刻成碑，让它和建筑同在。现在很多领导也这样，盖了什么新建筑总要开个新闻发布会，请些记者来写文章拍照片吹嘘一下。

有些没素质也不会写文章的游客到了古建筑旁，想写点什么又不会写，就把自己的大名涂鸦其上曰“某某到此一游”。不过文人题诗是为了增光添彩，而这样的题名若不被保洁擦去，就只能遗臭万年。

且说阎都督为这件盛事特地举办了一次开阁盛宴，邀集名士，饮酒作赋。这番做作还有一个目的，就是想隆重推出自己的女婿吴子章。

他让女婿早早写好了一篇文章，再三修改满意后，熟背于心，只等在宴会上当众誊出，震惊四座。

没想到，酒席刚刚摆好，却来了个不速之客。阎公不耐烦地说：“这滕王阁我已经包了，闲杂人等不得上楼。”但是门卫说："来人说他叫王勃，就是名满京都的那个王子安。"

名人耶，才子耶，这样的人来参加自己的宴会是增色的。阎公点头说："那就让他上来吧。"

酒过三巡，阎公敲敲酒杯，开始发言了："今天滕王阁重修，不可无文，在座人才济济，不如作篇文章出来记此盛况。"说着，仆人已经将笔墨铺排于桌上，敬候大作问世。

众人一则需要时间斟酌，二则多半也都猜到阎公本意，故而都互相谦逊推托，无人举笔。就连阎公的女婿也觉得做戏要做全套，一挥而就显得太假了，所以故作沉吟，手抵额头做沉思状，想摆一会儿 POSE 再动笔。

没想到，就在这个沉默的空当，传来一个石破天惊的声音："好，那我就试试吧。"

众人侧目，都觉得这熊孩子太不长眼色了。阎公更是气得留下一句"你慢慢写，我先歇一会儿"拂袖而去，躲在内间假寐，却让幕僚看清楚王勃写的什么，随时来报。

王勃写文章有个习惯，要拉起被子蒙住头假睡，酝酿成熟才一跃而起，一挥而就，一字不改，一鸣惊人。这就是"打腹稿"的来历。

这滕王阁上没有枕头被子，但也不影响王勃打腹稿，略一沉吟便蘸墨挥毫，笔走如飞。如果不是因为他和阎公素不相识，众人几乎要怀疑他才是提前背好文章来作秀的那个阎家女婿了。

一人看了两行，颠颠儿地跑进来向阎公汇报："他已经开始写了，第一句是'豫章故郡，洪都新府'。"阎公轻蔑地一笑：

“不过是老生常谈罢了。”

过一会儿，再报：“第二句是‘星分翼轸，地接衡庐’。”阎公暗暗吃惊，沉吟不语。

再报：“落霞与孤鹜齐飞，秋水共长天一色。”阎公听了这句，再也坐不住了，拍案而起说：“此真天才，当垂不朽矣！”立刻冲出来见证这奇迹诞生的时刻。

渔舟唱晚，响穷彭蠡之滨；雁阵惊寒，声断衡阳之浦。

……

关山难越，谁悲失路之人？萍水相逢，尽是他乡之客。怀帝阍而不见，奉宣室以何年？

……

老当益壮，宁移白首之心？穷且益坚，不坠青云之志。

……

杨意不逢，抚凌云而自惜；钟期既遇，奏流水以何惭？

……

这篇文章，不论写在王勃人生的哪一个时刻，都堪称神迹。大量的用典精准流丽，如群星璀璨，照亮宏宇。无论从措辞还是用典来看，哪怕用一个月的时间来反复琢磨修改，也不为过。而王勃竟写在须臾之间。这绝对不是一个正常人能够完成的！

王勃在《滕王阁序》之后，本来还有一首《滕王阁诗》的，但是因为文章太过耀目，这首诗反而被湮没。

文章太长，无法完整附录讲解，且录诗于此：

滕王高阁临江渚，佩玉鸣鸾罢歌舞。
画栋朝飞南浦云，珠帘暮卷西山雨。
闲云潭影日悠悠，物换星移几度秋。
阁中帝子今何在？槛外长江空自流。

诗文传至京中，连高宗李治读了都不禁赞叹："真是天下奇才啊！"遂有了重新起用之心，但这时王勃已经沉海成仙了。

我有时怀疑，王勃就是因为写了这么一篇反科学的文章，才天不假年，赴身江河的。

三

与王勃同年出生，又齐名"四杰"的杨炯，从前说过"愧在卢前，耻居王后"的，对于王勃排名在自己前面一直耿耿于怀，然而王勃丧生的噩耗传来，为《王勃文集》写序言的，却是杨炯。

他在序中盛赞王勃："长风一振，众萌自偃。遂使繁综浅术，无藩篱之固；纷绘小才，失金汤之险。积年绮碎，一朝清廓。"

"初唐四杰"个个都是天才儿童，杨炯当然也是，10岁即因才名进入崇文馆，后擢为校书郎。

杨炯最著名的作品是《从军行》：

烽火照西京，心中自不平。

牙璋辞凤阙，铁骑绕龙城。

雪暗凋旗画，风多杂鼓声。

宁为百夫长，胜作一书生。

西京，指长安；牙璋，指兵符；凤阙，指皇宫；龙城，又称龙庭，今蒙古国鄂尔浑河的东岸，汉时匈奴要塞，卫青曾于此大捷，后来泛指塞外敌营。

这首诗说：战火既起，震动京城，让我心中怎能平静？将军手执兵符辞宫而去，大唐铁骑攻寨拔营。大雪纷飞，遮掩了军旗上的徽帜；狂风怒吼，夹杂着战鼓声声。我真想做这将士中的一员小将，好过坐在书案边一事无成。

乍一看，会以为这是一首唐诗江湖上的重要门派边塞诗的高手绝招，然而事实上，杨炯从未参过军，一直是做文员的。

但是俗话说得好：不想当连长的天才不是好诗人。

“宁为百夫长，胜作一书生。” 按照一个班的编制10到12人，一个排是三个班，一个连三个排，做一百个人编制的首领，可不就是连长么？

在诗风绮丽的初唐诗坛，这首诗的清新阳刚是非常难能可贵的。

因为这种超前意识与才华，杨炯是非常狂傲自负的，连王勃都不放在眼里，又怎么会看得上其他人呢？

他有个著名的戏谑是“麒麟楦”，把当朝官员比作做鞋帽用的模子。古人演戏时用马或驴扮麒麟，在马头上装饰画角彩衣，但是披挂不能太长，所以一走动的时候，底下的马腿就常常会暴露出来。“露马脚”这句俗语就是这么来的。

杨炯骂人“麒麟楦”，就是说人家样子好看，其实是笨马蠢驴。这可比“绣花枕头”难听多了，怎能不得罪人呢？所以仕途也不是那么顺利，窝在文学馆一待就是十六年，做文员做得很气闷，所以才会发出“我想当连长”的呐喊。

可惜的是，他自己没做成百夫长，他的一个从弟却做了，但是站错了队，做的是徐敬业麾下的小官。

684年，徐敬业起事兵败，从者皆被杀，其中就有传说中的骆宾王之死，也包括了杨炯的从弟。

杨炯因此受到牵连，被贬到浙江盈川做县令，最后死在任上，因此后人又称之为“杨盈川”。

实在是盈川这个地方太小了，这样称呼也不会有人误会是另一个姓杨的名人。

正如同骆宾王是义乌人，故而又被称为“骆义乌”一样。

或许是因为“初唐四杰”休戚相关，三个人的死都与水有关，只剩下一个杨炯太寂寞。所以关于杨炯之死，还有另外一个版本，是说他在盈川当县令时，因为连天大旱，他带领乡人祈雨不得，竟然投井而死。其动机约等于干将莫邪以身祭剑。

至今，衢州市盈川村还有杨炯祠供奉，《盈川城隍庙碑》证实了这一说法。

我在写作“初唐四杰”的日子里，有一天我们家那位晚上回来问我：昨天写什么了？

我说：写了一整天，把卢照邻扔水里了。

今天呢？

刚把骆宾王扔水里去了。

明天该写谁了？

把王勃扔水里。

后天呢？

正在犹豫要不要把杨炯扔水里？

……

这不能怪我，谁让“初唐四杰”个个都与水有关呢！

文章四友，个个是狂人

一

初唐诗人都很狂，不止“初唐四杰”，还有“文章四友”。个个都很狂妄自大，没有最狂，只有更狂。

其中有个狂狷叫杜审言（约645—708），尤其狂得花样翻新。

他狂到什么程度呢？

咸亨元年（670），杜审言进士及第，与一众新科进士参加铨选，负责选官的是苏味道（648—705），时为天官侍郎。

可见杜审言虽然比苏味道大三岁，而且后人将二者与李峤、崔融并称为“文章四友”，但是苏味道成名要早得多，而且手握实权。

唐朝科举考试分为明经、进士、明法、明书、明算等。后三种主要是专业人才，升迁机会少，读书人一般不愿参加，所以唯有明经和进士两种最受欢迎。

而明经和进士，又有“三十老明经，五十少进士”之说。因为进士远比明经难考，主要分为诗赋和策论，重在临场发挥；明经考的是经史，以背书为主，比如有名的“帖经”，就是贴住一句经典语的几个字让大家填上所缺内容，也就是今天的“填空题”，靠的是死用功，所以才子们通常看不大上眼。

进士及第后，还要经过吏部铨选，等待分配。这就是杜审言来见苏味道的原因。

都说“在人屋檐下，不得不低头”，但是杜审言偏不，他交了卷子出来，和一众考生站在人家屋檐下等考官判卷，闲谈中忽然说：“苏味道必死。”

众人大惊，这是怎么话说的？苏大人好好地在里面看卷子，怎么就会死了呢？

杜审言说：“因为等一下他看到我的文章，一定羞愧而死。”

一个人狂到这种地步，是不是没事找抽型？

他还自称：“吾文章当得屈宋作衙官，笔迹当得王羲之北面。”——我的文章，只有屈原、宋玉才有资格点评；我的书法，就算王羲之见了也得拜服——真是狂得没边儿了。

这一年，杜审言26岁。

杜审言虽然这般狂妄，苏味道却并没有同他计较，还是将他选为洛州洛阳县丞。

和杜审言同时录取的，还有一位来自琅玡颜家的王孙公子叫颜惟贞，也就是前文王勃挑错的那位大儒颜师古的侄孙，颜真卿的父亲。

颜真卿在为父亲刻的碑铭中曾提到，颜惟贞授衢州参军时，最好的朋友乃是杨炯。后来又参加了几次选官考试，逢考必中，考官苏味道逢人便夸奖颜惟贞，说这场考试选中了一位人才。

看来，苏味道真是一位喜欢提携别人的好官！

杜审言因为自己的狂妄，得罪了不少人。其中一个叫郭若讷的就跑去司马周季童那里诬告了他，周季童不分青白皂白便将他下了狱，准备执行死刑。

杜审言的儿子杜并这年只有13岁，听到父亲蒙此奇冤，竟然夜探周府，刺杀了周季童。周季童死前叹息说："我竟不知道杜审言有这样的孝子，看来真是冤枉他了，都是郭若讷故意误导我啊。"而杜并也被砍死在乱剑之下。

这件事传出，世人皆以杜并为孝子。武则天听说了，便将杜审言重新召入京师，授著作郎，一度很器重他。

705年，武则天病危，张柬之发动神龙政变，诛杀权倾一时的女皇面首张易之、张昌宗兄弟，逼女皇还政于唐。

中宗李显继位后，清算朝臣，杜审言也以勾结张易之、张昌宗兄弟的罪名，被流放到峰州。

这其实很不公平，因为武则天对张家兄弟宠爱有加，封为春宫侍郎，二人把持朝政，不离女皇左右；杜审言身为朝臣，免不了有所应酬，谈不上勾结一说。

遍查杜审言诗文，并无阿谀奉承之语，这次流放可谓欲加之罪，何患无辞了。

好在没过多久，他便被重新召回京城，任国子监主簿、修文馆直学士。

杜审言一生将狂妄进行到底，直到临死之前，还在对前来做临终告别的文人朋友发表遗言，其中就包括了那位想泡武则天的无良帅哥宋之问。

杜审言郑重地说："我要祝福你们。"众人皆以为人之将死，其言也善，杜狂人大概是有什么良言相赠，都一起凑上前来，握着他的手，流泪说："有什么话，你就嘱咐吧，我等一定尽力办到。"

杜审言环视了众人一圈，长叹一口气说："我活着的时候，因为才华太盛，碾压得你们太难看了，现在我死了，你们总算有机会出头了。可惜看不到能替代我的人才出世啊。"（《唐才子传》："吾在，久压公等，今且死，固大慰，但恨不见替人。"）

宋之问等顿时石化。

那杜审言的诗写得到底怎么样呢？

2009年温家宝总理在全国人大记者招待会上讲话，文稿中引用了一句"莫道今年春将尽，明年春色倍还人"，使这句诗顿时大红，很多人开始满网搜索这到底是哪位大诗人的诗。

但其实只有后半句"明年春色倍还人"是出自杜审言七律《春日京中有怀》，前半句则是借题发挥，活用得很贴切。

且看原诗：

今年游寓独游秦，愁思看春不当春。
上林苑里花徒发，细柳营前叶漫新。
公子南桥应尽兴，将军西第几留宾。
寄语洛城风日道，明年春色倍还人。

这首诗写于杜审言陪侍武则天在长安出差期间。武则天喜欢洛阳，多半时间都驻留东京，很难回长安待一阵子。女皇在长安时，杜审言等大臣也都要跟着来长安办公。

故而第一句“今年游寓独游秦”，便是点明今年游宦之地乃是西京长安，时间是春天，但我却看不见满眼春花。

颔联进一步描写这种景物与情绪，武则天下诏催花那个“明朝游上苑”的上林苑里鲜花盛开，但我无心欣赏；细柳营前柳枝新绿，也是漫无情趣。“徒”“漫”两个虚字用得极尽神采。

前面说过，律诗的规矩经常是颔联写景物，颈联写人事。这首也是一样。颈联写的是诗人的想象，估计此时洛阳友人正在南桥尽兴游玩，或是在西第聚宴畅饮。

这一联与自己的“独游”“愁思”形成鲜明对比，写出不高兴的原因乃是为了思念洛阳的小伙伴，看来作者脾气虽然不好，朋友倒是很多。

最后，尾联自我安慰说：明年春天我就回洛阳了，那时的春天会更美丽的。

杜审言的诗确实不错，但是在历史的长河中其实算不得什么，即便不是寂寂无闻，也只是沧海一粟。

幸亏他不是真的能够预言，倘若他知道能替代且遥遥领先于他的人竟是自己的孙子，还不知道会狂成啥样儿呢。

这位孙子在唐诗界的地位可比乃祖高出太多了，他就是大名鼎鼎如雷贯耳的杜甫。要是有人敢说不知道，那我怀疑他就不是中国人。

杜甫给我们的感觉一直是谦厚老成的，其实不然，杜家狂妄自大的家风流淌在他的血液中，时不时地就会冒一下头。

杜甫是很以有杜审言这个爷爷为荣的，曾几番在诗中自豪地说：“吾祖诗贯古”“文章吾家事”。

可惜当时苏味道最出色的后代还没有出生，不然一定可以顶他一句：文章是你家的事，宰相还是我家的事呢。

因为，历史上同样大名鼎鼎的“三苏”：苏洵、苏轼、苏辙，正是苏味道的后代。

血统啊，真让人不服不行！

二

苏味道虽然位极人臣，但是仕途并不顺利，曾经三起三落。

毫无意外的，苏味道小时候也是神童，9岁时就已经文名远扬，与同乡才子李峤并称“苏李”。

李峤（645—714）平生最有名的诗是《风》，很像一个谜语：

> 解落三秋叶，能开二月花。
> 过江千尺浪，入竹万竿斜。

有句诗评叫“苏李在前，沈宋比肩”。“苏李”就是苏味道与李峤，“沈宋”就是沈佺期和宋之问。

而苏味道最有名的一首诗是《正月十五夜》：

> 火树银花合，星桥铁锁开。
> 暗尘随马去，明月逐人来。
> 游伎皆秾李，行歌尽落梅。

金吾不禁夜，玉漏莫相催。

这首诗是描写元宵节的极品。

唐时实行宵禁，到点关城门，闲人不许随便在街上走动，否则被金吾卫抓到了，就要蹲班房。只有在元宵节前后三天，才可以取消戒严，通宵赏灯。因此这三天，便是长安城里最热闹的三天。

首联“火树银花合”，当真神来之笔，五个字写出一幅极瑰丽灿烂的画面，从此为我们留下了“火树银花”这个成语，一到年节就会被拿出来讲了又讲。

解除宵禁，城门大开，护城河的桥上灯花闪烁，宛如星桥。也可以暗指鹊桥搭起，星河可越，天下男女百无禁忌尽情狂欢的意思。

颔联描写人们蜂拥来去，明月当空，天地一片和谐景象。纪晓岚评价这两句“自然有味，确是元夜真景，不可移之他处。夜游得神处尤在出句，出句得神处尤在暗字”。

颈联把目光具体落在了大唐美女的身上，灯光月影之下，歌伎们打扮得花枝招展，边走边唱着《梅花落》的曲调。

尾联总结说，长安城里的元宵狂欢夜啊，真是美景无限，令人流连，不愿再记起时间的流逝。快乐的时间总是太短，这真实而婉约的情绪道破了所有人的共同心理，情思袅袅，余音不绝。

苏味道有才华有度量，但在历史上的名气却不够大，主要是因为身为宰相而无所建树。

这怨不得他，宦海凶险，几次沉浮让苏味道未免疏寒，渐渐变得滑头，不愿意说真话了。

他有个绰号叫“苏模棱”，就是因为他经常对人说：“我处事不欲决断明白，是因为害怕一旦说错做错什么，必会悔恨无穷，所以最好的办法就是模棱两可。”

即便是这样的谨慎小心，神龙政变后，他也免不了被贬眉州的命运。罪名和杜审言一样，乃是附依张氏兄弟。

可惜他没有杜审言命长，虽然后来也被调任，但是还来不及起程就死在眉州了。也正因为这个原因，就在眉州留下了苏家的一个支脉，便是“三苏”的祖先。

三

杜审言虽然曾经出语讥诮苏味道，但对他其实是很尊重的，曾特别写过一首《赠苏味道》相贻：

北地寒应苦，南庭戍未归。
边声乱羌笛，朔气卷戎衣。
雨雪关山暗，风霜草木稀。
胡兵战欲尽，汉卒尚重围。
云净妖星落，秋深塞马肥。
据鞍雄剑动，插笔羽书飞。
舆驾还京邑，朋游满帝畿。
方期来献凯，歌舞共春辉。

看这首诗，特别容易想起杜甫写给李白的五言排律《赠李十二》。看来写排律送朋友，也是杜家的传统。

这首诗意调雄浑，为国家边士生色，开五言排律之先鞭。《唐诗评选》说："迎头宽衍，迤逦入题，序次中凡五层，折合成一片，布格有神。久压沈宋者，正以是尔。"这是明确肯定杜审言确实要比沈佺期、宋之问强悍。

《诗源辨体》也说："五言律体实成于杜、沈、宋，而后人但言成于沈宋，何也？审言较沈宋复称俊逸，而体自整栗，语自雄丽，其气象风格自在，亦是律诗正宗。"

这段话说，后人多以沈宋二人为律诗之祖，但实际上杜审言也是有很大功劳的，比沈宋更为俊逸雄丽。

那么沈宋这个领袖地位是怎么得来的呢？原来是一代女相上官婉儿评选出来的。

我们后面再讲。

且说杜审言与宋之问的交情其实不错，698年杜审言被贬吉州（今属江西）时，宋之问还写过一首《送杜审言》：

卧病人事绝，嗟君万里行。
河桥不相送，江树远含情。
别路追孙楚，维舟吊屈平。
可惜龙泉剑，流落在丰城。

诗中说我在病中听到朋友被贬的消息，不禁慨叹宦海沉浮。虽然我因为抱病不能相送，但是江边柳树依依含情，可以代表我的心。

接着又是连用两个典故的老套路，以孙楚和屈原来影射杜审言的被贬是冤枉的。最后感叹珍珠蒙尘，宛如龙泉宝剑尘埋丰城，不得展才，同时也借丰城典故暗指杜审言被贬之地是江西。

全诗用典确切，情意深沉，是一首不错的赠别诗。

杜审言死后，祭文也是宋之问写的，称颂杜审言的诗文“其含润也，若和风欲曙，摇露气于春林；其秉艳也，似凉雨半晴，悬日光于秋水”，文中佳句颇多。

顺便说一下，杨炯的祭文，也是宋之问写的，开篇八个字“自古皆死，不朽者文”，起笔不俗！

看来宋之问很擅长写祭文。

四

最后说一下“文章四友”的第四位崔融。

他的一生也是跟张昌宗、张易之兄弟纠缠不清。

崔融（653—706），字安成，齐州全节（今山东济南东）人。他最牛的地方在于考试，据说一连考了八个制科，科科高中。

原来，唐朝的考试分为“常举”和“制举”两种。常举是每年按时举行的考试，和今天的高考一样，有固定考期，但是及第后并不能马上得官，还要经过吏部铨选。有时一等几年都不得诏用。

所以，很多考生在常举及第后，会选择继续参加制举考试。

制举是皇上临时下诏举行的考试，主要是为了选拔国家急需的各类人才。什么“贤良方正直言极谏科”，一看就是寻找谏臣的，但也很有可能是皇上做出的一种姿态，你要真是学魏徵直言上谏触怒龙颜可就惹大祸了；什么“军谋宏远堪任将帅科”，这一看是要打仗了，招募诸葛亮呢；什么“详明正术可以理人科”“才识兼茂明于体用科”“博学鸿词科”等，名目繁多。

制举因为是急需人才，往往可以在考中后立刻获得官位，而且升职机会多，速度也快。比如王维参加的就是常举，得官不过是太乐丞；而他的弟弟王缙参加的就是制举，“草泽文辞清丽科”，后来官至同中书门下平章事，相当于丞相。

难度这么大的考试，崔融竟然有瘾似的参加了八次，而且每次都高中，这真要让杜审言的孙子杜甫气吐血，要知道，大诗人杜甫一生都以未能中举而抱憾啊！

中宗李显在做太子的时候，曾请崔融做侍读，东宫所有的重要文书都出自崔大学士手笔。就连武则天封禅的碑文，也是崔融撰写的。

所以，崔融早年的仕途是顺畅的，很快做到了凤阁（中书）舍人之位。可是700年时，他不知怎么得罪了张昌宗，被贬为婺州长史。这真是当头一棒！

一个制举考试连中八次的大才子，能为封禅题碑的，就为得罪了小白脸，说贬就贬了，学问还有什么用呢？

崔融的人生信仰一下子就倒塌了。

长安四年（704），张易之、张昌宗兄弟为了笼络人心，装点门面，广招文士为幕僚。崔融折腰屈膝，“屈节附之”。

大才子崔融，为了一次贬谪而彻底屈服了，而且服得相当彻底。

时人为讨好张昌宗，竟然昧着良心说他是周灵王的太子、仙人王子晋转世。武则天听了大为高兴，于是让他穿上羽衣扮仙人，还骑着一只假鹤，横笛而吹，让人抬着在庭院里来回“飞”，表演仙人骑鹤飞升，并让侍臣们以此为题吟诗。

崔融吟得相当卖力，题作《和梁王众传张光禄是王子晋后身》：

闻有冲天客，披云下帝畿。
三年上宾去，千载忽来归。
昔偶浮丘伯，今同丁令威。
中郎才貌是，柱史姓名非。
祗召趋龙阙，承恩拜虎闱。
丹成金鼎献，酒至玉杯挥。
天仗分旄节，朝容间羽衣。
旧坛何处所，新庙坐光辉。
汉主存仙要，淮南爱道机。
朝朝缑氏鹤，长向洛城飞。

张光禄，就是张昌宗，曾封银青光禄大夫。丁令威，是道教仙人，曾于灵墟山学道，成仙后化为仙鹤，飞回故里。这里代指张昌宗骑鹤。

这样的才情竟然用在为一个面首写诗拍马屁上，真是浪费。

有个段子，说崔融有一次见到苏味道，打趣说：“我的官做得没你大，不是因为诗写得不如你，而是因为没有一句‘银花合’那样的句子。”

苏味道笑着回应说：“你的诗里虽然没有‘银花合’，但是有‘金铜丁’呀。”讽刺他写诗拍张昌宗马屁说“今同丁令威”。

后来，张易之兄弟被诛杀，崔融也因依附二张而被贬为袁州刺史。

想想也是真冤啊。得罪了张氏被贬，巴结张氏还是要被贬，你想让可怜的崔大才子怎么办啊？

好在，崔融也如杜审言般，很快被调回了。神龙二年（706），中宗令其撰写《则天大圣皇后哀册文》，结果他殚精竭虑，用力过度，竟然引发旧疾，一病而逝。时年54岁。

崔融的诗歌，《全唐诗》存诗一卷，十七首，其中边塞诗六首，颇有风骨。我最喜欢的是一首《塞上寄内》，既有边塞雄风，又有儿女柔肠。且看这首五言：

旅魂惊塞北，归望断河西。
春风若可寄，暂为绕兰闺。

人在旅途，魂梦思乡，回望的目光却为黄河阻断。

春风啊，若能寄去我的相思，请为我萦绕妻子的兰房，伴她左右。

风是无法邮寄的，更不能带去思念，陪伴伊人。这种无理的寄托尤见心思，正如李白“归来看取明镜前”的无招胜有招，确实是一首好诗！

崔融，毕竟是才子！

从终南山到幽州台，飞过初唐的天空

一

自从隋唐创立了“科举取士”之路，天下的读书人就有了共同的方向：“学成文武艺，货与帝王家。”

但是考进士，也不是谁想报考就可以考的，要有资格证。

考生的来源主要有两个：

一是在京师国子监、弘文馆、崇文馆和各地方州县学馆的学生，通过学校选拔考试合格后，再举荐到尚书省参加考试，称为“生徒”。

二是自学成才的学生可以怀牒自举，也就是拿着自己的身份材料到州县报名参加选拔考试，合格后给予“文解”，也就是州县推荐书，每年十月随州县贡品一起送到京师，所以叫“乡贡”。

李白那么大学问却一生没有参加过科举，世人皆说是因为才气太盛不屑参加考试，我却认为他八成是伪造履历，拿不出乡里的介绍信，所以只能剑走偏锋。也有说法是因为李白是商人后代，而“士农工商”，商人是没有资格考试的。

唐代科举考试明文规定有三种人不能报考：一是犯过法的

人；二是州县小吏；三就是工商子弟。

当然，虽然法律没有注明不许女人报考，但事实上女人也是不被允许参加进士科的。所以鱼玄机曾有诗云："自恨罗衣掩诗句，举头空羡榜中名。"

可是一年之中只有一次科考，千万人中只有不足三十人中举，又哪里满足得了全天下白衣苦读的莘莘学子呢？

现在想想国内每年高考，虽然被形容成千军万马过独木桥，可是录取率达到一半以上，内蒙古、浙江、江苏、河北等省份的总录取率更是高达90%，比起唐朝举子可是太幸福了。

为了增加中举的把握，唐朝的考生界就刮起了"行卷"之风。

为了"行卷"，很多考子提前半年甚至一年就住进京城，为备考预热。

这有点像今天的各种选秀大赛，选手们不光要凭本事比赛，还要想尽各种办法组织亲友团，招募粉丝，制造热点话题，以此吸引观众眼球，打响知名度，以增加取胜的把握。

来自四川的初唐诗人陈子昂，采用的备考战术就是这种群众路线，誓以行为艺术来擦亮自己的招牌。

陈子昂（659—700），字伯玉，初来长安时，人生地不熟，想"行卷"也找不到门路，因此两次科考都落榜了。

他当然不认为这是自己才力不济，而认定是因为预备工作不够。于是决定闹点动静出来打响知名度。

虽然没有得力的后援，但他是富二代，有钱，任性，最重要的是，有创意。

于是他放言出去，说自己藏有一床汉代司马相如的名琴“绿绮”，将于某日某地拍卖。

这里先打会儿岔，让我说几句关于琴的故事。

古人所说的“琴棋书画”的琴，单指今天所谓的古琴。直到后来西洋乐器如钢琴、风琴、小提琴传入中土后，为了区别于这些现代弦乐器，方名之为古琴。

琴自古以来就是文人的象征，相传为伏羲所创，原本只有五根弦，到了西周时，文王和武王各加一根弦，遂定型为文武七弦琴。

也就是说，古琴的款制从西周起一直传到今天都没有改变，就是现在这个样子。再次强调：“西周私塾”的名字，源于中国第一部诗歌总集《诗经》便是记录了从西周初期到春秋中叶大约五百年间的诗歌三百零五篇，是中国诗歌的起点。

而《诗经》的第一首《关雎》，说的就是“窈窕淑女，琴瑟友之”。

古时的男子爱上了一个美丽的女子，想她想得辗转反侧，即便这样也不好意思走上前去说一声“美女我们交个朋友吧”，而能做出的最好选择就是在她面前弹奏一曲，希望得到她的青睐。

司马相如琴挑卓文君，用的就是这一招。

司马相如是汉代辞赋大家，有一次往卓王孙府上做客。适逢卓家大小姐卓文君以新寡之身刚回了娘家，听到琴声，便在帘后偷窥。

司马相如察觉了，特地柔情蜜意弹了一曲《凤求凰》，以琴声挑逗，眉目传情。卓文君春心荡漾，当天晚上就跑去找司马相如，合伙私奔了。

但是司马相如太穷，卓文君走得急，忘了跟红拂一样多卷点家私，又没个虬髯客相助。于是两口子一商量，出了条毒计，虽然私逃，却不肯逃到天涯海角去，更不肯隐姓埋名，而是待在离家不远的成都，开了家酒铺，卓大小姐抛头露面，当垆卖酒，逼着老爷子卓王孙打落牙齿和血吞地默认了这段姻缘，将女儿女婿接回来，送了百万银钱和百名仆人，好言相劝。

司马相如有了钱，有了名，又获得皇上宠信，有了地位，便宿娼纳妾，风流浪荡起来，竟再不拿文君当回事儿。于是便有了卓文君那首著名的弃妇诗《白头吟》：

皑如山上雪，皎若云间月。
闻君有两意，故来相决绝。
今日斗酒会，明旦沟水头。
躞蹀御沟上，沟水东西流。
凄凄重凄凄，嫁娶不须啼。
愿得一心人，白首不相离。
竹竿何袅袅，鱼尾何簁簁。
男儿重意气，何用钱刀为？

《白头吟》后来也就成了怨歌的代表作，前面讲的骆宾王的《狱中咏蝉》，“那堪玄鬓影，来对白头吟”用的就是这个典故。

后人多有以《白头吟》为题写来感慨时光飞逝物是人非红颜老去色衰爱弛的，这一点与班婕妤的《怨歌行》有点像。

同样的，这首诗也和《怨歌行》一样饱受后代质疑，认为汉代不可能产生这么成熟的五言诗，更不可能产生于妇人之手。

诗家就是不愿意相信女人也可以写出绝妙好辞，而且还比男人更早慧。

扯远了，说回古琴。

司马相如虽然家境贫寒，但很有才，能诗善赋，尤其是文赋写得极有名气。“金屋藏娇”的陈阿娇被汉武帝冷落，就曾派人献上黄金百斤给司马相如，求他写了一篇《长门赋》献给皇上，打动汉武帝的心。这就是“千金难买相如赋”的来历。

还有位梁王，也因为羡慕司马相如才名，请他作了一篇《如玉赋》，写得辞藻瑰丽，气韵非凡。梁王很满意，就把自己收藏的名琴“绿绮”相赠。

相传“绿绮”通体黑色，隐隐泛着幽绿，有如绿色藤蔓缠绕于古木之上，琴内有铭文曰：“桐梓合精”。因为古琴的材料大多是上桐下梓，故而名之。

现存最早的有关茶的著作是陆羽的《茶经》，而最早的有关琴的著作是汉代大文学家蔡邕的《琴操》。

蔡邕就是蔡文姬的父亲，曹操的老师。通经史，善辞赋，尤以隶书造诣最深，首创“飞白”书体。在弹奏和斫琴方面均有卓越的成绩，除有论曲专著《琴操》问世外，还留下了名琴“焦尾”。

蔡邕的“焦尾”，司马相如的“绿绮”，加上齐桓公的“号钟”，楚庄王的“绕梁”，并称为“中国四大名琴”。而其中尤以“焦尾”和“绿绮”最为闻名，甚至成为琴的代名词。

伯牙摔琴谢知音的故事为人熟知，后人作诗说“摔碎瑶琴焦尾寒”，即以“焦尾”代琴，亦有版本作“凤尾”，且看全诗：

摔碎瑶琴凤尾寒，子期不在向谁弹。
春风满面皆朋友，欲觅知音难上难。

高山流水遇知音，便从此产生。而伯牙子期，也成了知音的代名词。

古人说：君子无故不撤琴瑟。又道是：左琴右书。

大凡文人，书房里总是有一床琴的，不会弹也会听。

刘长卿有一首《听弹琴》极为著名：

泠泠七弦上，静听松风寒。
古调虽自爱，今人多不弹。

这说的是自从西周以来，琴一直是君子至爱，然而在唐朝时，异域音乐涌入，安静清冷的琴声就渐渐被冷落了，成了“古调”。

唐以前，中土音乐为“清乐”；唐以后，则与西域、印度等风情音乐相融合，形成了更为丰富热闹的“燕乐”。琵琶、箜篌、扬琴、二胡、唢呐等乐器相继而入，繁复多变，弹琴的人就越来越少了，渐成阳春白雪，曲高和寡，但仍然是诗人的最爱。

唐代大诗人李白、王维、韩愈、白居易，都是琴中高手。

且说琴如此高雅，而“绿绮”这么有名，简直神一般的存在，现在竟然有人说要公开拍卖，长安名流怎能不心向往之，买不买不说，亲眼看一下总是要的吧？

于是到了约定这一天，陈子昂寄住的客栈门庭若市，人头攘攘。陈子昂端坐琴桌旁，气定神闲，抚弦一曲，飘然若仙人。之后，请在座嘉宾鉴赏此琴。

座中不乏高人，鉴宝之后，都纷纷赞叹说：即便不是绿绮，也肯定是一床好琴，而且确实是有年份的名琴，不知问价几何？

却见陈子昂举起锤子，开始叫卖，一百两，三百两，五百两……就在有客人叫价千两震得举座耳聋眼花之际，陈子昂忽然高高举起了锤子，众人都以为他要一锤定音，没想到他竟然如王刚附体一样，重重地砸向了这床价值千金的名琴，一锤一锤，砸得梓裂桐断，宫飞角鸣。

举众哗然，七嘴八舌地说这厮莫不是疯了吧？有钱也不是这么挥霍的！你难道嫌千金还不够，那也可以慢慢商量，犯不着砸琴呀。

在众人的哗然声中，陈子昂不慌不忙取出一大沓诗稿，朗声说道：诸位，你们只知绿绮名琴价值千金，在我看来千金不值一哂，因为我的诗稿才是真正的无价之宝啊。今天，在下一两银子不要，白送给大家赏鉴。

然后，人手一份，都不落空，把早已抄写好的诗稿送给在座每一位观众。

后面的故事可想而知，这消息立刻登上八卦头条，第二天传遍长安的大街小巷。一夜之间，所有的考生都知道今次科举来了一位牛人，名叫陈子昂。

有了这样大张旗鼓的预热，当年考官哪敢不重视陈子昂的考卷？于是，这年陈子昂一举得中，刚满24岁。

在“三十老明经，五十少进士”的时代，算是少年得意了。

二

可是，陈子昂虽少年及第，仕途却并不如意。因为他摊上了一个倒霉上司武攸宜，也就是女皇武则天的侄子，一个草包。

草包的共性是自己不行，也看不得别人行，所以对天才陈子昂很不以为然，凡陈子昂的建议，他都以“素是书生，谢而不纳”为由，置之不理。

遇到这样的上司，陈子昂怎能不郁闷？于是，在路过幽州台时，就写了那首千古名篇《登幽州台歌》。

前不见古人，后不见来者。
念天地之悠悠，独怆然而涕下。

战国时，燕昭王像所有的明君一样，想广纳人才，可是应者无几。有一个叫郭隗的老人给他讲了个故事，说从前有个君主欲以千金求购千里马，派了许多人出去搜购，却不见成绩。然后有个臣子花了五百金运了一匹千里马的尸体回来。君主大怒，说即便是千里马，可是一匹死马难道能跑吗？这臣子说不急，君主只管把消息放出去就是。

消息传出，人们知道君主对一匹死马都肯花五百两，看来千金求购是真心的，于是有千里马的人就放心大胆地把自己的马都送了过来。

燕昭王也是聪慧之人，立刻明白了郭隗话中的玄机。于是打造黄金台，礼待郭隗。

天下人才听闻，心想郭隗老儿都能得到燕王这样的礼遇，以自己的才能若是依附，必然更受重用，于是纷纷报效，形成了“士争凑燕”的盛况。原本地处偏远的燕国顿时人才济济，迅速强盛起来。

这就是幽州台的由来，又叫黄金台。后世诗人多以此为典，表达怀才不遇求赏识的心态。

比如李贺干谒韩愈时的诗作：“报君黄金台上意，提携玉龙为君死。”

且说此时陈子昂登上幽州台，怀古思今，颇以“千里马常有而伯乐不常有”为憾，遂写下此歌。

天地悠悠，古今茫茫，幽思难忘，游人独泣。这首诗将时间的永恒与空间的无限凝于一身，背负得如此之重，却偏偏一无所有，这种既苍茫又窒息的感叹痛切沉郁，堪称千古一叹。

除了这首《登幽州台歌》，陈子昂还写过一首《燕昭王》，抒发的也是同样的情感：

南登碣石馆，遥望黄金台。
丘陵尽乔木，昭王安在哉？
霸图今已矣，驱马复归来。

《唐诗训解》评：“此慨世无礼贤之主而怀古人焉。”一语中的。

陈子昂终年42岁，堪谓英年早逝。

关于陈子昂的死因，碑文上说是因为给父亲守孝，悲伤而死。

但是杜甫曾在到访陈子昂故居后写道：“遇害陈公殒，于今蜀道怜。”暗指陈子昂是遇害而死。

杜甫是杜审言的孙子，很可能从家中长者的议论中听说过陈子昂的死亡真相。

金末元初的著名诗人元好问曾有《论诗三十首》，其中有一首关于陈子昂的：

沈宋横驰翰墨场，风流初不废齐梁。
论功若准平吴例，合着黄金铸子昂。

《诗源辨体》认为杜审言才是“律诗正宗”，而元好问则认为陈子昂才应该占头功，看来他们都不同意沈宋并领“律诗之祖”的头衔。

这首诗引用春秋时期越王伐吴复国，论功行赏为范蠡铸黄金像的典故，评说沈佺期、宋之问驰名初唐诗坛，风格一新，但仍然没有完全清洗齐梁遗风。真正扛起初唐诗坛大旗的人应该是陈子昂，如果参照越国平吴的先例，那应该给陈子昂也铸一座小金人。

陈子昂向往的黄金台，终于在后人的景仰中得到了。

三

陈子昂共存诗一百多首，最有代表性的是组诗《感遇》三十八首，《蓟丘览古赠卢居士藏用》七首，包括了刚才的那首

《燕昭王》。后一组诗借古讽今，充分实践了陈子昂提倡的“兴寄”“风骨”的诗歌理论。

组诗前有小序：

> 丁酉岁，吾北征。出自蓟门，历观燕之旧都，其城池霸业，迹已芜没矣。乃慨然仰叹。忆昔乐生、邹子，群贤之游盛矣。因登蓟丘，作七诗以志之。寄终南卢居士。亦有轩辕之遗迹也。

这段话告诉我们两件事，一是陈子昂曾经从军北征契丹，从蓟门出去，遍览燕国的旧都城，是个真正有实践的边塞诗人。如今燕国的城池、霸业已经荒废了。

二是他有个好朋友，是住在终南山的卢藏用居士。

如此，我们便可知卢藏用所写《陈子昂别传》应该是第一手资料，非常可信。

卢藏用在文中称赞陈子昂“尤善属文，雅有相如子云之风骨”“子昂体弱多疾，激于忠义，尝欲奋身以答国士”。数次进谏，而不得采纳，“因箝默下列，但兼掌书记而已”。

同时，卢藏用对陈子昂的死因也明确记载为：“县令段简贪暴残忍，闻其家有财，乃附会文法将欲害之。子昂荒惧，使家人纳钱二十万，而简意未已。数舆与曳就吏，子昂素羸疾，又哀毁，杖不能起，外迫苛政，于是遂绝。年四十二。”

可见，杜甫得到的消息是真实的。而碑文所写，不过是惧于强势不得已含糊记录掩人耳目而已。

且说这位终南山居士卢藏用也是个妙人。

卢藏用（约664—约713），字子潜，唐幽州范阳（治今河北涿州）人，家族世代为官。他很小就以文辞才学著称，轻松考中了进士，却一直未得选官，于是同哥哥一起隐居终南山。还写了篇《芳草赋》到处传扬，借此累积名声。

终南山，就是王重阳和全真七子修行的那座山，是隐士们最喜欢出没的地方，著名的活死人墓就在那里。姜子牙也是在不远处弄了一根比筷子还直的鱼钩钓鱼，引起了周文王注意的。

唐朝廷因为以老子为祖先，道教盛行，所以对隐士高人就很尊重。看到了《芳草赋》，再想到卢藏用原是中举的才子，就很自然地把他的行为和姜子牙啊，张良啊，孙思邈啊这些高人隐士联系起来，认为这肯定也是一位高人，便起用了他，委以高官。

这就叫“终南捷径”，和陈子昂摔琴一样，纯属博眼球的广告行为。

两个人都同样擅长以行为艺术来为自己造势，难怪会结为终生好友。

说卢藏用的隐居纯为造势的证据是，皇上在长安的时候，他隐居附近的终南山；但是皇上移驾洛阳的时候，他害怕弄出再大的动静也没法让人知道，于是又跑去洛阳附近的嵩山隐居。于是得了个“随驾隐士”的绰号。

但是不管怎么说，这一招硬是好用，为他赢得了左拾遗的职位，不久升到吏部侍郎，全赖归隐之功啊。

有一次皇家仪仗经过终南山，卢藏用指着山说：“此中大有嘉处。”另一位文臣司马承祯立刻接口说：“我看啊，最大好处是做官之捷径吧！”

从此，“终南捷径”一词不胫而走。

卢藏用的成功掀起了一股长安士子归隐风，他们从卢藏用的模范案例中总结出了三条成功学准则：

第一，要隐居终南山；第二，要弄出点动静来，让世人知道自己在隐居；第三，得有作品，当人们议论自己的时候，有个诗词手抄本什么的流传。

后来李白进入长安时，走的也是这条路子。

所以后人将卢藏用与陈子昂、李白、王维、孟浩然、贺知章、司马承祯、宋之问、王适、毕构合称为“仙宗十友”——连宋之问也在里头，真有点泥沙俱下的意味。

不过，谁让他也曾经是终南山的业主呢。

后人虽然多以“随驾隐士”来打趣卢藏用，但他确实是个高人，曾习辟谷之术，还会用蓍龟九宫术来算命，又擅长书法，草、隶、大小篆、八分，都很精通，弹琴下棋无所不精。而且为人也很仗义，陈子昂死后，遗孤由他抚养，人称其“能终始交”。

卢藏用留下来的诗不多，多为应制宴和赠别之作，中规中矩。这里只录一首《饯唐州高使君赴任》，鉴其诗风：

饯酒临丰树，褰帷出鲁阳。
蕙兰春已晚，桐柏路犹长。
祖逖方城镇，安期外氏乡。
从来二千石，天子命唯良。

四

陈子昂的“前不见古人，后不见来者”打破时空界线，对天地发出诘问，但是因为篇幅小，情绪表达得不够充分。

将屈原的《天问》精神，陈子昂“念天地之悠悠”的感慨发挥得淋漓尽致的，是张若虚的《春江花月夜》。

最奇特的就是张若虚，人如其名，虚而又虚，生卒年月、字号履历一概不详，简直像是从某个朝代穿越过去的，留下一首《春江花月夜》“孤篇压全唐”就离开了。

关于他的事迹，仅在《旧唐书·贺知章传》中略见提及，各诗史中凡提及贺知章，往往也会因为“吴中四士”的关系提一笔张若虚，盛赞这首《春江花月夜》空间绝后，流丽不凡。这让我们知道张若虚是初盛唐时期的人物。

但除此之外，好像就再没有别的记录了。

这真是一件奇怪的事情。因为唐朝诗人喜欢扎堆儿玩耍，最喜欢的游戏就是互相唱和，你既然身为“吴中四士”之一，好歹也经常和别的诗人约个局，互动一下啊，怎么能低调到神秘莫测的地步呢？

若不是《全唐诗》的选编者从宋人郭茂倩的《乐府诗集》五首《春江花月夜》同题诗中打捞出来，张若虚大概就永远地沉睡在历史的星河中了。

那样，我们上哪里去看这首喷珠溅玉美不胜收的《春江花月夜》呢？

我能全文背诵的长诗不多，背了也会忘记，丢三落四地只剩下断章残句，张若虚这首是我唯一能记忆的。每次背到“江畔何人初见月？江月何年初照人？”都感慨不已，张若虚这一问，真是没有问错！

且将全诗录于下：

春江潮水连海平，海上明月共潮生。
滟滟随波千万里，何处春江无月明！
江流宛转绕芳甸，月照花林皆似霰。
空里流霜不觉飞，汀上白沙看不见。
江天一色无纤尘，皎皎空中孤月轮。
江畔何人初见月？江月何年初照人？
人生代代无穷已，江月年年只相似。
不知江月待何人，但见长江送流水。
白云一片去悠悠，青枫浦上不胜愁。
谁家今夜扁舟子？何处相思明月楼？
可怜楼上月徘徊，应照离人妆镜台。
玉户帘中卷不去，捣衣砧上拂还来。
此时相望不相闻，愿逐月华流照君。
鸿雁长飞光不度，鱼龙潜跃水成文。
昨夜闲潭梦落花，可怜春半不还家。
江水流春去欲尽，江潭落月复西斜。
斜月沉沉藏海雾，碣石潇湘无限路。
不知乘月几人归，落月摇情满江树。

《载酒园诗话又编》评价：“《春江花月夜》，其为名篇不待言，细观风度格调，则刘希夷《捣衣》诸篇类也。此诚盛唐中之初唐。”

后世诗评也多将张若虚与刘希夷并称，因为这两位都是初盛唐交接时的人物，身世又都有点扑朔迷离。

刘希夷（约651—约680），字庭芝，上元二年（675）进士，时年25，美姿容，好谈笑，善弹琵琶，饮酒至数斗不醉，落魄不拘常检。

刘希夷的作品最著名的是《代悲白头翁》，就是刚才讲的卓文君的“白头吟”传统流派，专门表现伤春悲秋红颜渐老的。刘希夷是男人，却借女子身份来说话，所以是“代悲”。

这首诗写得非常好，好到刘希夷自己吟至“今年花落颜色改，明年花开复谁在”一联时，曾自叹说：“这是吾之谶语呀。”于是决定把这句删了。

接着再往下吟：“年年岁岁花相似，岁岁年年人不同。”再次感叹说：“死生有命，岂由此虚言乎！”因为这又是一句谶语，总不能再删吧，也不舍得删，遂保留，且把刚才那句也一并捞回来了。

可见这首诗写得有点像林妹妹的《葬花吟》，完全是在预言自己的死亡。

这刘希夷的舅舅就是我们前面说过的大奸人宋之问。传说宋之问因为太爱这首诗了，听说刘希夷刚写出来，还没来得及传世，就要求他把这首诗给自己。但是刘希夷不肯，于是宋之问就用土包闷死了他。

这故事流传很广，而且载入了《唐才子传》中。可是为一首诗杀人，听着总是有点悬的，我怀疑是后人太讨厌宋之问，便把些奇怪荒诞的行为都加在他头上了。加上刘希夷年未三十而卒，太可怜了，死得这么惨，一定是为人所害，而害他的人能是谁呢？最顺手就是他的近亲——舅舅宋之问。于是，罪名成立！

最后，我们且看一下全诗，同《春江花月夜》一样，堪称妙语如珠，警句连篇啊：

代悲白头翁

洛阳城东桃李花，飞来飞去落谁家。
洛阳女儿惜颜色，坐见落花长叹息。
今年花落颜色改，明年花开复谁在？
已见松柏摧为薪，更闻桑田变成海。
古人无复洛城东，今人还对落花风。
年年岁岁花相似，岁岁年年人不同。
寄言全盛红颜子，应怜半死白头翁。
此翁白头真可怜，伊昔红颜美少年。
公子王孙芳树下，清歌妙舞落花前。
光禄池台文锦绣，将军楼阁画神仙。
一朝卧病无相识，三春行乐在谁边？
宛转蛾眉能几时？须臾鹤发乱如丝。
但看古来歌舞地，唯有黄昏鸟雀悲。

上官婉儿，灵魂里沁着诗香的女子

一

关于格律诗的形成，百度上的解释是："五言律诗的定型是由宋之问、沈佺期于唐高宗及武后时期完成的，他们不仅提倡诗歌应讲究声律和对偶，而且提出平仄相粘的规律。……后来经沈佺期、宋之问、杜审言、李峤等把这些规律运用于七言歌体中，最终在唐中宗景龙年间形成了七言律诗的定型。"

在诗歌史上，沈佺期与宋之问往往并称"沈宋"，被称为律诗之祖。

但是从前文中已经看到，王绩、王勃等都早已写出平仄粘对的律诗，连唐太宗李世民和还在感业寺时的武则天都写过格律诗，所以第一首格律诗具体在哪一年哪一个人手中诞生，史上并无定论。但是对仗六法却确确实实是由上官仪明确提出的，而"沈宋"的地位也是由上官婉儿来裁定的。想来二人见到昭容大人，也应该称一声上官老师吧。

与其说沈宋为律诗之祖，不如说上官婉儿才是。大唐迎风招展的格律诗大旗，是由上官仪和上官婉儿这对祖孙跨时空无缝对接，联手举起的。

上官婉儿（664—710）是上官仪的孙女，《旧唐书》有载：“婉儿在孕时，其母梦人遗己大秤，占者曰：‘当生贵子，而秉国权衡。’既生女，闻者嗤其无效。”

这说的是婉儿出生之时，她娘曾梦见一个神人将一杆秤放在她怀中，说你腹中孩儿，将来是要称量天下才士的。郑氏醒后，将梦境告知家人，举家皆贺，都以为这必是个天圆地方、龙睛虎脑的麟儿无疑。谁知一朝临盆，却是个女婴。大家都很失望：一个女孩，能有什么出息？仗着书香门第可以受教育，自己有点薄才或有可能，想与男子比肩，甚至衡量男人才学，怎么可能呢？

但偏偏就是这个女孩，让全天下的男人跌破了眼镜（如果他们有眼镜的话）。

上官婉儿虽然生在绮罗丛中，却一生下来就遭遇家破人亡，未来得及享受荣华富贵，便随着母亲被打入掖庭为奴。

然而流淌在血液中的诗词天赋是不死的，虽然身份卑微，但是因为母亲教导得法，婉儿一边做杂役一边学诗文，竟在永巷的阴暗逼仄中默默长成为一个聪敏异常的少女。14岁时一个偶然的机会，她见到了一代女皇武则天，因为应对得体，口才了得，让武皇大为惊讶。待得知这就是曾经才绝天下的上官仪之孙女时，女皇也为血统的神奇而叹息了。

前面讲过武则天自己的诗写得也是很不错的，又很重视才学，骆宾王那么骂她，她还惋惜这样的人才未能被朝廷网罗；为废后诏书杀了上官仪全家男子，她的心里未尝没有后悔过。毕竟那并不是上官仪的错，而是高宗李治的意旨。她杀上官仪，不过是要做样子给反对她的满朝文武看，把上官仪当成了儆猴的那只鸡而已。

如今她已贵为皇帝，再看到聪慧明秀的上官婉儿，想起十四年前的往事，心中感慨万分，认定这是上苍的意旨，是天意将婉儿送到她的身边，让大唐一代才臣的卓绝文采借着血缘的神秘传承而复活。

当年，她是在14岁芳华进宫的，被擢为才人；如今，婉儿也刚好14岁，生得明慧挺秀。于是，她将同样的才人封号给了婉儿。

才人，本是皇帝的嫔妃，但是婉儿跟随的却是一个女皇帝，在后宫专掌诏命，即负责起草、掌管皇帝的诏令，做起了和爷爷同样的工作，是有实无名的中国历史上第一位女宰相。

有一种说法是武则天让上官婉儿做了太平公主的伴读，可以和皇子们一起入读，还因此结识了太子李贤，就是写《黄台瓜辞》的那位，这是婉儿的初恋。

不过李贤的年纪比婉儿大好几岁，一起上学的可能性不大。武则天大概也不会让婉儿那么悠闲。

但是婉儿既然在女皇左右侍从，有机会和皇子公主们经常接触倒是可能的，所以后来做了太平公主的闺密，当然也有可能成为李贤的初恋。

李贤才貌双全，既然能以王勃为伴读，自己的文采自然也是好的。可惜史上流传的不多，最有名的一首是《黄台瓜辞》：

种瓜黄台下，瓜熟子离离。

一摘使瓜好，再摘使瓜稀。

三摘犹自可，摘绝抱蔓归。

这首诗借物咏事，把武则天比作种瓜人，把瓜比作几位皇子。前皇后所立的太子李忠已经被摘了，但这样也许会使其余的瓜长得更好，因为养料会更充分；但是再摘除武则天亲生的长子李弘时，就已经使瓜受损稀疏了；如果再把自己这第三只瓜也摘了，那就有些危险了；再摘下去，可就只剩下瓜蔓了。

关于这首诗的来由有两种版本，一种是说李贤被贬时辞京之作，另一说是他在预感到自己的处境时作来向母亲谏言的。《全唐诗》采用的显然是后一种说法，在这首诗题下注云："初，武后杀太子弘，立贤为太子。后贤疑隙渐开，不能保全。无由敢言，乃作是辞。命乐工歌之，冀后闻而感悟。"后人以为"颇有汉魏遗响，甚于煮豆。"将其与曹植的《七步诗》相提并论，并认为更胜一筹。

三国时曹丕登基为魏文帝，对于曾和自己争夺太子位且文名远扬的弟弟曹植颇为忌恨，便命他在七步内之写成一首诗，不然就杀了他。曹植急切之中，看到旁边的锅子里正煮着一锅豆子，情急生智，脱口而出：

煮豆燃豆萁，漉豉以为汁。

萁在釜下燃，豆在釜中泣。

本是同根生，相煎何太急！

这首诗有两个版本，其实我更喜欢那个短一点的："煮豆燃豆萁，豆在釜中泣。本是同根生，相煎何太急。"可能是我最早会背的就这四句，先入为主吧。

从此曹子建为我们创造了一个“七步成诗”的成语，用来形容一个人的诗才敏捷。还有另一个成语“才高八斗”，也和曹植有关，是南朝才子谢灵运说的：“天下才共一石，曹子建独得八斗，我得一斗，自古及今共分一斗。”

才如子建，差不多是对一个人有文采的最高评价了。

然而竟有人认为李贤这首《黄台瓜辞》“甚于煮豆”，可见有多么推崇！

上官婉儿能爱上这样一个人，是非常合理的。只可惜，深宫无真爱，后来武则天废黜李贤的那道诏令，也是上官婉儿拟的。

婉儿陪侍在武皇身边，伴君如伴虎，虽然曲尽小心，也会动辄得咎。有一次，她不知何故得罪了武则天，被赐黥面，伤了额头。遂剪梅花钿贴住额上伤痕，反成一时风尚，世称“红梅妆”，群女皆效仿，一如当年众文人效仿“上官体”。

这样一个聪慧隐忍的女子，她的情感必然也是深沉曲折的。

上官婉儿后来有一首著名的《彩书怨》，相传就是为思念李贤而写的：

叶下洞庭初，思君万里余。
露浓香被冷，月落锦屏虚。
欲奏江南曲，贪封蓟北书。
书中无别意，唯怅久离居。

这是一首标准的律诗，首句入韵五言律诗仄起式，平仄相谐，对仗工谨，起承转合，绝对的百分作业，不愧是初唐第一牛人上官仪的嫡亲孙女。

首联化用楚辞“洞庭波兮木叶下”点明时间为秋天，主题是相思。

颔联既是写景物萧索冷落，也是写情绪怅惘空虚，刻画出一个闺中思妇的形象。

颈联说想弹支曲子聊慰寂寞，却又忍不住放下琴来，急着要写信寄往北方。

尾联再次点题：其实信里千言万语也终究写不出什么，不过是离怨二字而已。越是说“无别意”，越是有不尽思绪，言在诗外，是非常漂亮的收束句子。

李贤被贬之地在巴蜀，这里却写的是蓟北，似乎南辕北辙。但是上官婉儿身份特殊，就算真的是为李贤而写，也不敢写明地点，所以借蓟北指代也是合理的。

二

705年，武则天驾崩，临终前一直犹豫不决，是应该传位给李氏后裔还是武家子孙。狄仁杰一语点醒梦中人：传位李唐，你可以和高宗皇帝合葬昭陵，世代享祭；若传位给武氏子侄，世上只有儿子祭母亲，没听说有侄子祭祀姑姑的。

武则天恍然大悟，终于决定还位于唐。这时候她的四个儿子已经轮流做过太子或皇帝，各自证明了自己的能力，而且其中两个都已经被她杀了。她点一点二点麻花那样想了许久，最后叹口气决定把不成材的三子李显重新扶上帝位。

这时候，不知道她有没有后悔不该早早杀了最有才华的二子李贤?

中宗李显继位后，将上官婉儿封为昭容，交由她管理崇文馆，选拔天下才子。

于是，婉儿力谏扩大书馆，选派大儒增充学士，并亲临教授事务。她掌理诏令文书，代批奏章，代拟圣旨，才满后宫，权倾朝中。而爷爷上官仪也终于得以平反，追赠中书令、秦州都督、楚国公，并被依礼改葬。

母亲当年的梦真的变成了现实，上官婉儿化作了那杆丈量天下的文星秤。天下文人都渴望得到她的点评赞扬，一言定鼎，于是，就有了文学史上著名的一幕：彩楼会。

公元705年，上官婉儿在昆明池结彩楼，召集天下诗才，命众学子当堂赋诗，最杰出者才可呈与中宗御览，并令乐官当场谱曲演奏。

这场“中国好诗人”的选秀大赛，对于自负文采的诗人们来说可是个大喜讯，是出人头地一鸣惊人的最佳捷径，效果绝不亚于什么超男超女中国好声音。

那一天，才子们齐聚彩楼之下，眼巴巴地看着上官婉儿羽衣霓裳，检阅他们的卷子。

婉儿衣袂飘飘，高谈阔论，一目十行。天下才子的诗作捧在她手中，凡是不入眼的，读一两句即抛下楼来，顿时纸如蝶飞，面如死灰。

那纸，就是才子们的诗作；那面，自然是被抛下卷子的学子。

而高高在上的彩楼佳人，这时候就是一言定生死的观音阎罗——抛下卷子，她便是无常；选中诗作，她就是神仙！

上官婉儿看一篇扔一篇，诗人们的卷子被纷纷抛下，被她最后留在手上反复掂掇的，是宋之问和沈佺期的诗作。

沈宋二人的脖子都要仰得酸了，上官婉儿终于抛下纸卷，大声念出状元诗作，乃是宋之问。评曰："二诗工力悉敌，唯沈诗落句云'微臣雕朽质，羞睹豫章材'，盖词气已竭。宋诗云'不愁明月尽，自有夜珠来'，犹陡健骞举也。"

律诗最重尾联，沈佺期写的是"微臣雕朽质，羞睹豫章材"表面自谦，说我是朽木不可雕也的废柴一块，跻身于豫章佳材中，真是羞愧啊。

宋之问的"不愁明月尽，自有夜珠来"却说，不要担心明月将沉，只要有夜明珠光芒照耀，怕什么黑夜呢？

两联相比，自然是宋之问的比沈佺期的要大气上扬，因此上官婉儿判宋之问夺冠，众人皆俯首叹服，宋之问一时风光占尽，得意非凡。

我们且看一下这两首《奉和晦日幸昆明池应制》的原诗：

法驾乘春转，神池象汉回。
双星移旧石，孤月隐残灰。
战鷁逢时去，恩鱼望幸来。
山花缇骑绕，堤柳幔城开。
思逸横汾唱，欢留宴镐杯。
微臣雕朽质，羞睹豫章材。

——沈佺期

春豫灵池会，沧波帐殿开。
舟凌石鲸度，槎拂斗牛回。
节晦蓂全落，春迟柳暗催。
象溟看浴景，烧劫辨沉灰。
镐饮周文乐，汾歌汉武才。
不愁明月尽，自有夜珠来。
——宋之问

注意，这两首诗都是五言六韵的排律，而且同样使用的十灰的韵，可能这次应制的题目便是如此。

所谓排律，是格律诗十六种格式之外的一种，除首联和尾联外，中间各联全部要求对仗，除此之外，关于押韵、粘对的格式，与所有近体诗一样，换言之，就是加长版的律诗。

我们不知道这种六韵排律最早盛行于什么时候，但是唐朝科举考试中的诗作题目，经常要求五言六韵。比如王维考举那年的题目《终南山咏余雪》，钱起的题目《湘灵鼓瑟》，都是要求五言六韵，很可能就是从上官婉儿开始的。

其实，就算不看最后一句，宋之问的诗也远比沈佺期的要好。因为沈诗中“神池象汉回”远不如宋诗“槎拂斗牛回”有意象，而“孤月隐残灰”更不如“烧劫辨沉灰”深沉，“欢留宴镐杯”怎如“镐饮周文乐”大气，“思逸横汾唱”更不如“汾歌汉武才”飞扬。宋之问胜得名副其实，毫不掺水。

或许你会奇怪，705年，苏味道已死，杜审言被贬，罪名都是依附张家兄弟。那个为张易之捧尿壶的宋之问怎么反而能好好地参加彩楼会呢？

其实他也因为同样的罪名被贬为泷州参军，但他可不是一个肯闭门思过好好反省的人，第二年春天就秘密逃回了洛阳，还在路上写了一首他人生中最著名的五言绝句《渡汉江》：

岭外音书断，经冬复历春。
近乡情更怯，不敢问来人。

这首诗明白写道：他被贬偏远之地，过了一个冬天，而今春日重归，但是离乡越近就越胆怯，不敢打听家中的消息。

这首诗将贬客归家的心事写得逼真确切，遂得流传，还收进了小学课本里。

正因为"近乡情怯"，宋之问暂时不想回家，借住在朋友张仲之家中。恰好偷听到朋友密谋刺杀宰相武三思，于是跑去告密，得以升官发财，踏着朋友的鲜血做了鸿胪主簿。

这个宋之问真是把小人做得够彻底的，真是谁得势就巴结谁啊。

但是到了712年李隆基继位，他还是未能逃得过大清算，被玄宗一杯毒酒赐死于徙所，到底是不得善终。

所以说宋之问的一生真有点划不来。明明可以靠才华吃饭，他非要靠脸；靠脸吃不上的时候，就干脆靠不要脸。最后索性连命也不要了，还落得个死后骂名，何苦来哉！

大概你又要疑惑了，觉得唐朝宰相怎么那么多，前面讲过的魏徵啊，长孙无忌啊，上官仪啊，还有这篇文章里提到的武三思啊，苏味道啊，都是宰相。

这是因为，唐朝其实并没有真正设过宰相或丞相的职位，实行的乃是集体宰相制。就是说，唐朝的中书省、门下省、尚书省等“三省六部”都有高级官员可以“参豫朝政”，行使相当于宰相的权力。通常来说，皇帝会同时设立三四个甚至七八个这样的“代宰相”，组成一个宰相班子，共商政务。

上官婉儿在中宗朝，虽无宰相之名，行使的权力却是相当于一位“代宰相”，甚至比爷爷上官仪更加威风。

三

上官婉儿主持崇文馆时，经常劝说中宗赐宴游乐，赋诗唱和，每次都为了保住皇族的面子，要同时代替中宗、韦后和安乐公主写诗，数首并作，诗句优美，时人大多传诵唱和。别人方一首，她已作得数十首。

自古以来文无第一，武无第二，我要是说上官婉儿写得比沈宋好，大家肯定不服气；但是要说上官婉儿写得比沈宋快，而且是快上几倍，而且是比天下人都快，这可是有目共睹，有史可查的。

诗家赞美她的诗一洗江左萎靡之风，力革南朝以来四六骈俪的章法，挣脱六朝余风，使文风之变由此开始。

换言之，盛唐气象，由婉儿开始。

史书上说，上官婉儿“贤明之业，经济之才，素风逾迈，清辉益远”。又道在她主持崇文馆期间，“国有好文之士，朝无不学之臣，二十年间，野无遗逸，此其力也”。

这是经过了时间验证后的历史评价，也就是说，在上官婉儿掌管文学事业的期间，公允开明，没有一个人才被湮没。

这句“野无遗逸”，让我不禁想到了悲催的杜甫。

杜甫一生两次赶考，第一次落第或许是失误，第二次却纯粹是冤枉。

那是在747年，号称“开元盛世”的大好时光。但是唐玄宗已经有了“靡不有初，鲜克有终”的苗头，沉湎于盛世繁华脂粉温柔，将外政交与李林甫，内务交给高力士，自己做起了甩手皇帝。

李林甫为了做广告，特地召开一次“恩科”考试，就是在正常的科举之外又额外加考一次。杜甫等一大批有为青年都摩拳擦掌，喜滋滋地来到京城赴考。然而没想到的是，那年的录取率竟然是零。

因为李林甫根本就不想有任何人才来到朝中与自己争权，同时还要掩盖阴谋自圆其说，向皇上道喜说：天下贤士已经都在朝中为国报效了，人尽其才，野无遗贤，再也选不出更好的人才了。

这是文坛史上著名的所谓“野无遗贤”的例子。真的没有遗漏贤才吗？我们知道那一科的考生中不仅有杜甫，还有著名的边塞诗人高适，就足以清楚李林甫的嫉贤妒能了。

如果杜甫早生几年，能赶上上官婉儿主持崇文馆，真正做到“野无遗逸”，结果一定不会是这样。

四

悲哀的是，上官婉儿不但承继了爷爷上官仪的才华与地位，接替了爷爷的工作与使命，竟然也命中注定般，重复了爷爷的命运与结局——她和爷爷一样管理崇文馆，和爷爷一样负责撰文拟诏，和爷爷一样被迫周旋于皇家争斗，也和爷爷一样因文招祸，陷身皇权的丑恶争斗中，成了政权更迭的牺牲品。

李显实在不是一个好皇帝，他和他爹唐高宗李治一样怕老婆，比高宗更没是非轻重。韦氏的能力心胸也远不如武则天，但野心却是一样大，蛮横专权不算，还想做女皇帝，而她的女儿安乐公主也一心要做皇太女，继承母位。

景龙四年（710），韦后与安乐公主合谋毒杀了中宗，且命上官婉儿代拟诏书。婉儿原议立李重茂为帝，相王李旦为宰辅。但是韦后不允，命改李旦为太子太师，自己临朝亲政，效法武皇称帝。

6月20日夜，李旦第三子临淄王李隆基秘密回京，与太平公主、兵部侍郎崔日用合谋讨逆，突袭太极殿，将韦氏及其子侄一网打尽。然后来到昭容寝宫。

宫女们惊惶失措，四散奔逃，上官婉儿却不慌不忙，淡扫蛾眉，轻涂丹朱，命宫女执红烛侍立宫门两侧，自己亲身出迎，不卑不亢地敛衽施礼，手捧早已拟好的即位诏书来见李隆基，痛陈原委。

这份诏书，才是婉儿真正的本意，原本就是要令李家子孙来继承大唐政权的，而且是曾与太平公主共同商议拟定的。韦后篡位，原本与婉儿无关。

然而李隆基已经杀红了眼，这位唐玄宗后来对杨贵妃那么情深义重，尚且可以在马嵬坡赐她一死，又怎么会在谋位夺权之际对一个前皇的嫔妃、自己的政敌怜香惜玉呢？遂全然不听婉儿解释，手起刀落，将婉儿斩杀于旗下。

一代才女上官婉儿，就这样香消玉殒，终究未能逃脱如爷爷上官仪一样冤死的命运。

上官婉儿就像惊涛骇浪中飘摇前行的一叶小船，好不容易经历了由唐至周，又由周还唐的风云变幻，最终还是死在又一任唐王之手，成了历史变革改朝换代的无辜牺牲者。

她本是一个骨子里的诗人，如果能够自由选择命运，一定更愿意做一个单纯的诗人而不是政客。当她代李显问政时，第一个主张便是扩充文馆，遍选贤能，这才是她最关心最热爱的事。

可是树欲静而风不止，历史偏偏将她置于了政治斗争的风口浪尖上，让她左支右绌，终为所杀。所谓胜者王，败者寇，哪里有什么正义邪恶？她不过是在更大的权力面前，无力选择自己的命运，最终以鲜血祭红了李隆基的宝剑，让他登上皇座。

李隆基发动兵变，拥立父亲李旦重新登上皇位，这就是唐睿宗。而李隆基因为拥立有功，被立为太子。

按说太子当由睿宗长子、宁王李成器得位，然而宁王自愿让位于弟，终生清闲淡泊，不预朝政。后来被李隆基尊为“让皇帝”，对这个大哥一直很尊重。

李隆基的政变伙伴，也是他的姑姑太平公主，对于皇位也是很感兴趣的，对于朝政干预甚多。

于是，李隆基二次政变，杀了太平公主和她的党羽，将权力完全集中在自己手上。

李旦大概看到这个儿子实在不简单，索性自己也不做皇上了，两年后禅位于李隆基，成为大唐史上第二个太上皇。

李旦前后两次登基，共在位八年有余，但真正掌权的只有这两年。

712年，李隆基上位，是为唐玄宗，但历史上惯称其为唐明皇。

想来李隆基在登基之后思想起从前的粗暴鲁莽，也是感到后悔的，皇家争权，婉儿何辜？她不过是一枚被皇权捻动摧落的棋子罢了，更关键的是，千百年来的中国第一女宰相，不世出的奇女子，竟然就这样冤枉地断送了性命，年仅46岁，怎不可惜？

于是李隆基下旨集贤院学士收录上官婉儿诗文，命编次成集，序文中给予了她极高的评价：

> 明淑挺生，才华绝代。敏识聪听，探微镜理。开卷海纳，宛若前闻；摇笔云飞，咸同宿构。……古者有女史记功书过，复有女尚书决事言阀，昭容两朝兼美，一日万机，顾问不遗，应接如响，虽汉称班媛，晋誉左嫔，文章之道不殊，辅佐之功则异。

褒誉之辞，跃然纸上。这，便是他为了杀死婉儿而感到愧疚悔恨的明证了吧？

往事已矣，皇宫成尘，千年恩怨一弹指，然而婉儿的诗文永存，格律诗千年不朽，倘若婉儿在天有灵，也该欣慰了吧！

我曾为上官婉儿写了一首七律，附录于此：

楚囚儿女莫轻嗟，天下量才分半些。
薄命生来移御苑，多情得罪赐梅花。
妆成色丽春秋晚，摇笔云飞日月斜。
纵使一言能定国，何如生在左邻家？

唐诗朝说

那些诗人那些事儿

中唐

西岭雪 著

陕西新华出版传媒集团
陕西人民美术出版社

图书在版编目（C I P）数据

诗说唐朝 : 那些诗人那些事儿. 中唐 / 西岭雪著. -- 西安 : 陕西人民美术出版社, 2019.3
ISBN 978-7-5368-3558-0

Ⅰ. ①诗… Ⅱ. ①西… Ⅲ. ①唐诗—诗歌欣赏 Ⅳ. ①I207.227.42

中国版本图书馆CIP数据核字(2019)第001793号

—本册目录—

她是一个道姑，却爱上了一个和尚

一

她叫李冶，字季兰（713—784），乌程（今浙江湖州）人。

她人生中经历了四朝皇帝：出生在唐玄宗李隆基的开元元年，完整经历了大唐最好的时光——开元盛世，最动乱的时代——安史之乱；经历了肃宗的灵武登基，传位代宗，然后一直来到德宗朝。

李季兰从小就是个才女，和骆宾王、杜甫、薛涛、谢道韫一样早慧，6岁即能吟诗明志。一日在院中玩耍，看到蔷薇盛开，竟脱口而出："经时未架却，心绪乱纵横。"

按说小小女童显示出这样惊人的天分，父母应该欣喜才对。但是李季兰的父亲却极为恼怒，摇头道："此女子将来富有文章，然必为失行妇人矣。"

因为"架却"谐音"嫁娶"，小小女孩已在诗中有思春之语，而且是心绪纵横，岂非不祥失贞之语？

因此父母一合计，就决定索性早早将李季兰送去玉真观里，希望她修身养性，以地气来改变天命。

很多现代人写的李季兰传里都批评李家父母无情，竟然就为了小女孩的一句话便狠心将她抛弃，扔在了道观中。

这其实是因为不了解唐朝风俗所引起的误会。

李唐因为奉老子为祖先，崇尚道教，所以出家成风，但往往只是个形式。放开武则天、杨贵妃不谈，光是唐朝公主，就先后有十八位做过女道士，包括大名鼎鼎的太平公主和玉真公主。

太平8岁出家为女冠，声称为外祖母祈福；玉真则是为祖母武氏祈福。"太平"和"玉真"，都是道号。

所以即便是出家，也未必一直住在观中，不过是个形式。就算真是住在道观，也是出入自由的。

甚至，有很多个性解放的女子，就是为了方便交际才打着出家的幌子做女冠的。道观，成了她们最现成的交际场。

比如李季兰，还有与她并列唐代四大才女的鱼玄机，都是如此。

十年后，李季兰以一首《蔷薇花》明确地告诉父母，她让他们失望了。

> 翠融红绽浑无力，斜倚栏干似诧人。
> 深处最宜香惹蝶，摘时兼恐焰烧春。
> 当空巧结玲珑帐，著地能铺锦绣裀。
> 最好凌晨和露看，碧纱窗外一枝新。

如果说6岁的李季兰咏蔷薇"心绪乱纵横"只是童言无忌，并不深知是什么意思的话，那么16岁的少女李季兰再次咏蔷薇，"深处最宜香惹蝶"，已是非常明确地为自己高张艳帜，定位了一个思春多情的水性女子形象。

这首诗不能细读、多想，如果想深了去，会发现每句都含意暧昧，简直就是一首淫词艳曲。

也许她的本意并非如此，但是她虽身处道观，却交游广泛，送往迎来，并无一点清修守拙的意思，是不争的事实。

由她引发的诗集雅会，影响遍布江淮，很多扬州人都要渡江来拜。众位雅客高人中，最负盛名的有大历才子刘长卿、“诗僧”皎然、“茶圣”陆羽、宰相崔涣等。据说，连唐玄宗都曾经因为她“女中诗豪”的美名而召见过她，“留宫中月余，优赐甚厚，遣归故山”（《唐才子传》）。

女中诗豪，是刘长卿给她的赞誉。

刘长卿（约726—约786），进士出身，历任监察御史、转运史判官、随州刺史等职，所以又称“刘随州”。擅五言诗，自称“五言长城”。题诗从不言姓，只书“长卿”二字，人们问他为什么不题全名，他很诧异地回答：“需要吗？难道天下还有人不知道我刘长卿？”

刘长卿的名字是否天下皆知我表示怀疑，但是有一首著名的五言绝句《逢雪宿芙蓉山主人》倒是人人成诵的：

日暮苍山远，天寒白屋贫。
柴门闻犬吠，风雪夜归人。

另外，他还有一首近于自画像的《听弹琴》是我最爱的五言之一：

泠泠七弦上，静听松风寒。

古调虽自爱，今人多不弹。

虽然两首诗还远远搭不起“五言长城”，但是不得不承认，刘随州的确孤标高格，有骄傲的资本。

且说有一次，诗人们于乌程县开元寺雅集，李季兰也来凑热闹。因为知道刘长卿有疝气，调笑说：“山气日夕佳。”

刘长卿笑谑应对：“众鸟欣有托。”

举座哗然，为二人的思路敏捷诙谐狎昵赞叹。

这两人都是以陶渊明诗来对答，敏捷是够敏捷的。可是，这种当众讲黄段子、抖机灵以求哗众取宠的做派，实在不符合一个女冠的身份。

从李季兰的现存诗中，可以看出与她有过亲密关系的男人不止一个，朱放、阎伯钧，与她来往酬唱的诗作中都有大量的相思情话。而从她有诗作寄故夫来看，似乎还结过一次婚，至少也是事实夫妻。只举一首为例：

离人无语月无声，明月有光人有情。

别后相思人似月，云间水上到层城。

这首诗将人月并提，先说“无”，再说“有”，最后人月合一，构思灵巧，措辞别致，任谁见了也会动容吧？

可叹的是，她交往过的所有男人，无论是她爱的，还是爱她的，或是曾经相爱的，都无一例外地有始无终，未能长久。

因此，她曾写下一首大彻大悟的《八至》诗：

至近至远东西，至深至浅清溪。
至高至明日月，至亲至疏夫妻。

这首似诗似偈的六言诗，成了李季兰一生中最著名的诗作。

很多诗家写评时，都不理解为什么一个清净女冠竟能写出如此透彻的烟火情诗。那是因为，她的生活，从来都不曾清净。

李季兰另一首流传较广，深得少女们喜爱的诗是《相思怨》：

人道海水深，不抵相思半；
海水尚有涯，相思渺无畔。
携琴上高楼，楼虚月华满；
弹著相思曲，弦肠一时断。

这首诗直白如话，缠绵如丝，颇得乐府神韵，的确别具一格。

我比较喜爱的一首《结素鱼贻友人》也是这种风格：

尺素如残雪，结为双鲤鱼。
欲知心里事，看取腹中书。

还记得李白写给妻子宗氏的那封情书吗？其中有这么一段：

有客自梁苑，手携五色鱼。
开鱼得锦字，归问我何如。

这四句诙谐跳脱，和李季兰的《结素鱼贻友人》一样，都用的是“鲤鱼传书”的典故。

相传姜子牙垂钓渭水——他用了一根直钩，显然钓的是人不是鱼，可是居然还是钓上来一条五彩鲤鱼。

如果我辈用直钩能钓上来一条这么神奇的锦鲤，大概是要弄个缸养起来的。但是姜太公就是姜太公，二话不说就把鱼肚子划开了，发现里面藏着一封书信，上面预言他将受封于齐——后面的事情我们都知道了，姜子牙八十拜相，封齐国公。

之后，“鱼书”就成了书信的指代词。

无论是李白还是李季兰，其实都是受到了乐府诗《饮马长城窟行》的影响：

客从远方来，遗我双鲤鱼。
呼儿烹鲤鱼，中有尺素书。

这三首诗对看，堪称三足鼎立，异曲同工。

二

《唐才子传》中形容李季兰“美姿容，神情萧散。专心翰墨，善弹琴，尤工格律”，的确是才貌双全的一代奇女子。她曾写过一首琴歌，咏赞《三峡流泉》之曲：

从萧叔子听弹琴，赋得三峡流泉歌
妾家本住巫山云，巫山流水常自闻。
玉琴弹出转寥敻，直似当时梦里听。
三峡流泉几千里，一时流入深闺里。
巨石崩崖指下生，飞波走浪弦中起。

初疑愤涌含雷风，又似鸣咽流不通。
回湍曲濑势将尽，时复滴沥平沙中。
忆昔阮公为此曲，能令仲容听不足。
一弹既罢复一弹，愿似流泉镇相续。

从这首诗中，不难看出白居易《琵琶行》的影子，白居易晚了李冶六十年，可知偷师于此，这侧面见证了李季兰诗在当时的影响。

李季兰能诗善琴，性又豪放，因此艳帜高张，蜂忙蝶乱。对于她和那些世俗男人比如朱放啊、阎伯钧啊等一段段有始无终腻腻歪歪的露水姻缘我没有兴趣细说，反正天下偷情的故事大致无二。这个女子之所以让我感兴趣，是因为她众多的粉丝中，竟然包括了“茶圣”陆羽。

陆羽是个可怜人，据说因为长得太丑，而且口吃，自小被父母抛弃，被湖北竟陵西湖龙盖寺住持智积禅师收养，当作弟子养育。但是陆羽渐渐长大，却不愿意跟随智积剃度出家，以《易》占卜，卦辞曰：“鸿渐于陆，其羽可用为仪。”遂为自己取名陆羽，字鸿渐。

由于智积禅师喜欢喝茶，陆羽自小熟谙茶理，但却不喜佛法，背经总是记不住，而更喜欢读书和串戏。还偷偷跑下山藏进戏班中，并写了好多剧本。

后来，陆羽认识了一些官员权贵，在他们的资助下游荡山林，拄杖访茶，开始酝酿一部关于茶的著作。

就在这期间，陆羽认识了竟陵湖畔的女道士李季兰，不禁心醉神驰。

一个能被后世尊称为“圣”的人，竟然爱上了一个水性杨花的道姑，这实在有点儿恶搞。

更加恶搞的是，陆羽曾经是和尚，还俗后也依然喜欢与和尚交往。所以，他把自己的好朋友、“诗僧”皎然引荐给了李季兰。而李季兰，竟然对皎然一见钟情了。

道姑爱上了和尚，这可真是比一出电视剧还要奇幻曲折。

只能说，虽然陆羽很温柔，但实在是很丑，怎能敌得过玉面和尚皎然的清华俊俏？

李季兰有一首《湖上卧病喜陆鸿渐至》，写得相当艺术：

> 昔去繁霜月，今来苦雾时。
> 相逢仍卧病，欲语泪先垂。
> 强劝陶家酒，还吟谢客诗。
> 偶然成一醉，此外更何之？

现在的女孩子，拒绝却又不想得罪追求者的时候，最常说的话就是：你是一个好人，但是我们无缘，不如你做我哥哥吧。

李季兰的手腕比这要高明多了。在这首答谢诗中，先是自怜，示弱，说自己好苦好惨好可怜；接着表示感谢，情意绵绵，一副梨花带雨弱不胜衣的娇怯状；然后很有技巧地写出两人的关系，是酒友，也是诗友，甚至是陶渊明、谢灵运那样淡泊的隐士知己，但仅此而已；最后委婉地说：我们的交情，也就是相逢一醉，还能怎样呢？

于是，痴情的陆羽，一生只开一次的桃花，就这么华丽丽地凋谢了。

李季兰拒绝陆羽，拒绝得婉转而决断；而皎然拒绝她，也是一样的不留余地：

答李季兰

天女来相试，将花欲染衣。

禅心竟不起，还捧旧花归。

从题目来看，显然此前李季兰曾有诗写给皎然，明确地表白了雌雄双修的意愿；而皎然将李季兰比作天女，说她是上苍派来试炼自己凡心的美色诱惑。但是自己禅心不动，清净无欲，所以就敬谢好意，还是各自修行吧。

相传释迦牟尼在菩提树下静坐七七四十九天，顿悟成佛。打坐之时，曾有天魔女歌舞妖娆，乱其心智，想诱他走火入魔。但是佛祖八风不动，凛然说："尔等不过是些臭皮囊而已，却想来做什么？滚！"

这个典故专门用来比喻释门弟子四禅八定，不为色诱的。"诗僧"皎然用了这个典故来回答李季兰，那可是比"情僧"仓央嘉措的"不负如来不负卿"来得狠绝多了。

比皎然这句更狠的，则要数北宋和尚道潜的诗："禅心已作沾泥絮，不逐春风上下狂。"

三

李季兰死于非命。

唐朝赵元一撰《奉天录》卷一载："时有风情女子李季兰，上泚诗，言多悖逆，故阙而不录。皇帝再克京师，召季兰而责之，曰：'汝何不学严巨川有诗云：'手持礼器空垂泪，心忆明君不敢言。'遂令扑杀之。"

这就又要说到历史背景了，安禄山和史思明的叛乱虽然平定，但是此后大唐内外一直战火不熄，数不清的大小叛乱此起彼伏。

建中四年（783）秋，即将开赴河南前线镇压藩镇兵的泾原军队在经过长安时，突然哗变，拥立河北旧将朱泚称帝。这是在长安起事，近水楼台，事出突然，唐德宗李适完全没有防备，只得仓皇逃至奉天避难。

于是朱泚大模大样地登了基，定国号秦，年号应天。可能是想了想秦朝时间太短，不太吉利，于是第二年又改国号为汉，年号天皇。

可惜美梦没做多久，即被唐军反攻长安，朱泚逃亡，后被部将杀死。

大唐说起来有289年历史，但是其间一会儿武则天改国号周，一会儿安禄山改国号燕，一会儿朱泚改国号汉，后来黄巢又改国号齐，中间其实裂了好几道缝儿。唐朝的注水量相当大。

且说这次为期两年的泾原之变，仿佛是小型的安史之乱。朱泚登基执政，也是和安禄山一样，抓了很多官员授以官职，又令诗人们属文称颂，包括太常少卿樊系之、诗人严巨川、女冠李季兰等。

而唐德宗回到长安后，也是和唐肃宗一样要秋后算总账，一一惩治曾在伪朝效力的叛臣“唐奸”。

太常少卿樊系之因被逼起草朱泚即位册文，服毒自尽。严巨川感念其人，以诗纪事：

> 烟尘忽起犯中原，自古临危贵道存。
> 手持礼器空垂泪，心忆明君不敢言。
> 落日胡笳吟上苑，通宵虏将醉西园。
> 传烽万里无师至，累代何人受汉恩。

这首诗追念唐之旧恩，写迫于叛军凶焰之无奈，“心忆明君不敢言”。无论从背景还是从情绪上，都和王维追念雷海青所写的“凝碧池”相类，所以也同样得到了皇上的谅解。

毕竟，屠刀面前，文人恋生，被俘胁从也是无奈的选择。可是，至少心里是怀念故国的。

但是李季兰就不一样了，她非但从逆，还为伪君高唱赞歌，这就是原则问题了。这就像抗战时期，敌陷区的人们要活下去就难免委曲求全，拉黄包车的还得拉黄包车，写文章的还得写文章，可以理解。但是你主动做了汉奸，替鬼子卖命送情报，那就该杀了。

俄藏敦煌文书中有唐朝蔡省风《瑶池新咏》残卷，李季兰居首，其中存有这首不完整的献诗：

> 故朝何事谢承朝，木德□天火□消。
> 九有徒□归夏禹，八方神气助神尧。

紫云捧入团霄汉，赤雀衔书渡雁桥。

闻道乾坤再含育，生灵何处不逍遥。

李季兰的诗不但对叛军乱国这件事毫无感慨，还歌功颂德，将朱泚捧成了尧舜禹汤那样的圣人，未免奴颜婢膝得太过。还说他们重新开辟乾坤，让天下生灵得到平安逍遥，祥瑞频现，天地含育，简直是谬言惑众。

难怪唐德宗恨之入骨，在质问她“汝何不学严巨川”后，竟下令将其“扑杀”。

中唐时这种粗暴的杖毙之刑已经近乎绝迹了，只有像张镐痛恨闾丘晓贻误战机又害死王昌龄时，才会那么咬牙切齿地杖之以后快。而唐德宗竟将之加于一个年逾七十的老妇之身，怨毒何其深也。

然而反过来说，老而不死谓之贼，已经古稀之年的李季兰也太想不开了。不管你是真是假，毕竟戴了一辈子女冠装了一辈子道姑念了一辈子真经，又交往过像陆羽、皎然那样的高人隐士，怎么也该修炼出一点骨气灵性才是。怎么会那么惜命厚颜，软骨头地写出那样卑微谄媚的赞歌颂词呢？

身为女子又是道姑，原该远避红尘扰扰；如果避不开，也该清净自持，不论是非；如果非要说话不可，那也可以像花蕊夫人那样从容对答：“君王城上竖降旗，妾在深宫那得知？”若是没有那种才情，也可以随便糊弄几句不痛不痒的话。用得着这么卖力地大吹法螺吗？

为了这一点立场问题，我对李季兰实在同情不起来。

不过，在《瑶池新咏》残卷中，同时发现的还有一首李季兰的《陷贼后寄故夫》：

日日青山上，何曾见故夫。
古诗浑漫语，教妾采蘼芜。
鼙鼓喧城下，旌旗拂座隅。
苍黄未得死，不是惜微躯。

这首诗化用汉乐府之《上山采蘼芜》。原诗作：

上山采蘼芜，下山逢故夫。
长跪问故夫，新人复何如？
新人虽言好，未若故人姝。
颜色类相似，手爪不相如。
新人从门入，故人从阁去。
新人工织缣，故人工织素。
织缣日一匹，织素五丈余。
将缣来比素，新人不如故。

这首诗流传极广，因此发明了一个词叫“衣不如新，人不如故”，是一个女子对前夫的牵挂与诘问。故夫，就是前夫。

可既然是前夫，李季兰为什么还要每天登山遥盼，哀叹人家不来，就有点莫名其妙了；而且说古诗骗了自己，什么“上山采蘼芜，下山逢故夫”，我明明照着办了，天天跑到青山上，可是没有遇见你啊。

鼙鼓，军队用的小鼓。旌旗，军中的旗子，代指战争。“渔阳鼙鼓动地来，惊破霓裳羽衣曲”（《长恨歌》）是同样的用法。

最后说我已年迈，却还没有死，不是惜命，而是为了保留残躯见到你。

这首诗完全可以看成是借喻，代指长安失陷，自己心念故国，盼君归来：我身陷伪政，忍辱偷生，只是为了留此残躯看到君主还朝，还我泱泱大唐。

如果李季兰在乱杖面前拿出这首诗，做这样的解释，也许就不用死了。

陆羽虽被李季兰拒绝，但一直对她念念不忘，听到李季兰香消玉殒的消息，沉痛不已，遂写下《会稽东小山》以悼之：

月色寒潮入剡溪，青猿叫断绿林西。

昔人已逐东流去，空见年年江草齐。

陆羽“一生为墨客，几世作茶仙”，虽然文墨清通，然而传世的诗作统共两首，一首写茶，另一首就是为李季兰而作，可见这位女冠在他心目中的分量。

虽然他不喜经书，早已下山，但事实上仍是一个不穿袈裟的和尚，以寺院为家，僧侣为友，一生没有婚娶，生命中唯一的一段桃花，就是李季兰。

能被一个这样的人爱过，李季兰此生也算值了。

皎然VS陆羽：茶禅一味

一

唐朝诗人中有一个特殊的群体，出家为僧，却热爱吟诗，称为“诗僧”。《全唐诗》中收录了诗僧115人，作品2913首，个中佼佼者包括灵澈、皎然、无可、栖白、齐己、贯休、昙域、智闲等。

人们提起皎然时，往往不提其名，而只称之为“诗僧”，可见其盛名。

皎然之所以出类拔萃，是因为著有《诗式》《诗议》《诗评》等诗论专书，主张“为文真于性情，尚于作用，不顾辞采而风流自然”。

皎然（约730—约799），俗家姓谢，字清昼，为谢灵运十世孙。琴棋诗画样样精通，而且形象俊美，口才敏捷，在文学、佛学、茶学等方面都卓有造诣。既有“诗僧”美誉，又有“茶僧”雅号，真是一个奇才。

他的诗清新空明，冷意横生，试举三首：

闻　钟

古寺寒山上，远钟扬好风。
声余月树动，响尽霜天空。
永夜一禅子，泠然心境中。

水　月

夜夜池上观，禅身坐月边。
虚无色可取，皎洁意难传。
若向空心了，长如影正圆。

九日与陆处士羽饮茶

九日山僧院，东篱菊也黄。
俗人多泛酒，谁解助茶香。

这是皎然诗中我比较喜欢的三首，因其清澈。但我说过，禅诗中最好的是王维，就因为不着痕迹。皎然是剃度持戒的佛门弟子，文字上犯了和所有僧人写诗同样的毛病，就是太过刻意，字字句句忘不了强调一个“禅”字，反而露了形迹。

以这三首为例，左一句“古寺”“禅身”，右一句“空心”“山僧”，无时无刻不带着释子的痕迹。

第三首提出以茶代酒的想法，非常出新，但是因此特地强调此法为“俗人”不解，生怕别人不知道自己是高僧似的，便又落了痕迹。太强调世外之身，只会在“有名”中泥足深陷。

皎然最好的朋友是陆羽（733—约804），在他平生诗作中，与陆羽有关的近二十首，可见交往频密。有一次，他去拜访陆羽，主人却不在家，于是写了首《寻陆鸿渐不遇》：

移家虽带郭，野径入桑麻。
近种篱边菊，秋来未著花。
扣门无犬吠，欲去问西家。
报道山中去，归时每日斜。

这首五言律诗的粘对押韵都是很标准的，但是对仗却不讲究，只求叙事明了，不问字句工谨。这便是皎然所主张的“不顾辞采而风流自然”。

诗中说，陆羽最近搬了新家，迁到了城郭一带。要穿过一条乡间小路，走进一片桑麻地，便到了。

院子旁边的篱笆边都种上了菊花，但是时候还早，花尚未开。

敲了半天门，连狗叫都没一声，看来是不在家，于是去向邻居打听。

邻人说，这家主人肯定是又去山里探茶了，每次不到天黑是不回来的。

这简直就是贾岛《寻隐者不遇》的加长版：

松下问童子，言师采药去。
只在此山中，云深不知处。

陆羽，仿佛便是这位隐者，也是进山了，不知何时回来。只不过，把童子换成了西邻，采药换成了采茶。

陆羽一生致力于《茶经》的写作，大半时间都用来攀山越崖，寻找好茶。皎然从物质到精神给予了极大的帮助，因为他认识的名流更多，很能帮陆羽找投资拉赞助。不是皎然，陆羽的日子过得不会那么专心致志。

“我有云泉邻渚山，山中茶事颇相关。”两人同样爱茶，迷茶，兴趣相投，志同道合。每次见了面，从诗到茶，从佛法到禅理，总有说不完的话。

皎然茶诗中我最喜爱的一首，是《对陆迅饮天目山茶，因寄元居士晟》：

喜见幽人会，初开野客茶。
日成东井叶，露采北山芽。
文火香偏胜，寒泉味转嘉。
投铛涌作沫，著碗聚生花。
稍与禅经近，聊将睡网赊。
知君在天目，此意日无涯。

这首诗意境清空如水，文辞对仗工谨，是非常工整的五言六韵排律。通常排律的首尾两联可以不对仗，皎然这首诗却从首联起便每联对仗，而且从语意上来看，大多是流水对，这是非常了不起的事。

“喜见幽人会，初开野客茶。”开篇点题，从友人相会说到开茶待客，出语天然，却交代明了。

接着写采茶煎茶的过程，什么样的茶，什么样的火，什么样的水，一一描写清楚。

“日成东井叶，露采北山芽。”此处“东”是虚指，“北”

是实写。古人以东南西北代指春夏秋冬，比如“西陆蝉声唱”，西陆是秋天。而此处的“东井叶”，则指的是春水春茶；茶叶喜阴，故以山北为佳。此为新茶，而且是嫩茶芽，极言茶之上品。

“文火香偏胜，寒泉味转嘉。”既然是茶芽，自然不能大火烘烤，只能文火烘焙，茶香溢出；且取寒泉之水煮沸，正是好茶配好水。

然后是茶器，以铛煎煮，以碗盛之，“投铛涌作沫，著碗聚生花”形容茶沫香浓。

接下来自然就是喝茶了，一句“稍与禅经近，聊将睡网赊”明确地将饮茶与禅院生活结合起来。

最后以“知君在天目，此意日无涯”点明地点是天目山，并以“无涯”二字荡开笔墨，使余韵不绝。

禅宗语录：“禅意何处有？春来草青青。”而皎然的这句“稍与禅经近”，暗示茶叶青青，直通禅意。通篇写茶，也是通篇写禅。释家生活，幽静恬淡，意趣横生，茶意与禅意相互衬托，相得益彰。

可见，自古以来，从有“茶道”开始，茶与禅就已经分不开了。如果把皎然和陆羽放在一起寻一个词，那最好的形容就是：“茶禅一味”。

二

由于日本荣西和尚于1191年写成《吃茶养生记》一书，成为日本佛教临济宗和日本茶道的开山祖师，所以后世人们以讹传讹，以为“茶道”源于日本，作为茶道精神的四字真言“茶禅一味”为日本人首倡，这真是大错特错。

首先，虽然早在奈良朝时期日本已经引入了茶，但并不盛行。直到南宋荣西携回茶种，种于寺院，才使饮茶之风在日本禅林盛行，因此荣西被尊为“日本的茶祖”。其倡导的吃茶礼仪、行法等仪式，皆是向宋朝佛院习得。

荣西于南宋时期两次渡海前来中国学禅，如同唐三藏去西天取经一般。和茶种一起带回日本的，还有圆悟禅师的《碧岩录》，这就是日本临济宗的源头。

其次，“茶禅一味”四个字，目前所知的最早真迹，乃为宋代高僧圆悟克勤所书。1128年，其弟子虎丘绍隆要离开师傅，去云居山真如院担任住持，圆悟写给他一幅《印可状》，大意说虎丘参禅多年，已达大彻大悟之境。这幅字从文采到书法以及对禅悟的阐述都堪称至宝，后来却辗转为“聪明的一休”所得，并将其传给了弟子村田珠光。

村田珠光将其高悬龛堂，要求每个前来学习的弟子都要在墨宝前下跪行礼，由此创立日本茶道，并制定一系列详细的饮茶礼仪。这便是“墨迹开山”典故的由来。这张《印可状》至今仍为日本茶道界最高宝物，虽然整篇并没有一个“茶”字，却成为日本茶与禅结合的最初标志。

日本茶道与临济宗的源泉，从禅宗第一书《碧岩录》，到开山墨宝《印可状》，再到茶道精神“茶禅一味”的口号，甚至茶叶的种植与饮用方式，无一不是来自中国。这样拼拼凑凑而成就的日本茶道，却让今天很多茶人尊为茶道之祖，真是谬以千里。

更何况，这些都已经是宋朝的事情。而皎然和陆羽的故事告诉我们，禅茶的祖宗非但在中国，而且比日本早了数百年。

皎然隐居湖州杼山妙喜寺，一生著有茶诗二十余首，首开茶诗之先河。可以说是茶文学的开创者，也是佛门茶事的集大成者。他曾多次组织品茗会、斗茶赛、诗茶会等，“顾渚茶赛”“剡溪诗茶会”都非常著名。所以说，“佛茶之风”“佛禅茶道”的的确确乃是由他而开。

根本“茶道”这个词，就是由皎然首次提出的：

饮茶歌诮崔石使君

越人遗我剡溪茗，采得金牙爨金鼎。
素瓷雪色缥沫香，何似诸仙琼蕊浆。
一饮涤昏寐，情来朗爽满天地。
再饮清我神，忽如飞雨洒轻尘。
三饮便得道，何须苦心破烦恼。
此物清高世莫知，世人饮酒多自欺。
愁看毕卓瓮间夜，笑向陶潜篱下时。
崔侯啜之意不已，狂歌一曲惊人耳。
孰知茶道全尔真，唯有丹丘得如此。

这首诗不但在结句提出了“茶道”与“丹丘”生涯的紧密关系，且形象地总结了饮茶的妙处：一饮涤昏寐，再饮清我神，三饮便得道。这便是“和尚家风三碗茶”的由来，后世“茶仙”卢仝的“七碗茶歌”也是脱胎于此。

茶的起源据说自神农尝百草开始，距今已有五千年历史。但是早期只是作为药用，在华佗《食经》中提及，有清醒大脑，提高思维能力的作用。

古今学者公认，茶的发现最初在巴蜀，战国时期秦昭襄王灭蜀之后，才传到了中原。秦昭襄王，为秦惠文王之子，他娘大名鼎鼎，就是因为电视剧热播而广为人知的芈月。所以电视剧里芈月和众妃妾们没事就喝茶聊天，其实是穿越了，提前数十年享了儿子的福。

茶叶贸易自汉代开始，东汉时已有“阳羡买茶”之说。但是直到魏晋时期，文人饮茶逐渐兴起，茶才脱离药食形态而成为饮品，出现了诸如桓温、陆纳以茶代酒的典故。

魏晋时期，同时也是佛教传入中国的时期。《晋书·艺术传》记载，敦煌人单道开在后赵都城邺城（今河北临漳）昭德寺修行，除“日服镇守药”外，“时复饮茶苏一二升而已”。

因为喝茶能够驱散昏寐，不让僧伽们在坐禅时打瞌睡，所以在僧人中甚为流行，甚至达到了“唯茶是求”的境地，各种茶事活动也就随之兴起。又因为禅寺多建造在高山峻岭之中，有先天之便，很多寺院都会自己种茶、采茶、制茶。

比如唐代荆州玉泉寺附近山洞水边罗生一种野茶，经玉泉寺真公和尚加以炮制，使之“拳然重叠，其状如手，号为仙人掌茶”。李白曾有《答族侄僧中孚赠玉泉仙人掌茶》诗，赞其：“茗生此中石，玉泉流不歇。”“曝成仙人掌，似拍洪崖肩。”而且在诗前写了老长的序，注明此茶由中孚所制，是享有专利权的。

唐代封演《封氏闻见记》有载：“开元中，泰山灵岩寺有降魔师大兴禅教，学禅，务于不寐，又不夕食，皆许其饮茶。人自怀挟，到处煮饮，从此转相仿效，遂成风俗。”

也就是说，饮茶之风，自释门传出。正因为游方僧们怀揣团茶，云游四方，随处煮饮以醒脑，引起效仿，遂成风俗。这也正是皎然诗中所说的“稍与禅经近，聊将睡网赊”。

中唐后，寺院种茶成俗，几乎无僧不茶。与白居易同时代的大诗人刘禹锡在《西山兰若试茶歌》里，详细记录了山僧种茶、采茶、炒制及沏饮香茶的情景。

山僧后檐茶数丛，春来映竹抽新茸。
宛然为客振衣起，自傍芳丛摘鹰嘴。
斯须炒成满室香，便酌砌下金砂水。
骤雨松声入鼎来，白云满碗花徘徊。
悠扬喷鼻宿酲散，清峭彻骨烦襟开。
阳崖阴岭各殊气，未若竹下莓苔地。
炎帝虽尝未解煎，桐君有箓那知味。
新芽连拳半未舒，自摘至煎俄顷余。
木兰沾露香微似，瑶草临波色不如。
僧言灵味宜幽寂，采采翘英为嘉客。
不辞缄封寄郡斋，砖井铜炉损标格。
何况蒙山顾渚春，白泥赤印走风尘。
欲知花乳清泠味，须是眠云跂石人。

禅寺饮茶之风如此盛行，渐渐形成了一系列制度与仪式：寺中设有“茶堂”，有“茶头”专管茶水，按时击“茶鼓”召集僧众饮茶等。

如此氛围下，中国“茶圣”陆羽，便于寺院横空出世了！

三

陆羽（733—约804），字鸿渐，又名疾，小名季疵，自称桑苎翁，又号东冈子、竟陵子。曾著有《茶经》三卷，被后世尊为“茶圣”“茶神”，凡是略知茶道的人，没有不知道他的。

可惜的是，虽然后世称赞其“一生为墨客，几世作茶仙”，然而陆羽的诗文传世极少，茶诗只得一首《六羡歌》：

不羡黄金罍，不羡白玉杯。
不羡朝入省，不羡暮入台。
千羡万羡西江水，曾向竟陵城下来。

罍（音léi），一种盛酒的容器。

这首诗说，我不羡慕黄金和白玉做的酒杯，也不向往入朝为官、功名利禄。只想念故乡的西江水，连绵不绝地流向竟陵城边。

陆羽爱茶成痴，文如其人，一生中不求官禄，不慕贤达，只为了一个“茶”字而殚精竭虑，无暇他顾，确不负“茶圣”之名。

陆羽是位弃婴，出身不详，相貌奇丑。公元733年，竟陵城外龙盖寺智积禅师于西湖边经行时捡到了他，遂将其收养于寺院，可谓生来与佛有缘。

但是上天对每个天才的安排都是不同的，虽然让陆羽自小进入禅堂，却并不打算将他培养成一代高僧，而是另有使命。因此小陆羽虽人在寺院，却不好佛法，一篇经文反复十几次也背不下来，倒喜欢偷偷修习儒家学问。

智积禅师喜欢喝茶，打水煎茶这些杂事就常由小徒弟陆羽操持。而陆羽学习这些倒是快的，手法火候恰到好处，渐渐的智积禅师已经离不开陆羽的茶了。

可是陆羽却对晨钟暮鼓古卷青灯的生活越来越厌倦，竟然逃出龙盖寺，跑到江湖戏班里混饭吃。

他长得丑，又口吃，本来是不适合做戏子的。然而天生我才必有用，貌丑口吃也有个专门的行当，就是丑角。陆羽的脱口秀创意独到，雅俗共赏，很受观众喜爱，渐渐有了一点名气。

竟陵太守李齐物对他很是赏识，觉得以陆羽的聪慧和学识沦落江湖可惜了，于是推荐他到火门山邹老夫子门下学业。七年后，19岁的陆羽结业出山，云游四野，从此开始了奋斗一生的事业——茶道。

为了采茶学茶，陆羽遍访名山，攀岩涉溪，夜宿山林，实地考察三十二个州。不仅深谙煎煮之道，还亲自种茶采茶。之后隐居撰书，如曹雪芹一般，披阅十载，增删五次，47岁时方正式定稿。前后历时二十六年。

这便是世界第一本茶叶专著《茶经》的诞生。

唐代宗李豫嗜好饮茶，听闻陆羽大名，特将其宣入宫中，官职供奉，专门负责培养宫廷茶师。

这倒并不是因为唐代宗口味特殊，其实皇室饮茶之风早自隋炀帝时便已盛行。相传隋炀帝有脑疾，靠喝茶治好了，从此上行下效，饮茶之习在皇宫上下蔚然成风，致使茶叶日贵，“商人重利轻离别，前月浮梁买茶去”遂成普遍现象。

唐朝宫廷里都有专门的茶师，可是他们的水平又怎么能与“茶圣”陆羽相比呢？因此唐代宗待陆羽甚厚，为示尊重，不肯以普通“茶待诏”相待，特授予他“太子文学”之职，后来又任命他“太常寺太祝”等官职。

然而陆羽诚如其诗中所写：“不羡朝入省，不羡暮登台。”爱茶成痴，性癖烟霞，不喜欢宫规束缚，对高官厚禄毫无兴趣，在宫中待了没多久，便婉辞官职，仍然回到苕溪专心写作《茶经》去了。

《茶经》分三卷十节，约7000字，分别记述茶之源、茶之具、茶之造等，是中国古代最完备的茶书，凡与茶有关的各种内容，都有叙述。后世茶书皆本于此。晚唐诗人皮日休曾写道：

> 自周以降，及于国朝茶事，竟陵子陆季疵言之详矣。然季疵以前，称茗饮者,必浑以烹之，与夫瀹蔬而啜者无异也。季疵之始为经三卷，由是分其源，制其具，教其造，设其器，命其煮，俾饮之者除痟而去疠，虽疾医之不若也。其为利也，于人岂小哉？

这段话充分写出了陆羽《茶经》对当世的影响。

“唐煮宋点明泡”，在唐以前，治茶方式多为团茶，而茶饮的主要方式是煎和煮，关于茶水的选择也很讲究。

陆羽认为：“山水上，江水中，井水下。”也就是说，越天然越新鲜的水越好。

还记得《红楼梦》中的妙玉扫雪煮茗吗？这方法也早自唐朝

就有了。

大诗人白居易就有一首题壁诗《吟元郎中白须诗兼饮雪水茶，因题壁上》中提及：

吟咏霜毛句，闲尝雪水茶。
城中展眉处，只是有元家。

显然白居易跑到元郎中家做客，被待以雪水烹茶，喝得美了，灵感勃发，因此索笔题壁，立成五绝。

皮日休与陆龟蒙合称“皮陆”。两个人都对茶有着浓厚的兴趣和热情。皮日休有《茶中杂咏》十首，分别吟咏了茶坞、茶人、茶笋、茶籯、茶舍、茶灶、茶焙、茶鼎、茶瓯、煮茶等茶事茶具；陆龟蒙则有《奉和袭美茶具十咏》，并在《煮茶》诗中写到雪水茶：

闲来松间坐，看煮松上雪。
时于浪花里，并下蓝英末。
倾余精爽健，忽似氛埃灭。
不合别观书，但宜窥玉札。

妙玉扫的是梅花上的雪，幽艳清雅；而陆龟蒙身为文士，则收的是松针上的雪，极见清操。

到了宋朝，雪水烹茶变得非常流行。为皇帝监造贡茶的福建转运使丁谓，就曾写过“痛惜藏书箧，坚留待雪天”之句，认为当时最有名的龙凤团茶如此珍贵，轻易煎煮，未免浪费好茶；一定要等到下雪天，再扫雪烹茶，不负佳茗。

我忍不住要赞一句：古人，真会玩儿！

四

陆羽虽然离开了寺院，但他一生大多时间都住在山中，生活清苦，终身未娶。从内心来说，仍然是一位僧伽。

而他的好朋友皎然和尚，却是交游广泛，“悟”而不“空”，最喜欢形式的。对诗，他著有《诗式》；对茶，他讲究茶道。

诗如其人，正如同他的诗里面字字说空其实露形一样，皎然的一生都徘徊在两难的选择中，一边自谓“佳句纵横不废禅”，一边怀疑耽于诗律而扰乱禅心，晚年遂令弟子毁掉《诗式》。

同样的，他的隐居生涯也是“隐心不隐迹”，一边声称“不欲多相识，逢人懒道名”，一边又频出山门，广结名流。

比如著名诗人韦应物，以洁癖著称，“性高洁，所在焚香扫地而坐”。对于交朋友这件事极为挑剔，只有顾况、刘长卿等少数人能入他的眼中，皎然便是其中之一。

再如颜真卿的湖州联诗团，皎然也是重要成员。

颜真卿（709—784），字清臣，小名羡门子，别号应方。大儒颜师古五世从孙，著名书法家，文武双全，有勇有谋，也是一个绝对的牛人、高人。

开元二十二年（734），颜真卿26岁登进士第，曾四次被任命为监察御史，迁殿中侍御史。但是他命里犯奸臣，身历玄宗、肃宗、代宗、德宗四朝，每一朝的大奸臣都和他犯冲。

在玄宗朝时，他因受到杨国忠排挤，被贬黜到平原（今属山东）任太守，因此世称“颜平原”。

平原郡在安禄山辖区内。颜真卿和张九龄一样，早早看出了安禄山的狼子野心，在众人都无作为的时候，他便不断加高城墙，疏通护城河，并且暗中招募壮丁，储备粮草，为大战做好一切准备工作。

755年，安禄山在范阳起兵，河北各郡纷纷陷落，只有平原城严防死守。颜真卿一边派人快马加鞭往长安报告玄宗，一边联络从兄颜杲卿起兵抵抗。附近十七郡纷起响应，并将颜真卿推为盟主，合兵二十万，阻击安禄山，屡立军功。

唐肃宗论功行赏之际，本来对颜真卿十分信任。然而玄宗迁居西宫后，因为颜真卿曾率百官问安，深遭李辅国厌恶，因此又被降为蓬州长史。

代宗李豫登基后，重新起用颜真卿，官至吏部尚书，封鲁郡公，所以后世又称为“颜鲁公”。

但是又因为奏表宰相元载阻塞言路，再遭贬谪，先任抚州刺史，后迁湖州刺史。

在抚州任职的五年中，颜真卿关心民众疾苦，注重农业生产，疏通河道，引水灌田，取得很大政绩。抚州百姓为了纪念他，特地建立祠庙，四时致祭。

唐代笔记小说集《云溪友议》还记载颜真卿做抚州刺史时的一则小故事：

抚州县有个叫杨志坚的人，家贫而好学。他的妻子因为嫌他穷，就像朱买臣的妻子一样，主动提出离婚，逼着杨志坚写休书。

于是，杨志坚写了一首诗给她权作休书：

当年立志早从师，今日翻成鬓有丝。
落托自知求事晚，蹉跎甘道出身迟。
金钗任意撩新发，鸾镜从他别画眉。
此去便同行路客，相逢即是下山时。

于是杨妻便拿着诗去州府办理离婚证书，好尽快改嫁。然而颜真卿是重才之人，看了杨志坚的诗写得不错（大概字也写得不错），顿时起了怜才之心，猛拍惊堂木，当堂写下一纸判词："杨志坚早亲儒教，颇负诗名。心虽慕于高科，身未沾于寸禄。愚妻睹其未遇，曾不少留，靡追冀缺之妻，赞成好事；专学买臣之妇，厌弃良人。污辱乡间，伤败风教，若无惩戒，孰遏浮嚣？妻可笞二十，任自改嫁。杨志坚秀才，饷粟帛，仍署随军。"

这判语的意思是说：杨志坚钻研儒教，颇有诗名，虽有科举之志，却无高中之福，所以有才而无财。他的妻子就跟"会稽愚妇"一样，看他运气不好，就不肯再留在他身边。不愿意像冀缺的妻子那样帮助丈夫成就事业，只想学朱买臣的女人弃夫远走。这样的女人简直是乡里的耻辱，败坏道德，如果不给以惩戒，怎么能制止这类轻浮的行为呢？

最后是判决意见：妇人打二十板子，任其改嫁；秀才杨志坚，资助钱粮，并在军中安排职务，让他可以吃饱肚子，有个身份吧。

此令一出，人皆称快，附近州县的女人，再也没有敢离婚的了。

原来，颜真卿虽然出身名门，但小时候却受尽苦楚，3岁丧父，由母亲抚养长大，家贫如洗，用笔蘸水在黄泥墙上练字。但他发奋苦读，终得成就。

颜真卿最著名的诗是一首《劝学》：

三更灯火五更鸡，正是男儿读书时。
黑发不知勤学早，白首方悔读书迟。

这首诗，与王贞白的劝学诗《白鹿洞》，并为古往今来辛勤学子的两大座右铭：

读书不觉已春深，一寸光阴一寸金。
不是道人来引笑，周情孔思正追寻。

全诗成诵者少矣，但是“一寸光阴一寸金”之句，可谓无人不知，无人不晓吧？

颜真卿如此热爱读书，就不难理解他对家贫而好学的杨志坚的偏袒了。

大历八年（773）春，颜真卿来到湖州任刺史，在此的最大成就是文学事业。他大力发起联句活动，人称湖州联诗团，主要团员包括皎然、顾况、陆羽、张志和等一批高人雅士。由此掀起了唐人联句的风潮，对中唐诗风的形成起到了至关重要的作用。

《全唐诗》共收入联句136首，湖州创作的占了 53首。而这53首湖州联句中，以颜真卿为首的便有21首，其中皎然参与了20首，可见皎然也是“吴中诗派”的主倡者与组织者，湖州文人集团的二号人物。

联句，是古代文人聚会雅集时一起作诗的一种文字游戏，由两人或多人共同创作，每人一句或数句，联成一篇。比如前面讲过的汉武帝柏梁台诗，便是最早的联句，要求七言，一句一韵，但不讲平仄；晋宋时陶渊明、鲍照等都曾有过联句，唐代更为盛行，形式多为每人两句或四句。

明清以后则提高难度，改为排律形式，前一个人说上联，后一个人对下联，并且同时出句，另一个人对句，再出句……依次反复，所有的出句和对句必须符合平仄粘对的要求，并且对仗押韵，还要一韵到底。《红楼梦》中群钗于芦雪广联句，黛玉和湘云在中秋联句，都属此列。

以颜真卿为首的湖州联句，其形式有五言、三言和七言。其中五言每人两句或四句，七言每人一句或四句，三言每人四句或六句。参与联句者多至二十九人，少则两人。内容主要为送别、咏物、调侃三种。这些联句成果被颜真卿编为《吴兴集》十卷，也帮助我们捡拾了陆羽的几句诗海遗珠。

如《与耿沣水亭咏风联句》，陆羽咏："动树蝉争噪，开帘客罢愁。"颜真卿接句："度弦方解愠，临水已迎秋。"

陆羽烹茶吟诗，可惜流传文字不多，难得颜真卿的联句活动，倒是帮我们保留了些许茶圣的诗句，诚为大幸。

转眼来到德宗年间，颜真卿已垂垂老矣。本来满可以吟风弄月安度晚年的，可是因为藩将李希烈叛乱，攻陷汝州，奸臣卢杞竟然提议派年逾古稀的颜真卿往军中传旨，其实就是明着要坑死他。可恨的是，唐德宗竟然同意了。

朝臣俱为不忍，宰相李勉上奏："以为失一国老，贻朝廷羞。”找一个75岁老人当使臣去敌营送死，这比嫁公主和蕃还耻辱，难道满朝文武死光了吗？

但是颜真卿还是去了，临行前给儿子留了一封家书，只有六个字：“奉家庙，抚诸孤。”这显然是遗书了。

到了军中，李希烈让部将列兵千人聚集厅堂内外，要给颜真卿一个下马威。颜真卿刚开始宣旨，那些人就拿着刀冲上去对他威吓谩骂。然而颜真卿面不改色，一字一句，朗声将圣旨读完。

此后，李希烈囚禁颜真卿，对其百般羞辱，还在庭院中挖了一丈见方的坑，说要活埋他。颜真卿不屑道：“我已年近八十，官至太师，死都要保持名节，怎么会为你所迫？”

唐德宗又征发泾原及诸道兵驰援，军士冒雨寒而来，因不得犒赏而哗变。唐德宗狼狈逃往奉天。泾原兵拥立朱泚登基。李希烈闻讯后，便也举兵自立，分国而治，还将颜真卿于阵前缢杀以明志，时为784年。

三军将士闻之，无不痛哭。

一代书法大家，竟死得如此惨烈！

世人皆知颜真卿是大书法家，擅长行、楷，初学褚遂良，后从张旭，得其笔法，创颜体楷书。与柳公权并称“颜柳”，有“颜筋柳骨”之誉。但却极少有人知道他同时也是饱学之人，忠烈之士。

他的风骨，岂止书法？

欧阳修曾说：“颜公书如忠臣烈士、道德君子，其端严尊重，人初见而畏之，然愈久而愈可爱也。”

苏轼曾云：“诗至于杜子美，文至于韩退之，画至于吴道子，书至于颜鲁公，而古今之变，天下之能事尽矣。”

颜真卿一生，无论从文采、成就、政绩、德行，都足为万世楷模。

从陆羽和皎然的友情，说到了皎然的朋友圈，又从湖州联诗团说到了颜真卿的阵前就义，话越扯越远了。最后，让我们回到寺院来，说一段茶禅故事中最著名的公案“吃茶去”来结束本讲吧。

这说的是唐代名僧从谂的口头禅。因为从谂常住赵州观音寺，人称“赵州和尚”。《五灯会元》卷四载：

有新到僧人前来参拜，从谂禅师问：“曾到此间吗？”

答：“曾到。”师曰：“吃茶去！”

又问一僧，答曰：“不曾。”师又曰：“吃茶去！”

后院主问：“为什么到也云吃茶去，不曾到也云吃茶去？”

师呼院主，院主应诺，师云：“吃茶去！”

赵州和尚三句“吃茶去”，意思是少思静处，莫作多想。这同时也被称为“茶禅一味”的精髓象征。

至今杭州龙井附近，悬有古楹联：

小住为佳，且吃了赵州茶去；

曰归可缓，试闲吟陌上花来。

李泌：方如行义，圆如用智

一

李白有一句诗："功成拂衣去，归入武陵源。"代表了他侠风道骨的最高理想。

可惜，他终生未能在政治和战事上展示才能，完成"为君谈笑静胡沙，强胡逆虏一扫光"的宏伟功业。

实践这个理想的，是他的同宗，有着"白衣丞相"之称的隐士李泌。

李泌（722—789），是个牛人，也是个天才。所以出生时必有异象。据说，他像哪吒一般在母腹中待了三年才出生，生出来就前发齐眉，后发遮肩。自小聪明过人，读书一目十行，阅即成诵。7岁时，就已经初通黄老列庄的道家学说，时称"神童"。

唐玄宗听说了，便特地召他入宫。其时玄宗正与燕国公张说在下棋，便让张说给李泌出道题目，张说便以"方圆动静"为题，令李泌造句。李泌不假思索，张口便来，说了四句似诗似谶的真言：

方如行义，圆如用智。动如逞才，静如遂意。

所谓“三岁看老”，后来的事实证明，这四句话，概括了李泌一生的行为方式与人生经历，早于7岁时已经泄露天机，成为他一生的座右铭。

唐玄宗对他的聪慧深以为异，曾经把他藏在太子宫中养了两个月才还给其家人，这癖好也是够奇怪的。不知道是不是因为这段经历，让李泌和李亨结下了极深的交情。

李泌从小就经常在宫中走动，交往了许多比他年长的权贵，比如张说和张九龄，都视他为“小友”，而绝不以黄口孩童视之。

“曲江风度”的张九龄（678—740）与大臣严挺之、萧诚的关系都很好。严挺之劝他疏远工于谄媚的萧诚，然而张九龄叹息说：“严挺之太刻板刚直，而萧诚软美可喜，我还是喜欢多和萧诚聊天。”

李泌在一旁听见了，童言无忌，认真地问：“张大人以岭南平民拜相，为人正直，却会喜欢软美的人吗？”

这“皇帝的新装”式的警句让张九龄幡然醒悟，连忙诚心认错。

另一方面，李泌在很小就写过一首意气昂扬的《长歌行》。张九龄看到了，既为李泌的豪情才思赞叹，又为他的锋芒毕露担心，劝诫说：“早得美名，必有所折。宜自韬晦，斯尽善矣。藏器于身，古人所重，况童子耶？”

李泌听了，恭恭敬敬起身而拜，从此韬光养晦，再不肯狂言傲世。且看原诗：

天覆吾，地载吾，天地生吾有意无。
不然绝粒升天衢，不然鸣珂游帝都。
焉能不贵复不去，空作昂藏一丈夫。
一丈夫兮一丈夫，千生气志是良图。
请君看取百年事，业就扁舟泛五湖。

这首诗的意思是：天老大罩着我，地老二托着我，天地生我，必有用意。我的人生只有两种选择：要么不食人间烟火，远离红尘飞升成仙；要么紫绶金印，遨游帝都，担任高官。我这样一个与众不同的人，怎么可能寂寂无名碌碌无为，既不建功又不飞仙呢？那可就枉为男儿，白活一世了。大丈夫当有大志，请看我百年所为，必当成一番大业，而后功成身退，归隐江湖。

小小年纪，已经为自己的一生做好了规划，道破天机，聪明太露，实非吉兆。难怪张九龄要慎重诫之。而有慧根的李泌也非常听劝，从此非但不再做此狂傲之语，甚至连诗也不大作了。不然，后世又怎会只知有李白，不知有李泌呢？

李泌比李白小了二十岁，不过他写这首诗的年纪还很小，最晚也是在张九龄罢相即736年之前。虽与李白的“功成拂衣去，归入武陵源”不谋而合，但是谁写在前面还不一定呢。

最重要的是，李泌可不只是说说而已，而是身体力行，成功实践。后来四仕四隐，终生流转于“鸣珂游帝都”与“扁舟泛五湖”之间，赢得了一个“白衣丞相”的美名之后，便“绝粒升天衢”了。

二

之所以称之为“白衣丞相”，是因为李泌虽然深得历代皇上宠重，却辞官不仕，连宰相之位都不肯接受，而甘为布衣，与皇上师友相交。

他博闻强识，喜欢研究《易经》，精通黄老之术。长年修道，游历于嵩山、华山、终南山之间。

早在天宝年间，玄宗就曾召他入朝讲授《老子》，并和李白一样，待诏翰林，供奉东宫。但是因为听信杨国忠谗言，不久疏离李泌，将他遣往湖北。李泌就此脱离官府，“潜遁名山，习隐自适”。

这是他的第一次辞官。

后来唐肃宗于灵武登基，急需良才，遂请李泌出山。

李泌也念着少时交情，欣然前往，临危受命，为平定叛乱运筹帷幄，出谋划策，尽心竭虑，无论在政治权谋还是军事策略上，都立下了汗马功劳，堪称是唐朝的诸葛亮。

有史家评论，郭子仪、李光弼在前线的连战大捷，其实全亏了李泌在幕后的筹划得宜。而唐肃宗因为与他自小相识，更是十分信任，“寝则对榻，出则联镳”，并几次三番想任他为相，但李泌坚辞不受。

历史上唐玄宗为李白御手调羹的故事传为美谈，而唐肃宗则因李泌不吃荤腥，在皇家宴会上亲自为他烧梨为食，还留下了一首非常有烟火气的五言联句：

先生年几许，颜色似童儿。（颍王）
夜抱九仙骨，朝披一品衣。（信王）
不食千钟粟，唯餐两颗梨。（益王）
天生此间气，助我化无为。（李亨）

上篇文章通过湖州联诗团的例子讲过，中唐时联句风行，皇家亦不例外。这四位皇帝父子的联句，是标准的唐朝联句玩法，四人每人一联，合成一首五言律，虽然语带戏谑，然而言之有物，倒是难得的精品。

颍王起句，两句大白话虽粗，却直言其人其貌。正如凤姐出句“一夜北风紧”，众人笑评：“这句虽粗，不见底下的，这正是会作诗的起法。不但好，而且留了多少地步与后人。”

颍王的“先生年几许，颜色似童儿”，也是“留了多少地步与后人”。

于是信王在颔联接着形容李泌的生活：“夜抱九仙骨，朝披一品衣。”夜里修道，白天从政，仙凡两界，往来自然。

不过李泌的权力和尊荣虽然早已到了一品的位分，但是布衣侍主，并不曾真正披上一品朝服，所以这句只求对仗工整，未免不合现实。

于是益王在颈联描写其德行心性，拨乱反正：“不食千钟粟，唯餐两颗梨。”这是全诗最好的一联，因为描写的乃是眼前之事，说李泌不在意高官厚禄，什么千钟粟黄金屋岂在话下，他之所需，不过是两颗梨子而已。而且皇兄正为李泌烧梨呢，这轻轻一提，也就不动声色地投了皇上的缘了。

最后皇上亲自出马，一言定江山："天生此间气，助我化无为。"

"间气"二字出自汉代的《春秋演孔图》："正气为帝，间气为臣，宫商为姓，秀气为人。"用以形容臣子的才学与气度。比如刘长卿诗："间气生灵秀，先朝翼戴勋。""大才生间气，盛业拯横流。"都是用作对官品的褒扬从而代指人臣身份。

李亨用在这里形容李泌，最是合宜。而且话题一转，说李泌才情，乃是为我所用，助我指点江山，不脱帝王风范。

李泌在辅佐肃宗时尽心尽力，且忠言善谏。肃宗选任天下兵马大元帅，曾想任命建宁王李倓。李泌阻止说："今天下大乱，平叛是头等大事，统帅是万兵所仰。如果任建宁王为元帅，却令长兄广平王于何地？倘若建宁王立功建业，过后皇上若不立他为储君，随他出征的人也不会答应，岂不再生玄武门之事？"

唐肃宗恍然大悟，立刻打消了任命建宁王的念头，而改命广平王李俶为天下兵马大元帅。

李俶，就是《珍珠传奇》《大唐荣耀》里那位吴兴才女沈珍珠的老公，登基后改名李豫。

李豫在平定安史之乱中位居首功，得到这个皇位绝对是实至名归。

但是李唐的传统是不会让任何一个明君贤主顺利登基的，所以李豫上位的过程也是九死一生。

大唐多牛人，也多奸臣。杨国忠虽然死了，但是新一代奸臣出世，就是逼迁玄宗的大宦官李辅国和权臣元载。他们因为嫉恨李泌，又开始在肃宗面前说坏话。

李泌对这种兔死狗烹的把戏早已看透，立刻主动请辞，归山修道去也。

这是他的第二次归隐。

而就在这个当口，又出事了。

三

离开了李泌的辅佐，肃宗晚年越来越昏聩，朝政渐被张皇后和宦官李辅国把持，甚至听信谗言误杀儿子建宁王李倓。

这李家的皇上啊，一个个杀起亲生儿子来真是顺手之至，好像不杀几个儿子就不配做皇上似的。

762年四月，玄宗去世，肃宗病危。张皇后害怕太子“功高难制”，想另立越王李系为太子，于是一不做，二不休，打算在唐肃宗病死之际发动政变，召太子李豫进宫，设伏杀掉。

宦官李辅国本来是一直帮着张皇后的，但是这时候权衡利弊，临时倒戈，反而向太子告密，且里应外合，杀死了张皇后与李系的党羽，保住了李豫。

李豫即位，史称唐代宗，是唐朝历史上第一个以长子身份即位的皇帝。《新唐书》评价说:“代宗之朝，余孽犹在，平乱守成，盖亦中材之主也。”对他给予充分肯定。而《旧唐书》更是给予了“古之贤君，未能及此”的高度评价。

但是唐代宗最不应该的，就是为了李辅国的护主之恩，一再给他升官，称为“尚父”，直至让他做到了宰相之位，亲手制造了大唐一代奸宦。

李辅国势焰熏天，日益骄横，甚至对代宗说：“大家但内里坐，外事听老奴处置。”

意思说你就好好待着吧，朝政大事交给我就行了。这已经不是“一人之下万人之上”，而是连皇帝都不放在眼里了。

唐代宗李豫听到这样的话，那能痛快得了吗？但他也是做过兵马大元帅的人，战争炮火里见惯生死，岂会心无筹算？因此表面上只是一如既往，暗地里却联合宦官程元振，先夺了李辅国的兵权，又罢了他的相位，接着干脆派人半夜翻墙头入府暗杀了他，割下头扔到了茅坑里。过后在朝堂上还像模像样地说要追拿凶手，以报太傅。

可怜李辅国，耀武扬威了一辈子，本来就是个不完整的阉人，死后还要身首异处，连头都没有了，拿木头刻了一个代替脑袋随着身子下葬。

可惜的是，一个宦官倒下去，更多的宦官爬起来。唐代宗李豫以宦制宦，根本是治标不治本，以致后来多位皇帝都被宦官胁迫甚至杀害，直至灭朝，亦未能清除宦官专权之弊。

且说李豫登基后，史称唐代宗。因为感谢当年李泌劝说父皇任命自己为兵马大元帅的恩情远见，再次恳请李泌出山。

李泌第三次入宫辅佐。代宗且专门为他在蓬莱殿侧修建书院，并想任他为宰相，而李泌再次拒绝了。不久历史重演，因为与权相元载不和，再次归隐。

李豫在位17年，于大历十四年（779）病逝于长安宫中。太子李适即位，时年38岁，即唐德宗。

难得的是，李适倒是顺顺当当继承父位登基，没有经过太多的磨难。李适，就是沈珍珠的儿子。

现在回头来说说沈珍珠，正史中只称其为“吴兴沈氏”，江南吴兴人，7岁能诗，是著名的吴兴才女。

吴兴，古代吴地“三吴”之一，三国时吴主孙皓取“吴国兴盛”之意改乌程为吴兴，辖地相当于湖州市全境，含钱塘（今杭州）、阳羡（今宜兴）。自古以来民康物阜，人杰地灵，有“鱼米之乡，丝绸之府，文化之邦”之誉，同时也是个产才女的地方，比如李季兰与沈珍珠。

沈珍珠于玄宗年间以选秀进入宫中，被指给皇太孙李豫为妃，并生下了儿子李适。但是不知为什么，一直没有封后，并在安史之乱中没有随帝驾入蜀，其后更莫名失踪，下落无闻，成为李唐后宫一个极为传奇的女子。

从唐代宗李豫到唐德宗李适，从未放弃寻找沈珍珠的下落，可叹终无音信。

同样可叹的是，沈珍珠虽称“吴兴才女”，史上却没留下作品。倒是唐德宗李适写过不少宴唱之作，但是多为君臣唱和，标准的皇家范儿，价值不大，唯有一首《九日绝句》尚为可观：

禁苑秋来爽气多，昆明风动起沧波。
中流箫鼓诚堪赏，讵假横汾发棹歌。

代宗与德宗父子执政期间，最大的政绩是平定安史之乱，最大的弊端是重用宦官，纵容藩镇割据，为中晚唐的政治留下巨大隐患。

泾原兵变后，德宗出逃奉天，而辅佐德宗平叛的，又是李泌。这是李泌的第四次出山，出谋划策，借兵吐蕃，迅速扑灭了叛乱，从而避免了德宗成为第二个玄宗。

然而德宗已成惊弓之鸟。历代皇帝最怕的就是皇子觊觎自己的帝位，德宗也一样，曾因为疑心太子而动了杀机。李泌忠言劝谏，还背诵了李贤的《黄台瓜辞》来打动帝王，终于保住了太子。

从李世民杀兄屠弟登基以来，唐朝历任皇帝都是两手沾满了至亲的鲜血，而唯有代宗和德宗不曾滥杀胞亲，不能不说有李泌一份功劳。

但是李泌劝得了德宗不杀太子，却劝阻不了他宠信奸臣。

唐德宗曾重用卢杞，很多大臣上书奏议，德宗只是不信，还问李泌："人们都说卢杞是奸人，怎么我觉得他挺好的？"李泌说："天下皆知其奸邪，独陛下不知，所以为奸邪也。"

这真是一句至理名言！奸臣之所以成为奸，就因为他善于欺瞒上司，而罔顾百姓。

李泌用自己的言行，充分证明了"方如行义"的为人原则。

晚年的德宗越来越刚愎自用，李泌自知朝廷已经不适合自己淹蹇滞留，遂第四次请求归山。

然而唐德宗坚决不许，还为了挽留他在红尘而强迫他娶妻吃肉，又给他修了一座豪宅，指望用世俗的房子妻子票子来打动仙人的心。

“圆如用智”的李泌表面上倒也从善如流。但是没过多久，便暴毙而亡，这实在很可疑。

所以，后来便传出有人在蓝关见过李泌的流言，且说他单骑常服，萧然如野鹤。但是真相，便永远无从探知了。

至此，充分验证了他的“动如逞才，静如遂意”。业就之后，便绝粒升天了。

顺便说一下，李泌死亡的日子乃是789年4月1日。难道早在一千多年前，他已经知道了4月1日最适合愚弄世人？

四

李泌辅佐唐朝四代君王，对于大唐朝政是功不可没的。

正如宋代诗人徐钧所赞：

衣白山人再造唐，谋家议国虑深长。
功成拂袖还归去，高节依稀汉子房。

看来，李白的偶像是谢安和李广，而李泌的榜样却是张良。

李泌善诗，但传世不多，除了上面的两首，便是几首应制诗，价值不大。但是有些散句倒颇值一录，比如：

良弓摧折久，谁识是龙韬。

这句显然是暗用“飞鸟尽，良弓藏；狡兔死，走狗烹”之典。

他身怀龙韬之术，却每每良弓被折。

一方面，他渴望建功立业，自认“天地生吾有意无”，每当“天将降大任于是人”之际，都会挺身而出，指点江山；但是另一方面，功成之际，却又每每为了避免兔死狗烹的结局，藏弓大化。

最重要的是，他所说的“龙韬”之典，正是出自张良。

张良，字子房，秦末汉初的著名谋臣，与韩信、萧何并称“汉初三杰”，协助高祖刘邦在楚汉之争中夺得天下，并扶持刘盈登上太子之位，被封为留侯。

汉高祖刘邦曾评价他：“运筹策帷帐中，决胜千里之外。”这两句，也堪称李泌的写照。

更堪为李泌楷模的是，张良也精通黄老之道，而不留恋权位，晚年抛弃官禄，而跟随赤松子云游，也因此能在“汉初三杰”中独善其身。

传说张良在未成名时，偶遇老神仙黄石公，并上演了一出“圯桥三进履”的戏。这说的是张良在下邳隐居时，有一日在镇东石桥上遇到一个白发老头，老头说自己的鞋子掉到桥下了，希望张良帮他捡起来。

尊老爱幼是我国传统美德，张良当然义不容辞，颠颠儿地就跑到桥下去捡鞋了。

没想到的是，老头倚老卖老，非但不道谢，还大大咧咧地说：你帮我穿上吧。

张良有点生气，但是想一想，大概老人弯腰不便，好事做到底，就帮他穿吧。于是蹲下身子，恭恭敬敬帮老人把鞋子穿上了。

以为这下子该得着老人一声“谢谢”了吧？谁知老头脚一颠，又把鞋踢到桥下了，说：呀，又掉了，你再去帮我捡回来吧。

张良这个气呀，但是能怎么办，难道对一个白胡子老头挥拳头吗？于是便又下桥去捡鞋子了。

后面的故事不讲我们也可以猜到了，都是满满的套路。老头把踢鞋穿鞋的把戏玩了三遍后，终于给了张良一句“孺子可教”的评价。

通常能这么干的老头都是神仙变的，这位当然也不例外，仙家道号乃是黄石公；而神仙如此造作试炼世人通常都是要留下点什么宝贝的，黄石公也一样，在张良陪他玩够了之后，便送其一部《太公兵法》。

张良就是凭着这部奇书，像大侠郭靖偶得《武穆遗书》一样，从此习得攻略之法，成为韬略无敌的一代名臣的。

《太公兵法》，又称《太公六韬》，共分文、武、龙、虎、豹、犬六韬。文韬讲治国用人的韬略，武韬讲用兵的韬略，龙韬论军事组织，虎韬论战争环境以及武器与布阵，豹韬论战术，犬韬论军队的指挥训练。

六韬，多以“龙韬”代替。太公，指姜尚姜子牙。但是后人怀疑只是假借太公之名，而实为张良本人所著。

究竟张良的兵法是否来自黄石公不得而知，但是姜尚、张良、李泌，乃至李白，在后人的心里，也都已经是神仙了。

张志和，渔樵问答不是一首歌

一

都说外甥像舅。李泌是神仙，他的外甥也很厉害，不但同样仙风道骨，而且名声更胜一筹，词作《渔歌子》远渡重洋，和张继的《枫桥夜泊》一起，选入了日本教科书。

对，李泌的外甥，正是大名鼎鼎的诗人、神人、牛人张志和（732—774）。

不过，要特别说明的是，《渔歌子》不是一首诗，而是词：

> 西塞山前白鹭飞，桃花流水鳜鱼肥。
> 青箬笠，绿蓑衣，斜风细雨不须归。

诗歌的产生是为了唱，从《诗经》的“风、雅、颂”，到战国时期的楚辞，再到汉代的乐府歌辞，一直如此。

然而齐言诗的发展越来越不适合唱，而到了科举制度创立后，格律诗的要求越来越严谨，诗歌的主要功能已经退化为单纯的文本创作，再不适合唱了。

比如李白应诏作《清平调词三首》。这三首是词而不是诗，因为创作目的原是为了谱词入曲，即兴弹吹。

再比如《凉州词》《竹枝词》及“旗亭画壁”的故事，都告诉我们唐朝时格律诗是可以入曲弹唱的。但可以想象，齐言诗的曲式变化有限，必然越来越不能满足人们尽情放歌的需求。

于是，人们破齐言诗为长短句，形成新的曲调。而这曲子一旦流传开来，便会有更多的人依调填词，这就是词牌。

词和诗一样，都要讲究平仄、押韵等规矩，但是断句方式不一样，要根据词牌的长短格式来填词，而且要有音乐性，语言更流畅直白，这叫“倚声填词”。

最早的词相传是李白所作，如《秋风词》《忆秦娥》《菩萨蛮》，但或许是因为版本太早的缘故，这几首词的作者在署名上都有争议。

所以张志和的《渔歌子》，就成了没有争议的诞生较早的词牌，亦名《渔父》。

张志和的《渔歌子》共五首，最流行的是第一首，也就是载入中日教科书的这首。

首句写山景：西塞山前白鹭飞。一上来就是动静结合，青山白鹭，宛如仙境。

二句写水景：桃花流水鳜鱼肥。不仅风景优美，春光怡人，而且一个“肥”字惹人垂涎，立刻就将渔家的逍遥生活勾勒出来了。

三句写自身：青箬笠，绿蓑衣。这是渔夫的打扮，也是仙人的姿容，仿佛一幅青绿山水画中的人物。

最后写心情：斜风细雨不须归。山色苍翠，水光潋滟，白鹭翔空，桃花夹岸，肥美的鳜鱼在水底游戏，正是垂钓的好时机。

一点微风小雨，正是清凉宜人，况有蓑衣斗笠，何必急于还家？

斜风细雨之后，渔人头戴青竹笠，身披绿蓑衣，迎风垂钓，对雨吟诗，何其逍遥自在！

正如王维诗中写禅意空蒙而不着一字，张志和这首《渔歌子》写道心潇洒，亦是自然流露，水到渠成。

这五首词传到日本后，一向仰慕大唐风采的嵯峨天皇太喜欢了，简直爱不释手，于是依谱填词，也写了五首《渔歌子》，开创了日本人填词之始。这里只录一首为例：

寒江春晓片云晴，两岸花飞夜更明。
鲈鱼脍，莼菜羹，餐罢酣歌带月行。

嵯峨天皇特别喜欢唐朝文化，从这首词来看，他对唐朝风物与诗人作品相当熟悉。这句“鲈鱼脍，莼菜羹”，显然化用的是张季鹰“莼鲈之思”的典故。

西晋文学家张翰，字季鹰，本是吴地之人，却在洛阳任官。一日看到秋风吹起，想到此刻的故里正是鲈鱼脍和莼菜羹应季上桌的时候，顿时按捺不住，口水横流，叹道：“人生贵在随意由心，怎能为了求取功名利禄而羁留异乡呢？”于是立刻驱车归里，奔向美食餐桌，连官也不做了。

后来，“莼鲈之思”就成了思念故乡的代名词。

嵯峨天皇比张志和晚生五十多年，和白居易同一时期，曾手抄白居易诗歌藏之宫廷，常常拿来考试臣子，如果人家接不上来，就鄙视地说：没文化，真可怕。

一个日本人能对我国诗词典故如此熟悉并学以致用，倘若我辈竟然不能传承祖先辉煌的文化遗产，能不惭愧？

二

《渔歌子》对后世的词作影响极大，此后的和凝、欧阳炯、李珣、李煜所作《渔父》，内容大同小异，均受张志和《渔歌子》词的影响。

其中尤以南唐后主李煜的唱和最为令人感慨：

> 一棹春风一叶舟，一纶茧缕一轻钩。
> 花满渚，酒满瓯，万顷波中得自由。
>
> 浪花有意千重雪，桃李无言一队春。
> 一壶酒，一竿纶，世上如侬有几人？

李煜排行老六，原名李从嘉，本来怎么也轮不到他继承皇位的。因为合法继承人本是他的叔叔李景遂，他上面还有个一心想当太子的哥哥李弘冀能谋善战。而他醉心诗画，也并不想争夺皇位，因此便摆出一副寄情烟霞的懒散样子来，每天跑去吟风弄月，喝酒钓鱼，往往入夜始还。

这首《渔父》，便是写在这个时候，向张志和以及张志和词中的渔父形象致敬，说世上能有几个人像你们那样潇洒快意呢？

李弘冀看到这个聪慧但懒散的弟弟完全没有夺嫡之心，渐渐放松了对他的防忌，开始一心一意对付李景遂，先是弄掉了他的头衔，后来又派人毒死了他。

事情败露后，皇上大怒，自然是废了李弘冀的太子位。两个最佳候选人一死一废，李从嘉就稀里糊涂地上位了。

继位后，改名李煜，字重光。真真实实应验了他歌词中的“浪花有意千重雪，桃李无言一队春”，简直像句预言！

只可惜，他终究未能“万顷波中得自由”，终因一曲《虞美人》为赵光义所害。

张志和的《渔歌子》，不但对诗人们影响巨大，还被奉为道家经典。

纯阳真人吕洞宾就曾依谱填词，作有《渔父》词十八首，且将修道生活与道家术语直接入词，比如第一首，描写道家炼丹的故事：

> 恍惚擒来得自然，偷他造化在其间。
> 神鼎内，火烹煎，尽历阴阳结作丹。

李唐皇室因为奉老子为祖先，特别迷恋修道炼丹，唐太宗李世民、唐穆宗李恒、唐武宗李炎、唐宣宗李忱，都因服丹而死——为求长寿，反致丧命，真是想不开！

我们说起六祖惠能等佛教高僧或道教高人的时候，往往会本能地忽略了他们的背景年月，而将他们视为跨时空的上古人物。然而实际上，吕洞宾也是唐朝人，而且辈分较小，贞元十四年（798）四月十四日巳时出生，比李白、王维小了近一百岁，比张志和还晚生六十多年。

吕洞宾原名吕岩，自幼熟读经史，还和大多读书人一样去考过科举，并在宝历元年（825）中过进士。后因战乱而避山归隐，和妻子一起在中条山脉的九峰山修行。夫妻俩各居一洞，相互可望，遂为自己改名吕洞宾，意思是洞中之客。

修仙成功之后，吕洞宾经常下山云游，乐善好施，扶危济困，又常为百姓看病，不要任何报酬，深得百姓敬仰。于是关于他的故事，也就越传越多，越说越神，渐渐地像滚雪球一样，把他传说成了一个无所不能的神仙。

尤其元朝初年，忽必烈为了巩固自己的统治，想借吕洞宾的名望来笼络民心，于是聘全真教道士丘处机为国师，管领道教，大兴土木修建永乐宫。从修建大殿到绘完所有壁画，历时110年，几乎贯穿了整个元朝。

令人感慨的是，道教虽然奉老子为祖师爷，然而随着道教的日益盛行，修仙炼丹之风越来越炽，这个玄乎又玄的“道”，与老子《道德经》论述的“道”，其实已经没什么关系了。

所谓：“道可道，非常道。名可名，非常名。”

也许老子写《道德经》时，已经预知了总有一天，会有人将不可名不可说的道理命名为“道教”，并绳以形式，系以利益，而最终彻底背叛了他的“道”。

三

说完了《渔歌子》这只享誉世界的“蛋”，我们再回过头来了解一下那只下蛋的“鸡”——张志和的人生故事。

张志和与他的舅舅李泌一样，也是个天才，他的前半生就是天才儿童的人生模板。

故事的开头正如同所有神人的标准启动程式：母亲妊娠前，梦见有神仙献灵龟，吞而服之，遂有孕，生下儿子来，便取名龟龄。

小龟龄不仅出生祥瑞，而且日子也好，是在开元二十年（732）大年初一。

有了这样的开头，他注定要成为人们口中那个“别人家的孩子”。3岁读书，6岁属文，过目成诵。

李泌是7岁成名的，张志和也是。

他在7岁那年跟随翰林老爹张游朝去单位领工资。翰林院学士听说他记忆超群，便以锦林文集来考他，小龟龄全能背得下来，众人皆以为奇。

这神话又传到了好奇心重的唐玄宗耳朵里，于是亲自召见，当面考他。小龟龄落落大方，对答如流，唐玄宗甚感奇异，特命他可以随意出入翰林院，如同学士相待。

于是，翰林院就成了小龟龄的托儿所，同时，太子东宫也是他经常玩耍的地方，因为舅舅李泌和太子的交情好嘛。

就连“张志和”这个名字，都是李亨给改的。

那是在小龟龄16岁时，凭借自己惊人的记忆力明经及第，遂由太子亲自赐名，供奉东宫，享八品待遇。

前面讲过，明经主要是考验记忆力的，要熟背经典才行。

记忆这种能力，当然是越年轻越强大，所以有“三十老明经”之说。30岁明经及第，已经算很老了。

但是张志和16岁明经及第，也是太年少了些，真让那些皓首穷经考功名的老举子们羡慕得牙倒啊。

除张志和外，还有个叫常敬忠的，15岁明经及第，“数年之间，遍诵五经”，自称千字以内的文章看一遍就能背下来。宰相张说问他：你看一遍能背下千字，那看十遍能背下万言吗？

常敬忠说：我没试过，可以试一下。

于是张说找了本非常冷门类似《九阴真经》的书给他读。常敬忠细细地读了七遍后，就和黄药师那神奇的妻子阿蘅一样，滔滔不绝地背了下来，众人叹为观止。

其实金庸写阿蘅的这段故事，桥段袭自《三国演义》，连对白都是相似的。

《三国演义》第六十回说，张松去许都见曹操。曹操是个重颜值的人，看到张松又矮又丑，便对他爱搭不理，让张松憋了一肚子气。第二天，曹操最器重的才子杨修拿出曹操新著的兵书《孟德新书》给张松看。张松边看边默默记诵，看完后，合上书笑道："此书吾蜀中三尺小童，亦能暗诵，何为新书？此是战国无名氏所作。"

杨修自然不信，说这明明是丞相的新作，怎可能是战国旧书？于是张松朗声吟诵，将全书背了一遍。杨修大惊，连忙报知曹操，曹操又是诧异又是沮丧，心想：难道古人和我想的一样？那我写这本书，非但没有新意，还会落人话柄，被人耻笑。就让人把那本书烧了。惨啊！悲催啊！张松不声不响地报了仇。

千万不要觉得这些都只是故事。电视真人秀里《超强大脑》这类节目，我每次看都觉得自己是个弱智，默默提醒自己：不要因为自己做不到，就觉得此事不可能。天外有天，人外有人啊！

且说张志和得官后，渐渐展露出超强的管理才干，20岁即协助地方官剪灭强盗，被百姓誉为"神张"；任杭州刺史时除去当地恶霸李保，为民除害；安史之乱中又辅助舅舅李泌，为唐肃宗献策献力，屡立奇功，一路擢为右金吾卫大将军，享正三品待遇。

我又忍不住要想起李白来了。一样是待诏翰林院，一样经历了安史之乱，他怎么就不如一个比他小了30岁的张志和清醒呢？不是喝醉酒，就是站错队，当高适、李泌、张志和等一干牛人都团结在李亨身边摩拳擦掌的时候，他却巴巴儿地跑去帮着永王李璘出谋划策打擂台，估计也没给永王出过什么好主意，所以一击即败，白白葬送了自己归隐的好名声。何苦？

四

张志和直到35岁前都是顺风顺水的。

但是至德二载（757），唐肃宗李亨因急于收复京师，答应了回纥苛刻的谈判条件，拆东墙补西墙，这是一个后患无穷的决断。

征调回纥兵的主意本是张志和与舅舅李泌一起出的，原是抱薪救火之计，虽然速效，却暗藏凶机。所以眼见肃宗急于求成而乱开支票，便力谏肃宗收回成命。

但是肃宗不愿听，而且因为不想听张志和啰唆，干脆找个小错将他贬官南浦尉了。

唐朝皇帝就是这么任性！

我们从初唐一路看过来，觉得贬官发配本是当官的家常便饭，张志和受到的这点小惩罚几乎不算什么。但对张志和来说，这却是当头一击，让他看清了君恩无常翻脸无情的事实，仕宦之心渐淡。

而且，他的归隐之心一起，可比舅舅李泌坚定多了，此后再也没有踏进官场。

张志和辞官的理由是奔父丧，需守孝三年，理由非常正大。

就在守丧期间，他的母亲又随即去世了。朝中人尽知张志和是孝子，听说他父母接连去世，无不哀之。

唐肃宗将张志和贬任南浦尉后，也知道他其实无辜，听说张志和新逢母丧，遂赦免其罪，又加赠张志和母亲为秦国贤德夫人，赐资荣葬，希望他孝期满后再回朝廷效力。

张志和回老家后，于母亲墓侧结庐守丧，植柏成林，朝夕拜哭，恪尽孝道。

如此三年，刚刚守孝期满，又逢他的妻子程氏病卒。

按照“夫不祭妻”的古制，妻子死了是不用守丧的，但是张志和在几年里接连失去了生命中最重要的三位亲人，顿觉万般皆幻，遂有出世之念，无复宦意。

但是唐肃宗还一心想着要召他回朝做官，并且为了笼络他，特地赏赐一奴一婢，以视厚遇。

张志和照单全收，且为这对奴婢分别取名渔童、樵青，真是很有诗意的两个名字。从后来的事实看，简直像个预言。

有人问他这名字的含义，张志和答：“渔童使捧钓收纶，芦中鼓枻；樵青使苏兰薪桂，竹里煎茶。”

张志和说到做到，亲自主持婚礼，让渔童和樵青结成了夫妇，然后带着二人，穿山越岭，开始了垂纶采茶的云游生涯。

从此，“渔”与“樵”便结下了不解之缘。

元人乔吉有词：“樵青拍手渔童笑，回首金焦。”便是化用张志和这一奴一婢的姓名来表达一种世外高情。

为了逃避唐肃宗的寻访，张志和行踪不定，游遍吴楚山水后，方来到湖州西塞山归隐，自称烟波钓徒，也就是在这里写下的《渔歌子》。

渔隐生涯中，张志和与“茶圣”陆羽、“诗僧”皎然、湖州刺史颜真卿等成了好朋友，时时相聚。张志和“善图山水，酒酣或击鼓吹笛，舐笔辄成”，四个人有茶有酒，有书有画，有僧有道，相得益彰。

当时，陆羽在著《茶经》，皎然在写《诗式》，在他们的触动下，张志和也开始闭门撰写《玄真子》。三年写成，遂改号“烟波钓徒”为“玄真子”。

之后，又撰《大易》十五卷三百六十五卦，并作《太寥歌》。可惜这两部均亡佚。

虽然张志和一生并不曾真正戴冠出家，然而“视轩裳如草芥，屏嗜欲若泥沙”，超然物外，清华绝俗，从骨子里来说早已是个不着冠袍的道士。

大历九年（774）冬十二月，张志和在湖州东平望驿莺脰湖，因酒醉溺水而逝，年42岁。

也有说法是他应颜真卿之约赶赴湖州诗会，于途中溺水而亡。

不过，他本是神龟托生，应该是不会淹死的，只能是完成天命，和李白一样投水捉月亮去了吧？

五

伯牙之后，樵夫便成了知音；屈原之后，渔父便成了高人。

中国古代诗词音乐绘画艺术中，渔父和樵夫的形象从来都不是单纯的山野村民，而代表了遗世独立的隐士形象。

张志和的《渔歌子》，为渔父的标签更加浓墨重彩地添抹了一笔云间色彩。

从此，《渔歌子》不但成为一首流传极广的词牌，而“渔歌”，也成了词的别称。

后来，苏轼曾经用一首《浣溪沙》词牌将这首词重新填改，新瓶装旧酒：

> 西塞山前白鹭飞，散花洲外片帆微。桃花流水鳜鱼肥。　自庇一身青箬笠，相随到处绿蓑衣。斜风细雨不须归。

这游戏大概挺吸引人，所以黄庭坚也用了一首《鹧鸪天》来重新改头换面：

> 西塞山前白鹭飞，桃花流水鳜鱼肥。朝廷尚觅玄真子，何处如今更有诗？　青箬笠，绿蓑衣，斜风细雨不须归。人间底是无波处？一日风波十二时。

这两首是原词照搬字句的，还只是诗人间的文字游戏，偶尔为之；若论意境化用，那就更加数不胜数了。

有一首《临江仙》，原为明代杨慎作词，却被后人在批注《三国演义》时强加于开篇，因此广为流传。电视剧《三国演义》的主题曲，便是这首词：

滚滚长江东逝水，浪花淘尽英雄。是非成败转头空。青山依旧在，几度夕阳红。　　白发渔樵江渚上，惯看秋月春风。一壶浊酒喜相逢。古今多少事，都付笑谈中。

这首词直白晓畅，语无余意，其实算不得上佳之作。但也正因为晓畅，所以深为老百姓喜闻乐见，遂得流传。

诗中的内容，便是表现了渔樵问答的意象，所谓“多少六朝兴废事，尽入渔樵闲话”。

对于我国传统文化中渔樵形象的解读，古琴曲最能侧面帮助我们认清这一点。比如著名琴曲《渔樵问答》《平沙落雁》《鸥鹭忘机》，其曲调意韵都是如此。

和大家分享一个我最喜欢的“鸥鹭忘机”的故事：

有渔人天真淡泊，每日撒网捕鱼，烟波垂钓，偶尔对着江涛唱一支渔歌，婉转清扬。水鸟们听见了，都纷纷飞落，踏歌起舞，盘旋翻飞，人与鸟相得甚欢。

渔人的父亲听说如此奇事，便起了贪心，嘱咐渔人说：那些鸟儿既然不避你，那你明天就趁它们不备抓一只回来给我玩玩吧。

渔人答应了，第二天再来江边时，便一边故作镇定地和往常一样撒网垂纶，一边暗暗观察鸥鸟鹭群，想伺机捕获。可奇怪的是，“西塞山前白鹭飞”，只管盘旋往复，就是不肯飞落，过了一会儿，就都散去了。

原来，天地有灵，虽然渔人尚未做出捕猎的实际行动，然而暗藏祸心，杀机四伏，鸟儿们岂能无所察觉？

“忘机”是道家术语，意思就是忘却了巧诈机谋，恬淡无争。

人无机心，天阔江清，鸟兽可亲；机心一动，天地变色，草木凋零。

这支曲子，说的就是渔人尚无机心、鸥鹭尚无戒心的那段美好而短暂的时光，仿佛薄暮冥冥，秋风瑟瑟，有种凄艳之美。弹奏之时，令人唏嘘。

因为结果已经注定，明知道这一切的美好都是留不住的，那前奏中一小段清澈的泛音，仿佛碧波粼粼，那反复中又有着微妙变奏的主旋律，是鸥鸟的舞姿，一圈又一圈，美则美矣，悲亦悲甚。

一声清朗空灵的泛音拂过，沧江上一个纶垂慢钓的渔翁默然独立，青箬笠，绿蓑衣，醉卧闲眠，怡然自得，把人的心一下子就引向了江边天际，云山之外。

于清幽淡泊中暗藏杀机，就是我对这支曲子的感受。

这确实是一支很有禅意的曲子，曲中不仅有烟波浩渺，阴晴圆缺，海日朝晖，沧江夕照，更有渔樵问答，群鸟自得，见素抱朴，相忘于江湖。

当渔人对着飞走的鸥鹭叹息时，他可会为自己的机心惭悔？当鸥鸟远遁天涯时，它可会为曾经的亲密惋惜？

李白诗中有“心静海鸥知”之句，王维“海鸥何事更相疑”，都是引的这个典故。

只有非常非常淡泊的人，才会和鸥鹭成为知己；也只有非常非常安静的时刻，才能弹好《鸥鹭忘机》。

《重修真传琴谱》中附录了这曲子的琴歌，写的正是渔父垂钓烟水的形象，附录如下：

风与和两相闲，功名无绊，富贵无关。
怡情柳岸芦湾，生涯款款子陵滩。
短裘高帽长竿，风清月朗地天宽。
兀坐竟无言，胸次飘然，寂无机见从心便。
瑶琴一曲流水高山，忘机曲漫谈。
得追欢，再无梦到长安。

韦应物的朋友圈

一

诗人们都是扎堆玩耍的，中唐的这个诗人朋友圈的中心，是韦应物。

如果说张志和是不着冠袍的道士，那么韦应物就是不披袈裟的和尚。两人有许多共同的朋友，比如书法家颜真卿、“诗僧”皎然等。

但奇怪的是，他们两人间似乎没有什么交集。

这有点像李白与王维。两人虽然年龄相若，但是张志和是天才，20岁已经登堂入殿，35岁便开始归隐；而韦应物大器晚成，20岁才刚刚开始读书，写出成名作《滁州西涧》时已经45岁，张志和已经死了六年，坟上的草都枯荣六回了。

韦应物（约737—792）是个牛人——别急着骂人，我还没说完——他是牛人，但不是天才。

韦应物16岁之前，就是个典型的纨绔子弟，横行霸道、嗜酒闹事的富二代。有一次，他在街上强抢民女，被皂隶阻拦，他只说了一句“我爸是李刚”，人家就把他放了。

当然，他不姓李，他爸也不叫李刚，而叫韦銮，是著名画家，很受唐玄宗赏识。

韦家是长安权贵，《新唐书》说：“自唐以来，氏族之盛，无逾于韦氏。”

《宰相世系表》指出，韦氏曾出过十四位宰相，杜氏出过十一位宰相，坊间遂有“城南韦杜，去天尺五”的说法。

就是说，韦家和杜家是最厉害的两个大姓。虽然杜甫很潦倒，但是杜家祖上是很厉害的，杜甫对自己风光的姓氏很得意，曾写诗给韦家后人《赠韦七赞善》套近乎：“乡里衣冠不乏贤，杜陵韦曲未央前。尔家最近魁三象，时论同归尺五天。”意思就是说，咱俩同为韦杜后人，老家都是一样风光的，不过近来你家祖坟上冒青烟，继续发迹，我有点赶不上趟儿了。

韦家到了韦銮这一代，仍然是皇家供奉，所以能给不学无术的儿子弄了个御前侍卫的头衔吃皇粮，走在皇帝御驾前耀武扬威。

御前侍卫，就是《还珠格格》里尔康的工作岗位，大多从王亲贵族的子弟中选拔，因为累世老臣之后才最忠心，身家清白，值得信赖。比如清代第一词人纳兰容若，因为父亲明珠曾权倾一时，所以容若就被选作康熙的御前侍卫。

按说，15岁的韦应物做御前侍卫时，20岁的张志和已经在朝中为官，而且两人的爹一个是翰林学士，一个是宫廷画师，两人应该有很多机会认识才对。

但他们的生平诗作中，却没有任何唱和。想来是天才少年张志和压根瞧不起不学无术的少爷痞子韦应物吧？

诗人王建曾有《羽林行》一诗，开宗明义说：“长安恶少出名字，楼下劫商楼上醉。天明下直明光宫，散入五陵松柏中。”

指出羽林军的来源多是有背景的长安恶少，他们在楼下打劫客商，转身上楼便大吃大喝起来，无法无天，无所顾忌。干完坏事，吃饱喝足，天亮了再从楼上下来，径往皇宫里值班去。下了班，再散入五陵松柏林中继续劫路杀人，为所欲为。

韦应物，就是这“长安恶少”中的一名，少年时提笼架鸟飞鹰走狗的生活，被他如实记录在忆苦思甜之作《逢杨开府》中：

少事武皇帝，无赖恃恩私。
身作里中横，家藏亡命儿。
朝持樗蒲局，暮窃东邻姬。
司隶不敢捕，立在白玉墀。
骊山风雪夜，长杨羽猎时。
一字都不识，饮酒肆顽痴。
武皇升仙去，憔悴被人欺。
读书事已晚，把笔学题诗。
两府始收迹，南宫谬见推。
非才果不容，出守抚茕嫠。
忽逢杨开府，论旧涕俱垂。
坐客何由识，唯有故人知。

这诗从中间分开，两段生活形成鲜明对比。

开篇说他从小跟随唐玄宗讨生活，所以特别威武，横行乡里，无人敢挡。

唐朝诗人特别喜欢用汉武帝来代指唐玄宗，比如白居易的

“汉皇重色思倾国”，便是此意。

横，读四声，蛮横的意思。仗着自己是御前侍卫，有恃无恐，在街上横行来去，家里还藏有逃犯；白天聚众设赌，晚上偷香窃玉，公隶就算当面逮到都不敢过问。

樗（音chū）蒲，一种赌博游戏。韦应物不但是赌徒，还是主家，真是够无法无天的。

骊山，是唐明皇狩猎泡温泉的地方，看来韦应物也跟着去了。当然他最喜欢的不是泡汤，而是射鸟。

这时候的韦应物只知聚众赌博，纵酒闹事，不喜读书，大字不识，这就是他20岁之前的美好生活。

可是，安史之乱爆发了，唐玄宗也在不久后驾崩，韦家遭到战火洗劫，已经破落潦倒，不复昔日荣光。

这时候，他才想起要读书写字，把笔学诗，难得上官赏识，得任太守，淹蹇至今。

最后两句是现下之事，我与杨开府久别重逢，叙起旧事，双泪横流。座中高客哪里知道我们的辛酸呢？只有故人才明白这份感慨啊。

这情形，很有点杜甫“落花时节又逢君”的辛酸况味。

韦应物为什么迟至20岁才“读书事已晚，把笔学题诗”呢？

我查了一下，原来，当战乱发生、杜甫在长安被俘的同年，韦应物在长安结婚了。20岁的他，娶了16岁的才女元苹。

其实我不知道元苹是不是才女，但她肯定是一位大家闺秀，因为自打她嫁给韦应物后，小韦就忽然像换了一个人似的，长大了，懂事了，浪子回头，洗心革面，重新做人，发愤图强，主动要求进太学读书。

从“一字都不识”到“把笔学题诗”，如果没有爱情的力量推动，是不可想象的。

27岁那年，韦应物正式参加工作，八品小官洛阳丞。

同样的官职要是给了杜甫，老杜一定会感激涕零的；可小韦是谁啊，他是当惯了小霸王的，哪能安于这么小的芝麻绿豆官?因此写了首“折腰非吾事，饮水非吾贫。休告卧空馆，养病绝嚣尘”的辞呈后，就装病辞官了。

赋闲在家的韦应物无所事事，便搞起了文艺沙龙，来往的尽是卢纶、司空曙、刘长卿、颜真卿、皎然这些文学精英。

这时期，他有一首著名的诗《简卢陟》，被今天的朋友圈千人传诵，万种修改：

可怜白雪曲，未遇知音人。
恓惶戎旅下，蹉跎淮海滨。
涧树含朝雨，山鸟哢余春。
我有一瓢酒，可以慰风尘。

这是一首赠友人诗，无非发发牢骚，本来乏善可陈，可是就因为这句“我有一瓢酒，可以慰风尘”，隔了千年后忽然大火起来，在微信群里乱飞猛进，干掉了不知多少瓢好酒，只可惜仍然洗不了风尘。

韦应物无心仕途，官也就一直做不大。安史之乱把他家的老本都清洗尽了，祖荫吃不了多久，渐渐贫窘起来。

40岁那年，妻子元苹去世，这对韦应物打击极大，曾在给妻子撰写的墓志铭中写道："又况生处贫约，殁无第宅，永以为负"，自觉对妻子无限愧疚。

因为元夫人病逝于官舍，所以葬礼只能在临时租屋里举行。我们联想一下《红楼梦》中秦可卿、贾敬等人的丧葬礼仪，就可以理解元夫人葬礼的简陋了。可见当时韦应物的家境已经很是清贫。

祭文中说："每望昏入门，寒席无主，手泽衣腻，尚识平生，香奁粉囊，犹置故处，器用百物，不忍复视。"情深义重，读之令人落泪。

韦应物与王维、张志和一样，在妻子死后就再未续弦，清净度日，形如僧侣。不同的是，他不只是看破红尘，更是因为专情，一生为发妻先后写下近二十首悼亡诗，堪与陆游、纳兰容若相比肩，真是一个痴情的男子。

而且，不管元稹、陆游、苏轼、纳兰容若等人为前妻写的悼亡诗有多么感人，但他们都无一例外地另娶了，而韦应物却怀抱着对妻子的追忆一直孤独终老。

此情此志，谁人堪比？

诚如他自己在《过昭国里故第》一诗中所云：

> 永绝携手欢，空存旧行迹。
>
> 冥冥独无语，杳杳将何适。
>
> 唯思今古同，时缓伤与戚。

二

韦应物逆天的诗才灵感是在45岁那年爆发的。

引爆点是一首轻巧的七言绝句《滁州西涧》：

独怜幽草涧边生，上有黄鹂深树鸣。
春潮带雨晚来急，野渡无人舟自横。

这首诗风格冲淡闲远，语言简洁朴素。乍一看似乎只是四样自然景物的简单罗列：幽草、黄鹂、春雨、孤舟。然而有声有色，有动有静，写景如画，画中有韵。

雨水使山涧流水更加湍急，然而孤舟独泊，野渡无人，却又让一切显得极为静谧，甚至连时间都静止了。鸟鸣水流，只会让人心更加悠闲空旷。

有人认为这首诗是作者借景达意，幽草代表自己的安守素节，黄鹂代指媚臣高居上位，而水急舟横无人问津，则代表自己不得重用的无奈忧伤。

也有人觉得这首诗只是触景而发，即兴之作，作者的恬淡之情自然而然地蕴含在诗中，并无特别讥讽。

我们都不是诗人，没有必要过度解读，这样的争执也是永远没有答案的。我们只要懂得欣赏它字面的优美与画面的闲雅，就已经足够。

倒是有件趣事要和大家分享：

宋徽宗赵佶雅擅丹青，经常亲自出题挑选宫廷画师。有一次出的题目就是“野渡无人舟自横”。

试卷交上来，自然是一色的山水画。有的人画一空舟系于岸边，有的人画一鹭鸶立于船头，有的画师是知道原诗的，便照样点缀上深树黄鹂，岸边野草，以为既展示了画技又展示了学问，必能考中。

然而宋徽宗一一翻着画卷，边看边摇头，却独独对一幅画大赞：画得好！

旁边有大臣探头来看，只见上面画的是一只小船，船上有一艄公卧于舱尾酣睡，手里还握着一支笛子。此人不解：“题目明明说是‘野渡无人’，可是这幅画里有人啊，怎么皇上还说好呢？”

宋徽宗笑道：“你只知题面有‘无人’二字，就认定舟中无人；但此人却偏偏画了船工假寐，这却是因为什么？”

此人恍然大悟：“船工无聊到吹笛子累了睡觉，自然是因为无人摆渡，这才是真正的‘野渡无人’啊！”

且说滁州真是韦应物的灵感源泉，除了这首《滁州西涧》外，他还有一首《寄全椒山中道士》也同样令人叹为观止：

今朝郡斋冷，忽念山中客。
涧底束荆薪，归来煮白石。
欲持一瓢酒，远慰风雨夕。
落叶满空山，何处寻行迹。

这个尾联，就是前面禅诗篇中提到的禅宗第一境界。

全椒山，在滁州全椒县。韦应物在任上喜与僧道往来，时有诗歌寄赠。

这首诗首联说他在自己的州郡官署中，因为天气转冷，想到山里的道士朋友。

颔联想象道友此刻在做什么呢，过着什么样的生活呢？

山寺高耸，山涧幽深，一位青衣道士独自在山涧旁采荆为柴，辛苦地背到寺中来，“归来煮白石”。

《神仙传》说白石先生“尝煮白石为糖，因就白石山居，时人号曰白石先生”。

白石，其实就是钟乳石。还没有完全凝固时的石乳，传说吃了可以养生成仙。魏晋时人喜服“五石散”，就是把些矿物弄来做药；唐朝人喜炼丹，也是差不多的爱好。所以“煮白石”之举，写出超逸之感，是对全椒道士的颂扬。

后两联说我想过要带着酒去寻访你，安慰这风雨之夜的凄凉。可是想一想，你本是闲云野鹤之人，随时远遁山中，却到哪里去寻你呢？

这句“落叶满空山，何处寻行迹”和皎然的“报到山中去，归来每日斜”、贾岛的“只在此山中，云深不知处”可谓三足鼎立，而韦诗更有空明之感。

宋代大词人晏殊最喜韦应物诗，称赞其“无一丝脂腻气”，形容最确。

韦应物笃信佛教，但是他的禅诗并不是板起脸来枯燥地说教，而是有着天马行空的想象，以丰富奇诡的意象来解说无常，充满对时间与生死的思考。且看这首《王母歌》：

众仙翼神母，羽盖随云起。

上游玄极杳冥中，下看东海一杯水。

海畔种桃经几时，千年开花千年子。

玉颜眇眇何处寻，世上茫茫人自死。

这首诗想象王母的生活，众仙跟随着她一起游于云间，俯视尘寰，茫茫东海只如一杯水那样袖珍。玄极、杳冥，都指极高极远，渺茫到看不清的地方。都说大海茫茫，然而从天际回望，何异杯水？这是空间的对比。

短短四句，让人不禁想到坐在飞机上俯瞰大地的景象，可不是“下看东海一杯水”？诗人在写这句诗的时候，难道魂离肉身，飞升上天了么？

诗人接着说，久负盛名的王母蟠桃一千年开花，一千年结果，已经几开几落。世上那么多人寻找不死之道，但是谁能不死呢？千年桃花开谢中，人们已经过了几世轮回？这是时间的对比。

说到底，人生在世，不过沧海一粟，白驹过隙，从前碌碌却何为？到如今，回头试想真无趣。

这首诗充满禅悟，却毫无说理，而只着眼于王母形象的塑造，以奇诡的语言平平道出，所有的思考都留给读者，空山落叶，无迹可寻。

韦应物起步晚，可是起点高，20岁才想起来学诗，竟然能取得这样的成绩。从这一点来说，他还是个天才。

而且，从这一首诗可以看出，韦应物显然是走了王维的老路，在妻子过世后渐渐悟道，渴求归隐。

他诗中“空山松子落，幽人应未眠”“林中观易罢，溪上对鸥闲”“浮云一别后，流水十年间”“人归山郭暗，雁下芦洲白”等句，都清微淡远，绝似王维。

所以后世多以“王孟韦柳”并称，将韦应物也归为田园山水诗派的代表人物。

而韦应物的人生选择也与王维一样，虽隐犹仕，一直徘徊于出世和入仕之间。

但他确实是个好官，勤于吏职，简政爱民，关心民众疾苦。曾有《采玉行》，描写在山岭中采玉人的艰辛；又有《夏冰歌》，表现采冰人的生活。

只有眼里看到百姓，才会写出这样的诗篇。

他曾在诗中自省：“身多疾病思田里，邑有流亡愧俸钱。”意思是即使抱病任上，也时时担心自己有没有尽忠职守，虚领俸禄，让百姓受苦。

沈德潜说：“是不负心语。”给予了韦应物高度评价。

连李白都不放在眼里的白居易曾经赞美韦应物说：“近岁韦苏州歌行，才丽之外颇近兴讽。”认为他不仅有才情，更有见识和良心。

说韦应物是个好官、清官，还有一个佐证：52岁时，韦应物已经做到了三品大员苏州刺史，这是他做过的最高官职，所以后世又称其“韦苏州”。

都说“三年清知府，十万雪花银”，可是韦应物位居三品，又是在苏州这样的富庶之地任刺史，在他罢任后，竟然穷得连回长安的路费都筹措不起，只得栖身苏州永定寺中养病。

一年后，韦应物于寺中孤独地死去。

死后，与妻子元苹合葬。

三

龙榆生在《韦应物小传》中说：

> 应物性高洁，所在焚香扫地而坐，唯顾况、皎然辈得与唱酬。白居易尝语元稹云："韦苏州歌行，才丽之外，深得讽谏之意，而五言尤为高远雅淡，自成一家。"

这里提到了韦应物朋友圈中心的两大密友：皎然和顾况，还提到了中唐诗人最牛代表——白居易。

神人皎然，我们前文介绍过了，是名动江湖的诗僧、茶僧，著有《诗式》一书，对于早期的诗词讲论影响很大。因此有盛誉，诗人名流争相结交，皆以能与皎然相交为荣。

但是在皎然和韦应物的交往中，皎然才是那个主动申请加好友的人。而且为了认识韦大人，着实动了一番脑筋。

彼时韦应物就任苏州刺史，皎然特地乘船前往拜访，为了能让韦大人引为知已，提前做足功课，熟读韦应物的诗作，并模仿其风格写了十数首诗出来，卷成卷儿投递了上去。

没想到韦应物略看几眼，便丢在一边，对皎然极其冷淡地应付几句，就把人打发走了。

皎然大失所望，极不服气。虽然身为高僧，应当“不以物喜，不以己悲”，可那些经文道理都是念给别人听的，到底凡胎肉骨，该要的面子还得要，该争的名声还得争啊。

于是皎然把自己的得意之作翻腾出来，重抄一遍，第二天再次拜会韦应物。这次不说“求点赞”了，客气地改成了“求指正”。

韦应物老大不情愿，但是皎然也是当世名流，这么谦逊地一拜再拜，总不好意思太拒人千里吧，于是勉强接过来又看了两眼。这下子眼可直了，拍着大腿说：“好诗！好诗啊！”且问：“这么好的诗，昨天怎么不拿出来呢？”

皎然不好意思地说：“您是田园山水派的高人，我想着投其所好……”

话没说完就被韦应物打断了：“大师，您想多了！昨天您拿出来的那些诗，风格的确和我相似，可是矫揉造作，徒具形貌而没有神韵；而您自己的诗，风骨卓然，独具一格。若不是有今天的诗洗眼睛，我还以为大师浪得虚名呢。”

皎然听了，既叹服又惭愧。他平生最引以自傲的就是对佛学的修习和对《诗式》的著述，然而听了韦应物的话，却觉得这位红尘中人无论从诗品上还是禅理上，都比自己这位释门诗僧看得通透。

于是宾主尽欢，遂定终生之交。

至于顾况（约730—806后），这当然也是唐朝诗人中大名鼎鼎的人物，同时还是白居易的引路人。

白居易刚进京时，人生地不熟，自然先要“干谒”拜码头。

于是托门求路地，把自己的诗写在名片背面递到了京城名流顾况的府上。

顾况看到“白居易”三个字，不认识，知道又来了一个不知死活的“北漂”，哈哈一笑说：“长安米贵，恐怕白居不易！”

但是翻到背面一看，“离离原上草，一岁一枯荣。野火烧不尽，春风吹又生……”不禁拍案大奇，叹赏说：“好诗啊好诗！能写出如此的诗句，长安可居矣！”

这个故事告诉我们，虽说京城机会多，但是房租贵物价高，要是没有“一岁一枯荣”的才气和“春风吹又生”的生命力，就还是不要问津，早早“逃离北上广”的好。

同时，我们也可以从这个故事中，看出顾况的地位之高，德望之重，而且，显然是位惜才重才、肯提拔后进的好官员。

顾况不但写诗，还擅画，曾有一次自请担任新亭监。有人问他为什么选这么小的官？他说：我只是为了要画海中的山屿而已。

这举动，和王绩为了喝酒而去做太乐丞相似，但看上去动机似乎还更高尚点。

而他的另一个举动，则和“榜前贴榜”的王翰相似，就是将朝中群臣按相貌举止性情品行分为十二属相。属龙的自然高兴，牛马臣子也一笑置之，但是那些猪狗同僚就恨不得要把他给切碎了。

顾况最为人熟知的，还是他的艳遇——“红叶传诗”的故事。

时间回溯到天宝年间，有一天诗人顾况从洛阳宫外经过，看到从宫中流出的小溪中一片红叶载浮载沉，随手拾起，竟然发现背后有字，乃是一首诗：

一入深宫里，年年不见春。
聊题一片叶，寄与有情人。

这显然是一个寂寞的宫女写下的，虽然经了风沉水漂，但上面依稀还有脂粉香呢。顾况可是一位怜香惜玉才高八斗的文艺青年，看到美女的诗岂有不和之理？遂立刻蹿进小树林选了一片最红最大的枫叶，在上面写下一首诗：

花落深宫莺亦悲，上阳宫女断肠时。
帝城不禁东流水，叶上题诗欲寄谁？

写完之后，特地沿溪而上，来到宫外流水的上游将红叶投入。然后就早早晚晚地坐在下游等待。没想到这漂流瓶还真有了回音，他再次收到了宫女的诗：

一叶题诗出禁城，谁人酬和独含情？
自嗟不及波中叶，荡漾乘春取次行。

好诗啊好诗！顾况兴奋得手舞足蹈。既然是宫女，想来相貌不会太差，年龄不会太老，还有如此才思，简直梦中佳人啊！

从此之后，这红叶传情的两个人就有了属于他们二人独有的爱情密码，水上传音，“网恋”得一塌糊涂。

不久，安史之乱爆发——这百年来诗人的故事，谁也逃不过这场战乱，不知改变了多少诗人的命运。

然而对于顾况来说，这场烽烟，倒是因祸得福的好事。

原来，洛阳兵败，宫门大开，宫女们四散出逃时，顾况特地到宫门外等候，竟然真的找到了那位红叶女。

难为两个人郎有才，女有貌，并没有像一般网恋那样见光死，竟然得偕连理，白头到老。真是一段普大喜奔的完美佳话。

这段故事被记述在了《本事诗》里。

在同一篇传奇中，还记录了一个类似的“衣上题诗”的故事：

开元中，皇家颁赐边军冬衣。有兵士在短袍中发现了一首诗：

> 沙场征戍客，寒苦若为眠。
> 战袍经手作，知落阿谁边？
> 蓄意多添线，含情更著绵。
> 今生已过也，重结后身缘。

这首诗显然出自一位宫女之手。士兵将诗呈于元帅，元帅又交还宫廷。唐玄宗遍示六宫，且说：“吾不罪汝。”于是有宫人自首。唐玄宗果然没有责怪她，且说：“何必重结后身缘？我与汝结今身缘。”遂将她赐嫁给了那个士兵。

又一个关于幸福的故事。

不过，幸福的人儿也有不幸的时候，且说顾况一生还算得上顺遂，可是老了老了，却在七十岁时遭受了今生最大的打击——

儿子死了。

老来丧子，人生至痛。顾况痛不欲生，时常徘徊庭中，苦苦低吟：

> 老人丧其子，日暮泣成血。
>
> 老人年七十，不作多时别。

顾况这年已经七十了，可是没有多久，却又生了一个儿子，取名“非熊”。

这顾非熊生来是个哑巴，六七岁了还不会讲话。哥哥们经常捉弄他。

这天许是把哑巴欺负急了，小非熊忽然开口说话：“我本来应该是你们的哥哥，你们怎么可以欺负我呢？”

一旦开口说话，小非熊就再也止不住了，滔滔不绝地说自己本来就是顾况的儿子，死后灵魂徘徊庭院不忍去，听到老父的吟诵声，暗暗发誓：我还要做你的儿子！于是再度投胎做了顾家子。

众人皆以为奇，于是拿各种八卦考他，非熊都对答如流。大家这才信了。

顾非熊后来写过很多诗，读书也不错，但没有什么太大的成就。

他有个也不算特别有名的朋友叫段成式（约803—863），写过一本算不得特别著名的笔记《酉阳杂俎》，记载了这个故事的始末，说是顾非熊亲口告诉他的。可信度应该是很高的。

他还有个挺有名的朋友叫项斯，就是“说项”一词的主角，曾经写过一首《送顾非熊及第归茅山》，诗中说“吟诗三十载，成此一名难”。

可见顾非熊曾经中进士，但是登科时年纪已经不小了。

关于“说项”一词的来历，也是因为“干谒”。

项斯为了在考试前增加知名度，就向三代为官的杨敬之“行卷”。杨敬之看了他的诗，也如顾况之于白居易般，赞不绝口，遂写了一首《赠项斯》帮他造势：

几度见诗诗总好，及观标格过于诗。
平生不解藏人善，到处逢人说项斯。

这首诗是说几次看到项斯的诗，已经觉得很好了。及看到项斯的人，更觉得风度高格。我是个看到别人好处就要大声宣扬的人，所以逢人便要夸说项斯的好。

如此，项斯声名大振，第二年春闱果然一举及第。而“说项”这个词，也就从此传开了。

那些桃花那些柳

一

中唐的浪漫，从一片流出御沟的红叶开始。

自从顾况与宫女的红叶传情在使诗人落魄的安史之乱中成了唯一的亮色后，中唐诗人便开始了浪漫的征程，纷纷种下无数灼灼的桃花，比盛唐更香艳，更缠绵。

我要讲的第一个故事，叫作“章台柳”。

诗人韩翃（音hóng），也有版本作韩翊（音yì），位列“大历十才子”之一，姓名不确定，生卒年月也不详，但是中举的时间却记录在册，明明白白，乃是天宝十三载（754），还没等到选官就发生了安史之乱，运气也是够差的。

好在官场失意，情场得意。韩翃滞留长安时，曾往李王孙家赴宴，对一位才貌双全的歌姬柳摇金十分倾慕。李生也很大方，便将柳摇金送给了韩翃。

柳摇金不仅能歌善舞，容貌秀美，而且举止娴雅，通晓翰墨。有这样的美人红尘做伴，也足可安慰韩郎那不羁的浮云游子心了。

两京沦陷后，韩翃入淄州节度使侯希逸府上为书记，因战乱不便携眷前往，只好与柳氏暂时分别。柳氏为避兵祸，寄居法灵寺中。

肃宗收复长安后，韩翃派人往京中探访柳氏消息，又怕她已经改节另嫁，所以在寄赠一囊碎金外另附了一首词：

章台柳，章台柳，昔日青青今在否？
纵使长条似旧垂，也应攀折他人手。

章台是战国时宫殿名，此处代指长安。意思是，亲爱的柳氏，你在长安还好吗？许久不见，想你花容月貌，即使依然娇艳，也只怕另许他人了吧？

请注意，这时的章台柳应该是没有任何贬义的。但是因为汉代时长安有章台街，是妓院集中地，所以名声很是不雅。

比如以画眉闻名的张敞，曾为京兆尹，有时下了朝，为抄近路，骑马经过章台街。虽然会让吏卒赶马，自己以手挡脸过市，但仍然因为“走马章台”而为人诟病，甚至被上奏弹劾。可见公务员们谈章台色变，避之唯恐不及。

尤其到了唐朝时，章台几乎已经成了红灯区的代名词。

以狎妓为乐的李白，就曾在诗中写道：“夫子红颜我少年，章台走马著金鞭。”

韩翃的《少年行》一诗中，也曾有“鸣鞭晓出章台路，叶叶春衣杨柳风”的句子，可见他曾经少年轻狂，颇多流连章台之事，所以想到长安，本能地就用章台来替代了。

但是这样称呼自己的心上人是非常不妥当的，属于典型的乱用修辞，简直脑子短路。如果柳氏不给他戴一打绿帽子简直都对不起他。

也就难怪一语成谶，有了后来的诸多波折。

柳氏接到信后，知道夫君在为自己的安危担心，还送来金子，固然欢喜；可是看到他这样不放心自己，又觉难过，遂依谱填词，答赠了一首：

杨柳枝，芳菲节，所恨年年赠离别。
一叶随风忽报秋，纵使君来岂堪折！

这两首词用的是同一个词牌“杨柳枝”，格式声调完全一致。

这首词的意思说生而姓柳，纵使在最好的时节，也是专门用来折枝赠别的，注定薄命。如今正是动荡之秋，柳叶已老，你再不归来，就连折取也是不屑的了。

要说这两首《章台柳》真是不祥。韩翃平白无故地担心老婆红杏出墙，柳氏将错就错地抱怨无人堪折。结果怕什么来什么，寄诗的时候柳氏还好好的，可是回信不久，就被番将沙吒利劫走了，纳为宠妾。

原来，唐肃宗为了早克京都，曾向回纥借兵，并约定“克城之日，土地士庶归唐，金帛子女皆归回纥”。

因此复城之日，对于朝廷来说自是天大的喜事，但对于百姓来说却未必如此。回纥兵横行无忌，烧杀掳掠，比叛军尤甚。真是“兴，百姓苦；亡，百姓苦”。柳氏，也就是在这种情况下被沙吒利劫走的。

过了一年，韩翃随侯希逸入觐京师，急吼吼赶到法灵寺时，方知“佳人已属沙吒利”，不禁失魂落魄。

这一日，韩翃忧伤地踟蹰在长安闹市中，冠盖满京华，斯人独憔悴。正失神，忽然听到耳边传来一声低低的呼唤：“那不是韩郎么？”

蓦然回首，那人却在，香车纱帘后。韩翃伫立街头，柳氏挑帘相望，两人四目交投，擦身而过，百感交集，恍如隔世，千言万语，无法交谈。

经过的瞬间，柳氏匆匆丢下一个装了口脂的小金盒，也丢下了自己昔日的芬芳。

韩翃上街本是去赴一位将军的酒宴的，如今捧着这只伤心的脂盒，闻着佳人熟悉的芬芳，越想越伤心，三杯闷酒下肚，不禁流下泪来。

座中人无不诧异，自然问起缘故，韩翃乘着酒意，也就和盘托出。座中有一位小将名许俊，听说后十分义愤，拍案而起说：“天下哪有这样的事情？韩兄莫急，我这就请夫人来与你相会。”

说罢，许俊乘醉上马，一路扬鞭来到沙吒利府上。也合该他成事，那天番将恰好不在家，于是许俊临时打定主意，从明抢改为巧夺，传令说：“哪位是柳夫人？将军命我接夫人赴宴。”

柳氏因为能歌善舞，又颇通文墨，经常陪番将赴宴，所以众人也都不以为意，哪里想过要问是哪位将军接柳氏赴宴呢？

要说那许俊还真是没撒谎，真真儿地就将柳氏接到了将军的宴会上，交给了韩翃。

举座惊叹之余，却又怕起事来，担心惹怒番将，违背了肃宗与回纥的约定，破坏民族关系，纷纷去向侯希逸请罪。

不料老侯豪气干云，竟抚髯大赞说：“小许英雄仁义啊！颇有我当年风范。我要是年轻几岁，也这么干！”遂写了一封折子向皇上表奏，极说韩翃夫妻恩爱，沙吒利夺人之妻，有错在先。

唐代宗阅后，亲笔御批，将柳氏判归韩翃，又赏了沙吒利许多银两绢匹以作安慰，拿钱摆平了。

这个故事的始本，记录在《太平广记》的《柳氏传》中。唐传奇喜欢以真人真事入传，即使虚构，也都多有所本，所以这个故事还是可信的，而且影响深远。

晚唐时，曾写过“太宗皇帝真长策，赚得英雄尽白头”的诗人赵嘏有位爱妾，在中元节看花时被一位不知名的浙帅抢去。赵嘏写了一首诗寄给那军阀，便是用了柳氏的典故：

寂寞堂前日又曛，阳台去作不归云。

当时闻说沙吒利，今日青娥属使君。

事情发生时赵嘏正在京中赶考，写这首诗时已经中了进士。军阀听说赵嘏及第，不知道他将来会做多大的官，反正美人已经享用过了，犯不着结怨，便把美人送还了赵嘏，且派人敲锣打鼓地将其送往长安。

赵嘏接信后，特地出关远迎，二人于横水驿马上相逢。姬因抱嘏痛哭，竟然一恸而亡，遂就地葬于横水之滨。

这个故事在《唐摭言》《唐才子传》中都有记载，且说姬去后，“嘏思慕不已，临终目有所见，时方四十余”。

“临终目有所见”是怎么回事呢？原来赵嘏眇一目。同科状元施肩吾与其不睦，以与其同年为耻，就曾吟诗讽刺：“二十九人同及第，五十七只眼看花。”

说这年同科及第的共计29位进士，原本应该58只眼，不过赵嘏只有一只眼睛，所以加起来是57只眼。施肩吾此诗可谓刻薄之至。

不过以前常听说有人因为伤心哭瞎了眼睛的，而美姬是痛哭而死，赵嘏竟然因为伤心而渐渐治好了眼疾，真够传奇的。莫非是那美女死后精魂不散，化为了他另一只眼睛吗？

果然如此，倒真是浪漫之至。

赵嘏最有名的诗句乃是“残星几点雁横塞，长笛一声人倚楼”，故而又称“赵倚楼”。传说他的名诗《江楼感旧》，就是为纪念爱妾而写：

独上江楼思渺然，月光如水水如天。
同来望月人何处？风景依稀似去年。

说回韩翃。

韩翃虽然生卒年月不详，但是从他的经历可知，至少历经了四朝皇帝：首先他中举是在唐玄宗的天宝年间，安史之乱中肃宗继位，而成全了他婚姻的是唐代宗。

直到这时，韩翃都还是一个寂寂无名的幕僚，直到唐德宗时，他终于得到了重用。

关于他的平步青云，还有一个小故事。

因为宫中缺少制诏（起草皇帝文告命令的人），中书省提了几个人选上来，德宗都没批，御笔钦点：用韩翃。

恰好当时有两个同名同姓的韩翃，另一位还是江淮刺史。

中书省便把两人的资料一起报了上来，德宗并不审阅，只轻轻吟起一首诗：

> 春城无处不飞花，寒食东风御柳斜。
> 日暮汉宫传蜡烛，轻烟散入五侯家。

中书省这才知道，原来是这个作诗的韩翃啊。

这首《寒食》非常著名，字面浅白易懂，然而意韵无穷，角度独特，写尽长安城中寒食特色。

诗的大意是：春天的都城东风骀荡，处处飞花，正值寒食节日，举城禁火。傍晚时，汉宫赏赐蜡烛，送往王公近臣之家，袅袅轻烟飘散，代表着王侯的无上地位。

以汉代唐，是唐诗的一个习惯笔法，我们已经很熟悉了。这里要特别解释的，是关于“寒食节”的典故和“传蜡烛”的习俗。

时间要远溯到春秋时期，因晋国内乱，公子重耳被迫流亡十九年，风餐露宿，百折不挠，历尽艰辛苦辱，最终在秦国帮助下返晋称帝，史称晋文公。登基后，仅用了四年时间，便成为春秋五霸的第二霸，开创了晋国百年霸业。

在他流亡过程中，有一位叫介子推的随行贤士，曾立下汗马功劳，甚至“割股奉君”，就是在重耳病饿昏死的时候，割下自己大腿上的肉和野菜一起熬汤为他补充体力元气。

但是重耳返晋后，“未尽行赏”便出兵伐敌，封赏之际竟然忘了介子推。而介子推也功成身退，携老母隐居绵山，从此远离了朝廷。

有邻人替介子推抱不平，便写了一首打油诗张贴在城门上。重耳惊觉自己的忘恩负义，连忙派人寻找介子推，然而绵山如此之大，何处寻得?

重耳寻人心切，竟然命人三面烧山，单留一面等介子推出现，谁知竟然将介子推母子烧死在山中。重耳铸成大错，抚尸痛哭，遂将介子推葬于绵山，修祠立庙，并下令从此在这一天禁火寒食，以寄哀思。这就是“寒食节”的由来。

从此，中土人们在这一天冷食、祭祀、踏青，以此纪念介子推。韦应物也有一首诗写《寒食寄京师诸弟》中有：“雨中禁火空斋冷，江上流莺独坐听。”便是描写此民俗。

但是民间禁火，皇宫却是可以点蜡烛的，而且还可以赏赐亲近的王公近臣，这就是“日暮汉宫传蜡烛，轻烟散入五侯家”的缘故了。

清朝汤若望修历法，将寒食节定在清明前一天，现代二十四节气沿袭此规。

清朝大诗人王士祯有诗云：“江乡春事最堪怜，寒食清明欲禁烟。”可见到清朝时寒食节仍然沿袭禁烟冷食之俗，却不知道是从什么时候废除的。

二

和韩翃一样，因为唐传奇《太平广记》而闻名的诗人还有一位，叫作李益（约750—约830）。不过这个故事，可就没有那么皆大欢喜了。

事见唐人蒋防的传奇小说《霍小玉传》。

李益被收入中学课本的诗是《夜上受降城闻笛》：

回乐峰前沙似雪，受降城外月如霜。
不知何处吹芦管，一夜征人尽望乡。

回乐峰和受降城都是地名，代指边塞。

前两句写了塞外沙漠无垠，月下清冷如霜雪，有种寒寂之感。

在这一片空茫天地间，忽然远远传来吹芦笛的声音，大概是乡音吧，顿时把所有战士的思乡之情都挑逗了起来。

这四句诗中从景物到声音，再到情绪，自下而上，由近及远，从城外的沙漠到头顶的明月，从眼前的军营到遥远的家乡，一缕笛音，袅袅不绝。

这首诗一经传出，广为传诵。《唐诗纪事》说这首诗曾被度曲入画；刘禹锡诗中提及李益时，以“边月空悲芦管秋”来代替。可见这首诗流传之广，确是中唐绝句中的上乘之作。

除了这首诗外，李益还有一首曾被谱曲传唱的名作为《江南词》：

嫁得瞿塘贾，朝朝误妾期。
早知潮有信，嫁与弄潮儿。

瞿塘贾，指在长江上游一带做买卖的商人。瞿塘，指瞿塘峡，长江三峡之一。贾，商人。

弄潮儿，指潮水上涨时戏水的人，或指靠水吃饭的人。

这首诗极其轻巧灵动，兼具乐府民歌的明白如话和唐朝格律诗的韵律和谐。以潮水比喻人心，说嫁给弄潮之人，还至少会随着潮信得知他的行踪，然而嫁与商人，则只能独守空闺，夜夜空盼。真是非常漂亮的比喻和对比手法，只不知是不是夫子自道。

因为李益自己，就是一个失信负心的典型。

李益于大历四年（769）进士及第，年仅20岁，堪称少年才俊。

他与霍小玉的相识，发生于及第之后，选官之前，脂粉之地，烟花之所。

霍小玉本是霍王的小女儿，母亲是府上的婢女。霍王死后，母女俩被赶出王府，无以为生，沦为娼妓。遇到李益时，小玉年方十六，明眸皓齿，娇声低语："开帘风动竹，疑是故人来。"

这正是李益的诗作。两人郎才女貌，一见倾心。接下来的情节不用说都知道了，无非指天誓海，软玉温香，不尽缠绵之意。

一日，小玉流泪说："妾本倡家，自知难为佳配。今以色爱，托其仁贤。但虑一旦色衰，恩移情替，使女萝无托，秋扇见捐，极欢之际，不觉悲至。"

李益听了，立刻索素缣立誓，引谕山河，指诚日月，句句恳切，闻之动人。小玉自以为终身有托，将素缣珍藏匣内，自此两人更加恩爱。

次年春天，李益参加制举考试，得授郑县主簿。

临别时，小玉对李益说："以君才地名声，一定有很多人家争着与你结亲，况你上有高堂，严命难违，我也知道所谓盟约之言，不过都是虚话罢了。但我只有一个心愿，望你答应我。"

李益忙问："你有何愿，我决无不应。"

小玉说："我今年18岁，郎君22岁，离三十而立还有八年。

我只望求你能再给我八年时间，容我在年华最好的时候陪伴于你，然后再另选名门贤妻，到那时我剪发披缁，遁入空门，此生无憾。”

李益指天发誓说：“我从前说的话都是假的吗？你放心，我到任上稍作打点，最晚八月，必遣人来接你，我们很快就会见面的。”

然而李益到任不久，回洛阳省亲，听从太夫人意思，很快就娶了名门卢家的小姐为妻，并且从此绝了和霍小玉的联系，来信不回，约见不理。

霍小玉听说了李郎负心的消息，又伤心又委屈，忧思成疾，渐至枯槁。

章台柳的故事里有一位侠客许俊前往番府绑架柳氏，霍小玉的故事里也有一位侠客，没有名字，就叫黄衫客。“衣轻黄纻衫，挟弓弹，风神俊美，衣服卿华。”听说了这件事后，一时打抱不平，竟然将李益绑了就走，带至霍小玉家中，报称：“李十郎至矣。”

霍小玉已是油尽灯枯，手握李益臂叹道：“李君李君，今当永诀！我死之后，必为厉鬼，使君妻妾，终日不安！”说罢掷杯于地，长恸号哭数声而绝。

此后，李益连续娶妻休妻三回，终生婚姻不谐。

这个霍小玉的故事听起来很有几分聊斋意味，不过小说作者蒋防虽然比李益小四十岁，却只比李益晚死五年，小说写成的时候，李益还活着，且高居尚书之位。所以蒋防造谣的可能性应该不大。

蒋防为翰林学士，善诗文，但是作品中最著名的，却是这部《霍小玉传》。明代文学家胡应麟推为“唐人最精彩动人之传奇”。明代戏剧家汤显祖的“临川四梦”之一《紫钗记》，就是以此为素材的。

最有趣的是，明朝还有一位叫陈季同的作家，竟以《霍小玉传》为蓝本，写了一部法语长篇小说《黄衫客传奇》，1890年在巴黎出版，1900年被译成意大利文在罗马出版。这是第一部中国人用西方语言创作的长篇小说，实在是太牛了。

遂有人题诗赞叹霍小玉：

一代名花付落茵，痴心枉自恋诗人。
何如嫁与黄衫客，白马芳郊共踏春。

李益劝人嫁与弄潮儿好过嫁商贾，而后人则劝霍小玉嫁黄衫客好过嫁诗人，真是“且看剃头者，人亦剃其头”。

一个色若春花的女子，爱自己爱到绝命，这给李益造成的情感打击也必不小。

他有一首情诗极其缠绵，是我最喜欢的七绝之一，不知道是不是写给霍小玉的：

写　情

水纹珍簟思悠悠，千里佳期一夕休。
从此无心爱良夜，任他明月下西楼。

多少是因为《霍小玉传》的影响，李益在唐朝时名声一向不好，私生活方面尤其为人诟病。他自己喜新厌旧始乱终弃，还总是担心老婆失节。《唐才子传》说："益少有僻疾，多猜忌，防闲妻妾，过为苛酷，有散灰扃户之谈，时称为'妒痴尚书李十郎'。"——锁上门户，在门里门外撒上煤灰，这样子，如果老婆出门，或者奸夫进门，都会留下脚印来——这是谍战剧《潜伏》里余则成做地下工作时用的招数啊，原来鼻祖竟是唐才子李益。

《旧唐书》的记载更加离谱，说李益每次出门前要把妻子脱光了绑起来，盖在澡盆下面，周围再贴上封条，实在变态得可以。

"我死之后，必为厉鬼，使君妻妾，终日不安。"

难道，是霍小玉的诅咒真的灵验了吗？

三

我一直觉得戎昱是个被大多数人忽略的好诗人。

他是杜甫的忘年交，中唐前期比较注重反映现实的诗人之一，"新乐府运动"的先驱。

他的名字罕有人知，诗作也没有一首特别著名的，既没选入中学课本，也不会被当成儿歌传唱，但是明明写得非常不错，这真是一件奇怪的事情。

其实，在中唐时他还是很有名的，连宪宗皇帝都知道他的诗。

彼时北狄扰境，大臣们奏议和亲，宪宗李纯就背诵了一首戎昱的《咏史》，并且说：“此人若在，就给他封个郎州刺史。”

大臣们听了诗文，立刻明白了皇上的意思，就再不敢多话了。

且看这首诗：

> 汉家青史上，计拙是和亲。
> 社稷依明主，安危托妇人。
> 岂能将玉貌，便拟静胡尘。
> 地下千年骨，谁为辅佐臣。

咏史之诗，最重要是有所议论，发前人所不能发。

正如薛宝钗所说：“做诗不论何题，只要善翻古人之意。若要随人脚踪走去，纵使字句精工，已落第二义，究竟算不得好诗。即如前人所咏昭君之诗甚多，有悲挽昭君的，有怨恨延寿的，又有讥汉帝不能使画工图貌贤臣而画美人的，纷纷不一。后来王荆公复有‘意态由来画不成，当时枉杀毛延寿’；永叔有‘耳目所见尚如此，万里安能制夷狄’。二诗俱能各出己见，不与人同。”

这段话堪称咏史诗创作指南。而戎昱的这首诗，虽未特指昭君和番，却也一样说的是女子和亲事，正应了宝钗之语，作诗人须得翻古人之意，否则便算不得好诗。

我们来看看戎昱这首诗是否翻新古人之意。

先看首联，开门见山，明确提出在汉代历史上，和亲是最低等的外交手段。

颔联进一步说明，江山社稷的治理应当依靠英明的皇帝，而和亲政策却是把国家安危寄托在一个女人身上，何等软弱可笑。

颈联以反问句更加辛辣地指出，怎么能指望借用女色来扫平胡虏，乞求安宁呢？

尾联以历史的名义厉声责问：是谁制定了这些政策，如此计拙，难道算得上是辅佐皇帝的忠臣吗？

安史之乱后，朝政动荡，藩镇割据，边患严重。唐肃宗李亨、代宗李豫、德宗李适，都为了求和而先后采取过和亲政策来绥边，但是边境滋扰不断，从未停止。

戎昱借古讽今，视和亲为国耻，遂写下这首诗。

大约他自己也没想到，在他死后多年，因为这首诗而阻止了一次新的和亲朝议，救下了一位差点被送到边塞的可怜公主。

如果那位和亲人选知道自己得免流配是因为戎昱的一首诗，会不会穿越时光爱上他？

戎昱不但诗写得好，据说长得也好，风流潇洒，器宇不凡。京兆尹李銮想把女儿嫁给他，但是嫌他的姓氏不好，容易让人联想到犬戎之意，提出让戎昱改个姓。

戎昱听说后，便写了一首诗答他，感谢李銮的赏识，但决不肯为婚事易姓。一不小心，这首拒婚诗的颈联成了名句，流传一时：

山上青松陌上尘，云泥岂合得相亲。
举世尽嫌良马瘦，唯君不弃卧龙贫。
千金未必能移性，一诺从来许杀身。
莫道书生无感激，寸心还是报恩人。

“一诺从来许杀身”用的是侯嬴重诺的故事，前面我们讲魏徵诗“季布无二诺，侯嬴重一言”时说过的。

这首诗是说，我是个重承诺的人，当然也重视祖宗所给的名姓，千金不能易姓。这并非是因为我不懂感恩，只是贵千金如山上青松，我只不过是陌上尘土，身份贵贱有别如云壤，尽管您不嫌弃我贫贱，但毕竟门不当户不对，不是一门好亲事。

这首诗有两层意思，一则虽然拒婚但不肯得罪人，所以盛赞对方门第；二则表面自惭形秽，却又骄傲地自称卧龙，对于自己的才情品行都是很自负的。

要我说李大人既然看中戎昱才华，却为了一个姓氏问题坐失良姻，也是小气了。

像戎昱这样有文采又长得好的英俊小生，自然是有些风流事的。

他在浙西节度使韩滉的幕府任刺史时，曾与郡中一位色艺双全的侍酒女相好。但是浙西府管歌舞的乐官听说了这位酒家女的美名，就向韩滉建议，把她召进府纳为军伎。戎昱不敢强留，就写了首歌词给女子，说等会儿湖上侍宴，你就唱这首歌，必能自保。

女子到了宴上，果然韩滉命她唱歌助酒。于是女子唱道：

移家别湖上亭

好是春风湖上亭，柳条藤蔓系离情。
黄莺久住浑相识，欲别频啼四五声。

一曲既终，两行清泪长流。韩滉惊问：“这歌词，是戎使君写给你的吧？”

女子答是。韩滉立即命女子下去更衣，并对乐官说：“这是戎使君钟情的女子，你怎么能召入府中，坏我名声？”打了十棍以示惩罚。又送了女子百匹素缣，令其自便。

戎昱的一首诗，再次改变了一个女子的命运。

从上面的三首诗，我们已经足可看出戎昱的诗作风格多样，兼有雄放、哀婉、清新的特色。为了替他的寂寂无名抱不平，最后再附录三首：

塞下曲

汉将归来虏塞空，旌旗初下玉关东。
高蹄战马三千匹，落日平原秋草中。

途中寄李二

杨柳含烟灞岸春，年年攀折为行人。
好风若借低枝便，莫遣青丝扫路尘。

出　军

龙绕旌竿兽满旗，翻营乍似雪中移。
中军一队三千骑，尽是并州游侠儿。

四

说到中唐浪漫故事，压轴上场的必须是最著名的，叫作“人面桃花”。

男主角崔护，是绝对的单片歌手，只靠一首诗成名，就是这首《题都城南庄》：

> 去年今日此门中，人面桃花相映红。
> 人面不知何处去，桃花依旧笑春风。

崔护，贞元十二年（796）进士及第，也是位少年得志的，后来官至京兆尹、御史大夫、广南节度使，属于诗人中事业爱情双丰收的那种。《全唐诗》中存诗六首，唯有这首桃花诗最为著名，用一个“人面不闻，桃花依旧”的对比，来真切地表达了“物是人非”的人生常态，道出了千万人似曾相识的心声，因此脍炙人口，流传千古。

更何况，这首诗后面还有一个动人的故事呢！

故事发生在清明时分，非但没有淫雨霏霏，反而鸟语花香，春光宜人。于是诗人远郊踏青，来到城南山村闲游，因为口渴，就敲开一户农家小院讨水喝。

艳遇，就这么不期然地发生了！

小院门口一株大桃树，而院门打开，树下的少女竟比桃花犹娇，对着诗人看呆了的眼睛含羞一笑，轻问：“公子何事？”

崔护忙收敛心神，道明来意。少女微微点头，转身回屋端出一盏茶来，含笑送上。崔护啜着香茗，心头打叠了一万个念头，然而素昧平生，怕人家误会自己是登徒子，到底不好意思说出口来。

这只是一次美丽的邂逅，崔护回家后继续寒窗苦读，渐渐也就将这件事忘了。

然而时隔一年，桃花再开时，他却忽然想起了那个桃花树下捧茗浅笑的山村少女，越想就越心热，再也忍不住，终于再次拄杖前往。

重新回到那熟悉的农家，桃花灼灼，门扉紧闭，敲了半天也没人应。那门内的女子呢？是不在家，还是已经出嫁？

崔护惆怅不已，遂在院墙上题下这首《题都城南庄》，落款：博陵崔护。

要注意，这“博陵崔护”四个字可不是白写的。

中原自古重门第，魏晋时期“九品中正制”施行后，高门大户的观念尤重。李唐立国后，曾下令重修氏族制来抬高李姓地位，但是时人根本不买账。

从《新唐书》可知，北朝以来，世人最瞩目的高门大姓为“五姓七族”：博陵、清河两地的崔姓，范阳卢氏，陇西和赵郡的李姓，荥阳郑氏，太原王氏。

因此观念，与五姓结亲成为唐代文人婚姻的最高理想。《隋唐嘉话》载，初唐宰相薛元超曾感慨：“吾不才，富贵过分，然平生有三恨：始不以进士擢第，不得娶五姓女，不得修国史。”

未能娶五姓之女，竟和中举取士、得修国史相提并论，可见对一生清名影响之巨。

这崔护题了“博陵”二字，自重身份，显然出自名门，乃五姓之首。

那桃花人家的少女乳名绛娘，去年见过崔护一面后，原本对他念念不忘，但也只当作萍水相逢，不敢多作他想。谁知道隔了一年，崔护又来了，还题了那首诗。偏偏，那天绛娘合家去山上扫墓，竟然失之交臂。回来看了院门题诗，知道是去年讨茶的书生所题，原来他叫崔护，乃是博陵崔氏。这样高贵，这样才俊，多好的一个如意郎君啊；最难得的，是原来他心里也是有着自己的，特地前来相会，却偏偏错过，一生心事，尽付东水，何其憾也？

绛娘越想越痛，一口血喷出，从此病倒。

如果从此没了下文，那么诗人就成了少女的催命符，少女也成了诗人心口永远的朱砂痣，床前夜夜的白月光。

但是幸好啊幸好，崔护朝思暮想，终究不甘心就这样从此云水天涯，过了几天，再次去了山庄，想着好歹问个清楚，结缘也好，死心也好，总要有个明确答案。

没想到，刚走到院门前，就听到里面传出哭声，还夹杂着老妇人的絮语："女儿啊，你死得好惨哪！"

崔护大惊，夺门而入，询问："请问死者何人？"

只见一翁一妪正抱着一位少女痛哭，听见崔护声音，回头问："你是何人？干吗闯到我家来？"

崔护讷讷："小生崔护，博陵人，去年清明曾在府上叨扰了一盏茶，与令千金有一面之缘……"

话未说完，老妇哭得更惨了："你就是博陵崔护？你可把我女儿害惨了！"

崔护这才知道，绛娘自从清明回来见了诗，吐血病倒，水米不进，今已七日，眼看是活不了了。

老夫妻也曾想过寻访崔护下落，可是博陵路远，朱门难进，哪里想到他正在京城备考。所以只当今生无缘，徒呼奈何。

谁想到崔护竟然又上门来了！

崔护听到绛娘竟如此深情，忙上前轻唤：“绛娘，绛娘，我是崔护！”

如此三声，本已气绝的绛娘竟然缓缓睁开眼来，微微地问：“果然是崔郎来了吗？”

后面的故事不用说了，自然是才子佳人，花好月圆。

最后，让我们用这个温暖的故事来祝福天下有情人，终成眷属；但愿世间鸳鸯侣，都偕白头。

同人不同命的大历十才子

一

中唐诗坛绕不开一个重要组合：大历十才子。

这指的是活跃于唐代宗大历年间的一个诗歌群体，其共同特点是偏重诗歌形式技巧。最早见于姚合的《极玄集》：“李端，字正己，赵郡人，大历五年进士。与卢纶、吉中孚、韩翃、钱起、司空曙、苗发、崔峒、耿湋（音wéi）、夏侯审唱和，号十才子。”

他们并不是一个组织或诗社，但交往密切，彼此唱和，遂并称。其诗歌主题多为吟咏山水、称道隐逸，以谢朓、王维为宗，秉承山水田园派风格，善写自然景物及乡情旅思。诗多五言近体，格律规整、字句精工，虽往往失于雕琢，但不乏警句名联。

“诗僧”皎然曾在《诗式》中评价：“大历中词人，窃占青山、白云、春风、芳草等为己有。”可见一斑。

卢纶（约739—约799），被清代王士祯称为“大历十才子之冠冕”。

之前我们在讲解盛唐边塞诗人时曾经提过他，就是那位写

“大雪满弓刀”引得数学家大玩逻辑推理的诗人卢纶。他共写过六首《塞下曲》，收入中学课本而更为大众熟知的是这组诗中的第二首：

林暗草惊风，将军夜引弓。
平明寻白羽，没在石棱中。

这是《史记》中记载过的一段故事，专门夸赞李广近乎神话的射艺的。

据说李广将军有一次打猎回来，远远看见草丛中卧着一只老虎，于是用力一箭射去。

因为天黑，又急着回营，便也不管结果如何，带着士兵匆匆离去。

第二天想起这件事来，觉得不对劲，于是又去原地查探，才发现那是一块石头，而自己的箭深深地没在了石头缝里。

一箭竟能射入石头，这是多大的臂力啊！

短短二十个字，起承转合，时间、地点、人物，事件的发生、发展、结果，作文六要素记叙得清楚明白，像一篇精彩的新闻报道，让我们不能不佩服诗人高度概括事件和驾驭文字的能力。

同时，也可见李广将军实在是边塞怀古绕不开的话题。从王昌龄的“但使龙城飞将在，不教胡马度阴山”，高适的“君不见沙场征战苦，至今犹忆李将军”，到严武的“更催飞将追骄虏，莫遣沙场匹马还”，王维的“卫青不败由天幸，李广无功缘数奇”，都是在拿李广说事儿，就更加让人为李广的“时运不济，命途多舛”而难过了。

而卢纶，却也是一样的命途多舛。

他幼年丧父，家境贫窘，又身体多病，长期寄人篱下，依附舅舅生活，且生逢乱世，平生坎坷。曾在诗中自称："禀命孤且贱，少为病所婴。八岁始读书，四方遂有兵。"

《旧唐书》说他："天宝末举进士，遇乱不第，奉亲避地于鄱阳。"

也就是说，他是考过科举的，但是赶上安史之乱爆发，所以只得放弃举业，且忙着奉养母亲去鄱阳避乱。

在此期间，他曾写下《晚次鄂州》一诗，发出"三湘衰鬓逢秋色，万里归心对月明。旧业已随征战尽，更堪江上鼓鼙声"的感慨，充分表达了身世漂泊前途无望的愤懑。

战乱结束，大历初年，卢纶又回到长安应举，却屡试不第，十分失意。

但是在这期间，他却结交了大批好朋友，与"十才子"同侪们互相唱和，并受到宰相元载、王缙的赏识，步入仕途。

王缙，就是王维的弟弟，举荐卢纶为集贤学士、监察御史，又曾任河南巩县令，也算是过了一段舒心日子。可惜宦海多风波，后来元载、王缙获罪，卢纶也受到牵连，还被拘禁过。

德宗继位后，卢纶重新被起用，曾出使河中任帅府判官。他的军旅边塞诗就是在这时期写下的。这些优秀诗作不但为"大历十才子"其他诗人所难以企及，也使他成为中唐边塞诗派的翘楚，并因此受到德宗重视，官至户部郎中。

卢纶的人生终于崛起了，可惜，他的生命也走到了尽头。

卢纶与同为"大历十才子"的李端非常交好，曾有一首《送李端》广为流传：

故关衰草遍，离别自堪悲。
路出寒云外，人归暮雪时。
少孤为客早，多难识君迟。
掩泪空相向，风尘何处期。

这首诗以“悲”字贯穿全篇。首联一上来就描绘了一幅衰草斜阳的悲凉景象，将送别的氛围塑造得极为凄冷。

颔联进一步点明送别，而且画面感极强：寒云万里，友人李端将沿着这条驿路踏雪而去，渐行渐远，直到消失于重云之外。

寒云暮雪，对仗极工，而气氛极冷，看得人从心里往外发凉。

于是颈联忆旧思今，百感交集，凝为“少孤为客早，多难识君迟”的人生警句。

少为孤儿已经是人生的大不幸了，偏又遇上天宝动乱，历经漂泊，以至于认识你太晚了。一个“早”，一个“迟”，对仗极工而不见雕琢，将自身飘零与时代动荡相结合，感怀伤世，由此及彼，写出了一种时代共性，这是有别于其他送行诗的最大特色。

情绪至此已经推向极致，因此尾联用一句“掩泪空相向”来收束全诗；似乎欲语凝噎，有话未完，故以“风尘何处期”话题一转，问向将来。四两拨千斤，收得了无痕迹，诚为中唐送行诗的代表之作。

二

被卢纶送出“寒云外”，感叹“识君迟”的李端（737—784），当然也是一位牛人。

这不仅是因为卢纶视他为知己，还因为升平公主和驸马郭暧都捧他为明星。

说起来，“大历十才子”的中心人物并不是十位诗人本身，而应该将聚光灯投向两位贵人：郭暧与升平。

郭暧（752—800），是郭子仪的小儿子，14岁就被皇上赐婚，娶了代宗的女儿升平公主（750—810）。

有一出折子戏《满床笏》很出名，说的是郭子仪八十大寿时，七子八婿齐来祝寿，个个显贵，上朝用的牙笏放在床上，摆了满满一床，故称“满床笏”。《红楼梦》中贾母在清虚观打醮，于神前拈戏祝祷，第一本就是这出，比喻满堂富贵。

郭子仪是平定叛乱的一等一的大功臣，功成之后竟能荫及子孙，没有遭遇兔死狗烹之难，也是异数，堪称有福之人！

且说儿子媳妇女儿女婿，还有孙子孙女们黑压压跪拜一堂为郭老令公祝寿之际，升平公主自恃身份不肯跪拜。老公郭暧觉得没面子，于是酒壮怂人胆，趁醉打了公主一巴掌，这就又有了另一折名戏《打金枝》。

戏中说第二天郭子仪绑子上殿，但是唐代宗李豫不但没有治郭暧的罪，还狠狠责骂了公主不懂规矩，不知敬重公公。于是两亲家欢洽如故。

戏归戏，不知真伪。但是在现实中，郭暧和升平这对宝贝也是够能折腾的，夜夜笙歌，最喜宴游雅集，“大历十才子”俱是他们的座上客。

一日为了祝贺郭暧升官，驸马府又大摆筵席，宴请诗家名流。升平公主坐在帘后，传令众人当场赋诗，作得又好又快的，便赐予百缣。

众人顿时埋头苦吟，虽不为赏赐，但是能在同侪中出个风头也是好的。

然而别人刚刚起了个头，李端已经交卷了，乃是一首七言律：

赠郭驸马（郭令公子暧尚
升平公主令于席上成此诗）

青春都尉最风流，二十功成便拜侯。
金距斗鸡过上苑，玉鞭骑马出长楸。
熏香荀令偏怜少，傅粉何郎不解愁。
日暮吹箫杨柳陌，路人遥指凤凰楼。

这首诗谈不到多好，但是才思敏捷，用典恰宜。首联开宗明义，赞美郭暧大器早成；颔联写出他五陵年少般斗鸡走马的俊逸风采；颈联以典入诗，将他比作风流潇洒多才多艺的三国名将荀彧与何晏；尾联描写了时人对他的仰慕。作为即席之作是足够夺魁的了。

众皆叹服，唯有钱起却很不服气。要知道，钱起可是新科进士，被誉为“大历十才子之冠”的，当然不能忍受李端挑战他的权威。因此质疑说：这肯定是李端早就写好了打算在宴会上献给驸马的，不能算。

李端问：那你怎样才能信？

钱起说：这样吧，你以我的姓作为韵脚，重新即席赋诗，如果还能写得这样快，我就服了你。

李端轻轻一笑，提笔吟哦，不久又成一首七言律诗：

方塘似镜草芊芊，初月如钩未上弦。
新开金埒看调马，旧赐铜山许铸钱。
杨柳入楼吹玉笛，芙蓉出水妒花钿。
今朝都尉如相顾，愿脱长裾学少年。

这下子，众人彻底跪了，钱起也老老实实奉上了膝盖。公主一高兴，为了李端诗中“新开金埒（音liè）看调马”一句，当即命人从厩中牵一匹好马来送给李端做赏赐，可谓“名利双收”。

更有趣的是，幸运的李端，在公主府上不但倚仗诗才敏捷“名利双收”，还发生过一则“财色兼收”的佳话。

原来，郭暖府中有个叫镜儿的婢女，容貌艳丽，善于弹筝。李端对她很是喜爱，每次看到她弹筝就凝望出神。镜儿也对李端有情，时常含笑回顾，四目交投，火花乱溅，结果一失神把曲子都弹错了。

众皆愕然，郭暖要罚镜儿，李端赶紧为其说情。郭暖看了李端神色，已经猜到缘故，笑着说：这样吧，你为她写一首求情诗，说得有理，我就饶了她。

李端听了，不慌不忙，满斟了一杯酒，口占一绝《听筝》：

鸣筝金粟柱，素手玉房前。

欲得周郎顾，时时误拂弦。

这又是一个典故。前两句写实，说的是镜儿素手弹筝这件事，平平无奇；后两句却巧妙地借古写今，引用了三国时吴中俊杰周瑜的故事。

雄姿英发风度翩翩的周郎乃是一位精通音乐的儒将，人们弹奏曲调时有任何谬误，他都能一下子听出并加以指正，因此有一句俚语说："曲有误，周郎顾。"

李端以周瑜自喻，说美人为了吸引他的注意，而故意弹错筝曲。既替镜儿解围，又暗中抬高了自己，用典极为巧妙。

这样的风流雅韵，自然博得满堂宾客哄然叫好，郭暧大笑之余，不但将美人相赠，且将席上所有金玉器皿，一股脑儿送给李端，作为镜儿的陪嫁，真是赚大发了。

不过，李端也不算吹牛，因为他确实精通音律。后来辞官隐居，便以弹琴和阅读《周易》自娱度过了晚年。

三

曾经质疑李端作弊的钱起，是"大历十才子"中的考场幸运儿。

科举不第是唐朝才子们心中共同的痛，钱起也一样，初试落第的悲剧让他压力山大，以至于再次赴考的前夜，紧张得翻来覆去睡不着。

正在煎熬中，忽然听到窗外有弹琴声，还有一个女子幽怨地唱歌。歌声缥缈空灵，反反复复只有两句："曲终人不见，江上数峰青。”

这两句魔音一般在钱起的耳边徘徊了很久。第二天头昏脑涨地去考场，卷子发下来一看，题目竟是《湘灵鼓瑟》。

钱起大吃一惊，心中暗呼：天助我也！

“湘灵鼓瑟”是个什么故事呢？就是大家比较熟悉的娥皇、女英二妃，她俩是亲姐妹，尧帝的女儿，一起嫁给了舜。

舜帝晚年时巡察南方，在一个叫作“苍梧”的地方染病去世。娥皇和女英闻讯前往，抚竹痛哭，眼泪洒在竹子上，竟成“斑竹”。哭祭之后，二人投入湘江，以死殉情。世称“湘妃”或“湘夫人”。

这也是林黛玉雅号“潇湘妃子”的来历。

钱起看到题目才明白，原来昨晚听到的，就是湘妃的哭声，因此提笔写成一律：

善鼓云和瑟，常闻帝子灵。
冯夷空自舞，楚客不堪听。
苦调凄金石，清音入杳冥。
苍梧来怨慕，白芷动芳馨。
流水传潇浦，悲风过洞庭。
曲终人不见，江上数峰青。

首联的“云和”是地名，《周礼》中有“云和之琴瑟”之句，故以代之。“七绝圣手”王昌龄曾有诗“斜抱云和深见月，朦胧树色隐昭阳”，干脆以“云和”直接代指琴瑟。

诗的开篇说湘妃善于鼓瑟，惊动了舜帝的灵魂。河神冯夷听到瑟声，忍不住跳起舞来，其实不解深意；而屈原却因为情商太高，不忍细听。

冯夷（音píng yí），传说中河神的名字。《楚辞·远游》中有句“使湘灵鼓瑟兮，令海若舞冯夷”，正是这题目的出处。钱起在诗中直接引用冯夷原典，是谓切题。

楚客，指投汨罗而死的屈原，也可泛指所有游人。这都是和水有关的人物。

金石，泛指音乐，金石之声；杳冥，极深远的地方。

苍梧，指舜帝病故的苍梧山；白芷，一种小白花。

中间的这两联都是铺垫之语，形容曲声的悠扬动听，深沉哀婉，一直传入极高极远的苍穹深处，即便坚如金石也为之悲凄，山水草木也都随之感动。

铺垫完了，就该转了。但是诗人显然有点无力，又延伸了两句：“流水传潇浦，悲风过洞庭。”

潇浦，就是潇江湘江，因为单数句尾必须仄声字而改为“潇浦”，也有版本作“湘浦”；洞庭，就是洞庭湖。乐声随着流水经过湘江，乘风远送，飞越洞庭，可见穿透力有多强，上达杳冥，远及山野。

最后一联便是那神来之笔：“曲终人不见，江上数峰青。”

这一句连转带收，力敌千钧。可以说，要是没有这一句，整首诗就废了。因为通篇都在陈设形容，没有推进，但就因为有了一个有力的豹尾，救活全篇。

人们这才回味过来，原来从头至尾，作者并没有真正看到湘灵鼓瑟，只是在风中隔空聆听。全诗对二妃的形象并无一句描写，一直扣准在音乐上，最终追至鼓瑟之地时，却只有余音袅袅，悲风凄凄，青山依旧，江天渺茫。

如此，也就越发显得鼓瑟的扑朔迷离，湘妃的如梦如幻，深深扣准了一个“灵”字，令人回味无穷。

这是应试诗中极为罕见的佳作，尤其最末一联，后人称其为“鬼谣”，同晏几道的“梦魂惯得无拘检，又踏杨花过谢桥”等句，并列天外之作。

而钱起也受此鼓励，对这个话题特别有感觉，后来又写了首七绝，也是相当闻名：

归　雁

潇湘何事等闲回？水碧沙明两岸苔。

二十五弦弹夜月，不胜清怨却飞来。

前两句自问自答的老套路，说大雁啊你为什么要回来啊？南方水碧沙明，难道环境不美吗？

大雁说：环境倒是不错，就是湘妃天天在那儿鼓瑟，实在太让人伤心了，我受不了，只得飞回来了。

古人认为秋雁南飞，到了湖南衡阳的回雁峰就停止了，不会越峰而去。它们通常会栖息在湘江下游，春天再飞回北方。

但是诗人抛却这个每到春天大雁北还的常识，却故意解释成大雁所以从湘江飞回，是因为不忍再听湘灵鼓瑟，这奇思妙想出人意料，遂成绝唱。

最后介绍一下这个“瑟”。

《史记·封禅书》中说：“太帝使素女鼓五十弦瑟，悲，帝禁不止，故破其瑟为二十五弦。”

就是说，从前瑟本来有五十根弦的，比如李商隐诗中说“锦瑟无端五十弦”，就是这个缘故；但是天帝听到素女鼓瑟，太伤心难过了，于是将瑟一破为二，从此瑟就成了二十五根弦了。

也有种说法是，五十弦为瑟，一破为二就成筝了。筝在古代原有十二、十三或十五、十六根弦之分，现在也有二十一或二十五根弦的了。瑟和筝这两种乐器的外形相似，弹拨手法不同，非专业者很难区分。

不过常有将琴与筝弄混的，就很不可原谅了。因为琴在上古年代原有五弦，后来周文王、周武王各加一根弦，故而又称“文武七弦琴”。七根弦，很好记吧?

大中十二年（858），唐宣宗阅进士卷时，曾问考官李藩：“试帖诗中如有重复的字，还应不应该录取？”李藩便举钱起的《湘灵鼓瑟》一诗对曰：“‘楚客不堪听’与‘曲终人不见’也重了一个‘不’字。如果诗作得特别好，个别字偶然有重复也是可以允许的吧？”

此时距钱起应试已过百年，每举试时，考官们仍对钱起诗念念不忘，引为范例，可见这首诗的影响之重。

顺便说一下，钱起有个侄子，比他还闻名，就是和张旭并称“颠张狂素”的草书和尚怀素。

诗囚孟郊，替天下游子向母亲忏悔

一

如果说卢照邻是唐朝诗人“病”的代表，那么晚年中进士的孟郊就是“穷”的代表。

孟郊（751—814），字东野。

不知道究竟是性格决定了命运，还是运势塑造了风格，孟郊一生存诗五百多首，以短篇五言为主。因其诗作多有炎凉之态，凄苦之声，寒峭之气，故有“诗囚”之号。

他的运气那是相当不好，从出生说起来就是一把辛酸泪。

和很多大才子诗人如韩愈、李贺、李商隐一样，在孟郊很小的时候，他的父亲就去世了，母亲独自拉扯着他们兄弟三人长大，居然还能坚持给他良好的教育，这母亲的伟大可想而知。

孟郊从小性格孤僻，不喜与人往来，年纪轻轻便隐居河南嵩山，也不知道靠什么谋生；后来离家远行，赴长安应试，又和所有命运多舛的人一样，落第了。

之后他开始游历江南，但是除了与陆羽、韦应物酬唱的几首诗外，也不知道具体做了些什么。只知道大半辈子都在应试，然而“十七年中六落第”，简直太伤自尊了，困顿挫败至极。

考了十七年，可想而知孟郊长年漂泊，远离家乡，是个不折不扣的游子。也就非常理解他为什么会写下《游子吟》这样深情质朴的经典之作了：

慈母手中线，游子身上衣。
临行密密缝，意恐迟迟归。
谁言寸草心，报得三春晖。

你以为“慈母手中线，游子身上衣”是他某次赶考前写下的吗？

不是，那是他五十岁以后的作品。

但是可想而知，在孟郊一次又一次地离家远行前，曾经看过多少次母亲灯下缝衣的情景，听过多少句路上小心的叮咛，承接了多少回金榜高中的祝福，更许下了多少个“待我金榜题名，为你请诰增荣”的诺言。

然而，现实太残酷，多少次打碎他的梦想，让他的期望与尊严碎落一地。

孟郊的故事，一点都不励志。

早在第一次失败时，孟郊泪流满面写了一首五言律诗《落第》：

晓月难为光，愁人难为肠。
谁言春物荣，独见叶上霜。
雕鹗失势病，鹪鹩假翼翔。

弃置复弃置，情如刀剑伤。

天地无光，暗无天日啊，一字一泪有没有？

不过孟郊也太肯生气，自负才情，固然可以声称科举不第是雕鹗失势，可也不用讽刺别人及第了就是鸲鹆得志吧？

这种心态，很可能是自幼丧父带给他的阴郁压抑所致，但是孟郊的性情已经可见一斑。

性格决定命运，所以孟郊的运势一直都不太好，就算偶尔得意，幸运之神也被他的愁眉苦脸满面怒气给吓跑了。

后来，他又几次落第，不知道在哪一次失势后又曾写下《再下第》一诗：

一夕九起嗟，梦短不到家。
两度长安陌，空将泪见花。

没法不失眠啊。都说“人不可能两次踏进同一条河流”，怎么孟郊就要这么可怜地在这条科举的河沟里来来回回地翻船呢？

有了这么惨痛的经历，孟郊登科后，那当然是要可着劲儿嘚瑟啊。

他的《登科后》堪称唐人及第最嘚瑟的一首诗：

昔日龌龊不足夸，今朝放荡思无涯。
春风得意马蹄疾，一日看尽长安花。

这首诗一不小心制造了“春风得意”和“走马观花”两个成语，故而为人熟知。

这就要说到唐朝科考的风俗啦。原来，科举及第的庆功节目非常多，有雁塔题名、杏园探花、曲江宴游等。

其中探花宴，是指同榜进士中选两位较为年轻英俊的“探花郎”，骑着高头大马，遍游长安名园，采摘名花；其他的进士则步行采花，若是抢了先，那两位“探花郎”就要受罚。

但是孟郊登第的时候已经46岁了，居然也有幸“春风得意马蹄疾，一日看尽长安花”？

若不是他那期考生整个一班老年大学的，就是同学们看他可怜，给了个安慰奖。

我最早读他的“春风得意马蹄疾，一日看尽长安花”时，还以为他飙车呢，后来才知道是指探花宴，倒挺失落的。因为心中一直拂不去孟郊披头散发光着脚丫子高喊“我中啦”的模样。

二

孟郊的运气这样差，即便是进士及第，也未能及时得官。又伸长脖子等了四年，才混了个溧阳尉的小官，终于咸鱼翻身了。

走马上任的第一件事，就是把老母亲迎到溧阳来，享受一把县尉太夫人的待遇。

在母亲到来的那一天，孟郊早早命人洒扫庭除，摆设宴席，自己则一遍遍跑到村口大柳树下望了又望，心头层层滚过几十年来母子相依的种种艰辛折磨，而涌上心头的最清晰的画面，就是母亲白发苍苍，在灯下走针缝衣的模样。

于是，孟郊满含热泪，脱口而出：“慈母手中线，游子身上衣。”写下了这首传诵千古的《游子吟》，诗前有题注：“迎母溧上作。”

现在，我们来好好体会一下这首诗。

首联的两句话，其实是因果关系，没有母哪来的子，没有线哪来的衣？这是世上最亲密的关系，最直接的真理，朴素天成，肌肤可亲。

“临行密密缝，意恐迟迟归。”太实在了，太真切了，太平常了，太刻骨铭心了。这是天下所有的母亲在送别儿子时最常说的叮咛吧：孩子，早点回来！读着这样的话，简直要落下泪来。故乡之所以温暖，不就是因为有老母亲翘首盼归的身影吗？有妈，才有家啊！

不知道你是不是和我有过一样的经历，就是人在异乡为异客时，病中高烧，迷迷糊糊中特别想叫“妈妈”。也许并不是指望妈妈照顾你，而只是因为，这个词语是天底下最温暖的依靠，给我们力量，让我们渴望。

诗中最后说：“谁言寸草心，报得三春晖。”一句话，把我强忍了又忍的眼泪到底逗了下来。

可怜的孟郊，年过半百才终于立业，当了小小县尉，以为可以奉养母亲，回报慈恩了。

可是，回头想想，母爱如春日阳光般温暖明亮，儿心却似小草般青涩微简，位卑薪薄，何能回报？别说只是小小县尉，就算真的高官厚禄，就能回报母亲的骨肉恩情、一世辛苦了吗？

这首诗明白畅晓，一洗凿字镂句之习，全诗一气呵成，直白如话，却字字凝练，情意万千。所以我说，这是世上描写母爱的最好的诗，没有之一，你同意吗？

三

如果这是童话故事，后面的结局将是“皇后与王子从此过上了幸福快乐的生活”。

可是现实和理想差距太大，孟郊并没有因为得官而从此快乐起来，反而更加苦闷。

大概是因为科考的历程太艰辛了，十六年寒窗苦读，一朝及第，却仍然摆脱不了拮据的生活，让他的心理彻底崩溃了，也就破罐子破摔起来。

官职小，薪水低，孟郊做事也就不尽心，每天只惦记写诗，无心公务；无心公务，也就更加做不好官，没有升职的希望不说，还被县令打了小报告，另外请人来代替他做县尉，把他本已微薄的薪水又分走了一半。

如此撑了三年，任期满后自然得不到推荐信，他也就干脆地辞官了。

在这件事上，我真不大同情孟郊。县尉虽小，也是份正经工作，王昌龄、柳宗元、元稹这些大诗人也都是做过县尉的，人家说什么了？

有工作就应该好好干，在其位，谋其政，县尉也是父母官，要为一方百姓负责任的，你不好好上班，百姓怎么办？害得县令要另外请人帮你完成属于你的工作，虽然把你的薪水分了一半给别人，可是那人也挺冤啊，他做了你的全部工作，也是只拿一半薪水，不是也很不公平吗？

“本望文字达，今因文字穷。”孟郊这句诗写得够让天下文人扎心的。但是“达”的标准是什么呢？

还是那句话，万事不要太执着，争取的姿势太难看，争到了也不一定快乐。如果人生要攀比，那一辈子都达不到自己的目标，永远都“达”不起来，快乐不起来。

所以我的人生格言一向是：活着就要努力，但是努力之余，一定要懂得感恩，知足常乐。

孟郊在家赋闲两年后，日子越过越穷，向朋友借钱也都借遍了。所谓“长贫难顾”，韩愈大概是被他借怕了，便又想方设法替他找了份工作，去河南府任幕僚。

这期间，韩愈也在洛阳做官，对孟郊多方照顾，而卢仝、贾岛也都先后来到这里。文友相会，自然免不了吟风弄月，酬唱无休。

后来，人们就索性把他们归为“韩孟诗派”。

其实论年龄，孟郊比韩愈大了十八岁，但是一直接受着韩愈的照顾。所以提起中唐诗人圈来，人们总觉得韩愈像是老大，罩着孟郊、贾岛等很多小弟讨生活。

而当韩愈离开洛阳后，孟郊的日子也就再次变得窘迫起来，于是到处向朋友求助。求援信中说：“戆人年六十，每月请三千。”

意思是我今年已经六十岁了，也不指望明达富贵，只要找个每月三千钱的工作，能糊口就够了。

三千钱是个什么概念呢？

不妨以白居易为比。白居易刚刚考中进士得任校书郎时，工资已经是“俸钱万六千，月给亦有余”。

后来他因守母丧还乡，停发薪水，有点拮据，于是元稹不断给他寄钱寄物，白居易诗中有记：“三寄衣食资，数盈二十万。”

三四年间竟然资助二十万钱，分配到每个月，怎么也有五六千之数。请注意，这可不是薪水，而只是元稹赠送给乐天同学的。这是什么样的交情啊！

至于白居易复职后的薪水，那就更让孟郊同学欲哭无泪了。“月俸百千官二品，朝廷雇我作闲人。”一个月十万！

相形之下，孟郊只求能凭自己的劳动获得每月三千的薪水，是多么可怜！闲居洛阳的白居易，能养得起多少个劳苦挣扎的孟郊啊！

四

孟郊一生，以穷苦闻名，永远挣扎在贫困线上，入不敷出，于814年暴病而亡。

墓志铭，乃是祭文达人韩愈给写的。

要知道，韩愈写祭文可贵啦，动辄就是一辆宝马车的价钱。写墓志铭，“马一匹，并鞍、衔及白玉腰带一条”；写赞歌，“绢五百匹”；但是为穷人孟郊写铭文，那肯定是收不到润笔费的。

后来，韩愈还为另一位大诗人写过墓志铭，也没收钱，他的名字叫柳宗元，我们后面再讲。

韩愈在《贞曜先生墓志铭》中形容孟郊诗："刿目鉥心，刃迎缕解，钩章棘句，掐擢胃肾，神施鬼设，间见层出。"简单说，就是孟郊写诗总是挖空心思，殚精竭虑，生拧词句，不好好说话。

金代元好问《论诗三十首》形容的确："东野穷愁死不休，高天厚地一诗囚。"

孟郊为诗而囚，开创"苦吟"一派，成为开山祖师，也算不负此生了。

因为一生贫苦，性格耿介，孟郊的诗多描写民间疾苦和炎凉世态，追求瘦硬奇僻的风格。如《织妇辞》《寒地百姓吟》等，多为百姓发声。欧阳修曾评价："孟郊、贾岛皆以诗穷至死，而平生尤自喜为穷苦之句。"确是如此。

我不太喜欢孟郊的诗，感觉那些晦涩生僻的字句实在看不出好来；也不大喜欢他的人生态度，因为太喜欢抱怨了，弄得诗作也充满寒窘之态。"苦调竟何言，冻吟成此章。""夜学晓未休，苦吟神鬼愁。""默默寸心中，朝愁续暮愁。"简直从早到晚愁眉不展，满满的负能量啊。

一个人的心太狭隘，路也就越走越窄，难怪会"出门即有碍，谁谓天地宽"了。

明明饱读诗书，难道不知道"在陋巷，人不堪其忧，回也不改其乐"么？何必口口声声，呻吟哀号？

看到他写"死辱片时痛，生辱长年羞"，我恨不得接一句——死去！

好在，他有一首最温暖的《游子吟》。

为了这一首诗，也值得为他作此一篇文章了。

欧阳詹：若把青丝作情思，系你一生一世

一

泉州是中国唯一的一家梨园戏剧团的所在地，是我磕头奉茶的恩师王仁杰先生的家乡，所以对我来说，是个特别亲切而清雅的小城。

鸟语花香，古建鳞比，走在小城中很容易就引发思古之幽情。

泉州山清水秀，人杰地灵，但是隋唐实行科举制度180年来，这里竟然没有一个人中过进士——不是泉州学苗差，考不上，而是泉州文士懒，留恋家乡山水，不肯远游出仕，压根就没人报考。这个恋乡特色，我在师父身上感受得特别深刻，对师父来说，几乎全世界的好东西都发源于泉州，没有任何一个地方、任何一种风景会比泉州的山水古建更美丽。

然而就是这样无人愿意离乡赶考的泉州，宋代时竟成为著名的“海滨邹鲁”，与孔学圣地相比肩。

这一切，最早的源起要感恩福建刺史李椅。他于大历七年（772）到任，广筹资金，在福州城南兴贤坊建新州学（含孔庙、讲堂、书室和教授署、舍），“以五经训民”，亲自留意学

生的招选与训导，将德才兼备的学子分等级上报礼部。在任三年，福建人渐兴起“以不学为耻”之风，“搜罗天下文章，得士之盛，前无伦比”。

礼部员外郎独孤及为此写碑记称：“缦胡之缨，化为青衿。”就是说麻衣野人们，终于穿上读书人的儒袍了。

于是，一位勤学苦读的好学生欧阳詹横空出世，迄今泉州城北清源山赐恩岩、南安高盖山白云书室，莆田福平山、广化寺灵岩精舍等地，都留下了他读书的身影。

欧阳詹（755—800），字行周，是不是天才不知道，但却是个大孝子，本来无心科举的。但是几任泉州刺史李椅、薛播、席相以及被贬福建的状元宰相常衮都很器重他，凡观游宴集一定邀他参加，让他写诗记下当时的盛况。欧阳詹的名声渐渐传遍福建，甚至京师都有了他的文名。

贞元二年（786），欧阳詹终于决定北上京师，参加进士应试。

从福建到京师，他整整走了一年，却并未能一举及第。自觉无颜见江东父老，遂留在京师租了房子继续苦读。

如此年复一年，足足挨了六年的贫困，终于功夫不负有心人，于贞元八年（792）进士及第，且取得了第二名的好成绩。

这次中榜可是千古佳话，同科共有23位进士及第，因为主考官是著名的中唐明相、兵部侍郎陆贽，所以考生素质特别优秀。

历史上对这一年的进士榜记上了浓重的一笔，还有个特别名目称之为“龙虎榜”——这个词大家一定不陌生，但是有多少人知道原典出自唐朝科举呢？

也就因为“龙虎榜”在史上实在太出名了，以至于这一年的试题和考生试卷也都有幸流传了下来。

试题乃是一篇文章《明水赋》，一首五言六韵《御沟新柳诗》。

当年的状元名叫贾棱，让我们来看一下他的试卷：

御苑阳和早，章沟柳色新。
托根偏近日，布叶乍迎春。
秀质方含翠，清阴欲庇人。
轻云度斜景，多露滴行尘。
袅袅堪离赠，依依独望频。
王孙如可赏，攀折在芳辰。

因为贾棱是“龙虎榜”上的状元，而这首诗便是夺冠的试帖诗，因此“秀质方含翠，清阴欲庇人”这联警句，便成了贾姓宗祠的通用联，是贾家的传世格言。

细读这位贾状元的诗作，除却“清新”二字，倒也没觉得怎样。不过应试诗乃是挤牙膏的行为，不管考生有灵感没灵感，必须要在限定时间内完成一诗一赋，这种强大精神压力下要产生真正的好诗，的确是很难的。这也是大多应试诗未能传世的原因。

贾棱的诗得以流传，全要托赖“龙虎榜”的盛名。

也许你觉得“龙虎榜”名气恁大，可是状元贾棱、第二名欧阳詹都不算什么名人。没错，因为真正大名鼎鼎如雷贯耳的牛人乃是第三名，无人不知、无人不晓，后来名列“唐宋八大家”的唐代大文豪韩愈（768—824）。

当当当当——够威武了吧！

韩愈比欧阳詹小十几岁，也是在贞元三年（787）第一次参加科举，也是一样的落第了。之后又连着考了三次，均未考取。直到贞元八年，遇上慧眼识珠的明相陆贽，终于和欧阳詹同科及第。

这样相似的开头，似乎也注定了两人相似的命运。

前面说过，“常举”及第往往拖上几年都很难选官，不如“制举”来得直接。因此韩愈和欧阳詹在及第后，都一连参加了四次博学鸿词科考试，可惜落第。

直到贞元十五年（799），欧阳詹才得中，被朝廷授予“国子监四门助教”的官职。而韩愈，比他的运气还差。

欧阳詹在任期间，曾率领一大帮生员向皇上请愿，大力推荐韩愈为四门博士，可惜德宗不开眼，当面错失明珠。

后来，欧阳詹和韩愈成了一辈子的好朋友。韩愈曾作《驽骥吟》表达自己怀才不遇的嗟叹，欧阳詹则作《答韩十八〈驽骥吟〉》以响应。

他们诗文酬唱，共同倡导古文运动，讲究“文以载道”。欧阳詹声称：“哲人有作，不唯利身在利人，不唯利今在利后。”这真是古文运动的主旨所在。

欧阳詹一生没有离开过“国子监四门助教”这个官职。虽然这个职位不高，却是福建人里第一个做到这职位的。

这极大地鼓舞了福建士子的向学之风。在唐贞元二十一年间

（785—805），福建全省中进士的达74人之多。后人称赞“欧阳詹文起闽荒，为闽学鼻祖”。

泉州欧阳詹故居所在的街道也因此被命名为“甲第巷”，宋朝理学家朱熹为其故居撰联曰：

事业经邦，闽海贤才开气运；
文章华国，温陵甲第破天荒。

顺便说一下，在欧阳詹的时代其实还没有“破天荒”这个词，而要到近六十年后，才诞生于荆州。

起因是荆州这个地方比泉州还可怜，泉州士子是不愿意参加科举，而荆州却是当地官员历年都选拔了考生送往京师，可是从来没有一人考中，因此当时人们戏称为“天荒”。

直到唐宣宗大中四年（850），才终于有一位叫刘蜕的考生金榜题名，打破了荆州无人及第的荒凉状况，遂称“破天荒”。大概是名字取得好，蜕，金蝉脱壳啊！

朱熹因欧阳詹是泉州第一位中进士的举子而用“破天荒”的典故来形容他，引喻极其恰当。

二

欧阳詹收入《全唐诗》的作品并没有特别出众之作，我专门将他选出来大书特书作为本篇传主，其实是因为一段缠绵至极的爱情故事。

——我为我的八卦向读者道歉！

故事的开头很俗套，说的是欧阳詹中举之后，游于太原，流连乐籍，因而结识了才貌双全的名妓行云。两情相悦，如胶似漆，情投意合，山盟海誓。但是欧阳詹等不到选官授命，还要去参加制举考啊，于是同行云洒泪而别，免不了说些“等我发达了一定接你进京，娶你为妻，白头偕老”之类的套话，还写了一首诗相赠：

初发太原，途中寄太原所思

驱马觉渐远，回头长路尘。
高城已不见，况复城中人。
去意自未甘，居情谅犹辛。
五原东北晋，千里西南秦。
一屦不出门，一车无停轮。
流萍与系瓠，早晚期相亲。

这首诗写得直白如话，而真切如画，将诗人与行云依依惜别的情形描写得如醉如痴，不失为一篇情真意切的赠别诗佳作：

我骑马渐行渐远，回头望去，尘土飞扬，连城楼的影子都看不见了，更何况城里的人呢？

我这离去的人自是不舍，想来那留下的人更加辛酸苦楚。你在太原停驻，我往长安远游。

你的脚步未动，我的车轮不停，我们两个，终是越来越远。

一句写自己，一句写行云，反反复复，仿佛电影双切镜头正反打，画面感极强，是写赠别诗的妙法。

屦（音jù），指鞋子。这里代指行云停步城边。

系瓠（音hù），也有版本作系匏（音páo）。语出《论语》：“吾岂匏瓜也哉，焉能系而不食？”意思说难道我是一只匏瓜吗，只是挂在藤上摆个样子，能看不能吃。专门比喻未得仕用或无所作为的人。汉代王粲“惧匏瓜之徒悬兮”，宋王安石“余生非匏瓜，于世不无求”，都是这个意思。

瓠和匏都是瓜的意思，虽然匏是《论语》原文，但是此为不入韵之单数句，尾字宜仄声，而匏是平声，所以欧阳詹改为读仄声的瓠是合理的。大约后人不懂格律，觉得《论语》原文中是匏瓜，所以就给改了个“匏”字。

这最后一句的意思很明确，流萍是漂泊无依的行云，系瓠是不被重用的自己。我们同是天涯沦落人，但是早晚会在一起的，那时相亲相爱，定不辜负。

这首赠别诗，是欧阳詹对行云再一次也是最后一次的许诺。

后来，欧阳詹得官国子监四门助教，长住京中，再也不曾回太原。

行云思念成疾，日渐羸瘦，竟然渐有油尽灯枯之势。一日揽镜自照，看到红颜枯槁，桃花凋萎，不禁双泪长流，叹道：“行云啊行云，我怎能如此憔悴，可怎生对得起行周（欧阳詹的字）啊！”

于是召来妹妹止云说：“玉雪肌骨，花月精神，日后都将转瞬尘土，唯有这一头青丝，入土难朽，不如留给行周吧。”于是请止云帮自己精心绾了个堕马髻，“巧梳密掠，光可以鉴”，仿佛又恢复了昔日的如花容光。

梳妆已罢，行云对着镜子久久凝视，点头说：“此毫发无憾矣。”遂索笔题诗一首，又唤丫鬟说：“为我取缕金箱来。”

然后取一方新绢铺垫平整，自己一手揣摸发髻，一手袖中出剪。止云哭泣，行云说：“妹妹不要伤心，他日见发如见人，这是我留给行周的唯一遗物了。”说罢，手持利剪紧贴发际用力剪下，一头青丝悄然坠落，而行云亦含笑气绝。

后来，止云将发髻以新绢包裹，连同行云的绝命诗封在缕金箱中，一同送给了欧阳詹。诗云：

自从别后减容光，半是思郎半恨郎。
欲识旧来云髻样，为奴开取缕金箱。

欧阳詹开箱见到青丝诗句，失声痛哭，尤其那青丝香泽犹存，还保留着完整的堕马髻形状呢。

面对行云的痴情，自己的负心，欧阳詹椎心泣血，追悔莫及，日夜捧诗痛哭，竟然恸极卧病，过十日而卒，年仅45岁。

欧阳詹死后，韩愈极其悲恸，为其写墓志铭《欧阳生哀辞》以悼，又是不收分文。可见两人交情之厚。

欧阳詹的这段艳闻听起来很传奇，虽然没有载入正史，但是《太平广记》《闽川名士传》《唐诗纪事》，传奇小说《函髻记》，尤其欧阳詹好友孟简的《咏欧阳行周事》都有记录，可见真实不虚。

孟简是山东德州人，贞元七年（791）进士，但是这前后可能未得官职，孟简也是在考取博学鸿词科后才授的官。所以，他和欧阳詹的友谊，很可能就是结交于同科考试的苦学期间。

孟简的最大业绩是在任常州刺史期间，疏通运河，分流漕运，后人为纪念其功德，将新开通的河道名为“孟河”。

孟简擅五言古风，但是流传较广的却偏偏是一首七言绝句《酬施先辈》，主要是因为沾了襄阳的光：

襄阳才子得声多，四海皆传古镜歌。
乐府正声三百首，梨园新入教青娥。

孟简最著名的诗作还是这首《咏欧阳行周事》，因为叙事完整，情意真挚，且是诗人秘闻，私家八卦，自然惹人窥探。

据说欧阳詹临终前曾致书止云：“吾终不以一己声名之故，而使行云殉我之情谊湮没无称于世，吾友孟几道（孟简的字）已许为我诗以传行云矣。”可见这首诗的内容是欧阳詹允肯甚至属意的。全诗如下：

有客西北逐，驱马次太原。
太原有佳人，神艳照行云。
座上转横波，流光注夫君。
夫君意荡漾，即日相交欢。
定情非一词，结念誓青山。
生死不变易，中诚无间言。
此为太学徒，彼属北府官。
中夜欲相从，严城限军门。
白日欲同居，君畏仁人闻。
忽如陇头水，坐作东西分。
惊离肠千结，滴泪眼双昏。
本达京师回，贺期相追攀。
宿约始乖阻，彼忧已缠绵。

高髻若黄鹂，危鬓如玉蝉。
纤手自整理，剪刀断其根。
柔情托侍儿，为我遗所欢。
所欢使者来，侍儿因复前。
抆泪取遗寄，深诚祈为传。
封来赠君子，愿言慰穷泉。
使者回复命，迟迟蓄悲酸。
詹生喜言旋，倒履走迎门。
长跪听未毕，惊伤涕涟涟。
不饮亦不食，哀心百千端。
襟情一夕空，精爽旦日残。
哀哉浩然气，溃散归化元。
短生虽别离，长夜无阻难。
双魂终会合，两剑遂蜿蜒。
丈夫早通脱，巧笑安能干。
防身本苦节，一去何由还。
后生莫沉迷，沉迷丧其真。

三

最后，我们好好聊一下欧阳詹科举及第时的考官陆贽（754—805），著名的中唐贤相，因在族中排行第九，故人称“陆九”，又因谥号“宣”，史称“陆宣公”。

陆贽与欧阳詹虽然名为师生，但是年龄只相差一岁，这自然因为陆贽是个天才。

都说“五十少进士”，而人家陆贽，虽然出身寒微，却刻苦好读，天资聪颖，18岁就中了进士，不久又考取博学鸿词科，得授郑县县尉。

——注意，18岁中进士的天才少年陆贽，也没有能即时铨选，还是靠制举得官的。虽然得中高第，也不过是授了个县尉，与孟郊同级。所以说，孟郊有什么好抱怨的呢？

和孟郊一样，陆贽也是少年丧父，由母亲一手带大。更巧的是，陆贽的父亲陆侃曾经的职位，正是溧阳县令。所以陆贽也是在溧阳衙门里待过的，只是他虽然与孟郊年纪相仿，出身相似，但是性情相反，做人做事大相径庭，因此人生轨迹也大不同。

陆贽一生最为人称道的，就是他的清廉正直。

史说寿州刺史张镒敬重其才，与其结为忘年交，见其贫寒，曾经赠钱百万，作为陆贽奉养高堂之资。然而陆贽不肯接受，只收了茶叶，说声心领便告辞了。

唐德宗李适听说了他的清名，特地诏用他为翰林学士，大小事务都要先与他商量。泾原之变中，李适逃亡到梁州时与陆贽失散，过了一夜还未寻回，竟然急得哭了，下令寻回陆贽者重赏一千金。

过了许久，陆贽才找回来，德宗欣喜不已，太子李诵等也赶紧前来道贺。

陆贽感念德宗赏识之恩，尽心尽责，代拟文诏，凡所议论陈列，无不曲尽情理。

前面讲李白的时候说过，翰林学士这个位子可进可退，倘有真才卓识，完全可以发挥所长，报效国家，堪称“内相”。

陆贽就是这样一位典型的“内相”，参政议政，直言诤谏，清风义举，受人爱戴，在政治上给了德宗很多好的建议。

所以说机会是平等的，不能凭借同样的平台青云直上，只能说李白虽然文采卓绝，但论到经邦治国，却不过是纸上谈兵，没有真正的济世之能。同时也是因为性格问题，过于急功近利，恃才傲物，不能容人也不能容于人。

对不起，我总是拿李白来对比，实在因为李白太伟大，经历也太典型了。不过，还是要庆幸罢官对李白来说其实是件大好事，倘非如此，我们后来要少看到很多珠玉闪烁的好诗了。

后世苏轼在颂扬恩师欧阳修时，曾经赞其“论大道似韩愈，论事似陆贽，纪事似司马迁，诗赋似李白”。将陆贽与韩愈、司马迁、李白相提并论，并认为陆贽是王佐帝师之才，文辩智术超过西汉张良，给予极高的评价。

陆贽由进士出身，又做过考官，学问自然是有的。不过诗才平平，流传不多，这里选一首他的《禁中春松》，以物喻人，可知其志：

阴阴清禁里，苍翠满春松。
雨露恩偏近，阳和色更浓。
高枝分晓日，虚吹杂宵钟。
香助炉烟远，形疑盖影重。
愿符千载寿，不羡五株封。
倘得回天眷，全胜老碧峰。

陆贽在京任翰林学士，但他的母亲韦氏仍在江东。德宗专门派人接韦氏进京，给予封赏。

不久陆贽母亲过世，按礼制他须辞官守孝三年。陆贽回乡时，各方官员争相送礼，但陆贽一概不收。只有剑南节度使韦皋因为是他的贫贱之交，而且特地说明是皇上下旨命令陆贽收下的，陆贽这才收了。收礼居然需要皇帝下旨强迫，亦可见陆贽清廉至极，真要让那些贪官愧死。

德宗又命宦官把陆贽父亲的灵柩从嘉兴一并护送到洛阳安葬，可谓恩宠备至。

陆贽守孝归来后，重任翰林学士。贞元八年（792），官拜中书侍郎、知贡举，正式出相。也就在这一年，他负责科考，为朝廷选拔了包括韩愈、欧阳詹等在内的大批才俊。

且说唐初的尚书省考试本来是由吏部主持的，但在开元二十四年（736）时，因为主考官与举子发生冲突，玄宗考虑到主考的考功员外郎品级太低，难以服众，于是改由礼部侍郎主持省试，此后定为常制，称“知贡举”。

掌贡举的主考官被称为“座主”，而当科及第的学子都算是座主的门生。

难得的是，陆贽任座主选出的举子，不但文采清通，而且大多品格正直，比如一代文宗韩愈，后来不知帮了多少读书人；还有一位举子叫崔群，也是出名的清廉，后来在宪宗朝也做到了宰相，担任主考官。有一年陆贽的儿子陆简礼也要参加考试，崔群为了避嫌，特地阻止了陆公子应举，怕有碍自己的清正之名。

崔群任座主的这年，共录取了三十名进士，算是门关大开。

有一次，他的夫人劝他广置庄田为后代计，崔群笑道：“我有三十亩良田，遍布天下，何用挂心？”

崔群认为座下三十位门生都会感戴他的知遇之恩，必当感恩图报，胜于良田万顷。但是他的夫人反驳：“如果陆贽也这么想，对他来说，你这片庄田早就荒废了；如果你的三十亩良田也都像你这样，将来注定颗粒无收，你又凭什么认为他们会回报你呢？”

崔群听罢，哑口无言，羞惭得好几天吃不下饭。

可怜陆简礼，因为老爹太过正直，一生都没沾到老子的光，还为了他爹和他爹门生的清名，连考试资格都被取消了，也着实悲催。

好在，人家奋发图强，自力更生，虽然在他爹当宰相的时候一直低调做人，默默无闻，但在陆贽死后，却凭自己本事一举及第，后来也做到了宰相。真正“虎父无犬子”。

当然，这已是后话。

且说唐德宗李适能对贤明的陆贽这样恩宠，可见是个好皇帝，不愧是“大唐荣耀”李豫和沈珍珠的好儿子。

可惜啊可惜，李唐遗传的惯例是“业大易骄，善始难终”。德宗到了晚年，便开始听信谗言，任用奸臣了。

这历史的重复性让我厌倦到简直不愿细说。李家人咋就那么不知道以古为鉴呢？

这次出场的奸臣叫裴延龄，公元792年被起用为户部尚书、判度支，是主宰经济命脉的大臣。裴延龄对经济治国一窍不通，却善于做假账，弄景造势，移花接木，虚报产值，粉饰政绩。

这样的官员，历朝历代都不缺，我们今天对这种虚报业绩的官也不陌生。

贪官自古多产，明君千载难逢。

唐德宗李适自从朱泚事变出逃奉天后，变得特别爱钱。看到裴延龄的账目如此光鲜，让自己有了花费不尽的钱财，打心眼里笑出来。他不知道裴延龄是倾尽全国之力蒙骗座上一人，还以为自己起用了一位经天纬地的治世天才。

裴延龄这样弄虚作假，正义之臣当然不满，于是很多大臣弹劾他，也包括了正义清廉的陆贽。

陆贽上奏说裴延龄以聚敛天下之财而迷惑圣上为长策，以投机取巧、诡妄奸诈之道为嘉谋，以媚上谄下为尽臣节，移东就西，便为政绩，取此适彼，便成盈余，愚弄朝廷，有同儿戏。

这说的全是事实，奈何李适不愿听，反而对陆贽生了疏远之心。

人啊，总是只肯相信自己希望相信的话。对李适来说，相信裴延龄，代表着自己是个国泰民安的明君，国库充实，仓廪丰足；而相信陆贽，就不得不面对烽烟四起动荡不安的社会现状。

李适这只惊弓之鸟，就算是只鹰也飞不动了，何况还是鸵鸟，只想头埋进沙堆里花天酒地，于是对陆贽的忠言直谏越来越厌烦。

亲友们见风使舵，都劝陆贽服个软，不要诤谏太锐，但陆贽说："我上不负天子，下不负所学，他无所恤。"

贞元十年（794），裴延龄向德宗百般进谗，污蔑陆贽，哄得德宗全盘相信，终于龙颜震怒，友谊的小船说翻就翻，还差点杀了陆贽。幸亏谏官群臣一同上奏章替陆贽分辩，才免死降为忠州（今重庆忠县）别驾。

之后，韦皋多次奏请让陆贽在自己任后代领剑南节度使，但德宗仍然记恨，不肯授任。对于曾经那么信任的臣属，怎么一翻脸就这样绝情，仇恨如此深刻？

说句题外话，韦皋最有名的请奏是为蜀妓薛涛申报“校书令”之衔，当然，也没有得到准奏，倒是从此留下了“女校书”的新名词。

薛涛曾因韦皋而上《十离诗》，但她一生中最爱的男人，是写《莺莺传》的中唐才子元稹，两人曾经谈过一场轰轰烈烈而有始无终的恋爱，结果把好端端的官妓逼得出家成了女道士，同前面讲过的李季兰，后面要讲的鱼玄机，三足鼎立。

而元稹呢，一生中最好的密友是白居易，两人心有灵犀到都通了神了。

——唉，这么绕了一大圈，我可算把欧阳詹和中唐最有名的诗人代表白居易给扯上关系了！

倘若你还记不清，我再帮你捋一遍：泉州第一进士欧阳詹的座主是陆贽，陆贽的好朋友是韦皋，韦皋曾经宠眷过薛涛，薛涛的首席情人是元稹，元稹和白居易是好友。这下弄清楚了吧？

要问我为什么一定要绕这么大圈子扯这个，唯一的理由：我就是这么八卦！

且说陆贽在忠州十年，一直闭门谢客，很少有人能够见他一面。他为避诽谤，不敢著书言事，却悉心研习医术，集“古方名方”编录《陆氏集验方》五十卷，造福百姓，遗泽万代。

贞元二十一年（805），唐德宗李适于会宁殿驾崩，年64岁，在位二十六年。

其后，唐顺宗李诵继位，下诏召还陆贽。可惜，诏书还没有到达贬所，陆贽已经逝世，享年52岁。

陆贽一生忠于李适，竟然连死也选在了和他同一年，能不令人唏嘘？

不知地府相见，他还会不会继续诤言相劝那个老糊涂了的鸵鸟皇帝？

幕府、宦官与刺客

一

唐玄宗李隆基给后代留下了宦官专权和藩镇割据两个烂摊子就驾鹤西去了，贻患无穷，让他的子孙后代们收拾了近百年都没收拾干净。

安禄山能造反，就是因为玄宗给节度使的权力太大，甚至由着他们任命官员、封赏加爵，这不就成小朝廷了么？

安禄山、史思明造反了，朝廷又封了更多的节度使去打他们，还有很多投降的小头目，也都封了节度使。

因此，安史之乱虽然历时八年取得了表面上的暂时平静，但事实上藩镇林立，更多的节度使成长起来，历经肃宗、代宗、德宗、顺宗几朝而大小动乱不断。论起来，都是玄宗惹的祸。

藩镇闹得最凶的时候，全国一度有十五道、七十一州财政独立，不用交税，不报户口，堪称“国中之国”。中央命令下达，往往不出长安就已经失效了。各镇自成一统，根本不听上令，一言不合就举兵造反。

中央收不上税，就越来越穷，越穷就越发不起兵饷，越发不起兵饷就越拿藩镇没办法，还不敢轻易讨伐。比如德宗朝的泾原之变，原本是调集军队去讨藩镇，结果兵到长安时自己就反了，还把德宗逼得逃往奉天避难。

这之后，皇上与大臣们就更加不敢轻易说削藩讨镇了。节度使的权力也就越来越大，遂使幕府林立，中原割据。

在幕府统治下，百姓民不聊生，不但要忍受各种杂税，而且互相串个门都可能招致杀身之祸，政治黑暗，了无生趣。

藩镇对立，滋生了两种特殊文化，一是幕府，二是刺客。

幕府的诞生，早自战国四君子养士之风开始，绵延千年，至唐朝渐渐形成了制度。

比如李世民的秦王府，就蓄养了大量谋士，房玄龄、杜如晦起初都算是李世民的幕僚。

初盛唐时，幕府的节镇多在边塞。到了中唐时期，藩镇割据，幕府由从前的缘边而设发展到遍布内地乃至岭南等地共四十多个，有一些节度使还兼任“平章事”，即宰相。

幕府越来越制度化，对文士的需求和倚重也越来越大，幕僚还可以得到朝廷任命，成为曲线入仕的一条捷径，于是文人入幕之风渐渐兴起。顾况、裴度、崔群、韩愈、杜牧、李商隐等，都曾做过幕僚。

本来幕僚由幕主自由任命，应该用人唯贤才对。但是人才是一种投资，幕主们很看重入幕之宾将来的前程，所以更青睐于进士及第而未选官的落魄文人，因为他们随时都可能咸鱼翻身入殿为臣，那就等于给自己在朝廷中安插了一个眼线，算是长线的情感投资。

所以名气大的进士，是很受幕主欢迎的，有时甚至会发生哄抢。

比如让霍小玉断魂的诗人李益，有才气无运气，仕途不畅，但是名声响亮，就同时有好几个幕府邀他前往。有句诗“辟书五府至，名为四海闻”，就是说他同时受到了五位幕主的邀请，而他最终选择了势力最强的幽州节度使刘济。

这本来是件好事，可是李益有点得意忘形，很多余地在入幕时献了一首诗给刘济，措辞太过意气用事：“感恩知有地，不上望京楼。”

这句话的意思是：感谢您能这样赏识我，我如今可算找着用武之地了，从此对京官绝了念想，再也不想回京城做朝臣了。

做人须看长远，说话不能太满。后来李益回到京城做官，有人就拿出这首诗来揭发他对朝廷不忠，结果被降职。

这样看来，当幕僚也是有风险的。尤其很多节度使独霸一方，势力越来越强，久有觊觎京中之心。所以文人选择入幕，要特别当心。

入幕有风险，择主要谨慎。

和李益相反的是才子张籍，亦有版本作张藉（约766—约830），在未做大官前已经才名远播，于是很多人想拉拢他。平卢节度使李师道就几次劝他入幕，但是张籍早已看出李师道的野心，于是很艺术地写了首《节妇吟·寄东平李司空师道》婉言相拒：

君知妾有夫，赠妾双明珠。

感君缠绵意，系在红罗襦。
妾家高楼连苑起，良人执戟明光里。
知君用心如日月，事夫誓拟同生死。
还君明珠泪双垂，恨不相逢未嫁时。

这首诗的最后两句千古流传，被多少闺中少妇含泪吟诵，玛丽苏情结泛滥，自觉是天下最美好最纠结最人见人爱却情非得已的那个绝色女子。

然而少妇们却不知道，这首诗无关爱情，而是一个大男人写给另一个大男人的拒职信。用罗敷已嫁谢君好意的比喻，来说明我忠于朝廷，不便依附藩镇，只有谢绝您的青睐啦。

“妾家高楼连苑起，良人执戟明光里。”对唐朝廷一片颂扬之意，并以身为唐臣而自豪。并且表明忠君之志，愿意为国而死，绝无二心。

可笑后来还有很多“砖家”著文讨论这女子收了人家明珠又含泪相还，到底算不算得上是一位节妇，且她拒绝的理由是因为夫家有财有势，是不是贪慕虚荣才舍财断义的？真是离题万里，令人啼笑皆非。

张籍的眼光很准确，决定很英明。后来这李师道越来越嚣张，竟然派刺客暗杀宰相武元衡，重伤裴度，最终被裴度带兵平定，兵败而死。如果张籍当初不是“还君明珠”，必然也会一同被杀，身败名裂。且往后看。

二

玄宗留给子孙的负资产，除了藩镇割据之外，还有宦官专权。

这两样都是致命的高额贷款，而且是利滚利的高利贷。可以说，直到大唐灭亡也没真正还清，直接导致了后来五代十国的分裂局面。

司马光曾经这样总结："宦官之祸，始于明皇，盛于肃代，成于德宗，极于昭宗。"

最早给宦官封大将军的人是唐玄宗，虽然高力士一生中并没有弄权劣迹，但是他的接班人李辅国就已经开始展露出宦官凶残的本貌来，曾对代宗李豫放言："大家但内里坐，外事听老奴处置。"可谓狂妄悖逆之至。

而到了德宗时期，更是给宦官授以兵权。宦官们索性从幕后走到了台前来，身残志坚，专心致志，格外热爱权术，玩得比文臣武将们更加娴熟，想捧谁捧谁，想杀谁杀谁。

805年，德宗驾崩，顺宗李诵（761—806）继位。

可是李诵在前一年的九月就已中风，不能说话。

德宗暮年之人，听说太子中风，备受打击，便也随之病倒。皇帝和太子同时病重，使宫中的政治气氛十分凝重。便有大臣提出废太子而立皇太孙的，但是德宗特别喜爱太子，一直希望他能康复，不同意改立。

德宗病重之际，诸王大臣都到榻前侍药，唯独太子李诵因为卧病不能陪侍。德宗对太子思念不已，以至哭泣流泪。可怜的是，他至死也未能见到太子。

皇上驾崩后，太子深知朝廷内外风云动荡，强撑病体来到太极殿继位，群臣这才稳定下来。

李诵在历史上称为唐顺宗，只做了200天皇帝，便被迫让位于长子李纯，自称太上皇，次年正月去世，享年46岁。

李诵执政时间虽短，且不能说话，但头脑是清醒的，也颇想有所作为。

他一上任，立刻重用王叔文、刘禹锡、柳宗元等人，推行革新，维护统一，主张加强中央集权，反对藩镇割据，反对宦官专权，采取了一系列改革措施，史称“永贞革新”。

但是他因为动了宦官的奶酪，所以深遭宦官们忌恨。权宦俱文珍等遂一手遮天，竟然明欺顺宗不能出语，假皇上名义下诏，先立了李纯为太子，接着宣布太子监国，后来更是直接拥立李纯即皇帝位，逼顺宗退位称太上皇，这叫“永贞内禅”。

第二年，顺宗便莫名地挂了，有人怀疑是宦官所杀。

后来的宪宗李纯、敬宗李湛、文宗李昂，也都死于宦官之手。

宦官专权的高潮戏，上演在唐文宗李昂执政时期，叫作“甘露之变”，我们后面再讲。

且说唐宪宗李纯虽是由宦官推上位的，却并不是一位傀儡皇帝。

李纯在即位之初，励精图治，重用贤良，改革弊政，尤其在削藩上取得了巨大成绩，算是中唐很有作为的皇帝。

唐中期，最让朝廷头疼的就是魏博、成德、卢龙“河朔三镇”，次一级的则是淮西和淄青两镇。

淮西节度使驻蔡州汝阳（今河南汝南），地处中原，战略地位重要，一直保持着半独立状态，几乎就是个小朝廷。

元和九年（814）九月，淮西节度使吴少阳死，其子吴元济竟然匿丧不报，自掌兵权。本来节度使死了，应该由朝廷任命新的节度使。但是吴元济打算父死子继，自己就说了算了，想来个世袭制。朝廷遣使吊祭，他非但不接受，还举兵叛乱，威胁东都。

这是赤裸裸的挑衅啊。唐宪宗李纯终于发作：我忍不了了！遂于元和十年（815）正月，决定对淮西用兵，并委任武元衡统领军队清剿。

武元衡（758—815），武则天的曾侄孙。进士及第，善诗文，与韩愈、王建、白居易等都多有唱和，是位文武双全、风流俊逸的才子。诗句多清新飘逸，如：“草木散幽气，池塘鸣早蝉。”“静见烟凝烛，闲听叶坠桐。”“鹤巢深更静，蝉噪断犹喧。”都饶有意趣。

他的最有武将气概的诗是《送崔判官使太原》：

劳君车马此逡巡，我与刘君本世亲。
两地山河分节制，十年京洛共风尘。
笙歌几处胡天月，罗绮长留蜀国春。
报主由来须尽敌，相期万里宝刀新。

这首诗里已经明确流露出渴望统一，愿为国之大统捐躯奋战的雄心。

后来，他果然做到了。

武元衡调兵十万开始攻打淮西，这引起了和淮西勾结的成德节度使王承宗、淄青节度使李师道等割据势力的极大恐惧。他们先是找武元衡求情，劝其罢兵，被武元衡痛骂了一顿，灰溜溜地回去了。

两个老伙计一合计，姓武的敬酒不吃吃罚酒，好，弄死他！于是制订了一条刺杀计划，决定刺杀武元衡、裴度等主战派大臣，制造恐怖，以救蔡州。

这就扯到了幕府附生的另一种文化现象：刺客。

三

唐朝文人一直有种莫名的刺客情结。这从李白的《侠客行》中就可以看得出来。

翻开唐朝诗人的卷集，几乎每个人都吟咏过荆轲、聂政，有种死士崇拜。王维说“纵死犹闻侠骨香”，李贺说“男儿何不带吴钩”，连文绉绉的元稹都说过：“侠客不怕死，怕在事不成。”

这种精神后来被日本遣唐使学了去，发展成日本的武士道。

《侠客行》太长，我且举一首崔涯的《侠士诗》为例，赤裸裸的求死之心：

太行岭上二尺雪，崔涯袖中三尺铁。
一朝若遇有心人，出门便与妻儿别。

简直是时刻准备着，只要有人赏识自己，立刻便要携剑出山替主公杀人去！

人人想当死士，可是养得起死士的只有幕府。

唐朝藩镇养刺客之风非常盛行，刺客们只知有幕主，不知有朝廷，个个都是冷血杀手。

看过电影《聂隐娘》吗？她就是典型的刺客代言人，老板先后是魏博节度使和陈许节度使。

没看过也不要紧，我可以给你讲讲这个故事。

聂隐娘是唐代裴铏所著《传奇》中的人物。故事发生在唐德宗贞元年间，魏博大将聂锋的女儿聂隐娘，才10岁。有一位尼姑到聂锋家化缘，就跟癞头和尚见了香菱一般，说道："舍我罢，舍我罢！"

聂锋自是不许，还生气地斥责了尼姑。尼姑说："你不给，我就偷，不信试试看，就算你把她锁在铁柜中，我也能偷去。"

当晚，隐娘果然丢失了。聂锋夫妻因此哭泣良久，一筹莫展。

五年后，尼姑忽然送了隐娘回来，对聂锋说："她已经学成出师，你领走吧。"说完就走了。

聂锋夫妻自是悲喜交加，抱着隐娘大哭一场，又问她这些年到底学了些什么。隐娘说："只是读经念咒而已。"聂锋自然不信，再三追问，这才知道女儿已经做了刺客。

据聂隐娘说，最初学轻功，"能于峭壁上飞走，若捷猱登木……身轻如风。一年后，刺猿百无一失。后刺虎豹，皆决其首而归。三年后能飞，使刺鹰隼，无不中"。之后便随尼姑下山，指谁杀谁，"白日刺其人于都市，人莫能见"。

聂锋听得毛骨悚然，再也不敢问下去了，但对女儿再疼爱不起来。过些日子，有个磨镜少年上门，聂隐娘说："这个人可以做我丈夫。"聂锋也不敢阻止，备足嫁妆，打发女儿出嫁了。

后来，魏博节度史听说了聂隐娘的能耐，就请她入幕为宾。过了几年，魏帅因为和陈许节度使刘昌裔不和，就派聂隐娘去杀刘帅。

刘昌裔能神算，知道聂隐娘要来，早早备下迎接仪式，非常诚恳地说："我算准了你会来。刺客各亲其主，人之常情。我和魏帅没什么不一样的，不如你以后留在我这里吧，我会善待你的。"

聂隐娘对刘帅的神机妙算很佩服，说："魏帅不如你。我以后就跟你吧。请你剪些头发，用红绸布包上，送到魏帅枕前，表示我不回去了。"

刘昌裔照办了。过了些日子，聂隐娘又说："信送去了，后天晚间魏帅必派精精儿来杀我，还要割你的头。我会想办法，你不用担心。"刘昌裔豁达大度，毫无畏色。

之后，聂隐娘先后与精精儿和空空儿斗法，都赢了，遂在刘府安稳地住下去。

唐宪宗元和八年（813），刘昌裔从陈许调到京师。隐娘不愿跟随去京，遂脱离幕府，游山逛水，不知去向。

这虽然是个志异故事，但大致可以看到唐中期幕府之间的关系背景，也就能理解各幕府为什么要养幕僚和刺客了。

魏博节度使派刺客聂隐娘刺杀陈许节度使，聂隐娘临时变节，反过来救了刘昌裔的命。

但是成德节度使王承宗和淄青节度使李师道派刺客暗杀当朝宰相，武元衡可就没那么好命了。

四

人人都想入朝做官，可是做朝臣其实是非常辛苦的，天不亮就要上朝，算上起床、出门、赶路的时间，往往半夜就要起来准备。

《明皇杂录》中说："五鼓初起，列火满门，将欲趋朝，轩盖如市。"

不过是五更时候，宫门前的街道已如集市般热闹，赶来上朝的大臣们的车马相继。逢到刮风下雨，只有宰相可以在光宅车坊躲避，而普通官员只能在望仙门、建福门外立马等候。

直到宪宗元和初年，才为上朝的官员特设了一个遮风避雨、等候上朝的处所，叫作待漏院。

武元衡，正是宪宗朝的宰相，最早享受待漏院殊遇的人。他和蜀中名妓薛涛也是有过交情的，传说中为薛涛请封"校书令"的官员有两个版本，一个说法是韦皋，另一个就是武元衡。

史称武元衡工五言诗，"好事者传之，往往被于管弦"，是个文武双全的宰相。

就在刺杀事发前夜，武元衡还写过一首《夏夜作》：

夜久喧暂息，池台唯月明。
无因驻清景，日出事还生。

这真是不祥之谶。

仿佛有预感一般，武元衡分明在刺杀前夕已经坐立不安，有“山雨欲来风满楼”之预兆，似乎料定日出之后会有大事发生，以至于徘徊桐槛，望月兴叹。

元和十年（815）六月初三凌晨，武元衡一大早骑马去上朝。

他早，刺客更早，早已埋伏在他上朝的必经之路。因此武元衡刚出家门不远，便听一声“灭烛”令下，先是有神箭手射灭了仪仗队的灯笼，接着几个刺客扑上前来，将侍从或杀或打散，抓走武元衡，还割了他的头。

与此同时，宰相裴度也在上朝路上遇刺，而且连中三剑，不过都是小伤。其中一剑是劈向脑袋的，可是因为裴度戴的扬州毡帽的帽檐太长，竟然只被割伤了帽子，保住了脑袋，受了点轻伤后逃脱了。

后来，裴度的帽子就火了，大臣们人手一顶，据说可以保命。

这件事震惊了朝野内外，在所有人还没有从震惊中缓过神来时，聪明人白居易因为脑子快，反应也快，第一个跳出来振臂高呼：严惩凶手，为武相报仇！

白居易和武元衡在私是诗友，在公是同僚，按说奏表要求速办凶手，洗雪宰相被当街刺杀的耻辱，这话说得一点错都没有。

可是言官们自己反应慢，就对白居易的激进不满，硬是派了他一个“东宫官员不当先于谏官言事”的罪名，奏议朝廷，竟将白居易贬到了九江，这才有了“江州司马青衫湿”的后话。

历来大诗人被贬的罪名中，白居易这一条算是最冤枉的了，简直莫名其妙。

虽然此前也多有文臣因为奏议逆耳被皇上贬谪的，可是白居易没有说错什么话，只是说话快了点，居然也会被贬，这就实在有点“欲加之罪，何患无辞”了。

但是稍微对当时朝臣的态度做些调查，我们就可以理解宪宗的做法了。

“六三惨案”发生后，朝廷下令搜捕凶手，迅速锁定目标嫌疑人：淮西吴元济、成德王承宗、淄青李师道。

目标有了，可是来头太大，惹不起。于是主和派的大臣们上表宪宗，求罢裴度之官，“以安二镇之心”。

这真是狗屁逻辑。人家挑衅了你，你打算还击一下，结果人家干脆把你派去的使者杀了。一个当街死掉，身首异处，白死了；另一个没死掉的，竟要你自己出手替他办利索了，这算是哪门子怀柔？

好在宪宗不糊涂，反而被这番狗屁理论气清醒了：这帮子怕事的大臣，算是朕的臣子还是节度使的臣子啊？怎么能帮着藩镇让朕做事呢？

宪宗当然不会听从议和派的意见罢了裴度的官，可是为了安抚他们的情绪，却不妨让白居易去江州吃点苦头，算是给了言官们一个面子。

这大概就是白居易被贬的真相了。

唐宪宗非常沉稳地暂不表态，待事情稍作缓和，裴度的伤也养得差不多了，却忽然一道诏令，升任裴度为宰相兼彰义节度使，于元和十二年（817）八月，讨伐淮西。

十月，李愬率先领军攻破蔡州，大败淮西军。吴元济束手就擒。李师道惶惧之下，内部矛盾激化，遂为部下所杀（这时候我们就该为张籍的明断庆幸了），淮西、淄青、江州等地先后平定。

而这次讨逆大军的行军司马，就是大名鼎鼎的一代文宗韩愈。

再顺便说下，武元衡的儿子武翊黄虽然没有老爹的名气大，但是在唐朝历史上也是响当当的人物，曾经乡试、会试、殿试“连中三元”，因此人送大号“武三头”。

我们下回再讲。

十年寒窗苦，一把辛酸泪

一

> 洞房昨夜停红烛，待晓堂前拜舅姑。
> 妆罢低声问夫婿，画眉深浅入时无？

这首诗脍炙人口，香艳轻巧，是不是写得很有情趣啊？字面意思非常浅白易懂，就是一个新娘子早晨起来，精心打扮了，问丈夫自己今天的眉毛画得可好？

人们都猜测这是诗人新婚燕尔，描绘自己的娇妻来发朋友圈晒恩爱的。然而事实上，这却是一个大男人写给另一个男人的诗。

诗的作者叫朱庆餘，又名朱可久。诗作的原题是《闺意献张水部》，又名《近试上张水部》。

张水部，就是非常有远见的著名诗人张籍，字文昌，官居水部郎中。因为名气大，人面广，新生在进士考试前都希望能得到他的提拔指点，增强信心。

这首诗，就是朱庆餘投向张籍的橄榄枝、问路石，真实的意思是：小生初来乍到，写了几首歪诗，想请大人看看可还符合京城时下的风尚？就我这点墨水，今春考试可有希望？

这其实是一首“干谒”诗，与白居易投递“离离原上草”于顾况是同一用意。

实在是每年赴长安报考的生员太多，考官判卷时一目十行，难免遗珠。比如德宗朝时，有个考生叫李程，考试题目是《日五色赋》，写得光彩陆离，焕然绮丽，可是初审时这卷子竟然被放落了。幸好复审官将它拣了出来，重请主试官评判，最终竟然给了个状元。正是“人面桃花”崔护的同年。

这个例子告诉我们有才无名被错过的可能性有多大，如果考生在考试前已经有了相当名声，考官自然就会额外重视，也就会避免这种走眼的情形了。所以才会有陈子昂摔琴、杨敬之说项等种种考场之怪现象。

赢得名声最直接的方式就是“行卷”，请大V们帮自己转帖增加点击率。

这已成近试惯例，但是朱庆餘这首《近试上张水部》，却在所有的“干谒”诗中脱颖而出，名为闺意实为“行卷”，真是别出心裁，一语双关。

这位有两个名字的考生，连写诗也有双重意思，还真是让人头晕。

不过，联想到张籍的成名作《节妇吟》，可知以美人自喻本就是张籍的绝招，朱庆餘的“干谒”诗可谓投其所好。

因此张籍不仅对朱庆餘大为欣赏，而且立刻写了一首《酬朱庆馀》回复：

越女新妆出镜心，自知明艳更沉吟。

齐纨未是人间贵，一曲菱歌敌万金。

朱庆馀不是把自己比成初嫁新娘，把诗作比成画眉样式请人品评吗？那张籍就将错就错把他当成一个女人，而且是西施这样的大美人。并且说，你的才华就好比西施天生丽质，妆扮一新后更是姿容绝代，这一点你自己其实也是很清楚的。不要在意庸脂俗粉们忙着把名贵的丝绸披挂上身，你便是不施铅华，单凭一曲清歌，也足以名动天下。

张籍本人是曾经受过“干谒”之苦的，当年进京科考时，因为人生地不熟，颇感行卷无门，在给贾岛的诗中回忆道：“蹇驴放饱骑将出，秋卷装成寄与谁？”

因为自己亲身体验，所以有了权力后，特别肯帮人，逢人便极力推荐朱庆馀的诗作。

朱庆馀名声大振，顿时成了当届考生中的黑马。

张籍与朱庆馀这一唱一和，问得聪明，答得巧妙，一时传为佳话。

这件事被与张籍合称“张王乐府”的大诗人王建听说了，便也用同样手法写了一首诗来打趣二人：

三日入厨下，洗手作羹汤。

未谙姑食性，先遣小姑尝。

新娘子嫁过门来，想做碗羹汤讨好婆婆，却不知道堂上大人的口味如何，于是先请丈夫的妹妹尝一尝，询个意见。

这首诗非但一语双关，而且一箭双雕，把朱庆餘和张籍一块儿写进来了。朱同学不是用新娘子来自比，以画眉相试探，把张籍比作新郎吗？

那么王建就姑且认了朱庆餘的新娘角色，但却不同意张籍的新郎地位，而是把他比作代尝羹汤的小姑子，不过是个试验者罢了，根本不是新娘子真正想讨好的对象。

这首诗后来被当成了新嫁娘的形象代言，甚至被当作后世研究唐人婚嫁风俗的依据，真是“无心插柳柳成荫”。

其实这种“干谒”时将自身比作女子请求援手的做法，并非朱庆餘首创。早在初唐时，骆宾王在《上兖州崔长史启》中就曾道：“倘能分其斗水，济濡沫之枯鳞；惠以余光，照霜栖之寒女……则捐躯匪吝，碎首无辞。”

将自己比作干渴求泽的枯水之鱼，清霜孤栖的贫户之女，请求长官赐以援手，自当投身相报，在所不辞。

我们今天单拎出一首诗、一篇文章来评价古人时，往往会因为雌雄难辨而为之讶然，但是放在“干谒”行风的唐朝，就会发现以小家碧玉自谓而款款陈情，乃是诗人最顺手的借代方式，不足为奇。

且说朱庆餘在宝历二年（826）考中了进士，不久擢为秘书省校书郎。

他一直未忘张籍的提拔之恩，经常有诗题赠，回忆往昔情谊：“每许连床坐，仍容并马行。恩深转无语，怀抱甚分明。”

是个懂得感恩的人。

朱庆餘传世的诗作很多，除了“闺意”诗外，还有一首《宫词》，也同样脍炙人口，流传甚广：

寂寂花时闭院门，美人相并立琼轩。
含情欲说宫中事，鹦鹉前头不敢言。

宫苑之中，两位美人并肩而立，应该是喁喁私语说心里话的好闺密才对。可是因为廊上挂着鹦鹉笼，好姐妹却是什么秘密也不敢说的，生怕抱怨的话儿被鹦鹉听了去，惹出祸事来。

这首诗婉约幽怨，却清丽优雅，全无一般怨妇宫词的酸楚之音，确为上乘之作。

不过，中唐诗人中宫词作得最好的要数他的好朋友王建，一口气写了百首宫词，成为研究唐代宫廷风情的重要材料。

朱庆餘的诗中，还有一首《过孟浩然旧居》也写得不错，对孟浩然的评价极其中肯，很能帮助我们在讲述中唐的时候，回望盛唐：

命合终山水，才非不称时。
冢边空有树，身后独无儿。
散尽诗篇本，长存道德碑。
平生谁见重，应只是王维。

从盛唐走来，我们似乎才告别孟浩然没有几天，忽然看到这首“怀古之作”，知道孟夫子自从陪王昌龄一顿大酒喝得驾鹤西去，如今墓木已拱，身后飘零，诗篇永存，徒与后人祭拜，还真是挺感慨的。

奇怪的是，朱庆餘诗写得不错，又中过进士，《全唐诗》中收录了他的诗作整整两卷之多。可是这样一个人，竟然生卒年月不详，除了中进士的经历外，一生履历也都亡佚，这真是奇怪之至。

不过，从他的诗“杏园北寺题名日，数到今朝四十年”中，可以看出他挺长寿的，至少活到六七十岁。而且，朱庆餘人缘不错，同许多官员诗人都有互相酬赠。他和贾岛是很好的朋友，唱酬尤多，最难得的是，还有一首诗的题目是《与贾岛、顾非熊、无可上人宿万年姚少府宅》。

还记得谁是顾非熊吗？就是顾况那个转世重来的儿子！

这真是一个朋友的怪圈！

二

战国时期是诸子百家辩论著述最昌盛的时期，同时也是硝烟四起、七雄抗礼的时期。汉武帝大一统以来，罢黜百家，独尊儒术，使儒学成为国家钦定的意识形态，从而换来了四百年治世。

这也是儒学第一次登上经史教化的最高宝座。

东汉末年，战乱迭起，五胡乱华，经废道弛；佛学传入中原，玄学悄然兴起。南北对峙之期，民间高士皆以玄学清谈为上，而儒学却被抛至一边，乏人问津。

此风一直袭至隋唐统一，因为科举制度的兴起方稳定风声，儒学拨乱反正，重登大雅。所以治世奉儒经，乱世多拜神，儒学推广与盛世统治密不可分。

隋唐的科举选仕，不仅可以帮助国家选拔人才，而且在思想上加强统治，是融合南北、胡汉的最佳利器。

尤其隋唐以前，官员任用一直以门第为重，所谓“上品无寒门，下品无士族”，出身决定一切。诚如左思之叹：“世胄蹑高位，英俊沉下僚。”

而科举制度的推广，给了寒门士子凭借自身努力鲤鱼跃龙门的希望，也让可以凭祖荫得官的人更愿意通过科举来赢得好名声。因此，通过考试谋得出身成了出人头地最重要的一条路，“学成文武艺，货与帝王家”“万般皆下品，唯有读书高”都是在这种背景下产生的普世思想。

考试这样重要，规矩也就特别烦琐，有很多避忌甚至莫名其妙，比如考生最怕的，就是题目有触家讳。

读过《红楼梦》的朋友都知道，林黛玉因为母亲名叫贾敏，凡遇“敏”字必读成“密”，每逢写字时也必少写一两笔，这就叫“避母讳”。

杜甫的父亲叫杜闲，所以整本《杜工部集》都没有一个“闲”字。

如果考试题目里有和自己父亲名讳相同的字眼，考生就得借口身体不适弃卷离场，否则被揭发出来就犯了“大不孝”罪。虽然倒霉，但是明年还有机会。

最惨的是李贺，因为父亲名为李晋肃，与“进士”发音相近，有人便以此为由不许他参加进士考试。韩愈听说了，气得写了一篇《讳辩》，说父亲叫晋肃就不能考进士，那父亲讳“仁”，儿子难道就不用做“人”了吗?

辩得着实有理，可惜没用。史称“诗鬼”的大才子李贺因此终身未中进士，气得27岁就英年早逝了。

到了考试那天，凭你是富家公子、皇亲贵胄，也要自己背负书囊，打点好笔砚、干粮、水壶、木炭等必需品，接受严苛的搜身检查，然后进入考场，分房而坐。

尚书省的考试约在每年正月或二月举行，时值初春，故称“春闱”。天气还是相当冷的，考生们可以说是饥寒交迫，走笔如飞，相当辛苦。

唐朝初期多在尚书省都堂进行，后期移至礼部贡院。现在我国很多地方还保留着一些清代贡院建筑，就是考生们参加乡试的考场啦。

考试常常从早晨五六点一直考到晚上六七点，有时还要延迟至深夜，以三条木烛燃尽为限。

有两首作者有争议的《省试夜》最能说明这种情况：

其一

三条烛尽钟初动，九转丹成鼎未开。

残月渐低人扰扰，不知谁是谪仙才。

其二

白莲千朵照廊明，一片升平雅颂声。

才唱第三条烛尽，南宫风月画难成。

有一次，一位考官看到蜡烛将尽，还有考生没有交卷，就戏称一联：“三条烛尽，烧残举子之心。”

不料，有个考生竟然应声对道：“八韵赋成，惊破侍郎之胆。”

还真是机智！

话说“八韵赋成”，指的是这年的考题要写一首十六句排律，有八个韵脚。

排律的要求是除了首联和尾联外，中间所有的上下句都需要对仗，每双数句末尾要押韵，还要注意平仄粘对问题。

格律诗的“平仄律”又叫“粘对律”，对于今天的学诗新人来说，是最感头疼的；但是古人自小习诗，粘对这些是看家本领，根本不算一回事，但是押韵和对仗却是非常头疼的。

要找到合适的字，还要注意韵部统一；不光对仗，意思还要好，同时须标新立异，吸引考官眼球。想在限时之内完成一首佳作，确实难上加难。

但是温庭筠是个例外。据说他作诗时，喜欢双手叉腰来思考，一叉手就来一联，一叉手又有了一联，这样叉了八次手，诗也写完了，因此人称“温八叉”。但是这样的牛人，居然——落—第—了！

之后他又屡次赴试，因为自己答卷速度快，索性偷偷替别人做枪手，多写几首，送给别的考生。然后看着人家高中金榜，自己再次落第。这真是才气和运气背道而驰的典范啊。

并不是所有的试题都要求八韵，初盛唐时的科举诗题就多为六韵。比如王维参加科考的那年便是这样，题目是《终南山咏余雪》。

这终南山和王维是有缘的，他晚年的栖身之地，因此合该他得了状元。

同期考生中，有个牛人祖咏，特别个性，只写了四句就交卷了：

终南阴岭秀，积雪浮云端。
林表明霁色，城中增暮寒。

考官看他写得不错，清丽绝俗，是个才子，可是这样答题不合规矩啊。于是苦口婆心地拉着他劝："诗起得不错，承得也不错，好歹再加八句，凑足六韵，按要求把诗写完嘛。"

祖咏一扬头，很有魄力地回了两个字："意尽！"

于是，考官也言尽于此，祖咏毫无意外地落第了，为他的个性买了单。

也有人说祖咏这次考试中了，考官因为惜才，破格录取，还给了状元。可是，那把王维往哪儿放呢？所以有人考据之下，发现祖咏考了不止一次进士，考中已经是两年后的事了，估计那一次赴考他应该很规矩了吧？

不过，唐朝近三百年科考中，也确实有一次例外，是个叫阎济美的考生，诗题也是咏雪，不过不是终南山的雪，而是《天津桥望洛城残雪》，要求也是五言六韵。

可是阎济美因为到了三条烛燃尽还没写完，只得匆匆交了四句：

新霁洛城端，千家积雪寒。

未收清禁色，偏向上阳残。

考官看到这四句诗确实“意尽”，竟然让他过了。这两个故事太雷同，两首诗也大同小异，连用韵都是一样的，所以后世常混为一谈。

可对于当事人来说，那可是大不同啊！

三

唐代科考程序大概分为乡试、会试、殿试三个步骤，所以进士科都可称为“天子门生”。殿试并不是逢考必行，大多时候由吏部铨选来行使同样的功能，也就是选官。

初盛唐时乡试一定要在籍贯所在州县进行，唐中期以后放宽限制，也可以跨籍报考，当然，须得身家清白，履历明确。比如白居易任杭州刺史时，就有很多考生争相投奔，跨镇报考，希望得到白居易的举荐。

乡试的头名称“解元”，会试的头名称“会元”，殿试的头名称“状元”。在整个科举历史上，“连中三元”者只有十几个人。唐朝289年间，只出现过两位，第一个叫崔元翰，年五十方举进士，而且不但他自己连中三元，还和弟弟崔敖、崔备同科同榜，三兄弟包揽榜上前三名。

《唐语林》载：“建中二年，崔元翰、崔敖、崔备三人府元、府副、第三人。于邵知贡举，依次放及第。”

这太不可思议了！如果不是他们家拿了天那么大的黄金饼把考官彻底砸晕，就是考试那天崔家祖坟上冒了青烟，招惹了某位大神降临，运气好到了反科学。

另一位连中三元的，就是宰相武元衡的儿子武翊黄，字坤舆，因三试独占鳌头，人称“武三头”。在《全唐诗》存诗一首，题为《瑕瑜不相掩》：

抱璞应难辨，妍媸每自融。
贞姿偏特达，微玷遇磨砻。
泾渭流终异，瑕瑜自不同。
半曾光透石，未掩气如虹。
缜密诚为智，包藏岂谓忠。
停看分美恶，今得值良工。

武翊黄于元和元年（806）丙戌科状元及第。这一年，唐宪宗李纯刚刚即位，感念武元衡忠君侍主，将其屡次升迁至中丞、户部侍郎。

父子俩在同年中一个连升三级，一个连中三元，若说武翊黄没有沾了老爹的光，是很难让人相信的。

但是老爹一死，武翊黄就没有倚仗了。他本已官至大理卿，理当前途无量名垂青史的，却在婚姻问题上犯了一个错误：因为宠爱妻子的随嫁婢女薛荔而长期虐待正妻，遂被贬官，流寓他乡而终。

这真让我有点意外，泱泱大唐作风不正的官员多了，元稹就占头一个，怎么这“武三头”竟会为这么点小错而丢官流贬呢？

爱情的代价也太大了。

唐朝的科举考试中，每年报考的学子数千人，而最终能取中进士的不过二十几个，真是哭的多，笑的少。

中了自然开心，于是张籍写：“二十八人初上牒，百千万里尽传名。”这年及第的人数比较正常，28人。

白居易写：“慈恩塔下题名处，十七人中最少年。”这年及第的就少了，才17人，而27岁的白居易是最年轻的一个。这年的状元，就是“连中三元”的幸运儿崔元翰。

杜牧写：“东都放榜花未开，三十三人走马回。”这可有点超额了，不知道是不是那年行贿的人实在太多了。

考中之后，大家就可以尽情嘚瑟了。

伊璠写：“十年辛苦一枝桂，二月艳阳千树花。”

刘禹锡写：“礼闱新榜动长安，九陌人人走马看。”

刘沧写：“及第新春选胜游，杏园初宴曲江头。”

而最嘚瑟的就是孟郊的“春风得意马蹄疾，一日看尽长安花”了。

前面说过，科举及第的庆功节目非常多。考中之后，要先拜谢主考官（座主），称为“谢恩”；谢恩后，座主会带领新晋考生一起参见宰相，叫“过堂”；之后便会有各种大小宴会酒局，如雁塔题名、杏园探花、曲江宴游等。

其中最为人称道的是“雁塔题名”：放榜之后，所有考生都会来到长安大雁塔下，在慈恩寺的壁上题上自己的名字。“题名尽是台衡迹，满壁堪为宰辅图”便是雁塔名录的盛况。

考生及第后并不能马上选官，还要经过吏部铨选，叫作“关试”。因为时间在春天，所以又叫“春关”。

关试及格之前，考生们要穿褐色粗布衣服，铨选得官后才能脱去褐衣换上官服，所以吏部铨选又叫“释褐试”。

关试分为“身、言、书、判”四方面的检验：身正貌端，言语清朗，书法工整，临机决断。

说到底，所有的面试看的都是眼缘，主观成分很大。没有背景的考生想过这关的难度就更大。

像欧阳詹这种运气不好又朝中无人的，就总也过不了关试，及第后等了六年才得分配工作，因此发出“犹著褐衣何足羡”的感叹。

不过，宋代以后，政策就变好了，只要进士五甲以上便可以直接授官，而且升迁快，级别高，远比其他途径入仕的人要占优势。两宋宰相中，进士出身的人占到90%以上，正所谓“满朝朱紫贵，尽是读书人”。

所以说，宋朝进士可比唐朝幸福多了。因此也就成了达官贵人心目中理想的乘龙快婿，遂出现了“榜下捉婿”的风潮。

每年进士张榜之日，众豪门派家丁守在榜前，但见哪位高喊“我中啦”，立刻一拥而上，扛了就往府里跑。最疯狂时，竟有一日之间“中东床者十八九”的盛况发生。

而最恶搞的，是有一个叫韩南老的新科进士，已经七十多岁了还被人提亲，于是作了一首绝句回复：

读尽文书一百担，老来方得一青衫。

媒人却问余年纪，四十年前三十三。

四

范进中举的故事是大家熟悉的，那叫开心得冒泡。可是更多的举子，则为名落孙山而悲伤。

要注意的是，这个“孙山”的典故出自宋代，如果表现唐朝故事的电视剧里哪位举子落榜自称“名落孙山”，可就穿越了。

宋代范公偁《过庭录》载：“吴人孙山，滑稽才子也。赴举他郡，乡人托以子偕往。乡人子失意，山缀榜末，先归。乡人问其子得失，山曰：‘解名尽处是孙山，贤郎更在孙山外。’”

这说的是有个叫孙山的举子，为人幽默，出语诙谐。有一次赴考归来，乡人问他中了没，他说中了；乡人又问：那我儿子中了没？孙山答：榜上最后一位刚好就是我的名字了，令郎排在我的后面。

选送贡生是乡里的大事。出发前会特别举办“鹿鸣宴”，地方官员与众乡亲为被举荐的考生们饯行，预贺高中。大家一边吃肉喝酒，一边高唱《鹿鸣》之歌：“呦呦鹿鸣，食野之苹。我有嘉宾，鼓瑟吹笙……”

这是祝福，也是压力。“得意蛟龙失水鱼”，考上了自可衣锦还乡，荣归故里，考不上可咋办？难道把鹿肉吐出来吗？

温庭筠在落榜诗中曾说过：“未知鱼跃地，空愧鹿鸣篇。”发的就是这种感慨了。

有两位同乡许浑和杨发一起赴京赶考，结果杨发考上了，衣锦还乡；许浑没考上，无颜回见江东父老，就写了一首《送杨发东归》自怜：

红花半落燕于飞，同客长安今独归。
一纸乡书报兄弟，还家羞着别时衣！

而岑参岂止不敢见江东父老，连守城小吏都不敢照面，怕人家认出他来，问他考得怎么样，遂有“羞见关城吏，还从旧路归”一诗。

和岑参有同样感慨的还有个豆卢复。每次来长安应试时都住在同一家旅店，结果屡败屡战。岑参是不敢见到守城吏，而老豆则不敢见旅店老板：

客里愁多不记春，闻莺始叹柳条新。
年年下第东归去，羞见长安旧主人。

考中的进士们开心得要写诗嘚瑟，落榜的举子们因为失意更要写诗抒愤。于是，千百年来积累了一个非常特别的诗坛名目：落第诗。

比如孟郊就写过多首落第诗，语多怨谤。还有以咏史诗闻名的晚唐诗人胡曾，也写过一首《落第》来抱怨世道不公：

翰苑何时休嫁女，文昌早晚罢生儿。
上林新桂年年发，不许平人折一枝。

胡曾曾写过一百五十首七绝咏史，从“祖舜宗尧自太平”一直写到现世，是一部七绝编年史。诗风平白如话，通俗易懂，很适合小孩子背诵，帮助蒙童了解历史。

有人认为他所以写了这么多咏史诗，就是为了编册“行卷”，便于投递的。

胡曾的名字现在已经很少有人提起了，但在历史上他的咏史诗是流传很广的，《东周列国志》《全汉志传》《东西汉全传》《西汉演义》等历史小说，只要描写的时代在胡曾咏史诗的范围内，就会引用他的诗为证，而且一本书里常常引用二三十首，已经成了套路了。

按说熟读历史的人对现实沉浮应该很能看得开，但是他的这首落第诗却充满怨刺之意，故而诗家认为此诗多怨谤，性情不好，所谓“莫向诗中著不平”。并拿来和高蟾的落第诗相比较，令后世子弟引以为戒。

诗人高蟾有一首《下第后上永崇高侍郎》，刚刚落第就忙着“行卷”再战了：

天上碧桃和露种，日边红杏倚云栽。
芙蓉生在秋江上，不向东风怨未开。

诗中自比水上避芳尘的芙蓉，虽然不像桃花和杏花那样亲近帝尊，得傍天恩，但也绝不会抱怨东风，而甘愿静静等待自己的季节。

这里对“天上碧桃”和“日边红杏”的皇亲贵戚们虽有讽刺，却无怨世谤上之心，而表现出一种淡然安静，有种优雅的节制。因此侍郎高骈深为赞赏，积极帮高蟾拉关系，第二年高蟾果然中举了。

《红楼梦》中宝玉生日，群钗占花名，探春就抽中了这句“日边红杏倚云栽”，且说“得此签者必得贵婿”。所以众人都说，探春将来是要做王妃的，暗示其远嫁藩王的命运。

性格改变命运，信乎？

我喜欢韩愈

一

非常愿意帮人的张籍是约766年生人。贞元十二年（796）与孟郊结识，后来在孟郊的介绍下认识了韩愈，并在时任汴州进士考官的韩愈的举荐下，于贞元十五年（799）赴长安赶考，进士及第。又过了二十多年，才迁水部员外郎，始称“张水部”，成为别人投谒的对象，也才有了朱庆餘献闺意诗的由来。

更愿意帮人的韩愈听起来提拔了很多人，一副德高望重忠正长者的样子，但实际上他比孟郊小17岁，比张籍也小两岁，是768年生人。

孟郊也是在韩愈的帮助下才登科及第的，同年认识张籍，再介绍张籍认识韩愈。

——大家有没有被这道关系题绕晕？我反正是绕了很久才理出头绪来的，最后不得不长叹一声：韩愈，天才啊，牛人啊！

韩愈有诗《早春呈水部张十八员外二首》，第一首连小学生都会背：

天街小雨润如酥，草色遥看近却无。

最是一年春好处，绝胜烟柳满皇都。

但这只是第一首，还有第二首，才是写诗的起由：

莫道官忙身老大，即无年少逐春心。

凭君先到江头看，柳色如今深未深。

原来，是春天来了，小草绿了，韩愈便用石子扔向老朋友张籍的书窗，跳着脚喊：小明出来玩！小明出来玩！

但是小明，哦不，张籍老气横秋地说：忙，没时间。

韩愈只好自己出门了，踏了会儿草，淋了会儿雨，就开始写诗给老朋友碎碎念了：别老说忙啊忙啊，当个官了不起啊？一点童心都没有，做人太无趣了。你也不赶紧出来看看，柳色乍绿犹黄，小草似有还无，春雨轻润如丝，春风柔软无力，这一切是多么美啊，大好春光，都被你辜负了耶！

这首诗作于823年早春，当时韩愈已经56岁了，可是从诗意上看完全就是个阳光灿烂的大男孩。童心无限，贪玩会闹，热爱生活，一看就是个脾气特好、诸事顺意的老顽童是不是？

韩愈（768—824），字退之。河南河阳（今河南孟州南）人，自谓“郡望昌黎”，世称“韩昌黎”。晚年官至吏部侍郎，因此又称“韩吏部”。长庆四年（824）病逝，年五十七，追赠礼部尚书，谥号文，故称“韩文公”。是唐代古文运动的倡导者，“唐宋八大家”之首。与柳宗元并称“韩柳”。有“文章巨公”“百代文宗”之雅号。

怎么看，都是一副性格光明、气宇恢宏的大家风范。

然而韩愈并不是那种含着金钥匙出生的幸运儿。

前面讲了多个跟随寡母长大的可怜孩子，而韩愈比他们还惨，3岁时父母双亡，跟着哥哥嫂子长大。9岁时，哥哥又去世了，韩愈只能跟随寡嫂郑氏避居江南宣州。寄人篱下，颠沛流离，孤苦漂泊，饱受白眼，其苦楚艰难可想而知。

很多人会因为这种身世而自怜自艾，自暴自弃。但是韩愈不会，他因自念是孤儿，更加刻苦自制，不辍读书，到底自学成才，24岁进士及第，与欧阳詹等一同登上“龙虎榜”。

这是我最敬佩韩愈的地方，生命道路上荆丛遍地，但是从未抱怨气馁，既不会让他因此自怜自艾自暴自弃，也毫不影响他成为一个正直热心的人。

有的人会因为自己的不幸而迁怒他人，报复社会；有的人却只会在经历过艰难折磨后，才更加懂得珍惜幸福，善待他人。

韩愈，就是这样的人。

韩愈的人生路真是相当坎坷，虽然凭借先天的聪慧和后天的刻苦中了进士，但因为出身贫寒，一直未得选官。又几次应制举失败，“四举于礼部乃一得，三选于吏部卒无成”。最终只得选择了入幕为僚这条路。

贞元十二年（796）七月，韩愈受宣武节度使董晋推荐，得试任秘书省校书郎，出任宣武节度使观察推官，开始了甘苦自知的幕僚生涯。

幕府与幕僚的关系不像君臣，而更像是公司老板与员工，相对宽松，来去也比较自由。

韩愈入幕期间，公务不多，薪水丰厚，“日月有所入，比之前时，丰约百倍”。睡觉睡到自然醒，数钱数到手抽筋，也多了些和朋友送往迎来的交游唱和时间。闲时还聚众赌钱，日子还是很舒适的。

好日子过了三年，贞元十五年（799）二月，董晋逝世，韩愈护送董晋灵柩至洛阳。

前脚刚走，后脚营中就发生了哗变，幸而被他险险地躲过了。

当时的幕府个个都像小朝廷，所以幕主一死，很容易就发生暴动。

同年秋，韩愈应徐州节度使张建封之聘，二次入幕，再任节度使推官，试协律郎。

但是因为张建封这个老板管理公司比较严格，要求员工上下班要打卡，韩愈受不了了，于是请辞。

刚走没几天，张建封死了，徐州哗变，又一次被韩愈躲过了。

二

韩愈是于贞元十六年（800）告别幕僚生涯，前往长安，第四次参加吏部考试的。

这一回，他终于通过铨选，被任命为国子监四门博士。

当初欧阳詹曾经号召国子监众生员联名举荐为他争取的这个头衔，他终于凭自己的努力得到了。

贞元十九年（803），韩愈晋升为监察御史。

当时关中地区大旱，韩愈在查访后发现，灾民流离失所，四处乞讨，关中饿殍遍地。而京兆尹李实却封锁消息，谎报关中粮食丰收，百姓安居乐业。

韩愈上疏举报，反遭李实等谗害，同年十二月被贬为连州阳山县令。

这是韩愈的第一次被贬。

幸而贞元二十一年（805）获赦，后授江陵法曹参军。

还记得805年发生了什么事吗？德宗驾崩，李诵继位。接着，李诵禅位，李纯继位。

韩愈遇赦，不知道发生在哪个皇上坐庄的时候，但是接连这么多大事，总有一桩好事会落到他头上。

所以说，在唐朝做文人，被贬不可怕，一定要想尽办法和皇上比命长，只要熬到先皇驾崩，新皇登基，天下大赦，也就有了新的奋斗机会了。

同年六月，韩愈奉诏回长安，重新担任国子监博士。

元和九年（814）十月，任考功郎中；同年十二月，任知制诰，后晋中书舍人。

元和十二年（817）八月，唐宪宗决定讨西，任命裴度为淮西宣慰处置使。裴度向来欣赏韩愈，遂聘请他为行军司马，赐紫服佩金鱼袋。讨逆过程中，韩愈曾给了裴度很多良好建议。

后人最替韩愈扼腕的，是他在审时度势之后，发现吴元济的精兵大量投放在北线郾城方向，而西线蔡州兵力空虚，便向裴度建议，调三千精兵突袭。有诗为证：

过鸿沟

龙疲虎困割川原，亿万苍生性命存。

谁劝君王回马首，真成一掷赌乾坤。

这首诗借楚汉相争的故事，以史喻今，说楚汉争霸，双方都因连年征战而疲惫不堪，国土分裂更是让民生受苦。刘邦当时一度想罢战，但谋士张良劝他孤注一掷，向项羽展开攻势。结果兵围垓下，一举成功，开创了大汉帝国。

“一掷赌乾坤”，说的是像掷骰子那样，将所有赌注押在一场豪赌上。而韩愈当时押的赌，便是奇袭蔡州，一局定输赢。

可惜的是，裴度还没来得及采纳，西路将领李愬也想到了这一招，雪夜入蔡州，生擒吴元济。

本来谁的功劳也无所谓，反正平西是成功了，全军上下论功行赏，你好我好大家好。但是就因此惹出了一件延绵三百年的“韩碑案”。

淮西平定后，韩愈随裴度回朝，因功授职刑部侍郎，负责撰写《平淮西碑》。

韩愈写得相当卖力，呕心沥血，引经据典，七十天方写成。

李商隐曾有诗《韩碑》完整地记述了这件事。诗的前半交代讨西背景与裴度之功，略过，我们只看这关于韩愈写碑时的后半段：

帝曰汝度功第一，汝从事愈宜为辞。

愈拜稽首蹈且舞，金石刻画臣能为。
古者世称大手笔，此事不系于职司。
当仁自古有不让，言讫屡颔天子颐。
公退斋戒坐小阁，濡染大笔何淋漓。
点窜尧典舜典字，涂改清庙生民诗。
文成破体书在纸，清晨再拜铺丹墀。
表曰臣愈昧死上，咏神圣功书之碑。
碑高三丈字如斗，负以灵鳌蟠以螭。
……

从李商隐的诗中我们可知韩愈写碑的主要内容，自然是大篇幅地歌颂裴度的功绩。

可是，率先入蔡的李愬不干了，他认为自己生擒吴元济，应居头功，对韩愈碑文自是不满。加上李愬娶的是皇亲国戚，于是他的妻子入宫游说，哭哭啼啼地向宪宗讨说法；李愬的部下更是粗暴地直接将韩碑推倒了。

眼看一件论功行赏的大喜事就要变成帮派械斗的流血事件，宪宗只得赶紧和稀泥，令人磨掉韩愈所写碑文，让翰林学士段文昌重新撰写勒刻。韩碑风波，告一段落。

然而事情还没完，到底谁的文章写得好，这件事吵吵嚷嚷坚持了二百多年，到了宋朝时还在吵嚷不休。在苏东坡的倡导下，宋人硬是又磨掉了段文昌的碑文，重新把韩愈的碑文给刻回去了。

可怜那块碑，磨一次薄一次，就快从石碑变成石片了。

三

李纯是唐朝建朝以来的第十一位皇帝，也是继“贞观之治”“开元盛世”后，再创“元和中兴”的半世明君。

可惜的是，宪宗当了几天好皇帝，便又重蹈祖辈覆辙，“靡不有初，鲜克有终”起来，开始大行悖逆之道，越老越荒唐。真是辜负了刘禹锡的表扬：“忽惊元和十二载，重见天宝承平时。”

元和十四年（819）正月，宪宗派使者前往凤翔法门寺迎接释迦牟尼的一节指骨来长安供养，说可使“岁丰人泰”。长安一时间掀起信佛狂潮，上自王公下至庶民争相布施，唯恐不及。有钱的捧个钱场，没钱的捧个人场，有人竟然在手臂上燃香烧戒疤以为供奉。

在这一片响彻宇宙的“阿弥陀佛”声中，韩愈甘冒天下之大不韪，上书《论佛骨表》极力劝谏，认为供奉佛骨实在荒唐，要求将佛骨烧毁，“投诸水火，永绝根本，断天下之疑，绝后代之惑”。

因为迎佛骨在唐朝历史上干了不是一次两次，而是六次之多，不过多半没有好下场。所以韩愈说自东汉明帝以来，好佛的皇帝大多短命，这简直是诅咒圣上。因此唐宪宗大怒，竟下令将韩愈推出去斩首，幸而裴度、崔群等人极力劝谏方免死，遂贬为潮州刺史。

要说这唐宪宗也着实荒唐。既然信佛，当真四大皆空，拘泥于一节佛指已经是迷信，更何况佛门向善，为信佛而要滥杀忠臣，又怎么会是虔诚善信？

不行宽恕之道，不施仁德之政，难道单凭劳民伤财，耗费巨资，对着佛祖的一节小手指磕头念经，就能国泰民安，得佛保佑了吗？

一个帝王迷信起来，竟至如此愚蠢，也真让人无语。

贬谪途中，韩愈写下了著名的《左迁至蓝关示侄孙湘》：

一封朝奏九重天，夕贬潮州路八千。
欲为圣明除弊事，肯将衰朽惜残年！
云横秦岭家何在？雪拥蓝关马不前。
知汝远来应有意，好收吾骨瘴江边。

我们现在已经很熟悉“左迁”就是“贬调”的意思了。蓝关，指陕西蓝田。显然韩愈从蓝田出省向潮州而去。

唐代出长安往东南有两条路线，一是从长安到洛阳的两都驿道，路况不错，但路途较长，相当于今天的高速公路；另一条是从蓝田、武关南行的蓝武驿道，山路崎岖，林区难行，还常有野兽出没，但是抄近路，相当于今天的国道。韩愈两次被贬，走的都是这条路。

侄孙湘，指韩愈的侄孙韩湘。光说韩湘你可能反应不过来，但如果我加个后缀成“韩湘子”，就大名鼎鼎了。你一定知道，他可不是一般人，而是“八仙过海”中吹着紫金箫的那位浊世翩翩佳公子。神仙啊！牛吧？

这位神仙可是韩愈的侄孙。那韩愈是不是更牛啊？

《韩湘子全传》记载，韩湘子乃是汉丞相安抚之女灵灵转世，白鹤投生。幼丧父母，由叔祖韩愈抚养长大，又得汉钟离、吕洞宾二仙传授修行之法，于终南山修成正果，位列仙班。

一说神仙，就有点让人跳戏，觉得时空凌乱。本来和我们挺亲近的大唐诗人们，因为和神仙沾亲带故，刷地一下就变得疏离遥远了。

别怕，神仙也是凡人修炼的。韩湘送叔祖去潮州时，才27岁，还没登科及第，离修道成仙还早着呢。

说完神话，我们来看看诗。

“一封朝奏九重天，夕贬潮州路八千。”首联起得很明白，乃是因为一封谏迎佛骨的奏表被贬，早晨才把奏章递到天庭，晚上就变成了潮州八千里路的流亡者。

这是一句典型的“错综对”。因在首联，无须对仗工整，所以作者玩了个文字技巧，“朝”与“夕”，“九重天”与“八千路”，意思上字字相对，排列上却错综排开。不工整对仗越发增加了修辞的灵动性，只有文字使用得极其熟练的诗人，才会写出这样的句子。

颔联进一步说明原委，表述心愿：“欲为圣明除弊事，肯将衰朽惜残年！”我只想直言除弊，不顾惜自己的衰朽残年。

颈联即景生情，回顾家乡，“云横秦岭家何在”；展望前程，“雪拥蓝关马不前”。蓝田七盘坡位于终南山中，下雪时非常寒冷，鸟兽多有冻死的。很可能就是因为下雪阻了行程，才使得韩湘得以赶来为叔祖送行。然而韩愈望着雪山路险，直觉此处一别，只怕今生再难相见，遂叮嘱：“知汝远来应有意，好收吾骨瘴江边。”

这句话说得好不惨痛，相当于遗嘱：我知道你远道赶来相送的真意，是怕我死在岭南，好为我收葬骨殖。

初唐时，贬官接令后，还可有三五天准备装束的时间。但是到了天宝年间，唐玄宗越老越苛，于天宝五载（746）下令：流贬之人当立即起行，沿途不许多做滞留，各郡县亦不许收容，须日行十驿，且有吏人押领。

日行十驿，就是300里，这对于行李繁重又拖家带口的贬官来说几乎是无法完成的任务。因此“是后流贬者多不全矣”。比如张九龄被贬荆州的时候，史说“闻名皇怖，魂胆飞越，即日戒路，星夜奔驰”，当天就上路奔行了。

韩愈流贬之地乃是岭南，更是往往有去无回的艰险之地，因此这首诗几乎可视作绝笔，却于惨痛之外，仍有豪迈之情。

纪晓岚评价：“语极凄切，却不衰飒。”可谓一语中的。

《诗境浅说》中评：“昌黎文章气节震铄有唐，即以此诗论，义烈之气，掷地有声，唐贤集中所绝无仅有。”

韩愈另有一篇《女挐圹铭》曾写道：“愈既行，有司以罪人家不可留京师，迫遣之。女挐年十二，病在席。既惊痛与其父诀，又舆致走道撼顿，失食饮节，死于商南层峰驿。”

原来，在韩愈被贬的同时，他的家人也被遣离京都，双方各自奔徙，不能相见。当时韩愈12岁的女儿正在生病，既为了和父亲分离而惊痛，又不堪途中劳顿，竟然病死在客途驿站中。

都说人生至痛，莫过于白发人送黑发人，而韩愈却连女儿最后一面都见不到，其惨痛之情，痛何如之?

宪宗皇帝为了迎佛骨也真是够狠的。这样造孽迎来的佛骨，难道会保佑他吗？

果然只过了一年，宪宗便暴毙了，相传为宦官所杀，年42岁。

为了追求长生不老，反而不得善终，这个刚愎自用的宪宗皇帝到底为自己的愚蠢付出了代价。

四

元和十五年（820）正月，宦官们拥立郭贵妃之子李恒登基，是为唐穆宗。

新皇登基，天下大赦，韩愈也因此改迁袁州刺史。九月，返回长安，复入朝任国子监祭酒。

我忍不住要再次说：活下去！一定要和皇上比命长。再大的贬谪也不可怕，只要熬到皇上死了，新皇登基，就会有机会！

同志须努力，曙光在前头！

长庆元年（821）七月，韩愈转任兵部侍郎。次年二月，因成德兵变，韩愈任宣慰使，前往镇州。

这种只身犯险的活儿多半是九死一生，因此百官都为他担心。元稹顿足叹息说：“韩愈可惜！”都觉得他此行定是有去无回。

这种担心也不无理由，因为此前大书法家颜真卿就是因为去淮西节度使李希烈军中宣旨而惨死的。忠烈于前，众臣都深知前往叛军营宣旨，那就是件有去无回的事，因此都替韩愈难过。

唐穆宗下完诏书之后也有点后悔，因此又传书韩愈，到成德军边境后先观察形势变化，不要急于入境。韩愈回禀："皇上命我暂停入境，是出于仁主的关怀；但是完成使命，是我为臣子的义务。"毅然前往。

来到镇州后，都知兵马使王庭凑手下将士拔刀开弓相迎，亦如李希烈之兵般，想给韩愈一个下马威。韩愈面无惧色，只身穿越弓刀箭戟，舌灿莲花，滔滔雄辩，从安禄山、史思明，说到吴元济、李师道，晓以利害，导以正路，说得王庭凑头昏眼花，竟然生生地降了。

韩愈遂不费一兵一卒，平定镇州之乱。这份文胆忠心，气度魄力，问古往今来，谁人能敌？

大文豪韩愈，充分展现了忠义文人的气节风骨，诚为千古师范！

苏东坡在《潮州韩文公庙碑》中形容他：

> 文起八代之衰，而道济天下之溺；忠犯人主之怒，而勇夺三军之帅。此岂非参天地，关盛衰，浩然而独存者乎？

"忠犯人主之怒"指谏迎佛骨事，"勇夺三军之帅"便是这独闯军营的壮举了。而"文起八代之衰"是说韩愈任国子监祭酒期间，厚积薄发，写出大量脍炙人口的传世名篇，并发起"古文运动"，始成一代文宗。

他的诗多白话，后人批评以文入诗，太散文化。倒也没有说错。在写诗这件事上，他确实比老朋友刘禹锡差远了，刘禹锡的诗好就好在词语浅白而不俗，韵味悠然。

但是写文章，韩愈绝对是当时最好的，比刘禹锡好，也比柳宗元好。

诗与文的关系，金圣叹评得最好："诗与文虽是两样体，却是一样法。一样法者，起承转合也。除起承转合，更无文法。除起承转合，亦更无诗法也。学作文，必从破题起。学作诗，亦必从第一二句起。从第一二句起，方谓之得诗，为其有起承转合也。"

同列"唐宋八大家"的宋代文豪欧阳修将韩愈的文章与李白的诗并提，盛赞：

> 翰林风月三千首，吏部文章二百年。

韩愈最为我们熟知的文章是《师说》，选入了中学课本：

> 师者，所以传道授业解惑者也。人非生而知之者，孰能无惑？惑而不从师，其为惑也，终不解矣。生乎吾前，其闻道也固先乎吾，吾从而师之；生乎吾后，其闻道也亦先乎吾，吾从而师之。吾师道也，夫庸知其年之先后生于吾乎？是故无贵无贱，无长无少，道之所存，师之所存也。
>
> 古之圣人，其出人也远矣，犹且从师而问焉；今之众人，其下圣人也亦远矣，而耻学于师。是故圣益圣，愚益愚。圣人之所以为圣，愚人之所以为愚，其皆出于此乎？爱其子，择师而教之；于其身也，则耻师焉，惑矣。
>
> 圣人无常师……孔子曰：三人行，则必有我师。

是故弟子不必不如师，师不必贤于弟子，闻道有先后，术业有专攻，如是而已。

一个好老师不但要传授知识，还要为学生答疑解惑，为人师表。圣人无常，闻道有先后，所以只要是有贤德之处胜过自己的，便可为师。

韩愈是这样说的，也是这样做的，一生与众多同道亦师亦友，学问相从。

在孟郊、张籍之后，他又努力提携贾岛，先后帮助过很多贫寒不得志的诗人，还曾为李贺鸣不平，这便是“道济天下之溺”。

王绩曾有诗曰：“礼乐囚姬旦，诗书缚孔丘。”

韩愈可谓是以身体力行来深度诠释着这句话，“发言真率，无所畏避”，不肯墨守成规，并不代表不尊重儒家传统。

他在《读墨子》一文中说：“孔子必用墨子，墨子必用孔子，不相用不足为孔墨。”皆为发前人之所不能发。

长庆四年（824）八月，韩愈因病告假，同年十二月二日在长安靖安里的家中逝世，终年57岁，葬于河阳。

五

我喜欢韩愈，是因为他少时孤苦，长时坎坷，老年丧女，多次被贬，然而他从未因此牢骚抱怨，心生颓志，永远是一副斗志昂扬正义化身的模样。

别人谎报太平的时候，他为百姓上疏《论天旱人饥状》，列举受灾实情，上奏议免除百姓当年租税。结果被奸臣陷害，遭到第一次被贬。

若是别人，可能从此就会变小心了，只拣皇上爱听的说。可是他不会，忠直故我，不但没有因此变得圆滑世故，反而对皇上也直言相谏起来，又上表《论佛骨表》，说佛教都是骗人的，信佛的皇帝都短命。差点惹来杀身之祸，还因此痛失爱女。

然而，即使是这样沉重的打击和不公平的命运，也没能让他心生怨怼。到了潮州后依然勤政爱民，而且幽默不改，因为境内溪中有鳄鱼为害，还写下一篇《祭鳄鱼文》，说本刺史有命，鳄鱼们要速速搬家，“三日不能，至五日；五日不能，至七日；七日不能，是终不肯徙也”，“刺史则选材技吏民，操强弓毒矢”，“必尽杀乃止”。急急如律令！

没想到，这招还真的好用，七日之内，鳄鱼全部消失了。据说是他的神仙侄孙韩湘子请八仙同事帮的忙。

韩愈这样神武，难怪他做吏部侍郎时，神策军将士都不敢犯法，私下里说：“他连佛骨都敢烧，鳄鱼都怕他，何况我们！”

有人批评他爱钱，写《平淮西碑》时因为褒奖了韩弘，收了人家五百匹绢的谢仪；又喜欢靠写铭文赚宝马，《韩昌黎文集》中现存碑志75篇，大多墓主与韩愈并无交情，他也给人写碑，可见是收了钱的。还有人说他晚年蓄妾，犯了所有男人都会犯的错误。

但是，那又如何？他是个凡人，和所有凡人一样会有缺点。

他爱钱，那是因为他穷过呀。再说了，谁不爱钱？而且，人家凭本事赚钱，有错吗？再再说，他赚钱之后，接济了多少穷朋友啊，这叫劫富济贫好不好？

从前王缙官高位重，也是喜欢给人写墓志赚外快的。经常有人上门求文，有一次敲错了他哥哥王维的门。王维开门看见是不认识的人捧着银子，立刻诙谐地一指隔壁："大作家在那边。"

禅心如水的王维都能对这样的事视若平常，我等俗人竟然看不过眼了？

且说韩愈善待天下文士，曾经有个叫刘叉的诗人慕名前往，献《冰柱》《雪车》二诗，得韩愈赏识。

然而他住在韩愈家中白吃白喝不说，看到韩愈写墓志铭赚了很多钱，便起了不义之心。不但偷了韩愈的钱，还振振有词："这都是靠发死人财赚来的钱，还不如给我这个活人延寿呢。"之后便"归齐鲁，不知所终"。

有人让韩愈追缉，韩愈却一笑了之，不予计较。

君子爱财，取之有道。韩愈写铭文赚钱也是人家的本事，又碍着谁的利益了呢？倒是这位刘叉，忘恩负义，以怨报德，实在可耻。

刘叉曾写过一首七绝《偶书》：

日出扶桑一丈高，人间万事细如毛。
野夫怒见不平处，磨损胸中万古刀。

口号喊得倒是挺响亮，可惜做人太宵小鼠辈。后世那些讥讽韩愈爱钱的人，所持理由与刘叉一样，莫不是因为没能偷到韩愈的钱心生不忿吗？

至于说韩愈蓄妾，那是有点不专一。但是他对自己的老婆很忠心啊，并没有始乱终弃，他和原配夫人卢氏共生了八个子女，白头偕老，恩恩爱爱。汴州哗变时，他自己躲过了，可是生怕卢氏有难，哀哀痛哭，奔走打听，直到叛乱稍停，赶紧把老婆偷出汴州才放下心来。事后还一直拍着胸口对自己的学生说起此事："吓死我了，吓死我了！"

这个只身闯敌营面对刀枪剑戟面无惧色的大男人，在失去妻子音信时竟然吓到失声哭泣，可见有多么疼老婆！

他后来风光了，卢氏也被封为郡君，跟着夫荣妻贵，享尽荣华。这样的好老公，哪儿找去？

一个忠君报国的好战士，一个热心助人的好长者，一个文采斐然的大文豪，还是一个好老公、好父亲、好同事、好朋友，这就是韩愈。

他被后人尊为"唐宋八大家"之首，并和同代的柳宗元，宋代的欧阳修、苏轼合称"四大天王"，实至名归！

这样的韩愈，怎能让人不喜欢？

薛涛，把心事题在花瓣上

一

《全唐诗》中有薛涛小传：

> 薛涛，字洪度。本自长安良家女。随父官，流落蜀中，遂入乐籍。辨慧工诗，有林下风致。韦皋镇蜀，召令侍酒赋诗，称为女校书，出入幕府，历事十一镇，皆以诗受知。暮年屏居浣花溪，著女冠服，好制松花小笺，时号薛涛笺。

短短数语，写尽薛涛一生。

薛涛故事的开头，和李季兰非常像。

薛涛（约768—832），长安人，京官薛郧之女。薛郧对女儿爱若掌珠，自小教她读书识字，薛涛8岁时即擅诗。一日，家人在院中梧桐树下歇凉，薛郧一时兴起，吟出两句：“庭除一古桐，耸干入云中。”

薛涛脱口续作：“枝迎南北鸟，叶送往来风。”

这番急才，与谢道韫咏絮、曹子建七步不相上下。薛郧惊讶不已，既喜且忧，喜的是女儿有此天分，忧的是小小年纪吟此谶语，大为不吉。

试想，一个足不出户的大家闺秀，有什么机会能八面玲珑地结交东南西北之人，送往迎来呢？

后来，薛郧因得罪权贵而被贬四川，不久因出使南诏染了瘴疠，一病而亡。孤儿寡母，生活每况愈下，薛涛遂加入乐籍，成了一名官妓，真的过上了“枝迎南北鸟，叶送往来风”的迎送生涯。

那年，薛涛只有14岁。

凭借着才貌双全，提笔诗成，薛涛充为官妓不久便声名远播，结交了一大票颇有来头的酒客。且随便说几个名字就够让大家吃惊的了，比如白居易、张籍、王建、刘禹锡、杜牧……都是老大级的诗坛领袖。

听了这几个名字，我们已经可以想象薛涛在当时的艳名多么响亮了吧？

当然，所有的炒作中，最具分量的往往是绯闻。尤其是名妓，没有一两段惊天动地轰轰烈烈的绯闻是很难上位的，而且绯闻男主角一定要出名，最好有多出名就多出名。

比如薛涛的这一位，叫韦皋。

韦皋是唐朝名将，剑南节度使。史书上说，他在蜀地二十一年，和南诏，拒吐蕃，曾“数出师，凡破吐蕃四十八万，禽杀节度、都督、城主、笼官千五百，斩首五万余级，获牛羊二十五万，收器械六百三十万，其功烈为西南剧”。

而且还写过诗，《全唐诗》收录了三首，堪称文武全才。

最关键的是，这位剑南节度使韦皋还怜香惜玉，行为出人意表，用人不拘一格。他听说薛涛擅诗，便召其赴宴，并令她当席赋诗。

薛涛也真是才华横溢，当堂写就《谒巫山庙》：

乱猿啼处访高唐，路入烟霞草木香。
山色未能忘宋玉，水声犹是哭襄王。
朝朝夜夜阳台下，为雨为云楚国亡。
惆怅庙前多少柳，春来空斗画眉长。

这首七律用典准确，对仗工整，情辞并茂。难怪韦皋一见，惊为天人，遂将薛涛召入帅府，视为上宾；还让她参与一些自己公务上的案牍工作，让她做自己的贴身秘书，也就是幕僚。

这还不算，他还要给薛涛一个名分，一个开历史先河上头版头条的大身份，就是专门为薛涛写了个奏折，奏请唐德宗授薛涛以秘书省校书郎的官衔。

校书郎的工作是公文撰写和典校藏书，官阶虽然只有从九品，门槛却高，只有进士出身的人才有资格担当。为了说明这官衔门槛之高，我再举几个同时期的牛人为例来侧证一下哈，当时都是些什么人在做着校书郎的工作呢，名声赫赫的有这么几位：白居易、李商隐、杜牧……

都是小学课本上的名字，是个中国人就应该铭记的。这也让人感慨，这么多的牛人，都出现在了一个时代，真让人不能不向往那个赫赫扬扬的大唐盛世啊。而这么多牛人都争着做校书郎这么一份工作，可见公务员不是那么好考的，而薛涛竟然就想问鼎这么一个职衔！

她是个女人，没参加过高考，没中过进士，而且还是位官妓，这样子就想做北大的名誉教授好像不合适。所以节度使虽然有权向朝廷奏请为自己的幕下之宾封职，但是朝廷也有拒绝不批的权力，这份申请最终也未能准奏。

可是韦皋离经叛道的行为已经传出去了，而“女校书”的称号也不胫而走，竟成了无冕之王。

后世诗人胡曾有诗咏薛涛：

万里桥边女校书，枇杷花下闭门居。
扫眉才子知多少，管领春风总不如。

这首诗在“女校书”之余又发明了一个新词赞美薛涛：扫眉才子。

从此，这个词也成了才女的新称号。薛涛竟为我们创造了两个新名词，后世一千多年，“女校书”和“扫眉才子”都成了对才女的特定形容，可见影响力之深远。

要注意的是，“女校书”是专门形容有才艺的妓女的，今天的人们可不能随便用来赞美某才女，不然要挨耳光的；若想对一个拥有林下风致的古典美才女加以恭维，可称之为“女史”。

女史是古时的宫中女官，掌管有关王后礼仪或书写文件等事，后世专门用以形容知识女性。比如张海迪去日本演讲时，欢迎横幅上就写着“张海迪女史”。

且说薛涛如此大红大紫，艳帜高张，自然求见者众，裙臣无数。

唐时宴饮狎妓，最看重的是妓女的才艺尤其是口才，诙谐言谈为上；其次是音律，要能弹会唱；再次是居处装修水准与饮食招待。至于色相，反而无足轻重。

客人召妓饮酒或是邀集客人来妓女处宴饮，自然需要这妓女会聊天，能招待取悦客人，方能为宴会助兴，所以口才和幽默感是第一位的；如果不会说，会唱也行，表演个节目让大家耳目一新，也能活跃活跃气氛；要是这也不行，至少环境讲究，饮食有特色，也方便请客。至于美不美嘛，五官端正过得去就好，反正又不娶回家，要那么漂亮干吗？

薛涛并不是最漂亮的，但是才名远播，人脉又广，上门的自然挤破头，还有人争着给她送礼物。薛涛性亦狂逸，来者不拒，未免有闲言传出，便有人说薛涛纳贿是为了帮人走韦大人后门。

于是，韦大人一则因其风声不雅，影响了自己的官声；二则也是出于忌妒，一怒之下将薛涛发配松州（今四川松潘县）。

松州地处西南边陲，荒凉偏僻。薛涛在路上越走越心惊也越后悔，于是写下《十离诗》，将自己比作离了主人的犬马鹦鹉，百般乞怜。

薛涛一生作诗五百多首，结有《锦江集》，大多流失，只存下来九十余首。其中最著名的就要数这《十离诗》。此处只录两首：

犬离主

驯扰朱门四五年，毛香足净主人怜。

无端咬著亲情客，不得红丝毯上眠。

笔离手

越管宣毫始称情，红笺纸上撒花琼。

都缘用久锋头尽，不得羲之手里擎。

其余如《马离厩》《鹦鹉离笼》《镜离台》等，共计十首，都是说离了归属，不得安宁，既是自怜，也是悔过。

这些诗送到韦皋手上，韦大人立刻就心软了，于是收回成命，召薛涛归蜀。

关于这件事，史上有两种说法，一是说薛涛走在路上就被韦大人召回了；二是说她已经到了松州边地，由官妓降至营妓，被粗暴蹂躏，吃尽苦头才重回成都。

两种说法，我更倾向后一种。我想前者是有精神洁癖的人无法忍受薛涛曾经真的沦落至此，成为一个低贱的任人欺凌的营妓；但是也唯有如此，才会让性情狂逸的薛涛，在现实面前不得不低下头，向韦皋写下《十离诗》求恕。

而且这件事的直接结果，是薛涛的自赎。

薛涛虽然回到了蜀中，但内心却是无比荒凉的。这件事无疑带给了她极深的创伤，也让她认清了自己终归玩物的悲剧地位和宿命。于是不久便脱去乐籍，赎回自由身，隐居于成都西郊浣花溪畔，院里种满了枇杷花。

那时薛涛年轻貌美，风华正艳，却早早地归隐了。如果不是经历了极深的耻辱，她不会有这样的选择。

二

浣花溪是唐朝四川造纸业的中心之一。四川纸张的产量繁盛，种类也多，但却都尺幅较大。

薛涛擅作绝句，每每觉纸长诗短，颇为不雅。向当地人学会造纸技术后，便青出于蓝，为自己的诗度身定制了一种小幅纸张。用木芙蓉的皮捣烂煮糜，制成薄纸，并于每年四季采撷半开的桃花、芙蓉、荷花、凤仙、菊花等舂成花泥，兑以浣花溪的水，以毛笔一次次涂在纸上，使颜色鲜妍均匀，而后压在书中阴干。偶尔还会将些小花瓣撒在纸上一起阴干，制成“百花笺”。

根据材料的不同，薛涛笺有深红、粉红、杏红、明黄、深青、浅青、深绿、浅绿、铜绿、残云十种颜色，被诗家称为“十样变笺”。其中又以深红最为著名，大约是这颜色像极了胭脂，更符合造纸人的身份吧。

薛涛就用这香艳别致的纸，与一代文豪元稹、白居易、刘禹锡、杜牧等诗词唱和。有实力，有创意，有包装，又有宣传，薛涛笺能不一时风行？

更何况她还给这纸定了一个不成文的规矩：只能用来写诗。所以又称“诗笺”。

她写给元稹的情书，便是题在这样的桃花笺上。

是的，元稹，就是那个写出“曾经沧海难为水，除却巫山不是云”的才子元稹。

元稹（779—831），字微之，著名诗人、文学家。自小机智过人，才名远播，与白居易同科及第，并结为终生好友，二人共同倡导新乐府运动，史称“元白”。

都是一个朋友圈的人，可想而知元稹和薛涛的见面是注定的，免不了“久仰久仰”之类的寒暄，接下来考较的就只是颜值了。要么见光死，要么火花乱溅。

元稹与薛涛的情况，显然是后者。

注意一下哈，元稹生于公元779年，而薛涛的出生年份约为768年，也就是说，两人差了大约十一岁。然而为着薛涛的“辨慧工诗，有林下风致”，两人还是发生了一场轰轰烈烈天雷勾地火般的姐弟恋。

两人热恋缠绵，如胶似漆，一共同居了三个月。薛涛还为此写下了一些甜蜜诗句：“双栖绿池上，朝暮共飞还。”

可怜这个看尽世情、洞彻人心的女子，竟在四十不惑之年陷入人生最大的一场迷惑，竟然对着一个浪子做起了执子之手、与子偕老的美梦。

从各种野史轶闻来看，元稹是个不折不扣的浪子。他除了写诗之外，也写小说，其代表作是《莺莺传》，讲述了贫寒书生张生对没落贵族女子崔莺莺始乱终弃的悲剧故事。

听上去是不是很熟悉?

对，这就是《西厢记》的原型。王实甫的《西厢记》，就是根据《莺莺传》改编的，还很好心地给了个大团圆结局。

但《莺莺传》本身是个道貌岸然的浮生悲剧：张生客居蒲州普救寺时，适值兵乱，遂出力救护了同寓寺中的远房姨母郑氏一家。在郑氏的答谢宴上，张生对表妹莺莺一见倾心，借婢女红娘传书，几经反复，两人终于花好月圆，暗度陈仓。

后来张生赴京应试未中，滞留京师，与崔莺莺情书来往年余后，渐渐变心，认为莺莺是天下之“尤物”，自己“德不足以胜妖孽”，将落第的不幸归结为莺莺之罪，决意割爱。

一年多后，莺莺另嫁，张生也另娶。一次张生路过莺莺家门，要求以“外兄”相见，遭莺莺拒绝。

据说《莺莺传》的故事原型，来自于元稹本人，也充分代表了元稹的爱情观。莺莺确有其人，但是不是姓崔就两说了。

前面说过，“五姓女”乃是高门大户。小说里莺莺姓崔，其母姓郑，来自荥阳，俱为五姓中人，很可能是元稹的自我贴金。若真是郑、崔人家，他才舍不得切断姻缘呢。

元稹对张生的始乱终弃非但不以为耻，反而沾沾自喜，还觉得自己有定力，把持得住，悬崖勒马。他在文中几次为自己的负心辩护，说莺莺是“尤物”“妖孽”，“不妖其身，必妖于人”，并自称“予之德不足以胜妖孽，是以忍情”。

这真是一个莫须有的罪名，和一个无须证的借口。想来，他后来绝情薛涛时，用的也是类似的说辞吧：“予之德不足以胜妖孽，是以忍情。”

翻译过来就是：你又漂亮又有魅力，还有名气，太不平凡了，太有本事了，简直是个妖孽，不是凡人能享用得了的。我就一肉骨凡胎普通人，就像许仙消受不了白娘子，我也享用不了你，所以我忍住冲动，咱俩就这么分手吧。

元稹回到京城后，薛涛曾为他写下了一首又一首的相思诗篇，泪洒红笺。

花开不同赏，花落不同悲。
欲问相思处，花开花落时。

揽草结同心，将以遗知音。
春愁正断绝，春鸟复哀吟。

风花日将老，佳期犹渺渺。
不结同心人，空结同心草。

那堪花满枝，翻作两相思。
玉箸垂朝镜，春风知不知。

嫣红的桃花笺上写着浣花人凄艳婉转的落花心事，一字一泪，绿瘦红稀。

可悲的是，《十离诗》挽回了韦皋的心意让薛涛重回成都；而《春望词》却未能挽回元稹远去沧海，云游巫山的浪子心。

元稹曾经回过薛涛一首诗，很有名：

寄赠薛涛

锦江滑腻蛾眉秀，幻出文君与薛涛。
言语巧偷鹦鹉舌，文章分得凤凰毛。
纷纷辞客多停笔，个个公卿欲梦刀。
别后相思隔烟水，菖蒲花发五云高。

这首诗说，锦江的水如此细滑柔润，以至于幻化出像卓文君和薛涛这样的才女；你的口才堪比鹦鹉巧舌，文采有似凤羽吉光。诗人们在你面前停笔，公卿们在你裙下倾倒。分别后我对你如此思念，奈何远隔烟水，不得相见。这思念有如栽满庭院的菖蒲花，疯狂滋长，高入云霄，远远送去我的问候。

诗是多情诗，人是负心人，说得再动听，也不过是一纸空言。薛涛的出现，不过是为诗人的生平增添一抹色彩，搅动几分灵感罢了。

至此，薛涛对人间情义彻底失去了信心，因此写下一首大彻大悟的诗，也可以说是为元稹而题的画像：

柳　絮

二月杨花轻复微，春风摇荡惹人衣。

他家本是无情物，一向南飞又北飞。

从此，薛涛束起头发，披上道袍，做了一名女冠，自誓终身不嫁。

曾以诗名，终以诗误。

写在浣花笺上的心事，注定凋零。

三

薛涛平生诗作，最著名的一首当数《送友人》：

水国蒹葭夜有霜，月寒山色共苍苍。

谁言千里自今夕，离梦杳如关塞长。

历代诗家对这首诗的评价都会提到一句“无雌声”“无脂粉气”“自寿者相”。

不知道她送别的到底是谁。薛涛虽然脱了乐籍，但是因为名气大，朝廷官员入蜀时，都会想要同她见面，因此仍然少不了一些宴会应酬。其后的十一任蜀中节度使，每一任都和她有过交往。

武元衡在蜀川任节度使时，也曾赋《赠道者》一诗赠薛涛：

麻衣如雪一枝梅，笑掩微妆入梦来。
若到越溪逢越女，红莲池里白莲开。

薛涛亦曾有《续嘉陵驿诗献武相国》：

蜀门西更上青天，强为公歌蜀国弦。
卓氏长卿称士女，锦江玉垒献山川。

另外，薛涛有一首《浣花亭陪川主王播相公暨僚同赋早菊》也颇令人称道：

西陆行终令，东篱始再阳。
绿英初濯露，金蕊半含霜。
自有兼材用，那同众草芳。
献酬樽俎外，宁有惧豺狼。

王播（759—830），字明扬，就是我们前面讲过的“迟敲饭后钟”故事里的男主角。贞元十年（794）中举，历进中书侍郎、同中书门下平章事，也就是宰相，封太原郡公。

贞元末年，王播因得罪骄横的京兆尹李实，被贬为三原县令。这李实大家也不陌生，韩愈就是因为弹劾他反遭谗害从而被贬的。

元和十三年（818），王播受宰相皇甫镈排挤，调离中央，迁任剑南西川节度使，从而认识了薛涛。

了解这个背景，也就了解薛涛为什么会写这样一首诗了，乃是借花喻人，以示安慰。

西陆，和骆宾王“西陆蝉声唱”一样，指秋天。东篱，引陶渊明“采菊东篱下”之典，指菊花。首联说，到了秋天，又是菊花开放的季节了。

颔联是常规的描菊绘影之语，绿菊黄蕊，品种很是罕见。

颈联一语双关，颂扬菊之高洁情操，有“兼材”之能，岂是众草可以仰望？

最后说我们此时觥筹唱和，开怀畅饮，何惧那些宦途豺狼？

诗写得应景且善解人意。对此解语花，任谁都会动心吧？

可叹的是，王播终究辜负了佳人诗中的赞美，因此打击，竟一改从前为人作风，变得阿谀奉承，贪婪暴敛。

之后穆宗、敬宗、文宗三朝，王播两次出相，“大修贡奉，且以结赂宦官，求为相”。对下盘剥百姓，对上贿赂官员，横征暴敛，以向皇帝进献，获取君恩。

“靡不有初，鲜克有终”的，岂止帝王，亦同官员啊。

倒不如一个有见识知进退的风尘女子，道隐浣花溪，与世无争，安居终老。

薛涛死时六十多岁，可谓长寿。关于她后半生的记载几乎潦草到不可搜寻，毕竟，美人的盛世只能在年轻之时。

同样是女冠，同样逃不开巫山云雨，沧海桑田，最终又都为情所负，但薛涛的结局，要比她的前辈李季兰好得多，也比她的晚辈鱼玄机好。不仅“女校书”和《锦江集》的美名流传了下来，《十离诗》流传了下来，四万八千首的《全唐诗》收录了薛涛八十一首诗，为唐代女诗人之冠。

同时，“薛涛笺”也从此流传了下来，又叫“桃花笺”“浣花笺”或者“红笺”，后来成为贡品；浣花溪的那口井也被称为“薛涛井”，蜀王府筑亭于井上，栏杆围护，凡人不许逾越。

晚唐诗人韦庄有《乞彩笺歌》，堪称“桃花笺”的最佳宣传广告：

浣花溪上如花客，绿暗红藏人不识。
留得溪头瑟瑟波，泼成纸上猩猩色。
手把金刀擘彩云，有时剪破秋天碧。
不使红霓段段飞，一时驱上丹霞壁。
蜀客才多染不供，卓文醉后开无力。
孔雀衔来向日飞，翩翩压折黄金翼。
我有歌诗一千首，磨砻山岳罗星斗。
开卷长疑雷电惊，挥毫只怕龙蛇走。
班班布在时人口，满袖松花都未有。
人间无处买烟霞，须知得自神仙手。
也知价重连城璧，一纸万金犹不惜。
薛涛昨夜梦中来，殷勤劝向君边觅。

白居易是个好市长

一

杜甫死前两年（768），韩愈出生；死后两年（772），白居易、刘禹锡出生；再一年（773），柳宗元出生。

韩柳与白刘，加上稍迟一步到来的元稹，共同扛起了中唐时期的文学大旗，挥舞得相当起劲。

中唐诗人的数量比盛唐还多，但是论质量却远不能与李、杜、王的光辉相抗衡。韩愈和柳宗元虽然位列“唐宋八大家”，但特长是散文而非诗歌。元稹在当时与白居易齐名，并称“元白”，对后世的影响却远远不及。

整个中唐最著名的诗人，就是白居易了。他同时也是一个非常幸福的诗人，人生在世75年，整整熬死了八个皇帝，第九个皇帝唐宣宗亲自为他写悼诗。

而且，他几乎和整个中唐的著名诗人都有往来，人缘不是一般的好。所以，白居易的人生，就是一部完整的中唐史。

在前面的讲解中，白居易早已出场，我们再回顾一下他的成名史。

唐代宗大历七年（772）正月，白居易出生于河南新郑的一个小官僚家庭。

毫无意外的，他既是牛人也是天才，还不会说话时就已经识字了。在保姆怀中认识“之”“无”两个字，每次遇见，必以手指，从未有错。

白居易明明可以靠天分吃饭，还偏偏很刻苦。5岁识声韵，6岁学作诗，十五六岁知道有进士这回事，便立心苦读。白天作赋，晚上背书，写诗当成课间小憩，累到口舌生疮，齿发早衰。

但是功夫不负有心人，16岁写下得意之作《赋得古原草送别》：

离离原上草，一岁一枯荣。
野火烧不尽，春风吹又生。
远芳侵古道，晴翠接荒城。
又送王孙去，萋萋满别情。

凭着这首诗，白居易在初入京城时，就得到了顾况的赏识，声名鹊起。于唐德宗贞元十六年（800）一举及第，乐颠颠地写下了“慈恩塔下题名处，十七人中最少年”。

这一年，白居易29岁，正式步入仕途。

之后，白居易在校书郎这个位子上一直干了六年，久无升迁。于是决定辞官，全力准备更难更高深的制举考试，要做尖子中的尖子。

这期间，他认识了一生的挚友元稹。

元稹比白居易小7岁，参加的是明经考试，15岁就进阶了。虽然在课题上稍为容易，可是胜在年龄小啊，说是神童也不为过。

两人相见恨晚，一拍即合，情意相投。虽然起点不同，但是方向一致，都是要考更难的试，要当更大的官。

于是两人在长安华阳观一起租了房子，闭门苦读，全力以赴应对制举试。

白居易很擅长考试，“揣摩当代之事，构成策目七十五门”，弄了好多模拟试卷出来，把所有从前考过的题目都作一篇文章出来，装订成册。

元和元年（806）四月，两人一同考取“才识兼茂明于体用科”，及第得官，名扬天下。而那些考卷也不胫而走，被编成《策林》一书，成为考生们人手一册的高考辅导教材。

白居易很得意地说：“日者闻亲友间说，礼、吏部选举人，多以仆私试赋判为准的。”——不但成了教辅材料，还成了考官们的评分标准。

想象一下，要是白居易和元稹不做官，开个高考补习学校，那收入也一定不比俸禄低啊。

有了这样的交情，白居易和元稹不难成为一辈子的好兄弟，无论是仕途还是写作，一直是一帮一，一对红。

制举及第后，白居易授翰林学士，就是李白从前干过的活儿，任进士考官、集贤校理；元和三年（808）任左拾遗，迎娶杨虞卿从妹为妻。

要说白居易成婚也够晚的，36岁，已经人到中年了，才想起结婚来。现代专家们从他的诗中寻踪觅迹，演绎了一段感人至深的爱情故事出来，大意是说白居易从小就喜欢一个叫湘灵的邻家女孩，却被母亲棒打鸳鸯，因而负气抗婚，直到36岁因为母亲以死相逼才不得不娶了同僚的妹妹。

但是这些故事都是出自现代人的推测，而从未记录于史书哪怕传奇之中，与其说是考古发现，不如说是小说家言。

推测的理由，是白居易一生写过的所有关于爱情或相思的诗句，比如《邻女》：

娉婷十五胜天仙，白日嫦娥旱地莲。
何处闲教鹦鹉语，碧纱窗下绣床前。

不过，一则这类诗可能是一时起意，顺笔而为，并不一定真有其人，或者与斯人有什么情愫；二则就算有这么一个人，不同时期的艳情诗也可能所指不同，未必所有诗作的女主人公都是同一位。

因为从白居易的情事看去，他对女色之道实在谈不上检点专一。“我有所念人，隔在远远心。我有所感事，结在深深肠。”虽然缠绵感人，然而，正如作家笔下的爱情故事未必是本人经历一样，诗人笔下的相思，也未必就真有实际意义。

有时，这相思是一种代指，比如李白的“美人如花隔云端”；有时，则是一种比喻，比如张籍的“还君明珠双泪垂”；也有时，则是单纯的诗兴发作，为赋新词强说愁。连和尚们都写过大量的艳情诗比喻禅悟呢。

元和六年（811），白居易因母亲去世，离职丁忧，回到下邽老家。

之前白居易花钱一直大手大脚，没什么积蓄，因为母丧而守制三年，停了俸禄，日子就过得有点紧巴。

这时期元稹的日子也不大好过，因故被贬江陵，降职减俸。但是仍然每月拨出固定数额接济白居易，继续他们“有试一起考，有肉一起吃”的“革命交情”。

元稹接济了白居易多少钱呢？白居易在诗中写道：“一病经四年，亲朋书信断。……彼独是何人，心如石不转。忧我贫病身，书来唯劝勉。……三寄衣食资，数盈二十万。……念我口中食，分君身上暖。……”

元稹先后寄赠白居易的资费，竟然高达二十万！虽然钱不是用来衡量友谊的唯一砝码，但是能赠送二十万的朋友，那在任何时候都是过命的交情！

前面说过，孟郊穷困潦倒时，到处写信求援，说只要能给他找个月入三千的活儿糊口就行。月入三千，一年加起来也不到四万，三年就是十万，还不够元稹寄给白居易的捐赠的一半。

元和九年（814），白居易守制结束，回到长安，授太子左赞善大夫。

唐宪宗李纯挺热爱文学，所以白居易觉得自己的机会来了，因此频繁上书言事，希望以尽言官之职责报答知遇之恩，并写下大量的反映社会现实的诗歌。

元和十年（815），宰相武元衡遇刺，白居易第一个跳出来，呼吁严缉凶手，被派了个“越职言事”的罪名贬为江州（今江西九江）司马。

也因此写出了“江州司马青衫湿”的千古名篇《琵琶行》。

这首诗无论从叙事、写情、音乐描绘、人生感悟，都是一篇巅峰之作。其中名句：“同是天涯沦落人，相逢何必曾相识。”惹下了多少人的泪水。

《琵琶行》与《长恨歌》，成为白居易人生中最著名的两首长诗，宣宗形容：“童子解吟长恨曲，胡儿能唱琵琶篇。”可见其流传之广。

相传有位歌伎每每演出必索高价，理由是：“我会唱白居易的《长恨歌》，怎么可以和一般歌伎同等价格呢？”奇的是这理由大家很是认可，于是大把银子捧出了一位高价天后来。

二

贬谪江州，成了白居易人生的转折点。

这和张志和有点像。在我们看来，他们一帆风顺的人生中，偶尔遭点小惩罚简直不算什么，哪个文官没有被贬个七八九次？尤其白居易曾经挑战的“诗豪”刘禹锡，一贬再贬，都成家常便饭了。以至于连白居易都看不过眼，写诗同情地说：“亦知合被才名折，二十三年折太多。”

但是阳光青年刘禹锡不管怎么折腾，依然兴冲冲地跑去玄都观写诗，赏花，随时打好了包裹卷儿等着贬谪令下，性情却是一点不改。

还有韩愈也是，发配地直接是岭南，都以为没命回来了，不得不对神仙侄孙韩湘托付后事：“好收吾骨瘴江边。”但是只要有命回来，还是一片童心童趣，兴高采烈地喊张籍：“小明出来淋雨啦！”

小白的心理素质却是有点差，收到贬谪令后，“即日辞双阙，明朝别九衢”，第二天就赶赴江州了。他走的，也是韩愈走过的蓝武驿道，崎岖难行：“浔阳仅四千，始行七十里。人烦马蹄跙，劳苦亦如此。”

他从前春风得意，敢说敢为，一旦被贬，却不免“流人押领”，被视为囚徒，受尽苦楚。这心理落差肯定很大，加之为人敏感，也就难免性情大变了。

而且唐代文臣多有在流贬途中被杀的，比如周子谅、薛乡等名为流贬，实则赐死于蓝田；杨志诚、顾师邕途经商州被刺杀；至于病死客途的就更加不胜枚举了。

白居易经此远谪，一路上想起朝廷风云，故人沉浮，不能不心惊胆寒，只觉瘴路烟岭，皆为怨气，遂有诗云：

皆疑此山路，迁客多南征。
忧愤气不散，结化为精灵。

贬谪前的白居易，忠言上谏，以“兼济天下”为己任，曾多次在诗中表白自己的人生志向（《新制布裘》）：

丈夫贵兼济，岂独善一身？
安得万里裘，盖裹周四垠？
稳暖皆如我，天下无寒人。

这段话很像杜甫的“安得广厦千万间，大庇天下寒士俱欢颜”。

白居易以杜甫为师，认为他的“三吏”“三别”之章才是真正的好诗，只可惜“朱门酒肉臭，路有冻死骨”这样的句子还是太少了。“杜尚如此，况不追杜者乎？”

除了杜甫外，他连李白都不放在眼里，认为全是不切实际的创作。

白居易把自己担任左拾遗时写的“美刺比兴”“因事立题”的五十多首诗编为《新乐府》。宣称要为君、为臣、为民、为物、为事而作，不为文而作。

所谓新乐府，就是一种用新题写时事的乐府式的诗。有三个特点：用新题，写时事，并不以入乐与否为衡量的标准。

也就是说，从音乐上来说，徒有乐府之名；但从文学上来说，则继承了汉乐府“缘事而发”的精神，关注民生。

白居易提出：“文章合为时而著，歌诗合为事而作。”与元稹一起，发起轰轰烈烈的“新乐府运动”，要求诗歌文辞质朴易懂，说话直截了当，切中时弊；叙事要有根据，言之有物，令人信服。

《冷斋夜话》称：“白乐天每作诗，令一老妪解之。问曰：解否？妪曰解，则录之；不解，则易之。”

为了保证写出来的文字浅显易懂，白居易每次写诗都要找个不识字的老太太来读给她听，老太太听得懂，他才会把这首诗录出来传世。这就是他身体力行的“新乐府”风格。

新乐府运动代表人物除元白二人外，张籍、王建、李绅等也都是中坚力量。由于他们的主要文学活动在唐宪宗元和年间（806—820），因而历史上把他们创作的诗歌和仿效他们的作品统称为“元和体”。

且举个大家最熟知的诗作，以李绅（772—846）的两首《悯农》为例，就足可以说明新乐府精神了。

其一

春种一粒粟，秋收万颗子。

四海无闲田，农夫犹饿死。

其二

锄禾日当午，汗滴禾下土。

谁知盘中餐，粒粒皆辛苦。

李绅与白居易同年生人。这两首诗语言直白，情感真切，深刻地表现了对农人耕作的悲悯。

可惜的是，李绅写这两首诗时颇不得志，后来当了官，就违背初衷，横征暴敛起来，盘剥民众比谁都狠。

由于李绅为官酷暴，当地百姓纷纷渡江外逃。下属向他报告人口流失严重，李绅说："你见过用手捧麦子吗？饱满的颗粒总是在下面，那些秕糠随风而去，这事不必报来。"

而且，李绅家中私伎成群，宴会不断。刘禹锡做苏州刺史时，有一次被请到李绅府上做客。席间李绅命歌伎献演一首《杜韦娘》，也不知触动了刘禹锡哪根弦，听了个泪流满面，当场吟诗一首《赠李司空妓》：

高髻云鬟宫样妆，春风一曲杜韦娘。

司空见惯浑闲事，断尽苏州刺史肠。

这诗的意思是说这位歌伎唱得太好了，李司空平时听惯了不觉得怎么样，然而今天本刺史第一次听见，却是惊为天人，触情断肠。

李绅一听，让大诗人断了肠子还得了？当即就把这位歌伎送给刘禹锡了，算是安慰了刘大诗人的肠子。

而“司空见惯”这个成语从此也就这么流传下来了。

一水一饭当思来之不易，女人倒是随手就送。李司空随手送女人这一点，和他的前辈杨司空杨素有点像。

李绅对刘禹锡挺大方，却和韩愈是死对头，为了个“台参”的面子问题死掐了小半辈子。

原来，按照惯例，京兆尹上任，必须先到御史台参拜。但是韩愈上任时，自觉在职衔上是李绅的上级，就没有屈身俯就。于是李绅就火冒三丈了，把私人恩怨卷进了朝廷党争，打了个天翻地覆，还一直闹到皇帝老儿那里。结果皇上各打五十板，俩人一起被罚了。

李绅死后，又被翻出一些他从前判过的冤案。按照唐朝规定，对酷吏即使死了也不能放过，于是又追加了一个“削绅三官，子孙不得仕”的处罚，真是死了也不能瞑目。

白居易不至于像李绅这样前后人生大拐弯，但是自从贬谪之后，便对宦海生涯看透了。“孔穷缘底事，颜天有何辜。”对人生穷通的思考，使他决定从此韬光，“漂流随大海，锤锻任洪炉”。

这些思考，都翔实地记录在《东南行一百韵寄通州元九侍御……》里。一百韵啊，小白是一边赶路一边吟诗一边思念好友元稹，倒是啥也不耽误。

以元和十五年（820）为分界，白居易一改从前的“兼济”之志，开始“独善其身”起来。虽然仍有关怀民众的心，也做了不少利民利君的好事，但是从前忠言直谏的火花却是没有了。

三

820年夏，唐宪宗暴死，穆宗李恒继位。

白居易被召回长安，任尚书司门员外郎、知制诰。长庆元年（821），加朝散大夫，正式着五品绯色朝服（绯色即朱色，为五品以上官员所用的服色），转上柱国，又转中书舍人。

同年，元稹也升为翰林学士、中书舍人。

白居易很得意地说：“予除中书舍人，微之撰制词；微之除翰林学士，予撰制词。”

意思说，白居易做中书舍人时，是元稹撰写制词；如今元稹做翰林学士，则是白居易拟写诏书。

这对好朋友的缘分着实奇怪，同科及第后，同时做官，落魄时同时被贬，发迹时同时擢升，如花照水，相映成彰，命运交叉重叠得只能用一句大俗话形容：好得合穿一条裤子。

人生能有一个这样肝胆相照的知己，也是至大的幸福。

822年，白居易上书论河北军事，不被采用。这个小小打击让他再次看清了自己在朝廷中是无可作为的，反而还处处暗藏风险。

此时的他已是“面上灭除忧喜色，胸中消尽是非心”。看到前面有路障，立刻来个急刹车，主动请求到外地任职。

七月，白居易被任命为杭州刺史，美差啊！

“谁知名利尽，不复长安心。”白居易是聪明的。会转弯，不代表墙头草、软骨头，而只是识时务，不硬碰，在更合适的地方发挥光和热。

白居易是个好官，在他做杭州刺史期间，不但留下无数脍炙人口的诗篇，还留下了著名的“白堤”。

在他任内，曾修筑西湖堤防、疏浚六井，灌田千顷，又将西湖水引入运河，使得运河逐渐与杭州城融为一体，直接奠定了今日杭州“一江一湖一河”的城市格局。

他还亲笔写下《钱塘湖石记》刻碑于西湖岸边。

他的《钱塘湖春行》也流传甚广：

孤山寺北贾亭西，水面初平云脚低。
几处早莺争暖树，谁家新燕啄春泥。
乱花渐欲迷人眼，浅草才能没马蹄。
最爱湖东行不足，绿杨阴里白沙堤。

白居易离任时，杭州百姓自发前来送行，很是不舍得这位才气洋溢的诗人刺史。白居易题《别州民》诗以赠：

耆老遮归路，壶浆满别筵。
甘棠无一树，那得泪潸然。
税重多贫户，农饥足旱田。
唯留一湖水，与汝救凶年。

西湖水，永远记下了白居易的功绩。

白居易不仅为杭州的百姓留下了一湖水，还将自己的一笔俸禄留在州库中，以备后来的官员公用开支不足时支取。

后来的官员以他为榜样，每次支取后，又想尽办法给填上，甚至补得更多。这个良好传统，一直保留到唐末战乱，文书焚烧散佚，白氏基金也不知所终了。

白居易只在杭州做了两年市长，却为西湖写了二百多首诗，创下的业绩更是泽被百代。

关于“白堤”，也有人说并非白居易所修，只是当地百姓为了纪念他，而名之为“白公堤”。

过了数百年，又一位诗人来到西湖做官，虽然没有了白氏基金做备用，却有白氏精神为楷模，又为西湖岸修筑了一条堤坝，称为“苏公堤”。

他就是宋代最有才华的词人苏东坡！

苏东坡对白居易一直非常看重，宋代周必大《二老堂诗话》中说：“本朝苏文忠公不轻许可，独敬爱乐天，屡形诗篇。盖其文章皆主辞达，而忠厚好施，刚直尽言，与人有情，于物无着，大略相似。谪居黄州，始号东坡，其原必起于乐天忠州之作也。”

原来，白居易被贬江州司马后，他的弟弟白行简来到江州探望。后来白居易改迁忠州刺史，白行简也一同溯江而上。途中又和元稹相约于黄牛峡，三个人还一起游玩，偕游之处遂被称为“三游洞”。

白居易在忠州任职期间，曾在城东山东侧种花，命名为“东坡”。而苏轼后来自号“东坡居士”，也就源于此。

白居易后来还任过苏州刺史，又干了件流芳百世的大好事：为了便利苏州水陆交通，修建了一条西起虎丘东至阊门的七里长街山塘街，就是今天的“七里山塘”。

我去苏州旅游时，曾经特地弃车步行，从虎丘一直走到阊门，沿途感受白居易的德政。真是一个有眼光有才干有远瞻性又有执行力的好官啊！

如果这样的市长轮流在每个城市干上两年，唐朝是不是早就“遍地巴黎”了？

两任刺史生活带给了白居易一生的美好回忆，遂创制了词牌《忆江南》：

> **江南好，风景旧曾谙。日出江花红胜火，春来江水绿如蓝。能不忆江南？**

而且，他还明确地提出：“江南忆，最忆是杭州。”可见杭州有多让他牵肠挂肚。

四

白居易是那种很难得的在活着的时候就已经享誉世界的诗人。

这件事要多亏他的好朋友元稹。

当白居易在杭州时，元稹亦从宰相转任浙东观察使。浙东、杭州相去不远，因而两人间有许多赠答诗篇。当白居易任满离开杭州时，元稹要求白居易交出全部的作品，编成《白氏长庆集》七十五卷。

这集子后来在日本大卖。嵯峨天皇曾手抄白居易诗歌，藏之宫廷；醍醐天皇则说："毕生所爱，《白氏文集》七十五卷是也。"

日本《骏台杂话》中说："我朝自古以来疏于唐土文辞，能读李杜诸名家诗者甚少。即使读之，难通其旨。适有白居易的诗，平和通俗，且合于倭歌之风，平易通顺，为唐诗上竺。故只学《长庆集》之风盛行。"

日本女作家清少纳言的著作《枕草子》中，引用白居易诗达二十次之多，对白诗熟背成诵。有一次，皇后清晨起来，顾左右说："香炉峰之雪当如何？"清少纳言立刻打起窗帘，以照应白居易"香炉峰雪拨帘看"之语。

另外，鸡林国（韩国）宰相也非常喜欢白居易的诗，两地贸易的商贩会特地拿白居易的新诗去卖给他，开高价一首一百金。有时候诗作不够，就用别的诗人的作品对付，但是鸡林欧巴可以一眼看出哪个是赝品，对白居易的熟悉程度几乎要超过小白自己。

还有契丹国王，也曾经把白居易的诗翻译成契丹文字，命令诸臣阅读背诵。

如果那时候有诺贝尔文学奖，白居易每年拿一个都不成问题。

827年，白居易官至长安秘书监，佩紫金鱼袋，换穿三品紫色朝服。后转任刑部侍郎，封晋阳县男。虽然比高适的封侯还差些，但是好歹也是加官封爵，日子不知多逍遥。

而且他很会为自己找后路，以病为由，弄了个太子宾客分司的闲职，回洛阳履道里。

太子宾客分司是个什么职务呢？就是在洛阳东宫留守，随时准备太子驾幸，帮着打点一切事务。

可是这时期皇上早已经不像武则天时期那样留恋东京，已经很少驾幸洛阳了。而且唐文宗李昂刚刚继位一年，正忙着大展拳脚，更是轻易不到洛阳来。

皇上不来，太子自然也不敢来，所以洛阳东宫就是个空园子。白居易在这个空宫的东宫任职，哪有什么活儿好干？只是到日子领工资罢了。

他将自己的生活状态定义为“中隐”，还专门写了首诗《中隐》来详细说明：

大隐住朝市，小隐入丘樊。
丘樊太冷落，朝市太嚣喧。
不如作中隐，隐在留司官。
似出复似处，非忙亦非闲。
不劳心与力，又免饥与寒。
终岁无公事，随月有俸钱。
君若好登临，城南有秋山。
君若爱游荡，城东有春园。
君若欲一醉，时出赴宾筵。
洛中多君子，可以恣欢言。
君若欲高卧，但自深掩关。
亦无车马客，造次到门前。
人生处一世，其道难两全。
贱即苦冻馁，贵则多忧患。

唯此中隐士，致身吉且安。

穷通与丰约，正在四者间。

"终岁无公事，随月有俸钱。"不干活还白领薪水，这真是赤裸裸的炫耀啊。

白居易的月钱一直是后世文人很羡慕的一个话题。

清人赵翼在《瓯北诗话》中曾说，白居易"历官所得俸入多少，往往见于诗"。

我们不妨来细数一下：

最初白居易任校书郎时："俸钱万六千，月给亦有余。"

后来做了盩厔尉："吏禄三百石，岁晏有余粮。"

贬为江州司马时："俸钱四五万，月可奉晨昏。"虽然贬官，钱上一点没吃亏。

等到在洛阳做了太子宾客和刑部侍郎，先说"俸钱七八万"，不久改为"秋官月俸八九万"。

而到做了太子少傅，则已是公开招认："月俸百千官二品，朝廷雇我作闲人。"

百千，那就是十万啊！这是要让我们的诗圣杜甫气得从地底下跳出来吗？

白居易分司东宫的日子过得顺风顺水。用一句现代人形容理想人生的大白话就是：睡觉睡到自然醒，数钱数到手抽筋。

如果说这段时间他有什么不快乐的话，那就是831年元稹的过世。

元稹的墓志铭，责无旁贷由白居易来写。按理应该义务劳动，可是元家也不差钱，硬是塞给了白居易六七十万的润笔费。巨资啊！天价啊！这可是孟郊二十年的生活费！

白居易觉得赚好朋友的身后钱不地道，全数布施给了洛阳香山寺，当是替元稹做功德。

“琴诗酒友皆抛我，雪月花时最忆君。”

痛失挚友大概是白居易在这段时间的最大打击，但即使这件事也很快得到了补偿：刘禹锡回来了！两个性格开朗的老头相伴度过了吟风弄月的幸福晚年。

从顾况到元稹，从刘禹锡到李商隐，白居易一生都没有为“知音难遇”这件事伤感过。

晚年的白居易笃信佛教，号香山居士，曾手书《楞严经》传世。这幅字后来还曾经机缘巧合地为宋代赵明诚借阅，赵明诚打马回家与自己的爱妻秉烛夜读，欣喜若狂，饮茶瞻阅，足足死盯着看了三个多小时，犹不知困倦。

可知这赵明诚的爱妻是哪位？正是宋代第一才女李清照。

遥想李清照捧着白居易的手书秉烛夜读的情形，真让人肃然起敬。

白居易有一首诗《僧院花》，极具清洁之美：

欲悟色空为佛事，故栽芳树在僧家。
细看便是华严偈，方便风开智慧花。

可是信佛不持戒，一点也不妨碍他纵酒放歌，享受欢乐时光。

早在做杭州刺史时，白居易就有过携妓夜游的风流韵事，而且是“携容、满、蝉、态等十妓，夜游西湖武丘寺”——携妓游寺院，这算是哪门子的居士？

放纵成这样子，忠厚的杭州百姓们居然也没对他有意见，在他离职时还热泪长流地将他送出二十里地去。做人做成白居易这样，也是没谁了。

刘禹锡：玄都观的桃花还好吗？

一

中唐的诗人虽不及盛唐那么耀眼，但是数量多，所以可爱的人也就多。除了韩愈和白居易，阳光青年刘禹锡也是非常招人喜欢的。而且，正如李白和王维是联袂出席盛唐诗会一样，刘禹锡和白居易这两位中唐最伟大的诗人，也是约好了一起降落凡间的。而且，他俩的关系还不错。

刘禹锡（772—842），字梦得，河南洛阳人，“文景之治”的汉景帝刘启之后。

刘禹锡小时曾随父亲在江南任上生活过一段时间，得到过“诗僧”皎然、灵澈的熏陶指点。19岁游学长安，21岁进士及第。

与他同年的，还有“唐宋八大家”中的柳宗元，与韩愈并称“韩柳”，是唐朝最伟大的两位散文家。

这一年，刘禹锡21岁，柳宗元20岁。两人年龄相若，同科及第，志同道合，从此结下了一生之缘。

刘禹锡和初唐那些不得志的才子不一样，他很擅长考试，不但年纪轻轻中了举人，而且同年又考取难度最大的“博学鸿词科”。

这还不算，越考越上瘾，两年后再登吏部取士科，授太子校书。

但是他考试很厉害，运气却不好，刚做了官就逢丁忧告假了。重出后被淮南节度使杜佑辟为掌书记。这个杜佑，就是诗人杜牧的祖父。

贞元十八年（802），刘禹锡调任京兆府渭南县主簿，不久迁监察御史。当时，韩愈和柳宗元也都在御史台任职，三人既是同事也是同道，又年龄相当，都值而立壮年，自然结为好友，过从甚密。

直到这时候，刘禹锡的人生都还算是顺利的。

公元805年的皇权更迭，成了他一生的转折点。

故事的开头是昂扬的。

805年正月，德宗驾崩，顺宗即位。原先的太子侍读王叔文、王伾深得顺宗信任，此时遂得升迁，大权在握。

刘禹锡向为王叔文器重，这段时间和柳宗元一道成为“永贞革新”的核心人物，时人称之为“二王刘柳”，位极人臣，风光一时。

王叔文之前是宫中“棋待诏”，就是指导和陪同太子下围棋的老师。一局棋往往要下数小时，因此与李诵相处的机会极多，在对弈中边下棋边进言，徐徐展示自己的政治抱负与宏图，便是这样赢得了李诵的友情。

而刘禹锡曾有多首咏棋诗，“雁行布阵众未晓，虎穴得子人皆惊”堪为棋界警句。我不禁怀疑，王叔文与刘禹锡投契，很可能也是得益于“手谈”的功劳。

顺宗上朝时，因为不能说话，就在内殿放置帷幕，自己坐在幕后裁决。

此时起草诏书的是王叔文，传达旨意的是王伾。两人的权力越来越大，当时去他们家拜访的人日夜不断，因为不能马上见到，就在附近住店，以至于附近酒楼茶馆中一时客满，全是想托关系走后门的官员。

干实事的刘禹锡就更夸张了。《云仙杂记》中记载，说“门吏接书尺日数千，禹锡一一报谢。绿珠盆中日用面一斗为糊，以供缄封”。用来封缄回复信件的糨糊都要每天消耗一盆，这是多大的工作量啊，可见何等受人瞩目。

王叔文等倒也没有完全任人唯亲，也提出了许多仁政。比如减免苛捐杂税，贬放曾经克扣救济粮还构陷韩愈的京兆尹李实，召返宰相陆贽还京等。

“永贞革新”的宗旨，是要彻底瓦解藩镇和宦官手中的权力，恢复唐王朝的兴盛。这个大前提绝对是正义的。如果真能成功，大唐的历史完全有可能再延续几百年。

可惜的是，唐顺宗志坚身残，虽然灵魂明慧，身体却无力了。而王叔文作为“棋待诏”出身，虽然很有政治抱负，毕竟根基太浅。

“永贞革新”触犯的乃是藩镇、宦官和大官僚们的利益，换言之，反对势力要远远强大于革新力量，这可就难办了。

比如王叔文令老将范希朝去接管本来由宦官统领的神策军。

这是皇帝亲军，兵权大过天，当然是夺权的首要大事。

王叔文明白，权宦俱文珍也明白，因此在背后跳脚大骂：“姓王的想让老子交兵权，哪有那么容易？”并密令神策军抗旨。

结果范希朝到了军中，别说统领了，连个迎接他的人都没有。什么皇旨兵符，军中上下根本只当他是空气。

与此同时，剑南节度使韦皋见顺宗病情不见好转，上表请奏太子主政。于是，顺宗在太子位子上熬了整整二十六年，却在登基后不足二百天，就在权宦俱文珍的逼迫下让位于太子，退位为太上皇了。

永贞革新，终以“永贞内禅”而告失败。

让我们回顾一下唐朝的太上皇们：

李世民发动玄武门之变登基，李渊禅位成为第一个太上皇；李隆基两次兵变，第一次推父亲李旦上位，第二次杀死太平公主，则将李旦吓得赶紧退位，这是第二个太上皇；而李隆基自己，也在马嵬驿兵变后，被迫成为第三个太上皇；而这位唐顺宗李诵，就是第四位太上皇了。

但是太上皇也没当多久，第二年即告病逝，怀疑为宦官所杀。

这也是唐朝最后一任太上皇。

太子李纯登基后，史称唐宪宗。

一朝天子一朝臣。李纯上位第一件事，就是将上表请奏太子监国的韦皋加官，可惜诏书还没到西蜀，韦太尉就归天了，一时全蜀哀悼，祭祀不断。

接着，李纯赐死王叔文，贬放王伾，又将刘禹锡与柳宗元等八人先贬为远州刺史，随即觉得处罚太轻，又加贬为司马，这就是历史上有名的“八司马”事件。

这是刘禹锡生平的第一次被贬，完全是政治斗争的牺牲品。

二

刘禹锡被贬之后的心情怎么样呢？

用一首诗就可以回答你：

秋　词

自古逢秋悲寂寥，我言秋日胜春朝。

晴空一鹤排云上，便引诗情到碧霄。

自古以来伤春悲秋都是诗人们吟咏四季的基调，然而刘禹锡却偏偏觉得秋天比春天还好还浪漫。只要看到白鹤或大雁排成一行飞上天空，就会诗情大发，仰天长啸。

从这首诗，我们就已经可以看出阳光青年刘禹锡那不可救药的乐天精神。

刘禹锡的第一次贬放历经整整十年，十年后，与柳宗元等人一起奉诏回京。

这时候，白居易刚刚因为替武元衡击鼓鸣冤而被贬去江州做司马，于是他们三人完美错过了。

回京后，刘禹锡前往玄都观看桃花，写了一首桃花诗，题目挺长，叫《元和十一年，自朗州召至京，戏赠看花诸君子》：

紫陌红尘拂面来，无人不道看花回。

玄都观里桃千树，尽是刘郎去后栽。

字面很直白，说京城郊区的路上拥满行人，都说是去玄都观看桃花刚回来。十里桃花三生三世，全是我刘郎离京之后种下的。

这首诗描写物是人非，暗讽朝中新贵，都是在我被贬之后提拔起来的，语含轻蔑。

这下子得罪了新贵们，便又在宪宗面前大说刘禹锡坏话，不久找个小错将他再次流放了。

要命的是，新贵们恨刘禹锡，也恨他的“老铁”柳宗元，这次贬谪，把柳宗元也一块刮带上了。

这是刘禹锡的第二次被贬。

贬谪的地方，比上次更偏远。柳宗元贬为柳州刺史，刘禹锡为播州刺史。

播州，也就是今天的贵州遵义，乃是偏远穷荒之地。贬官到此的官员，多有死在此地回不去的，甚至还有些体质弱的没等到地方就死在途中了。

刘禹锡老母亲年逾八十，刘禹锡这一去，此生定难再见；若将老母留在京城，却托何人照管？若是相随上路，只怕路远山高，老人家经不起长途跋涉，未必能到得了目的地。

柳宗元贬地柳州，虽然也够偏的，但是总比贵州要好一点。因此便上书朝廷，说愿意拿自己的贬地与刘禹锡交换，“虽重得罪，死不恨”——哪怕朝廷因此给他更重的责罚，也死而无怨。

这就是文坛上感人泪下的“以播易柳”。柳宗元明明是受刘禹锡牵累才被下放的，非但不怨恨，还要设身处地为老友着想，宁与他易地而处。

这样的交情感天动地，自然也感动了九五之尊唐宪宗，在宰相裴度的帮忙求情下，将刘禹锡的贬地改为广东连州。

819年，刘禹锡老母于连州过世。刘禹锡乞假扶灵北还，路过衡阳时，还给柳宗元寄书希望一见，谁知却接到了柳宗元于柳州病逝的消息，顿时如五雷轰顶，悲痛欲绝，“惊号大哭，如得狂病……涕泗迸落，魂魄震越”。

于是，刘禹锡立刻停下行程，先赶去柳州为柳宗元料理了后事，又整理遗稿，编纂成《柳河东集》，传世至今。

之后，刘禹锡又两次为柳宗元写祭文，在文中说很想为柳宗元服丧，但因为母亲去世，不得不放弃这个念头。

但是柳宗元的墓志铭，刘禹锡是请当时写铭文最厉害的韩愈写的。当然，没给钱，也没钱给。

柳宗元的一个儿子柳周六，也由刘禹锡收养。帮朋友帮到了收养别人的儿子，也是到了极致了。

三

刘禹锡在连州近五年，819年才因母丧得以离开。

第二年，那个为权宦所立的宪宗皇帝又被宦官所杀，宪宗第三子李恒继位，史称唐穆宗。

穆宗是个典型的昏君，奢靡纵欲，耽于宴游，远贤臣，亲小人，还喜欢服丹药，妄想成仙。于是只做了五年皇帝，29岁就早登极乐了。

在这期间，刘禹锡守制期满，于长庆元年（821）冬天被任为夔州（今重庆市奉节县）刺史。

做夔州刺史时，刘禹锡因为听到当地民歌曲调婉转，而歌词伧俗，遂采用民歌曲谱重新填词，作《竹枝词》数首，一改巴蜀歌风。前面有篇引子：

> 四方之歌，异音而同乐。岁正月，余来建平，里中儿联歌《竹枝》，吹短笛，击鼓以赴节。歌者扬袂睢舞，以曲多为贤。聆其音，中黄钟之羽，其卒章激讦如吴声，虽伧儜不可分，而含思宛转，有淇濮之艳。昔屈原居湘沅间，其民迎神，词多鄙陋，乃为作《九歌》，到于今荆楚鼓舞之。故余亦作《竹枝词》九篇，俾善歌者飏之，附于末，后之聆巴歈，知变风之自焉。

这段话是说，屈原游于湘沅之间，见乡民迎神，词多鄙陋，于是为之作《九歌》，遂流于荆楚之地，配以歌舞。这也侧面证明了屈原的祝巫身份。

如今刘禹锡效仿圣贤，遂作《竹枝词》并写了这篇序，让后人知道，巴蜀歌谣风格之变从今日而起。

我们先看第一首：

> 杨柳青青江水平，闻郎江上踏歌声。
> 东边日出西边雨，道是无晴却有晴。

这首词的平仄格律是非常标准的一首七言绝句，但诗律与曲韵从来都是相辅相成的，格律从来不是唱诵的束缚。

这首诗文字浅显而手法精妙，工于修辞却不露痕迹，宛如羚羊挂角，无迹可寻。

全诗第一句破空而来，直白浅淡却偏偏有一种天地为开的气势。写景之后，先声夺人，以声写事，点出一个“郎”字。然后再采用《诗经》中比兴的手法，从“东边日出西边雨”的自然现象，说到“道是无晴（情）却有晴（情）”的人心大观。

这句诗的巧妙在于，除了“东边”和“西边”的对应，“日出”和“雨”的反差，还用了“晴”与“情”的谐音字，一语双关，写出天气似雨还晴，人心则“道是无情却有情”这样一种特定又普遍的情绪，遂成千古名句。

这样机巧优雅，却又浅直易懂，是民众可以理解的幽默聪明，最是诗中佳品。

此前《竹枝词》本是四川东部流传的一种民歌，人们在节日里载歌载舞，吹短笛、击鼓伴奏，赛歌时谁唱得最多谁胜。而刘禹锡的《竹枝词》一出，雅俗共赏，寓意巧妙，立刻被大众所接受，上自文人墨卿，下至村夫民妇，都以歌《竹枝词》为趣，一时成风。

此调后来流传甚久，文人多有依其声仿制填词者，或是搜集巴蜀民歌撷其精华新创之词，或有依此格调风情写出的七言绝句，也都叫《竹枝词》。其体裁与七言无异，但是写作风格上更直白质朴，少用典故，语言活泼有生气，民歌气息浓厚，题材内容偏重于山水风情与田间生活，包括爱情与耕作。

比如刘禹锡的另一首《竹枝词》：

山上层层桃李花，云间烟火是人家。
银钏金钗来负水，长刀短笠去烧畬。

这首诗写的是巴东人民的劳作生活。人们住在山上，春天时，男人们手提长刀，头戴斗笠去山上烧荒，女人们戴着美丽的首饰去溪边挑水。

胡兰成晚年教授台湾作家朱西宁的三个女儿诗文，在看到朱天文拖地板时，便念起这首诗，叹道："劳动也是这样的贵气！"深得刘禹锡歌词之三昧！

而最难得的，还是这些诗歌意境平实优美，用词直白如话，颇有民歌风情而比通常民歌来得细腻含蓄，而且音节和谐，抑扬顿挫，非常宜于传唱；可是细推敲下来，却发现格律严谨，工整之至。在下里巴人是通俗的小曲，在大雅之堂是绝佳之作。

最后再附送两首，认为按照格律写诗是"戴着镣铐跳舞"的人，可以看过来！

山桃红花满上头，蜀江春水拍山流。
花红易衰似郎意，水流无限似侬愁。

日出三竿春雾消，江头蜀客驻兰桡。
凭寄狂夫书一纸，住在成都万里桥。

四

刘禹锡在蜀地待了三年，之后调任相对富庶的安徽和州，任刺史。

当地知县虽比刘禹锡低一级，但有实权，对刘禹锡这种贬官完全不放在眼里。俗话说强龙难压地头蛇，但是刘禹锡向来我行我素惯了，也根本不会对地头蛇逢迎巴结。于是这知县就决定让他吃些苦头。

按规定，刘禹锡应该住在县衙内，居住规格为三间三厦。可是知县却让他住到城南门，不仅远离市区，而且面朝大江，一片荒芜。

刘禹锡乐呵呵地去了，全然不当一回事。知县觉得他不来就范，分明还没受到教训，便又给他搬了两次家，一次比一次远，而且也不让他插手公务。

最终，刘禹锡被挤到了郊区一间只能容一床一桌一椅的小屋，简直转侧艰难。但是就这样也不能打倒他那不可救药的乐天精神，还洋洋洒洒写下了千古名篇《陋室铭》，并请人碑刻后竖于门外。

这篇课文是要求中学生全文背诵的，文章很短，录之于下，帮大家复习一下：

> 山不在高，有仙则名。水不在深，有龙则灵。斯是陋室，惟吾德馨。苔痕上阶绿，草色入帘青。谈笑有鸿儒，往来无白丁。可以调素琴，阅金经。无丝竹之乱耳，无案牍之劳形。南阳诸葛庐，西蜀子云亭。孔子云：何陋之有？

这篇短文中，大量使用对仗，包括了事对、言对、借对、扇面对等种种手法，或长或短，搭配得当；而且使用邻韵，读起来朗朗上口，辞藻华美，极有说服力。先用“比”的手法，说山因仙而名，水因龙而灵，然后“兴”出真正的用意，强调“德馨”。接着一联写景物，一联写人事。再用短句描述自己日常生活，先说“可以”做哪些事，再说“无”哪些事烦扰。最后用两个典故自喻，引出结论，且是用圣人言来结论：“君子居之，何陋之有？”（《论语·子罕》）收束有力，节奏感极强。

韵文尚且如此，写诗岂在话下？刘禹锡“诗豪”之名，名不虚传！

五

826年末，唐文宗李昂继位。

刘禹锡终于奉诏回到京城。从第一次被贬到今天，已经整整二十三年过去了。

在经过扬州时，他和白居易在酒席上初次相见，白居易题诗相赠：

醉赠刘二十八使君

为我引杯添酒饮，与君把箸击盘歌。
诗称国手徒为尔，命压人头不奈何。
举眼风光长寂寞，满朝官职独蹉跎。
亦知合被才名折，二十三年折太多。

刘家是个大族，很重视排行。刘禹锡在堂兄弟中排第二十八，他还有个兄弟叫刘禹铜，不知道其余那36位是不是叫金银铁之类的。

白居易的这首诗意思是说：我们一起举杯畅饮，用筷子击着盘子唱起来吧。久仰您刘诗豪的大名，堪称国手，可惜命运坎坷，徒呼奈何。抬眼看到的人们都是满朝朱紫，荣耀体面，而你明明满腹才华，却长守寂寞，虚度光阴。都知道木秀于林风必摧之，才名太高必有所折，可是先后被贬二十三年，这也折得太多了呀。

大实话呀，知音人呀！提起来都是泪呀！

于是一向乐观无畏的刘禹锡也撑不住了，即席赋和一首《酬乐天扬州初逢席上见赠》：

巴山楚水凄凉地，二十三年弃置身。
怀旧空吟闻笛赋，到乡翻似烂柯人。
沉舟侧畔千帆过，病树前头万木春。
今日听君歌一曲，暂凭杯酒长精神。

国手就是国手，诗豪就是诗豪，大诗人不喝酒则已，见面了一碰杯，一不小心就碰出两首千古名篇来。

这首诗是接着白居易的话说的。说掐指一算，可不是嘛，自己谪居巴山楚水这荒凉地已经二十三年了，感慨能不多吗？

但是诗人一贯乐观，不能直白地发牢骚，那不是小刘的做派。他就是抱怨，也得悠着点儿，所以用了一个“事对”：“怀旧空吟闻笛赋，到乡翻似烂柯人。”

这里接连用了两个典故。曹魏末年，嵇康一曲《广陵散》而后溘逝，同为“竹林七贤”的向秀后来经过其旧居时，听到邻人吹笛，不禁悲从中来，作《思旧赋》纪之。

刘禹锡用在这里，代指对好友柳宗元的怀念：我回来了，柳宗元却再也回不来了。满座都是诗人朝臣，想来话中应是提过柳宗元的，正如向秀闻笛怀旧，刘禹锡又岂能无有所感，故曰“空吟”。他后来又在《伤愚溪》一诗中写过：“纵有邻人解吹笛，山阳旧侣更谁过。”也是用的同一典故。

颔联的下句是说晋人王质上山砍柴，看到两个人下棋，就站在旁边看，不知不觉时光飞逝，连手中的斧柄都朽烂了。待他回到村里，发现百年已过，与自己同代的人都早已亡故。

这个典故代表了自己遭贬二十三年，重回故里，物是人非，可不就像是王质回到村里再也见不到故人一般的心情吗？

十里桃花，三生三世，那些花儿都谢了，那些好朋友，他们在哪里呢？

这两个对联用典巧妙，寓意无限，实在是太经典的“事对”范例了。

但是因为太雅，流传度反不如它的颈联深广。

颈联是照应白居易诗中“举眼风光长寂寞，满朝官职独蹉跎”一句的，回应说“沉舟侧畔千帆过，病树前头万木春”。用沉船和病树来比喻自己的长寂寞、独蹉跎，而用千帆过、万木春，来形容举眼风光，满朝官员。

因为这时候宴请他的白居易等人也是官居高位，老刘再抱怨不是把朋友也骂了吗？不能因为自己不痛快，就让朋友下不来台吧？于是他委婉地恭贺了老白的过帆似箭，春木葱茏。

不为自己叫苦，却为在座庆贺。老刘就是这么大气！

短短一首诗，正如《陋室铭》一样，又是引用又是借喻，老刘将修辞方法运用得出神入化，熟极而流，难怪教科书号召中小学生们要努力背诵诗豪的文章。背的时候，可别忘了体会老刘的乐观精神啊！

这样乐观向上，最后一句也就顺理成章了：“今日听君歌一曲，暂凭杯酒长精神。”再次感谢白居易，说听你一首歌，我已经很开心了，来，再喝一杯，我交了你这个朋友！

刘禹锡和白居易同年出生，一个“诗豪”，一个“诗魔”，都神交“久仰”了半辈子了，临老终于有缘相见，遂成为彼此晚年交往最频密的知交好友。

回到京城后，刘禹锡又乐颠颠地跑去玄都观看那个惹祸的桃花了，而且继续不怕死地又写了一首《再游玄都观》绝句：

> 百亩庭中半是苔，桃花净尽菜花开。
> 种桃道士归何处？前度刘郎今又来。

这首诗的讽刺意味更浓了，而且是以幸灾乐祸其奈我何的口吻：从前桃花盛开的玄都观里，如今百亩庭园半是苔藓，已经十分荒凉。桃花落尽，菜花漫开，那些种桃人哪里去了呢？我胡汉三又回来啦，还不出来迎接！

这分明是说当年打击自己的权贵们一个个在政治斗争中下了台，而我刘禹锡却是打不死的小强，都说谁笑到最后谁笑得最好，你们来咬我啊！

这一次，对手们可真是咬不动他了。

于是刘禹锡得意地笑了：我就喜欢你们看我不顺眼又干不掉我的样子！

再次回到那句老调重弹：想当官，想胜利，一定要活得长啊！

这一年，老刘56岁。

之后，刘禹锡历任苏州、汝州、同州刺史。开成元年（836）改任太子宾客、秘书监分司东都的闲职，在洛阳与白居易、裴度、韦庄等交游唱和对吟，生活得很是闲适。

840年，文宗逝，武宗继位。841年正月，武宗祭祀昊天上帝于圜丘，御临丹凤楼，大赦天下，改元会昌。

会昌元年（841），加刘禹锡检校礼部尚书衔，世称刘宾客、刘尚书。

会昌二年（842），刘禹锡病卒于洛阳，享年71岁。

柳宗元，你在江雪中钓到了什么？

一

江　雪

千山鸟飞绝，万径人踪灭。

孤舟蓑笠翁，独钓寒江雪。

为这一首诗，我就必须给柳宗元跪了。

千古以来，这是写雪景的最好的一首诗，已经好到逆天，好得不能再好了。

如果是在9岁之前看到这首诗，我可能就不给自己取名西岭雪，而要叫寒江雪了。

冰天雪地间，白茫茫一片真干净，杳无人烟，万籁俱寂，却有个戴着斗笠穿着蓑衣的小小的青灰色身影，孤独地坐在江雪间垂钓。

这是他主动的选择！他是天地的主人，即便钓的是寂寞吧，他也傲然独享。

全诗苍茫空寂，冰寒彻骨，有一种冰清玉洁遗世独立的冷绝之感。然而垂钓者把整个画面给激活了，让它不再是死寂空寥的无情之所，让情感不再无所依托，而有了希望，有了目标，有了“人”的主动意识。

清高，孤傲，冰清玉洁，一尘不染，这些词好像都已经不足以形容诗人的超然洁净了。

这幽僻冷寂的冰雪世界，玲珑剔透，不带一丝烟火气，只因你而存在。你独坐江心，恍如姑射神人濒临悬崖，凛然不可犯。

我们不禁想问一句：你钓到了什么？

宇宙洪荒，天地玄黄，却被写了四个大字：千万孤独。

这首诗多读几遍，会遍体生寒，如置冰窟，茫然四顾，无所依托，有种孤独得想哭的感觉。夏天读来，最宜消暑。

《古唐诗合解》说：“江寒而鱼伏，岂钓之可得？彼老翁独何为稳坐孤舟风雪中乎？世态寒冷，宦情孤冷，如钓寒江之鱼，终无所得。子厚以自寓也。”

是说诗作于柳宗元被贬永州之际，渔翁乃是柳宗元的自画像。

柳宗元（773—819），字子厚，河东解（今山西运城）人。比刘禹锡小一岁，与刘禹锡“二十年来万事同”，人生履历极其相似。两人同年科举及第，同朝为官，同为“永贞革新”中坚力量，又同时为唐宪宗所贬，同为“八司马”之列。

793年科举及第时，柳宗元年方二十。

刘禹锡刚登吏部就因为丁忧而告假守制；柳宗元也一样，刚刚及第，父亲就去世了，于是守丧三年。

三年后被安排到秘书省任校书郎，798年才考取博学鸿词科，重新追上了刘禹锡的脚步。

803年十月，柳宗元调回长安，与韩愈、刘禹锡同在御史台任职，且成为王叔文革新派的重要人物。

《旧唐书·柳宗元传》有载："顺宗继位，王叔文、韦执宜用事，尤奇待宗元……叔文欲大用之。"

这是柳宗元人生的鼎盛之期，朝廷政令每经"叔文与柳宗元等裁定"，"二王刘柳"几乎成了时政的代名词。

然而一旦去势，判若云泥。革新失败后，柳宗元被贬到有"南荒"之称的永州。名为司马，实为劳改犯人，受尽世人白眼不说，物质生活更是窘困。

柳宗元是带着老母亲一起下放的，官署里不给他安排住处，只得在龙兴寺安身。寺院里满是野草，草里有蛇，水里有毒虫，而且连着发生了几次火灾。

这样的艰苦生活下，柳宗元的母亲在半年后便因病去世了，这让柳宗元十分内疚而痛苦。

也正因为如此，后来二次被贬时，他会提出"以播易柳"，因为担心刘禹锡带着老母上路，刘母不堪路途遥远，会有意外。他再也不想让老友遭遇和自己同样的为人子之痛了。

这是我最爱柳宗元的地方。有些人会因为自己遭受了痛苦而怨天怨地怨社会，巴不得报复天下人，让所有人也尝尝自己受过的痛苦；但有些人，却会懂得"己所不欲，勿施于人"，因为自己知道痛苦的滋味，而宁愿牺牲自己也要拯救别人，不让别人再受到同样的伤害。

就是因为世上有很多这样的义人，生活才会充满了爱与希望。柳宗元，无疑是这样一位播撒爱心种子植柳成荫的义人。

二

永州的生活虽然艰苦，但是柳宗元的文学小宇宙爆发，为我们留下了珍贵的《永州八记》，其中最有名的要数《小石潭记》，收入了中学语文课本：

> 从小丘西行百二十步，隔篁竹，闻水声，如鸣珮环，心乐之。伐竹取道，下见小潭，水尤清冽。……潭中鱼可百许头，皆若空游无所依，日光下澈，影布石上。佁然不动，俶尔远逝，往来翕忽。似与游者相乐。……坐潭上，四面竹树环合，寂寥无人，凄神寒骨，悄怆幽邃。以其境过清，不可久居，乃记之而去。……

文字清新明丽，描摹如画，但骨子里又透出冷寂之感，仍然贯穿着超然无人烟的江雪精神。

这篇文章移步换景，情景交融，而且很善于抓住具体细节做镜头定格式的特写，是一篇极其隽永经典的景物小品文。

小石潭并不是什么名胜奇景，只是非常普通的一个有水有鱼的小小水潭而已。不必远游觅胜，只在今天的很多高档小区里都可以找到类似的景象，但是有谁能像柳宗元这样写出一篇万古流传的好文章来呢？

除了文笔优美的山水游记，柳宗元还写下像《捕蛇者说》这类反映现实、表现百姓疾苦的小品文。

永州之野产异蛇：黑质而白章，触草木尽死；以啮人，无御之者。……

每次看到这几句，我都忍不住低头看一眼自己的脚背，总担心那里盘着一条蛇。

文中说永州出产一种很毒的蛇，把它风干制成药，可以医治许多疾病。一位以捕蛇为生的蒋姓农民说："我的祖父因为捕蛇被毒死了，我的父亲也因为捕蛇而死，我以捕蛇为生十二年，几次死里逃生……"说着，脸色凄怆。

柳宗元看了不忍，就说："捕蛇如此恐怖，我去跟当官的说说，让他换掉你这个捕蛇的差役吧。"

不料那姓蒋的更加悲伤了，拼命摇着手说："千万不要啊。我虽然苦，比我的邻居已经好多了。我只要捕到蛇，就能过几天太平日子；可是我的邻居们，因为杂税太重，天天都要面临死亡的危险啊！"

柳宗元因此发出了"苛政猛于虎"的感慨。

柳宗元还擅以动物为喻，写了《黔之驴》等很多讽喻小品文。又因为关心民生，善于思考，特地写了《天说》一文与韩愈辩论。刘禹锡加入助战，作《天论》三篇寄给柳宗元，柳宗元读后，又写了《答刘禹锡天论书》进一步讨论天命。

三位大文豪讨论"天人之分"，不为胜负，只为相投，是唐代文坛上的一段佳话。

韩愈和柳宗元并列“唐宋八大家”中“唯二”的唐人代表，并称“韩柳”，共举古文运动大旗，在散文写作上堪为后世典范。

但我们的重点是讲唐诗，对文章就不多作评价了。且来看柳宗元这段时间的另一首代表诗作：

渔　翁

渔翁夜傍西岩宿，晓汲清湘燃楚竹。
烟销日出不见人，欸乃一声山水绿。
回看天际下中流，岩上无心云相逐。

从《江雪》我们已经知道，柳宗元是以渔翁为自身形象替代者。所以这仍是一首自题诗。

诗中说，渔翁晚上住在西山脚下，早上汲取湘江之水，伐楚竹以为柴，这顿饭做得好不清雅。

太阳出来的时候，云雾散尽，渔翁已经出发了，不见人影，只听到青山绿水间传出“欸乃”一声。

欸乃，象声词，有三种解释：摇桨之声，渔人长呼之声，渔歌声。唐时湘中棹歌有《欸乃曲》，我更钟情这种说法。

因为古琴曲中就有一首曲名《欸乃》，又名《渔歌》，曲意托迹渔樵，寄情烟霞。相传就是根据柳宗元的这首《渔翁》而来，所以有版本认为此曲为柳宗元所作。

《太音补遗》中说：“此曲盖本柳柳州‘欸乃一声山水绿’之诗而增益之。‘欸乃’，歌声也。”

《玉梧琴谱》也说：“此曲柳子厚所作。盖柳柳州‘欸乃一声山水绿’之诗而增益之。‘欸乃’，歌声也。有脱尘寓江海河汉之游，物外烟霞之思。颐养至静，乐守天真也。”

可见“欸乃一声山水绿”，便是这首诗的诗眼所在。

其实全诗到这里，已然意尽，而曲声悠扬于诗外，余韵未绝，正是最佳之时。但是诗人唯恐说之不尽，又化用“云无心以出岫”之意接了两句，说回头望去，天地苍茫，渔舟正漂向天际中流，山上的白云正在随意飘浮追逐。

这两句写景，未免落了形迹。柳宗元的山水诗有王维的意趣，却不及王维，便在此种细处。

苏轼评价：“诗以奇趣为宗，反常合道为趣。熟味此诗有奇趣。然其尾两句，虽不必亦可。”认为最后两句应该删去，因为太中规中矩。

我心亦然。

三

柳宗元在永州整整待了十年，815年元月获诏还京，跋涉了一个多月回到长安。还在长安城外灞桥已经欣喜不已，写下《诏追赴都二月至灞亭上》：

十一年前南渡客，四千里外北归人。
诏书许逐阳和至，驿路花开处处新。

可悲的是，柳宗元在长安还没待足一个月，就因为刘禹锡的一首桃花诗而受到牵连，再次被贬。这一回，是柳州刺史。

明明是受人连累，柳宗元却毫无怨怼之意，还上奏唐宪宗请求“以播易柳”，以使刘禹锡老母能减少一点旅途劳顿之苦：“禹锡有母年高，今为郡蛮方，西南绝域，往复万里，如何与母偕行？如母子异方，便为永诀。吾与禹锡执友，何忍见其若是？”

文辞恳切，加上裴度帮忙，遂感动宪宗，将刘禹锡改贬连州。

柳宗元和刘禹锡两人一同被贬，也就一同出发了。

从长安南下去连州和柳州，有一段路是相同的，于是两位好朋友索性结伴同行，把被贬流放当成了游山玩水，充分地发挥革命浪漫主义精神。一路到了湖南衡阳，才执手分别，各奔东西。

他们一路上诗酒唱和，留下不少感人诗篇。临别之时，柳宗元特地写下一首赠别诗：

十年憔悴到秦京，谁料翻为岭外行。
伏波故道风烟在，翁仲遗墟草树平。
直以慵疏招物议，休将文字占时名。
今朝不用临河别，垂泪千行便濯缨。

这首诗首联略带调侃地说，自己在永州淹蹇十年，刚刚回到长安，就又被贬往柳州了，真是风云变幻，出人意料啊。

颔联两个典故，马援和翁仲，似是柳宗元和刘禹锡二人一路游玩所经过的名胜遗迹。

先说翁仲，本姓阮，是秦朝的一个巨人，传说身高一丈三尺。秦始皇命他守边，匈奴人十分怕他。他死后，秦始皇令人照着翁仲的样子铸成铜人。后来也有很多陵墓袭此风，故而翁仲也常常代指守墓铜人。

马援的故事就要多讲几句了。他是汉代著名军事家，为刘秀统一天下立下了赫赫战功。曾于老年请缨出征，西破羌人，南征交趾，官至伏波将军，后人尊称“马伏波”。

他说过两句非常著名的话——当然，他一生说的话很多，可能著名的也多，不过最有名的是这两句了，因为顺便创造了两个著名的成语。

第一句是：“丈夫为志，穷当益坚，老当益壮。”

于是，从此就有了“老当益壮”这个成语。

第二句，是在马援请战之时，声称：“方今匈奴、乌桓尚扰北边，欲自请击之。男儿要当死于边野，以马革裹尸还葬耳，何能卧床上在儿女子手中邪？”

于是就有了“马革裹尸”这个成语。

这两条，马援都说到做到了。

马援于讨伐五溪蛮时染时疫而死。不幸的是，因为奸臣梁松诬陷，他死后竟被刘秀收回新息侯印绶，不予褒奖。

原来，马援在南征交趾时，常吃一种叫薏苡的果实来治疗筋骨风湿，避除邪风瘴气。班师回京时，特地拉了满满一车，准备用来做种子。结果马援死后，就有人上书说马援曾搜刮了一车珍珠文犀运回家中。

这使得刘秀震怒，不念马援死于前线之功，却追讨封侯。马援家人不明所以，也不知道马援到底犯了什么罪，只得草草将马援掩埋，连亲朋故旧也都不敢前来吊唁，葬礼极为凄凉。

直到三十年后汉章帝时候，才重新追加册封谥号，为忠成侯。

之所以要把这个故事讲得详细些，是因为柳宗元也是在任上染疫症而死，这情况和马援像极了。

同样的，他也在死后得到了历史的公正评价，成为唐代最伟大的两位散文家之一。

另一位，就是为他写墓志铭的韩愈。

且回到这首诗。颈联在两个典故之后，直抒胸臆，劝诫老朋友“直以慵疏招物议，休将文字占时名”，情意殷殷；但尾联一个“濯缨”的典故，又遥遥致敬屈原，分明还是以好友清正不阿之风为傲。

这首赠友之作，是写刘禹锡，也是写自己，就像是两个老朋友的喁喁谈心。

但是最令人唏嘘的，还是他写的另一首绝句《重别梦得》：

二十年来万事同，今朝歧路忽西东。
皇恩若许归田去，晚岁当为邻舍翁。

诗中说二十年来，两个人的命运就像照镜子一般处处相印。二人年龄相差只一岁，弱冠同时中进士，同时入朝为官，在御史台同时指点江山，同时参与永贞革新，同时被贬远州司马，同时被召还京，如今，又同时外放远州刺史。二十年来履迹之所，经历之事，无不相同。如今终于要分别了。如果有一天皇恩浩荡，允许我们辞官归田，希望到了晚年之时，我们可以做邻居，一起耕诗耘田为乐。

刘禹锡欣然允诺：“耦耕若便遗身老，黄发相看万事休。”

可惜，这个愿望终成泡影。

四

柳宗元抱着归耕农田的美好愿望在任上苦苦挣扎，一直盼着能重返故里的那一天，多次在诗中写下“一声梦断楚江曲，满眼故园春意生”“上苑年年占物华，飘零今日在天涯”这样的句子。

有一次，他和一位法名浩初的和尚一起去爬山，站在山上遥望京都，写下一首特别让人伤心的诗（《与浩初上人同看山，寄京华亲故》）：

> 海畔尖山似剑铓，秋来处处割愁肠。
> 若为化得身千亿，散上峰头望故乡。

想念家乡的青山秀水，于是站在异乡山头，只觉群峰如簇，仿佛尖刀般割断人的思乡柔肠。如果能像孙悟空一样化身千亿，那也会把千万个自己都放上山头去遥望故乡。

这是多么多么强烈的渴望啊！

后世陆游就是仿此手法，写出“何方可化身千亿，一树梅花一放翁”的名句。

柳宗元虽是贬官，却为柳州百姓做了不少好事，因此后世又称他为“柳柳州”。

比如柳州风俗，一直规定可以用人来抵押，欠钱不还就要沦为奴婢。柳宗元制定了一套释放奴婢的办法，规定已经沦为奴婢的人，在服役期可按劳动时间来折算工钱，欠钱还清后立即恢复人身自由。

他还兴办学堂，采取各种方法鼓励小孩积极念书，耐心接受青年学子的拜访，对他们循循善诱；推广医学，培养当地大夫来为民服务。

柳州人迷信，世代不敢打井。柳宗元带头打了好几眼井，让靠天吃饭的柳州人喝上了干净甘甜的地下水。这是一件改良柳州民生的大事。

他又组织劳力开垦荒田，鼓励生产。在柳宗元的努力下，柳州可耕种土地面积大增，人们生活改善不少。

然而柳宗元自己，却因为长期地处南荒、心绪不佳，健康不断恶化，还染了疟疾。

有一首《岭南江行》充分表现了他这段时间的生活状况：

瘴江南去入云烟，望尽黄茆是海边。
山腹雨晴添象迹，潭心日暖长蛟涎。
射工巧伺游人影，飓母偏惊旅客船。
从此忧来非一事，岂容华发待流年。

这首诗充满了时光苦短的不祥之意。

被贬柳州第三年，柳宗元对部将说：“吾弃于时，而寄于此，与若等好也。明年吾将死。”

这句不吉之语果然应验。

819年，唐宪宗大赦天下，因为宰相裴度拼命说好话，宪宗终于答应敕召柳宗元回京。可惜的是，诏书到达柳州时，柳宗元已于这年十一月初八含恨而死，年仅47岁，死后留下二子二女。

且说柳宗元在13岁时就已经与杨氏定亲，24岁完婚。

然而，新婚三年，妻子便过世了。之后柳宗元一直没有续弦，便流放到了永州，而且一贬就是十年。

年逾不惑而膝下无子，这可是一件大事。柳宗元曾写信给友人说："荒陬中少士人女子，无与为婚，世亦不肯与罪大者亲昵。以是嗣续之重，不绝如缕。"

意思是在永州蛮地，没有合适的闺秀可以为配。因为仕女既少，又不肯下嫁罪臣，所以子嗣便成了心头大患，压力山大。那么，孩子又是从哪里来的呢？

其实，柳宗元只是没有合适的闺秀迎娶为配，却并非没有女伴。

细查旧典，从柳宗元《下殇女子墓砖记》及《马室女雷五葬志》等文可知，柳宗元在长安时，曾相与过一位歌伎，还跟她生个女儿叫和娘，但是因为其母身份卑微，一直隐瞒身份，贬官永州时才敢相认。

他曾写诗给刘禹锡说："在家弄土唯娇女，空觉庭前鸟迹多。"指的便是这个女儿和娘了。

遗憾的是，和娘因为生病，皈依佛门，改名"佛婢"，之后又剃度为尼，法号"初心"，但是病仍未好，10岁时死于永州。

后来，柳宗元又相与了一位女子，而且相伴的时间还很长，至于是从长安带来的还是在永州结识的就不得而知了。这女子的身份同样很低微，因为唐朝法律禁止官员与平民通婚，而这女子非"士人女"，所以至死没有一个正式名分。

不过，子嗣之事可没耽误，她先后为柳宗元生过二子二女。

柳宗元去世时，长子周六才4岁，次子周七还在母亲的肚子里。

刘禹锡在扶母灵归乡途中拐道永州，为老友料理后事，并收养了他的长子，而且教育得很好，二十几岁便中了进士。

柳宗元在柳州结茅树蔬，将住处命名“愚溪”，不知道是不是故意谐音好友“禹锡”之名以谑之。柳宗元殁后三年，有僧游零陵，归来告诉刘禹锡说，因为无人打理，“愚溪无复曩时矣”。刘禹锡悲不自胜，连写三首七绝《伤愚溪》以记之，这里只录其第一首：

溪水悠悠春自来，草堂无主燕飞回。
隔帘唯见中庭草，一树山榴依旧开。

春潮解冻，草堂燕回，而故人永不得归；庭草依旧，榴花照眼，伊人何在？

得此知己，不负平生。只可惜，他们再也没有机会比邻而居，耕田唱诗了。

柳宗元的诗集由刘禹锡为其编撰，名为《柳河东集》。河东柳氏后来还出了一个很著名的词人，就是“凡有井水处，即能歌柳词”的才子柳永。

郭太后VS杜秋娘：劝君莫惜金缕衣

一

不算武则天，唐朝历史上共有二十位皇帝，每五帝一换格局。

祖、太、高、中、睿，合成初唐；玄宗自己挑起盛唐大旗，却“靡不有初，鲜克有终”；玄、肃、代、德、顺，这五代前三代都在忙活一件事：“安史之乱”，后两代则为藩镇割据发愁；直到宪宗朝方取得了一点小成绩。

虽然唐宪宗在历史上的口碑还不算太差，认为他开创了“元和中兴”的局面。但是我对他的小肚鸡肠实在不感冒：因为白居易呼吁捉拿刺客就贬作江州司马；上位后报复前朝臣子，一口气贬了“二王八司马”，贬了十年不算，为了刘禹锡一首诗又把刘柳二人一同再次贬官；后来又因为韩愈劝他不要劳师动众迎佛骨，竟然下令拉出去斩首，若不是裴度死劝，韩愈就冤枉地成为佛骨下的白骨了。——这样一个辄辙就要贬责谏官的皇上，还让不让人说话了？

难怪白居易从江州回来后，就想方设法让自己外调，离皇上越远越好，不然他那么爱说话又会写诗，谁知道哪天又惹了什么祸事呢？

柳宗元过世第二年，宪宗也挂了。

太子李恒继位，史称唐穆宗。

这次要讲讲宪宗的两个妃子：郭妃与秋妃。

先说穆宗李恒的生母郭贵妃（约779—848），乃是郭子仪郭老令公的孙女。

还记得那个“醉打金枝”的郭暧吗？郭贵妃就是他和升平公主的女儿。正经的血缘高贵，出身名门，功臣之后，皇亲国戚。在唐宪宗还是广陵王时，已经册为正妃，还为他生了儿子。但是不知为什么，李纯继位后却没有将她封后，而只给了一个贵妃的职衔，显然夫妻感情一般。

让我们从皇室这边理一下关系：升平公主是代宗的女儿，也就是德宗的亲姐妹。那么她的女儿和唐顺宗也就是姑表兄妹，相当于贾宝玉和林黛玉的关系。

可是联姻的却不是宝黛，而是黛玉嫁给了宝玉的儿子，这关系就有点乱了。

换言之，郭贵妃在辈分上应该是自己老公唐宪宗李纯的表姑。虽说皇室姻缘一向不理天伦，但如果不是情之所至的主动选择，也是够让人不舒服的了。

宪宗一生都没有封后，显然是不愿意立郭贵妃为皇后，却也没理由越过她去另立别人，于是只能拖着。

元和八年（813）十二月，群臣多次奏请册立郭氏为皇后，唐宪宗借口来年有子午之忌而不允。其实是怕郭氏权势太大，就算不能找别人来压着她，也要用个空头衔来让她看得见摸不着，忍受这份无形的压力。

从后宫见前朝，从这点来看，唐宪宗也是够变态的。这就可以明白他为什么会把朝政变成一言堂，动辄贬这个贬那个去岭南了。

按说老天爷对他不薄，在他的朝代降下了那么多文武人才，文有韩、柳、刘、白、元，武有裴度、武元衡。可是大好资源，生生都被他糟践了。

不将嫡妻封后的例子历史上也有过，最著名的就是魏文帝曹丕称帝时，因为记恨妻子甄宓曾为袁绍儿媳妇，并非初嫁之身，又与弟弟曹植不清不楚，也是不肯封她为后，但又不能无故废妻，便一直空悬后位。好容易悬到甄宓死了，立刻就封了宠爱的郭贵妃为后。

民女郭氏，自小为孤儿，名字却很霸气，叫郭女王。原本只是宫中的婢女，却深受曹丕宠幸，一路从夫人、贵嫔做到皇后，成为三国第一夫人，堪称是草根逆袭的女中楷模。

同样是姓郭，魏文帝曹丕的郭贵妃是受宠的，而唐宪宗李纯的郭贵妃却有些尴尬。她出身名门，祖父有功于皇室，自己又为皇上生下一儿一女，从哪方面来说都堪为皇后，母仪天下。但是宪宗就是不想给她这份荣耀，就这么拖着，分明也想要把她熬死了好封别人。

但是郭贵妃可不那么容易死，而且相当长命。她和白居易一样，足足熬死了八个皇上，一直活到宣宗朝才寿终正寝。

820年，宪宗卒，年仅42岁。郭贵妃之子李恒登基，为唐穆宗，尊奉母亲为皇太后——皇上老公不封她为皇后有什么关系，皇帝儿子可以封她为皇太后，还不是一样风光？

穆宗体谅母亲一生隐忍之苦，很是孝顺。郭氏住在兴庆宫，唐穆宗每逢朔望必往参见；三朝庆贺时，亲率百官前往宫门祝拜。

但是孝顺归孝顺，唐穆宗的治国能力可不怎么样，万事都交给宰相和宦官处理，自己只顾挥霍豪奢，夜夜饮宴。对郭太后的供奉也极尽豪华盛大，务求太后满意。从这一点来说，郭氏也算教子无方。

郭太后曾经临幸骊山，唐穆宗特地命景王率禁军侍卫，并亲自往昭陵奉迎，游宴数日而回，劳民伤财。

从骊山刚回来，穆宗就中风了。之前他曾服食金丹，希望长生不老，然而事与愿违，不到30岁就过世了，执政方四年。

此时，有宦官提议郭氏临朝称制，郭氏怒叱：这是让我效仿武则天吗？虽然太子年幼，但可选择德高望重的辅佐之臣相助，我又何必参与外廷事务呢！

蔡东藩《唐史演义》评价："（郭后）不愿预政，惩武韦之覆辙，守祖考之遗规，为唐室宫闱中呈一异彩，未始非挽回国脉之一端。"

这是对郭贵妃的最高评价。

但是大多野史，都会把她塑造成一个勾结宦官弄权，独霸后宫的狠辣角色。

824年，唐穆宗长子李湛继位，年方15岁，史称唐敬宗。

唐敬宗继位后，尊奉生母王氏为皇太后，祖母郭氏自然就成了太皇太后。

李湛更是个短命皇上。因为年纪小，比他爹还要穷奢极欲，荒诞无行，一味痴迷打马球、猎夜狐，不理朝政，每月上朝次数不超过三天，大臣们难得见他一面，更不用说找他理政了。

李湛是个体育迷，马球高手，又擅长搏击，没事就组织个运动会，比赛摔跤、拔河、龙舟竞渡之类，乐此不疲；还专门豢养了一批力士，典型叛逆期不良少年。国家交给这样一个人治理，没亡国已经是万幸了。

只能说，老天善待大唐，彼时的宰相裴度、李绛、韦处厚等人实在称职。

但是宰相再贤明，架不住昏君不听劝啊。

宝历元年（825）十一月，唐敬宗李湛突然说想去骊山，大臣们想起从前玄宗之乱，去年穆宗之死，都不寒而栗，极力劝阻说："从周幽王以来，游幸骊山的帝王向来没有好结局。秦始皇葬在那里，国家二世而亡；玄宗在骊山修行宫，后有安禄山之乱；先帝穆宗去了一趟骊山，回来就驾崩了。皇上还是不要去的好。"

没想到李湛这熊孩子越劝越来劲，反而兴致更高了："好玩，好玩，骊山有这么凶吗？等我去一趟给你们看看。"于是不顾大臣的反对而往。后来果然因为生性酷虐，被不堪折磨的宦官杀死，年仅17岁。

顺便说一句，"西安事变"发生时，蒋介石也是在骊山被捉的。

这个故事写出来，不知道会不会让骊山的门票收入大减。不过，你我皆凡人，去一趟大抵是没事的。

二

皇太后郭氏传先稍停一下，再来说说宪宗的另一个妃子杜秋。

杜秋，字仲阳，歌女出身，15岁被浙西节度使李锜纳为妾室。不久，李锜因宪宗削藩而起兵造反，兵败被杀后，杜秋入宫为奴，依旧做歌伎，却因为一曲《金缕衣》受到唐宪宗宠幸，封为嫔妃，人称“秋妃”。

这首《金缕衣》可谓大名鼎鼎，尽人皆知：

劝君莫惜金缕衣，劝君惜取少年时。
花开堪折直须折，莫待无花空折枝。

每次看到杜秋娘的名字，再想到《金缕衣》的歌词，我都忍不住联想起晚唐诗人秦韬玉的《贫女》诗：

蓬门未识绮罗香，拟托良媒益自伤。
谁爱风流高格调，共怜时世俭梳妆。
敢将十指夸针巧，不把双眉斗画长。
苦恨年年压金线，为他人作嫁衣裳。

这是绣女们最好的画像，也是寒士自况的叹息。

而杜秋娘年年高唱《金缕衣》，她的一生，却也都是为他人作嫁衣裳。

秋娘没有生子。元和十五年（820），宪宗卒，穆宗即位。按说没有生育的嫔妃都要送去守陵或出家，但是穆宗却留下了杜秋，让她做了皇子李凑的保姆。

四年后，唐穆宗又死了，15岁的敬宗李湛继位。

这一年是824年，秋娘大约40岁，已经成了“太太妃”，在宫中的地位颇为尴尬。

又过两年，李湛也被宦官杀了。

虽然唐敬宗李湛年仅17岁，生育能力倒强，已经有了六子二女。可是实在年幼，在和平盛世或许有老臣辅政还能撑上几年，但在腥风血雨的中唐却是没有竞争力的。

于是后宫前廷再次展开了皇位争夺战。都是穆宗的儿子，既然大哥敬宗李湛死了，作为弟弟的，自然人人都有资格有可能做皇上。既然有了这个可能性，当然人人都想试一试。

穆宗活了29岁，共生过八个儿子，活下来五个：长子李湛已经死了；次子李昂（原名李涵，后来改名李昂，我们且统称李昂吧），五子李炎，六子李凑，八子李溶，显然都是可能人选。

另外，宪宗的儿子，穆宗的兄弟，敬宗的叔叔们，也都对皇位蠢蠢欲动。比如绛王李悟，就在宦官刘克明等人的拥立下，矫旨称诏，入宫登基。

无论穆宗的哪个儿子抢了皇位，都是自己的亲孙子，郭太后也就依然是太皇太后；可是李悟却不行，他是宪宗的儿子，却非自己所出，如果李悟登基，自己这个太皇太后就要重新降格为太后，而且还不是现任皇上的母亲，岂不要靠边站?

于是郭太后出手了，联合宦官王守澄的神策军，杀死了李悟与刘克明，迎立穆宗的二儿子、敬宗之弟李昂登基，史称唐文宗。

李昂与哥哥李湛同父异母，同年所生，今年也是17岁，正是少年有为之时。

登基之后，文宗自然要尊自己的生母萧氏为皇太后，加上敬宗生母王太后和太皇太后郭氏，宫中此时共有三位太后，故称为“三宫太后”。

唐文宗也是个孝顺孩子，对三宫太后都挺不错，对太皇太后郭氏尤为尊重。史称凡珍馐佳果以及四方进贡的奇巧之物，文宗必定先行进献宗庙、三宫，然后才自己享用。做人非常小心。

——不小心也不行，因为太皇太后大权在握，仍是前廷后宫的实力派。

唐文宗即位后，不但要受到太后外戚势力的掣肘，还深受宦官王守澄的威胁。因此与宰相宋申锡秘密商议，想要除掉王守澄。

但是王守澄耳目众多，很快知道了文宗的计划，决意先下手为强，反诬宰相宋申锡和宫侍晏敬则、朱训勾结，图谋不轨，想拥立漳王李凑称帝。

为什么是漳王李凑呢？

原来，在杜秋娘这个唐朝好保姆的教导下，李凑不仅饱读诗书，而且人品贤良，在朝野中声望甚高，的确有帝王之才。

于是历史上有了两种版本，一种是说杜秋娘身居宫中，眼见三位帝王暴死，深觉皇上轮流坐，明年到我家，遂与宰相宋申锡密谋，决心除掉宦官王守澄，立李凑为帝。换言之，李凑谋反是真的，杜秋娘在这件事里是主动的选择。

另一个版本则说李凑谋反事纯属王守澄诬陷，秋娘从头至尾都是无辜吃瓜落。

不论哪种版本，总之谋反这事唐文宗信了，而且命神策军严查此事。

神策军都是王守澄的人，自然很快把朱训等审了个屈打成招。于是唐文宗贬宋申锡为江州司马，废黜李凑为巢县公，杜秋娘也跟着削籍为民，返回乡里。

但是真要是谋反，惩处又怎会如此之轻呢？可见唐文宗自己也不是那么相信。所以顺水推舟，有两个可能原因：一是对漳王李凑确实有所忌惮，本着“宁可信其有，不可信其无”的原则先剪除隐患再说；二是被王守澄牵着鼻子走，根本没有裁决自主权。

这从他后来追赠李凑为怀懿太子就可以看得出来了。

秋娘还乡后，在晚年与诗人杜牧见过一面。

杜牧为她写了一首《杜秋娘诗》，在序中说：

> 杜秋，金陵女也。年十五，为李锜妾。后锜叛灭，籍之入宫，有宠于景陵。穆宗即位，命秋为皇子傅姆。皇子壮，封漳王。郑注用事，诬丞相欲去己者，指王为根。王被罪废削，秋因赐归故乡。予过金陵，感其穷且老，为之赋诗。

全诗112句，分为前后两部分。第一部分讲述杜秋生平，提到她晚年的生活：

> 四朝三十载，似梦复疑非。
> 潼关识旧吏，吏发已如丝。

却唤吴江渡，舟人那得知？
归来四邻改，茂苑草菲菲。
清血洒不尽，仰天知问谁？
寒衣一匹素，夜借邻人机。

看来秋娘净身出宫，晚年生活很是凄凉，彻夜纺织，还要跟邻居借织布机。

为什么要“夜借邻人机”呢？估计是与邻女合用一部织机，白天邻居要用，轮到秋娘，只能晚上借用，大概就跟出租车司机跑黑白班的情形差不多吧。

第二部分讲“我昨过金陵，闻之为歔欷”，重在抒情，感叹今昔，推人及己：

己身不自晓，此外何思惟？
因倾一樽酒，题作杜秋诗。

感谢杜牧，让我们在这首诗里最后一次看清杜秋娘的身影，使她的故事余韵遗响，不至于像梅妃那样，被后人怀疑是虚构人物。

三

从杜秋娘的故事，我们可以看出，文宗不是不想做个好皇帝，但是耳根子太软，不能明辨是非，以致为王守澄所惑。

说到这里我们要回顾一下，从唐国开国至今，除开武则天女主称帝那一节不算，大唐皇帝总体来说都一直是坚持父死子继的传统的。

可是到了作死的“猎狐皇上”李湛这儿就乱了，改成传给弟弟李昂。

而且还传了不止一次。唐文宗李昂死后，又是传给弟弟、穆宗第五子李炎继位，史称唐武宗。

武宗自然也是要奉生母为皇太后的，于是他们的老爹唐穆宗就成了史上唯一一个同时有三位皇后配享太庙的皇上，蔚为奇观。

且说文宗生有两子，皆夭折。病重之际，本想遵照自己从前的诺言，将皇位传给敬宗之子李成美；而另一面，杨贤妃想拥立八王爷李溶为皇太弟。

但是，宦官仇士良和鱼弘志哪肯让皇上自己传位，认定只有自己扶持的皇上才会听自己的话，因此声称李成美年轻多病，不堪为君，竟然矫诏将李成美降为陈王，改立李炎为皇太弟。并在文宗驾崩后，说服尚未即位的李炎命杨贤妃、李溶、李成美自杀，一次拔掉了两根眼中钉。

也就是说，唐穆宗李恒统共有五个儿子，其中三位：唐敬宗李湛，唐文宗李昂，唐武宗李炎，轮流做了一遍皇上。中间六子李凑还“疑似谋反”了一回，只剩下一个八王爷李溶，又因觊觎“皇太弟”之位被武宗处死。

五个儿子，每一个都围绕皇权发起过一轮进攻，每一个都这么短命。

这有点回到初唐时高宗李治死后，皇子李弘和李贤被杀，李显和李旦轮流坐庄的时候了，而且还坐了两次。

虽然郭贵妃不肯效法武则天临朝听政，然而大唐历史有个习惯，凡遇上特别厉害的女主出现，皇位就开始在短命兄弟中间打转，历史纠缠成了一团麻。

武宗也同样短命，做了六年皇上后，因为服丹药而死。

于是，立储再次成了一个大问题。

接连三个皇帝都是穆宗的儿子。如今哥仨都死了，那该立谁的儿子为下一任皇帝呢？

可以想象，不论谁的儿子做皇帝，另外两个儿子的后人都不会愿意的，那就免不了再来一场大屠杀。

于是几方势力争执决议之后，历史在这里打了个转，竟然让皇权既没有传给后代，也没有传给兄弟，而是逆行反溯，回到了唐宪宗第十三子、唐穆宗的弟弟、敬、文、武宗的“皇太叔”李忱的手上，史称唐宣宗。

这时候，太皇太后郭太后可就尴尬了。

儿子死了，孙子也死了，虽然有了重孙子，又都不济事。结果由庶妃之子李忱登基。李忱是宪宗的儿子，也叫自己嫡母不假，可他不是自己亲生的呀，隔着一层肚皮，毫无血缘关系，人家的儿子又怎么会真心敬重自己这个母亲呢？费那么大劲才扳倒李悟把皇权交到了自己孙子手上，怎么转了一圈到底还是落到人家儿子头上了呢？

也就是说，皇位从侄子传给了叔叔。这算是步上正轨还是大开倒车？

846年，李忱继位，改元大中。

唐宣宗继位，后宫又多出了一位太后，就是宣宗之母郑太后。

郑氏本来是侍候郭太后的宫女，后因得到宪宗宠幸而封妃，但是位次一直很低。如今竟然母凭子贵，成了郑太后，这可让郭太后太别扭了——从太皇太后降格为皇太后已经够郁闷了，还要和自己的侍女平起平坐，甚至还不如自己的侍女，因为人家的儿子才是现任皇帝，自己不过是先帝的母后和皇祖母，皇历早就翻过好几篇了，这让郭太后情何以堪？

因此在大中二年（848）六月初一，郭氏带着几名侍从登上勤政楼，想想自己一生的荣辱浮沉，也不知道是想不开还是想闹事，竟然准备跳楼自尽。吓得几位侍从赶紧拦住，大喊救驾。

这件事无疑是扫了唐宣宗面子，等于是昭告天下说宣宗不孝，逼得皇太后要自杀。因此唐宣宗很不高兴。

当天晚上郭氏在兴庆宫猝逝，究竟是自杀成功了，还是宣宗一旨密令成全了她呢？史无定议。

不过太常官王皞循例奏请将郭氏葬于景陵，神主袝祭于唐宪宗庙室，竟被唐宣宗否定，还让宰相去责骂王皞。王皞据理力争说："后乃宪宗东宫元妃，历五朝母仪天下，礼该如此。"唐宣宗索性将王皞贬为句容县令。

冲这一点，可见宣宗也不是什么大度公正的好皇上。后世枉称他为"小太宗"，在"虚怀纳谏"这方面，他连太宗李世民的边儿也不沾。

不过宣宗自我感觉是良好的，事事效仿祖先唐太宗，包括服丹药这件事也照学不误。太宗活了50岁，宣宗不敢僭越，活了49岁就赶紧挂了。

之后，宣宗长子李漼继位，是为唐懿宗。

王皞回朝再任礼官，仍然坚持先前的看法，再次为郭太后请命，终于使朝廷下诏将郭氏神主祔祭于太庙。

郭太后的故事，也终于盖棺论定。

元稹，谁才是你巫山上的那朵云？

一

离　思

曾经沧海难为水，除却巫山不是云。
取次花丛懒回顾，半缘修道半缘君。

这首悼亡诗太缠绵太感人太著名了，竟然是出自多情浪子元稹之手，真有点让人凌乱。

我不愿意相信这是一个无情人的矫情之作，只能说，诗人在写诗的这一刻是真诚的，寥落的，百无聊赖的，并且在此时此刻因为对伊人的无比怀念，再也看不见闲花野草，对云雨风月也都无情无绪了。

那一刻，他想过远避红尘，修道归隐，想过从此关闭心门，斩断情缘，只一心一意将那逝去的可人儿在心尖供奉，除了对你的思念，不再浪掷哪怕一分情感。

我愿意相信，在那一刻，他曾经是这样想过的。只是，时间哦，时间飞逝，他很快就把她忘了——也许不至于忘，只是淡了，不再那么时刻想念，想起时也不会再有锥心的疼痛。

于是，他又翩翩然飞入花丛，继续前半生拈花惹草的游戏去了。

那么，这朵巫山云到底是谁呢？

是元稹的结发妻子韦丛。

元稹（779—831），字微之，别字威明，河南东都洛阳人。他是北魏皇室拓跋氏的后裔，世代为官，但到元稹这一辈，和很多不幸的诗人一样，8岁丧父，是出身书香门第的母亲将他养育成人。

元稹天资聪颖，和张志和一样，也是15岁参加明经考试，一举及第。因为年纪小，并未授官，闲居京城，偶尔游山玩水。

贞元十五年（799），元稹寓居蒲州，初仕于河中府。这会儿正是中唐最乱的时候，或是军中哗变，或是藩镇造反，动不动某处就打起仗来。元稹与节度使相熟，曾在战乱中借兵保护了自家远房亲戚，并与小姐莺莺相爱了。

次年冬，元稹往京城赴试，临行前免不了对莺莺山盟海誓，说些“一旦高中即来迎娶”的套话。

然而到了京城不久，他就对和莺莺的这一段露水姻缘反省了，觉得崔氏失身于自己，未免轻佻，不堪为配，“不妖其身，必妖于人”，遂与莺莺断了往来。

这个故事告诫轻易许身的多情少女们，不要动辄拿“我把一切都给了你”来当作了不起的借口说事儿，要知道，这一切也包括了“自尊”和“尊重”。你要真是把什么都给了出去，也就没有什么值得别人尊重和留恋的了。

元稹将这段故事写成了《莺莺传》，又叫《会真记》。其中有一首诗特别著名，是莺莺写给张生的约会帖子：

待月西厢下，迎风户半开。
拂墙花影动，疑是玉人来。

或许就是为了这一句吧，后来王实甫将这故事改成元杂剧时取名《西厢记》。林黛玉和贾宝玉在花下同读的就是这个版本，赞其“辞藻警人，余香满口”。

林姑娘边读边默默记诵，转身便拿戏词和宝玉打情骂俏。两人一个是“倾国倾城貌”，一个是“多愁多病身”，花枪耍得教人眼花缭乱。

崔莺莺，便是元稹山头的第一朵云，可惜，很快飘过去了。

二

元稹不肯对莺莺负责，那他心中的良配是谁呢？

根据韩愈《监察御史元君妻京兆韦氏墓志铭》记载：“选婿得今御史河南元稹。稹时始以选校书秘书省中。”可见元稹在授校书郎后不久便娶了东都留守韦夏卿之女韦丛为妻。

这是贞元十九年（803）春，元稹与白居易同登书判拔萃科，被授秘书省校书郎。于是婚姻大事提到日程上来，做了韦家的上门女婿。

韦丛是韦留守最疼爱的小女儿。元稹结婚后，夫妻俩一同陪伴韦夏卿赴洛阳，住在洛阳履信坊韦宅。元稹次年初才返回京城，韦丛则一直住在娘家。这段时间元稹长年往返于京城与洛阳之间，老婆丢给丈人养，自己赚钱自己花，有了余钱就游山玩水，顺带泡妞，日子过得很舒心。

这一年，元稹24岁，韦丛20岁，是非常恩爱的少年夫妻。

元稹曾有诗描写韦丛的贤惠：

谢公最小偏怜女，自嫁黔娄百事乖。
顾我无衣搜画箧，泥他沽酒拔金钗。
野蔬充膳甘长藿，落叶添薪仰古槐。
今日俸钱过十万，与君营奠复营斋。

看来，元稹刚结婚时宦囊羞涩，很让妻子吃了点苦。

首联点题，说韦留守把最心爱的小女儿嫁给了他，可是婚后生活困窘，诸事拮据。

这里以“谢公”来代指“韦公”，是婉转赞美妻子韦丛就像才女谢道韫一样聪慧。“黔娄”指自己，黔娄子是一位以穷而守节闻名的战国隐士，这是自愧拮据，却又暗示自己的情操高洁。两个借代都非常高明，也由此看出韦丛是识文断字的，否则再聪明贤惠也不能用咏絮之才的谢道韫来作比。

颔联和颈联进一步描写生活的窘况：看到元稹没有冬衣了，韦丛就搜箱倒柜翻找自己的嫁妆典当；元稹有朋友来访，她也是拔了自己的金簪换钱给他们买酒喝。因为家里贫困，她经常采些野菜做饭，还甘之如饴，毫无抱怨；没钱买柴，只得仰望院中大槐树，等它落叶好来生火。

最后一联最是凄惨，说我现在终于有钱了，月俸十万，想买啥就买啥了，可是你已经不在。曾与我共苦，却不能同甘，我只能为你置办奠仪斋饭，你可享用得到？

显然，这首诗是写于韦丛亡故以后。

韦丛，死于27岁。

彼时，元稹正在四川办案，并没有守在妻子身边。甚至在韦丛下葬时，他也没有回去送葬，任由她孤零零一个人离开。他的悲伤，来得很迟，也因此很汹涌。

他不知道是不是妻子恨绝了他的滥情，竟然以这样一种决绝的方式惩罚他，惩罚得这样狠。

或许是因为这样的缘故，他终究没有和薛涛走在一起。

因为从时间上看，韦丛孤独辞世的时候，正是他与薛涛颠鸾倒凤之际。

元稹的仕途发达，始于806年，唐宪宗登基，开“才识兼茂明于体用科”选拔人才。元稹是很擅长考试的，于是又和白居易一起报考，同时登科。这次登第者共十八人，元稹为第一名，得授左拾遗。

元稹一到职立刻接二连三地上疏献表，很快得到了宪宗的召见，对他的才华和敢言倒也是欣赏的。可是别忘了，宪宗朝是最容易因为说话而招惹事端的，元稹也不例外，因为锋芒太露，触犯权贵，很快就得罪了一大批反对党，遂被贬为河南县尉。

之后，又因逢母丧，守孝三年，俸禄也随之停了。这也就是他在诗中回忆与韦丛“贫贱夫妻百事哀”的缘故。

直到31岁时，元稹方被重新起用，提拔为监察御史，出使剑南东川。也就在这段时间，他和薛涛发生了一场轰轰烈烈的恋爱，后来很长一段时间，都成为敌对党攻击他的把柄。

韦丛死后，元稹悲痛万分，写下了著名的悼亡组诗《遣悲怀三首》和《离思五首》。刚才引用的是《遣悲怀》第一首，再来看另外两首：

昔日戏言身后意，今朝都到眼前来。
衣裳已施行看尽，针线犹存未忍开。
尚想旧情怜婢仆，也曾因梦送钱财。
诚知此恨人人有，贫贱夫妻百事哀。

闲坐悲君亦自悲，百年都是几多时。
邓攸无子寻知命，潘岳悼亡犹费词。
同穴窅冥何所望，他生缘会更难期。
唯将终夜长开眼，报答平生未展眉。

显然，在韦丛过世后的很长一段时间，元稹都是失魂落魄的，不论看到什么都会想起韦丛。她生前的旧衣裳都已经送人了，可是针线犹存，睹物思人，不忍面对。因为怀念妻子，对侍候她的奴婢会特别厚待。每次梦到她，醒来都会烧纸祭奠。

元稹与韦丛共同生活了七年，生了五个子女，却不知为什么，只有一个女儿活了下来。因此他自比无子送终的邓攸，妻子早亡的潘岳，认为无妻无子便是自己的命运了，但也无所怨尤。

对元稹来说，唯一可以报答韦丛，或者说可以为自己赎罪的，就只是等待百年之后，与韦丛合墓而葬，再期来生。

潘岳，就是潘安，史上最炫美男子。表字安仁，小字檀奴，

“姿容既好，神情亦佳”，美得出神入化，不可方物。每次他上街，都会引起交通堵塞，所有的老妪少妇都会拥上来看他，争着把果子往他的车上扔，以至于潘家开起了水果店。

这个典故叫作“掷果盈车”。古人形容一个人有才，就拿曹植来作比，说“才如子建”；而形容一个男子美貌，就祭出潘岳来，叫作“貌比潘安”。

潘安完全可以靠脸吃饭，但是人家还有才华，“岳藻如江”，文采斐然，是西晋著名的文学家。因此成为所有思春少女的梦中情人，千百年来，女子提到自己的情郎，都会喊着潘岳的小字“檀奴”来代替，或者直接叫“檀郎”，不知道算不算得上是一种意淫?

潘安才貌双全，颠倒众生，更难得的是，他本人是个非常痴情专一的男子，娶了自己青梅竹马的初恋，相伴一生，在妻子死后还长歌当哭写下数首悼亡诗。在“夫不祭妻”的传统礼教中，是最早为亡妻作悼诗的诗人。

元稹以潘安自比，实在是高攀了。尽管他的悼亡诗写得比潘安更好，但是他的情感，却实在如浮萍断絮，飘移得太快了。

三

元稹与白居易并称“元白”，倡导新乐府运动，但他一生中最好的诗篇，几乎全是写给女人的。

他的悼亡诗，堪比清代第一才子纳兰容若。那句“曾经沧海难为水，除却巫山不是云”，写尽了一个为爱憔悴无心风月的痴情才子的心声，赚尽天下情人的眼泪。

然而韦丛刚死了一年，他就续娶了安仙嫔为继室；三年后，安氏为元稹留下一个孩子后病故——元稹还真够克妻的。

又是只隔了一年，元稹娶了第三任妻子——山南西道涪州刺史裴郧的女儿裴淑，而这之后，还和伶人刘采春传出绯闻……

刘采春和薛涛位列唐朝四大才女，另外两位是李季兰和鱼玄机。这个元稹，四大才女他一个人就勾搭上了俩，简直独自撑起了唐朝风流史的半壁江山。

唐人范摅的《云溪友议》一书中有载："有俳优周季南、季崇，及妻刘采春自淮甸而来，善弄陆参军，歌声彻云。篇咏虽不及（薛）涛，而华容莫之比也。"

这段话交代了三个重要信息：首先，刘采春是位女伶，擅演参军戏，又会唱歌；其次，她是结过婚、有老公的，是绍兴伶工周季崇的妻子，并和大伯周季南一起组成家庭班四处"走穴"；第三，刘采春长得漂亮，也会写诗，虽然写得不如薛涛好，可是唱得比她好，而且长得花容月貌，薛涛根本没法比。

参军戏，是唐代盛行的一种滑稽戏，有点类似于今日的相声小品，有捧有逗，有唱有跳；演员不须多，但是活儿要精。而刘采春，就是当时最著名的角儿，红遍江南，赚得盆满钵满。其代表作是《啰唝曲》，据说"采春一唱是曲，闺妇、行人莫不涟泣"。换言之，就是唐朝的邓丽君。

《全唐诗》收录了刘采春六首诗，统称《啰唝曲》：

其一

不喜秦淮水，生憎江上船。
载儿夫婿去，经岁又经年。

其二

借问东园柳，枯来得几年。
自无枝叶分，莫恐太阳偏。

其三

莫作商人妇，金钗当卜钱。
朝朝江口望，错认几人船。

其四

那年离别日，只道住桐庐。
桐庐人不见，今得广州书。

其五

昨日胜今日，今年老去年。
黄河清有日，白发黑无缘。

其六

昨日北风寒，牵船浦里安。
潮来打缆断，摇橹始知难。

“啰唝”的意思就是“来罗”，江南地区的方言，有盼望远行人归来之意。这些曲子的内容多以闺妇盼夫为主题，故而又名《望夫歌》。所以元稹在《赠刘采春》诗中称“更有恼人肠断处，选词能唱望夫歌”。

823年，元稹出任越州刺史，少不得会听说刘采春的美名。风流才子的本性发作，看到才貌双全的女伶岂能放过，于是故伎重施，又开始给美女献诗了。

所以说当才子真好，买包送花请客吃饭什么的全省了，写几行字就可以抱得美人归，可谓投资小，收益大，空手套白狼，哦，不对，是空手套春娘。

且看元稹《赠刘采春》全诗：

新妆巧样画双蛾，漫里常州透额罗。
正面偷匀光滑笏，缓行轻踏破纹波。
言辞雅措风流足，举止低回秀媚多。
更有恼人肠断处，选词能唱望夫歌。

这首诗从刘采春的样貌妆容说到举止态度，赞美她会打扮，够时尚，妆容和服饰都是巴黎最新款的，而且一举一动都透着女人味，美不胜收。最后又特地点出她的才情之高，影响之广，堪称天后。

这样的一首诗，送给哪个小明星，也够让她开心半晌的——当然，前提是这明星得有点文化，能看懂诗作。

元才子这样会撩妹，难怪会赢得刘采春的芳心了。

元稹曾说过：“（刘采春）诗才虽不如涛，但容貌佚丽，非涛所能比也。”

显然，他爱上薛涛，主要是因为“才”，迷恋刘采春，主要是因为“色”。

为了刘采春，元稹一口气在绍兴淹留了七年。有一次与朋友湖上宴游，随口吟诗说：“因循未归得，不是恋鲈鱼。”

同僚卢简求立刻回应：“丞相虽不为鲈鱼，为好镜湖春色耳。”

可见他与刘采春的故事，人尽皆知。

不过，刘采春不是薛涛，老公有名有姓叫作周季崇。元稹这么明目张胆地送人一顶绿帽子，是不是太欺负人了？

所以刘采春后来的下落就不详了。有几种说法：一是元稹给了周季崇一笔银子，将刘采春收了做妾，但后来还是始乱终弃了，遂至沦落无闻；二是元稹移情别恋，刘采春恼怒之下投江自尽；三是周季崇因为吃醋杀了她。

无论哪一种，刘采春都注定是要入薄命司的。

四

元稹的桃花运真的很好，平生所遇尽是才貌双全的女子，最要命的是，他的妻子不但有才有貌，还特别贤惠。第三任妻子裴淑也不例外。

裴淑（805—835），字柔之，出身士族，有才思，工于诗。

元稹是在新任涪州（今重庆市涪陵区）刺史裴郧的欢迎宴上与

裴淑相遇的。裴淑不但有名而且有字柔之，可知父母疼爱之深。

元稹见了才女就是要追求的，而才女最大的软肋就是重才。裴淑对于元稹的攻势完全没有抵抗力，不久便闪婚了。元稹在兴元府呆了不到两年，却已经和裴淑结婚生子，而且一直待到孩子三个月才返回通州。

当然，这也全亏老泰山罩得住啊。

大和四年（830），元稹被贬武昌，携妻同往。看到妻子因为思念家乡而暗自垂泪，心生不忍，遂题《赠柔之》安慰：

穷冬到乡国，正岁别京华。
自恨风尘眼，常看远地花。
碧幢还照曜，红粉莫咨嗟。
嫁得浮云婿，相随即是家。

好诗！有文化的人就是不一样。

同一句话，穷人会说：嫁鸡随鸡，嫁狗随狗，嫁个猴子满山走。把夫妻俩形容成鸡呀狗呀猪狗不如，一点都不浪漫。

可是诗人就会说："嫁得浮云婿，相随即是家。"只要你和我在一起，潇潇洒洒走天涯，走到哪里都是家。

裴淑立即就被感动了，于是也回赠一首《答微之》：

侯门初拥节，御苑柳丝新。
不是悲殊命，唯愁别近亲。
黄莺迁古木，朱履从清尘。

想到千山外，沧江正暮春。

诗中说：我不是嫌贫爱富怕吃苦，我只是舍不得亲人。但是我既然嫁了你，便跟定了你，风来风里去，雨来雨里行。

这夫妻俩的相濡以沫，也真是挺让人感动的。

然而即便妻贤若此，也不妨碍元稹继续勾三搭四，拈花惹草，勾搭女伶刘采春……唉，让我们拿这个多情才子怎么办呢？

而且，还不只是刘采春。元稹在越州时，因为听说余杭歌者玲珑的才貌与刘采春不相上下，而那时又正值白居易郡守杭州，于是近水楼台，竟然写信向好友借女人，借了一个多月才还给白居易，还自鸣得意地写了一首诗相赠：

休遣玲珑唱我诗，我诗多是别君词。

明朝又向江头别，月落潮平是去时。

诗题下自注："乐人商玲珑能歌，歌予数十诗。"（《重赠》）原来这白居易送玲珑来时，已经让她先背会了数十首元稹的诗，然后唱出来讨好友欢心。

元稹深感其情，回赠白居易说：我的诗，多半是为你而写，又何必再唱给我听呢？明天我们两个又要在江边送别了，只见月落潮平，不知何日重逢。

五

哪里的沧海不是水，处处巫山尽飘云。元稹的花丛，一朵又一朵的鲜花迎风招展，频频回顾的次数，几不曾扭断了脖子。

可是他对白居易的情义，却是义薄云天，从一而终，那真叫一个心心相印，至死不渝呀。

两人交往中最神幻诡异的一个例子，是说有一次元稹去东川出差，经过梁州时做了一个梦，梦见自己还在长安，和白居易还有他们共同的朋友李十一在曲江慈恩寺游玩。梦中被亭吏呼唤备马的声音惊醒，才发现自己身在梁州，顿觉无限惆怅，遂写了一首诗《梁州梦》寄给白居易：

梦君同绕曲江头，也向慈恩院院游。
亭吏呼人排去马，所惊身在古梁州。

好朋友彼此想念，日有所思夜有所梦倒也没什么，奇的是就在同一日，白居易真的如同元稹梦见的那样，正和李十一以及自己的弟弟白行简一起在曲江慈恩寺游玩，并且也正在想念元稹，还为他写了一首诗寄赠：

同李十一醉忆元九

花时同醉破春愁，醉折花枝当酒筹。
忽忆故人天际去，计程今日到梁州。

天啊，这两人相爱得都通了灵了，不但元稹能梦见白居易在做什么，白居易也能算出元稹此刻到了哪里，有这样的神通，连微信都是多余的啊！

难怪白居易会自信地写下“然自古以来，几人如胶漆”来形容两人的关系有多么铁。

元和十年（815）三月，元稹出任通州司马，本来心情已经坏极，走在半路，又听说白居易也被贬为江州司马，立刻全心全意都为老朋友担心起来：

闻乐天授江州司马

寒灯无焰影幢幢，此夕闻君谪九江。
垂死病中惊坐起，暗风吹雨入寒窗。

此后，二人一个在通州，一个在江州，远隔烟水，以诗述怀，遥寄相思，在孤苦贫困中以文字相互取暖，平生酬唱之作180余首。

《旧唐书·元稹传》记载："虽通、江悬邈，而二人来往赠答，凡所为诗，有自三十、五十韵乃至百韵者。江南人士，传道讽诵，流闻阙下，里巷相传，为之纸贵。观其流离放逐之意，靡不凄婉。"

两人的"基情"四射，全天下人都在艳羡。两人的诗作，常常缠绵浓烈得让人不忍卒读。

《酬乐天三月三日见寄》："当年此日花前醉，今日花前病里销。独倚破帘闲怅望，可怜虚度好春朝。"

《过东都别乐天二首》："君应怪我留连久，我欲与君辞别难。白头徒侣渐稀少，明日恐君无此欢。"

《酬乐天劝醉》："美人醉灯下，左右流横波。王孙醉床上，颠倒眠绮罗。君今劝我醉，劝醉意如何？"

他们到底意下如何？……此处省略一万字。我是不是想多了？

除了前面那个通灵的例子，白居易是经常梦见元稹的：

“晓来梦见君，应是君相忆。梦中握君手，问君意何如。”

“不知忆我因何事，昨夜三更梦见君。”

直到元稹死后，白居易还经常梦见他，写下堪与元稹悼妻相比的悼亡诗《梦微之》：

夜来携手梦同游，晨起盈巾泪莫收。
漳浦老身三度病，咸阳草树八回秋。
君埋泉下泥销骨，我寄人间雪满头。
阿卫韩郎相次去，夜台茫昧得知不。

早在元稹活着的时候，白居易一时见不到他，就觉得了无生趣：“同心一人去，坐觉长安空。”

如今元稹撒手西辞，泉台永别，白居易更加受不了。“君埋泉下泥销骨，我寄人间雪满头。”

微之不在，白居易连活着都觉得多余了。

白居易在捐修香山寺后，特地属文怀念老友：“呜呼！乘此功德，安知他劫不与微之结后缘于兹土乎？因此行愿，安知他生不与微之复同游于兹寺乎？”

原来白居易学佛修道的终极目的，竟是为了与元稹再结来生缘。

六

因为传奇的《莺莺传》，和现实中的薛涛、刘采春，元稹从此被钉死在负心人的十字架上，遭人唾骂。

虽然薄幸，但是元稹做官还是很廉政的。他曾在诗中表白自己的志向：

> 修身不言命，谋道不择时。
> 达则济亿兆，穷亦济毫厘。

这和白居易“穷则独善其身，达则兼济天下”的人生座右铭有共同之处，难怪两个人会结成志同道合的好伙伴。

而元稹的济世之心似乎更胜一筹，固然达时希望可以济天下，即使穷，也还是惦记着“济毫厘”的。

他在任时，一方面大胆弹劾不法官吏，另一方面又体察民情，平反了许多冤案，深受百姓爱戴。白居易作诗赞他：“其心如肺石，动必达穷民。东川八十家，冤愤一言伸。”可见是个好官。

受百姓拥护，就一定会受官员排挤。元稹的所为触犯了很多官僚和藩镇的利益，所以一生仕途不畅，虽然最高时做到宰相之位，但是只有三个月就被贬黜了。

元和五年（810），元稹因为替民请命，弹劾河南尹房式不法事，被召回罚俸。途经华州敷水驿时，恰好遇到宦官仇士良、刘士元等人也住在这里。

元稹先到，已经住进了上厅，可是仇士良硬逼着他搬出来，而且一言不合拎鞭子就打，将元稹打得鲜血直流，扔出了驿站。

这是一件很丢脸的事，是非曲直，显而易见。元稹气得跑去向唐宪宗告状。可是唐宪宗是宦官扶上台的，根本不敢得罪权宦，竟然以元稹“轻树威，失宪臣体”为名，将他贬为江陵参军。

我们现在应该都很熟悉宪宗的手段了，那是一言不合就要把人贬为司马的，而且是把元稹贬了又贬，整整十年不得还京。

这是元稹仕宦生涯最黑暗的岁月。

就在几乎同一时间，白居易因守母丧而停俸还乡。元稹自己的日子已经过得很紧巴，居然还从牙缝里省下口粮来给白居易寄钱寄物，着实够朋友。

元稹被贬十年，直到元和十五年（820），唐宪宗卒，穆宗即位，才得以回到京城，担任膳部员外郎。数月后，被擢为中书舍人，负责起草诏令，与同在翰林院的李德裕、李绅俱以学识闻名，时称“三俊”。

据说这次升迁，主要是因为大太监崔潭峻向唐穆宗进献了元稹《连昌宫词》等百余篇诗作，穆宗阅后，极为赏识，才委以重任。

《连昌宫词》和白居易的《长恨歌》一样，也是拿唐玄宗与杨贵妃说事儿，但笔力重点放在了连昌宫的今夕之比上，侧面记述了安史之乱对百姓的荼毒，表达了对朝廷削藩功业的赞美，并祝愿帝王再次驾幸洛阳，重现开元盛世。

诗的末尾借农人之口说今年不要再在连昌宫门前耕种了，因为要留下御道等着迎接圣驾：

今皇神圣丞相明，诏书才下吴蜀平。
官军又取淮西贼，此贼亦除天下宁。
年年耕种宫前道，今年不遣子孙耕。
老翁此意深望幸，努力庙谋休用兵。

诗写得绝对没毛病，只是因为举荐的人是崔大监，元稹的官衔出于内廷而非尚书省，也就因此留下了一个“巴结宦官”的骂名，为同僚耻笑。

想来也是挺冤的，当年元稹得罪权宦仇士良而被贬十年，如今因为有个宦官帮忙终于回到朝廷，却又为人不齿。元稹这一生，真是进也宦官，退也宦官，算是中了宦官的毒了。

惹上宦官还不算，最麻烦的是，元稹还卷进了中唐最让人头疼的毒瘤“牛李党争”。

党争这事儿有点敏感，而且自古官场皆如此，就不详细说了。简而言之，就是以宰相牛僧孺为首的一群人，和以宰相李德裕为首的一群人，一直在朝廷上打群架。一会儿牛赢了，李的人就全部被贬受罚；一会儿李赢了，牛的人就全部下乡劳改。历史证明，凡是卷进党争的人，尤其是诗人，几乎都没有好结局。

对王朝来说，兴，百姓苦；亡，百姓苦。

对党争来说，赢，诗人苦；败，诗人更苦。

牛李党争的时间，大约从唐宪宗末年，经穆宗、敬宗、文宗一直绵延到武宗初期，前后历时四十多年。

大体来说，李党多君子，牛党多小人。但是君子从来不是小人的对手，所以在对阵四十多年后，党争大战最终以李党党魁李德裕之死而告终。小人取得了胜利，大唐走向了灭亡。

而元稹，就依附的是李党，当然也没有好结局了。所以很快又被贬官了。

他一生四遭谪贬，先后任同州刺史、越州刺史、鄂州刺史等，政绩斐然，为百姓做了不少好事。直到死的那一刻，还在为民请命。

大和五年（831）七月，岳州暴发山洪，良田房屋损毁无数。元稹一边上奏朝廷，请求开仓放粮，免除赋税，一边亲自巡视灾区，查看灾情；并写下《遭风二十韵》，记录百姓疾苦，为自己的无能为力而怅憾：

……

自叹生涯看转烛，更悲商旅哭沉财。

樯乌斗折头仓掉，水狗斜倾尾缆开。

在昔讵惭横海志，此时甘乏济川才。

……

七月二十二日，元稹卒于岳州，时年53岁。

他的墓志铭，责无旁贷由白居易撰写。

历史上对于元稹的评价，一直是褒贬参半，争论不休的。

除了他的薄幸滥情之外，对于他曾经依附宦官搅入党争，后人也多有非议。比如陈寅恪，就曾说元稹是一个十足的小人："巧宦固不待言，而巧婚尤为可恶也。岂其多情哉？实多诈而已矣。"认为他连娶亲都是一种投机。

但是韩愈却认为元稹是一个"能直言策"的正义官员，可以为民请命而赔上前途的："拜左拾遗，果直言失官；又起为御史，举职无所顾。"

野史中有个段子是说元稹曾拜访李贺，但李贺轻视他是明经及第的而没有见。元稹为了报复，就在自己做考官时以李贺父亲讳晋肃而使其落榜。

但是当时为李贺鸣冤写《讳辩》的人正是韩愈。如果元稹便是那个挟私报复的小人，韩愈是绝不会评价他“直言失官”的。以小见大，可知后人往元稹身上泼了不少脏水。

还有“打不死的小强”刘禹锡也曾写诗赞美元稹品行如竹：“多节本怀端直性，露青犹有岁寒心。”

这都是与元稹同朝为官的当世之人，评价应当更为公允。

是非曲直，难以定论。

或者，就以元稹写给白居易的一首《和乐天赠樊著作》来自己答辩吧：

……

如何至近古，史氏为闲官。

但令识字者，窃弄刀笔权。

由心书曲直，不使当世观。

贻之千万代，疑信相并传。

人人异所见，各各私所偏。

以是曰褒贬，不如都无焉。

……

驴背上的贾岛：我在吟诗，别打扰我

一

贾岛和孟郊，以“幽奇寒僻”的风格著称，被苏轼定义为“郊寒岛瘦”，成为“苦吟诗人”的代表人物。

孟郊曾声称：“一生空吟诗，不觉成白头。”而贾岛则高呼：“一日不作诗，心源如废井。”两人同样爱诗如狂，也同样炼字成癖。作诗本应该是件风雅快乐的事情，但是被这两个人弄得跟囚犯奴隶一般痛苦。难怪一个叫“诗囚”，一个叫“诗奴”。

其实，早在韩愈出场时，我们仿佛已经看到了贾岛骑驴而来的瘦削背影。贾岛比孟郊小了二十多岁，交集并不多，最大的共同点就是：都接受过韩愈的帮助。

贾岛（779—843），字阆（音làng）仙，自号碣石山人，河北道幽州范阳（今河北涿州）人。出身寒微，数次赴考不第，只得栖身释门为僧，法名无本。

贫困的家庭生活和寺院的清冷枯寂，形成了贾岛孤僻内向的性格，耽幽猎奇的诗风，“虽行坐寝食，苦吟不辍”。

关于贾岛苦吟，最著名的段子就是“推敲闯阵”，骑在驴背上一边吟诗一边闷头前行，直入官家仪队。

这样的事，他干了不止一次。

第一次是秋天，可能还下雨，因为他骑着驴还打着伞，摇头晃脑，横穿马路。当时秋风凌厉，黄叶飞舞，贾岛脱口吟出：“落叶满长安。”

就这一句，然后便卡壳了，再想不出后面来。正在搜肠刮肚地思索，迎面走来了京兆尹刘栖楚的仪仗队，贾岛未及回避，骑着驴就撞上去了。卫兵大喝：“什么人横冲直撞？”

贾岛说：“我在吟诗呢，不是故意的。”

“管你湿呀干的，冲撞大人就该惩治！”卫兵就把贾岛抓起来，关了一宿禁闭。

贾岛待在牢里也没闲着，平平仄仄平平仄，把这首《忆江上吴处士》终于写完了：

闽国扬帆去，蟾蜍亏复圆。
秋风吹渭水，落叶满长安。
此地聚会夕，当时雷雨寒。
兰桡殊未返，消息海云端。

这是一首忆友人诗。首联说朋友乘船离去，已经数月，月亮亏而复圆了。

颔联说长安已经入秋，一片萧瑟。颈联回忆旧时聚会，正值雷雨，那情形还历历在目。

雷雨天通常在夏季，与此时落叶之秋形成对比，有今昔之叹。

尾联中“兰桡”是用木兰树做的桨，代指船。说你去了之后再没回来，连封信也没有，消息远隔，我只有望海兴叹，对云抒怀了。

诗中既有现实景象也有往事回忆，情意殷殷，很是感人。尤其那句闯祸的颔联“秋风吹渭水，落叶满长安”更成为千古警句，为后代诗人经常引用。比如宋代周邦彦：“渭水西风，长安乱叶，空忆诗情宛转。”元代白朴：“伤心故园，西风渭水，落日长安。”皆化于此。

这么看，贾岛的牢没白坐。

这件事让贾岛发现，关在牢房里思路特别集中，灵感更加发达；而且牢房还管饭，虽然清淡，但也不比寺院施粥差。过惯了穷日子的贾岛，对于吃住条件从来不挑剔，压根儿没把这件事当成教训，此后依然故我。

于是，不久就有了第二次闯阵。

这一次，是在夜里，贾岛去长安城郊外，拜访朋友李凝。又是骑着驴边走边吟诗。因为有一联“鸟宿池边树，僧推月下门”，不禁想到底是“推”字更好，还是“敲”字更好。

贾岛骑在驴上，一边吟哦，一边手上反反复复地做着推门和敲门的动作。正想得出神，迎面走来了官员韩愈的仪仗队，贾岛未及回避，骑着驴就撞上去了。卫兵大喝：“什么人横冲直撞？”

贾岛说：“我在吟诗呢，不是故意的。”

“管你湿呀干的，冲撞大人就该惩治！”卫兵就把贾岛抓起来，打算关他一宿禁闭……

且住！韩愈可不是刘栖楚，人家是真正的大诗人，也同样尊重诗人。听说贾岛因诗闯阵，于是问：“你作了一首什么诗？且吟来听听。”

于是贾岛朗声吟道：

闲居少邻并，草径入荒园。
鸟宿池边树，僧敲月下门。
过桥分野色，移石动云根。
暂去还来此，幽期不负言。

吟罢，细道原委，翻着白眼问韩愈：“你说，是‘推’好呢，还是‘敲’好？”

韩愈认真地思索了一下，说：“还是‘敲’字好。月夜访友，直接推门而进，未免失礼；而且‘敲’字声音清脆，响于静夜，鸟宿池边，或可惊飞，岂不活泼？不然，难道大晚上的能看见池边树上有鸟栖息吗？”

贾岛大喜：“老兄，你可真是我的一字师呀！”

就这样，两人从此结下了亦师亦友的交情。

而“推敲”也从此成为写文章或做事情反复琢磨权衡的代名词。

后来，喜欢帮人的韩愈对贾岛极力提携，还特地写了一首诗赞美他：

赠贾岛

孟郊死葬北邙山，从此风云得暂闲。

天恐文章浑断绝，故生贾岛著人间。

之前韩愈帮助孟郊建立声望，考中了进士；现在又开始对贾岛施以援手了，称赞他的诗才与孟郊比肩，是因为孟郊过世，上天不忍见文脉断绝，才要降贾岛于人间的。

这是第一个把孟郊和贾岛并论的大家。

有了韩愈的举荐，贾岛声名大振，于是信心满满地蓄发还俗，加入了科考大军，向进士头衔发起冲撞——哦不，冲锋。

关于贾岛考举，史上有两种版本：一是说他数次报考而终生不第，还因为写《病蝉诗》“以刺公卿”而上了考场黑名单，剥夺考生资格；二是说韩愈教导得宜，“授以文法，去浮屠，举进士”，也就是考中了，还给了个长江县主簿的小官。

故事到这儿还没完，还有贾岛的第三次冲撞事故。

这一次是白天，贾岛在定水精舍绕圈儿苦吟，虽然没骑驴，却也和一个人撞了个满怀，竟是微服私访的唐武宗李炎！

卫兵大喝：“什么人横冲直撞？”

贾岛说：“我在吟诗呢，不是故意的。”

“管你湿呀干的，冲撞大人就该惩治！”卫兵就把贾岛抓起来了。

可是贾岛这时候已经是冲撞过文苑巨擘韩愈的人了，今非昔比，已不再是一介白衣，竟然还要被人抓，就特别气愤，翻着白眼说：“我又没骑驴，就撞了一下，有那么大罪吗？再说我是吟诗呢，又不是故意的，你用得着这么凶吗？没文化，真可怕！”

这可把李炎气坏了。唐武宗李炎这会儿继位没多久，天下人都知道他哥哥唐文宗李昂诗写得好，而他不擅此道，这就成没文化了？会写诗了不起吗？冲撞皇帝都不用道歉的？天下诗人都这么干还了得？

唐武宗本来就对佛教啊寺院啊和尚啊没什么好感，曾经发起大规模拆毁佛寺和强迫僧尼还俗的毁佛运动。这次来精舍微服私访，就是为毁佛计划打前站来了，竟被贾岛这个假行僧冲撞，那还能好得了？

于是，武宗命人将贾岛降职为长江县尉，想想还不解气，过了不久又改任晋州司仓。

后来，贾岛便死在那里了。

三次冲撞，写尽贾岛一生。

死时家徒四壁，只有一头驴、一床琴、几卷诗书而已。

话说，幸亏贾岛死得早，如果他活着经历了武宗完整的灭佛运动，一定会更伤心。

还记得那个为迎佛骨而贬放韩愈的唐宪宗吗？韩愈去潮州时，贾岛深为他的健康忧虑，曾写下《寄韩潮州愈》，哀切感人：

此心曾与木兰舟，直到天南潮水头。
隔岭篇章来华岳，出关书信过泷流。
峰悬驿路残云断，海浸城根老树秋。
一夕瘴烟风卷尽，月明初上浪西楼。

这又是一首忆友人诗，但情感远比《忆江上吴处士》来得强烈痛切，因为韩愈乃是忠臣被贬，远谪潮州。

首联说我的心和你的船一起出发，愿意陪你翻山渡水，直向潮州。

颔联的“隔岭篇章”指韩愈的诗《左迁至蓝关示侄孙湘》，曾有“云横秦岭家何在，雪拥蓝关马不前”之句，此诗翻山越岭，传回长安；而“出关书信”，则指贾岛写给韩愈的信，同时也以岭岳泷流来代指高山流水的友情。

颈联是想象韩愈的旅途险阻与到任艰辛。驿路盘山仿佛悬在云间一般，海水浸到城根，整个潮州都是秋气纵横。

尾联则是祝福与祈祷。潮州瘴气之地，十去九不还。贾岛希望，那些瘴烟一夜之间被风吹尽，明月初上，天下昭然如洗，而好友韩愈的心结也能为之一开。

武宗和敬宗、文宗一样，都是宪宗的亲孙子。唐宪宗痴迷佛法，为迎佛骨而劳民伤财；可是到了武宗，却对佛教与佛教徒咬牙切齿，大规模发起毁佛运动。

从爷爷迎佛骨到孙子毁佛寺，这皇帝老儿可真是任性，翻手为云，覆手为雨，风云变幻，乾坤颠倒。

要命的是，皇上敬佛，大臣受罪；皇上毁佛，百姓还是要吃苦。

贾岛就是在这前后冲撞了武宗，而于毁佛运动开始的第二年便死在晋州了。

二

贾岛一生，贫困潦倒，官微职小，禄不养身。平生所爱，唯搜词觅句，往往殚精竭虑，废寝忘食，成为唐代苦吟诗人的典型，人称“诗奴”。

关于他苦吟的故事，除了“推敲”之外，典型案例还有一宗，就是他曾经为了一句上联“独行潭底影”无法对仗，痛苦得没着没落，失魂落魄，直到三年后才突然福至心灵，对出了下联“数息树边身”，顿时泪流满面，口占一绝，成为苦吟精神的代表形象：

题诗后

二句三年得，一吟双泪流。
知音如不赏，归卧故山秋。

这四句诗因为通俗易懂，流畅真诚，满含了喜极而泣的自得。因此小时候我第一次听这故事时就记熟了，可是对于那首“二句三年得”的原诗却杳无印象，直到成长后才特地查了原文，乃是《送无可上人》。

我们看一下原诗：

圭峰霁色新，送此草堂人。
麈尾同离寺，蛩鸣暂别亲。
独行潭底影，数息树边身。
终有烟霞约，天台作近邻。

说实话，这首诗我真没觉得怎样，也许不是知音罢。

我所喜欢的贾岛的诗，都是短句。最爱有两首，一是《剑客》：

十年磨一剑，霜刃未曾试。

今日把示君，谁有不平事。

这首诗以自述口吻同时刻画了剑与剑客的形象。剑在鞘中，磨砺十年而未得一试，冷刃如霜，何时得用？剑客仗剑四望，傲然发问：谁有不平之事，需我剑客出手？

全诗凝练爽气，剑气凛然，那种跃跃欲试的激昂斗志破纸而出，比他推敲苦吟而写的“数息树边身”好多了。

怀才不遇而渴求试剑的剑客，可谓是贾岛为自己而作的一幅自画像，是他多重性格的一个侧面。

另一面，或者说我喜欢的另一首贾岛诗，就是前面多次提及的《寻隐者不遇》了：

松下问童子，言师采药去。
只在此山中，云深不知处。

这首诗有人物，有对话，有场景，还有无限的可能性。

云雾苍莽的青山，懵懂天真的童子，神龙见首不见尾的隐士高人，共同塑造了一种高深莫测的氛围，却偏偏又清新可喜。

那采药去的大师是真的出门了，还是不愿见人呢？他什么时候才会回来？既然是隐者，那来寻他的人又是谁，为了什么缘故打扰隐士的清修？

遥想当年，刘备三顾茅庐拜访卧龙先生，也是被答“不在”。那么这位采药师，又究竟是在还是不在呢？

前面讲过，中国古代文人中，一直流传着一种隐士文化。

隐士分三种，第一种是像许由、伯夷、叔齐、商山四皓那样真正的隐者，比如唐代的陆羽也是这种人。

第二种是像陶渊明那样的由仕而隐者，归隐其实主要指归农，并不是远离红尘，如诗人王绩、张志和就是这样。

第三种则是半仕半隐者，包括由隐而仕的卢藏用和虽隐犹仕的王维，都是这样。

贾岛所寻的隐者，应该是第一种真正的世外高人，也代表了他理想中的半个自己。因为另外半个，还是提着一柄剑恋恋风尘，很想有一番作为的。

三

贾岛生前不如意，但在后代却拥有很多崇拜者。

比如晚唐诗人李洞，就是著名的贾岛脑残粉："酷慕贾长江，遂铜写岛像，戴之巾中。常持数珠念贾岛佛，一日千遍。人有喜岛者，洞必手录岛诗赠之，叮咛再四曰：此无异佛经，归焚香拜之。"

这位李洞是信佛之人，每天手持佛珠千遍念诵，然而念的不是什么经文，而是贾岛的诗作，真够惊世骇俗的。遇到有和他一样喜欢贾岛的，他必定手书贾岛诗相赠，而且还要再三叮嘱人家：贾岛的诗，与佛经一样尊贵，你念诵的时候，一定要焚香礼拜。——幸好没送我，不然偌大规矩，真承受不起。

李洞有诗题贾岛墓，录之如下：

一第人皆得，先生岂不销。

位卑终蜀士，诗绝占唐朝。
旅葬新坟小，魂归故国遥。
我来因奠洒，立石用为标。

无独有偶，南唐诗人孙晟，也是将贾岛画像挂壁，事之如神，早晚祭拜，念诵贾岛诗数首。

传说贾岛生前，每到除夕夜时，别人家都在焚香祭祖，他却将自己一年的诗作拿出来，珍而重之地摆在供桌上，整冠再拜，念念有词："这都是我的心血啊！"然后依足规矩，焚香礼奠，纹丝不乱。

如果他知道在自己死后，有人拜祭他的诗作一如他生前，一定很欣慰吧！贾岛生前为僧，死后为佛，亦当无憾矣。

明代才子唐伯虎曾有名联：

贾岛醉来非假倒；刘伶饮尽不留零。

供君莞尔。

茶仙之死：那不是甘露，是血雨

一

唐文宗李昂，在历史上的评价是相对正面的，史家多认为他不好女色、勤勉听政、厉行节俭、革除奢靡之风，下令停废许多劳民伤财的事务，在唐朝中后期算得上是一位勤政爱民的好皇帝。

而且李昂的文学素养不错，读书勤奋，手不释卷。每晚在初更时处理完政事，二更还要看一会儿书才肯睡。

他经常与大臣讨论诗赋。有一次在内殿赏花，问身边的人：“京城传唱的牡丹诗，谁写得最好？”

有人回答：刘禹锡的“唯有牡丹真国色，花开时节动京城”很有名。

另一个人则说：中书舍人李正封的“国色朝酣酒，天香夜染衣”句极佳。

文宗听了很是赞叹。

后来刘禹锡又写了《再游玄都观》，“前度刘郎今又来”，居然没有再次被贬，可能就是李昂因为牡丹诗而放过了他。

李昂最宠信的翰林学士是书法大家柳公权，与颜真卿并称“颜筋柳骨”。他常常很晚召见柳公权，一谈就是半夜，往往烛尽方散。

文宗喜欢与众学士联句。有一个夏天，天气炎热，文宗脱口而吟：

人皆苦炎热，我爱夏日长。

诸学士纷纷补缀。但文宗独取柳公权的两句：

熏风自南来，殿阁生微凉。

文宗赞美说：“柳公词句清丽，不可多得。”又命他将这首诗题写在宫殿墙壁上，每字五寸见方。

诗未必很好，但字一定绝佳，因此文宗又赞道：“钟繇、王羲之再生，也超不过啊！”以此可见文宗宠信柳公权之一斑。

这首五言浅显通俗，后来竟成咏夏绝唱，倒也是一段佳话。

又有一次，柳公权随唐文宗去未央宫逛花园，文宗说：“过去赐给边兵的服装，常常不能及时发下，现在二月里就把春衣发放完毕。你是不是应该写首诗向我祝贺？”

柳公权略加思索，朗声吟道：

去岁虽无战，今年未得归。
皇恩何以报，春日得春衣。
挟纩非真纩，分衣是假衣。
从今貔武士，不惮戍金微。

文宗大喜盛赞："曹子建七步成诗，你只需要三步！"

李昂自己留下的诗不多，多为与诸臣尤其是柳公权的联句合作；完全属于他个人创作的诗中，比较著名的是一首五言绝句：

宫中题

辇路生秋草，上林花满枝。
凭高何限意，无复侍臣知。

秋天不是生草的季节，况且这草又长在御辇经行众人踩踏之处，可见稀罕。

为什么车路上会长出青草来呢？自然是因为行迹罕至之故。

尽管"上林花满枝"，然而唐文宗无心赏花，满怀怅叹，登高远望。

他在诗中自问自答说：我凭栏眺远，到底在想什么呢？连身边的侍臣也不能知道，也没有办法对他们说知。

《古今诗话》说："唐文宗大和九年，诛王涯、郑注后，仇士良秉权。或登临游幸，往往独语，左右莫敢进问，因题是诗。"

《唐诗直解》说："含情无限，写尽囚拘苦情。"

这还是大唐天下，为什么一位堂堂皇帝，会受尽"囚拘"之苦呢？

这就要说到文宗朝最让人谈虎变色的一次大屠杀"甘露之变"了。

二

中唐的问题特别多，除了藩镇割据和宦官专权，还有外戚弄权和牛李党争。

可怜的李昂虽然有勤政之心，奈何生不逢时，左支右绌。

而众多问题中，最大的威胁还是来自宦官专权。于是李昂一心想铲除宦官王守澄，夺回政权，便从下层提拔了郑注、李训为御史大夫和宰相作为心腹。

李昂采纳郑注等人的建议，先利用宦官之间的矛盾，任命王守澄部下仇士良为左神策中尉，接管了一部分禁卫军，与王守澄抗衡。渐渐削去王守澄的兵权后，又派人暗杀了他。

接着，李昂联合郑注定了一条计：趁全部宦官去为王守澄送葬时，由现任凤翔节度使的郑注挑选几百亲兵，将他们斩尽杀绝。

这条计策本来极好。可以将战火引至宫外，宦官们为送葬而去，不防其他，郑注出兵突袭，以甲备齐全的守兵袭击披麻戴孝的宦官，成功概率很高；退一步讲，即使有什么意外，宫中也来得及回防。坐镇中宫的文宗也可以有个缓冲的时间，另做打算。

但是这么好的计策，却因为内讧而搁浅了。

原来，李训为了抢功，趁郑注去凤翔搬兵之时，又向李昂献了另外一条计，要将战火在宫中点燃。

这就又一次看出文宗的耳根子软了。当初他为了王守澄一番诬告就误会宰相与漳王，遣送了杜秋娘，现在又因为李训几句话便改变主意，不愿让手握重兵的节度使郑注在宫外起事，而想着自己在宫里操控全局。

这就叫神一样对手，猪一样队友。文宗略有薄才，却被犹三豫四的性格给彻底毁掉了，而且是毁了两次。

既然不肯假手郑注，那就要另外找一支武装队伍。于是李训趁机提拔同党，并密令他们招募兵丁，罗致吏卒，以诛宦官。换言之，就是临时组织了一群未经训练的乌合之众，来对抗精兵强将的神策军。这就是典型找死的节奏啊。

真不知道唐文宗用哪个半脑想问题，居然能同意了这样一条臭得不能再臭的烂计。

大和九年（835）十一月二十一日，一部名为“甘露之变”的大戏上演了。

这天，唐文宗照旧早朝于紫宸殿。在“有事启奏，无事退朝”的客套话说完后，金吾大将军韩约奏报：有事，有好事，有大好事！

这件大好事，是说左金吾卫仗院内的石榴树上夜降甘露，垂而不落。所谓甘露，乃“神灵之精，仁瑞之泽，其凝如脂，其甘如饴”。是吉兆啊。

古代皇上都喜欢弄个天降异象之类的事来彰显自己的君命神授，所以这类事情也就会经常发生。

于是李训大声建议：天降祥瑞，又近在宫禁，皇帝应该亲往一看。

李昂遂命宰相和中书、门下省官员先行一步，自己且行至含元殿休息。没多久，官员们回来，奏称不知道是不是甘露，不如另派人去探视。于是李昂又命神策军中尉仇士良、鱼弘志等带领众宦官去察看。

这件事怎么看都是够恶搞的，就算天降甘露，皇上要看就看，不看就不看，用得着自己走半条路，让大臣先去看一回，看完了又说不知道是不是真的，再派宦官重新看一遍吗？鉴定甘露的过程中，皇上和诸臣就坐在含元殿干等，这画面是不是够傻？哪像个举大事的样子？

最恶搞的，还是韩约在带领仇士良等宦官至左金吾仗院时，竟然惊慌失措，汗流浃背。那可是秋天啊！

这个韩约，完全就是助荆轲刺秦的秦舞阳翻版，成事不足，败事有余。

仇士良身为太监总管，最擅长的就是察言观色，立刻觉出事情不妥。偏偏好死不死，有一阵风吹过，掀起夹道两边帐幕，隐约露出后面罗列的刀兵。仇士良大叫一声“不好”，转身便跑。

韩约高喊“关门”，守门卫兵急忙关门，被仇士良大喝一声，竟然吓得呆若木鸡，忘了行动，遂被仇士良夺门而出。

众宦官退到含元殿，抓住李昂说：“事急，请陛下还宫！”说完将他塞入软舆中，抬着就往内宫狂奔。

李训急呼金吾卫士上殿保驾，双方展开近距离厮杀，各死伤数十人。

这时候皇上已经进了宣政门，大门关闭，群龙无首，朝臣们一时惊散，或退入宣政门等候圣命。

李训知道事败，自己先风紧扯呼，想要逃入终南山，却被仇士良追杀而死。

仇士良将李昂挟入内殿，指着皇上鼻子破口大骂，李昂竟然无言以对。宦官又命神策军五百持刀往宣政门，逢人便杀，接着关闭宫城各门搜捕。中书、门下、尚书三省诸司官员被杀千余人。

事发时，郑注正率亲兵五百人赶赴长安，中途听说事败，立刻带兵返还凤翔，后来也被监军杀死。

这还不算，神策军又闯入各宰相重臣家中，不问青红皂白，逢人便杀，又追捕其族人，一时“骚动京国，血溅朝路，尸僵禁街”。

经过这次宦官大屠杀，大唐朝列几乎为之一空。

历史划分，多有将这一年作为中晚唐分界线的。因为“甘露之变”，断绝了文宗勤政之心，也把大唐进一步推向了灭亡。

大唐，彻底成了宦官的天下。

三

“甘露之变”的牵连者中，最无辜的就要数“茶仙”卢仝了。

卢仝（约795—835），自号玉川子，博览经史，工诗精文，却不愿出仕，20岁便隐居嵩山少室山，只以读书访茶为乐，著有《茶谱》一书，人称“茶仙”。

“茶仙”有茶无粮，家里穷得揭不开锅，到处借米。僧人们本是靠化缘过日子的，倒要反过来施舍他。

周济他最多的人是韩愈，常年给他送钱送米，还帮他打跑前来骚扰的小混混。可是韩愈死后，他的日子就更不好过了，为了还债，只得卖了扬州的房子，雇船将藏书运回了洛阳。

在唐朝时，书算是很难得的奢侈品，而卢仝有整船的书，可见他家从前应该是有钱的。

顺便说一下，卢仝，是初唐诗人卢照邻的嫡系子孙。

还记得卢照邻吗？就是那位让人提起来就想哭的又穷又病的初唐诗人。卢仝的命运，比他祖先还惨。不但穷，而且运气忒差。

韩愈看重他，当然是因为他的才气，曾赞美他："先生抱才终大用，宰相未许终不仕。"

诗里似乎暗示，卢仝之所以两度辞官不仕，并非因为完全无心仕途，而是觉得除非宰相那样的官位才值得参政，否则宁可隐居青山。

卢仝有首《直钩吟》，也表现出了他的这种姜子牙钓鱼之志：

初岁学钓鱼，自谓鱼易得。
三十持钓竿，一鱼钓不得。
人钩曲，我钩直，哀哉我钩又无食。
文王已没不复生，直钩之道何时行。

以此诗可见，卢仝的诗风语言直白，长短随意，变幻莫测，诗家评之为"牛鬼蛇神"。

其诗风奇绝，以《月蚀诗》为例，诗中从三字句、四字句到九字句、十字句，任意变换，不像诗歌，更像行文。全诗1727字，可能是唐诗中最长的一首，质问蛤蟆精何以吞月，诘斥不休，宛如措辞促迫不暇整饬，是一首立意深刻的政治讽喻诗。

但卢仝诗中也偶有婉约清新之作，比如《有所思》。这原是乐府歌题，惯例是以女子第一人称表现爱情受到波折后的内心独白。李白、杨炯等都以此为题目写过一些古风乐府。

而卢仝的这首《有所思》也别具风情：

当时我醉美人家，美人颜色娇如花。
今日美人弃我去，青楼珠箔天之涯。
天涯娟娟嫦娥月，三五二八盈又缺。
翠眉蝉鬓生别离，一望不见心断绝。
心断绝，几千里。
梦中醉卧巫山云，觉来泪滴湘江水。
湘江两岸花木深，美人不见愁人心。
含愁更见绿绮琴，调高弦绝无知音。
美人兮美人！不知为暮雨兮为朝云。
相思一夜梅花发，忽到窗前疑是君。

这首诗的最后两句，“相思一夜梅花发，忽到窗前疑是君”构思巧妙，情思婉约，竟然出自卢仝这个穷酸老头之手，倒也令人莞尔。

而卢仝最让人称道的，还是他的“七碗茶歌”。苏东坡曾有句：“何须魏帝一丸药，且尽卢仝七碗茶。”卢仝原诗很长，题为《走笔谢孟谏议寄新茶》，“七碗茶”只是其中一段。

诗的缘起是好朋友孟简送来书信，赠予新茶。孟简是谏议大夫，会给卢仝送礼，也侧面可见其声名。

卢仝接了新茶，又煎又煮，饮茶如醉，作诗以记之。且看原诗：

日高丈五睡正浓，军将打门惊周公。

口云谏议送书信，白绢斜封三道印。

开缄宛见谏议面，手阅月团三百片。

闻道新年入山里，蛰虫惊动春风起。

天子须尝阳羡茶，百草不敢先开花。

仁风暗结珠琲瓃，先春抽出黄金芽。

摘鲜焙芳旋封裹，至精至好且不奢。

至尊之余合王公，何事便到山人家。

柴门反关无俗客，纱帽笼头自煎吃。

碧云引风吹不断，白花浮光凝碗面。

一碗喉吻润，两碗破孤闷。

三碗搜枯肠，唯有文字五千卷。

四碗发轻汗，平生不平事，尽向毛孔散。

五碗肌骨清，六碗通仙灵。

七碗吃不得也，唯觉两腋习习清风生。

蓬莱山，在何处。

玉川子，乘此清风欲归去。

山上群仙司下土，地位清高隔风雨。

安得知百万亿苍生命，堕在巅崖受辛苦。

便为谏议问苍生，到头还得苏息否？

第一段交代缘由：太阳高高升起，我还在睡懒觉梦周公呢，却被军将打门的声音惊醒，口称孟谏议派他来送包裹，还用白绢在外面斜加了三道封印。见字如面，我打开包裹来，看到里面有三百片圆茶。

接下来遥想采茶制茶的过程：春风乍起，蛰虫惊起，茶农早早进山采茶。因为天子正在等待品尝阳羡茶，百草都不敢先于茶树贸然开花。和风吹起，茶芽新发，宛如金蕊。摘下新鲜的茶芽烘焙后随即封裹，留下最好的精品，先贡奉皇帝再献给王公，怎么还能够送到我这山人之家。

荣幸之余，立刻尝饮，而且还是关上门自个儿偷偷享用，且用纱帽笼着头发以免散落发屑。

“唐煮宋点明泡”，唐朝的常见饮茶之道是煮茶，亦可煎茶。此时卢仝采取的方式就是煎：碧绿的茶水上面热气蒸腾，茶汤里细沫凝聚碗面，真是一幅美景。欣赏够了，就开始喝，而且一碗一碗，连喝七道。这便是最有名的“七碗茶歌”节选：

第一道只是润喉，第二道喝下去消去了烦闷。

第三道开始刮油，洗净肠胃，会发现我腹中所有，唯是文字五千卷。

第四道茶气渐足，开始发汗，平生遇见的不平之事，都从毛孔中向外发散，所谓尘虑齐除，物我两忘。

吃到第五第六碗时，已经骨健身轻，仿佛通仙。

第七碗可不能再吃了，会腋下生风，就此飞升的。

我醉了，我飞了，蓬莱山啊，在何处？我玉川子要乘此清风飞向仙山，谒见神仙。山上的神仙们掌管人间百姓，高高在上与红尘隔绝，哪里知道有千百万的生命堕在山崖受苦！

最后顺便替孟谏议探问一下百姓，到头来能得到喘息否？

卢仝喝着茶，有飘飘欲仙之感，却终不忘百姓沉沦。写诗谢孟简寄茶，然而通篇无一谢字，反提醒他关心百姓疾苦，其为人可见一斑。

从这首诗中节选出来的“七碗茶歌”流传甚广，凡茶人无不成诵。但是很少人知道全诗其实很长，而当知道了茶仙的故事后，再读最后几句就格外悲伤了。

蓬莱山，在何处。茶仙，寻到了吗？

按说卢仝这样一位世外高人，本不应该扯进朝廷宫斗的戏目中来。可是偏偏他那天不知怎么想起来要下山了；下山还不算，还陪着朋友王沐去人家从兄家里串门，而且串的是宰相王涯家的门。

那日王涯上朝迟迟未回，卢仝也不着急，只和王沐下棋聊天，想着大约有政务耽搁了，午饭前总会回来的。厨子还特地进来问过两位客人的口味，餐单都拟好了，都是王沐爱吃的。厨房里切好了菜，备好了料，煲好了汤，只等宰相回来就要开饭了。

谁也不会想到，没等到宰相，却忽然拥进来一大群神策军，见人就抓。卢仝莫名其妙：“我只是来串门的，抓我做什么？”

反驳无效。卢仝稀里糊涂地被绑于城西南隅刑场，见到宰相王涯也被缚于独柳树下，不禁怔住了，这才知道罪名是“造反”。

王涯（约764—835），字广津，山西太原人，博学工文。《全唐诗》有其小传及诗，今只取一首《从军词》为例：

> 戈甲从军久，风云识阵难。
> 今朝拜韩信，计日斩成安。

难于认识的岂止是战场上的胜负呢？朝廷的风云变幻一样诡

谲莫测。

韩信背水一战，斩成安君于泜水，建得奇功。然而王涯，却未能斩敌，反被腰斩，真个是“风云识阵难”啊。

行刑相当残酷，“自涯以下，皆以发反系柱上，钉其手足，方行刑”。而卢仝因为头发短，还要额外加刑，“令添一钉于脑后”，就是用钉子穿过头皮钉在柱子上行刑，而且是腰斩。

辩机和尚与高阳公主偷情生了孩子才被当街腰斩呢。“茶仙”卢仝却做了什么呢？不就是陪朋友串门蹭顿饭吗？何况还没蹭着。

后人提起卢仝，每每与“茶圣”陆羽并论，沈长波曾有联称：

陆羽六羡西江水；卢仝七碗玉川泉。

卢仝的“七碗茶歌”，在日本已经演变成茶道，日本诗僧高游外在《种茶谱略》一书中说：“茶种于神农，至唐陆羽著经，卢仝作歌，遍布海内外。”

卢仝死后葬在济源，古称玉川，卢仝自称玉川子，便缘于此。

抗战时期，有一队日本兵到了济源，一路烧杀掳掠，然而来到思礼镇，看到“卢仝故里”的碑时，却停下了。领头的将石碑上字迹读了一遍，弯腰鞠了三个躬，便带领部下匆匆离去了。

卢仝生前冤枉被杀，死后却保佑全村人躲过了一场无妄之灾。

四

甘露之变，让朝廷重臣死伤过半，幸免于难的，也集体噤言了。

而唐文宗李昂，也被宦官软禁，完全成了傀儡皇帝。国家政事全由宦官做主，宰相成了摆设、行文草诏的秘书而已。

文宗的最后五年过得极为消极，再也不复从前励精图治的明君模样。每日饮酒求醉，自言受制于家奴，境遇还不如被曹操挟持以令天下的汉献帝。

就是在这种状况下，他写下了“凭高何限意，无复侍臣知”的诗句。实在是一腔郁闷无人可诉，便诉说了也无颜以对啊。

840年，李昂抑郁而终，年32岁，庙号文宗。

临终前，李昂遗命宰相辅助太子李成美监国。但是仇士良、鱼弘志压根儿不把皇上旨意当回事，当晚伪造遗诏，废太子为陈王，而改立穆宗第五子，也就是敬宗、文宗的弟弟，颍王李炎为帝，即唐武宗。

最后，我们来说一下，柳公权这会儿怎么样了呢？

他照样做官。

柳公权（778—865），字诚悬，京兆华原（今陕西铜川耀州）人。29岁进士及第，共历仕七朝，官至太子少师，以太子太保致仕，故世称“柳少师”。

柳公权以楷书著称，兼取王羲之、颜真卿、欧阳询众家之长，自创柳体，与欧阳询、颜真卿、赵孟頫并称“楷书四大家”。

今人学书法，多选唐代颜、柳、欧、褚、虞等大家。其中欧阳询辈分最高，乃是唐高祖李渊的小伙伴；而褚遂良和虞世南都是李世民的股肱之臣，李世民本身就是个狂热的书法爱好者，且擅作飞白，笔势惊绝，《兰亭集序》几乎刻不离身，死后还特地遗命殉葬；颜真卿堪称宪宗朝死士，而柳公权实为文宗朝重臣。

后世书法大家米芾评价：“柳公权如深山道人，修养已成，神气清健，无一点尘俗。”

不过我一方面特别佩服这位书法家在权衡朝廷各势力中的见机行事，另一方面又特别不理解他的眷恋尘网。

他驰骋官场五十多年，而且是党争最凶的五十年，身历七朝皇帝，而能伫立不倒，简直是朝臣中的“不倒翁”！

他是文宗最倚重的人，但是文宗被囚也好，驾崩也好，改朝换代丝毫不影响他加官晋爵。

白居易曾写《合致仕》一诗：“七十而致仕，礼法有明文。何仍贪荣者，斯言如不闻。”声明官员们七十岁就该退休了。然而柳公权八十多岁仍不肯致仕。

大中十二年（858）正月初一，宣宗朝会，柳公权以老迈之身列位群臣之首向宣宗称颂祝贺。因为走了太久的路，加上年事已高，称贺时本应该为宣宗上尊号“圣敬文思和武光孝皇帝”，但是柳公权竟然口误称为“光武和孝”，因此被御史弹劾，罚了他一季的俸禄。

其实看在七朝老臣的分上已经罚得很轻了，不过是小惩大戒，暗示他早点退休。但他就是装不懂，硬是坚持到唐懿宗咸通初年，才终于以太子太保致仕。

咸通六年（865），柳公权去世，时年88岁。这辈子，活得真值！

三大诗人的幸福晚年

一

白居易曾有一篇文章火光很猛地自叙："彭城刘梦得，诗豪者也。其锋森然，少敢当者。予不量力，往往犯之。"

这段话既赞美了"诗豪"刘禹锡的诗风凛冽，锐不可抗，又貌似谦逊实则炫耀地表现了自己的兵来将挡，不遑多让。

如果说刘禹锡是屠龙刀，"其锋森然，少敢当者"，号令天下，莫敢不从；那么自己就是倚天剑，不但敢与之抗衡，且是"往往犯之"，倚天不出，谁与争锋？

那么白居易这把倚天剑"犯"的结果如何呢？

刘禹锡曾有诗题为《翰林白二十二学士见寄诗一百篇，因以答贶》。贶（音kuàng），是赠的意思，这题目说，翰林院学士白居易寄给我一百首诗，我来答赠他。这白居易还真是不打无把握之仗，出手就是一百首诗，这是多强的火力啊！

之后，两人诗词唱和，你来我往，打了不下三百回合，直到"金陵怀古"之战，终于一决生死——哦不，只分胜负，不必生死。

这一天，白居易邀请刘禹锡到家中做客，名为邀酒，实为约架。席上当然少不了白居易的好友元稹一旁掠阵，还特地拉上个打酱油的老好人韦楚客见证。

四个人推杯换盏，指点江山，纵横捭阖，挥斥方遒，不觉聊起南朝旧事，于是白居易率先发招：咱们几个可都是江湖上有名有姓的人物，难得相聚，不可无诗，就以《金陵怀古》为题，各咏一首如何？

刘禹锡一听就明白了：这有点欺负人啊，我连金陵都没去过，怀的是哪门子古啊？不过，我可是诗豪，不能认输啊。当下以酒提神，一饮而尽，挥毫写下七言律一首：

西塞山怀古

西晋楼船下益州，金陵王气黯然收。
千寻铁锁沉江底，一片降幡出石头。
人世几回伤往事，山形依旧枕江流。
今逢四海为家日，故垒萧萧芦荻秋。

白居易倒也大方，看完诗后叹息说："四人探骊，子先获珠，所余麟角，何用！"

其他三人"于是罢唱"，直接认输罢战了，刘白之争遂以刘胜为终局。

这个故事告诉我们，要挑战就直接挑老大，输了也不丢人，照样名垂千古，传为佳话。

刘禹锡的胜利绝非偶然，因为咏史诗本来就是他的拿手好戏。

"咏史"一派，首开于汉朝班固。唐代几乎所有诗人都有咏史诗作，陈子昂、杜甫、李商隐、杜牧都是个中高手，其中以刘禹锡最为轻巧灵便，以小见大。

试举两例：

石头城

山围故国周遭在，潮打空城寂寞回。
淮水东边旧时月，夜深还过女墙来。

乌衣巷

朱雀桥边野草花，乌衣巷口夕阳斜。
旧时王谢堂前燕，飞入寻常百姓家。

那堂前的燕子，从大唐一直飞到今天，每逢今人感慨今昔时，往往吟此一句发思古之幽情。

后代杜牧“商女不知亡国恨，隔江犹唱后庭花”便袭此风。

怀古之战，是为刘白建交之始。

后来，白居易失去了元稹，刘禹锡失去了柳宗元，他们俩就抱团取暖了。

正如白居易在《咏老赠梦得》中所形容的：

与君俱老也，自问老何如。
眼涩夜先卧，头慵朝未梳。
有时扶杖出，尽日闭门居。
懒照新磨镜，休看小字书。
情于故人重，迹共少年疏。

唯是闲谈兴，相逢尚有余。

诗写得可怜巴巴，但是日子其实过得相当得意。

前面说过，白居易晚年时为自己谋了个分司东都的闲职，长居洛阳城，只拿薪水不干活，活得那叫一个惬意潇洒，随心所欲。什么“甘露之变”大开杀戒，什么“牛李党争”头破血流，那都是长安城的事儿，与老白无关。

老白的日子，只有四件事，琴棋诗画——不对，琴是没错，诗也没错，但是棋画之道，老白嫌它太闷，给换成了喝酒、狎妓。

刘白二人都是精通曲律之人，因此经常聚宴饮酒，诗词唱和。

白居易有一首诗《板桥路》：

梁苑城西二十里，一渠春水柳千条。
若为此路今重过，十五年前旧板桥。
曾共玉颜桥上别，恨无消息到今朝。

刘禹锡大概觉得太啰唆，索性删改入曲，谱入《杨柳枝》：

清江一曲柳千条，二十年前旧板桥。
曾与美人桥上别，恨无消息到今朝。

这样一改，精练流丽，通欲冶艳，立刻传唱四方。后世诗家赞为妙品，反而多不知原创者谁了。

白居易有一首最堪称道的约局诗《问刘十九》，要多诱惑有多诱惑，要多得意有多得意：

绿蚁新醅酒，红泥小火炉。

晚来天欲雪，能饮一杯无？

每次看到这首诗，我都很想说：能！带我一个！

这个刘十九，其实就是刘禹锡的从兄，大名刘禹铜。看来白居易和刘禹锡相识后，把人家堂兄弟也都变成知己好友了。而刘家兄弟的排行很可能是根据金属元素表来的，要不就是刘家祖上的理想是要开一家全国最大的五金托拉斯。

二

白居易的老年之友，不仅有刘禹锡，还有老好丞相裴度。

裴度（765—839），字中立，唐德宗年间进士，宪宗时平定淮西之乱，辅佐宪宗实现“元和中兴”，以功封晋国公，世称“裴晋公”。此后历仕穆宗、敬宗、文宗三朝，数度出镇拜相。为将相二十多年，荐引李德裕、韩愈等名士，也帮助过柳宗元、刘禹锡等诗人。史称其“出入中外，以身系国之安危、时之轻重者二十年”，比作宪宗时的郭子仪。

裴度一生以清正廉洁而闻名。

元代剧作家关汉卿曾写过一部戏名为《裴度还带》。全剧四折一楔子，说裴度少年时父母双亡，家境贫寒，寄居山神庙中，有道人为其相面，断其命该横死。一日，有韩氏母女路过山神庙时，在此失落两条珍贵的玉带，被裴度拾得。这玉带原是韩氏女辛苦筹资救父于冤狱的，遗落后急得要自尽，幸而裴度赶来归还，始保韩氏一家三口性命。而就在裴度送韩氏母女出门时，山神庙倒塌。

换言之，倘非裴度拾金不昧，九成会横死庙中；只为他宅心仁厚，竟得改命。

此后大难不死，更有后福：裴度赴京赶考，得中状元，遂与韩女结为夫妇，大小登科，双喜临门，标准的大团圆结局。

这个故事最早出自《唐摭言》，为唐末王定保所撰，所以剧情虽有虚构，亦必有所本，裴度在人们心目中的形象由此可窥一斑。

而裴度也确实是难得的壮年有功业、晚年得善终的福将名相。他的聪明之处在于不仅懂得奋力攻伐，更善于功成身退——晚年时，裴度不愿卷入党争，也想办法弄了个留守东都的职位，跑来和白居易做伴了，其晚年生活过得多姿多彩，福寿双全。

古人宴集最雅的就是以琴会友。史上著名的琴集有多次，单以唐朝为例，初唐时的杨师道安德山池宴集，就是一次千载难逢的盛会。

与会者除了主人杨师道与其兄杨续外，还有五位：大书法家褚遂良、岑文本，宰相上官仪、奸人许敬宗、名士刘洎。

人数不多，品级却高，抵得上一次奥斯卡颁奖礼。

这次琴会最著名也最让人难过的是，后来的历史告诉我们：许敬宗在武则天授意下，构陷罪名害死了上官仪；而刘洎则因与褚遂良不和，遭到褚遂良诬陷，被赐死，却是在武则天时得以平反的。

统共七个人弹琴吟诗，其中就有四个人恩怨纠缠，一个害死另一个，再回想那日的琴声，真让人不寒而栗呀。

到了盛唐，诗酒琴会多在权贵之家举行，比如玉真公主、宁王、薛王、岐王，都会经常设宴听琴，而王维就是最受欢迎的玉面琴师，所到之处，无不拂席张灯以待。

中唐“大历十才子”，则喜欢赶赴郭暧和升平公主的家宴，每次吟诗设赛，夺冠者赏百缣，李端还因此获赠了一匹好马。

而裴度离开长安后，在洛阳集贤里盖了一座园林，名为“绿野堂”，也成为诗人们争相购票的琴酒诗舞娱乐中心。此园“筑山穿池，竹木丛萃，有风亭水榭，梯桥架阁，岛屿回环，极都城之胜概”。白居易、刘禹锡、张籍、李绅、崔群，都是这娱乐中心的VIP，常来常往的。

都是名烁千古的大诗人，如此扎堆行乐，怎能不令人向往？因此胡震亨在《唐音癸签》中叹息：“诸诗人游宴联句，缠绵既奢，笺霞尤丽……至今可追想其盛。”

裴度虽然也是进士，诗写得也不少，尤多唱和之作，但是佳作并不多，且录一首《傍水闲行》，使之不至于交白卷吧：

闲余何处觉身轻，暂脱朝衣傍水行。
鸥鸟亦知人意静，故来相近不相惊。

且说当时洛阳诗琴宴集成风，除了裴度的绿野堂，白居易的池亭会也颇负盛名。

既然事少钱多，奉养优厚，白居易便和所有土豪一样，有了钱当然先要盖座豪华大别墅，于是便也在距裴度的绿野堂不远处的履道坊建了“十亩之宅，五亩之园。有水一池，有竹千竿。……有堂有亭，有桥有船。有书有酒，有歌有弦。有叟在中，白须飘然”。

“有书有酒，有歌有弦”，这日子真是神仙生活啊。

“白须飘然”的老叟中，不仅有白居易，有裴度和刘禹锡，还有136岁的洛中遗老李元爽和95岁的僧人如满，绝对是史上年龄最大的白发诗会。

时年74岁的白居易和刘禹锡，反而是诗会中最年轻的两位帅小伙。

白居易为此写了一首《九老图诗》自得：

雪作须眉云作衣，辽东华表鹤双归。

当时一鹤犹希有，何况今逢两令威。

丁令威的故事我们前面讲过了，一位骑鹤飞去的得道仙人，用来形容两位耆英，十分得体。

《搜神后记》有载：“丁令威，本辽东人，学道于灵虚山，后化鹤归辽，集城门华表柱。时有少年举弓欲射之，鹤乃飞，徘徊空中而言曰：‘有鸟有鸟丁令威，去家千年今始归。城郭如故人民非，何不学仙冢累累！’遂高上冲天。”

白居易举办的这“尚齿会”影响极大，后世纷纷效仿。北宋名相李昉罢相后就曾组织“九老会”；神宗时太尉留守文彦博，也曾发起洛阳五老会，后来又吸纳司马光加入，扩张为13人，成立“洛阳耆英会”。直到清朝时，朝廷还常常嘉奖百岁老人，赐赠“人瑞坊”；民间祠堂屋设，更是经常雕刻《九老图》以为祥瑞。究其源头，都是从白居易开始啊。

白居易不仅擅诗，亦擅琴。

《琴史》中所载唐人不多，单独列传的只有赵耶利、董庭兰、薛易简、白居易四位。前三人均为职业琴人，唯有白居易的首要身份是诗人，而能以琴入史，可见技艺卓绝。

小传中说："（白居易）自云嗜酒、耽琴、淫诗。凡酒徒、琴侣、诗客，多与之游。每良辰美景，或雪朝月夕，好事者相过，必先拂酒罍，次开箧诗。酒既酣，乃自援琴，操宫声，弄《秋思》一遍。若兴发，命家僮调法部丝竹，合奏《霓裳羽衣》一曲，放杯自娱，酩酊而后已。"

这做派有点像王绩，而更见雅逸。

白居易的择友之道有三：酒友，琴友，诗友。朋友相会时先喝酒，再读诗，喝到高兴了就弹琴，首弹《秋思》。更高兴，就让童子们一起上来，合奏《霓裳羽衣曲》，估计免不了还要朗读一下他的得意之作《长恨歌》吧？

《琴史》中还说，有时白居易乘轿外出，轿子中只放一张琴，一个枕头，还有数卷陶渊明、谢朓的诗集，轿边竹竿上挂着两个酒壶，寻水望山，随意停歇，行到水穷处，坐看云起时，弹琴饮酒，兴尽方归。其旷达如此，更有何人哉？

白居易写有三十三首与古琴有关的诗篇，常有一种孤芳自赏，超然出世的空灵感。我最爱的一首是《船夜援琴》：

鸟栖鱼不动，月照夜江深。
身外都无事，舟中只有琴。
七弦为益友，两耳是知音。
心静即声淡，其间无古今。

三

白居易的宴会有名，更有名的是白家的歌伎。

乐天晚年最热衷的事情就是伎乐饮酒，据说最多的时候曾经聚集百余艺伎歌舞表演，阵容极其可观。

唐人好歌舞，因此养伎成风。官府有官伎，军中有军伎，幕府有营伎，士大夫家也都养有家伎。

白居易家的家伎中最出名的两位，一个叫樊素，一个叫小蛮。

白居易这样为她们打广告：樱桃樊素口，杨柳小蛮腰。

从此发明了“樱桃小口”和“小蛮腰”两个夸奖美人的专有形容词。

刘禹锡看上了樊素，倚熟卖熟，写了首《寄赠小樊》跟白居易要人：

花面丫头十三四，春来绰约向人时。
终须买取名春草，处处将行步步随。

意思是想把樊素改名春草，带在自己身边，步步相随。

刘禹锡到李绅家做客，因为一首诗骗了个杜韦娘来，大概干这事上瘾了，又想用一首诗换樊素，而且想当然地把人家的名字都想好了。

可惜这回失算了，白居易没有李绅大方，硬是没舍得给他。

以前的男人把家中姬妾随手送人好像不算一回事，所以跟人家讨妾也是理直气壮的。

不仅刘禹锡垂涎白家姬妾，裴度也曾经跟他要过。

原因是白居易曾向裴度讨要一匹好马，于是裴度就让他拿小妾来换："君若有心求逸足，我还留意在名姝。"

白居易同样拒绝了："不辞便送东山去，临老何人与唱歌。"——给了你，我老了的时候谁唱歌给我听啊？

从这句诗来看，裴度讨要的可能还是樱桃小口会唱歌的樊素。

曹雪芹除了《红楼梦》中的诗词外，自己独立写作的诗只有两句传世：

白傅诗灵应喜甚，定教蛮素鬼排场。

这是夸奖他的朋友敦诚剧本写得好的，说如果太子少傅白居易看到了这本子的话，一定会很高兴地在当下命令樊素和小蛮排练起来。

由此也可看出这两位姬妾有多么出名，以至于千年后的人还在仰慕中。

白居易在女人之道上名声不大好，原因有两个：一是曾经写诗向薛涛投石问路，想穿朋友的旧鞋；二是写诗逼死了关盼盼。

自古红颜多薄命。然而死得最冤枉的就要数关盼盼。她大概是死在诗人舌头底下的第一人了。

多年之后有个叫阮玲玉的名伶曾经留下"人言可畏"的四字遗言服毒自尽，大可借来做关盼盼的墓志铭。

关盼盼为尚书张愔爱妾，擅歌舞，雅姿容，名噪一时。白居易在尚书府上赴宴时，关盼盼听说了，亲自歌舞相娱，唱的乃是《琵琶行》，跳的则是《霓裳羽衣舞》。白居易一看，这样的大美女一枚，竟然是自己的铁杆粉丝，太得意了，遂赋诗相赠，形容关盼盼“醉娇胜不得，风袅牡丹花”。

后来，张尚书病故，盼盼以青春之身幽居燕子楼，贞静自守，寡居十年，曾赋诗《燕子楼》三首以寄思悼之情，凄婉不忍卒读。只举一首为例：

适看鸿雁岳阳回，又睹玄禽逼社来。
瑶琴玉箫无意绪，任从蛛网任从灰。

这些诗传遍大江南北，甚是风行。白居易听说后，也不知道是觉得人家诗名来得太容易心生不平，还是大男人主义作祟，竟然吃饱了撑的步韵和诗三首，仍然只举一首为例：

今春有客洛阳回，曾到尚书坟上来。
见说白杨堪作柱，争教红粉不成灰。

“见说白杨堪作柱，争教红粉不成灰”？竟是责问关盼盼：你既然如此深情，为什么不去死呢？

盼盼见诗，又委屈又悲哀，愤然题诗以明心志：

自守空楼敛恨眉，形同春后牡丹枝。
舍人不会人深意，讶道黄泉不去随？

诗成之后，自闭于燕子楼中，绝粒十日，香消玉殒——死，也要选择最痛苦最残酷的一种，算是无声的控诉吗？曾赋诗把她比作“风袅牡丹花”的人，正是不肯放过“春后牡丹枝”的人，盼盼更有何话说？

古往今来的杀人凶手，没有比白居易更轻松风雅而不动声色的了。

白居易听说了关盼盼的死讯，又震惊又痛悔，哪里想到自己轻轻一首诗竟然逼死一位红颜，岂不成了摧花辣手？

之后，他多番转托故友，将关盼盼安葬在张愔的墓侧，以示补偿。

白居易六十多岁时，得了风疾，半身麻痹。842年，以刑部尚书致仕，领取半俸。遂将诸姬妾遣散嫁人，连樊素也要一同送走，不知是不是因为关盼盼之事让他内疚，由此及彼，不愿再耽误这些姬妾的前途。

史上关于这一段描写特别感人，我且原文附录樊素的言语。彼时白居易将要卖掉的一匹马也在厩中嘶鸣，樊素流泪说：

> 主人乘此骆五年，衔撅之下，不惊不逸。素事主十年，凡三千有六百日。巾栉之间，无违无失。今素貌虽陋，未至衰摧。骆力犹壮，又无虺隤。即骆之力，尚可以代主一步；素之歌，亦可送主一杯。一旦双去，有去无回。故素将去，其辞也苦；骆将去，其鸣也哀。此人之情也，马之情也，岂主君独无情哉？

樊素如此忠烈，难怪裴度和刘禹锡都会见之起意，而白居易怎么都不舍得将她送人了。

然而又过了近十年，白居易自知年岁无多，还是逼着樊素走了。他自己也很痛苦，写了首诗抒怀：

春尽日宴罢，感事独吟

五年三月今朝尽，客散筵空独掩扉。

病共乐天相伴住，春随樊子一时归。

……

这个时候，不知道刘禹锡在哪里，如果他仍在长安，还肯要樊素吗?

四

“穷则独善其身，达则兼济天下。”这是白居易坚持了一生的宗旨。

退休后，他虽然不在其位，却仍然心系百姓，在他卖掉名马遣散姬妾之后，于844年又干了一件大好事：自己捐资开挖龙门一带阻碍舟行的石滩，事成后作诗《开龙门八节石滩诗二首并序》留念。

可谓不忘初心，贯彻始终。

唐武宗会昌六年（846）八月十四日，白居易于洛阳去世，享年75岁，赠尚书右仆射，谥号“文”，葬于洛阳香山。

回顾白居易的一生，27岁一举及第，之后边做官边作诗，事业名声双丰收；时不时为卖炭翁、杜陵叟打抱不平，赢得好名声。虽然偶尔犯个小错贬个江州司马什么的，却从无大的磨折，明明多话爱吐槽，写下《秦中吟》等近百首针砭时弊揭露社会的负能量诗作，却仍能平平安安活到75岁，在众多“国家不幸诗家幸”的牢骚诗人中堪称一个异数。

白居易去世的同年，唐宣宗李忱继位，曾经亲自为他作悼诗，而且诗写得还相当不错：

> 缀玉联珠六十年，谁教冥路作诗仙。
> 浮云不系名居易，造化无为字乐天。
> 童子解吟长恨曲，胡儿能唱琵琶篇。
> 文章已满行人耳，一度思卿一怆然。

原来，在皇上的心目中，白居易才是真正的“诗仙”。

所有《吊白居易》的同题诗中，我认为这位宣宗皇帝写得比其他所有人都好，很懂得抓重点，高度概括出白居易平实直白的诗歌特点——《长恨歌》《琵琶行》家喻户晓老少咸宜，就跟凤凰传奇、筷子兄弟的广场舞歌曲一样，妇孺皆知，连外国人都会唱。

最关键的是，这诗中体现了一种帝王气度。要知道，那《长恨歌》可是讽刺他的老祖宗唐玄宗的，“汉皇重色思倾国，御宇多年求不得”，为贪美色而祸国殃民；《琵琶行》则写于白居易被贬之时，“同是天涯沦落人，相逢何必曾相识”，满腹牢骚。

通常这两种声音都不是“上面”愿意听到的，而李忱竟能大大方方地接受并评价这是白居易最好的诗篇，这胸襟，比肚里能撑船的宰相还高出一篙子，能装得下一艘航空母舰。

其实，能允许白居易这种人存在，大唐皇帝们就已经够大度了。且看他的《红线毯》：“宣城太守知不知，一丈毯，千两丝。地不知寒人要暖，少夺人衣作地衣。”

《卖炭翁》：“一车炭，千余斤，宫使驱将惜不得。半匹红绡一丈绫，系向牛头充炭直。”

《杜陵叟》：“剥我身上帛，夺我口中粟。虐人害物即豺狼，何必钩爪锯牙食人肉。”

——声声呐喊，字字扎心，哪个不是在捅皇上的鼻子眼儿？然而大唐八任皇帝，硬是生生地忍了，还要给他发工资，还要为他养老，在他死后还追封谥号。我煌煌大唐啊，就是这么威武！

为了崇仰白居易，唐宣宗还干过一件特别风雅而脑残的事，起因是一首诗：

杨柳枝

一树春风万万枝，嫩于金色软于丝。

永丰西角荒园里，尽日无人属阿谁？

这本是白居易写给小蛮的。但是唱红了，就被宣宗皇上听进耳朵里了。爱屋及乌，遂让人去永丰坊取柳树两枝，种在御花园里，以示纪念。

结果上行下效，民间纷纷掀起模仿秀，于是永丰坊小院主人索性高价叫卖，每条柳枝索价百金。即便这样，也有的是人去买，甚至去折去偷，结果生生把一株绿叶婆娑的大柳树给薅秃了。

要说这些人也真是拘泥，哪里的柳树不一样，何必偏偏要跟永丰坊过不去。柳树虽然不是羊，也不能可着一棵树往死里薅啊。

民间的“白粉”们为了崇拜偶像干的脑残事就更多了。

有位荆州人氏葛清，精挑细选了三十多首自己最喜爱的白居易的诗，竟然找刺青师傅从颈部以下遍身刺满，有些诗还配了插图。

他刺了这样一身诗画后，经常脱衣展示，走到哪儿炫到哪儿。写《酉阳杂俎》的八卦达人段成式听说后，特意拉着朋友一起前去瞻拜，见了葛清，每提一首诗，葛清便指出：看我的腿，看我的胳膊，看我的左肩膀……

段成式叹为观止，不禁惊呼："这简直就是一幅'白舍人行诗图'！"

五

白居易的人生转折，用他自己的一首诗《大林寺桃花》形容最恰：

> 人间四月芳菲尽，山寺桃花始盛开。
> 长恨春归无觅处，不知转入此中来。

白居易的这枝桃花，堪与刘禹锡的玄都观两度赏桃相媲美，也就难怪两人可以成为老年之友了。

除了刘禹锡、裴度这些老朋友外，白居易还很喜欢交往小朋友，比如比自己小了四十几岁的晚辈李商隐。他对李商隐的诗才欣赏到无以复加，不但特别交代小李为自己撰写墓志铭，甚至放言："我死后，要托生做你的儿子。"

白居易推行"新乐府运动"，针砭时弊，措辞平实，务求人尽识之；而李商隐则恰恰相反，绰号“獭祭鱼”，作诗最喜用典，“庄生晓梦迷蝴蝶，望帝春心托杜鹃”，《无题》一首接着一首，多少“砖家”猜谜般猜了上千年，没几个人能读懂李商隐的诗，遂成为千古朦胧派诗祖。

这样风格截然不同的两个人，居然能成为忘年之交，莫不是因为物极必反？

不过白居易的人生我们一向看不懂，他的笃信佛教又耽于淫乐的矛盾生活，或许用一首他自己的《花非花》最能代表：

> 花非花，雾非雾。夜半来，天明去。
> 来如春梦不多时，去似朝云无觅处。

这是我见过的白居易最难懂最诡异的诗，若说是禅诗，“春梦朝云”之说未免太艳；若说是情诗，“非花非雾”之喻未免太玄。而且“夜半来，天明去”，鬼气十足，简直可以做聊斋故事影视剧的主题曲。

能写出这样一首诗来，就不难理解白居易为什么会和李商隐做朋友了，甚至想做他的儿子。

且说白居易过世第二年，李商隐果然生了个儿子，于是老实不客气，认定是白居易转世，咬文嚼字要为儿子取个响亮的名字。

小白？不合适，有点不尊重前辈。大白？也不行，像只猫的名字。又白？再白？复白？都不好，俗了，而且有歧义。自己生前是很尊重白老的，每次见面都毕恭毕敬执弟子之礼，对待他这转世也不能太不恭了。

对了，就叫白老！李白老，捎带脚儿把李白也扯进来了，这名字够威风吧？

可惜的是，这位白老着实不聪明，人们看在他爹的面子上不好意思直接说傻，都说他大智若愚。

和白居易、李商隐都很有交情的另一位大诗人温庭筠听说了，本着实践出真知的八卦精神，巴巴儿地亲自跑来视察这位转世灵童，结果只看到愚，没看到智。

温庭筠的名气不在李商隐之下，他的诗词不但在唐朝时是卡拉OK的必选曲目，即使在今天也是广场舞的主题曲。《甄嬛传》插曲“小山重叠金明灭，鬓云欲度香腮雪”每晚八点从我家楼下广场准时传来，关窗闭户都挡不住那魔音入耳。

这么牛气哄哄的人，自然不能像普通俗人那样吞吞吐吐地说客套话，于是大大咧咧地拍着李公子的后脑勺说：“白老啊白老，你也太委屈白居易了。”（《唐才子传》：“以尔为侍郎后身，不亦忝乎？”）

后来，李商隐又生了个儿子李衮师，据说这位二公子可是极聪明的，李商隐为了夸儿子，还难得很白话地写了一首古风《骄儿诗》：“衮师我骄儿，美秀乃无匹。文葆未周晬，固已知六七。四岁知名姓，眼不视梨栗……”

温庭筠见了，故伎重施，拍着衮师的后脑勺说：“只怕这一位，才是真正的白老托胎吧？”

不过，没见过这位李衮师同学的作品，说他是白居易转世，只怕仍是时人一厢情愿罢了。

顺便说一下，这位温庭筠和写《酉阳杂俎》的段成式结了亲家，两人一个跑去看白居易的转世，一个跑去看行走的白乐天诗文图，真正人以群分，门当户对！

我再回头捋一下哈：段成式是顾非熊的好朋友；顾非熊，就是顾况七十得子的那个转世灵童；顾况是白居易的领路人；白居易转世投胎做了李商隐的儿子；而温庭筠和李商隐是好朋友，同时又是段成式的亲家翁。

温庭筠、李商隐、段成式，这三个人都很擅长骈文，追求辞藻秾丽华美，当时人把他们的文风称作“三十六体”，因为他们都来自大家族，在兄弟中都排行十六。

这关系你弄明白了吗？

唐诗
朝说

那些诗人
那些事儿

晚唐

西岭雪 著

陕西新华出版传媒集团
陕西人民美術出版社

图书在版编目（C I P）数据

诗说唐朝 : 那些诗人那些事儿. 晚唐 / 西岭雪著. -- 西安 : 陕西人民美术出版社, 2019.3
ISBN 978-7-5368-3558-0

Ⅰ. ①诗… Ⅱ. ①西… Ⅲ. ①唐诗–诗歌欣赏 Ⅳ. ①I207.227.42

中国版本图书馆CIP数据核字(2019)第001792号

—本册目录—

李贺：我为天地写鬼神

一

中唐后期，唐诗江湖上有名有号的各派大佬都出现得差不多了，什么“诗仙”李白，“诗圣”杜甫，“诗佛”王维，“诗豪”刘禹锡，“诗魔”白居易，连“诗囚”孟郊和“诗奴”贾岛这样亦褒亦贬的名头都瓜分完了。到了李贺，几乎无头衔可封，遂得了个“诗鬼”的名号，独树一帜。

李贺（790—816），字长吉，今河南洛阳宜阳县人，家居福昌昌谷，因此后世又称李昌谷。

李贺是中唐诗人中出现最晚的一个，死得却早，仅活了27岁。

他的诗经常用神话故事来讽古喻今，想象力丰富，天马行空，所以被人誉为鬼才，创作诗文多为“鬼仙之辞”。与李白、李商隐共称“唐代三李”，分别成为盛唐、中唐、晚唐的浪漫主义诗人代表。

李贺这样牛，自然是个天才，“七岁能辞章”，可惜没有早慧作品留下。

李家原为宗室后裔，但是到李贺的父亲李晋肃的时候家境已经没落。李晋肃早年曾从事边上，去蜀任职时还曾和比他还穷的表兄杜甫见过面。

那时候杜甫正忙着写诗对李白表达小粉丝的仰慕之情，可没想到这位表弟将会生出一个儿子来，与他的偶像李白并称，被后世誉为“太白仙才，长吉鬼才”。

晋肃早亡，李贺由母亲郑氏带大，15岁时已经和誉满京华的才子李益齐名。李益，就是被霍小玉诅咒的那个醋妒诗人，虽然口碑差，但是名气大。

《碧鸡漫志》中说：“然唐史称，李贺乐章数十篇，云韶诸工皆合之弦管。又称，李益诗名与贺相埒，每一篇成，乐工争以赂求之，被声歌供奉天子。”

少年才俊李贺最喜欢的放松方式，就是跟贾岛一样，每天骑着一头驴，命童子背只诗囊随行。一路信驴由缰，搜觅灵感。随时想出好句子就赶紧写下来扔进囊中，晚上回家挑灯重读，整理诗句。

李夫人深为儿子的刻苦用功而担忧，看到他一天内竟可以从囊中倾倒出这么多诗句，想到这都是儿子的心血，不禁脱口问：“儿啊，为了写诗，你这是要把心呕出来吗？”（“是儿要当呕出心乃已尔！”）

从此，就有了“呕心沥血”这个词。

李贺18岁时，决意问津科举，遂向大名鼎鼎的韩愈“行卷”，敲门砖乃是一首《雁门太守行》：

黑云压城城欲摧，甲光向日金鳞开。
角声满天秋色里，塞上燕脂凝夜紫。
半卷红旗临易水，霜重鼓寒声不起。
报君黄金台上意，提携玉龙为君死。

韩愈那天下朝回来已经很累了，听说有书生行卷，只是拿过来随意翻一下，打算看两句就去睡午觉的。可是只看到第一句“黑云压城城欲摧，甲光向日金鳞开”已经惊得连瞌睡都醒了；待看到“报君黄金台上意，提携玉龙为君死”之句，已经恨不得整冠膜拜。急忙唤来门子催问：“此书生是何年纪？何方人氏？何等模样？”

门子报：是个少年，年纪很轻，但算不上小鲜肉，长得有点怪。

据李商隐《李长吉小传》的描写，李贺的长相乃是“细瘦，通眉，长指爪”，颇有几分鬼气的。

年纪轻轻，细瘦倒也好说。通眉，指的是两眉相连，看相的说这叫“压运”。我小时候有点连眉，运气极坏，就有看相的为我指点迷津，让我注意刮掉两眉中间的眉楂儿，可以开运。我后来就非常注意刮眉毛，一刮再刮，刮得两眉距离越来越远，中间也不再长出新眉来了。长大后，运气倒确实是渐渐好起来，不知道是不是和刮眉毛有关。

李商隐对李贺最特别的形容还在于“长指爪”，外貌描写抓什么特征不好，单单拿手来说事儿，这李贺的手指该有多长啊，值得特注一笔？

且说韩愈看过李贺的诗后，对他的才气极为欣赏。这首诗立意奇险，炼字独特，但是充满了正能量啊！

“黄金台”的典故我们前面已经讲过了，乃燕昭王筑台以招揽天下人才之意。“玉龙”指宝剑，这说的是我但凡得明主赏识，必当竭诚以报。这可比李白上书裴长史，说自己若得重用便肯为燕丹易水刺秦，若不许门下则将永辞君侯弹剑而去，要来得有诚意多了。

这样的门生，当然越多越好。可是韩愈又担心素昧平生，不知李贺是何性情，大概也担心会有借别人诗稿来冒名顶替之弊（此等事在唐朝行卷书生中并不少见），所以决定亲自上门，当面考较。

于是，韩愈约了同僚皇甫湜一同造访李贺，席间提出请他即席赋诗。李贺立刻就明白了二位大人的意思，不假思索，提笔挥就《高轩过》一首，诗前且有小序：“韩员外愈、皇甫侍御湜见过，因而命作。”

华裾织翠青如葱，金环压辔摇玲珑。
马蹄隐耳声隆隆，入门下马气如虹。
云是东京才子，文章巨公。
二十八宿罗心胸，九精照耀贯当中。
殿前作赋声摩空，笔补造化天无功。
庞眉书客感秋蓬，谁知死草生华风？
我今垂翅附冥鸿，他日不羞蛇作龙！

诗作一出，韩愈、皇甫湜击节赞叹，从此李贺名扬京洛。

从这两首诗里，我们已经可以看出李贺的风格，乃是惯作古风，但又不同于“元白”和“张王”的乐府诗，而是别开生面，另立山头。

他的诗中经常两句一换韵，而且平仄韵互换，出人意表，却流丽自如，纵横随意。

这种风格，后人无以名之，只好称之为“长吉体”。

这首《高轩过》被列入苏教版八年级语文教材，另一首《李凭箜篌引》则选入人教版高中语文选修教材《中国古代诗歌散文欣赏》：

李凭箜篌引

吴丝蜀桐张高秋，空山凝云颓不流。
江娥啼竹素女愁，李凭中国弹箜篌。
昆山玉碎凤凰叫，芙蓉泣露香兰笑。
十二门前融冷光，二十三丝动紫皇。
女娲炼石补天处，石破天惊逗秋雨。
梦入神山教神妪，老鱼跳波瘦蛟舞。
吴质不眠倚桂树，露脚斜飞湿寒兔。

这首诗接连用了大量新奇比喻来表现乐工李凭弹箜篌的技艺与音乐意象，与白居易的《琵琶行》遥相呼应，表现了作者对乐曲的独特理解。语言奇拔俏丽，构思新奇诡谲，充满了浪漫主义气息。

其中“石破天惊逗秋雨”一句，被人拿来用作书名，专门给余秋雨同学的文章挑错，包括将唐代进士吕洞宾说成了道家始祖（不知道老子应该往哪儿放），娥皇、女英成了舜帝的女儿（俩女儿一起嫁给了爹），还有“梅妻鹤子”的林和靖居然结婚生子，等等。

很多常识性错误且不去说它了，只说一个我们在本书中讲述诗人生平时经常提到的词：致仕。

致仕，《辞源》上的解释是“辞官归居”，即交还官职，回归故里。“退而致仕”“致仕，还禄位于君”，都是一样的用法，自古以来都是退休的意思。白居易的“七十而致仕，礼法有明文”就是这个意思。

但是余秋雨先生给误会成了“科举致仕”，当成取得官位来讲，恰可谓南辕北辙；被指出错误后又不肯承认，说在不同时期有不同用法，结果闹得沸沸扬扬。这其实很没有必要。

我等皆凡人，常常出现记忆错误，或者先入为主，从一开始就形成了惯性的认知错误，没人指出来就一直不觉得，这是经常会出现的事。我有一些字小时候读错了，长大后明知是错，可是一直改不过来，每次读的时候都要重查一次；或是被人指出错误，但是到了下一次还是会念错。

出了错，被指出来了，认错就好，又不会杀头，实在没必要死硬派假装无所不知无所不能的样子，让自己说多错多，在学识被人质疑之余，连人品和治学态度也一块儿搭上了，实在划不来。

二

元和五年（810），李贺决定赴长安应进士举。原以为功名利禄，唾手可得，没想到，却因为有好妒者举报说他的父亲名

“晋肃”与“进士”犯讳，所以他被夺去了应试资格。

韩愈听说后，气得拍案而起，为其写《讳辩》据理力争，却反对无效。

李贺无奈地离开试院，从此告别以科举出仕的想法。这一年，他才20岁，却已经被告知终生与科举无缘。倘若李晋肃还活着，非拿着户口本立刻奔派出所改名不可。

这段时间，李贺写了不少抒愤诗：“我当二十不得意，一心愁谢如枯兰。”“长安有男儿，二十心已朽。”愁苦之情尽现。

第二年，李贺以李唐宗室后裔身份，又有韩愈力荐，遂以祖荫得官奉礼郎，从九品，是个底层官员。

自此，开始了他三年“牢落长安”的官场生涯。这期间，他对社会现实有了进一步的认识，写下大量反映现实的诗作，“深刺当世之弊，切中当世之隐”，也因此奠定了他在诗坛的地位。

之后，他又曾入幕昭义军节度使郗士美的军队，帮办公文，做了三年幕僚，写过很多慷慨激昂的诗篇，最有名的就是《南园》组诗第五首：

男儿何不带吴钩，收取关山五十州。
请君暂上凌烟阁，若个书生万户侯？

诗中接连设问反问。一句“男儿何不带吴钩”破空而来，仿佛吹响号角，召集天下男儿发此一问。吴钩，泛指天下兵器。这句话是问：大丈夫为什么不横刀立马，驰骋疆场，为国一战，去收复那黄河南北割据的关山五十州？

接着又说：请你且登上凌烟阁看看，二十四功臣画像里，有哪一个是书生呢？

其实，封侯的书生还是有过的，比如投笔从戎的班超，还有唐朝诗人高适。只不过，高适凭借的也是军功。如果只是靠写诗，是怎样也无法封侯拜相的。

李贺此诗，感情强烈，词句警醒，明确地表达了渴望驰骋疆场建功立业的心愿。

事实上，李贺一直以马自喻。也许是因为他属马吧，李贺一生写过八十多首与马有关的诗，并且自称："此马非凡马，房星本是星。"显然将马当作了自己的形象代言。且看《马诗》中最著名的一首：

大漠沙如雪，燕山月似钩。
何当金络脑，快走踏清秋。

这首诗明快轻灵，前两句描写了一幅大漠画卷：平沙万里，在月光下洁白如霜雪；燕山寂寞，上空一弯新月，形如弯钩。马啊马，何时才能佩戴上黄金打造的辔头，在秋天的战场上驰骋飞奔，一展雄风呢？

李贺的诗才与李益齐名，而这首诗的风格也与李益的成名作《夜上受降城闻笛》颇为相似：

回乐峰前沙似雪，受降城外月如霜。
不知何处吹芦管，一夜征人尽望乡。

这两首诗的前两句都是写沙漠，写月色，写寂寥的塞外风光。不同的是，李益用笛声来搅动清冷的夜，而李贺则直接寄情于一匹马，所以呐喊之声也就越发强烈。

“青袍度白马”“将军驰白马”“银蹄白踏烟”“马蹄白翩翩”……李贺为自己塑造了一副风度翩翩的白马少年形象，那桃花影里，青衫踏雪，何等快意？

奈何，李贺才气虽盛，体力不支，虽有报国之心，却无强健体魄；既不能于文途科举求仕，匡扶社稷，也不能于武路冲锋陷阵，沙场立功。这匹千里马，偏偏是一匹病马，短短一生，抑郁难抒，于27岁时便抱憾而卒了。

27岁，和王勃一样的年龄。27岁，是少年才子的太岁年吗？

三

这样的人按惯例是不死的。

没有人愿意相信才子李贺真的就这样驾鹤西去了。在李商隐的《李长吉小传》中，说他乃是被天帝召去天上白玉楼写文章去了：

> ……长吉将死时，忽昼见一绯衣人，驾赤虬，持一板，书若太古篆或霹雳石文者，云当召长吉。长吉了不能读，欻下榻叩头，言：“阿弥老且病，贺不愿去。”绯衣人笑曰：“帝成白玉楼，立召君为记。天上差乐，不苦也。”……少之，长吉气绝。常所居窗中，勃勃有烟气……

这篇小文，倒与李贺的风格极为契合。李贺生前，常作诗描摹神仙境界，《天上谣》《梦天》等诗篇中，极尽奇丽诡谲之境；王母娘娘、嫦娥等神话人物，银河、月殿等仙界景象，都是他诗中的常客。死后能入天宫为书记，可谓人尽其用，恰到好处，也算补偿他生前怀才不遇的怅恨了。

他母亲曾说，有一天晚上梦见李贺，问他最近可好，也是答说正在为天帝作白瑶宫记文呢。

人生在世，如白驹过隙，什么是长，什么是短，什么是生，什么又是死呢？正如李贺在《浩歌》中所写：

南风吹山作平地，帝遣天吴移海水。
王母桃花千遍红，彭祖巫咸几回死。
青毛骢马参差钱，娇春杨柳含细烟。
筝人劝我金屈卮，神血未凝身问谁。
不须浪饮丁都护，世上英雄本无主。
买丝绣作平原君，有酒唯浇赵州土。
漏催水咽玉蟾蜍，卫娘发薄不胜梳。
羞见秋眉换新绿，二十男儿那刺促。

这是李贺的一首代表作，通篇描写的只是八个字：时光飞逝，怀才不遇。

其实这两种主题都不新鲜，新鲜的是李贺的描写角度和表现手法，每一句都是“诌断了肠子的”。

第一联，“南风吹山作平地”破空而来，说有飓风吹来，将山陵夷为平地，天帝命令水神天吴移来大海之水。这句话翻译过来就是“沧海桑田，世事变迁”。

所以第二联说的就是时间。王母娘娘的仙桃三千年开一次花，如今都开了又谢有上千遍了，那得是多少年啊？彭祖和巫咸都是古代传说中最长寿的人，活了八百岁，可是亿兆年岁过去，就算最长寿的彭祖也死了不知多少回了。这说的是时间的永恒与无常。

第三联则描写最好的时光。骢马就是李白拿来换酒的“五花马”，毛做旋圈，状如铜钱，有大有小，所以叫“参差钱”；春柳含烟是一年中最好的时候，新春、骏马、美人、卮酒，这都是人间最美好的事物。

但是眼前的一切都是真实的吗？弹筝的美女捧着金杯来劝酒，这一刻是软玉温香，然而当灵魂与血肉脱离时，这个身体在哪里呢？这一切又有何意义？

《丁督护歌》是乐府曲，李白曾以此题为诗。这里接着说筝人弹奏着乐府的曲子劝我饮酒，但我并不甘于一味纵酒行乐；英雄无用武之地，无明君可投，这是自古皆有的事情。

到哪里再寻找平原君那样的人呢？如果相遇，我愿意用丝线绣出他的画像来供奉，将酒浇酹在赵国的土地上。

赵国平原君、楚国春申君、魏国信陵君、齐国孟尝君合称“战国四公子”，门下养士三千。李贺为自己不逢明主而悲歌，所以借怀古来抒发今日之慨。

“玉蟾蜍”是古代的一种漏壶，用来计时的。“咽”字既可以理解成蟾蜍张开嘴仿佛吞吐水流，又可以形容水滴声音幽细如咽。这一句写的还是时间，而且是很形象地写出时间一滴滴流逝的感觉，让人充满时不我待的彷徨感。

卫娘指卫子夫，传说发极美，因此深受汉武帝宠爱，由歌姬而封后。但是再美的头发又怎样呢，年老色衰时，头发也会越来越稀少，难以下梳。

红颜弹指老啊，如何再为一对稀白的老眉画上新黛？

新绿指画眉的黛青墨。年轻女孩子画眉之俏是极美的画面，但是美人迟暮，鬓发如霜，却还要强画青眉，岂不羞惭？

全篇写时间流逝，写春光短促，最后一句落到自身：二十男儿那刺促。

原来这一年李贺才20岁，本应年华正好，前途无量。可是或许因为才高运蹇，或许因为身体不好，所以在踏马游春对酒当歌之际，却只感受到时间的仓促，充满偃蹇逼迫之感。

伤春悲秋，自古皆然，但是如李贺这般幽冷悲抑的却不多见。全诗充满了一种命不久长的焦虑感，仿佛滴漏声声：来不及了，来不及了。有一种惶惶然的悲哀。

能写出这样诗篇的人，又怎是长寿之相？

而他最有自戕意味的诗，还要数《苦昼短》：

> 飞光飞光，劝尔一杯酒。
>
> 吾不识青天高，黄地厚。
>
> 唯见月寒日暖，来煎人寿。
>
> ……

四

李贺一生短短27年，临终前整理平生所作，编为四本，交沈子明整理刊行，名《昌谷集》，收诗233首。每一首，都是呕心之作。

后世将他的作品形容成“牛鬼蛇神”，我们且先看一篇“神话”：

金铜仙人辞汉歌

茂陵刘郎秋风客，夜闻马嘶晓无迹。
画栏桂树悬秋香，三十六宫土花碧。
魏官牵车指千里，东关酸风射眸子。
空将汉月出宫门，忆君清泪如铅水。
衰兰送客咸阳道，天若有情天亦老。
携盘独出月荒凉，渭城已远波声小。

再不熟悉李贺的人，对于这句“天若有情天亦老”应该也不陌生吧？

不过大家对它的熟悉，多半是因为毛泽东的原文借用，改成“天若有情天亦老，人间正道是沧桑”而闻名。

除了这句外，李贺的“雄鸡一声天下白”，也被毛主席改成“一唱雄鸡天下白”，用在了《浣溪沙·和柳亚子先生》词中。

还有比较含蓄的化用，比如“秋坟鬼唱鲍家诗”化为“万户萧疏鬼唱歌”，“桃花乱落如红雨”化作“红雨随心翻作浪”。

毛主席曾经在给陈毅元帅的信中说：“李贺诗很值得一读，不知你有兴趣否？”

因为毛主席的推崇，“四人帮”也都去读李贺了，读了半天读不懂，只记住一个词，“牛鬼蛇神”，于是拿来做了被打倒的对象的代名词。这真是一个最具讽刺意味的黑色幽默啊！

毛主席还说过：《红楼梦》这本书，每个人一生中都应该读五遍。

他自己想必读得很熟，还把大观园群钗联句咏雪的“伏象千峰突，盘蛇一径遥”化成了《沁园春·雪》的“山舞银蛇，原驰蜡象”。

不过“化用”确实是一门很高明的技术活，比直接抄用要好得多。小朋友们不妨多多练习，将古人诗句灵活化用，转为自己的知识营养。

有一个很好的练习写作的方法，就是把诗改成作文，或是把某篇小文改成诗，这样最易提高作文水平，增加词汇量。

李贺被称为“诗鬼”，其实他二百多首诗中，出现鬼的不过十几首，但实在奇绝诡异，荒诞缥缈。如“鬼灯如漆点松花”“楚魂寻梦风飔然”“回风送客吹阴火”“百年老枭成木魅，笑声碧火巢中起”“呼星召鬼歆杯盘，山魅食时人森寒”“南山何其悲，鬼雨洒空草”等句，皆鬼气森然，道人所不能道，故而得名。

曹雪芹死后，朋友敦诚在悼诗中有“牛鬼遗文悲李贺，鹿车荷锸葬刘伶”之句，意思就是说曹雪芹的文字有李贺的牛鬼蛇神之风，而平生好酒，恨不得如刘伶般随时醉死，就地掩埋。

李贺的诗有多“鬼”？让我们以一首《秋来》来举例分析吧：

桐风惊心壮士苦，衰灯络纬啼寒素。

谁看青简一编书，不遣花虫粉空蠹。

思牵今夜肠应直，雨冷香魂吊书客。

秋坟鬼唱鲍家诗，恨血千年土中碧。

李贺一生，从未作过一首标准的近体诗也就是格律诗。

这时候会很感慨命运的巧合。因为如果李贺上了考场，那就必须是要写格律诗的，不然再有一百首“黑云压城城欲摧”也不好用。但是偏偏的，他没机会报考，自然也就用不着违背心意去强行写近体诗了。

不知道私下里他有没有练习过，既然想过考举，应该也是写过几首的。不过他死前整理诗集时全部剔除了，保住了“古风帝”的招牌。

都说性格决定命运，由此可窥一斑。

且说这首诗，从手法上来说当然也是不拘一格的古风体，而且通篇用仄韵，后半段还是最偏最窄的入声韵，这就格外增强了音韵险仄悬崖凌风的孤绝意味。

秋风不说秋风，说桐风，指秋风吹过梧桐叶，更见寥落之感。

灯烛不说灯烛，说衰灯，可见寒夜将残，蜡烛将尽。

蟋蟀不说蟋蟀，说络纬，而且形容其叫声是“啼寒素”。

因为蟋蟀有好几个小名和学名，比如蛐蛐儿、络纬、纺织娘。所以这里还有一个可能性是指，纺织娘叫了，催促人们应该准备寒衣了。

这两句是说深秋的夜晚，蛩声凄切，梧桐落叶，一灯如豆，而我在灯下苦读。

作者读的应该是自己的诗作吧？或许这会儿他已经开始整理诗稿，编写《昌谷集》了，而且暗暗遥想，将来谁会在同样的秋夜灯下，来读自己的诗作。

“青简一编书”，就是用青竹简写下的竹编书，如果无人翻读的话，就会被蠹虫蛀成粉屑，遍留空洞了。这样的担忧牵挂，怎不让人肠断？

但是作者偏不说肠断，而说“肠应直”，这诗人的肠子还真是跟我们凡人不一样。我们形容难过是“柔肠百转”，才子恰恰相反，能给愁得抻直了。

诗人在这样的雨夜里，想象诗魂寂寞，还没死就开始自我吊祭上了。

这吊祭的魂灵，可能是“我”在吊祭古诗魂，也可能是未来的诗人在吊祭我，抑或是古代诗人们的香魂来陪我共度秋夜，剪烛伤怀。

想来我心如此，天涯共是。秋夜的坟场上，诗鬼们唱诵着鲍照的诗篇，诗人的怨气已经在土中化为血玉，千年凝碧。

之所以用鲍照自喻，是因为鲍照曾写过《拟行路难》组诗，抒发怀才不遇之情，可谓与作者“同是天涯沦落人”。

而“恨血千年土中碧”一句，则典出《庄子》：“苌弘死于蜀，藏其血，三年而化为碧。”

金庸小说《碧血剑》的灵感便来于此。

这不禁让我想起金庸的另一部小说《书剑恩仇录》，结尾引用过的一段陶然亭香冢碑文，其实用来形容李贺其人其诗，也是最恰当不过的：

浩浩愁，茫茫劫。

短歌终，明月缺。

郁郁佳城，中有碧血。

碧亦有时尽，血亦有时灭。

一缕烟痕无断绝。

是耶非耶？化为蝴蝶。

张祜VS徐凝：布衣侠骨轻王侯

一

盛唐诗人的代表是"李杜"，而晚唐诗人的代表是"小李杜"——"李"是李商隐，"杜"是杜牧。

中晚唐的界限不是那么清晰，白居易虽是中唐代表诗人，但他与晚唐的小李杜有着三四十年的人生交集。

也就是说，白居易成名时，杜牧刚刚出生；而杜牧成名时，白居易还如日中天。两人虽曾在同一时期分司东都，但是史上却没有他们饮宴酬唱的记录。原因是白居易和元稹曾经先后打压过杜牧的好朋友张祜，所以杜牧对元白二人都非常不爽，尽管行踪足迹多次交叠，却鸡犬相闻老死不相往来。

这场恩怨，要从张祜与徐凝之战说起。

张祜（约785—约849），字承吉，贝州清河（今河北清河西）人。家世显赫，人称张公子，有"海内名士"之誉。

他其实比李贺早生几年，但是李贺只活了27岁就赶在817年中唐结束前早逝了，只能算中唐诗人；而张祜活了60多岁，所以反而算在晚唐诗人之列，是中晚唐诗歌的接力者，所以才会上谒白居易，下交杜牧之，无缝衔接。

穆宗年间，白居易任杭州刺史，天下才子慕其名，常常跨镇报考，希望得到白居易的举荐。乡贡的头名被称为“解元”，中举的把握会大大提高。

张祜也是如此，自负才气，兴冲冲携了大卷诗作前往白居易处投谒。

然而白居易举荐的却是另一位举子徐凝，理由是他的诗《庐山瀑布》水平更高。

说到《望庐山瀑布》，我们首先想到的肯定是李白的诗：

日照香炉生紫烟，遥看瀑布挂前川。
飞流直下三千尺，疑是银河落九天。

再看徐凝的这首同题作：

虚空落泉千仞直，雷奔入江不暂息。
今古长如白练飞，一条界破青山色。

这首诗的气势是有的，“一条界破青山色”的技巧也很不错，但是有李白诗珠玉在前，再写这样一首，其实已经难见出色。

然而白居易独赏之，认为可与李白比肩。

张公子不服，他本来就性情狷介，狂傲不羁，面对诗坛领袖也不客气，当场质疑说：“我的诗里有‘地势遥尊岳，河流侧让关’‘树影中流见，钟声两岸闻’难道不好吗？”

但是白居易说：“美则美矣，但还是比不上徐凝的‘今古长如白练飞’。”

张祜反对无效，拂袖而去，认为连声名赫赫的白居易都有眼无珠，遑论他人？从此再也不找人写推荐信了。

且看一下张祜的原诗：

题金山寺

一宿金山顶，微茫水国分。
僧归夜船月，龙出晓堂云。
树影中流见，钟声两岸闻。
因悲在朝市，终日醉醺醺。

入潼关

都城三百里，雄险此回环。
地势遥尊岳，河流侧让关。
秦皇曾虎视，汉祖昔龙颜。
何处枭凶辈，干戈自不闲。

我个人对这两首诗都不大感冒，所以也不觉得张祜和徐凝有多么明显的高下之分。况且以七律抗衡，张祜若拿出另外两首小诗可能更见高下：

题金陵渡

金陵津渡小山楼，一宿行人自可愁。
潮落夜江斜月里，两三星火是瓜洲。

枫　桥

长洲苑外草萧萧，却算游城岁月遥。

唯有别时今不忘，暮烟疏雨过枫桥。

如果张祜当时用这两首诗和徐凝比试输了，那我就相信白居易偏私。

且说因为未得推荐，张祜这年进士落榜。

这还罢了，致命的是后来张祜得到宰相令狐楚的举荐，本来与官位只有一步之遥了。可是皇上读着张祜诗作时，正好元稹在场，于是就问元稹，张祜这个人怎么样?

元稹大约是记起张祜对白居易的不敬，趁机报复说："张祜所学都是些雕虫小技，非丈夫所为。如果陛下奖掖他这样的人，恐怕会让社会风气变坏。"

就为这一句话，张祜一生以布衣行世。

杜牧其实与张祜相识较晚，但是他对张祜的才名早有所闻，一见之下更是投契，遂成莫逆之交，也就因此对元白二人贬抑人才十分不满，并写过一首《登池州九峰楼寄张祜》安慰：

百感中来不自由，角声孤起夕阳楼。
碧山终日思无尽，芳草何年恨即休?
睫在眼前长不见，道非身外更何求。
谁人得似张公子，千首诗轻万户侯。

首联表现对张祜的同情，颔联抒发自己的怀思之情。颈联则是对元白二人的讽刺，说他们目不见睫，没有识人之明；同时赞美张祜诗道已得，身外荣辱何须挂齿。尾联说凭着张公子的千首诗作，早已是白衣卿相，世人谁能如你？

同时，这句“千首诗轻万户侯”也有向白居易挑衅之意：别看你官大，一样鄙视你。

张祜收到诗之后，深感杜牧盛情，遂回赠了一首《和杜使君九华楼见寄》：

孤城高柳晓鸣鸦，风帘半钩清露华。
九峰聚翠宿危槛，一夜孤光悬冷沙。
出岸远晖帆欲落，入谿寒影雁差斜。
杜陵归去春应早，莫厌青山谢朓家。

845年，杜牧任池州刺史，曾举办过一次武林大会，遍邀天下高手，包括张祜和他曾经的对手徐凝，却没给诗坛领袖白居易发帖子，算是一个小小的白眼。

白居易于次年病故，不知道对这两位年轻人的衔恨，会不会有一点介意？

二

张祜与杜牧从此结交，相偕游山玩水，放浪江湖，互相唱和，偶尔还一块儿约局逛逛青楼。

有一次两人在青楼同时看中了一个歌伎，于是以骰子赌赛，谁赢了谁上。杜牧一边掷骰子一边随口吟道：

骰子逡巡裹手拈，无因得见玉纤纤。

张祜不甘示弱，接口联道：

但知报道金钗落，仿佛还应露指尖。

两人哈哈大笑，举杯相碰，倒把为了什么而赌给忘了。

估计旁边抱着琵琶的小歌伎挺郁闷，这俩大老爷们儿又赌骰子又吟诗，是在讨论谁买单吗？要写诗回家写去，却来妓院做什么？

杜牧以风流闻名，流连青楼纯为风月；但张祜酷爱音乐之道，一日不能无歌，似乎醉翁之意不在酒，在乎歌舞之间也。他曾有诗自况：

买笑歌桃李，寻歌折柳枝。
可怜明月夜，长是管弦随。

看来，在瓦舍勾栏的花朝月夕，他主要耽迷的事是听歌，所以寻花问柳，只为管弦相随。

他曾写过一组乐器诗，且断章取义，罗列几句：

琵琶：陇雾笳凝水，砂风雁咽群。
　　　不堪天塞恨，青冢是昭君。
筝：绰绰下云烟，微收皓腕鲜。
　　夜风生碧柱，春水咽红弦。
笙：董双成一妙，历历韵风篁。
　　清露鹤声远，碧云仙吹长。
五弦：玉瓶秋滴水，珠箔夜悬风。

徵调侵弦乙，商声过指拢。

觱篥：一管妙清商，纤红玉指长。

并揭声犹远，深含曲未央。

笛：紫清人一管，吹在月堂中。

雁起雪云夕，龙吟烟水空。

箜篌：向月轻轮甲，迎风重纫条。

不堪闻别引，沧海恨波涛。

箫：清籁远愔愔，秦楼夜思深。

碧空人已去，沧海凤难寻。

张祜最著名的诗是一首《宫词》，并以此名满天下：

故国三千里，深宫二十年。
一声何满子，双泪落君前。

何满子是唐玄宗时代的一个歌者，不知为什么犯了死罪，临刑前创作了一支新曲，希望以此打动喜好音乐的梨园之祖唐玄宗，却未能成功。

虽然何满子这个人终归香消玉殒，然而这曲子却留了下来，尤其安史之乱后，宫中歌伶流落民间，心多忧戚，尤喜歌此曲以抒发哀伤。据说唐文宗在甘露之变后，自知死期将至，便经常让宫人沈翘翘歌舞此曲，作为自己的挽歌。

中唐时，宫体诗似乎有再度抬头的迹象，但风格与隋末唐初颇为不同，更明丽流畅些。以白居易的《长恨歌》为标志，诗人们描写宫怨的诗作比比皆是，比如王建有《宫词》七绝一百首，王涯也有三十首；而“何满子”，是个非常好的题目，诗人多歌咏之。比如白居易就曾写过一首：

世传满子是人名，临就刑时曲始成。

一曲四词歌八叠，从头便是断肠声。

白居易还在《何满子》诗后自注："开元中沧州歌者，临刑进此曲以赎死，竟不得免。"

但是白居易的这首诗，可没有张祜的著名。他很不服气，曾评论张祜此诗不雅，浪得虚名，因为四句全是数字，比自己的"元轻白俗"还要俗。

这，或许也是他后来评徐凝为冠的一个潜在原因吧！

凡是白居易不欣赏的，杜牧必定大加赏赞，曾在《酬张祜处士见寄长句四韵》中专门提到："可怜故国三千里，虚唱歌词满六宫。"盛赞张祜此诗在宫中的受欢迎程度。

而另一位诗人郑谷感于两人的友情，则写诗感叹："张生故国三千里，知者唯应杜紫微。"

杜牧的盛誉并不夸张，张祜的这首《宫词》在宫中确实很受欢迎。唐武宗嫔妃中有个孟才人最受宠爱，武宗临终时，久久看着她欲言又止。

孟才人知道他希望自己殉葬，便如虞姬辞霸王一般，对皇上说："陛下，让妾再为你唱一首歌吧。"

她唱的便是张祜的这首《宫词》，歌声方断，已然气绝。怀疑是此前已经预服毒药了。

张祜听到这件事后，特地写了一首《孟才人叹》，来纪念知音：

偶因歌态咏娇嚬，传唱宫中十二春。
却为一声何满子，下泉须吊旧才人。

三

张祜在首次赴长安求官未遂时，曾写过一首《感归》抒怀：

行却江南路几千，归来不把一文钱。
乡人笑我穷寒鬼，还似襄阳孟浩然。

这首诗是说我从江南来到京城，把银子都花尽了，穷得跟鬼似的回到故乡，大家都笑话我和襄阳孟浩然一样穷酸。孟浩然无故躺枪，不知愿不愿意。

这首诗一语成谶，张祜后来的命运果然像极了孟浩然，终生不仕。

历数大唐著名诗人，似乎只有孟浩然和张祜两人一辈子没做过哪怕绿豆芝麻那么小的官。

大和五年（831），张祜再次应举落第，虽曾经得过一些朝臣的举荐，却仍然无功而返。他曾给刘禹锡寄诗："贺知章口徒劳说，孟浩然身更不疑。"

大家都拿张祜和孟浩然做比，张祜也就索性以浩然转世自诩了，意思说自己命中无官，就算有贺知章的举荐也是无用，注定一生布衣了。

他还特地跑去参拜孟浩然故居，写下《题孟处士宅》：

高才何必贵，下位不妨贤。

孟简虽持节，襄阳属浩然。

这一回，曾给卢仝送茶而从此诞生了千古绝唱“七碗茶歌”的当朝宰相孟简同学躺枪了。

孟简其实没啥错，只不过因为同样姓孟又正当红，就被张祜点名了。张祜在诗中说：身居权贵者不一定有才，沉沦下僚者多有贤能之士。孟简虽然持笏上朝，位高权重，但是姓孟的后代提起同宗中最具盛名的，还要属襄阳穷士孟浩然呀。

这位张公子，也算是把狂傲进行到底了！

张公子既谓“海内名士”，不只有诗才，还颇有侠名。他在落第之后，漫游江淮，好饮酒，广交结，自称侠士。

名气太大，不由得就有小人惦记了。

有一天晚上，有个大汉不请自来，装扮很奇特，腰上挂着剑，手中提一包裹，包袱皮上还渗出了点点血渍，迎头便问：“请问是张侠士吗？”

张祜说：“我便是。”看他很像个江湖大侠的样子，便请入座。

其人遂侃侃道来：“我有一个仇人，追其十年，今天终于杀了他，实人生大快事也。”并指着包裹说：“这就是他的首级。”

张祜既惊且佩，忙道：“恭喜侠士大仇得报。”

这人又说：“我还有一个恩人，是位义士，一直辜恩未报。他家就住在离此三里之外。我一生中有恩必报，有仇必究。如今仇是报了，犹欠人恩。敢问张公子可否借我十万钱，让我先报了恩，改天再来奉还。之后赴汤蹈火，在所不辞。”

张祜血脉贲张，立刻把家底一顿搜罗，尽其所有相赠。于是客人留下包裹离去。

后面的故事大家估计已经猜到了，这人得了钱一去不归，而张祜打开包裹查看，里面不过是只猪头罢了。

十万钱买了一只猪头，张公子这顿烧猪肉吃得好不昂贵！

所谓“君子可欺之以方”，“世之所谓豪侠之士，不为人诳也，鲜矣”！

四

且说徐凝虽然得了白居易的举荐，却也未能一举及第。

在长安时，他曾干谒韩愈，但是喜欢帮人的韩愈提携过贫寒的孟郊、贾岛，多才的张籍、李贺，也帮助过穷困潦倒的卢仝，还为柳宗元、欧阳詹免费写过墓志铭，却对徐凝似乎没有太友善。或许是因为韩愈和元白二人的微妙关系所致吧，对于白居易推崇的人，不愿锦上添花。

徐凝离开长安前，曾写了一首诗作别韩愈：

一生所遇唯元白，天下无人重布衣。

欲别朱门泪先尽，白头游子白身归。

这首诗明明是送给韩愈的，却只谢了元白知遇之恩，而不提韩愈，反说“天下无人重布衣”，分明有怨怼之意，且将韩愈府第形容成“朱门”，显然说韩愈高门大户，不肯下顾寒门白衣士子。

这实在是有点委屈了韩愈。

杜牧讽刺白居易“睫在眼前长不见”，徐凝亦怨韩愈“天下无人重布衣”，都将落第的失意归罪于别人的不肯提携，这种心态实在不值得提倡。

再看徐凝送给白居易的诗《答白公》，态度就绝对不同了：

高景争来草木头，一生心事酒前休。
山公自是仙人侣，携手醉登城上楼。

看来白居易对他确实不错，不但一起喝酒，还携手登楼。这白居易对男人的态度，有点惹人呵呵，我又想多了。

且看一首《寄白司马》：

三条九陌花时节，万户千车看牡丹。
争遣江州白司马，五年风景忆长安。

徐凝与白居易的结缘，正是缘于牡丹花。

唐人范摅《云溪友议》卷中《钱塘论》载：“致仕尚书白舍人初到钱塘，令访牡丹花，独开元寺僧惠澄近于京师得此花栽，始植于庭，栏围甚密，他亦未知有也。时春景方深，惠澄设油幕以覆其上。牡丹至此分而种之也。”

此时徐凝还不认识白居易，却赶在他到来之前题诗于壁上：

此花南地知难种，惭愧僧闲用意栽。
海燕解怜频睥睨，胡蜂未识更徘徊。

虚生芍药徒劳妒，羞杀玫瑰不敢开。

唯有数苞红萼在，含芳只待舍人来。

这首诗的首联说牡丹花难种，幸得开元寺的僧人们用意栽培，得此奇品。

中间两联都是形容娇花之美，让燕子、蜂蝶为之流连，芍药、玫瑰为之羞妒。后世林和靖咏梅说“霜禽欲下先偷眼，粉蝶如知合断魂”显然偷学于此。

不过说实话，一联固然精妙，两联连用却显重复，有承无转，未免塌腰。好在尾联连转带煞，救了回来，说的是牡丹这么美，却只打了个花骨朵含苞待放，为的是等待白居易大人来了才敢开放。

这样婉转优雅的恭维，白居易能不照单全收？因此大为激赏，遂与徐凝结为忘年交。

有此一段因缘在前，待张祜来投奔时，白居易舍彼就此，也就很可以理解了。毕竟两个人的诗作半斤八两，判谁取胜都很正常。

皮日休曾经议论：“乐天以实行求才，荐凝而抑祜，其在当时，理其然也。”认为白居易不取张祜，是因其无“实行”。但是从这首牡丹花，倒也看不出徐凝有什么实行，而不过是“早交”罢了。

关于牡丹花，徐凝还有另一首《牡丹》七绝，亦为世人传唱：

何人不爱牡丹花，占断城中好物华。

疑是洛川神女作，千娇万态破朝霞。

这首诗盛赞牡丹国色天香，人人爱慕，占尽了洛阳城里的美景风华。

这么美的花，让人怀疑是洛神所化，正如曹植《洛神赋》所形容：“仿佛兮若轻云之蔽月，飘飖兮若流风之回雪。远而望之，皎若太阳升朝霞；迫而察之，灼若芙蕖出渌波。”

这便是“千娇万态破朝霞”的取意之本。同时也暗喻如同洛水神女自朝霞中现身，光彩夺目，美艳动人。这末句一诗双解，饶有意趣，自然流荡，惹人遐思，实得诗法之精妙，自不待言。

不过，三首牡丹诗绑在一起，也不如刘禹锡的一首：

赏牡丹

庭前芍药妖无格，池上芙蕖净少情。
唯有牡丹真国色，花开时节动京城。

刘禹锡不但写桃花出名，偶尔写了一首牡丹，也是无人能敌。徐凝用尽才力，还是不能望其项背，终不能跻身一流诗人之列。

《唐人绝句精华》评：“盛唐雄浑宏阔气象，一变而为韩愈之奇险，再变而为白居易之刻露。奇险之极，则有卢仝之怪僻；刻露之极，则有徐凝之粗率。其间复有浮艳与冗漫之作，而唐诗遂衰矣。”

竟将徐凝与韩愈、白居易、卢仝相共论，其实过誉。

元和年间，徐凝终于中了进士，其后官至侍郎。遂优游诗酒，惬意平生。

是个挺幸福的诗人。

纵览徐凝一生诗作，最有名的一首是关于扬州的：

忆扬州

萧娘脸薄难胜泪，桃叶眉尖易觉愁。

天下三分明月夜，二分无赖是扬州。

这首诗确是咏扬州的绝唱，尤其后二句，让人不禁想起谢灵运之言："天下才共一石，曹子建独占八斗，我得一斗，天下共分一斗。"

而徐凝巧思妙想，将天下明月夜色分成三份，其中两份都给了扬州，可见扬州风物之美。

此诗一出，传遍南北，能与之抗衡的，还是和他纠结了半辈子的张祜：

纵游淮南

十里长街市井连，月明桥上看神仙。

人生只合扬州死，禅智山光好墓田。

人们赞美一个城市都说希望在此终老，流连一生；而张祜突发奇想，直接从墓地入手，得出"人生只合扬州死"的奇伟议论来，着实出人意表。

然而，这场打擂还未来得及分出胜负，杜牧来了，从此扬州代言人锁定小杜，再不做第二人想。

想想徐凝也是很可怜，写瀑布，有李白在前；写扬州，有杜牧在后；写牡丹，又有刘禹锡压之。这一生，难得白居易偏袒垂青让他胜了张祜一次，到了后世，却又被苏东坡翻案了。

《东坡志林》中写道：苏轼游庐山，看到李白的诗，颔首称叹；接着看到徐凝的，不禁蹙眉，且戏题一绝：

帝遣银河一派垂，古来唯有谪仙辞。
飞流溅沫知多少，不与徐凝洗恶诗。

认为既然有李白的“飞流直下三千尺”，那别人的飞流溅沫都属多余，徐凝枉得虚名，根本就是“恶诗”。

从此，徐凝被诗家打入冷宫，再也翻不了身了，而张祜却因为一曲何满子，得传千百年。

张祜与徐凝的这场对垒，终是何满子赢了。

杜牧，盛名何止在青楼？

一

有句诗叫“一种风流吾最爱，六朝人物晚唐诗”。

而晚唐风流的代表，只能是杜牧！

杜牧擅七言绝句，其中脍炙人口的名作太多了，大量的华章典句共同描绘了一个才华横溢而放浪不羁的风流少年形象。

遣　怀

落魄江南载酒行，楚腰纤细掌中轻。

十年一觉扬州梦，赢得青楼薄幸名。

在青楼中赢得薄幸之名，在诗坛上自然只能赢得轻薄之名。

杜牧的名声确实太轻薄了，以至于科举时，有考官认为他名声不雅，“不拘细行”，而要把他拿掉。幸好他提前行卷有方，曾向国子监太学博士吴武陵献《阿房宫赋》，才不致有沉珠之痛。

顺便说一下，吴武陵是柳宗元的朋友，柳宗元《小石潭记》文末曾言：同游者，吴武陵，龚古，余弟宗玄……

柳宗元贬谪柳州时，吴武陵几番为之奔走，向宰相裴度陈情："西原蛮未平，柳州与贼犬牙，宜用武人以代宗元。"又给工部侍郎孟简写信求助："古称一世三十年，子厚之斥十二年，殆半世矣……"可惜的是，当朝廷诏书终于下达柳州时，柳宗元已经病故，吴武陵遂抱终生之憾。

由此可见，吴博士是个相当讲义气的真君子。他因为欣赏小杜的才气，推销得十分卖力。《唐摭言》对这一段的描写特别传神：这年的考官是崔郾，考场在东都洛阳。当时三署公卿正在设宴，前来投谒的人冠盖拥簇，相当热闹。吴武陵骑着一头驴就来了。

崔郾向来敬重吴博士为人，忙离席相问，于是吴武陵出示杜牧《阿房宫赋》，极口赞美："此人王佐之才，我怕侍郎失才，无暇披阅，念给你听吧。"说罢就摇头晃脑地将原文吟诵一遍。崔郾果然击节赞叹。

于是吴武陵要求："那就定他为今科状元吧。"崔郾说："状元早已内定了。不但状元，就连第二、第三甚至第四名也都内定了，四大才子，都是某公主某宰相推荐来的人，谁也得罪不起。"

吴武陵竟然怒了："既然这样，还有什么好说的，就把卷子还给我吧。"

崔郾不想得罪老吴，只好答应把杜牧定为第五名，老吴才满意了。有大臣说杜牧不拘细行，名声不大好时，崔郾叹息说："我已经答应老吴了，就算这杜牧是屠狗之辈，也不能再改了。"

这么着，杜牧终于拿到了第五名。

杜牧对这个名次是很满意的，曾写下《及第后寄长安故人》晒在朋友圈里：

东都放榜未花开，三十三人走马回。
秦地少年多酿酒，已将春色入关来。

看来那一年中榜的人挺多，足有33位，远超唐代每年所中进士的平均值。可能是走后门的人实在太多了。考场黑幕啊！

这一年，小杜25岁，算得上少年得志。

现在回头细说一下小杜家世。

杜牧（803—853），字牧之，号樊川居士，汉族，京兆万年（今陕西西安）人。出身名门，和杜甫同一个祖宗，但是支脉较远，乃是“城南韦杜，去天尺五”的正宗，宰相杜佑的孙子，左拾遗杜从郁之子。

杜佑不仅官高，学问也大，用三十六年撰成二百卷《通典》，创立史书编纂的新体裁，开了中国典章制度史的先河。

杜牧很以自己的显赫家世与优雅家风为傲，曾在写给侄子的诗中话说当年：

我家公相家，剑佩尝丁当。
旧第开朱门，长安城中央。
第中无一物，万卷书满堂。
家集二百编，上下驰皇王。

但是杜牧似乎并未借得祖荫，凭自己本事科举及第，但未及时选官；遂又于同年报考“贤良方正直言极谏科”，再次及第；

之后也不过是和大多数举子一样，被授弘文馆校书郎、试左武卫兵曹参军。

杜牧新科及第，顾盼生辉，约集同年一起至终南山游玩。

终南山，大名鼎鼎，多隐士高人，唐代诗人们就算自己不隐居终南山，也总得朝拜一番，交几个隐士朋友，以抬身价。

杜牧在山寺中，还真的遇到一位老僧，白发白须，看着很像高人的样子，便攀谈起来。

僧人问起他们的名字，杜牧报上大名，伙伴们则争着把他的家谱也说了一遍，尤其是他的宰相爷爷杜佑的大名，想着僧人年老，可能不知道新晋小鲜肉杜牧，但是总会知道他爷爷杜佑，报上杜家门楣肯定会把老僧吓一跳的。没想到老僧只淡淡地说："没听过。"

这件事让同伴们颇为恼怒，颇有慧根的杜牧却如醍醐灌顶，若有所悟，即席赋诗一首：

赠终南兰若僧

家在城南杜曲旁，两枝仙桂一时芳。

禅师都未知名姓，始觉空门意味长。

杜牧一生宦海漂泊，夹在"牛李党争"中左右为难，仕途并不如意。虽然多有怀古之作，却极少牢骚语，风流之外，颇能自解，或许就缘自这次兰若僧的点化吧。

二

校书郎的职位是很无聊的，大多数诗人都干不长，杜牧也一样，所以五年后入宣州观察使沈传师幕中为僚。

宣州特产是宣纸，盛产书法家。沈传师“善楷、隶、行、草，以书自名”，朱长文《续书断》把他和欧阳询、虞世南、褚遂良、柳公权等并列为妙品。

宋代狂人米芾极少夸人，却对沈传师赞誉有加，推其“如龙游天表，虎踞溪旁，精神自若，骨法清虚”。

估计杜牧为幕僚时没少和他切磋书法，所以后来也在行草一途卓有成就。

不过，杜牧在沈府待的时间并不长，后奉沈传师之命赴扬州受聘于淮南节度使牛僧孺，深得牛僧孺赏识，便留在了扬州，被授予推官一职，后转为掌书记，负责使府的公文往来。

也就是在从宣州赴扬州途中，经过镇江时，他见到了年老色衰以织布为生的宪宗废妃杜秋，“感其穷且老”，写下了五言长诗《杜秋娘诗》。

杜牧曾为张祜的何满子诗点赞，张祜也有一首《读池州杜员外杜秋娘诗》，为杜牧广而告之：

年少多情杜牧之，风流仍作杜秋诗。
可知不是长门闭，也得相如第一词。

李商隐亦曾有诗“杜牧司勋字牧之，清秋一首杜秋诗”也是大加赞扬。可见《杜秋娘诗》已经成了杜牧的代表作。

李商隐还有另一首赞美杜牧的诗，也很有名：

高楼风雨感斯文，短翼差池不及群。
刻意伤春复伤别，人间唯有杜司勋。

想想这又是一个怪圈：李商隐和杜牧是朋友，对他激赏不已；而白居易和李商隐是忘年交，不但委托他为自己写墓志铭，还放言说想做李商隐的儿子。

但是白居易对于自己非常欣赏的这个李商隐非常欣赏的杜牧却很不感冒，而杜牧也因为欣赏张祜而对白居易很生气。我的绕口令你听明白了吗？

三

除了《杜秋娘诗》外，杜牧另一首表现女子身世沦落的长诗是《张好好诗》。

张好好是沈传师府上的歌女，初见时年方13岁，通音律，善书画，美貌娇羞，含苞待放，真正的可人儿。

杜牧在沈府做幕僚，时常与张好好相见，很想跟她发生点什么。可是还没有来得及下手，张好好就被沈传师的弟弟纳为妾侍。这故事就像江湖片中经常看到的桥段：小弟爱上大哥的女人，然而除了徒呼奈何，写两首歪诗，又能怎样呢？

没想到的是，没过几年，小杜分司东都，竟然在洛阳又和张好好重逢了。这时候的张好好已经流落街头，当垆卖酒，虽容貌依稀，却风尘满面，哪里还是从前那个嫩得出水的双鬟娇娃？杜牧感慨之余，长歌当哭：

> 君为豫章姝，十三才有余。
>
> ……
>
> 双鬟可高下，才过青罗襦。

……

主公再三叹，谓言天下殊。

……

尔来未几岁，散尽高阳徒。

洛城重相见，婥婥为当垆。

怪我苦何事，少年垂白须。

朋游今在否，落拓更能无？

门馆恸哭后，水云愁景初。

……

洒尽满襟泪，短歌聊一书。

张好好是卖酒的，杜牧在写诗前当然喝了不少，此时感慨万千，情绪饱满，洋洋洒洒，以行草书此长诗，气韵十足，就此诞生了一幅传世墨宝。《宣和书谱》评："牧作行草，气格雄健，与其文相表里。"

这幅《张好好诗卷》不仅文笔清隽，书法更是挥洒飘逸，后来成为故宫至宝，纸本上有宋徽宗、贾似道、年羹尧、乾隆等历代皇帝和权贵的印章。溥仪逃亡时，就曾携有此卷，后为张伯驹所获，并重新捐赠政府，藏于故宫博物院。

杜牧躲在洛阳做留守的时间，恰值长安上演了一幕腥风血雨的"甘露之变"，被他堪堪躲过了。

那段时间，白居易、刘禹锡也都在洛阳逍遥，但是两人从无交集。一个版本说杜牧为了张祜对元白二人终生衔怨；还有一个版本，是说杜佑年七十而不致仕，白居易曾写《不致仕》一诗讽之，两家就此结了梁子。好在最多互不理睬，倒也没有什么特别过激的行为。

且说杜牧错过了张好好最好的年华，虽然重逢，却已经水流花谢，此情不再。而这样的错过，在杜牧的人生中发生了不止一次。

当年他到湖州公干时，湖州刺史崔大人因慕其才情，投其所好，召集了湖州城所有歌伎前来侍宴，为杜才子挑选红颜知己。

没想到，小杜在花丛中看迷了眼，竟然一个也没看上。

崔大人很为难，原想着采花才子大概要在湖州空手而还了，这话传出去，岂不被人笑话湖州无美女吗？但是小杜却另有主意，对崔大人说：你组织一次龙舟赛吧，到时候全城的姑娘都会前来观看，我肯定能在人群中发现真正的美女。

时非端午，这“赛龙舟”实在莫名其妙。可是才子就是这么任性，崔大人也就这么荒诞，真就张榜公布，搞了一场龙舟竞渡。

到了那天，江边场面那是相当壮观，锣鼓喧天，鞭炮齐鸣，红旗招展，人山人海。杜牧无心看赛舟，却在人群中穿来穿去，一双眼睛只往百花斗艳姹紫嫣红之处溜来溜去，果然被他看中了一个13岁的小花骨朵。

崔大人请这母女俩上了贼船——不对，上了市长大人的官船，郑重介绍了杜大才子的家世声望，打包票说：“你就放心吧，这门亲事我做主了。只要你点头，我这就备礼下聘。”

妇人听说杜牧这么大来头，倒也心动，只是觉得事发突然，有点儿不靠谱，于是吞吞吐吐地说：“姑娘还小，而且大人又是路过，这也太匆忙了……”

杜牧说：“你放心，我这是长线投资，并不是马上迎娶。只要咱们先把亲事定下来，我将来升官发财，必来迎娶。”

妇人说：“你走了，这事儿就更不靠谱了，你一直不来，我姑娘还能一直等下去不成？”

杜牧拍着胸膛说：“怎么会呢，十年之内，我必来湖州当刺史，到时候风风光光地娶你家姑娘做刺史夫人。如果我十年不来，任她嫁人。”

妇人这才点头了。于是崔大人作保人，送上聘礼文订，两人就算定了亲了。

这一年，杜牧33岁，小萝莉13岁。

一晃十年，杜牧没有回去。不是不想回，他真向朝廷打了报告，要求外放湖州刺史，但是朝廷不批啊。

杜牧不死心，连上三启，终得朝廷恩准。于是快马加鞭来到湖州，不过，已经是十四年后的事情了。

一到任，杜牧就忙不迭地派人请小萝莉来，自己坐立不安地想着，也不知道衙役去了能不能完成任务，可别来个“人面不知何处去，桃花依旧笑春风”啊。

正等得头焦额烂，手下报：找到人了。

杜牧大喜，一个箭步蹿出来相迎，却被眼前的景象惊呆了。

原来，小萝莉早已长成大婶，还左手抱着个襁褓婴儿，右手牵着个小萝卜头。

杜牧痛心疾首：你，竟然没有等我。

萝莉婶说：是你负我在先，我足足等了十年，你却没有回来。我在第十一个年头才结的婚，三年抱俩。

杜牧长叹一声：苍天误我，情深缘浅啊。遂赠了妇人诸多青春损失补偿费，派人护送她们回去了。

当晚，杜牧一把鼻涕一把眼泪地，写下了感人至深的《叹花》一诗：

自恨寻芳到已迟，往年曾见未开时。
如今风摆花狼藉，绿叶成阴子满枝。

四

杜牧入幕牛僧孺府上任书记，客居扬州，寄情宴游，度过了他人生中最风流潇洒的岁月。且以他离开扬州前的两首《赠别》诗为例：

其一

娉娉袅袅十三余，豆蔻梢头二月初。
春风十里扬州路，卷上珠帘总不如。

其二

多情却似总无情，唯觉尊前笑不成。
蜡烛有心还惜别，替人垂泪到天明。

第一首的娉娉袅袅是形容女孩子体态柔软轻盈。农历二月，豆蔻花含苞待放，娇小明艳，用以比喻13岁小女孩，形容最恰。

“春风十里扬州路”，指的是扬州的红灯区，这十里扬州妓馆，都被杜牧逛遍了。家家妓院打起珠帘，美人儿罗列其中，但是哪一位也不如我这13岁的妹子好看。

看来，13岁的少女，最得杜牧眼缘。

后一首说临别之夜，把酒辞行，强颜欢笑。人前不好流泪，但是蜡烛却替人代劳了。将烛泪滴沥说成是替人垂泪，奇思异想，卓尔不群。

这一句后来被李商隐学了去，偷梁换柱，创造了“春蚕到死丝方尽，蜡炬成灰泪始干”的名句。

杜牧耽迷于青楼，夜夜笙歌，朝朝纵酒，还常常因为争风吃醋跟人打架，而且从没吃过亏。

大和九年（835），杜牧升任监察御史，牛僧孺为他饯行，席间语重心长，免不了叮嘱些少年人当爱惜名声，便是不顾名声，也应爱惜身体之类的话，且说京城不比扬州，乃在天子脚下，理当谨言慎行，不可浪迹勾栏。

杜牧装傻扮萌说：大人教训的是，但小生并不敢流连风月，恐是外间传言，污我名声而已。

牛僧孺见这小子不听劝，也不多说，径自命人拿了一麻袋文件交与杜牧。杜牧打开一看，竟然全是侍卫值日报告，写着某月某日，杜书记在某处与人争竞，已处理；某日某处，杜书记欠酒账未还，已补还……

原来，牛僧孺为了保证小杜安全，特地派了支便衣小分队暗中保护他。每当他与人大打出手时，便从旁射暗器相助，或是过后打压口风，这才让小杜纵横江湖，春风得意。十里扬州路哪是那么容易踏平的，从来都不是一个人在战斗啊！

杜牧见了这些卷宗，又是羞愧又是感激，当下无言以对，唯有点头称是而已。

扬州是杜牧永远的记忆，在很多年以后，他在《寄扬州韩绰判官》诗中还念念不忘故景斯人，句子美得让人落泪：

青山隐隐水迢迢，秋尽江南草未凋。

二十四桥明月夜，玉人何处教吹箫。

关于扬州有个很好玩的故事：传说有四个好运气的年轻人遇到了神仙，也不知道是不是帮了神仙什么忙，反正神仙答应满足他们每人一个人生理想。

于是第一个人说：我要富甲天下。他做到了。

第二个人说：我要羽化成仙。他也如愿了。

第三个人说：我要当扬州刺史。因为当扬州刺史，既可以富甲一方，也有如神仙生活。

第四个人一听，来了主意，综合前三个人的全部理想，吟了一句：腰缠十万贯，骑鹤下扬州。

有钱，有神仙，有扬州，人生太丰满了。

在杜牧去扬州之前，这句“腰缠十万贯，骑鹤下扬州”一直是扬州的广告语，但在杜牧之后，广告就刷新了。“十年一觉扬州梦”啊，“春风十里扬州路”啊，“二十四桥明月夜”啊，“谁家唱水调，明月满扬州”啊，“谁知竹西路，歌吹是扬州”啊，才是人们心中梦里的扬州美景。

宋朝词人姜夔（音kuí）的《扬州慢·淮左名都》最能说明问题：

> 淮左名都，竹西佳处，解鞍少驻初程。过春风十里，尽荠麦青青。自胡马窥江去后，废池乔木，犹厌言兵。渐黄昏，清角吹寒，都在空城。
>
> 杜郎俊赏，算而今、重到须惊。纵豆蔻词工，青楼梦好，难赋深情。二十四桥仍在，波心荡、冷月无声。念桥边红药，年年知为谁生。

这位姜白石显然是杜牧的死忠粉，对杜牧所有关于扬州的诗倒背如流，词中“春风十里”“豆蔻词工”“青楼梦好”“二十四桥”“冷月无声”，全是杜牧给他的灵感。

白石道人对诗词、散文、书法、音乐，无一不精，是继苏轼之后难得的一位全才，而且比苏轼更牛的是，苏轼因不谙音律常为人诟病，而姜白石却于此道最为精通，可自度曲，创牌无数，有《白石道人歌曲》传世，至今都是琴人至爱先师。

五

杜牧一生风流，但这不妨碍他素怀“平生五色线，愿补舜衣裳”之志。早在23岁时，杜牧已经写下让后人膜拜千年的《阿房宫赋》，借秦朝骄奢淫逸而自取灭亡的例子，暗讽唐敬宗李湛那个成天沉迷打夜狐不思朝政的熊皇上：

> 嗟乎！一人之心，千万人之心也。秦爱纷奢，人

亦念其家。奈何取之尽锱铢，用之如泥沙？……秦人不暇自哀，而后人哀之。后人哀之而不鉴之，亦使后人而复哀后人也。

杜牧熟读经史，关心军事，喜论兵法，曾作《守论》《战论》《原十六卫》；又专门研究《孙子》，写过十三篇《孙子》注解。而且他还不只是纸上谈兵，不仅写过许多策论，还曾经献计平虏，主张削平藩镇，加强统一，关注“治乱兴亡之迹，财赋兵甲之事”，被宰相李德裕采用，深受赏识。

李德裕的父亲李吉甫曾做过杜佑的僚属，两家算是世交。但是杜牧曾经入幕牛僧孺，显然身列牛党，所以为李德裕所忌。因此在李党掌权时，杜牧便被外放黄州刺史，后来又历任池州刺史、睦州刺史等职，使他“三守僻左，七换星霜，拘挛莫伸，抑郁谁诉”（《上吏部高尚书状》）。

宣宗继位后，李党失势，杜牧回到京都，任吏部员外郎。但是他以京官俸禄低难以养家为名，申请外放湖州刺史，连上三启，方得成功。

求高薪显然只是个借口，对湖州豆蔻少女的执念也只是其中一个原因，更深层的原因很可能是多年党争，已经让杜牧深感厌倦，自觉在朝中人微言轻无所为，遂宁可远离政治中心。

他曾写过一首《将赴吴兴登乐游原一绝》，最能表达这种无奈与不舍：

清时有味是无能，闲爱孤云静爱僧。
欲把一麾江海去，乐游原上望昭陵。

诗中说，在清平盛世里，无所作为是最幸福的事。我这样一个无能的闲人，只爱闲云野僧，清净无为。如今打算手持旌麾前往吴江，临行前且来乐游原登高远眺，遥望太宗昭陵，追念贞观之治，以辞帝都。

这首诗全用反语，描述的全是落寞，全是叹息。乐游原上的夕阳，记住了杜牧的背影，也记下了李商隐的叹息，何其哀怨？

之后，杜牧累官至中书舍人，重新整修了祖上的樊川别墅，并在此与诗朋文友，饮酒唱和。

宣宗大中七年（853），杜牧病逝，终年50岁。

他临死之时，搜罗生前文章，焚稿大半，仅留下十之二三。因此，我们现在能看到的杜牧诗只有二百多首，想来至少还有一千多首已经化为“锦灰堆”了。

杜牧一生，虽然算不得顺风顺水，倒也没经过大风大浪；既曾经列位朝班，也饱览民间疾苦；得意时高歌，失意时纵酒，一生倒也潇洒，因此诗风俊爽，且喜咏史抒怀，是晚唐诗坛的代表人物。

杜牧的诗主要分两种，一种是豪迈的，咏史感怀，笔风料峭，立意新奇，如《过华清宫绝句》《赤壁》《江南春》《泊秦淮》《山行》等，意义深婉，风格飘逸。

另一种是香艳的，文字轻巧，着点独特，画面感极强，情调旖旎而无脂粉气，因此虽为艳情诗，却毫无宫体的淫靡俗艳之风，而是另辟蹊径，独具一格。

来看杜牧的几首怀古诗：

江南春

千里莺啼绿映红，水村山郭酒旗风。
南朝四百八十寺，多少楼台烟雨中。

金谷园

繁华事散逐香尘，流水无情草自春。
日暮东风怨啼鸟，落花犹似坠楼人。

题桃花夫人庙

细腰宫里露桃新，脉脉无言度几春。
至竟息亡缘底事？可怜金谷坠楼人。

赤　壁

折戟沉沙铁未销，自将磨洗认前朝。
东风不与周郎便，铜雀春深锁二乔。

题乌江亭

胜败兵家事不期，包羞忍耻是男儿。
江东子弟多才俊，卷土重来未可知。

这些诗，相信大家从前总会接触过那么几首，只是大多数人记不住作者，没注意到这么多熟极而流的名句，竟然都是出自素以风流闻名的小杜之手。

杜牧的怀古诗取意独特，一洗传统的咏古诗沉郁顿挫之风，倒显得气俊风爽，雄姿英发，有流丽轻倩之美，而沧桑之感蕴于诗外，更加令人回想。

于咏史和艳情之外，杜牧的一些写景小诗也极为轻巧，脍炙人口，比如为他赢得“杜紫薇”名号的紫薇诗：

紫薇花

晓迎秋露一枝新，不占园中最上春。
桃李无言又何在，向风偏笑艳阳人。

清　明

清明时节雨纷纷，路上行人欲断魂。
借问酒家何处有？牧童遥指杏花村。

秋　夕

银烛秋光冷画屏，轻罗小扇扑流萤。
天阶夜色凉如水，卧看牵牛织女星。

山　行

远上寒山石径斜，白云深处有人家。
停车坐爱枫林晚，霜叶红于二月花。

汴河阻冻

千里长河初冻时，玉珂瑶佩响参差。
浮生却似冰底水，日夜东流人不知。

选择这几首诗，是因为写尽四季风情，每年到了一定时候，就会有人拿出来吟诵。会不会有一种走到哪里都撞见杜牧的感觉?

后人评价杜牧的诗，如铜丸走坂，骏马注坡，鹤舞长空，俊朗飘逸。

姜夔曾赞：“东风历历红楼下，谁识三生杜牧之。”

无论小杜名声如何，浪迹青楼也好，不拘细行也好，他的诗，确实是晚唐诗坛的一针强心剂，风格独具，千古风流。

大唐晚钟：山雨欲来风满楼

一

这一炉历史的沉香屑，此时已经慢慢地燃尽了。

唐宣宗李忱（810—859），是上天赐给大唐的最后一个回光返照。倘若他能明己正身，励精图治，或许会让大唐的命脉再延续几百年。

可惜的是，他虽然也算得上是一个勤政的好皇帝，却因为出身卑微，“不是太太养的”，而心性褊狭，终究少了一分大气。

唐宣宗原名李怡，登基后改名李忱，为宫婢郑氏所生。

还记得杜秋娘吗？郑氏和她一样，从前都是节度使李锜的小妾，在李锜谋反失败后她被充入唐宫为奴，做了郭贵妃的侍婢，却被唐宪宗宠幸，生子李忱，这已经够让郭贵妃不爽的了，后来更是母凭子贵成为皇太后，与她从前侍奉的郭太后比肩，还是现任皇上的生母，比郭太后更名正言顺，这怎能不气得郭太后跳脚？

且说先皇唐武宗本有五个儿子，但武宗卒时，孩子都太小，如果立幼子为帝，就必须由大臣辅政。宦官们害怕辅政大臣趁机夺权，只有立一个听话的成人为帝，才能继续由宦官专权。可是武宗的兄弟们都死光了，怎么办呢？

于是宦官们想到了光王李忱，认为这位智障皇叔痴痴呆呆，应该很好控制。

原来，李忱因为是侍婢所生，出身低微，自小谨言慎语，长大后韬光养晦，一直假做愚痴，以免众人加害。武宗对这位皇叔向无敬意，甚至常在宴会上让众臣用尽方法强逼他说话，以此取乐。

唐武宗崇道灭佛，曾将赵归真等81位道士招入宫中，修道炼丹，切磋长生之术。赵归真为借皇权除掉佛教，确立道教的统治地位，对皇上说卜得一条预言："李氏十八子，昌运方尽，便有黑衣天子理国。"

当时的僧袍多为黑色，所以赵归真这条预言的意思是寺庙的力量强大，会从和尚中产生一位夺皇位者。

于是武宗下令拆毁寺院，僧尼还俗，还禁止一切与黑色沾边的东西，甚至连黑色的猪狗牛羊都要通通屠宰。这就是浩浩荡荡的"武宗灭佛"的由来。

这在正史上被解释成了一次政治与利益的决策。

唐朝时，佛教在中土日益盛行，成为当时思想领域主导力量中三足鼎立的一支，寺庙经济更是得到前所未有的发展。据统计，武宗在位时，全国有寺院4000多所，僧尼20余万人，寺庙占据了大量良田，还不用交税，且僧侣可免除赋役，所以像贾岛这样的穷人就会以出家为僧来避穷，百姓为了不交税，也会依附寺院，将地产变为庙产……

换言之，就是和尚在和皇上抢钱！佛教寺院经济的过分扩张，严重影响了国库收入。唐武宗会昌年间，因为内忧外患，国库空乏，而武宗本人又酷爱道教，遂在赵归真调唆下，于会昌二年（842）小试牛刀，拆毁佛寺。

接着，赵归真又对武宗说李忱天赋异禀，对帝位不利。武宗虽然看不起这位弱智皇叔，却对赵归真信之无疑，遂命宦官仇公武杀掉李忱以绝后患。

但是宦官们做事，习惯是要留一手的，培植多方力量以为后计。于是，仇公武将李忱偷运出宫，藏了起来。

武宗派人秘密追杀李忱，李忱不得已削发为僧，躲进了浙江海宁安国寺。

关于李忱出家的记载，未见于正史，却在野史和佛教典籍中多有提及。

《碧岩集》中就曾记载，李忱在香严寺智闲和尚门下剃度，后随智闲大师来到庐山看瀑布。智闲想试探此人心志，遂吟了两句诗求对：

穿云透石不辞劳，地远方知出处高。

李忱不假思索，接着吟道：

溪涧岂能留得住，终归大海作波涛。

智闲和尚闻弦歌而知雅意，认定此人学识不浅，格局阔大，终非凡人，从此以礼相待，悉心维护。

《黄檗宛陵录》《黄檗万福禅诗志》中也有此记载，只是出家地与上师姓名的版本不同，老和尚的出句也变成了“千岩万壑不辞劳，远看方知出处高”。

武宗既恨佛教，更恨李忱，现在听说皇叔做了和尚，更要追杀不已。于是，毁佛运动在会昌五年（845）达到高潮，唐武宗下令全国大面积地拆毁佛寺，逼迫僧尼还俗，甚至波及景教和祆教。

好在由于藩镇割据，往往“政令不出长安”，所以很多地方节度使根本不理会武宗之命，遂使佛寺未尝断绝，而不想还俗的僧尼也有地方投奔挂单。

毁佛运动于会昌六年（846）武宗驾崩而终止。佛教徒称这次毁佛运动为“会昌法难”。唐宣宗继位后重拾佛教，敕复佛寺。

历史上这样大规模的灭佛运动共有三次，分别是北魏太武帝、北周武帝、唐武宗执政期间，史上合称“三武灭佛”。

后世有人说武宗因为灭佛而早死，然而宪宗为迎佛骨而死，又该怎么说呢？而且这样的事还不止一次，后来懿宗也在迎佛骨当年病逝。可见唐朝灭亡，与佛无关。

佛教本来只是一门哲学体系，修佛之人首当修心，其心不正，灭佛固然罪大恶极，为迎佛骨而劳民伤财，同样罪不可赦。何以帝王愚昧，如此执念呢？

二

李忱流落民间二十年，直到846年唐武宗病危，才在宦官仇公武和马元贽的簇拥下重返长安。

于是宦官伪造诏书，先让皇太叔在武宗病危时处理国事，等武宗一死，立即拥光王登基，史称唐宣宗。时为846年，李忱36岁，正当壮年，果然应了“黑衣天子”之谶。

令所有人震惊的是，这位看上去痴痴傻傻的李忱，一旦登基问政，裁决立断，竟然显现出干练的政治才能。众宦官与大臣们这才大跌眼镜，意识到这位弱智皇太叔既不痴也不傻，那是深藏不露，一鸣惊人啊。

继位典礼后，李忱问左右：“刚才手拿表册的就是李德裕吗？为什么他每次看朕的时候，朕就不寒而栗？”

临政次日，李忱就将李德裕罢相，贬为检校司徒，出任荆南节度使。时人无不惊骇。

李德裕（787—850）把持朝政多年，位重功高，如今无故罢相，这明显是宣宗结束“牛李党争”的撒手锏。

整治党争没错，可是宣宗的手段是惩君子用小人，却是大错特错。

而且宣宗还贬了李德裕不止一次，而是将其一贬再贬，初为荆南节度使；不久，改为东都留守；本来是可以过几天安生日子的，可是后来不知怎么想的，又将他再贬潮州司马；最后索性找了个当时最偏最远的地方——海南，直接将他贬为崖州司户参军，这已经和死刑流放没什么分别了。

想想唐朝诗人被贬的例子实在是太多了：初唐时，神龙政变，臣子们以依附张昌宗罪大批被贬，沈宋苏杜无一例外；中唐时，永贞革新后，“二王八司马”贬谪事轰动一时；中晚唐之交，“牛李党争”此起彼伏，所有卷入其间的朝臣几乎都有过贬谪的经历，直至李德裕惨死崖州而告终。

大中三年（849）正月，李德裕抵达崖州。此时他已经62岁，深知此处便是埋身处，却仍然心系国事，每每登上望阙亭，“北睇悲哽”，题诗云：

登崖州城作

独上高楼望帝京，鸟飞犹是半年程。
青山似欲留人住，百匝千遭绕郡城。

这首诗是说从京城长安到海南崖州，就是飞鸟来到这里都要飞上半年，极言天涯之远；而“百匝千遭”的绕郡群山，便是四面环伺的牛党对手，将自己重重包围，困死在这里，今生都不要想着重归故里了。

诗中有无奈，有牵挂，却有更多的念君恋国之情，这与屈原的“哀故都之日远”（《哀郢》）是同一心思。

诗言志，从这首诗也可以看出李德裕的忠君之心。

次年，李德裕死于崖州，绵延四十多年的“牛李党争”终以李党失败、牛党胜利而告终。

唐宣宗虽为明主，无奈朝堂上遍立庸臣，百匝千遭绕君王，如之奈何？

李德裕执政时期，经常援助寒门士子，赠予学资，因此闻知他病逝的消息，受恩的数百寒门弟子都为之落泪。《唐摭言》有诗记载：

八百孤寒齐下泪，一时南望李崖州。

就连李德裕的敌对党令狐绹都接连两夜梦见李德裕，因此心中不安，启奏皇上请将李德裕归葬。宣宗圣允，李德裕棺柩终得返乡。

大唐诗史写到这会儿，我们已经深刻体会到，左迁贬谪，对于朝臣来说实在是家常便饭，因此“贬谪诗”，也成了唐诗中一个特别的名目。就让我在动辄被贬的四位诗人的名句中，选取四句做集句诗以记之吧：

草色遥看近却无，（韩愈）
茂陵秋雨病相如。（李商隐）
巴山楚水凄凉地，（刘禹锡）
一片冰心在玉壶。（王昌龄）

顺便说一下，集句诗就是从不同诗篇中各取一句，集合现成的古诗句重新组成的一首新诗，要符合押韵、粘对等一切格律要求，并且新组成的诗句要融会贯通，如出一首，无斧凿之气，无拼凑之感。

集句诗起源很早，但直到宋朝才成熟起来，比如宋代文学家文天祥专攻“集杜诗”，即把杜甫的诗句重新组合成诗。到了元朝以后，戏曲兴盛，集句诗往往成为定场诗或者退场诗的一种标准形式，成了戏本不可分割的一部分，最具代表性的就是洪昇的《长生殿》。

练习集句诗，对于新学格律者是一种很好的练习方式，同时也可以加强对古诗词的背诵与熟悉，大家不妨一试。

三

唐宣宗李忱继位后的第二把板斧是为“甘露之变”中的蒙冤大臣平反，接着大败吐蕃、回鹘、党项、奚人，收复了安史之乱后被吐蕃占领的大片失地。

唐朝显示出中兴之态，后人将这一时期称为“大中之治”，与“贞观之治”遥相呼应，将李忱称为“小太宗”。

李忱也颇以太宗李世民为榜样，特命人将《贞观政要》写在殿内屏风上，时刻鞭策自己，还让翰林学士每天朗读太宗所写的《金镜》给自己听。

唐太宗有贤臣魏徵，于是唐宣宗就从其后裔中提拔了一位魏谟来任宰相，对其从谏如流，以示“小太宗”之风。

这很明显是一种作秀，不过只要秀作得好，倒也不算什么。只是，有时候李忱为了当“明君”，作秀的方法太过，也很让人不齿，比如他为了表示自己不好女色，就把自己宠爱的一个妃子给毒死了。理由是不能让后宫再出现一个杨贵妃，迷惑君王。

但是，你不想为其所惑，为什么不放归故里呢?

宣宗说：不行，那样的话朕会思念她的，只有杀了她，才能绝朕之念，保朕明智。

这算什么狗屁逻辑?

我不怀好意地猜想，真实的原因是宣宗眼看美色无力享受，又不甘心佳人花落别家，所以干脆杀了她。

之所以这样猜测，就是因为唐宣宗一直身体不好，所以要学唐太宗炼丹吃药，谋求长生不老，金枪不倒，结果49岁就死了，时为859年。

长子李温继位，改名李漼（音cuǐ），史称唐懿宗。这是唐朝最后一个在长安度过帝王生涯的皇帝。

虽然“小太宗”这誉称言过其实，但是唐宣宗确实有很多优点，诸如多才多艺、生活节俭、注重礼仪、喜爱读书等。同时，流落民间的经历使他更加了解民间疾苦，这也帮助他成为一代明君。

他特别推崇进士出身的官员，每次召见臣子都问是不是进士出身，主考官是谁，如果有优秀的臣子却不是科举及第的，他就会觉得特别遗憾。

唐宣宗酷爱读书，每次退朝后，常常独坐在殿中读书，直至夜烛将尽才结束，被宫中人称为“老儒生”。他自封“乡贡进士李显龙”，每次题诗都以此落款，仿佛当进士比做皇上还威风，只恨不能更名改姓去报考一回科考。

曾经有位宰相推荐进士李远出任要职，唐宣宗说，李远有句诗“长日惟消一局棋”。一个成日耽迷于下棋的人，怎么会好好做事呢？宰相说：写诗嘛，总是言过其实，不必当真。唐宣宗这才勉强答应让李远试一下。由此可见，唐宣宗对朝臣诗作的关注与熟悉。

李忱也是个诗人，在唐朝帝王中，他的诗写得算相当不错的，除了前面讲过《吊白居易》外，再看一首《百丈山》：

大雄真迹枕危峦，梵宇层楼耸万般。
日月每从肩上过，山河长在掌中看。
仙峰不间三春秀，灵境何时六月寒。
更有上方人罕到，暮钟朝磬碧云端。

一目了然，这首诗的诗眼在颔联。宋代理学大师朱熹在福建漳州任知州时，曾创办白云岩书院，所题对联就是改写于此：

地位清高，日月每从肩上过；
门庭开豁，江山常在掌中看。

上联说儒者传道授业，为人师表，清高自守，可昭日月；下联说学院藏书万卷，心系天下，留意废兴，不忘江山。

习近平总书记于2014年1月14日在十八届中央纪委三次全会上的讲话中，就引用了这副对子。

江山不改，日月常新，晨钟暮鼓，春风不度，中间一千多年过去了。

四

人至暮年，必多忆旧；朝至末世，最喜咏史。

晚唐时，最盛行的诗歌题材就是咏史了。其中最被频繁忆起的，便是六朝金粉。

这似乎可以从心理学上得到解释。中唐国势日微，乌云压顶渺无出路的心态使得诗人们的集体审美转向历史繁华之后的断壁残垣，开始膜拜荒凉凄艳之美，于是对绮靡哀艳的江南旧事产生了兴趣。

最具代表性的，就是杜牧的《泊秦淮》：

烟笼寒水月笼沙，夜泊秦淮近酒家。

商女不知亡国恨，隔江犹唱后庭花。

这首诗借南朝陈国之亡，讽刺了朝中醉生梦死不知国之将灭的权贵们，同时也包括了寄情风月无所作为的自己，是典型的亡国预言。

只可惜，当权者沉醉于《后庭花》的歌声中，硬是没有意识到。

《后庭花》，又名《玉树后庭花》，为六朝最后一位国主——陈国后主陈叔宝所作，其音哀婉，后人常称之为亡国之音。

陈后主精通音乐，还作过另一支名曲《春江花月夜》。后来张若虚以此为诗题，“孤篇压全唐”，让人们渐渐忘了原创者乃是陈叔宝。

金陵历经孙权的东吴政权，东晋，南朝的宋、齐、梁、陈六朝，终毁于隋。当隋朝大将韩擒虎统兵攻入建康（金陵），来到朱雀门外时，陈后主还带着宠妃张丽华在结绮阁上歌舞。听说宫门大开，才想起逃跑，却已经来不及了，于是左手拉着张丽华，右手抱着孔贵嫔，肉夹馍一般藏身于后宫景阳井中，被隋兵用绳索拎了上来，其状极其狼狈。

因此杜牧又有一首《台城曲》云：“门外韩擒虎，楼头张丽华。谁怜容足地，却羡井中蛙。”

门是朱雀门，楼是结绮阁。陈后主曾于台城建过三座数丈高阁：结绮阁、临春阁、望仙阁，窗牖壁柱皆以沉檀香木建造，饰以金玉珠翠，珍奇瑰丽，极尽奢华。然而逃亡之际，却只向井中寻觅一藏身处，而终不得全。

同旨诗作，还有李商隐的《隋宫》：

> 紫泉宫殿锁烟霞，欲取芜城作帝家。
> 玉玺不缘归日角，锦帆应是到天涯。
> 于今腐草无萤火，终古垂杨有暮鸦。
> 地下若逢陈后主，岂宜重问后庭花。

首联破题，点明帝宫紫气东来，本是一统江山之要处，然而隋炀帝兴趣独特，却不喜欢住在京城，而要长期逗留江南废都。

颔联构思独特，说玉玺与皇帝无缘，跑去天边了，意即亡国；同时，旧时相术家指天庭隆起为“龙庭”，为帝王贵相。李渊起兵前，相士曾说过他“日角龙庭”，因此这里“日角”代指李渊。

而隋炀帝杨广曾开两千里通济渠，八百里江南河，一心惦记江南泛舟，这会儿龙船不知到哪儿了。这是明点隋炀帝奢华之过。泛龙舟是实事，到天涯却是想象，有虚有实，似非而是，明明是批判，却写得极其唯美。

颈联又是一个公认的千古佳对，乃是两件关于杨广逸游的典故。上联说的是杨广几度大量征集萤火虫，“夜出游山放之，光遍岩谷”，在江都亦曾特别修建“放萤院”，够会玩的。然而如今宫倾玉碎，腐草满院，哪里还有萤火呢？

下联则说的是隋炀帝昔曾沿堤种柳，如今却只不过给乌鸦筑窝而已。以此渲染了亡国后的凄凉景象，充满今昔之感。

最后道："地下若逢陈后主，岂宜重问后庭花。"更是奇思妙想。

传说杨广乘龙舟游江都的时候，曾梦见陈叔宝与其宠妃张丽华，还请张丽华舞了一曲《玉树后庭花》。谁知道，不久杨广也步其后尘，成为亡国之君。倘若泉下相逢，杨广还好意思再提起这支亡国之曲吗？

杨广自然不会问了，但李商隐是想提醒当朝君主，莫忘史鉴，戒奢警醒。

李商隐与杜牧并称"小李杜"，连作诗选题都是相似的。杜牧直写陈后主，而李商隐则将隋炀帝与陈后主并提，同样着眼《后庭花》之曲，却一个直白轻便，一个婉约缠绵，风格绝不相似。

要特别提醒的是，正如很多读者会把汉代的乐师李延年和唐代的李龟年搞混一样，也经常有人把陈朝的张丽华和汉代的阴丽华搞混。

阴丽华乃是光武帝刘秀的皇后。《后汉书》中说，刘秀少年时，一次前往新野，听说了阴丽华的美貌，念念于兹；后来往长安就学时，见了执金吾率军出行的盛况，亦生仰慕，因此长叹：

仕宦当作执金吾，娶妻当得阴丽华。

后来，他这两个愿望都超额完成了。而这句宏愿从此也成了很多后世枭雄的座右铭。结束大唐的后梁皇帝朱温，未发迹时听闻刺史之女张惠貌美，就曾发此“丽华之叹”，后来果然如愿。张惠助朱温灭唐，被册为皇后。

再后来，吴三桂遍寻红颜知己不得，读《后汉书》时见此一句，亦感慨：“余亦遂此愿足矣。”结果，他遇到了陈圆圆……

除了杜牧和李商隐之外，韦庄、许浑、刘沧、皮日休、韩偓等人的咏史诗也都非常著名，大量涌现，各擅胜场，简直盛况空前，宛如回光返照。

皮日休有一首著名的《汴河怀古》，也是写杨广事，着眼点却与诸诗家不同：

> 尽道隋亡为此河，至今千里赖通波。
> 若无水殿龙舟事，共禹论功不较多。

这首诗有点替隋炀帝翻案的意思，说人们都认为是因为隋炀帝劳民伤财修通大运河才亡国的，总说这是一条祸根之水。可是，这条河的修筑对南北交通是有益的，如果隋炀帝没有在河上泛龙舟、修水殿，极尽奢华，而只论这条河本身的贯通南北，造福万民，其实与大禹治水的功绩也不相上下。

“水殿龙舟事”，指的是当年运河竣工后，隋炀帝曾率众二十万出游，自己乘坐高达四层的“龙舟”，嫔妃大臣们坐着高三层的“水殿”九艘，另有护卫杂船无数。船只相衔三百余里，两岸挽大船的力夫几近万数，均着彩服，水陆照亮，奢侈靡费空前绝后。李商隐“锦帆应是到天涯”暗示的也是这件事。

如果隋炀帝无此荒唐之举，那么开凿运河堪称千古功绩。可惜的是他做了，所以终究还是被钉死在昏君之柱上。

这首诗借古讽今，对唐末大势危急而皇帝奢华纵性不思政务的做派进行辛辣讽刺，意在提醒君王：若能勤政止奢，尚来得及建功立业，利政安民。

可惜皇上听不进或是不愿意听到这些逆耳的声音，依然沉迷在《后庭花》的歌声中，不知风雨将至。敏感的诗人们只得在他们的作品中连连哀叹，比如刘沧《秋日过昭陵》：“那堪独立斜阳里，碧落秋光烟树残。”胡震亨评价：“刘沧诗长于怀古，悲而不壮，语带秋意，衰世之音也。”

其实语带秋意的，又何止刘沧呢？许浑“山雨欲来风满楼”何尝不是如此？

许浑，字用晦。晚年闲居润州丁卯桥村，因此编诗集《丁卯集》，存诗五百余首，均为近体诗，以诗律纯熟，对仗工稳为特色，且喜欢将律句三字尾作“仄平仄”对“平仄平”，以显示拗峭，为世人效仿，称为“丁卯体”。后人将之与“诗圣”杜甫齐名，称为“许浑千首诗，杜甫一生愁”。

许浑诗以登临怀古见长，描绘河山，追抚古今，确有杜甫遗风；但他以闲适为求，缺乏对现实的关注，与杜甫的苍凉沉郁颇为不同。诗中往往有句秀而无篇秀，缺乏新意与深意，且举《咸阳城东楼》为例：

一上高城万里愁，蒹葭杨柳似汀洲。
溪云初起日沉阁，山雨欲来风满楼。
鸟下绿芜秦苑夕，蝉鸣黄叶汉宫秋。
行人莫问当年事，故国东来渭水流。

这是诗人在秋天登临咸阳城楼所作，首联点明“一上高城万里愁”，极言眼界阔大，将视野推得极远，起笔不凡。

“蒹葭杨柳似汀洲”，则是诗人看到的第一个景象，蒹葭苍苍，杨柳依依，宛如沙洲水滨。

颔联接着写景，却不止于眼前所见，而饱含了情绪在内。云生水上，日薄西山，暮色四合，这正是李商隐曾经吟咏过的“夕阳无限好，只是近黄昏”啊。义山之句已有兴亡之感，而许浑更甚一层，直接道出风雨之忧。

风乍起，雨将行，这是对自然景物的担忧，还是对大唐王室的悼挽？接下来的颈联告诉我们，并非是我想太多，而是诗人确实在发思古幽情，伤时事悲凉。

“鸟下绿芜秦苑夕，蝉鸣黄叶汉宫秋。”从空间而推向时间，帝王将相今何在？秦时明月汉时关。眼前的飞鸟鸣蝉，绿芜黄叶，可曾见证千古兴亡？

最后尾联说：“行人莫问当年事，故国东来渭水流。”又回到了作者不问兴废只求安居的老心态，说别管了，不问了，秦宫汉苑只剩下水流依旧，历史，哪里是留得住的呢？

留不住，也回不去了。这句“山雨欲来风满楼”，可以说是对晚唐余照最好的形容。

大唐的晚钟，已经敲响了。

温庭筠与鱼玄机：君生我未生，我生君已老

一

菩萨蛮

小山重叠金明灭，鬓云欲度香腮雪。懒起画蛾眉，弄妆梳洗迟。　　照花前后镜，花面交相映。新帖绣罗襦，双双金鹧鸪。

这首《菩萨蛮》因为成了大热剧《甄嬛传》的插曲，遂风行一时，更成了广场舞大妈们的最爱。很长一段时间，每天晚上八点，准时在我家楼下广场响起，让我苦笑连连，倒不知大妈们载歌载舞时，到底明不明白歌词唱了些什么，又可知它原是来自唐朝大诗人温庭筠的词作。

温庭筠（约812—866），本名温岐，艺名庭筠，字飞卿，山西晋中祁县人，出生于没落贵族家庭，精通音律、工诗，其诗与李商隐齐名，时称“温李”；又因为擅填词，在词史上和韦庄并称“温韦”，被“花间派”奉为鼻祖。

后人论词时常将温韦二人并提：“词有高下之别，有轻重之

别。飞卿下语镇纸，端己揭响入云，可谓极两者之能事。”

关于温庭筠之才思敏捷，最著名的例子莫过于“八叉”之说。史说他“每入试，押官韵作赋。凡八叉手而成八韵。多为邻铺假手，号曰救数人也”。

他因为完卷太快，每每自己写诗之后，还要帮考场数人赋诗，所以得了个绰号“救数人”。以至于在参加考试时，考官特地把他另外安排，前排就座。

然而他虽有“八叉”之才，却多次考举落第，一生郁郁不得志。

说了这么久，还没说到这首《菩萨蛮》。传说唐宣宗特别喜欢《菩萨蛮》之曲，所以令狐绹委托温庭筠代己填词，取悦皇上。于是温飞卿就填了这首“小山重叠金明灭”。

小山，指的是搁在床上枕头前挡风的炕屏，通常上面会画着金绿山水，并且是可折叠的多扇屏，不用时可以叠起收藏。

这第一句说的是天亮了，太阳照在炕屏的涂金山水上，会有光点闪闪。然后视角从炕屏挪至炕上睡着的美人，乌发如云，肌肤如雪，真是一幅美女春睡图啊。

美人起来了，还是情态懒懒的，对着镜子梳妆打扮，画眉涂脂。化完妆，再手持一镜，对着梳妆台上的镜子前照后照，看到镜里的面容与鬓后的簪花交相辉映，这才满意了，开始穿上外衣。

今天选的是什么衣裳呢？原来是一件贴着花鸟绣片的新裙子。

古时绣花不一定直接绣在衣服上，而是买现成绣片，贴到衣服上。金鹧鸪，指以金丝线夹杂其中的花鸟绣，可见其华美，鹧鸪成双，暗示了女子心境。

这是一个很美的细节，字面上描绘出一个迟睡而严妆的美人，而词后面的意思与心境，则各花入各眼，各人听各声，可以解释出一百种情绪来。

这样的一首词呈上来，宣宗果然大爱。令狐绹正沾沾自喜等着领赏呢，温庭筠却本着他一贯的八卦精神将这件事大嘴巴张扬了出去，令狐绹因此衔恨在心。

所以温庭筠一直未能中第，很可能是来自权贵的打压。

《菩萨蛮》是词牌名，相传最早的一首由李白所制：

平林漠漠烟如织，寒山一带伤心碧。暝色入高楼，有人楼上愁。　　玉阶空伫立，宿鸟归飞急。何处是归程？长亭连短亭。

大家对照两首词，就会发现两词字数、格式、韵脚位置、平仄错落完全一致，这就叫词牌。

相传唐代女蛮国进贡，高髻金冠，遍身璎珞，像菩萨一样，于是教坊谱曲以记之，广泛流传后成为词牌。既然相传第一首《菩萨蛮》由李白创制，那很可能是在他做翰林待诏的时期所为。以李隆基之喜爱音乐，李白之出口成章，这个说法是完全可以成立的。

唐宋时期，每当有人发明了一种新的词作格式，谱曲流传，就会形成一个新的词牌。词牌就是词的腔调与格式、韵律、曲谱，有了词牌，就可以按照词牌所规定的格式、韵脚来填词了，这就叫“倚声填词”。

但是有的时候，几个格式会共用一个词牌名，因为它们都是同一旋律的变体；也有的时候，同一个格式会拥有几个词牌名，这是因为填词人的叫法不同。

词牌不等于题目，其产生大致分为以下几种：

最初可能是创始人吟咏此调的主题，比如《浪淘沙》《舞马词》《抛球乐》等；另外制乐演唱是乐工歌会的工作，有时候他们会接受上峰意旨来创作或改编乐曲，词牌从此流传下来，而牌名大多以任务性质来定。比如隋炀帝时，命乐官白明达谱作《万岁乐》《藏钩乐》《投壶乐》《七夕相逢乐》《斗鸡子》《斗百草》《泛龙舟》《长乐花》《十二时》等“新声”。隋灭后，白明达继续在唐宫为乐官，又为唐高宗作《春莺啭》，例如日本雅乐中的《春莺啭》就发源于此。再如李世民所制大型武曲《秦王破阵乐》鼓舞士气，后遂有《破阵子》词牌流传。

也有的是名家首创，或是名家沿用，后人摘取其中几个字成为词牌名流传下来，如张志和首创的《渔歌子》，白居易创制的《忆江南》《如梦令》等。传说唐玄宗酷爱谱曲，曾创《雨霖铃》纪念杨贵妃，传为词牌。后来的文人自度曲，也都属于此类。

也有的本来是民间乐曲的名称，谱曲后成为词牌，如前面说过的《竹枝词》，再如边塞民歌《石州慢》《凉州令》《甘州曲》等；西域燕乐的《菩萨蛮》，也是其中一种。和《菩萨蛮》相类似的，还有《苏幕遮》，是波斯人供神之曲；《婆罗门引》，来自印度，等等。

另外，这些原生态的词牌在流传过程中，文人又往往略加增删一两字而出新词，便在词牌前加以“添字”“减字”“偷声”“添声”“促拍”“簇拍”等字样，又衍生出新的词牌，如《浪淘沙慢》《摊破浣溪沙》《减字木兰花》《木兰花慢》《添字罗敷媚》《添声杨柳枝》《促拍丑奴儿》等。

无论最初因为什么缘故而命名，一旦形成词牌，就与本义无关，而只代表一种格式、词谱了。按照词谱写词，就叫填词。

但是既然是倚声填词，当然词的内容要和音乐相符，这叫作“声词相从”。

所以创制词牌的人多半是音律大家，比如温庭筠。《唐才子传》说他“天才雄赡，能走笔成万言”，而且“善鼓琴吹笛”“有弦即弹，有孔即吹”，不论什么乐器，只要有弦或有孔的没有他不会吹弹的，就是这么牛！

再举几首温庭筠的著名词作：

忆江南

梳洗罢，独倚望江楼。过尽千帆皆不是，斜晖脉脉水悠悠，肠断白蘋洲。

更漏子

玉炉香，红蜡泪，偏照画堂秋思。眉翠薄，鬓云残，夜长衾枕寒。　　梧桐树，三更雨，不道离情正苦。一叶叶，一声声，空阶滴到明。

新添声杨柳枝词

井底点灯深烛伊，共郎长行莫围棋。玲珑骰子安红豆，入骨相思知不知。

这三首词在格式上各有特色。第一首小令是标准长短句，一韵到底。

第二首为叠格双调，分为四段，每段一换韵，而且是平仄韵互换，这是变化最多的一种词，也是和诗距离最远的一种词。

第三首从格式上看却是齐言诗，同李白的《清平调》、刘禹锡的《竹枝词》一样，单以格式平仄论，完全看不出是词非诗，但是填词时必有曲谱所本，而且还是旧曲新编，故称“新添声”，内容上也较诗作更为深情婉约。

以第三首为例，此篇是以女子口吻，在她为郎君送别前夜所作。

为什么要在“井底点灯”呢？因为够深，堪谓“深烛”，谐音“深嘱”，这第一句说的是：我要深深地嘱咐你。

女子临行叮嘱，本为常事，但是说多了难免惹厌，故而玲珑俏皮，别出心裁，玩了个“井底点灯”的行为艺术，就不能不让这男人发问：你为什么要把灯烛点在深井啊？原来是要深嘱于我。那你要嘱咐什么呢？放心，但有所命，无不乐从。

但是女子仍不直接开口絮絮，却又言笑晏晏，主动提出要陪郎君玩起游戏来。而且点明要赌长行，不要下围棋。

长行，是一种博戏的名称。据唐人笔记记载，用掷骰子来博“长行局”，以决输赢。此处仍是双关语，我希望共君长行，只望郎君远行早回，“莫违期”。

这情郎解开了这样的心思，该有多感动，多怜惜。

这还不够，女子又拿起赌长行的骰子来进一步含情细问：“玲珑骰子安红豆，入骨相思知不知？”

骰子上饰有红点，女子形容是代表相思的红豆；而且骰子多以骨制，故曰“入骨相思”。现在明白我为什么要同你玩长行，掷骰子了吧？是为了让你明白，我对你相思入骨，你可忍别我远行？请君记我，万莫违期，你知不知道啊？

对着这样一个多情聪慧的女子，听了这样深情缠绵的叮嘱，哪个男人会不动容，我都想替他回一句：知道，知道了！

飞卿词写得如此深美闳约，精妙绝伦，缠绵绮丽，妙不可言，遂成花间之祖，千年传唱未休。

但也有人评价温庭筠词作题材偏窄，讥讽其“男子而作闺音”，其实这是因为不了解词之起源，是断章取义的浅见。

词最初并不叫词，而叫“曲子词”“倚声”“乐章”“近体乐府”“琴趣”“樵歌”“渔唱”“语业”“笛谱”“别调”等，到了南宋则称为“诗余”。这里显然有“诗尊词卑”的意思在其中，这种观念从隋唐一直延续到清代。

因为大唐本是诗的天下，词只是游戏之作。最早的曲子词多产生于酒宴席间，花前月下，其主题常为宴前赠伎之作，或是写些风花雪月的词令交给歌伎演唱，口吻语气当然会以女子自况，而思想境界也多半不高。

《花间集》是中国文学史上第一部词选集，集中了晚唐及五代共18位词人的作品五百首，以温庭筠、韦庄为首。词作内容多半以用艳丽香软的词风描绘闺中妇女日常生活情态为特点。因为科举题目或是应诏之作必是诗，从不会将填词当作功课试题，所以填词的目的与手法，当然是“男子而作闺音”了。

王国维说：“词至李后主而眼界始大，感慨遂深，遂变伶工之词而为士大夫之词。”可见李煜词有着划时代的意义。

李煜之后，词才于宋代盛行，题材渐广，而苏轼、辛弃疾等豪放派词人的产生，更是将词的境界进一步扩大，遂成一代之文学。所以我们今天说到词，总是说“宋词”，其实词的产生，是从唐朝就开始了，只不过到宋朝才发展至鼎盛而已。正如齐言诗早自魏晋已经成熟，到唐朝才蔚为大观，故而常称之为“唐诗”一样。

同时，当填词取得了与诗文同等重要的地位时，也就与曲的关系渐行渐远，“倚声和乐”的传统渐失，“声词相从”的规则放宽，往往词曲各自独立，按乐谱宫商填词变成了按词牌格式填词，往往“哀声而歌乐词，乐声而歌怨词”，只分平仄四声，不论宫调律吕，“长短句”独成一体，成为单纯的案头之作。

宋代大词人苏东坡名震天下，但是不谙音律，所填之词往往只管格式不管本来音韵，遂被沈括讥讽为“声与意不相谐”，认为其不懂曲乐，只是填字游戏；李清照亦评价其虽然“学际天人”，但所填之词只是“句读不葺之诗”，可见一斑。

同时，早期的词多以小令和中调双阕为主，因为太长了不易记谱。而宋以降，多有词人擅长自度曲，比如柳永、姜夔等，长调遂多。

旧时流传的曲子词，本来是词目与曲谱并传的，但在流传过程中渐渐只留下文字而乐谱失传。今人评词，只能单就文采论优劣，而无法对曲乐议短长，其实是非常可惜的。不过单就文字而言，宋词仍是中华文坛上最瑰丽的一页。

二

温庭筠考场失意，情场得意，不惑之年时惹了一段非常轰动的桃花缘，对象乃是唐朝四大才女的最后一位——鱼玄机。

鱼玄机（约844—约871），长安（今陕西西安）人，初名鱼幼微，字蕙兰。

虽不知其身世，但是从她的名字已经看出，定是书香门第。因为以前的女孩子有名已经不错了，还特地取个字，可见家门儒雅，父亲是打算把女儿当儿子养的，对她寄予厚望，希望她蕙质兰心。

然而不知鱼家为何中落，小幼微随着母亲沦落平康里谋生——虽然出入青楼，却并非卖身为妓，而是给妓院帮工，做些洗衣打杂的活计。

不过，风月场所确实给小幼微提供了传扬名声广见世面的便利，使她总角之年便才名远扬。

当温庭筠遇见她的时候，幼微才11岁，连当雏妓的资格都没有，这倒也保住了她的清白身。

从前面我们讲过的温庭筠拿李商隐儿子开玩笑的事便可以看出，这是一个喜戏谑的八卦人物，还曾写过一本八卦传奇小说《乾巽子》，原本不传，其中故事却多被《太平广记》引录。

温庭筠这么喜欢写传奇，就不难理解他会把女儿嫁给另一个八卦小说家段成式的儿子段安节了。段成式以《酉阳杂俎》闻名，而段安节则曾经撰写《乐府杂录》，擅乐律，能自度曲，这门亲事显然门当户对，志同道合，而且翁婿俩肯定有说不完的话。

且说八卦的温庭筠听说平康里出了个才貌双全出口成章的诗童，自然好奇，非得亲身验证以后快，于是就巴巴儿地上门了，在阴暗破败的鱼家小院里找到幼微，问她："听说你会写诗，给你出个题目吧，就以'江边柳'为题如何？"

小幼微拿来纸笔，很快就写了一首五言律诗：

赋得江边柳

翠色连荒岸，烟姿入远楼。
影铺秋水面，花落钓人头。
根老藏鱼窟，枝低系客舟。
萧萧风雨夜，惊梦复添愁。

这首诗措辞虽然还有点幼稚，然而情景交融，粘对工谨，是首标准的首句不入韵五言律诗仄起式。最难得的是，鱼幼微才思敏捷，援笔可就，这份快才让久经考场的"温八叉"都惊讶了。

于是，温庭筠自愿做了幼微的老师，亲自教其诗文。而有了温大诗人的带携，幼微的名声也就更响亮了。

不妨想象一下，如果温庭筠是杜牧，这故事的发展方向一定会是师生恋、忘年恋。然而温庭筠非但是才子，也是个君子，自叹年迈多病，而且以貌丑闻名，有"温钟馗"之谑，不愿上演"一树梨花压海棠"的恶俗戏码，明知小萝莉爱大叔，非但故意装作无情，还满世界替自己的女学生张罗起抛绣球选婿来。

千挑万选，还真让他选中了一个心目中的东床人选——新科状元李亿。新鲜出炉热乎乎的状元郎耶，别说是鱼幼微了，就是宰相千金，也会将其视为乘龙快婿的最佳人选的，幼微又有什么好挑剔的呢。

14岁，鱼幼微出嫁了。

当然，以幼微出自平康里的身份，是没有办法给状元做正妻的，所以是委身做妾。但已经不失为一门好姻亲了。

安排好鱼幼微的终身，温庭筠便离开长安了。

这一年是859年，温庭筠四十多岁，出长安赴隋县任县尉。他空负一身才华，考场失利，临近半百却作为芥豆小吏而离乡远投，心境十分苍凉，途中写下平生最著名的一首诗作：

商山早行

晨起动征铎，客行悲故乡。
鸡声茅店月，人迹板桥霜。
槲叶落山路，枳花明驿墙。
因思杜陵梦，凫雁满回塘。

这首诗的优胜之处在于鲜活地画出了“早行”的情状，驿站外车铃时响，行人们聊着家常，多是询问客从哪里来，沿途多辛苦之类。

早早套了马车出发，路上一片清霜，隐隐鸡唱，天还没有大亮呢。

鸡声、茅店、月、人迹、板桥、霜，这两句十个字全是名词，却偏偏写出一种动感来，有声有色，还有一种清冷之感。

相传宋代诗人欧阳修非常赞赏这一联，曾仿作“鸟声茅店雨，野色板桥春”，但终不能得其神韵。而以画竹闻名的清代画家郑燮因为太喜欢这两句诗了，特地把自己的名字都改成了“郑板桥”。可见这首诗传诵之广。

颈联则写的是路上的景色，已经出了村子，进入山中。商洛一带多槲、枳等树，落叶铺径，枳花早发。仍是写景，但视线有所移动。

尾联抒情，说昨夜在梦中回到了故乡，春回杜陵，凫雁回塘。可见人不如雁，背井离乡。

首尾呼应，以“因思杜陵梦”对应“晨起动征铎”，“凫雁满回塘”对照“客行悲故乡”，意味悠长。

远在隋县的温庭筠并不知道，他为幼微千挑万选的好夫婿，竟是一个负心郎。

三

鱼幼微的婚后生活，当真是有限清欢，无限辛酸。

李亿家中早有正妻，哪里容得下琴书双绝又鲜花嫩柳的鱼幼微，因此想尽方法折磨幼微，没过多久就把她打出了家门。

李亿惧妻悍妒，加上岳家势力强大，不敢违逆，只得把幼微送进了咸宜观，安慰她稍做忍耐，最多三年一定接她出来。

从此，世上少了一个鱼幼微，多了一个鱼玄机。

玄机，是鱼幼微的道号，亦写作璇玑。

鱼玄机对李亿是有感情的，毕竟这是她的第一个男人，曾结白首的丈夫，是她原以为要托付终身的人。清冷的道观中，她一次又一次地给他写信，寄诗：

江陵愁望寄子安

枫叶千枝复万枝，江桥掩映暮帆迟。
忆君心似西江水，日夜东流无歇时。

这首诗与温庭筠“过尽千帆皆不是，斜晖脉脉水悠悠”意境相似，情怀一般，不知是鱼玄机受了温庭筠的影响，还是温庭筠得自鱼玄机的灵感。

乐府旧题曾有《自君之出矣》之曲，源自东汉末年徐干《室思》第三章：

自君之出矣，明镜暗不治。
思君如流水，无有穷已时。

后代文人群起模仿，“自君之出矣”遂自成一派，比如张九龄的“自君之出矣，不复理残机。思君如满月，夜夜减清辉”便属此列。再如唐代雍裕之的“自君之出矣，宝镜为谁明？思君如陇水，长闻呜咽声”亦习此法。

鱼玄机沿袭的是同一手法，但化五绝为七绝，用其意而舍其形，则更见风调。

以水比喻相思，是非常古老常见的手法，再看她另一首《寄子安》：

醉别千卮不浣愁，离肠百结解无由。
蕙兰销歇归春圃，杨柳东西绊客舟。
聚散已悲云不定，恩情须学水长流。
有花时节知难遇，未肯厌厌醉玉楼。

好一句“聚散已悲云不定，恩情须学水长流”。

然而，玄机的祈盼还是落空了，李郎的心，到底如浮云不羁，水流无情。

三年之后，李亿非但没有实现承诺，反而带着妻子离京赴任去扬州了，走的时候，连一个告别都没有。

就连骗她，他也是不屑的了。

鱼玄机的心彻底冷了。自问花容月貌，芳华正好，何至于就此冷落道观，独吞苦果？遂一面写了首《赠邻女》向李亿诀别，一面写了首《卖残牡丹》宣告重生。

赠邻女

羞日遮罗袖，愁春懒起妆。
易求无价宝，难得有情郎。
枕上潜垂泪，花间暗断肠。
自能窥宋玉，何必恨王昌。

这句“易求无价宝，难得有情郎”替天下女子道出心愿，诚为发自心底最深处的呐喊与渴求。若不是鱼玄机被伤得太深，看破世情，焉能写出如此词句？

尾联说，虽为女子，亦不妨自己向帘下偷窥宋玉之才，何必再在王昌这一根绳上吊死呢？

宋玉，战国末期楚国人，文赋大家，曾写过一篇《登徒子好色赋》，自称“天下之佳人莫若楚国，楚国之丽者莫若臣里，臣里之美者莫若臣东家之子。东家之子，增之一分则太长，减之一分则太短；著粉则太白，施朱则太赤；眉如翠羽，肌如白雪；腰如束素，齿如含贝；嫣然一笑，惑阳城，迷下蔡。然此女登墙窥臣三年，至今未许也”。

就是说他的隔壁住着一个绝色女子，天天爬上墙头偷看他，然而他竟然把持得住，从未与其苟且。

鱼玄机自比东邻女，说我也可以大胆地寻找才貌仙郎，登墙偷窥又何妨？

而王昌之名，常出现于唐诗中，如上官仪“东家复是忆王昌”，崔颢的“十五嫁王昌”，李商隐的“谁与王昌报消息”，但是典故不详，似乎泛指花心男。这里代指李亿。

这首诗，既是诀别，又是宣战：从此我鱼玄机要为自己而活了。

曾经“忆君心似西江水，日夜东流无歇时”，如今却“东风不与周郎便”“水流花谢两无情”。

于是，鱼玄机索性开门宴客，将自己的诗作贴在大门口，还写了个“鱼玄机诗文候教”的招募广告。这行径被后世道学家视为出格，不守妇道。

然而鱼玄机出格的事又何尝这一件呢？

她曾去偷看进士放榜，归来写下诗句说：我若不是女儿身，早就取功名如拾草芥了。话语中浑不把天下男儿放在眼里。

游崇真观南楼，睹新及第题名处

云峰满目放春晴，历历银钩指下生。

自恨罗衣掩诗句，举头空羡榜中名。

既以不能为男子为憾，自然也不必为负心男子守什么清规妇道了。鱼玄机一首《卖残牡丹》，堪为自画小像：

临风兴叹落花频，芳意潜消又一春。

应为价高人不问，却缘香甚蝶难亲。

红英只称生宫里，翠叶那堪染路尘。

及至移根上林苑，王孙方恨买无因。

唐人以看牡丹为风尚，花开时节，倾街盈巷，尽是看花之人。

鱼玄机自喻牡丹，但这里“卖残牡丹”，不是指开残了的牡丹，而是指卖剩下的牡丹，换言之，此时的自己虽然未被私赏，但不妨待价而沽。

首联“临风兴叹落花频，芳意潜消又一春”，并不是说牡丹花谢，因为牡丹盛开于初夏，而这句则点明晚春，所以是牡丹独放诸花凋零。

到了颔联，才写牡丹盛放，然而这一朵没有卖掉的牡丹，因为价高而无人问津，香浓而蜂蝶难侵。

颈联说，如此艳绝天下的牡丹花，翠叶红英，只应生在皇宫，怎堪驿路风尘。这句真相了，既写出了玄机的自傲，也写出了她的自怜，矛盾心理尽显无疑。

最后她告诫诸王孙公子：花堪折时直须折，莫待移栽恨无缘。

这首诗借花自喻，孤芳自赏，睥睨风尘，却又从头至尾笼罩着一种莫名的悲伤，确是咏牡丹最别具一格的佳作。

诚如刘禹锡所言：“唯有牡丹真国色，花开时节动京城。”鱼玄机这首自况诗一经问世，名动京城，王孙公子遂争相前往，投诗求和。

玄机的道观生涯，比她小时候寄身的青楼更加热闹，唯一不同的，只是客人要经她挑选，以青年才俊诗人墨客为主罢了。

这期间，她与温庭筠仍有书信往来，诗词唱和，留下不少丽辞隽语，只举两首为例：

冬夜寄温飞卿

苦思搜诗灯下吟，不眠长夜怕寒衾。
满庭木叶愁风起，透幌纱窗惜月沈。
疏散未闲终遂愿，盛衰空见本来心。
幽栖莫定梧桐处，暮雀啾啾空绕林。

寄飞卿

阶砌乱蛩鸣，庭柯烟露清。
月中邻乐响，楼上远山明。
珍簟凉风著，瑶琴寄恨生。
嵇君懒书札，底物慰秋情。

情意殷殷，初心不改；温庭筠也常有回信，然而两个人到底没有走到一起。大概是飞卿觉得玄机虽然恢复单身，到底曾是自己牵线做媒的友人妾，“朋友妻，不可欺”。更何况，他和李亿还一直保持着往来呢，就更不能辜负初衷，落一个“早知今日，何必当初”了。

四

世人提到温庭筠，多以温飞卿称之，并对他的词推崇备至。但是他的诗，则是另外一番气象。《过陈琳墓》是他的代表作之一，诗云：

曾于青史见遗文，今日飘蓬过此坟。
词客有灵应识我，霸才无主始怜君。
石麟埋没藏春草，铜雀荒凉对暮云。
莫怪临风倍惆怅，欲将书剑学从军。

温庭筠一生以未中举为憾，曾有诗《下第寄司马札》，写尽落第辛酸：

几年辛苦与君同，得丧悲欢尽是空。
犹喜故人先折桂，自怜羁客尚飘蓬。
三春月照千山道，十日花开一夜风。
知有杏园无路入，马前惆怅满枝红。

865 年，温庭筠出任国子助教，次年，以助教身份主试。

因为自己屡遭科场压制，温庭筠主试时与众不同，绝不理会内定名次，而严格地以文判等，且将所有选中的试卷诗文公布于众，“榜三十篇以振公道”，任由百姓监督，以显公正。

此举被时人传为美谈，却肯定会得罪更多的权贵，不久他被贬为方城尉。

贬谪之日，长安诗人多往相送，吟诗为之惋惜。其中尤以诗人纪唐夫的句子最为恳切：“凤凰诏下虽沾命，鹦鹉才高却累身。”

温庭筠以半百之年遭此重创，且不堪劳顿之苦，次年冬，死于方城。

但是奇怪的是，没有找到有关鱼玄机悼念温庭筠的诗。

大概也就因为这一点，让那些言情派作家写的古人花边故事里，提到鱼玄机之死，往往会加上一句：在异乡，有一位老人默默流下了痛惜的泪水，他就是著名词人温庭筠。

可是他们却没有好好做下功课，温庭筠死于866年，此时的鱼玄机才二十出头，活得好好的呢。几年后鱼玄机香消玉殒时，温飞卿已经墓草青青，若说异界有一位老鬼为她流泪还差不多。

我对于这类又想靠古书吃饭又不舍得花心思用功的人，实在很无语。资料又不难查，上网搜索一分钟就会有答案，为什么要信口雌黄呢？

鱼玄机之死，缘于杀人案。

这也是我最不能接受的结局。但是皇甫枚的《三水小牍》就是这么写的：

> 西京咸宜观女道士鱼玄机，字幼微，长安倡家女也。色既倾国，思乃入神。喜读书属文，尤致意于一吟

一咏。破瓜之岁，志慕清虚。

咸通初，遂从冠帔于咸宜，而风月赏玩之佳句，往往播于士林。然蕙兰弱质，不能自持，复为豪侠所调，乃从游处焉。于是风流之士争修饰以求狎，或载酒诣之者，必鸣琴赋诗，间以谑浪……

这份履历特别含糊，完全省略了幼微嫁李亿为妾的往事，忽然就从娼妓到女冠了，而且是被某豪侠拐带，才变得妖冶起来。

接着话题一转，说到鱼玄机有个婢女叫绿翘，“亦明慧有色”。有一天，玄机受邀外出，回来的时候，绿翘汇报：“今天有客人来，听说你不在，就走了。”

鱼玄机陡生疑心，晚上关了门，开了灯，将绿翘叫进内室审讯。绿翘说：“我侍奉你多年，一直检点自重，从没忤逆过你的意思。而且那客人来的时候，我是隔门与他对话的，连面都没见。你为什么要怀疑我呢？”

鱼玄机大怒，把绿翘脱光了鞭笞百数下，绿翘死不松口，奄奄一息时，请求拿一杯水来，泼在地上说：“练师欲求三清长生之道，而未能忘解佩荐枕之欢，反而来猜疑我，污我贞正，我今将死，苦无处诉，魂灵必看着你受报应。”说罢，气绝而死。

玄机恐惧，于是悄悄把她埋在了后院，以为无人知晓。有人问起绿翘，就说“她趁雨晴逃跑了”。

某日有客人来找鱼玄机，因为在后院小解，看到土上聚集苍蝇无数，轰之不去，再细看下，似有血痕腥味，遂出来告知仆人。仆人又告诉了自己的哥哥。这哥哥是衙役，曾经追求鱼玄机不果，一直怀恨在心，于是带上一群兄弟闯入后院，径自掘挖。

果然挖出了绿翘尸体，面貌如生。这衙役遂报与京兆尹。

朝中文士多有为鱼玄机求情的，但是人证物证俱在，鱼玄机遂问秋斩。留下最后一句诗：“明月照幽隙，清风开短襟。”

一代才女，杳然星逝，年仅27岁。

这段记录是鱼玄机杀人案的最翔实材料了，然而颇多疑点：

首先，作案时鱼玄机不过是一个26岁的纤纤女子，竟能一对一地杀死婢女绿翘，有这么变态，这么勇猛？她果然这样能耐，有心机又能下辣手，还能被李亿大妻欺负成那样？

也许有人说，正因为鱼玄机曾被妒妇所虐，所以心理变态，施虐于人，竟然鞭笞致死。只是，这个绿翘老老实实地就死，是不是也太逊了？

其次，这件事的发现者是客人，但肯定不是相好的，否则不会偷偷把事情说给一个仆人听；而告密者也是追求过鱼玄机的人，他们会不会都是在鱼玄机那里受了冷遇而挟私报复？

最后，这绿翘死后是被匆忙掩埋的，且不说鱼玄机老大力气，能独力杀人，还能刨坑埋人——这体力活可不是普通人干得了的，就是一个大汉也不容易，况为妇人——只说她埋的时候肯定不会大张旗鼓买棺材，最多芦席卷一下。怎么会时隔一年，绿翘还面目如生？

最最关键的是，那坟土还有血迹。一年啦，什么血液这样持久？

这故事属于传奇，而所有的唐传奇都有虚构的成分，除了主人公名字是真的，余者生平履历就都随作者杜撰了。

而这个故事中到底有多少杜撰的成分，鬼才知道。

但至少，绿翘死前与鱼玄机那番对话肯定不是作者趴墙根听见的，所以玄机打死绿翘的事，也就很值得怀疑了。

不禁想起鱼玄机的一首咏史诗《浣纱庙》：

吴越相谋计策多，浣纱神女已相和。
一双笑靥才回面，十万精兵尽倒戈。
范蠡功成身隐遁，伍胥谏死国消磨。
只今诸暨长江畔，空有青山号苎萝。

这是一个唐代美女写给春秋美女的诗，其襟怀抱负远超男子。诗中既有对西施的赞美，又有对君王无情兔死狗烹的感叹，文采风流，气势高古，大开大阖，直追白居易“回眸一笑百媚生，六宫粉黛无颜色”。

能写出这样诗句的女子，有几个男子能入她眼中？

这样的一个女子，会为了客人争风吃醋而杀死侍奉自己多年的贴身侍婢？

我怎么都不愿意相信。

最后，让我为她唱一曲挽歌吧：

束发抛家参玉横，欲将红袖掩青灯。
桃花飞作离人泪，柳叶吹寒箫管声。
槛外何曾有净地，座中自是百金轻。
生涯漂泊谁知己，留得诗名无限情。

李商隐的夕阳无人能懂

一

后人经常会用李商隐的一首诗来形容晚唐气象：

乐游原

向晚意不适，驱车登古原。

夕阳无限好，只是近黄昏。

这首诗从风格上看很像古体诗，然而却是标准的首句不入韵五言绝句仄起式。李商隐写诗很少老老实实不用典故，且最擅七言，这首五言绝句在他生平作品中是较为特别的一首。

难得不用典了，本身却成了典故，后世说起晚唐夕照，无不以此诗为谶，也真是诗坛上令人感慨唏嘘的一件事。

李商隐（约813—约858），字义山，号玉谿生，又号樊南生，祖籍怀州河内（今河南沁阳）。他与杜牧并称“小李杜”，与温庭筠合称“温李”，是晚唐诗人的代表人物。他的诗词大多喜用典故，隐晦难解，对后代“西昆派”影响巨大。

宋代吴炯评价：“唐李商隐为文，多检阅书史，鳞次堆集左右，时谓为獭祭鱼。”

且举一个诗人们最常表现的“怀才不遇”主题为例，别的诗人大多喜用“黄金台”啊，“千里马”啊作比，唯有李商隐却写了一首《破镜》来表白：

> 玉匣清光不复持，菱花散乱月轮亏。
> 秦台一照山鸡后，便是孤鸾罢舞时。

这里用的是“孤鸾舞镜”之典。有王者获一鸾鸟，甚爱之，欲其鸣而不得。于是夫人给他出了个主意说：“尝闻鸟见其类而鸣，何不悬镜以映之。”

王以为然，遂在鸾前竖了一面铜镜。鸾见镜中形影，以为终于得到了同伴，遂对镜而鸣，彻夜舞蹈，一奋而绝。

李商隐说权贵们的镜子都拿去照山鸡了，孤鸾终究没有同伴，所以也就不会起舞，自喻出类拔萃，举世无匹。

这样的傲慢，这样的刻薄，真让人为他担心，实在不像能安稳度日的样子。

李商隐的人生与唐宣宗完美重叠，出生较李忱晚三年，去世则比他早约一年。历经了宪宗、穆宗、敬宗、文宗、武宗、宣宗六朝，是“牛李党争”最典型的牺牲品。

和很多诗人一样，李商隐也是幼年丧父，聪慧好学，“五岁诵经书，七岁弄笔砚”，16岁便以才闻名，24岁科举及第。

他的发迹，主要得自宰相令狐楚的提携。

李商隐的父亲在浙江做官客死异乡时，小商隐还不足10岁，就要以长子的身份扶灵还乡，千里引幡，用尽家资，“四海无可归之地，九族无可倚之亲”小小年纪就要出来打工，可以做的工作有两种：一是替人抄写，二是帮人打杂，“佣书贩舂”，文武双全。

这个时候，他认识了生命中一位重要的贵人：河南节度使令狐楚。

令狐楚因为欣赏李商隐的文才，特别叮嘱儿子令狐绹与之结交，并亲自授以骈俪章奏之学，后又聘其入幕为巡官，并资助他上京赴考。

对此，李商隐感其知遇之恩，曾写下《谢书》一诗：

微意何曾有一毫，空携笔砚奉龙韬。
自蒙半夜传衣后，不羡王祥得佩刀。

毫不意外地，这首诗里连用了三个典故：

龙韬，指张良“桥下三进履”所得的那本《太公六韬》，这里代指李商隐向令狐楚学艺。

半夜传衣，则指禅宗五祖弘忍给慧能传袈裟的事。不识字的火头僧慧能因为一首“菩提本无树”得到了弘忍的激赏，弘忍决意传其衣钵，却不便明说，而是用拐杖在石柱上敲了三下。慧能心领神会，半夜三更来到弘忍禅房，得传真法。

《西游记》借鉴了这个故事，孙悟空拜师菩提老祖，也是被用拐杖敲了三下猴头，于是就半夜上门求法去了。

王祥，是“二十四孝”中卧冰求鲤的孝子，他和曹操麾下的大将吕虔是好朋友。吕虔有把好刀，人们说佩此刀可以位列三公，而吕虔自觉德不配位，遂将刀送给了王祥。

曹雪芹好友敦诚曾经为了请雪芹喝酒，当剑沽酒，并有诗吟

"我今此刀空作佩，岂是吕虔遗王祥"，便来于此。

李商隐这首诗有点精神分裂，先是把自己的身份放得很低，说身微之人，不值一毫，只拿着笔砚就来投奔令狐公学习兵法啦。而公不吝赐教，如同禅宗五祖半夜传衣，授我真传，令我感激，连王祥得佩刀那样的好事都不羡慕了。

然而王祥之所以得佩刀，是因为吕虔认为他才是真正的宰相之才啊。李商隐在这里是觉得自己将来也应该如令狐楚一般出将入相吗?

也许他没那么想，只是提笔诗成，用典如流。好吧，既然他说"不羡"，那就今生与将相无缘了。

二

就在李商隐登进士第的那年冬天，即837年十二月，令狐楚病逝。李商隐料理完恩师的后事，应泾原节度使王茂元聘请，入幕为僚，且后来娶了王茂元的女儿。

洞房花烛本是好事，可是对李商隐来说，却是情场得意，官场失意，从此便被扯进了"牛李党争"的泥流中，一生不得平安。

因为令狐楚父子是"牛党"主力，而王茂元与李德裕交好，向来被视为"李党"成员。李商隐的行为被解读成了墙头草，随风倒，是对恩师令狐楚的背叛，是骑墙之学。

之后，李商隐一直受到排挤。843年，李商隐的岳父王茂元过世，他的处境更加困难了。

宣宗继位后，李德裕被贬崖州，令狐绹权倾一时。李商隐闲居洛阳，于微蹇之时向其求助：

寄令狐郎中

嵩云秦树久离居，双鲤迢迢一纸书。
休问梁园旧宾客，茂陵秋雨病相如。

首句的“嵩云秦树”代指洛阳与长安，与杜甫“渭北春天树，江东日暮云”同一用法。

次句则用“鲤鱼传书”的老典故，说李商隐与令狐绹分别已久，千里迢迢收到旧友的一封来信。三四句以病中相如自代，感谢朋友问候。

可见两人仍然时有书信往来，但是旧版资料多认为令狐绹不念少时同学之情，认定李商隐当年背叛了自己的父亲，对他非常冷淡。

重阳日，李商隐来到令狐家吊祭恩师，令狐绹避而不见，李商隐遂留诗于壁：

九　日

曾共山翁把酒时，霜天白菊绕阶墀。
十年泉下无人问，九日樽前有所思。
不学汉臣栽苜蓿，空教楚客咏江蓠。
郎君官贵施行马，东阁无因再得窥。

首联忆旧，触景思人。颔联说恩师已过世十载，重阳九月九日，我来到堂前，见樽而思。霜天白菊，皆是点明重阳时节。

颈联暗讽令狐绹不肯见怜相助，感慨自己报国无门。

《北梦琐言》等记载：令狐相国看到这首诗后，十分惭愧怅恨，遂将此厅关闭，终生不再进入。

那为什么不干脆将这首诗铲掉呢？因为诗中有“楚客”一词，虽是商隐自喻，却冲犯令狐楚之讳，其子不得除之。

话说李商隐作为弟子，前来吊祭恩师，却题诗直言其讳，也是不敬之举。

因此《小清华园诗谈》评：“李义山之‘曾共山翁把酒时’能寓悲凉于蕴藉，然不如韩昌黎之《左迁至蓝关示侄孙湘》，虽不无怨意，而终无怨辞，所以为有德之言也。”

此为正解。李商隐之不如韩愈胸襟阔大处，正在于此。

之后的故事就有了两个版本，一个版本说令狐绹从此更恨李商隐，愈发排斥；另一个刚好相反，说他见到诗，动了恻隐之心，遂补授李商隐为太学博士。

但是不论哪一种，结果是一样的，就是《新唐书》所记载的：“牛、李党人蚩谪商隐，以为诡薄无行，共排笮之。”

因为固然牛党认为李商隐背叛，而李党觉得他吊祭令狐楚，也是脚踩两只船。

于是李商隐成了风箱里的老鼠，两头着风。

这样一个人，在政治上等于是判了死刑，甚至在人品上，也不免被说三道四，就连后世对李商隐的评价也往往受此左右。

然而细看李商隐一生所为与诗中所志，并无党派倾向。他只是一个诗人，想立功，想报国，却未想过一定要依附哪一党，背叛哪一派，只是遇到恩师便学艺，遇到知己便结婚，却被迫一生走在了政治的夹缝中，窒息至死。

他曾写过一首《嫦娥》，或许是他自身孤寂怅憾的写照吧！

云母屏风烛影深，长河渐落晓星沉。

嫦娥应悔偷灵药，碧海青天夜夜心。

李商隐的后半生，一直仕途坎坷，官微薪薄，几番出仕，三度入幕，碧海青天夜夜心，却终无出头之日，一生郁郁不得志。

851年，李商隐的妻子亡故。为了生计，他不得不抛下弱子幼女，远赴梓州入幕任节度书记，这是他最后一次幕府生涯。

在入府三年后的踏青节，他写下《二月二日》一诗，诗中饱含思归之念：

二月二日江上行，东风日暖闻吹笙。

花须柳眼各无赖，紫蝶黄蜂俱有情。

万里忆归元亮井，三年从事亚夫营。

新滩莫悟游人意，更作风檐夜雨声。

这首诗虽亦用典，却极平实。

首联时间、地点、事件，写的乃是蜀中风俗，二月二日踏青节。风轻日暖，笙歌细细，蜀人行于陌上，赏花拂柳，蜂忙蝶乱。

要注意的是，笙簧之器，都是畏寒怕湿的，冬天时吹之涩滞，要以微火香料来暖笙，方可吹奏。如今东风渐暖，丽日如新，笙箫自然也就声音清亮了。因此“闻吹笙”并非泛泛之语，而是与“东风日暖”紧密相关，成为因果关系。

颔联写景，不过是不是二月二日这么早就有蜂蝶出现，我有些怀疑，不知是作者泛写，还是蜀中地气特殊使然。不过花柳蝶蜂，红绿紫黄，从色彩上来看，是够明丽温暖的了。倘是实景，可见诗人心情不错；若是虚写，则只是作者触景伤情而已。

颈联一转，写到思归之意。说我已经入幕三年，万里忆归，身在柳营，心念桃源，更期何时归去？

元亮井，自是指陶渊明，字元亮，向来被诗人们奉为田园归隐的生活标签；亚夫营，则指周亚夫屯兵细柳营，代指入幕生涯。

同时，义山此时的幕主是东川节度使柳仲郢，以细柳营之“柳”暗射其姓，十分巧妙。空间上的万里对时间上的三年，更为工整。

最后，尾联说江边新滩流水，不体谅我这异乡游子的心情，潺潺流淌，如夜雨敲檐，更是惹人离思。

这首诗以新春乐游这样一件美景美事来寄托愁思，笔调流丽而思绪抑塞，虽思路新奇，终觉伤情太过。

李商隐无论秋雨春风，花开水流，都是这般牵愁动恨，又怎得长寿呢？

约858年，李商隐于郑州病逝。

崔珏曾有诗《哭李商隐》：“虚负凌云万丈才，一生襟抱未曾开。”写尽义山一生。

三

或许正是因为李商隐终生抑郁难言的处境，欲说还休，便成了他诗风中最明显的特色。这种风格，用他的《夜雨寄北》来形容最为确切：

君问归期未有期，巴山夜雨涨秋池。
何当共剪西窗烛，却话巴山夜雨时。

这首诗又有个题目叫《夜雨寄内》，说是李商隐写给自己的妻子的，滞留巴蜀时的寄怀之作。

可是推算时间，李商隐写这首诗的时候，他的妻子已经亡故。那他到底是写给朋友还是托诗言志呢？

重点在于“君问归期未有期”吧？纵观李商隐一生，始终是前途迷茫，风雨飘摇，当此秋窗雨夕，遥想京中风物，不知何时归去，更不知还有没有机会位列朝班，一展抱负？

想说，无从说起；欲归，如何归去？眼前只有这风雨飘摇，雾迷重山。可不是只能垂首剪烛，“却话巴山夜雨时”吗？

李商隐的心境，着实曲折凄迷。

他的诗文有太多隐语，并喜欢借古讽今，写下大量的咏史诗。李商隐的咏史不同于以往文人无病呻吟的“发思古之幽情”，或是托古述怀，抒发不遇之志，而是往往着眼于历史来指陈政事、讥评时世，其根本是政治诗。比如这首：

咏　史

历览前贤国与家，成由勤俭破由奢。
何须琥珀方为枕，岂得真珠始是车。
远去不逢青海马，力穷难拔蜀山蛇。
几人曾预南薰曲，终古苍梧哭翠华。

首联说纵览历史，往往成功源于勤俭，而衰败起于奢华。这一句既是起兴，也是命题，已经把意思完全表达明白。接下来的，全是用典。

第一个典故是琥珀枕，南朝皇帝曾经得到了一个名贵的琥珀枕，却将它捣碎了入药给战士敷伤。

第二个典故是珍珠车，相传齐桓公与人争富，其人夸耀自己有车千乘，每一辆车上都装饰着大珍珠。齐桓公却说，我有人才无数，那才是天下至宝。

第三个典故是青海马，就是郭隗给燕昭王讲的那个用五百金迎还一匹千里马骨架的故事。

第四个典故是蜀山蛇，蜀国五壮士拔蛇开道的故事。

这四个典故都在说一件事，就是帝王之道，在于人心。

最后一句还是用典，当年舜作《南风歌》，一唱而天下太平。苍梧是舜埋葬的地方，而翠华是皇帝仪仗中顶上的华盖，代指皇权。

尾联是说再也没有歌南风的舜帝这样的好皇上了，祖坟里都要为不肖子孙传出哭声来。

这首诗又一次预言了大唐的将来。李商隐死后一年，大唐最奢侈的昏君唐懿宗登基，其生平真是卡准了这首诗所预言，不但穷奢极欲，而且在位十四年，换了二十多个宰相，没有一个可用之才。大唐历朝皇帝的魂灵，怎能不哭？

再如《贾生》，更是李商隐咏史诗中的杰作：

宣室求贤访逐臣，贾生才调更无伦。

可怜夜半虚前席，不问苍生问鬼神。

贾谊是诗人的作品中经常出现的人物，通常都作为怀才不遇遭贬抑者的代言人。

然而李商隐却别出机杼，感慨的是贾谊难得被汉文帝青睐的一次礼遇。汉文帝曾在未央宫正殿宣室召见贾谊，但是问的不是济世利民的社稷良策，而是鬼神玄学。贾谊说得头头是道，听得汉文帝频频点头，越靠越近，以至于空出半个席子，恨不得和贾谊贴在一起了。

这首诗直讽当朝皇上崇佛媚道、炼丹求仙、信奉邪术，而不任贤才，不顾民生。角度非常特别。

而且，这首诗虽然只有四句，却是起承转合，了了分明，不论从诗技才气还是从立意境界上来说，都是绝对的天才之作。难怪白居易想要拜托他为自己写墓志铭，甚至恨不得托生为他的儿子了。

无题诗则是李商隐创作中占有大量篇幅的又一类型，对后世诗歌产生巨大影响，较远的固然是宋代西昆体的宗师，较近的则可以说是现代朦胧诗的鼻祖。

另外，李商隐作品中还有大量虽然有题目，但只是从诗中任意取两字为题，其实仍然相当于无题的诗篇。

无题诗多以男女爱情相思为题材，情思婉转，辞藻典丽，时人虽不解深意，然而读之徘徊往复，无论从遣词造句还是意境幽远上都独树一帜，遂使风行。

最具代表性的就是《锦瑟》：

锦瑟无端五十弦，一弦一柱思华年。
庄生晓梦迷蝴蝶，望帝春心托杜鹃。
沧海月明珠有泪，蓝田日暖玉生烟。
此情可待成追忆，只是当时已惘然。

《文心雕龙》中说：“故丽辞之体，凡有四对：言对为易，事对为难；反对为优，正对为劣。言对者，双比空辞者也；事对者，并举人验者也；反对者，理殊趣合者也；正对者，事异义同者也。”

王力解释说：言对就是不用典故，事对就是用典故。

李商隐的这首无题诗，颔联、颈联，连用了“庄周梦蝶，杜鹃啼血，南海鲛人滴泪成珠，蓝田良玉映日生烟”四个典故，这就叫“事对”，也构成了四种美妙的意象，比起不用典的言对，文采自是好的，故成经典之作。

然而诚如王士祯所言：“一篇锦瑟解人难。”虽然专家们多番演绎，发明了咏物说、悼亡说、政治隐喻说等种种推论，还有人杜撰了一个李商隐与歌伎锦瑟的爱情故事，但是都属捕风捉影，想当然尔，最终我们也不知道李商隐诗中想表达的到底是什么意思。

不过，一句“只是当时已惘然”已足够让我们心领神会。其实李商隐的一生，不也是当时惘然，后世可追吗？

元好问在《论诗三十首》第十二首中直接引用原句，评道：

望帝春心托杜鹃，佳人锦瑟怨华年。
诗家总爱西昆好，独恨无人作郑笺。

郑笺，指汉代郑玄曾译注《诗经》，作《毛诗笺》。宋代梅尧臣有诗："问传轻何学，言诗诋郑笺。"便是形容郑玄注诗之美。

而元好问则在这首诗中说，《锦瑟》写得很美，诗人共爱，致敬义山，遂成西昆体，可是没有一个郑玄来译注，惜不能理解义山诗之美雅。

这使我想起我最爱的一部电影《海上花》，侯孝贤拍摄。电影绝美，但是很多人说看不懂，以致票房惨败。我因为看过小说原著，又看了很多大家为它写的论文，对故事背景及书中人物十分熟悉，所以看得津津有味，恨不得起立向导演致敬。

有一次，闺密来访，我和她一起重看《海上花》，边看边为她讲解，提醒诸看点。闺密点头赞叹："真是挺好看的片子，可是一部电影，要这样解释着才能看懂，也太费力了吧？"

一句话，倒把我给问愣住了……

再看李商隐另一首同样经典的《无题》：

相见时难别亦难，东风无力百花残。
春蚕到死丝方尽，蜡炬成灰泪始干。

晓镜但愁云鬓改，夜吟应觉月光寒。

蓬山此去无多路，青鸟殷勤为探看。

颔联虽然没有用典，但是借春蚕之“丝”代指相思之“思”，用烛泪代替情人之泪，这种以物喻人，也可以称为“事对”，远比直抒胸臆地说相思流泪要好。

要命的是，这么缠绵的两句诗竟成了后世专用来赞美老师的祝词，让我实在不能理解。尤其我刚大学毕业当老师的那两年，每到教师节就被迫要无数次面对这两句诅咒，让我郁闷地想：才刚刚二十几岁，芳华正好，怎么就无辜地“春蚕到死”“蜡炬成灰”了呢？死已经很惨了，居然还成了灰！

真心寄语天下学子，别再拿这两句诗给你们的老师添堵了。他若是个不懂诗的还好，若是熟读唐诗，又如我一样有点文字洁癖，再小肚鸡肠心胸狭窄，真能把自己怄死。我只做了两年老师就投笔从商了，有一部分原因就是再也不想收到这种“挽联”了。

且说回这首诗的颈联，比起颔联就要逊色得多了。说的是自己早晨照镜子看到白发，于是觉得自己老了；夜里吟诗又觉得冷清，这当然都是因为想你。

这两句平铺直叙，是为“言对”，气势明显弱得多，而且两句诗只说了一个意思，重复抒情，显得累赘。故而后人有以此作曲的，却只取前四句，直接忽略后半截，因为“意尽”，于是“律诗”也就真成了“截句”了。

除了历史典故外，李商隐还喜欢大量地借助神话故事来反衬现实悲怆，抒发末世怀想。比如这首《瑶池》：

瑶池阿母绮窗开，黄竹歌声动地哀。

八骏日行三万里，穆王何事不重来？

传说周穆王曾驾着日行三万里的八匹骏马，前往瑶池去参谒西王母。路经黄竹山时，看到很多百姓冻毙在风雪中，大为惊骇，遂作《黄竹歌》来哀悼他的子民。

李商隐在诗中问，像周穆王那样的天子还有吗？有没有一个君王可以把我们的苦难说给王母听，请求天降福祉来抚慰一下民众的疾苦？

李商隐是关注现实的，对百姓疾苦有着深切的感触，诗中的沉郁哀伤不弱于杜甫，但是因为喜欢用典，诗词含蓄婉转，不易读懂，削弱了他诗中的沉痛意味，让课本无法将李商隐的诗视为“革命诗篇”来加以宣扬了。

四

《红楼梦》中，林妹妹说：“我最不喜欢李义山的诗，只喜他这一句‘留得残荷听雨声’。”实在是过苛了。

其实妹妹记错了，不是“残荷”是“枯荷”。且看原诗：

宿骆氏亭寄怀崔雍崔衮

竹坞无尘水槛清，相思迢递隔重城。

秋阴不散霜飞晚，留得枯荷听雨声。

林黛玉教香菱写诗时，首推王维。而王维的诗极少用典，多以写境空灵见长，可见黛玉心性。而李商隐的这首诗难得没有用典，直抒胸臆，故为黛玉独喜。

关于秋荷，李商隐更著名的还有一首《暮秋独游曲江》，更加直白通俗：

> 荷叶生时春恨生，荷叶枯时秋恨成。
> 深知身在情长在，怅望江头江水声。

不仅林妹妹，我在教学时也经常听到很多人说不喜欢李商隐，因为读不懂。其实，诗就是诗，朦胧美也是美，神秘性的美更是美，你只要感受它的美就好了，能捕捉到诗中所表达的情绪已经足够，为什么一定要读懂呢？

更何况，那些你自以为读懂了的诗，比如张籍的“还君明珠双泪垂”，纳兰容若的“人生若只如初见”，你是真的读懂了吗？所以，何必执念于懂与不懂的界限？

林黛玉曾说宝姐姐太胶柱鼓瑟，然而对李商隐却也是拘泥了。

李商隐的诗句是真美，美得让人窒息，诚如《千首唐人绝句》书中所评：

> 义山佳处，不可思议，实为唐人之冠。一唱三叹，余音袅袅，绝句之神境也。义山七言绝句，意必极工，调必极响，语必极艳，味必极永，有美皆臻，无微不备，真晚唐之独出，即一代亦无多也。

这段话说李商隐的诗具备诗歌美学要求的所有方面，致命的唯美婉约，在有唐一代也没有几个人能与之匹敌。

除了我们上面举过的诗之外，李商隐诗中警句无数，俯拾即得，且随举几例，相信珠玑罗列，不胜枚举，总有一款适合你："身无彩凤双飞翼，心有灵犀一点通。""春心莫共花争发，一寸相思一寸灰。""深知身在情长在，怅望江头江水声。""直道相思了无益，未妨惆怅是清狂。""风波不信菱枝弱，月露谁教桂叶香。""刘郎已恨蓬山远，更隔蓬山一万重。""青女素娥俱耐冷，月中霜里斗婵娟。""神女生涯原是梦，小姑居处本无郎。""蜡照半笼金翡翠，麝熏微度绣芙蓉。"……

面对这样优美的诗句，是否能够读懂作者本意，无法一字一句地解释诗句，重要吗？

而且，林妹妹的审美口味似乎并不代表曹雪芹的文学标准，因为北静王水溶初见宝玉时也是用了一句李商隐的诗："雏凤清于老凤声。"

脂批说："妙极！开口便是西昆体。宝玉闻之，岂不刮目哉？"连西昆体也一并夸了。

这首诗是李商隐写给外甥韩冬郎的。当时冬郎只有10岁，有一次和家人一起送别姨夫，即席赋诗一首。诗中有"连宵侍坐裴回久"一句，颇为老成。李商隐大加赞扬，其后写下两首七绝相赠，其一云：

> 十岁裁诗走马成，冷灰残烛动离情。
> 桐花万里丹山路，雏凤清于老凤声。

这当然也是用了比喻，但是恰到好处。而北静王引用这句诗来形容宝玉，更是聪明，既赞美了宝玉如雏凤清啼，又吹捧了贾政如老凤健举，确实是贤王腔调。

李商隐作这首诗时正值不惑之年，六年后辞世。然而他的香奁风格，由冬郎继承发扬并进一步推广了。

韩冬郎，就是著名诗人韩偓（约842—923），字致尧（一作致光），晚年号玉山樵人。与罗隐、韦庄并称晚唐诗坛的“华岳三峰”。

韩偓的父亲是韩瞻，与李商隐为同科进士，娶了王茂元的六女儿。李商隐还写诗调笑过他，说他“新缘贵婿起朱楼”，结果不久自己也娶了王茂元的七女儿，同韩瞻成了连襟。真是世事难预料啊。

韩瞻的诗写得一般，但韩偓是个天才。擅七律，曾以编年史的方式再现了唐王朝由衰而亡的图景，纪事与述怀相结合，用典工切，既有杜甫的沉郁顿挫，又有李商隐的用典工切；唯惜笔力不及，构思稍嫌平浅，在才气上终究是输给老杜和小李，未能臻于上境。

且看这首《自沙县抵龙溪县，值泉州军过后，村落皆空，因有一绝》：

水自潺湲日自斜，尽无鸡犬有鸣鸦。
千村万落如寒食，不见人烟空见花。

这首诗写于唐朝初亡。沙县、龙溪县均在今福建境内，这泉州军也不知是哪支军队，总之过境之后，便如鬼子进村，村落尽空，鸡犬不闻，只有乌鸦四啼。

乌鸦为什么会啼噪呢？自然是因为死人多之故。千万村庄杳无人烟，宛如寒食节一般，然而野花如旧开放，正是“国破山河在，城春草木深”。

李商隐在诗中一再预言的大唐灭亡，由他的外甥冬郎目睹了。

晚唐风雨中的残红碎玉

一

有句俗话说：“皇帝的女儿不愁嫁。”

其实是误会，这说的是皇上强行赐婚的话，没人敢违旨，于是皇女就不担心找不到婆家了。可是如果这是个圣明皇上，不肯强迫大臣的话，那么皇上的女儿还真没人愿娶。

比如唐宣宗为女儿选驸马时，士族子弟就集体沉默，没有一个人应选。于是宣宗向宰相问计，宰相白敏中（白居易的堂弟）遂推荐说：今年新科状元郑颢就很好啊，年轻俊朗，又未娶妻。

唐宣宗欣然允诺，遂命白敏中负责此事。

可是郑颢在考举前是和卢家千金有过婚约的，与很多话本小说的情节一样，临上京前，曾经长亭洒泪，折柳赠别，柔情蜜意说待我金榜题名，立刻前来迎娶。

郑颢并非陈世美，没有一朝中举就翻脸无情。因此白敏中来说亲时，郑颢并不愿意，实言相告说在考举前已经和郑州卢家小姐订了婚约。

白敏中沉下脸说：订婚，那就是还没成婚喽，写封信退婚就是。皇上的圣旨这两天就下达，你抓紧时间处理一下吧。

郑颢想着临别前卢小姐的蒙眬泪眼，实在不愿负心，索性不告而别，偷偷离开京城奔郑州，备足聘礼，敲锣打鼓地准备迎娶心上人，来一个“金榜题名日，洞房花烛时”的双喜临门。

但是白敏中提前听说了消息，竟以宰相之权签下文书，命人快马加鞭送至郑州，强行将郑颢带回京城。

可怜郑颢和卢大小姐青梅竹马，两情相悦，一对美满鸳鸯就这样生生被拆散，因此心中暗恨了白敏中一辈子。

我们今天经常看到举子高中状元后立刻被皇上招为驸马的狗血剧情，然而实际上，郑颢是大唐三百年间唯一确切可考的状元驸马。而他与万寿公主的婚姻只维持了十年，十年后，郑颢抑郁而终。

《全唐诗》收录其诗唯有一首：

续梦中十韵

间岁流虹节，归轩出禁扃。
奔波陶畏景，萧洒梦殊庭。
境象非曾到，崇严昔未经。
日斜乌敛翼，风动鹤飘翎。
异苑人争集，凉台笔不停。
石门雾露白，玉殿莓苔青。
若匪灾先兆，何缘思入冥。
御炉虚仗马，华盖负云亭。
白日成千古，金縢闷九龄。
小臣哀绝笔，湖上泣青萍。

诗写得很普通，但是“御炉虚仗马，华盖负云亭”一联充满无奈之情，而尾联“小臣哀绝笔，湖上泣青萍”显然是临终所作，可见郑颢对自己的驸马生涯，自始至终都是不情愿的。

然而他自己虽然不愿意做驸马，却动员了自己的好朋友于琮做驸马，为自己挑选了一个好连襟。

而关于驸马于琮的故事，也同样是一波三折。

原来，万寿公主嫁出去了，皇上又开始为永福公主的婚事发愁。郑颢就对好友于琮说：“你很有才华，只是运气不好，所以一直不得志。如果你愿做驸马，倒是一条升官捷径，可展平生所能，我有办法帮你。”

于琮想了想，就答应了。于是郑颢便向宣宗举荐，宣宗问明于琮才华样貌都属上乘，祖上历代为官，父亲是户部侍郎，门第高贵，堪为佳婿，遂欣然允婚。

于是郑颢又托人给考官递话，说这是皇上心中的驸马之选，让人在贡举时将于琮录取为进士，选官左拾遗、内供奉。有了地位，这才正式宣布与皇家定亲。

永福公主知道这婚事是姐夫促成的，又向姐姐打听了于琮相貌年纪，对婚事也很满意。

可是就在成婚前不久的一次宴席上，永福公主因为一点小事闹脾气，把筷子给折断了，惹得宣宗大发雷霆，教训说：“你这样的性子，怎能嫁到士大夫家做媳妇？”竟然另外指婚，让四女儿广德公主嫁给了于琮。

永福公主连哭都没来得及哭一声，就把一个到手的未婚夫婿给丢了。

于是，成婚之日，姐妹易嫁，这婚礼相当轰动。

广德公主白白捡了个乘龙快婿，对这宗婚事那是相当珍惜。出嫁后举案齐眉，尊老爱幼，家族中凡有庆典，她都会规规矩矩地和其他媳妇一样按老少顺序站队，从不以公主身份僭越，绝不会发生像升平公主“醉打金枝”那样的闹剧，绝对是一等一的唐朝好媳妇。

二

859年八月，唐宣宗病逝，原欲立第四子夔王李滋为太子，还未及下诏而终。于是宦官们矫诏另立，迎皇长子李温为帝，改名李漼，史称唐懿宗。

这又是一个标准的昏君，沉湎游宴，挥霍无度，不思政务，四处游兴，各种荒唐事干全了。

他每天都要想出不同的理由在宫中设宴，每月大摆宴席十数次；宫中供养乐工五百多人，常常带着他们四处游幸，花费无数；有时候出行游冶，内外扈从多达十余万人，开支数额巨大，“大中之治”攒的那点银子很快就被他败光了。

咸通四年（863），懿宗率队将高祖献陵以下到宣宗贞陵十六座帝陵统统拜了一遍，扈从上万，耗时多日，祭祀物品更是难以计数。

懿宗最宠爱的女儿，是同昌公主。

传说这同昌公主生下来不会说话，大家都以为她是个小哑巴。有一次大病，连日昏沉，父亲来看她时，同昌公主忽然睁开眼说：“得活。”

众人皆惊，不知道公主为何忽然病愈，更为何能开口说话了。就在这时，迎立太子的仪仗来到王府门前，李漼一步登天，从此视公主为福星，十分宠爱。

还记得《红楼梦》中秦可卿房内摆设，“悬的是同昌公主制的联珠帐”吗？说的就是这位公主。

懿宗为同昌公主选中的驸马是新科进士韦保衡，也是世家之子。公主出嫁之日，那婚礼的排场当真是空前绝后，奢华到逆天。《杜阳杂编》有载：

> 咸通九年，同昌公主出降，宅于广化里，赐钱五百万贯，仍罄内库宝货以实其宅。至于房栊户牖，无不以珍异饰之。又以金银为井栏药臼、食樻水槽、釜铛盆瓮之属，仍镂金为笊篱箕筐。制水精火齐琉璃玳瑁等为床，悉楮以金龟银鳌。又琢五色玉器为什合，百宝为圆案。又赐金麦银米共数斛，此皆太宗朝条支国所献也。堂中设连珠之帐，却寒之帘，犀簟牙席，龙罽凤褥。连珠帐，续真珠为之也。却寒帘，类玳瑁班，有紫色，云却寒之鸟骨所为也，未知出自何国。

这里明明白白交代了连珠帐的来历。同昌公主出嫁的规格，远超唐朝史上最得荣宠的太平公主和安乐公主，是三百年间最辉煌的一次，却发生在大势已去的晚唐，这绝不是锦上添花，而只会加速大唐的灭亡。

所谓“德不配位，必有灾殃”。同昌公主的婚礼如此奢靡，绝不会给她带来幸福，而只会受到天谴。因此结婚一年多就病故了。

且说驸马韦保衡因为娶了同昌公主而平步青云，先是任翰林学士，不久官拜中书舍人、兵部侍郎，以本官平章事，也就是宰相之位。有才之士要拼搏一辈子才能得到的尊荣，他只用一年就得到了，更是德不配位。

况且韦驸马又不是什么有志之士，用投机手段得来高位后，毫不懂得韬光养晦，珍惜机缘，而是挟私弄权，凡自己看不顺眼的人，必加排斥，在朝中结怨甚多。

公主薨，懿宗悲痛至极，亲作挽歌，还命令百官为挽词祭奠，这也是逾制的。但懿宗只顾一己之私，哪管什么祖宗礼法，不但命令公主乳母殉葬，且把为公主治病的御医韩宗劭等二十余人悉数处死，甚至连其亲族也不放过，株连者三百余人，赶得上一次小型政变。

宰相刘瞻、京兆尹温璋等极力上谏，劝诫皇上不要滥杀无辜，结果你猜怎么着？其实一点也不难猜，这两人都被贬了。

温璋心灰意冷，气性又大，愤然说："生不逢时，不如一死了之。"竟然服毒自尽。

温璋自杀了，而唐懿宗的倒行逆施，又何异于自取灭亡？

这场闹剧持续了大半年，就连广德公主的驸马于琮也被牵连在内，遭到流贬。

论辈分，同昌公主应该喊于琮姑父，按说从无为了侄女而平白无故地迁怒姑父的道理，可是一则皇家从无亲情，二则懿宗就是个神经病，更是不论是非皂白。

驸马被贬，公主可以不必随行。但广德公主主动请求说："我丈夫在哪儿，我也在哪儿，天涯海角，必定相随。"

贬放途中，广德公主害怕失去理智的亲哥哥懿宗会派人暗杀于琮，经常换上于琮的衣裳当替身；每见可疑之人，必挡在于琮身前，一路小心，终于保护丈夫安全抵达，夫妻俩于贬地相濡以沫。

这样的鹣鲽情深能够出现在人伦奇突的皇室婚姻中，着实难得。

除了宠溺同昌公主、滥杀无辜外，懿宗还干过另一件更让人无语的事：迎佛骨！

一个穷奢极欲、双手染满鲜血的杀人狂魔，竟然崇信佛法，这真是给佛教徒抹黑。

武宗灭佛之后，佛教势力受到沉重打击，一度消沉。但在宣宗即位后，全国陆续恢复了寺院建设。到懿宗时期，佛教势力再次蓬勃发展。

唐懿宗一手大开杀戒，挥金如土，一手广建佛寺，布施无数，似乎这样就可以为自己的挥霍找到正当理由了，也可以为自己的杀人无数洗清罪孽了。可是佛教首戒就是不能杀戮，更忌奢靡，所以说经是好经，都是被歪嘴和尚念坏了。

佛经的大量需求刺激了印刷术的发展，现存最早的印刷品之一就是咸通九年（868）刻印的《金刚经》卷子，今藏于伦敦大英博物馆，而国内现存最早的印刷品，则是佛家的《陀罗尼经咒》。

咸通十四年（873）三月，懿宗下诏往法门寺迎佛骨来京供奉。

还记得韩愈为了谏迎佛骨而被宪宗贬谪吗？迎佛骨第二年，

宪宗就驾崩了，佛祖一点都没有保住他。

如今懿宗又来了这么一出，大臣们也是一致反对，劝谏理由除了此举实在劳民伤财之外，又加上了唐宪宗的前车之鉴，以为此举不祥。

然而唐懿宗充耳不闻，倔强地说："朕能活着见到佛骨，死也无憾！"

以他奢侈无度的一贯做派，这次迎佛骨的规模，比起宪宗那回有过之而无不及。于是佛祖回馈他的也比对宪宗来得更雷厉风行，三个月后，就让懿宗归天礼佛去了。

咸通十四年（873）七月十九日，41岁的懿宗李漼在咸宁殿病卒。五子李儇（xuān）在宦官拥立下即位，史称唐僖宗。

三

唐僖宗李儇即位时，只有12岁，是整个唐朝即位时年龄最小的皇帝。

一朝天子一朝臣，韦保衡的势力被夺，曾经被他陷害的人开始群起反攻，韦保衡先是获罪，后被赐死，也算是报应了。

广德公主和于琮，也终于奉诏回京，恢复禄位。

乾符元年（874），于琮得授太子少傅，不久职任山南东道节度使，加同平章事，成为宰相。

本来故事可以有个美好的结局，坏公主和坏驸马双双丧命，好公主和好驸马白头偕老。如果是这样，那么晚唐公主的婚姻生活中也就会有一个关于幸福的童话。

可惜的是，天不从人愿，大规模的王仙芝、黄巢起义爆发了。

这几乎也是必然的，因为这个小皇帝李儇和他的叔叔唐敬宗李湛一样，痴迷于骑射剑术等各种体育游戏，尤为热衷打马球，经常因为迷恋游戏而荒废朝政。朝堂之事，任由宦官田令孜任意作为，还把田令孜称为“阿父”。

认贼作父固然可耻，堂堂皇帝竟然认太监作父，简直荒唐之至，这国家朝政还好得了吗？

田令孜贪婪无度，四处索贿，所有官员任免，全由贿赂数额决定。在此情形下，全国各地盗贼横行，藩镇兵变或是私伙起义都是家常便饭。而其中规模最大的，就要数私盐团伙王仙芝和黄巢的起义军了。

880年，黄巢进犯长安。僖宗和他的先辈玄宗一样，麻溜儿地逃往四川。

逃亡之前，混蛋小皇帝还举行了一场令人瞠目结舌的马球赛。

因为入蜀之前，要先选蜀地节度使，当时的候选人有四位，而蜀地只有三镇，即西川、东川、山南西，其中尤以西川节度使最为重要。

四人三镇，如何选择？于是僖宗这个小混蛋就让四人打马球，以名次决定职位——如此儿戏，唐朝怎能不亡？

结果，大太监田令孜的哥哥、左神策军将佐陈敬瑄获胜，取得了西川节度使之位。

诏令一出，天下皆惊。因为原任崔安潜文武双全，善用兵，曾经大破王仙芝部队，并与黄巢多次交手，从未落败。这样一位名将，本应加官晋爵才对，却因为一场马球赛输掉了官位，由毫无建树的宦官统领取代，这简直是找死的节奏啊。

这样的情节，如果出现在电视剧里，大家一定会觉得是网络作家为了出奇制胜，而故意制造一些匪夷所思的荒诞情节来博眼球，可它竟然实实在在发生于大唐王朝最危难的时刻。唐朝小皇帝，就是这么混蛋到令人瞠目！

于是，皇帝在田令孜神策军的护卫下，浩浩荡荡恬不知耻地逃往蜀地，效仿玄宗皇帝“西狩”去也，成了唐朝历史上唯一一个终身逃亡的倒霉皇上。

诗人罗隐《帝幸蜀》一诗记录了这段史实：

马嵬山色翠依依，又见銮舆幸蜀归。
泉下阿蛮应有语，这回休更怨杨妃。

唐末进士韦庄也曾作《立春日作》诗云：

九重天子去蒙尘，御柳无情依旧春。
今日不关妃妾事，始知辜负马嵬人。

这两首诗都是拿僖宗入蜀与当年的玄宗入蜀相比，指出帝王无德，国家动荡，其实关后宫妃子何事？当年的杨贵妃死得委实冤枉。

这次幸蜀，于琮与广德公主并未随驾。

此时于琮年已老迈，多年流离失所，已经厌倦了东奔西躲的流亡生涯，恰又抱病在身，故而留守长安，好媳妇广德公主自然也侍病在侧，不肯远离。

881年1月，黄巢在长安称帝，国号大齐，并宣诏任命于琮为宰相。

于琮守节不从，声称："我本大唐驸马，焉能受叛军官职。"于是被杀。

公主眼见丈夫惨死，垂泪说："我和我丈夫誓死相随，他在哪里，我在哪里，他既被你们所杀，我誓不独活，但请引刀一快！"

士兵们一听都愣了，找死？大王命我来巡山，只说那老头若不应诏就杀了，可没说要杀公主啊。这怎么办？

趁着士兵犹豫，广德公主转身逃入内室，关闭房门，悬梁自尽，以身殉夫。

好公主与好驸马，到底完成了"你是风儿我是沙，缠缠绵绵到天涯"的誓言，生死相随。

于琮这样的例子并不罕见。黄巢在长安时短暂称帝，对于唐朝大臣是从者召之，抗者杀之。大臣们四处躲藏，反军满城搜捕，大开杀戒。

写过《汴河怀古》和《茶中杂咏十首》的"醉吟先生"皮日休就曾应召为官，被封为翰林学士。

皮日休（约838—约883），字逸少，后改袭美，襄阳（今湖北襄樊）人，曾住鹿门山，自号鹿门子，又号间气布衣、醉吟先生、醉士等。进士及第，在唐时历任苏州军事判官、著作佐郎、毗陵副使等官职。

其诗作《天竺寺八月十五日夜桂子》被选入人教版小学课本：

玉颗珊珊下月轮，殿前拾得露华新。

至今不会天中事，应是嫦娥掷与人。

这首诗作于他进士及第的次年，正是得意之时，诗中充满欣喜。

士子中举被称为“蟾宫折桂”。因而这位新科进士在中秋夜临桂赏月，欣然自得，咏说这桂花是从月宫飞落的，我在殿前拾得，还沾着露水的馨香。我还不明白天上的事到底是怎样的，不过桂花飞落，应该是嫦娥撒下来赐予凡人的吧。

折桂之喜跃然纸上，隔了上千年，至今读来尤觉贻人桂花，手有余香。

皮日休擅讽喻，但是懿宗、僖宗哪里是能听得进意见的人呢？皮日休在唐室朝廷得不到重用，便去投了黄巢，成了唐室的叛臣。

可惜，他在黄巢军中还没有来得及展示济世良才，黄巢便兵败了，皮日休亦不知所终。

四

唐僖宗李儇在四川躲避了整整四年，直到885年三月方回到长安。

但是大唐疆土已经被各节度使瓜分大半，直属皇权的仅有剑南、山南、岭南的数十州县而已。

对于皇上的这次还京，诗人崔道融有诗《銮驾东回》，再次提起了杨贵妃：

两川花捧御衣香，万岁山呼辇路长。
天子还从马嵬过，别无惆怅似明皇。

这首诗极尽讽刺之能事，可见唐皇帝在百姓心中已经半点威风不存了。

即使这样，唐僖宗也完全没有从危机中吸取到任何教训，仍不懂得选拔贤能。一是倚重宦官，二是本人无能，他在逃亡过程中，全不念川军护驾之功，不加赏赐，却只犒赏随驾的神策军。

另外，因为黄巢军内部分化，叛军首领朱温降唐。唐僖宗大喜过望，认为“天赐我也”，赐朱温更名朱全忠，授以实权。他没想到是，就是这个朱全忠，最终夺走了大唐江山，建立后梁以代之。

当年唐玄宗重用安禄山，导致了安史之乱并逃往四川；如今唐僖宗再次追着祖宗脚印往四川避了一回难，却全没有吸取教训，亲手提拔了唐朝的挖墓人朱温，竟然还赐名“全忠”。这皇帝的脑子，绝对是在打马球的时候被驴踢过！

但是唐僖宗这会儿还完全不知道自己不但认太监作“阿父”，还同时以天敌为心腹，仍为了自己的重返皇城而得意扬扬呢。还特地招来黄巢的姬妾，责备说：“你们都是高官显贵之女，世代蒙受国恩，竟然屈从反贼，可谓不知羞耻。”

为首的一个女子反驳说：“逆贼凶不可挡，朝廷有百万军队，尚且宗庙失守，皇上弃宫逃往巴蜀，不顾百姓。我等弱女子又能如何？若是陛下因为我等未能抗贼而责罚，那又把那些公卿将帅们放到什么地方去呢!”

这番话，说得简直太好了！诚如花蕊夫人之诗：“十四万人齐解甲，更无一个是男儿。”

唐僖宗恼羞成怒，只好跳脚大叫："你们从了黄巢又怎么样？他还不是败了？黄巢败了！黄巢败了！"

黄巢，固然是败了，唐朝，却也一样败了。

这些可怜的女子，到底还是被拉到街市杀头示众，以彰显皇家威风。殊不知，百姓们看着这些先被反贼污辱又被皇帝斩首的可怜女子，心中咒骂的，只有这个缩头乌龟的混蛋皇帝，又哪有什么威风可言呢？

对此，写过"这回休更怨杨妃"讽刺僖宗入蜀的罗隐，又写了一首《西施》来讽刺：

家国兴亡自有时，吴人何苦怨西施。
西施若解倾吴国，越国亡来又是谁。

家国兴亡，在于天时地利人和，天不假时，王者无德，必致天下动乱，却与女子何辜？

罗隐替女子们发问：若说吴国之亡是因为西施，那么后来越国也终遭灭亡，又该怪谁？帝国更迭，从来都是帝王之事，何必总是拿女人出气？

西施也罢，杨玉环也罢，花蕊夫人也罢，风雨飘摇中，脂残粉褪，蒙辱最深的总是女人，而风住尘香，女子们零落成泥碾作尘，香魂已逐杜鹃飞，还要为男人们承担骂名。大唐皇上，可知羞耻？

且说这之后，奸宦田令孜依然故我，只管贪婪敛财。因为看到大臣王重荣手握盐田，便想吞占，而且不给就抢，还想发兵硬夺。

这是典型的官逼官反，于是王重荣求助太原带兵的李克用，两人联手逼进长安。于是刚安稳了没多久的唐僖宗只得再次逃亡，这次没脸再回成都了，就近躲到了陕西凤翔。

此时朝廷诸军各自为政，看到小皇帝又跑了，索性拥立襄王李煴为帝，遥尊唐僖宗为“太上皇”。

这是大唐最后一位太上皇，也是最年轻的一位太上皇。时为886年。

不过唐僖宗毕竟年轻，可没唐玄宗那么安分，对这位新帝压根儿不认账；李煴只是个傀儡皇帝，也没有肃宗李亨能干，所以，不久唐僖宗又纠集兵马打回来了。李煴被杀，僖宗削其属籍，废为庶人，故而在历史上也没有个谥号。

888年二月，在流亡生涯中重病缠身的唐僖宗终于再一次返回长安，拜谒太庙以后，举行大赦，改元文德，只过了一个月，即“暴疾”而亡，年仅27岁。

不过，他虽然一生颠沛流离，几度逃离京师，但最终驾崩，却是安稳躺在皇宫武德殿驾鹤西行的，总算死得瞑目。

因皇子年幼，众臣拟立皇弟李保为嗣君。然而晚唐的惯例是宦官专权，立皇帝这么大的事哪能交给宰相们说了算，自然是由太监做主。

于是，新一任权宦杨复恭披挂登台，请立唐僖宗胞弟寿王李杰为帝，登基后改名李晔，史称唐昭宗。

抛开最后被叛军控制的傀儡小皇帝李柷不算，李晔可以说是大唐最后一任正经皇上了。

黄巢，一枝杀人的菊花

一

在历史课本上，黄巢起义是被描写成正义的农民起义，给予大力歌颂的。

然而，黄巢既不是农民，起兵的理由也不是为了正义。

黄巢（约820—884），曹州冤句（今山东曹县西北）人，出身于盐商家庭。据说他也是个神童，5岁时即能写诗。有一次他父亲为菊花联句，还没想好下文，黄巢已抢先吟道：

> 堪于百花为总首，自然天赐赭黄衣。

又是百花为首，又是天赐黄衣，这简直有点后世枭雄赵匡胤“黄袍加身”的气概。黄巢的父亲觉得此句不祥，口气太大，一边呵斥他不许胡说，一边抬手要打，想让他收敛情性，长长记性。可是他爷爷劝住了，说：“乖孙既然会写诗，总是好事。只是小孩子不知轻重，让他自已另写一首好了。”

于是黄巢便写了人生第一首《题菊花》：

> 飒飒西风满院栽，蕊寒香冷蝶难来。

他年我若为青帝，报与桃花一处开。

这首诗更吓人了，口气大到逆天。书上没有说黄巢的爷爷和爹听了这首愈发大逆不道的诗会作何反应，但不得不承认，这是一首好诗，而且很难相信出自5岁孩童之口。

鉴于黄巢其人有反骨，史上对其所有的记录都是神乎其神，而且这故事又出于隔了百年的宋人之书《贵耳集》，我先投个不信任票吧。

这首诗的前两句还算正常，说秋天到了，天气冷了，蝴蝶都不见了，可是全然不畏冷的菊花却开了。

但是不言菊花，却说“西风满院栽”，这种绕弯子说话的口吻首先就不像孩童之语；而“蕊寒香冷”一词亦太世故，至少也要十二三岁的少年方写得出。

后两句诗言志，更是大气。青帝，又称青主，就是司春之神，负责安排百花开放的花期。这句诗的意思是，我要是有一天当了青主，就让菊花和桃花一起，在春天最早开放。

这种抢占春机占山为王的气概，确实像个反叛头领。古人本着“诗言志”“三岁看老”的经验之谈，将这首诗判为黄巢在5岁时的神作，我是怎么都无法接受的。

不过，在课本中，这首诗被解读成革命诗篇，表现了农民朴素的平等观念，因为作者希望菊花和桃花同开，是为了感受同样的春天，渴望公平待遇，体现了“农民阶级领袖人物推翻旧政权的决心和信心”。

我只能说：呵呵。

还是看黄巢的第二首菊花诗吧，写于他科举落榜后。

唐朝科举明文规定不许商人子弟投考，黄巢作为私盐贩子，不知道是怎么样办出考试资格证书的。不过，盐商家财万贯，晚唐政治腐败，官衔都由着田令孜买卖，上行下效，地方上也都沆瀣一气，找地方官帮帮忙买个乡贡资格应该是可以办到的。

只是，黄巢落榜了，而且是不止一次落第。

如果能穿越回唐朝，我真希望能当黄巢考举那年的主考官，一定赏他个状元，哪怕举人都行。那样，黄巢可能就不会造反了，也许大唐就能再续几年命了。

黄巢的反意在落榜时已经显露无遗，也许他自己还没想清楚，但是骨子里的反水已经噌噌地往上冒，诗中早已流露出端倪了。

且看这首《不第后赋菊》：

待到秋来九月八，我花开后百花杀。
冲天香阵透长安，满城尽带黄金甲。

这首菊花诗比前一首更加杀气腾腾，已经挂了相了。原先还只是想着和桃花一起开，占个前排座位就好，现在索性希望“我花开后百花杀”，要唯我独尊了。

政治家们赋予了这首诗非常高大上的寓意，认为代表了“农民起义军的英雄风貌与高洁品格”，表现了“呼唤革命暴风雨早日来到的情绪”，“展示出农民革命风暴摧旧更新、主宰一切的胜利前景”。

我每次看到这种政治挂帅的解读都非常害怕，万事一旦先入为主，就很难好好地玩耍了，也很难静下心客观公正地欣赏一首诗。

因为这些诗家们成心无视这首诗写作的时间与背景，甚至不肯看一眼题目，乃是《不第后赋菊》，写明黄巢这会儿和农民军还没有发生任何一点儿关系，仍是一名渴望登科求仕的落魄举子。

倒是前些年张艺谋有一部耗巨资拍摄的大片《满城尽带黄金甲》，对这首诗进行了非常立体的诠释，满屏女人的“小兔兔”和男人的黄甲胄，将皇权与起义军演绎得血色飞扬，确实“让人看到了黄金铁甲军即将攻破长安的磅礴气势”。

二

黄巢没能中举，改换门庭，只好回到家乡子承父业，做起了盐帮首领。

当时的盐主要由官家统一买卖，所以私盐利润极大，风险也就大。私盐贩子们都是团伙作案，动辄千百人一起出动，这样子，就算官兵预先得知了消息，想设伏围剿，看到盐帮的阵仗也只好收兵撤退。

所以，私盐团伙的势力也就越来越强大，挣了钱，就招兵买马配武器，渐渐形成了不凡的武装力量，可以与任何一支官家队伍相抗。

874年，全国各地连年灾害，河南最为严重，民不聊生，饿殍遍野。然而马球皇帝李儇和田令孜还在不住地骚扰地方，苛捐重税，终于逼得私盐贩子王仙芝与尚君长等揭竿而起，两支队伍再加上闻风投奔的流民，共计数千人，号称“草军”，一路攻州占县，先后攻陷了曹州、濮州和郓州，声名大振。

黄巢和王仙芝是同行，一看草军声势浩大，这热闹岂能不赶？遂与兄侄八人响应王仙芝，也带着自己的私盐队伍起兵了。

这期间，唐僖宗本来是有两次机会迅速将叛乱扑灭，而不致令皇室奔徙入蜀的。

一次是招讨使曾派人安抚王仙芝，许以官爵，王仙芝也答应了，并且派副帅尚君长等人入京请降。

眼看叛乱一事可以通过招安来和平解决了。可是奸臣宋威为了抢功，却在半路上捉了尚君长等人，献入京师，谎报是自己英勇作战临阵活捉的。唐僖宗派侍御史审问此事，宋威却把尚君长等人带到狗脊岭，直接杀了灭口。

王仙芝听说自己派去受降的大将竟然被斩，焉能不怒，遂大兴兵马，攻打荆州，同时一路烧杀抢掠，向京城进犯。

奸臣当道，贪官误国，大唐的气脉，合该数尽。

另一次是黄巢在攻打襄阳时，山南东道节度使刘巨容和江西招讨使曹全晸一起到荆门抗敌，在树林中布下伏兵，大败反军。黄巢军十伤七八，渡江东逃，有人劝刘巨容乘胜追击，将反军一举歼灭。

这时候，刘巨容是完全有这个实力和机会的。但是他对自己的实力太自信，而对皇权太没有信任感，叹息说："皇家反复无常，有求于我们时才会封官晋爵，动乱平息后就过河拆桥，功劳被人抢了不说，可能还反遭暗算，倒不如留着巢贼钓鱼，等下一次战事危急时再杀他立功。"遂按兵不动，坐失良机。

这给了黄巢一线生机，让他有时间缓过气来，重新纠集力量，绕道攻城，进犯长安。

本来也不至于那么容易就打进皇城，然而凤翔、博野的援兵来救助长安时，看到田令孜的亲兵耀武扬威，刚招募的新兵也都一个个衣着光鲜，吃得也比自己好。这些长途奔援的兵士立刻就火了："你们不过是新兵，一没经验二没战功，凭什么养尊处优，倒要我们去送死？"索性不战而降，给义军当了向导。这才让黄巢的队伍长驱直入，直奔宫城。

所以说，大唐江山，完全是葬送在皇帝自己的昏庸无能任人唯奸上。而刘巨容也确实没有错看了皇上的心胸。

885年，唐僖宗自成都回銮，正是由刘巨容护送，起初倒也论功行赏，得封中书令，名列使相。

可是嫉贤妒能又贪财的田令孜又出来作祟了。据说是听说刘巨容有炼金术，意欲谋求，被拒，遂上书诬陷刘巨容谋反。

偏听偏信的唐僖宗完全不念旧功，竟然真的赐毒酒一杯，不但杀了刘巨容，还将其全家灭族——杀名将，用奸宦，这小皇帝也算是把所有的犯浑都做全了。27岁才死，已经便宜了他！

三

黄巢历史清晰，确实不是农民，就连起兵的基本成员也不是农民，而是私盐贩子。所以我才说这并不算是纯粹的农民起义，因为农民还在好好地种地呢。

当然，后来加入的人中，肯定有很多农民，可是皇家军队中，士兵也大多都来自农民子弟，但是这样就能把官兵叫成农民军吗？

再则，我说黄巢的动机也没有多么正义，是因为他本来就是一心想做官的，并没打算和腐朽权贵做斗争，而是非常渴望加入他们，因为皇上不肯带他玩，才不得已从私盐贩子变成义军首领的。

879年，黄巢兵围广州，和朝廷讨价还价，要求得到广州节度使一职，未能如愿，才再次进犯。换言之，只要官给得够大，钱给得够多，黄巢是很乐意与腐朽王朝称兄道弟的。

而黄巢一旦进入长安，登基掌权，也并没有对百姓多好，而是比李唐皇室更加狠辣。一边屠城抢掠，一边大规模盗墓，将繁华帝都变成人间地狱，不但王公贵族无一幸免，就连普通人家也都不得安宁，人心惶惶，争相外逃。

《新唐书·逆臣下》记载，黄巢于880年称帝，国号大齐，纵兵抢掠，“富家皆跣而驱，贼酋阅甲第以处，争取人妻女乱之，捕得官吏悉斩之，火庐舍不可赀，宗室侯王屠之无类矣”。

之后，又因为小股唐军进城时，百姓欢迎，黄巢为了报复，竟下令血洗京城。《旧唐书·黄巢传》载，“贼怒坊市百姓迎王师，乃下令洗城，丈夫丁壮，杀戮殆尽，流血成渠”。此一劫，长安城被屠杀的无辜百姓多达八百余人。

正因为失了民心，才使得各路节度使团结起来，加上百姓帮忙，黄巢军分赃不均而内部分裂，朱温叛投等因素，才导致黄巢最终失败，撤退到河南。

行前，将大唐长安付之一炬，之后为了泄愤，愈加丧心病狂，荼毒百姓，一路掳掠豪夺，杀人如麻。

流窜途中，黄巢军最骇人听闻的还是“巨舂吃人”事件。

《旧唐书·黄巢传》记载："五月，巢贼先锋将孟楷攻蔡州……陈州刺史赵犨迎战，败贼前锋，生擒孟楷，斩之。黄巢素宠楷，悲惜之。乃悉众攻陈州，营于城北五里，为宫阙之制，曰八仙营。于是自唐、邓、许、汝、孟、洛、郑、汴、曹、濮、徐、兖数十州，毕罹其毒。贼围陈郡百日，关东仍岁无耕稼，人饿倚墙壁间，贼俘人而食，日杀数千。贼有舂磨砦，为巨碓数百，生纳人于臼碎之，合骨而食，其流毒若是。"

这是说883年，黄巢逃至陈蔡，就是当年孔子差点被饿死的地方，千百年来都和饥饿紧密相关。因为年旱失收，百姓家无余粮，反军连抢粮都没地方抢了，加上自己的好哥们儿孟楷被杀，为了报复，黄巢军遂"俘人而食"。还发明了一种巨大的磨盘，名为"巨舂"，将活人投入其中，磨得粉碎，充作军粮，为兵士补充体力。

关于黄巢军吃人，《资治通鉴》第二二五卷也有记载；《新唐书》且称："日数千人，乃办列百巨碓，糜骨皮于臼，并啖之。"

按此算下来，黄巢军围困陈州近一年，先后至少吃掉了三十万百姓，难怪所经之处，鸟兽尽死，人尽其食，赤地千里——数字是否有夸张不得而知，不过史书总有立场，既有记载，姑妄存之。

如果这样的士兵被称为质朴农民，这样的战争被冠以正义之名，那被杀而食之的三十万无辜冤魂，又算是什么呢？

884年六月十五日，黄巢兵败死于泰山狼虎谷，唐末农民起义结束。

关于黄巢之死，至少有三种说法：

《新唐书》中记载，黄巢兵败时对外甥林言说，你割下我的首级去献给唐朝，还可以求得富贵！林言不忍，黄巢遂自刎而死。

这是最有英雄气概的一个版本。

《旧唐书》则说，黄巢率军进入泰山，兵败后被手下将领林言斩首，并将他的妻子儿女一起送与唐军请降。

这是最窝囊的一个版本。

第三个版本来自《五代乱离记》，是最玄妙的一个版本，说是“黄巢遁免，后祝发为浮屠”。

也就是说，他和骆宾王一样，是假死，然后出家做和尚了，法号挺好听，叫作“翠微禅师”，还留下了一首诗：

> 三十年前草上飞，铁衣著尽著僧衣。
> 天津桥上无人问，独倚危栏看落晖。

诗说三十年前来去自由，如今脱下战袍，改换袈裟，意谓出家为僧。

天津桥，指洛阳城西南洛水上的洛桥，又名天津桥，诗人多咏之。如白居易就有诗《天津桥》：“津桥东北斗亭西，到此令人诗思迷。”孟郊亦曾写过《洛桥晚望》：“天津桥下冰初结，洛阳陌上人行绝。”可见诗人笔下的天津桥便是洛桥。

黄巢逃往河南后，竟然出家为僧，还大摇大摆地倚在天津桥栏杆上看风景，也未免太从容潇洒了。

这首诗和黄巢5岁时题的菊花诗一样，充满了传奇色彩，最符合唐人喜欢志异的口味，因此流传甚广。“草上飞”还成了千百年来某种特殊职业的代名词。

四

黄巢起义虽然没有直接导致唐朝灭亡，但却将朱温引上了历史舞台。

如果将黄巢比作安禄山，那么他的部将朱温就是史思明，始降终叛，并最终篡唐夺位，史上称之为“朱温灭唐”。

关于黄巢起兵给人民带来的深重灾难，诗人韦庄的长篇叙事诗《秦妇吟》做了最好的描述。

《秦妇吟》是现存唐诗中的第一巨制，全诗238句，1666字，几乎是白居易《长恨歌》的两倍。但是因为政治课上总是把黄巢形容成正义的农民起义军领袖，连带的这首诗的地位也跟着被湮没了，少有人提起。

诗人韦庄因为科举不第羁留长安，在兵荒马乱中和弟妹失散，成为这场巨变的直接目击者。

他在诗中以一个逃亡女子（秦妇）的口吻自述，描写了反军进城后，百姓流离失所，争相外逃的情形：

适逢紫盖去蒙尘，已见白旗来匝地。
扶羸携幼竞相呼，上屋缘墙不知次。
南邻走入北邻藏，东邻走向西邻避。
北邻诸妇咸相凑，户外崩腾如走兽。

接着分别以东西南北四邻的不同情况写尽“家家流血如泉沸，处处冤声声动地”的具体情形。这也是全诗中最有力的段落，每一段都可以单独成诗：

东邻有女眉新画，倾国倾城不知价。
长戈拥得上戎车，回首香闺泪盈把。
旋抽金线学缝旗，才上雕鞍教走马。
有时马上见良人，不敢回眸空泪下。

西邻有女真仙子，一寸横波剪秋水。
妆成只对镜中春，年幼不知门外事。
一夫跳跃上金阶，斜袒半肩欲相耻。
牵衣不肯出朱门，红粉香脂刀下死。

南邻有女不记姓，昨日良媒新纳聘。
琉璃阶上不闻行，翡翠帘间空见影。
忽看庭际刀刃鸣，身首支离在俄顷。
仰天掩面哭一声，女弟女兄同入井。

北邻少妇行相促，旋折云鬟拭眉绿。
已闻击托坏高门，不觉攀缘上重屋。
须臾四面火光来，欲下回梯梯又摧。
烟中大叫犹求救，梁上悬尸已作灰。

四邻不安，或死或残，或被反军所擒。秦妇被反军所俘，嫁给了黄巢的手下，在营中忍辱偷生，历经三年。夜里要侍奉反军，白天跟着他们一起吃人肉。

旧里从兹不得归，六亲自此无寻处。
一从陷贼经三载，终日惊忧心胆碎。
夜卧千重剑戟围，朝餐一味人肝脍。
鸳帏纵入岂成欢？宝货虽多非所爱。

关于黄巢军吃人的历史，诗中也有明确提及：

尚让厨中食木皮，黄巢机上刲人肉。
东南断绝无粮道，沟壑渐平人渐少。

接着写到唐军回京，旧日繁华都城如今一片零落：

华轩绣毂皆销散，甲第朱门无一半。
含元殿上狐兔行，花萼楼前荆棘满。
昔时繁盛皆埋没，举目凄凉无故物。
内库烧为锦绣灰，天街踏尽公卿骨！

本来以为唐军班师，百姓的苦日子可以结束了，可是朝廷又兴重税，军队洗劫一如反军，人民的苦难只有更重：

自从洛下屯师旅，日夜巡兵入村坞。
匣中秋水拔青蛇，旗下高风吹白虎。
入门下马若旋风，罄室倾囊如卷土。
家财既尽骨肉离，今日垂年一身苦。
一身苦兮何足嗟，山中更有千万家。
朝饥山草寻蓬子，夜宿霜中卧荻花。

最后，诗人表达了一种向往乐土的愿望：

适闻有客金陵至，见说江南风景异。
自从大寇犯中原，戎马不曾生四鄙。
诛锄窃盗若神功，惠爱生灵如赤子。
城壕固护教金汤，赋税如云送军垒。
奈何四海尽滔滔，湛然一境平如砥。
避难徒为阙下人，怀安却羡江南鬼。

这结尾的一段，发扬了《诗经·国风》的精神，颇有“逝将去汝，适彼乐土。乐土乐土，爰得我所”的一唱三叹。

原来，江南此时已经自立吴越国，吴越王钱镠政治清明，天下士子争相投奔。比如一直写反诗讽刺朝廷的诗人罗隐，就前往投奔。这个故事，我们下一篇文章再讲。

《秦妇吟》一经诞生，风传天下，还被人制成幛子悬挂，韦庄也得了个“秦妇吟季才”的绰号。

然而，后来韦庄却撰写《家戒》自禁《秦妇吟》，并且向各处收回抄本，临终前嘱托家人不许再提此诗，自己的诗集《浣花集》中也不曾收录，以致此诗湮没。

直到清末，这首诗才在敦煌莫高窟中发现，被著名的敦煌大盗——英国人斯坦因和法国人伯希和携往国外。后经大学士王国维请求，方得抄本，重回国内。

关于韦庄为什么要自禁此诗？学界有止谤说、免祸说、触犯田令孜说等观点，尤以“内库烧为锦绣灰，天街踏尽公卿骨”之句触犯公卿禁忌，且讽刺僖宗太过。

幸好，它没有被永久埋葬，终以全貌重现人间，不然可真是诗坛上的巨大损失。

罗隐：我很丑，但我的诗很美

一

罗隐是个丑男人。

他自己都在诗里说，“未能惭面黑，只是恨头方”，长得奇形怪状。

但是他的文字真的很美。

《唐才子传》说他“少英敏，善属文，诗笔尤俊”。

可记得《红楼梦》中薛宝钗占花名拈到的“任是无情亦动人”？就是出自他的七言律诗《牡丹花》：

似共东风别有因，绛罗高卷不胜春。
若教解语应倾国，任是无情亦动人。
芍药与君为近侍，芙蓉何处避芳尘？
可怜韩令功成后，辜负秾华过此身。

唐朝人对牡丹的推崇我们已经很了解了，关于牡丹花的经典诗作也读了很多，从武则天到刘禹锡再到徐凝，直至短命的鱼玄机，各有所咏，各有所长。

罗隐的这一首，也是咏牡丹的精品。

首联说牡丹花好像和东风有着特殊的关系，所以才会开得格外美丽，高卷起红色丝罗般的花瓣，仿佛弱不禁风。

颔联用了解语花的典故，说是牡丹如果会说话，必定是倾国佳人，但它虽然无情，也一样美丽动人。

这一句，曹雪芹拿来形容满口道学的冷美人薛宝钗，的确合适。同时解语花的典故是关于杨贵妃的，而杨贵妃正代表了体胖怯热的宝钗。

颈联写的是两种与牡丹同时开放的花：芍药与芙蓉。然而形貌略有相似的芍药只能做牡丹的侍女，清高出尘的芙蓉则只好远远地躲开，避开牡丹的风采。

最后托物咏志，在尾联用了一个“韩令功成”的典故，吐露心怀。

韩令指的是和写“春城无处不飞花”的诗人同名的另一个韩翃，曾为京城令尹。因为想扼制京城人追逐牡丹的风潮，赴任时看到居第植有牡丹花，就令人砍去，表示不慕风尚的决心。

在《红楼梦》中，喻示了婚后不久宝玉出家，斩断红尘；宝钗纵然如愿以偿嫁得好郎君，却辜负绮年玉貌，一生蹉跎，终究是辜负光阴了。

对诗人本身而言，则表现了他和牡丹一样，无辜被斫，辜负大好时光的无奈。

因为罗隐，也是个考场落第的失意者。

罗隐（833—909），字昭谏，杭州新城（今浙江富阳西南）人。断断续续报考了十多次进士，自称“十二三年就试期”，却“十上不第”，真是太打击信心了。

于是他把自己的作品装成行卷到处投谒，希望能得到举荐。宰相郑畋很欣赏他的诗，经常在家中吟咏。郑畋的女儿听到了，觉得这词句太美丽了，不禁动了春心，每天从早到晚地念叨着“任是无情亦动人”，竟得了相思病。

郑畋知道了女儿的心思，就请罗隐来家中做客。于是郑小姐效仿卓文君，帘后偷窥，或许心中还想过鱼玄机的“自能窥宋玉”吧，谁知道这一望啊，哪里有宋玉、司马相如，那席上坐着的就是一头没进化好的老驴。

郑小姐大哭一场，梦残心碎，从此再也不肯读罗隐的诗了，连他的名字都不能提，提起了心塞。

这也怪不得郑小姐，连孔子都曾经犯过“以貌取人，失之子羽”的错误呢。

子羽大名澹台灭明，字子羽，是孔子的学生，因为长得丑，孔子对他一直很冷淡。因为那时候还没有武侠小说，所以孔子不了解“通常姓复姓的人都是武林高手”这个通例，于是坐视澹台同学离开了他。

澹台子羽发愤图强，自学成才，后来也自成一派，弟子众多，南渡讲学时，竟有三百多学生随行。孔子听说后，十分感慨，遂发出“以貌取人”的千古一叹。

孔圣人都在意颜值，何况郑小姐肉眼凡心？

罗隐做不成宰相女婿，只好向青楼中寻求安慰。反正妓女们是只要给钱就可以假装相好的，长得好当然服务心情好，长得丑也不影响营业额。

罗隐的相好叫云英，当然也可能只是个代称。总之他十年前考举时曾经路过钟陵，在烟花巷买醉时认识了这位云英姑娘。如今过了十年，仍然不第，于是旧地重游，又去找云英消愁。

云英能在青楼蹉跎十载，显然眼光和心思都不是很灵光，有点不会聊天，乍一见没想起这丑男人是谁，及至罗隐提醒说我是当年那个喝醉的举子，云英竟然拍手大笑起来："罗秀才犹未脱白矣。"

前面说过，白衣指平民，罗隐一直不第就一直不能"释褐"，故曰"未脱白"，仍是一介白丁。这云英还真是不客气，哪儿疼往哪儿戳。

罗隐又是惭愧又是恼怒，心道咱俩同是天涯沦落人，大哥莫要笑二哥，我不是状元，你也不是头牌。我没有中举及第，你也未能从良上岸，能比我好到哪儿去呀，居然还敢嘲笑我。

于是半是反击，半是自嘲，当下题了一首《赠妓云英》：

钟陵醉别十余春，重见云英掌上身。
我未成名卿未嫁，可能俱是不如人！

二

罗隐"十上不第"，无关才情，而是输给运气与口碑。

最初的科举不中肯定是因为运气差了点。他24岁入京赶考，连续六年不第，于是双管齐下，一边写了首《投所思》哀叹，一边写了篇《谗书》抒愤。

憔悴长安何所为？旅魂穷命自相疑。

满川碧嶂无归日，一榻红尘有泪时。
雕琢只应劳郢匠，膏肓终恐误秦医。
浮生七十今三十，从此凄惶未可知。

诗倒还只是寻常的落第抒愤，无伤大雅；然而文却是充满讥讽的小品文，针砭时弊，隐喻良多，得罪了不少对号入座的人士。所以诗人罗衮叹其不幸：“谗书虽胜一名休。”

《唐诗纪事》中记录了一段逸闻，说唐昭宗听说了罗隐才名，想给他个官位，但是有大臣奏议说：“罗隐虽有才，但是为人轻薄，先帝明皇创开元盛世，那般圣德昭昭，他还要写诗讥讽，何况他人？如果召他入朝，同僚们必遭其凌虐，何以自处？”并且献上一首罗隐写的《华清宫》诗，这件事就歇菜了：

楼殿层层佳气多，开元时节好笙歌。
也知道德胜尧舜，争奈杨妃解笑何？

关于罗隐议官被废，《北梦琐言》中还有另一个版本。说有一次有朝臣举荐罗隐，但是有个叫韦贻范的朝臣说：“我有一次和罗隐同船，那时候并不认识他。但是舟人告诉他说：‘这船中坐着位朝中大臣。’罗隐却说：‘什么大臣，我用脚夹笔写的文章，也可以敌得过好几个大臣。’如果让他登科做官，那我辈不知道会被排揎成什么样子。”这话一出，连皇上也不愿意召罗隐入朝了。

这样一个劣迹斑斑的罗隐，估计考官们每每看见他的卷子，恨不得随手撕碎再跺上几脚，又怎么会让他高中？

不知道这故事中那位举荐罗隐的大臣是不是郑畋，但是郑宰相确实是帮他说过好话的，也曾在皇上面前举荐，但就为了罗隐的大嘴巴，朝中反对者众，让宰相也帮不上腔了。

罗隐打动郑小姐的是《牡丹花》，而打动郑宰相的是《筹笔驿》：

抛掷南阳为主忧，北征东讨尽良筹。
时来天地皆同力，运去英雄不自由。
千里山河轻孺子，两朝冠剑恨谯周。
唯余岩下多情水，犹解年年傍驿流。

筹笔驿，在四川广元，诸葛亮伐魏时，曾在这里运筹帷幄，所以这是一首纪念诸葛亮的诗。

首联说诸葛亮因刘备三顾茅庐而辞别南阳隐居生活，为了刘备而苦心谋划，东征西讨，建功立业。

颔联是诗眼所在。天时地利之际，赤壁之战借东风火烧连营，大败曹操水军，何等威武痛快；然而时运不济时，纵使英雄无畏，却难施展，徒呼奈何。

这一句既是说诸葛亮，也抒发了作者自身有志难酬的感慨，遂为千古佳句。

颈联则说的是诸葛亮死后，天下人不把小皇帝阿斗放在眼里。谯周劝他投降，阿斗竟然听从，从此乐不思蜀，断送了蜀地大好河山。

两朝冠剑，既可泛指刘备、阿斗两朝的文武大臣，也可特指诸葛亮，因为他羽扇纶巾，既管政务，又管军事，文武全才。如果他还在，一定会恨死谯周的。

尾联是律诗最常见的手法，情归流水，寄托哀思。说驿亭岩下的江水，犹自傍亭而流，好像还在怀念着故人往事。

自古以来咏诸葛诗作中，数杜甫的《蜀相》最为著名：

丞相祠堂何处寻？锦官城外柏森森。
映阶碧草自春色，隔叶黄鹂空好音。
三顾频烦天下计，两朝开济老臣心。
出师未捷身先死，长使英雄泪满襟。

罗隐的这首诗，名气虽不如杜甫，但气力不弱。杜甫的重点放在诸葛亮出山鼎盛之时，“三顾频烦天下计，两朝开济老臣心”；而罗隐的重点则放在刘备死后托孤，壮志难酬之际，“千里山河轻孺子，两朝冠剑恨谯周”。

杜甫的着力点在尾联：“出师未捷身先死，长使英雄泪满襟。”以千钧之力来收束全文，点明主旨；而罗隐的重头戏却在颔联：“时来天地皆同力，运去英雄不自由。”早早揭盘。

郑畋差不多算是唐朝最后一位明相了，曾写下《讨巢曲檄》激励四方，出兵勤王。可谓文武双全，胸怀大志，奈何君主不明，遂常怀无力之感。看到这首诗，自然颇有同感，引为知己。

只可惜，罗隐名声实在太坏，长得又太丑，郑畋纵然惜才，却在私不能招罗隐为婿，在公不能举罗隐为官，自己也很不好意思。

罗隐更是无奈，于是来到举子们高中之后赐宴流觞的曲江边，空自羡慕徘徊一番，写了首《曲江春感》，怏怏地告别了长安。

江头日暖花又开，江东行客心悠哉。
高阳酒徒半凋落，终南山色空崔嵬。
圣代也知无弃物，侯门未必用非才。
一船明月一竿竹，家住五湖归去来。

三

罗隐归隐还是受到一位叫刘赞的朋友的劝诫。

刘赞大概是旁观者清，看不得罗隐这样奔波十几年屡战屡败，知道他的落第至少有一半原因是讥讽太过得罪人多，而且长得这么丑，估计就算中了举也很难过铨选面试这一关，所以考不考举实在没有意思。于是写了一首诗劝他：

赠罗隐

人皆言子屈，独我谓君非。
明主既难谒，青山何不归。
年虚侵雪鬓，尘枉污麻衣。
自古逃名者，至今名岂微。

罗隐见诗之后，颇有感触，遂远离长安。

但他并不甘于隐居生活，一直在寻找新的晋身机会。经过一段时间的观望投辕，他决定投奔吴越王钱镠。

钱镠（音liú）（852—932），杭州临安（今属浙江）人，字具美（一作巨美），小字婆留，长大后自名钱镠。

前一篇文末我们说过，农民起义在全国蜂起的时候，浙江有个独立王国安守一方，就是钱镠统治的吴越国。

钱镠和罗隐一样丑，甚至可能比罗隐更丑。因为丑到出生时把接生婆吓得手抖，差点把他摔到地上。父亲钱宽看到这个丑得出奇的怪物，认为不祥，想把他直接沉井了事，是祖母怜惜，留了他一条性命，因而小名“婆留”。到现在浙江还有“婆留井”胜景。

罗隐后来投奔了钱镠，因为感谢钱镠的收留，连带也感谢那口井，特地为那口井写了篇《婆留井颂》，文中说：“於惟此井，亭育坎灵。有莘有郃，实此储英。时有长虹，上贯青冥。是惟王气，宅相先徵。爰启霸王，奠绥苍氓。沛膏浙泽，配德东溟。”

钱镠自幼习武，擅骑射，精易书，长大后的职业和黄巢一样，是以贩卖私盐发家的。

私盐团伙都是有武装的，可以用来起兵反叛，当然也可以用来保卫家园。钱镠是后者。战乱之时，钱镠率部投军，保卫乡里，屡立战功，累迁至镇海军节度使；后因董昌叛唐称帝，受诏平逆，再加镇东军节度使，势力越来越强大，渐渐占据以杭州为中心的两浙十三州，被封为越王。

钱镠的聪明之处在于，虽然成立独立王国，却始终尊中原王朝为正朔，和平共处，岁岁进贡，必要时还派军帮助朝廷讨伐叛逆，因此保得两浙人民衣食无忧，在风雨飘摇的晚唐竟能独安一隅，百姓安居乐业，实可谓贤王是也。

钱镠王共在位41年，造坝开田，保境安民，使渔盐桑蚕之利甲于江南。他在钱塘江修筑堤坝时，因海潮汹涌，几修不成。大家都认为潮神作怪，钱镠遂于八月十八日，在江边布下一万弓箭手，张弓搭箭，怒斥潮头："若尔再敢进犯，必射杀之！"

潮水没听懂，依然翻滚而来，于是钱镠命万箭齐发，直射潮头。居然还真把潮水射偏了，拐着弯儿逃得无影无踪。

直到今天，彼处江水还是拐着弯流淌的，像个"之"字，遂被称为"之江"，而钱镠则被百姓爱戴地称为"海龙王"。

"海龙王"不但发展了江南经济，而且聚集了大批文士，礼遇人才，宇内士子争相投奔，也包括我们本章的传主罗隐。

罗隐本就是杭州人，眼见吴越国日渐兴盛，钱镠王乃贤达之君，便有心投奔，却又怕不受礼遇，因此寄了卷诗作去投石问路，故意将《过夏口》放在卷首，诗中有"一个祢衡容不得，思量黄祖谩英雄"之句，以观越王反应。

祢衡是三国人物，有才，任性。三岁让梨的孔融声称祢衡之才胜己十倍，将他推荐给曹操求官职。然而祢衡入幕没几天，当着曹操的面把他手下的文武百官连同曹操本人贬了一个遍，曹操十分不满，却不愿承担打压才子之名，故意派他出使荆州去见刘表。

刘表自命风雅，最喜交结名流。曹操就是要看看，刘表会对这个一张嘴就要得罪人的祢衡怎么办？

祢衡到了刘表那儿，还是依然故我，又当着刘表的面把他好一顿数落。刘表是个阴人，已经对祢衡起了杀心，却也和曹操一样不肯杀名流，遂把他派到暴脾气的江夏太守黄祖那里。

你猜怎么着？祢衡就是祢衡，又把黄祖给骂了。黄祖是个莽夫，才不管什么才子不才子，就把他一刀杀了。

罗隐的这句诗就是说，我是出了名的臭嘴，就跟祢衡一样不招人待见，你会不会像黄祖一样容不下我啊？

钱镠是个风雅人物。关于他的文墨，最著名的段子是说他深爱自己的王妃吴氏。有一次王妃回娘家，滞久未归。钱镠甚是想念，遂写信催驾，非常文艺地说："陌上花开，可缓缓归矣。"意思说田间阡陌的花儿都开了，你不回来与我一同赏花吗？早点出发，慢慢赶路，等着你噢。

这句"陌上花开缓缓归"，不知牵动了多少痴情女子的心。现在的小夫妻们闹矛盾时，妻子闹别扭回了娘家，男人为了求饶，多半也懂得送花买礼物，甚至跪搓衣板跪键盘跪榴莲壳，可是看人家钱镠的高招，轻轻一句话已经撩动芳心。小伙子们，学着点吧。

且说钱镠的情商这么高，看到罗隐来信当然闻弦歌而知雅意，于是非常大气地回了一封信："仲宣远托刘荆州，盖因乱世；夫子乐为鲁司寇，只为故乡。"

这个对联相当有学问，连用了两个典故。上联说的是"建安七子"之一的王粲（字仲宣）曾因乱世动荡而投靠刘表，这是说我即使是刘表，也不会像对待祢衡那样待你，而只会视你为王粲大才子礼遇之；下联就更大气了，说的是孔夫子周游六国后，到底回到鲁国担任司寇，这是因为眷恋故乡啊。

这是把罗隐比成才子王粲、圣人孔子了，简直抬举到天上了。罗隐看到来信，心花怒放地说："我这辈子是离不开钱镠了！"

这一年，罗隐55岁，终于时来运转。

四

罗隐投奔钱镠后，终于一展所能，深得重用。钱镠多次为他向朝廷请官，让他历任钱塘令、司勋郎中、给事中等职。

他初入钱镠帐下不久，正值钱镠上表朝廷，夸耀江南富庶，彰显自己政绩。罗隐说话不中听，脑子却很清醒，十几年待在京城，早已摸透了官场那些大佬的脾气，因此劝告钱镠说："你这封折子递上去，税赋必重，可不能为了贪功冒进，而逞一时口舌之快啊。"

钱镠恍然大悟，深以为然，于是由罗隐重写奏章，云："东南战乱方息，百姓流离失所，村落荒败，寂无人烟。""天寒而麋鹿常游，日暮而牛羊不下。"感今思昔，说明我们江南曾经是富饶之地，可是现在已经被战乱闹穷了，实在榨不出油水了，须得休养生息。这么着，朝廷也不好意思硬逼着钱镠多进贡了。

888年，僖宗驾崩，皇弟李杰登基，改名李晔，各方节度使奏表上贺。罗隐代钱镠写贺表，对新皇的名字大加吹捧："左则姬昌之半字，右则虞舜之全文。"

这纯粹是玩弄文字游戏。说的是晔字左日右华，周文王姬昌，昌字的一半是日字；虞舜名为重华，华是晔字的右半边。这是绕弯儿赞美唐昭宗李晔，集合了史上最伟大帝王虞舜与周文王的美德，把皇上抬到天上去了。

唐昭宗李晔的确很想做个尧舜禹汤那样的明君，在驱除宦官上也做出了很大成绩。只可惜时不我与，他哥哥僖宗留给他的烂摊子太难收拾了，藩镇势力尾大不掉，诸侯小国各自独立，中原政权已经日薄西山了。

昭宗即位后，一边整治科场，选拔人才，一边招兵买马，扩充禁军。

《十国春秋》记载，乾宁二年（895）科举，及第者25人，这是个比较正常的数字。可是考生们却鼓噪选拔不公，闹得很厉害，一直闹得皇上都听说了。

于是昭宗下令本次成绩作废，所有新科进士重新到武德殿考试，最终选定15位留任，包括状元张贻宪在内的十人落榜，其中四个成绩差得离谱的终生不许再进考场。

这一年，被后世誉为“闽中文学初祖”的福建才子黄滔也在录取名单中，以过硬的成绩两次通关，遂写下《御试》两首为贺。此录其一：

六曹三省列簪裾，丹诏宣来试士初。
不是玉皇疑羽客，要教金榜带天书。
词臣假寐题黄绢，宫女敲铜奏子虚。
御目四篇酬九百，敢从灯下略踌躇。

从这次御殿亲试来看，昭宗是真心要选拔贤良的。

可惜的是，他太心急了，不懂得审时度势，量力而行。

昭宗一心要征讨藩镇，欲以武功胜天下。然而国库空虚，军力薄弱，新招募的军队又缺乏锻炼，所以昭宗采取的主要方法是借力打力，发动群众斗群众，倚靠一个藩镇的力量去干掉另一个藩镇。

这想法并没有错，错在没有识人之明，既不能清楚了解自己的实力，也不能正确估计敌人的形势，不问时机，只知强攻，于是接连吃了几个败仗，威信尽失，沦为诸侯取笑的对象。

于是，每当藩军打进长安时，皇帝就故技重施，脚底抹油开溜。

昭宗的整个后半生都在奔徙流离之中，一度为人劫持关押，每天有人从小孔往里送饭；又曾被困凤翔一年多，亲推手磨磨豆浆为食。

这时期，他自己填过一首《菩萨蛮》，时时吟唱：

登楼遥望秦宫殿，茫茫只见双飞燕。渭水一条流，千山与万丘。　　野烟笼碧树，陌上行人去。安得有英雄，迎归大内中。

这是大唐真正意义上的最后一位皇帝的最后一首哀歌。

他和汉高祖刘邦一样发出“安得猛士兮守四方”的呼唤，然而天不我与，昭宗没有遇到拯救他于乱世的英雄义士，只有倚仗曾被僖宗称为“天助我也”的朱全忠。

朱全忠此时的势力越来越大，他将皇上完全控制在自己手中，并迫其移都，封自己为梁王，以王令代皇命，俨然以君主而临天下。

但李晔毕竟是成年人，不好控制。于是在904年八月十一日夜，朱全忠命手下蒋玄晖和史太带兵闯宫杀了李晔，另立其子李柷为帝，史称唐哀帝。

李柷（892—908）时年只有13岁，完全是个受朱全忠控制的傀儡皇帝。即使这样，也未能长久，三年后，被迫“禅让”帝位于朱全忠，次年被鸩杀。

大唐王朝最终落下了帷幕。

唐昭宗在流亡生涯中，曾经因为无聊而驯养了一只猴子取乐，并赐以五品绯衣官服，取名为孙供奉。这件事被罗隐知道了，又以一贯的不逊口吻写诗讽刺：

十二三年就试期，五湖烟月奈相违。

何如买取胡孙弄，一笑君王便著绯。

宋代笔记小说《幕府燕闲录》有载："唐昭宗播迁，随驾伎艺人止有弄猴者，猴颇驯，能随班起居，昭宗赐以绯袍，号孙供奉，故罗隐有诗云云。朱梁篡位，取此猴，令殿下起居，猴望殿陛，见全忠，径趣其所，跳跃奋击，遂令杀之。"

原来这猴子后来归了朱全忠，竟然学习荆轲行刺，事不成，英勇就义。

真是一只仗义的猴子！

罗隐一生对李唐皇室极尽讽刺之能事，简直无事不可讽，无物不可讽。然而看到大唐灭亡，却痛心疾首，号哭不已。

朱温篡唐后，改国号为梁，史称后梁。下旨册封诸侯，册旨也送到了吴越。

钱镠召集文武议事，罗隐坚决反对受封，且疾呼劝进，希望钱镠兴兵北伐，恢复唐室江山。

然而钱镠向来以避其锋芒明哲保身为上策，认为敌强我弱，死抗不是办法，徒然烽火四起，株连百姓。且说："当年孙权自知时机尚未成熟，也曾依附曹丕。大丈夫能屈能伸，何必兴兵伐戮？”

众人也都以为善。罗隐黯然，后写下《鹦鹉》一诗，抒其郁闷：

莫恨雕笼翠羽残，江南地暖陇西寒。

劝君不用分明语，语得分明出转难。

相传鹦鹉产于陇西，故而又称“陇客”。如今陇西的鹦鹉来到江南，虽然住进雕花鸟笼，却被剪了翅膀，故曰“翠羽残”。

诗人劝慰鹦鹉说：别生气锁入金笼无自由了，江南温暖如春，你再也不用忍受陇西的寒冷了。不过，以后再也不能振翅高飞，啼鸣的时候要婉转点，悠扬点，主人才会喜欢的。

愤世嫉俗我行我素的罗隐如今再也不能口无遮拦了，想劝诫主君都得看人家脸色说话，实在也难为了罗才子啊。

不过罗隐也是过虑了。钱镠虽然没有听取他的建议，但是对于罗隐在唐室久经压制却仍然忠于君主的气节深感敬重，因此对他更加礼遇。

罗隐病危之际，钱镠亲往探看，还在他家墙壁上留诗一首：

特到儒门谒老莱，老莱想见意徘徊。

黄河信有澄清日，后代应难继此才。

罗隐逝于909年，眼见了大唐的灭亡后伤心而死。享年77岁。

此时再重读他一生中最著名的两首口水诗，尤为感慨：

蜂

不论平地与山尖，无限风光尽被占。
采得百花成蜜后，为谁辛苦为谁甜？

自　遣

得即高歌失即休，多愁多恨亦悠悠。
今朝有酒今朝醉，明日愁来明日愁。

韦庄：有没有一双雪白的小手承接我的泪？

一

初唐诗人的代表是“王杨卢骆”，盛唐三尊是“李杜王”，而中唐两大门派是“韩柳”与“元白”，到了晚唐，最出色的人物就只剩“小李杜”与“温韦”了。

韦庄，和温庭筠一样同为“花间派”开山鼻祖，最著名的词也是一首《菩萨蛮》，可见这曲牌确是唐时最流行的调调儿。

> 人人尽说江南好，游人只合江南老。春水碧于天，画船听雨眠。　垆边人似月，皓腕凝霜雪。未老莫还乡，还乡须断肠。

第一次读这首词时，觉得这诗人有点好笑，流浪经年，寻个酒馆买醉，看到卖酒女子的手腕，忽然没来由地起了思乡之情，而且一发不可收拾，唠唠叨叨地说了半天。

不知道是拉着酒家女的小手说的，还是对着邻座的酒友说的，老泪纵横地说江南真是好啊，可毕竟不是我的家乡，我只是游子不是归客，可是今生也只能在江南终老了。

这里的水真绿，这里的天真蓝，这里的画舫听雨真催眠。这里的女子最漂亮，雪白小手嫩又软。

我还不算太老吧，老死之前是不想回家的，回到故乡，一定会很伤心。

从前只觉这两句不通，前言不搭后语的，然而同时又觉得美，真美，说不出的温柔幽怨。想了很久，想明白了，许是因为一个女子的手腕是最温柔，最可亲，最让人留恋的吧，有着故乡的味道，让人想亲吻，想疼惜，想哭。

家乡这个词，在游子的心中，是和陌生女子的手腕一样可望而不可即，亲切而难以亲近的。

所谓“执子之手，与子偕老”，可见手腕才是女人身上最性感的部位，让人一旦牵起了就会有终生相携白头相伴之愿。

家乡，其实也是个很性感的词，有一种肌肤相亲的肉欲。意味着小菜与好酒，父亲的坟头和母亲的白发，从小养大的老黄狗早已做了祖父，亲手栽的梨树比自己高得多了，结满了累累的果实，年轻时暗恋过的邻家女子一手一个牵着儿女走来，儿童相见不相识，笑问客从何处来……

若是衣锦还乡还好，自然是香车宝马，招摇而回，天下无人不识君的；要是一事无成，那可真是蓬头垢面，无颜见江东父老了。

想必这个诗人不但酸而且穷，故而才会扼腕兴叹，望腕生怯吧？他不肯回乡，到底是因为混得太寒酸呢，还是舍不得离开江南？

直到很久很久以后，当我弄清楚这首词的作者叫韦庄，搞清他的生平经历和生活背景，知道他还有一首著名长诗叫《秦妇吟》时，才终于有点弄懂了这首词。

韦庄（约836—910），字端已，长安杜陵人。韦应物的四世孙。

黄巢之乱时，他因病滞留，完整地目击了动乱全过程，之后逃离长安，先到洛阳避难，接着又逃往江南，游历南京、当涂、苏州、湖州、富春、绍兴、宁波、东阳、婺州、衢州等地，直到892年才结束漂泊流离的生活，返回长安应试。

若是完整记录韦庄这三年的行程，你会怀疑，他不是在避难，而是在旅游。因为每到一处，都忘不了走访一下当地的名胜古迹和隐士高人。

这首《菩萨蛮》，显然就是写的这段江南生活。

《菩萨蛮》不是一首，而是一组诗，所以有人怀疑江南指作者晚年的归属地四川；又有人说这是为了回忆江南而作，并且说韦庄已把江南视作自己的第二故乡。

但是如果认真看一下韦庄在江南的足迹，会发现他在一个地方停留的时间很难超过三个月，是个实实在在的游子。什么人会把一个只待了几个月的地方视为第二故乡，而无视自己生活了五十多年的都城长安呢？

这首诗有两个问题必须搞清楚：

第一，诗人此时在哪里？第二，故乡指何处？

“游人只合江南老。”开篇明旨，写明自己只是个游子，现在滞留江南，可能要在这里活到老死也回不了家乡了。这说得多明白，诗人此刻就在江南，思念的家乡则是别处。

而韦庄，明明白白是长安人，故乡当然只能是长安。

再联系《秦妇吟》一想，就可以理解他为什么要说“未老莫还乡，还乡须断肠”了。因为长安已经败落不堪，“内库烧为锦绣灰，天街踏尽公卿骨”，令人睹之伤心肠断，又怎忍回去面对呢？遂只得流连江南风物，借酒浇愁吧。

何况韦庄来到江南的想法早有端倪。“适闻有客金陵至，见说江南风景异。”也就是说，韦庄在写《秦妇吟》时已经有了奔走江南之心，后来也果然这样做了。所以他来到江南时，原是打算长期居留的。

联系韦庄平生履历与诗作，这首词的寓意并不难理解。不过大多“砖家”们可能和我小时候一样，断章取义，只看一首词就凭自己感觉乱下结论，不求甚解。我小时候还把“垆边”理解成江边呢，以为是韦庄画舫听雨时看上了江边浣纱女子的手腕，只觉画面很美。后来发现这其实是“当垆卖酒”的垆，女子只是个酒家女，还失落了好一阵子。

二

韦庄比罗隐小几岁，前半生的遭遇和罗隐差不多，四个字道尽辛酸：屡试不第。

罗隐是从55岁起才投奔吴越，改变命运的。韦庄也差不多，在同一年来到江南，却不知为什么，并没有谋职立身，而是到处云游，直到乾宁元年（894）年近六十才回到长安，考取进士，任校书郎，开始了他的仕途生涯。

此时，西川节度使王建与东川顾彦晖相互攻击，韦庄被授判官一职，与谏议大夫李询一起入蜀做宣慰使，劝说两川和解。

然而王建并不理会皇上诏书，大败顾彦晖，占据两川之地。但是这次见面，让王建对于韦庄十分赏识，希望招其入幕。韦庄没有答应。

899年，韦庄除左补阙，主抓文化事业。与兄弟韦蔼合作编著《又玄集》，收录了“才子一百五十人，名诗三百首”。其中有妇女诗十九家，为诗集收录女子诗开了先例；同时又为如李贺、贾岛、温庭筠、陆龟蒙等有才名而未及第的人请奏，追赠进士名誉或赠官。

以此来看，韦庄年近六十始中举，是很想轰轰烈烈做出一番文学事业的。然而900年宦官们再次发起宫廷政变，囚禁昭宗，立太子李裕监国。虽然叛乱很快平息，然而韦庄已经对李唐王室彻底灰心了，终于决定投靠王建。

901年，韦庄入蜀为王建掌书记，自此终身仕蜀。

从前王建在长安领兵平叛时，对百姓也没少抢掠。韦庄临终自己销毁《秦妇吟》，可能就是因为想替主子遮掩罪过。

不过王建对李唐是有真感情的。在护卫唐僖宗逃亡时，曾遇栈道被毁，王建亲自拉着僖宗的马冒着烟火突围。精疲力竭之际，僖宗曾经枕着王建的腿安眠，可见信任之深。

睡醒后，僖宗将自己的御衣赐予王建，后任王建为壁州（今四川通江）刺史，始开将帅遥领州镇之先河。

904年八月，昭宗被朱全忠所杀，13岁的李柷继位。

王建听说消息后，召集军队，欲起兵兴唐，韦庄劝阻，认为“以兵者大事，不可仓卒而行。”

这一点与罗隐刚好相反：罗隐是力劝吴越王兴兵，被钱镠拒绝；而王建主动要兴兵援唐，却被韦庄劝阻。

907年三月，唐哀帝李柷被迫禅位。朱全忠建国号梁，以开封为国都，史称“后梁”。大唐王朝正式灭亡。

唐亡之时，王建欲再次兴兵，韦庄再次劝阻：“大王虽忠于唐，唐已亡矣，此所谓天与不取也。”并劝王建自立称帝，脱离中原正统建立蜀国。

于是，君民大哭三天以尽唐臣之礼后，王建自行登基，即皇帝位，史称“前蜀高祖”。

韦庄晋升左散骑侍，判中书门下事，制定开国制度。据《十国春秋》载蜀国情状：“凡开国制度，号令，刑政，礼乐，皆由庄所定。”

910年八月，韦庄逝于成都花林坊，享年75岁，官终吏部侍郎兼平章事。

关于韦庄的宰相之能，宋代张唐英撰《蜀梼杌》高度评价：“不恃权，不行私，唯至公是守，此宰相之任也。”

三

韦庄作为“花间派”创派祖师而以词闻名，但是其诗作的水准也非常之高。抛开《秦妇吟》不谈，他在江南游历时，到处访古觅胜，也写了不少风物诗与怀古诗，寓情于志。且看这首《台城》：

江雨霏霏江草齐，六朝如梦鸟空啼。

无情最是台城柳，依旧烟笼十里堤。

台城在南京鸡鸣山，本是三国时吴国苑城，东晋成帝改建作新宫，遂为宫城。之后历经宋齐梁陈，为六朝禁苑。曾经繁华之盛，而今早已萧条，往事如烟如梦，唯有绿柳依然，啼鸟如旧，年年春色，霏雨笼烟。

诗人于乱世凭吊六朝古城，思昔抚今，亡国之感涌上心头。

与韦庄同时期的诗人高蟾，也有一首很著名的《金陵晚望》：

曾伴浮云归晚翠，犹陪落日泛秋声。

世间无限丹青手，一片伤心画不成。

韦庄来到此地，想到此诗，便写了一首《金陵图》遥遥相和：

谁谓伤心画不成，画人心逐世人情。

君看六幅南朝事，老木寒云满故城。

这两首诗，后来俱成千古绝唱。

韦庄的诗虽然沉郁深刻，流丽中见感慨顿挫，然而词作却多清新典丽。王国维《人间词话》评："弦上黄莺语，端己语也。其词品亦似之。"

这是说韦端己的词就像在琴上弹唱《黄莺》调，轻巧婉转。

这句"弦上黄莺语"同样来自一首《菩萨蛮》：

红楼别夜堪惆怅，香灯半卷流苏帐。残月出门时，美人和泪辞。　　琵琶金翠羽，弦上黄莺语。劝我早归家，绿窗人似花。

前面讲过，晚唐五代词多宴前赠伎之作，或为歌伎而写，或写来交给歌伎演唱，故而性属阴柔，词多冶艳。

这首《菩萨蛮》中的“美人”显然不是韦家夫人。此时韦庄已经年过半百，萍踪浪迹，也没什么机会与邻家女发生点美丽邂逅，风流途径只能向烟花巷里寻，所以这词作的由来也就可想而知了。

同时，因为词作是写给歌女们宴前表演的，所以早期的词多以女子为第一人称，越轻盈撩人越好。

比如这首《思帝乡》，就极尽冶媚，熏香掬艳，炫目醉心：

春日游，杏花吹满头。陌上谁家年少足风流？妾拟将身嫁与一生休。纵被无情弃，不能羞。

这首诗极其大胆，描写一位热情勇敢的女子在春游时看到一个英俊少年，刹那间春心动荡，一见钟情，立刻就想要托付终身了，满心想着：若能嫁给这个风流少年，这辈子就满足啦。只要能和他在一起，哪怕过后被始乱终弃，都心甘情愿，无怨无悔。

这是多么强烈的愿望，多么坚定的誓言。这样的词，在千百年来的诗词作品中都不多见，是一首极具个性的“花痴女”宣言。

叶嘉莹先生认为：“词在初起的时候，完全没有伦理和道德的思想意识在其中。”

韦庄写了这么多风流诗作，但他自己的风流事却没有太多记载。唯南宋学者杨湜曾在《古今词话》中说："（韦）庄有宠人，资质艳丽，兼善词翰，（王）建闻之，托以教内人为辞，强夺之。庄追念悒怏，作《荷叶杯》《小重山》词。"

这说的是韦庄曾经宠爱一名歌姬，却被老大王建霸占了去，韦庄心中郁郁，因此写了很多词来倾诉心事。

因为有此一说，后人遂将他的另外几首词也都解释成围绕这一事件而作，且举数首为例：

荷叶杯

记得那年花下，深夜，初识谢娘时。水堂西面画帘垂，携手暗相期。　惆怅晓莺残月，相别，从此隔音尘。如今俱是异乡人，相见更无因。

小重山

一闭昭阳春又春。夜寒宫漏永，梦君恩。卧思陈事暗销魂。罗衣湿，红袂有啼痕。　歌吹隔重阍。绕亭芳草绿，倚长门。万般惆怅向谁论？凝情立，宫殿欲黄昏。

单从词中来看，这虽然是韦庄写给意中人的，但很明显他早就跟人家告别了。如今是异乡重逢，所以即便此人归了王建，也不算强夺。

他俩确实有过携手告白、山盟海誓的时候。但是一句"相别，从此隔音尘"，说明是韦庄负人在先，说完誓言转头就忘。如今就算再见，也没道理重续前缘，因为各自身不由己，"相见更无因"。

再看两首《女冠子》：

其一

四月十七，正是去年今日，别君时。忍泪佯低面，含羞半敛眉。　　不知魂已断，空有梦相随。除却天边月，没人知。

其二

昨夜夜半，枕上分明梦见，语多时。依旧桃花面，频低柳叶眉。　　半羞还半喜，欲去又依依。觉来知是梦，不胜悲。

这首诗明确写清去年告别的时间乃在四月十七日，正是春时。之后再未相见，“空有梦相随”。

但是昨天晚上，我又梦见你了，还是桃花面、柳叶眉，似喜还羞，欲去依依，醒来才发现只是一个梦。

这两首词的独特之处在于，完全像写大白话一样，宛如日记，却白而不俗，深情款款，又开辟了词作的一种新模式。

再看《谒金门》二首：

其一

春漏促，金烬暗挑残烛。一夜帘前风撼竹，梦魂相断续。　　有个娇娆如玉，夜夜绣屏孤宿。闲抱琵琶寻旧曲。远山眉黛绿。

其二

空相忆，无计得传消息。天上嫦娥人不识，寄书何处觅？　　新睡觉来无力，不忍把伊书迹。满院落花春寂寂，断肠芳草碧。

据说，韦庄的这些词作，被那位蜀宫中的佳人听到后，反复吟唱，幽怨伤感，竟然绝食而死。

王国维说：“温飞卿之词，句秀也。韦端己之词，骨秀也。李重光之词，神秀也。”

将韦庄前比温庭筠，后比李煜，说他的词比温词要好，秀气入骨，但尚不如李煜的，少了几分神采。

毕竟，“词至李后主而境界始大，始变伶工之词为士大夫之词”。

韦庄之作，仍停留在“伶工之词”的地步，而李煜以南唐后主经亡国之变，境界始大，遂以国破家亡之感入词，才真正将词的作用不仅仅停留于抒情，而可以如诗一般言志，寄寓遂深。

四

朱温篡唐后，知道无法统一全国，遂派使者与王建通好，信中文辞很是谦卑，且称王建为兄。韦庄作为前蜀的开国宰相，代启书信，一眼就看明白了朱全忠的用心，笑说：“此谓神尧骄李密之意也。”

这说的是唐朝开国时，高祖李渊曾给李密写信，也是言辞谦恭，让李密骄傲自满，毫不设防，后来却伺其不备，将其捕杀。

韦庄才不肯上这个当呢。

历史经常是画着圈圈儿的，到韦庄这里却宕开了一笔。而我们的“诗说唐朝”从李密开始，到韦庄截止，也是若有天意。

韦庄不肯兵助唐室，反而劝王建据蜀自立，多为后代的忠义之士诟病，连带他的词也遭到贬低。但是他站在前蜀立场上主张明哲保身，不兴战事，保住了蜀地平安，百姓乐业，未尝不是一件好事。实在是唐朝大厦已倾，扶也扶不起了，该来的总会来，就大哭三天，为其送葬吧。

但是很多唐朝诗人不是这样想的。罗隐大声疾呼吴越王兴兵复唐；韩偓为了拒绝在朱温朝廷任职，一路南逃，在流亡中过完了下半生；而写过《二十四诗品》的司空图，更是在听到唐哀帝被杀后，绝食以殉唐室。

司空图（837—908），河中（今山西永济西）人。字表圣，自号知非子，又号耐辱居士。懿宗朝进士，曾经深受礼部侍郎王凝的赏识。后来王凝被贬为商州刺史，司空图感于知遇之恩，主动表请随行。

所以，司空图的“义”字当先是一贯的，是他人生的至高信条。

后来朝廷授他殿中侍御史，他却因为不忍离开王凝，拖延逾期，被左迁为光禄寺主簿，分司东都洛阳。

880年，黄巢军攻入长安，有人劝他投靠，他不肯，却前往凤翔追随僖宗。谁知不久僖宗又逃到成都，他追随未及，只好回到河中，自此开始了隐居生涯，著书立说。

他在诗中说：“侬家自有麒麟阁，第一功名只赏诗。”“将取一壶闲日月，长歌深入武陵溪。”以达观随缘之心处世。

司空图的诗大多直白如话，不够蕴藉典雅，但是他的《二十四诗品》却立意极高，在诗坛上拥有很高的地位。

他在《诗品》中，将诗歌的艺术手法分为雄浑、含蓄、清奇、自然、洗练等二十四品类，每品用十二句四言韵语加以描述，诸体毕备，不主一格，对后世的诗歌理论与批评影响极大。

这样的一个人，是达观的，也是冲淡的。我最喜欢他的一个观点是：“诗中有虑犹须戒，莫向诗中著不平。”

这并不是说写诗不能描写现实的沧桑苦难，或是不能在诗中表达伤感之情，而是说不要为了牢骚抱怨而写诗，不能越写越苦闷。

昭宗即位后，数次召他入朝，拜谏议大夫、兵部侍郎等职。然而司空图已经无心仕途，以老病坚辞不受。他修了一座“休休亭”，并写《休休亭记》以明志，声称“耄而聩”“老而迂”“宜休也”；并自号知非子、耐辱居士，且作《耐辱居士歌》自况：

咄，诺，休休休，莫莫莫。
伎两虽多性灵恶，赖是长教闲处著。
休休休，莫莫莫。
一局棋，一炉药，天意时情可料度。
白日偏催快活人，黄金难买堪骑鹤。
若曰尔何能，答言耐辱莫。

然而，当唐室灭亡后，他却耐不得辱了。904年，朱全忠立李柷为帝，召司空图为礼部尚书，司空图故技重施，佯装老朽不能理事，上朝时跌跌撞撞，连朝笏都掉落地上，于是被放还。

907年，朱全忠逼小皇帝禅位，篡唐为梁。司空图仍怀抱着一线希望隐隐期盼着，忍辱偷生。

908年，唐哀帝被杀。司空图彻底绝望了，他到现在才相信，大唐，是真的亡了。大唐的最后一个皇帝，哪怕是个傀儡皇帝吧，也被杀害了，大唐，再也没有了。

司空图扼腕绝食，呕血而卒，终年72岁。

唐末黄巢之乱和五代十国分裂，改变了太多诗人的命运。

时隔千年，我们不能轻易评价司空图、罗隐的做法与韦庄谁更高明，谁属失德。

但是，司空图的忠义和风骨绝对是值得敬仰的。

这种风骨，是从中国第一个有名有姓的诗人屈原自沉汨罗江时，就已经沉淀在诗人的血液中的，并在万代子孙中世世绵延，流淌不息。

只要我们一天还拥有诗，就一天会见证这种风骨的传承，它是中华民族的根，也是中华文士的魂，永照千古。

尾声：花语鸟啼，为大唐送别

一

从李渊起事一路讲来，大唐历经贞观之治、开元盛世那样的繁华，安史之乱、甘露之变那样的动荡，藩镇割据、宦官专权那样的患难，会昌中兴、黄巢起义那样的反复，终于在风雨飘摇中花谢水流了。

从历代大唐皇室的昏庸放纵来看，这样的结局也是必然的。可是，大唐沦亡时，我仍不能不一掬清泪，为它的烬余香残而伤感。

杜甫在“安史之乱”中曾经咏过一句诗：“感时花溅泪，恨别鸟惊心。”是为亡国风物发出的至伤痛挽音。

然而安史之乱毕竟只是八年动荡，大唐终于收复河山。

如今，晚唐最终告亡，那些花儿那些鸟，又在做什么呢？

自从武则天炭炙贬逐牡丹之后，牡丹便因为不屈权贵而成为大唐名花。从刘禹锡的“唯有牡丹真国色”，到罗隐的“任是无情亦动人”，从徐凝的“何人不爱牡丹花”，到鱼玄机的“应为价高人不问”，咏牡丹的诗不胜枚举，成为高贵风华的王者象征，甚至成了大唐的图腾。

能和牡丹抢风头的花，在大唐是没有的，但是稍分轩轾的，还是有几种。

比如资格最老的兰花。

孔子周游六国而不得其志，返回鲁国途中，在幽谷见杂草丛芜，兰花独放，引为知己，遂援琴而作《幽兰操》。从此兰花便成了高人雅士的代表形象，喻义高洁风雅。

唐朝的咏兰诗不算多，最出名的唯有张九龄的《感遇十二首》其一：

兰叶春葳蕤，桂华秋皎洁。
欣欣此生意，自尔为佳节。
谁知林栖者，闻风坐相悦。
草木有本心，何求美人折。

另外，苦吟诗人贾岛的从弟、诗僧无可亦有《兰》诗：

兰色结春光，氛氲掩众芳。
过门阶露叶，寻泽径连香。
畹静风吹乱，亭秋雨引长。
灵均曾采撷，纫佩挂荷裳。

无可是著名诗僧，贾岛“二句三年得，一吟双泪流”的那句“独行潭底影，数息树边身”便是为访他而作。

同时，无可和张籍、姚合等诗人也多有酬唱；书法效柳公权，亦有名声。不过从这首五言律看，作诗水平很一般，亦步亦趋，努力追求清逸之感，却无任何新特之语，倒像大观园中十二三岁的公子小姐们起诗社，不过是按照四联规矩来完成作业而已。

尾联“灵均”是屈原的名字，《离骚》中有“纫秋兰以为佩”的句子。所以，屈原是继孔子后的兰花第二号知己。

本来菊花的形象也是很高洁的，尤其陶渊明“采菊东篱下”，更让菊花成了隐士的密友。“诗僧”皎然寻“茶圣”陆羽而不见，便特地写到他家门口“近种篱边菊，秋来未著花”。

还有殉唐而死的司空图，曾有赋菊花诗三首，其一云：

> 不疑陶令是狂生，作赋其如有定情。
> 犹胜江南隐居士，诗魔终袅负孤名。

诗言志，司空图的菊花是高逸的，于是他做了隐士。

然而黄巢的菊花却是霸道的，他的一首“我花开后百花杀”顿使高洁的菊花一洗低调隐逸之风，变得杀气腾腾，成了大唐的送葬之花。

真不知是不是这个原因，后世才把送人菊花视为不吉的。

二

在诗中出现频率最高的花还有桃花，最著名的莫过于崔护的“人面桃花相映红”，再就是各种与陶渊明的桃花源遥相呼应的诗作。

然而抢占春机而独树一帜的，则要数梅花。

梅花诗最著名的是宋人王安石的“墙角数枝梅，凌寒独自开”和林和靖的“疏影横斜水清浅，暗香浮动月黄昏”。

唐人咏梅杰作不多，广为流传的要数崔道融的《梅花》：

数萼初含雪，孤标画本难。
香中别有韵，清极不知寒。
横笛和愁听，斜枝倚病看。
朔风如解意，容易莫摧残。

这首诗字字落在梅花上，无一语旁言，而又无一字不是别有蕴意。

首联“数萼初含雪”写出梅之形象，“孤标画本难”写出梅之标格。胡兰成写桃花，文起第一句便是：“桃花难画，因要画得它静。”

而梅花的难画，则在于要画得它傲。

“香中别有韵，清极不知寒”两句，写尽梅之风骨；“横笛和愁听，斜枝倚病看”落到自身，横笛一句似旁逸一笔，而斜枝二字却又拉回到梅花，即使在病中，也不忘卧看梅花，自怜怜卿，因此道出尾联佳句：“朔风如解意，容易莫摧残。”

梅花香自苦寒来，然而朔风倘若是梅花知己，就别这么肆虐，不要再摧残娇嫩的梅花了。

梅花写得好的，还有晚唐诗僧齐已（约860—约937）的《早梅》：

万木冻欲折，孤根暖独回。

前村深雪里，昨夜一枝开。
风递幽香去，禽窥素艳来。
明年如应律，先发映春台。

此诗颔联最初版本为：“前村深雪里，昨夜数枝开。”齐己以此诗向郑谷请教，郑谷阅后，笑说：“‘数枝’非早，不如‘一枝’更佳。”遂改为“昨夜一枝开”。

齐己因此对郑谷顶礼膜拜，说：“先生真是贫僧的一字师啊。”

这便是“一字之师”典故的由来。

齐己是长沙人，因为酷爱读书，和李密一样边放牛边吟读，有了灵感，就在牛背上写出来收进背篼。被同庆寺的僧人们听说了，就劝他出家，招进寺院做和尚，“壮其山门”。

后来，齐己果然成了著名诗僧，他有一首《剑客》特别有趣：

拔剑绕残樽，歌终便出门。
西风满天雪，何处报人恩。
勇死寻常事，轻雠不足论。
翻嫌易水上，细碎动离魂。

齐己明明是出家人，却整天惦记着帮谁去报恩复仇，而且连荆轲的易水送别都觉得琐碎，不够痛快淋漓。还真是个急脾气的暴躁和尚。

和他一样暴脾气也一样著名的和尚还有一位晚唐诗僧贯休。

贯休（832—912），俗家姓姜，能诗善画，尤其擅画罗汉，有《十六罗汉图》存世，梵相独特。

他与罗隐年龄相仿，听说罗隐投奔吴越，便也想去依附，遂写了一首诗《献钱尚父》投石问路：

贵逼人来不自由，龙骧凤翥势难收。
满堂花醉三千客，一剑霜寒十四州。
鼓角揭天嘉气冷，风涛动地海山秋。
东南永作金天柱，谁羡当时万户侯。

吴越王得诗大喜，但是觉得这句“一剑霜寒十四州”还不足以展示自己的野心，于是让贯休把“十四州”改为“四十州”再来相见。

贯休一听就火了，说了句“州既难添，诗亦不改”，拂袖而去，还写了一首诗相嘲：

不羡荣华不惧威，添州改字总难依。
闲云野鹤无常住，何处江天不可飞？

之后，贯休西入四川，投奔了前蜀王建，仍是献诗投石：

陈情献蜀皇帝

河北江东处处灾，唯闻全蜀勿尘埃。
一瓶一钵垂垂老，千水千山得得来。
奈苑幽栖多胜景，巴歈陈贡愧非才。
自惭林薮龙钟者，亦得亲登郭隗台。

王建为了巩固在四川的统治，正是广延英才之际，看到贯休说天下危难，唯有蜀地最宜安居，且自比郭隗，而将王建比作燕昭王，哪还有不高兴的？

他吸取吴越王钱镠的教训，一个字都没啰唆，直接将贯休迎住东禅寺，后移住新建的龙华道场，加封“龙楼待诏”“明因辨果功德大师”“翔麟殿引驾”“三教玄逸大师”“禅月大师”等一堆称号，食邑三千户。这相当于封侯了。

而贯休也因为献王建诗中有“一瓶一钵垂垂老，千水千山得得来”之句，被世人称为“得得和尚”。

贯休记忆力特好，日诵《法华经》千字，过目不忘。直到80岁高龄方无疾而终，也可谓老神仙了。

三

“芍药与君为近侍，芙蓉何处避芳尘？”芍药花和蔷薇花，常被拿来与牡丹作比，却只能沦为陪衬侍从之类。倒是远离芳尘的出水芙蓉，避其锋芒，别有幽香，自从《古诗十九首》中“涉江采芙蓉”之后，便多有吟咏。

晚唐诗人中咏莲花最好的，要数陆龟蒙的这首《白莲》：

> 素花多蒙别艳欺，此花端合在瑶池。
> 无情有恨何人觉？月晓风清欲堕时。

这首诗清新自然，别出机杼，宛如有神人点化。“无情有恨何人觉”之句喷流而出，自然流畅，仿佛本来就在那里，只要一张口就不由自主地说出来似的，简直不能相信它出现在所有佳句已经被前辈诗人写尽了的晚唐时期。在此之前，李杜白都去哪里了？他们把这个句子丢了吗？

哪怕只为这一句诗，白莲也可引陆龟蒙为千古知己，而陆龟蒙也可跻身为晚唐一流诗人。

陆龟蒙和曾经投靠黄巢军的皮日休齐名，也是一生挚友，世人并称“皮陆”。

唐朝诗人都好酒，陆龟蒙当然也不例外，他有一首写醉酒的诗特别有趣：

和袭美春夕酒醒

几年无事傍江湖，醉倒黄公旧酒垆。
觉后不知明月上，满身花影倩人扶。

宋代大词人辛弃疾有一首《西江月·遣兴》，写醉后情状：“昨夜松边醉倒，问松我醉何如。只疑松动要来扶，以手推松曰去。”怀疑就是从陆龟蒙诗中得到的灵感。

陆龟蒙的《白莲》问世后，莲花高洁已经为世所尊，而为其最终定调的，是周敦颐的《爱莲说》。

清代张潮《幽梦影》中有一段话，尽数天下物我相应之知己：

天下有一人知己，可以不恨。不独人也，物亦有之。如菊以渊明为知己，梅以和靖为知己，竹以子猷为知己，莲以濂溪为知己，桃以避秦人为知己，杏以董奉为知己，石以米颠为知己，荔枝以太真为知己，茶以卢全、陆羽为知己，香草以灵均为知己，莼鲈以季鹰为知己，蕉以怀素为知己，瓜以邵平为知己，鸡以处宗为知己，鹅以右军为知己，鼓以祢衡为知己，琵琶以明妃为知己。一与之订，千秋不移。

这里大篇幅排比用典，连着提到了数种花朵物事，各喻一人，诸如陶渊明种菊，林和靖咏梅，王徽之爱竹，周敦颐爱莲；陶渊明的桃花源，董奉的杏林；米芾爱石，杨贵妃喜荔枝；茶圣陆羽，茶仙卢仝；屈原辞中多香草，张翰莼鲈之思，怀素以蕉叶作书，邵平种瓜东陵；宋处宗论鸡，王羲之换鹅，祢衡击鼓，王昭君弹琵琶……

其中大多数典故我们都已经讲过了。正所谓春兰秋菊，各擅胜场，各花入各眼，只为性不同。正如张九龄所说：“草木有本心，何求美人折。”

但是白居易特别任性，因为爱杜鹃花就格外贬低别的花种，竟然说：“花中此物似西施，芙蓉芍药皆嫫母。”

不过，这或许是因为他更爱杜鹃鸟吧。

四

杜鹃鸟，又名杜宇、子规、布谷鸟，差不多是唐诗中别名最多，被描绘得最频繁的一种鸟了。

杜鹃有好几种，常见的有大杜鹃、三声杜鹃和四声杜鹃。大杜鹃就是布谷鸟，叫声如“布谷，布谷”；三声杜鹃叫声似“米贵阳”，所以有些地方就叫它米贵阳；四声杜鹃又称子规，叫声似“快快割麦”“割麦割谷”。

杜鹃鸟在春夏之季彻夜啼鸣，语声凄切，加上杜鹃的口腔上皮和舌头都是红色的，遂有“杜鹃啼血”之说。比如白居易在《琵琶行》中所写的：“杜鹃啼血猿哀鸣。”

杜鹃又名杜宇。这其实不是鸟名，而是人名，且是一位帝王的名字。

春秋时期，蜀王杜宇称帝，号望帝，非常关心民生疾苦。当时蜀地洪水成灾，民不聊生，望帝极为忧心。这时有个叫鳖灵的人献计治洪，凿巫山，开三峡，治理水患。

望帝见他功高，认为他才真正是能为人民带来福祉的人，功德在自己之上，竟然把帝位拱手相让，自己隐居西山。

然而这只鳖看名字都知道不是好人了，登上帝位之后，就开始鱼肉百姓，无恶不作。杜宇这才知道自己所信非人，竟然陷民众于水火，因此忧伤成疾，呕血而亡，死后化为鸟鹊。因为一心想着百姓衣食温饱，每到春天，还是呕心沥血，声声啼唤催促：“布谷布谷，快快布谷。”

左思说：“碧出苌弘之血，鸟生杜宇之魂。”前一句说的是碧血，后一句说的是望帝，都是伤心精魂所化。

顾况有诗：“杜宇冤亡积有时，年年啼血动人悲。”

李商隐说：“庄生晓梦迷蝴蝶，望帝春心托杜鹃。”

写的都是这个典故。

李商隐喜写杜鹃，所以也熟悉它的各种别名，比如鶗鴂，谐音“啼绝”。

不辞鹈鴂妒年芳，但惜流尘暗烛房。
昨夜西池凉露满，桂花吹断月中香。

《离骚》有句：“恐鹈鴂之先鸣兮，使夫百草为之不芳。”杜鹃暮春而啼，正是众芳凋谢之时，故有是说。李商隐首句便是化用此典，说杜鹃嫉妒众芳之妍，故而啼绝，春归花谢，这也无可奈何，不能避免。

然而，我只是留恋蜡烛的一点微光，竟被飞尘遮暗，不能尽兴。这又是他惯用的“蜡炬成灰泪始干”的比喻了。

后两句一转，不提心事，却忆起昨夜露凉，徘徊池畔，听风踏月，盼望有风把月宫中的桂花香吹送下来。

全诗充满了一种迷离无奈之感，是标准的义山风致。

也有人说，在杜鹃啼声中听到的不是“快快布谷”，而是“不如归去”。因而杜鹃鸟还有个别名叫“子规”，喻义“子归”。

宋代词人柳永有句：“听杜宇声声，劝人不如归去。”便是直言道来。

李白最喜欢用此名，诗中多有“又闻子规啼夜月，愁空山”“杨花落尽子规啼”等句。

但他最有名的还是一首《宣城见杜鹃花》，连花带鸟一起写了：

蜀国曾闻子规鸟，宣城还见杜鹃花。

一叫一回肠一断，三春三月忆三巴。

另外，晚唐诗人崔涂有一首《春夕》，也是将庄生梦蝶与子规啼血两个典故并提：

水流花谢两无情，送尽东风过楚城。
胡蝶梦中家万里，子规枝上月三更。
故园书动经年绝，华发春唯满镜生。
自是不归归便得，五湖烟景有谁争。

崔涂一生漂泊，语多沧桑感，诗如“并闻寒雨多因夜，不得乡书又到秋”“正逢摇落仍须别，不待登临已合悲”等语，均伤感沉郁。

此诗写于春夜，颔联与义山同步，颈联则向杜甫致敬，分明取意老杜《春望》诗中“烽火连三月，家书抵万金。白头搔更短，浑欲不胜簪”之意。

最后反用“不如归去”鸟语，却说“自是不归归便得”，与“子规枝上月三更”呼应，写尽流离之感。

崔涂的诗，写出了大多唐末诗人的生活状态与苍凉心境，最著名的诗是一首《巴山道中除夜书怀》：

迢递三巴路，羁危万里身。
乱山残雪夜，孤烛异乡人。
渐与骨肉远，转于僮仆亲。
那堪正漂泊，明日岁华新。

此诗与杜甫的《春望》遥遥相映，也是写于流离乱世，读之如凉雨凄风飒然而至，画面感极强。写除夕夜而以残雪孤烛衬托，愈感悲凉，也可为大唐晚景作像了。

五

晚唐诗人中以写鸟雀闻名的莫过于郑谷，就是那位被齐己称为一字师的郑守愚，人称“郑鹧鸪”，因为他的成名作就是《鹧鸪》：

暖戏烟芜锦翼齐，品流应得近山鸡。
雨昏青草湖边过，花落黄陵庙里啼。
游子乍闻征袖湿，佳人才唱翠眉低。
相呼相应湘江阔，苦竹丛深春日西。

鹧鸪与子规一样，啼声凄婉，人们将它的叫声翻译成“行不得也哥哥”，意谓挽留。故而称为“游子乍闻征袖湿，佳人才唱翠眉低”。

这首诗在唐朝广为传唱，有一次诗人赴宴时，主人特地安排乐工演唱此曲，郑谷听闻，复又即席题赠：

花月楼台近九衢，清歌一曲倒金壶。
座中亦有江南客，莫向春风唱鹧鸪。

子规、鹧鸪都是啼声凄婉，易惹诗人离思之感。然而黄莺的啼唱向来被誉为流丽婉转之声，竟也会惹人愁思，就未免有点冤枉。

比如金昌绪的《春怨》：

打起黄莺儿，莫教枝上啼。
啼时惊妾梦，不得到辽西。

这首诗语言生动，颇有民歌色彩，虽然直白如话，然而意思是一层层递进，也是倒叙的。开篇一上来就“打起黄莺儿”，既突兀又生动，同时问题来了：

为什么要打黄莺呢？因为不想让它叫。

那为什么不让它叫呢？因为它打扰了我的梦。

那它打断了什么梦呢？我的梦魂正往辽西飞渡呢。

那为什么要飞去辽西呢？

作者没有再往下说，但是读者应该都会想明白了，那是因为她的丈夫在辽西征战。

这在诗词艺术手法上叫作“扫处还生”，即每一句都产生新的层次，好似抽蕉剥笋，剥去一层，还有一层。

王世贞在《艺苑卮言》中赞美这首诗“篇法圆紧，中间增一字不得，着一意不得”。确实如此。

诗人对黄莺之语另类解读是别出心裁，然而话外之人也能从黄莺啼语中听出伤心来，倒是特别。

诗僧灵澈（746—816）有一首《听莺歌》，最为独特：

新莺傍檐晓更悲，孤音清泠啭素枝。
口边血出语未尽，岂是怨恨人不知。
不食枯桑葚，不衔苦李花。

偶然弄枢机，婉转凌烟霞。

众雏飞鸣何局促，自觇游蜂啄枯木。

玄猿何事朝夜啼，白鹭长在汀洲宿。

黑雕黄鹤岂不高，金笼玉钩伤羽毛。

三江七泽去不得，风烟日暮生波涛。

飞去来，莫上高城头，莫下空园里。

城头鸱乌拾膻腥，空园燕雀争泥滓。

愿当结舌含白云，五月六月一声不可闻。

灵澈认为黄莺和子规一样，也是啼血之声，而且“口边血出语未尽”，何幽怨之深也？

第二段四句形容黄莺高洁；三四段则以别鸟相比，自惜羽毛；之后“飞去来”忽然变调，“愿当结舌含白云”，写出苦闷而高洁之志。

这首诗没有一点禅味，更像寻常举子落第、宦游失意之人抒愤之作。事实上，这首诗也确实写于诗僧流放汀州后，自言要从此噤声，“五月六月一声不可闻”，虽有避世之意，却非悟道之时。

灵澈、皎然、无可、贯休、齐已，都是唐朝著名的诗僧，充分展现了唐代儒释一家的风采。

而这最后一篇，本是想借花尘鸟羽来为书中遗漏的大唐诗人拾珠捡翠，却不知不觉大量地引用了僧人的诗作，仿佛有意让我们在花鸟余韵与木鱼声中说一声“阿弥陀佛”，为大唐超度。

我爱大唐，至爱唐诗。在唐朝的天空下，从帝王到嫔妃，从将士到宫女，从和尚到女冠，从书圣到茶仙，从浪子到妓女，几乎无人不能诗，无事不可歌。历史上再也没有出现过这样诗歌繁荣的时代，即使宋朝也不行。

唐朝诗人的名字，从初唐四杰到盛唐李杜，从中唐的白居易到晚唐的李商隐，人们熟知的诗与诗人不胜枚举；宋词虽美，能为百姓熟知的词人却不够多，几乎除了苏轼和李清照，寻常老妪便说不出几个词人的名字。

唐诗唯一不如宋词的地方，就是没有出现过一个像李清照那样真正杰出的女诗人。

这些，留待我们下次词说宋朝的时候再细聊吧！